U0523019

東莞歷代著作叢書

莞城圖書館 編

笏山記

〔清〕蔡召華 著

王俊樺 整理

齊魯書社
·濟南·

圖書在版編目（CIP）數據

笏山記 / (清) 蔡召華著；王俊樺整理. -- 濟南：齊魯書社, 2022.12
（東莞歷代著作叢書）
ISBN 978-7-5333-4633-1

Ⅰ. ①笏… Ⅱ. ①蔡… ②王… Ⅲ. ①古典小説－中國－清代 Ⅳ. ①I242.47

中國版本圖書館CIP數據核字(2022)第202342號

策劃編輯：劉　强
責任編輯：李　珂
責任校對：王其寶　趙自環
裝幀設計：郭　覲　亓旭欣

笏山記
HUSHAN JI
〔清〕蔡召華 著　王俊樺 整理

主管單位	山東出版傳媒股份有限公司
出版發行	齊魯書社
社　　址	濟南市市中區舜耕路517號
郵　　編	250003
網　　址	www.qlss.com.cn
電子郵箱	qilupress@126.com
營銷中心	（0531）82098521　82098519　82098517
印　　刷	東莞市本色印刷有限公司
開　　本	880mm × 1230mm　1/32
印　　張	19
插　　頁	4
字　　數	400千
版　　次	2022年12月第1版
印　　次	2022年12月第1次印刷
標準書號	ISBN 978-7-5333-4633-1
定　　價	159.00圓

《東莞歷代著作叢書》

爲東莞市文化精品專項資金扶持項目

《東莞歷代著作叢書》
編委會

主　任：陳　釗　麥允謙

副主任：祝志超

編　委：曾燕芬　王柏全　洪慧平

詹寶瑩　邱小華　陳榮華

李小星　戴良玉

總序

東莞，晉咸和六年（三三一）立縣，唐至德二載（七五七）縣城遷於到涌（今莞城），於今有一千六百八十年了。在這悠久的歷史中，東莞的先賢創造了光輝燦爛的文化，也創作了汗牛充棟的典籍。經千百年滄桑變幻，可惜傳於今者不多。據清末探花陳伯陶編的《東莞縣志·藝文略》所載，至清同治間，莞人著作有八百八十九種，二萬八千四百三十三卷，經調查，現存九十九種，六百二十六卷。同治至民國末，近九十年，約得典籍百種。合之前遺，約爲雙百之數。這是東莞歷代著作的家底。

莞城，一千多年來，都是東莞的政治、經濟、文化中心，衆多的先賢和文化名人都或多或少地與這方土地發生關係。多少歷史上精彩的故事，也都發生在這裏。因此，我們組織編輯這套叢書，既是責任和使命所在，也有編輯搜集資料的種種便利。

我們編印《東莞歷代著作叢書》的目的有二。

第一，把鄉邦文獻搶救，保存，布刊。鄉邦文獻，是一地的文化的重要標志，是研究一地的重要素材。時至今日，現存的東莞鄉邦文獻，已懸命於絲。搶救，保存，布刊東莞鄉邦文獻，祗有我們東莞人自己動手。現在搶救，保存，布刊東莞鄉邦文獻，已經遲了，如果再不動手，他日就索枯魚於肆了，我們怎對得住先賢？對後世又怎樣交代？第二，古爲今用。東莞歷代著作蘊藏着閃光的道德精神，精湛的藝術技巧。發潛德之幽光，對今人的道德教育，提供今人的藝術借鑒，東莞歷代著作有重要的價值。

編輯《東莞歷代著作叢書》，是我們的嘗試；發揮東莞歷代著作的作用，是我們的願望。我們相信，我們的嘗試是成功的，我們的願望是能實現的。

二〇一一年五月

前言

王俊樺

《笏山記》是一部章回體小説，共計十九卷，六十九回，蔡召華著。

蔡召華（一七九七—？），一名『兆華』，字清儀，號守白，又號吾廬居士。東莞人，祖籍南栅，居莞城鳴珂巷。曾受教於東莞賴洪禧、廣州李長榮。道光十六年（一八三六）附貢生，平生以教書爲業，任教於四鄉。承賴洪禧之教風，與師兄莫來儀皆收女弟子多人。爲人磊落不羈，自守不求人知，唯以吟詩作文自適。工詩，著有詩集《愛吾廬詩鈔》六卷、《草草草堂草》四卷、《細字吟》六卷、《綴玉集》四卷、《閑居百咏》（已佚）、《夢香居士集》（已佚），小説《駐雲亭》（已佚）、《笏山記》。今人歐貽宏曾整理有《蔡召華詩集》，收入莞城圖書館所編、楊寶霖主編的《東莞歷代著作叢書》第一輯（上海古籍出版社二〇一一年出版）。

一、《笏山記》版本述略

《笏山記》成書於清道光至咸豐年間，全書記顔少青入笏山爲王的經歷。傳世版本有鈔本一種、鉛印本一種。

（一）鈔本一種。是書小黑口，單魚尾，魚尾上刻『小吾廬』三字，四周雙邊。半頁九行，行二十二字，楷書。文字偶有改動。天頭多眉批，爲蠅頭小楷。偶有旁批。書中眉批、旁批、改動處，書寫風格一致。全書在回之首末，常鈐有『東莞博物圖書館藏書』印，計五十三處。將此印與東莞博物圖書館其他藏書上所鈐印比對，完全一致，知其爲民國東莞博物圖書館舊藏。該本現藏於上海古籍出版社。

一九九四年，該本由上海古籍出版社收入《古本小説集成》影印出版，書前有李夢生寫的前言，稱『《笏山記》十九卷六十九回，鈔本，正文首葉下端雙行題「東莞冷道人守白氏「寶安吾廬居士戯編」。書有眉批。鈔録在印有「小吾廬」的紙上，或爲作者自藏謄清本』，『現據上海古籍出版社藏原東莞博物圖書館藏鈔本影印。原書板匡高一六二毫米，寬九七毫米』。

（二）鉛印本一種。光緒三十四年（一九〇八）上海廣智書局鉛印本，三卷，六十九回，分三册。無序跋，題『東莞冷道人守白氏戯編』。無批語。卷上爲第一回至第二十一回，卷中爲第二十二回至第四十二回，卷下爲第四十三回至第六十九回。三卷分别刊行，上卷書底標明『光緒三十四年五月印行』，中卷爲『光緒三十四年六月印行』，下卷爲『光緒三十四年七月印行』。一九八八年七月，中國書店以此本作爲底本，出版了影印本，署冷道人著，一册。

上述兩種《笏山記》版本，成書早的是鈔本。儘管鈔本没有具體的成書時間，但從内容上看，鈔本是早於廣智書局鉛印本的。鈔本中有多處改動，改動的内容，并非文字之誤或文句的潤色，而是改動故事情節。如卷六第二十二回原文『又嘗椓木六千四百枚』，『六千四百』點去，旁作『一百二十八』；同卷同回原文『母曾夢五色鵲墮懷，摘吞之，遂孕容』，點去『鵲墮懷，摘吞』，旁寫『芙蓉一株，摘簪』；同卷同回原文『遇一尼，拾地下塵撒之』，點去『遇』字，在『一尼』之下，旁加『見之而嘆，因』五字。又卷七第二十六回寫山翠屏『只是私浼著舅公公，買了這一櫃子的書』，點去『買了』，旁寫『不知何處羅得』。如此改動尚多，不一一列舉。更重要的是，鈔本所有改動之處，均在鉛印本呈現出改動後貌，説明鈔本成書早於鉛印本。

鈔本是抄録在印有『小吾廬』的紙上，結合故事内容的修改，可見鈔本是作者蔡召華自藏的謄清本。鈔本還有大量手書的眉批、旁批，批語總字數多達十萬字，約爲正文字數的一半，更爲難得的是，批語是由作者蔡召華手批（詳見本文第三部分），故版本價值極高。

東莞人容肇祖先生在一九四一年三月八日在香港《星島日報》上發表《蔡召華的笏山

記》（收入《容肇祖全集》，二〇一三年十二月，齊魯書社出版）一文，文章記載『廣智書局曾印行過一部《笏山記》六卷，分上中下三本，那書是由張伯楨先生在前清末年拿出去印行。到了民國二十三年，張伯楨先生拿這原稿賣給東莞圖書館，這是由我介紹鄧屺望館長購買的。這稿留在我處十多年，可惜我没有工夫去校對一過，後在東莞淪陷了三年，使我有時回憶到這書』。

由容肇祖先生所言，結合鈔本中鈐有五十三處『東莞博物圖書館藏書』印，可以肯定，此鈔本是張伯楨提供給廣智書局刊行的底本。刊行後，鈔本留藏在張氏處，然後經容、鄧之手藏於東莞博物圖書館，又從東莞博物圖書館流散出去，最後見藏於上海古籍出版社。但廣智書局衹刊行了小説正文部分，對底本中的批語未做整理。

鈔本成書最早，又是作者蔡召華自藏的謄清本，書中所有批語、改動均爲蔡召華手書，極爲珍貴，故此次標點整理《笏山記》即以此鈔本爲底本。底本正文漫漶處，參以廣智書局鉛印本補出。

二、《笏山記》的作者署名問題

《笏山記》鈔本，無序跋。正文在每卷的首頁首行頂格寫『笏山記卷×』，次行寫作者。但作者的寫法不一，如卷一、卷十八寫『寶安吾廬居士戲編』，把『寶安吾廬居士』六字點去，旁寫『東莞冷道人守白氏』；卷二、卷三、卷四、卷六、卷十、卷十二、卷十四、卷十六寫作『東莞寶安吾廬居士戲編』，其餘寫作『寶安吾廬居士戲編』，均未明寫作者是蔡召華。《笏山記》的作者是蔡召華，主要依據民國《東莞縣志》卷八十六《藝文略》載：『《笏山記》六卷、《駐雲亭》十卷，國朝蔡召華撰，采訪册。』采訪册，是指這條内容是訪尋得來的資料。其中關於《笏山記》六卷的記載，與鈔本的十九卷，有所出入。

一九四一年，容肇祖先生發表《蔡召華的笏山記》，文中指出《笏山記》的作者是『蔡召華，字守白，東莞縣人。他的時代約在道光咸豐間。他的曾孫景儒在光緒末曾和家兄同在小學，不久死了，他便没有後裔了。……這書雖然有從前廣智書局的出版，作者的時代與身世，尚未爲人所注意，故此我在這裏略説一下，以備研究中國小説史者的參考』。容肇祖先生能得出確定的結論，除了參考《東莞縣志》中的記載，因其兄與蔡召華的曾孫是同學關係，則可從後人口中得知情況。

楊寶霖主編、歐貽宏整理出版的《蔡召華詩集》，收録了蔡召華《愛吾廬詩鈔》六卷、《細字吟》六卷、《草草草堂草》殘卷、《綴玉集》四卷，爲確認《笏山記》作者即蔡召華也提供了很好的佐證。《笏山記》第六十一回寫韓春蓀白衣中狀元一事，王有詩句感懷曰：『但得相如聽一曲，綺琴長碎也甘心。』蔡召華《愛吾廬詩鈔》卷三有《閨怨》詩三首，其一曰：『深閨深處畫簾深，誰賞深閨白雪音。但得相如聽一曲，綺琴長碎也甘心。』《愛吾廬詩鈔》成書於道光十二年（一八三二），係蔡召華自選詩作四百二十三首刻成。卷首有蔡召華序，末署『道光壬辰七夕後三日，吾廬居士書於愛吾廬之草心堂』，每卷有署名『東莞蔡兆華守白』。兩詩文字相同，也可證明《笏山記》作者就是蔡召華。

曾見一段前輩文人查考《笏山記》作者其人的軼事，姑附記於此：在一九二九年出版的期刊《紫羅蘭》第十二期中，鴛鴦蝴蝶派作家張慧劍發表了一篇以《笏山記》爲題的文章。述其『在昌明書局買得了他的鉛印本』，對作者的署名『東莞冷道人守白氏』，『就這八個字查考，實在查不出作者的真名姓，和他的歷史』，後來『逢人問訊，十個人中，倒有九個半摇頭，說連這本書的名字也没有聽得過』，甚至曾請教『以考證小説擅長的胡適博士，我寫信去問他，他也回不出我的話來』。最後，張氏無奈感嘆：『本來這本書的書名，也太生冷了！』

三、鈔本《笏山記》的批語爲蔡召華自批

鈔本全書有大量批語，爲眉批，文字中間偶有旁批。書中眉批、旁批、改動處，書寫風格一致。經統計，鈔本正文二十萬字，而批語達十萬字，蔚爲大觀。如第十三回有眉批、旁批共四十三條，最長的一處文字有九百二十三字。該回合批語總字數達二千六百七十一字，而正文却不過三千二百三十三字。

筆者認爲，鈔本《笏山記》的批語爲蔡召華自批。

直接證據是《笏山記》第十七回眉批：『傳説膠鬲輩，皆王佐之才。而起家卑賤，安知敝衣賣餅，必無异人乎？然以咬文嚼字之故，致無人采問，吾之所學，世之所憎也。予曾作《貧女詩》云：「蓬户諒無媒過問，幾回思檢嫁衣焚。」噫！亦大可哀已。』此處批者提到了自作的《貧女詩》。查蔡召華詩集《細字吟》卷二有《貧女詩》，曰：『殘絲日積紵宵分，日望空箱有帨裙。卜鏡羞祈占富夢，展巾私綉送窮文。妝成自笑丹鉛吝，力弱仍兼婢嫗勤。蓬户諒無媒過問，幾回思檢嫁衣焚。』此詩的末兩句，與批者所作詩同題同文，可證蔡召華就是批者，亦即鈔本所有批語應爲蔡召華手筆。

旁證亦有多處。第一處，第五回少青作詩曰：『筆尖横掃五千人，誰識毫端泣鬼神。會見管城妖魅滅，萬家俱作太平民。』批者特對『管城』一詞作眉批：『「管城」，自用筆事，有人謂暗指東莞之莞城。誤也。』此處，批者解釋説『管城』，是指筆管之城，并非『暗指東莞之莞城』。而作者原意是否指代莞城，衹有作者自知，除非批者即作者也。第二處，第二十八回有批語：『意諧詞妙。不知者，以爲曲曲遇出奇貨來，而不知暗中實媚嬌鸞，使之歡喜。惟工於媚内者，能爲此文。亦惟工於媚内者，能知此意。』此處，批者認爲衹有『工於媚内者』，纔能寫出這段文字，也衹有『工於媚内者』，能够寫出這段批語，是暗指批者即作者也。第三處，第六十四回有批語：『得翠屏語，所以著文之工；得無知語，所以著文之妙。得無謂古今工絶妙絶之文。他人評之，不若自己評之之能傳其苦心，能得其變態乎？早溪也，無知也，翠屏也，皆作者之化身也。自爲之，自評之，一何直捷。』此處已明説，『自爲之，自評之，一何直捷』，是批者即作者也。

四、《笏山記》的内容主旨

《笏山記》叙述顔少青入雲南蒙化笏山，創建笏山王國的故事。《笏山記》取材於雲南土司，是一部描寫明清時期雲南『改土歸流』的歷史小説。作者不僅對笏山的民俗風情進行大量描寫，還寫到以玉廷藻、顔少青爲代表的中原文化進入笏山後對土司文化帶來的影響。在顔少青成爲笏山王後，他進一步效仿中原，建立統一王國，國號爲『晋』，頒行新曆法，建造王宫廟宇，分地築城，建立關、邑、道三級行政管理體系，廣開科舉。可以説，顔少青建立笏山王國的過程，就是中央王朝在雲南蒙化順利改土歸流的體現。

《笏山记》反映了作者對建功立業的嚮往。在上海古籍出版社影印本的前言中，李夢生談到，將幻想中的孤立區域作爲國家的縮影，以諷世或寄托自己的理想，是清代後期小説的一種時尚。如《希夷夢》寫吕仲卿入海國，《海游記》寫一無雷國，均是如此，體現了晚清文人對社會改革與發展的不同看法。此書又叙述了不少擅長武藝的女子，則明顯與《兒女英雄傳》一類新人情俠義小説合拍。

《笏山记》反映了作者重視女性的態度，刻畫出女性角色『巾幗不讓鬚眉』的氣息。顔少青除了夫人玉連錢，還納了十五位佳人爲娘子，有足智多謀、諳熟兵書的餘餘子，有精通詩文用兵的趙無知，其餘各位娘子均能征善戰，建國後封爲飛鳳閣功臣。而男將可當、斗騰驤、韓傑等，雖立爲從龍閣功臣，但王笏山之功，多側重在女杰之中。

五、《笏山記》的重要價值

容肇祖《蔡召華的笏山記》中説到：《笏山記》在舊小説中，算是一部有結構有布局的好小説。在吴沃堯之前，數廣東人著的小説，不得不推這書。《笏山記》的價值主要體現在藝術價值和文獻價值上。

（一）藝術價值。在劉葉秋主編的《中國古典小説大辭典》、許覺民等主編的《中國長篇小説辭典》、石昌渝主編的《中國古代小説總目·白話卷》、石麟主編的《中國古代小説文本史》等書中，均收有《笏山記》的專門的詞條，大都對該書給予了較高的評價。

《中國古典小説大辭典》認爲：是書以雲南蒙化之西笏山地區土豪間尖鋭複雜的武裝鬥争爲題材，着力叙寫一個外來的文弱書生顔少青，如何在閉塞落後的笏山，同强悍好鬥的土著相周旋，逐漸取得立足之地，又在衆多豪杰的輔佐之下，相繼剪滅群雄，自立爲笏山王的故事。情節變幻曲折，扣人心弦，人物鮮明感人，栩栩如生，尤其是一群尚勇而多才的女性英雄，更是多具豐姿、躍然紙上，充分體現了『笏山無地無才，大抵豐於女子而嗇於男人』的思想觀念。小説對土豪的淫威、人民的苦難，有真切的反映，而西南山區秀偉雄奇的山川景物與奇風异俗，也在小説中有精彩的描寫，一展卷，猶如進入一個陌生而神奇的世界，不惟大長見識，且能得到美的享受，堪稱晚清獨標一幟的异書。

《中國長篇小説辭典》認爲：本書以雲南少數民族的歷史爲題材，這不僅在晚清小説中絶無僅有，即使在我國小説史上也極其罕見。作品在内容上的突出特點，是對婦女的肯定。它塑造了十幾個才能出衆的女性形象，或爲定國的武將，或爲安邦的文臣。她們不僅在婦女中出類拔萃，而且使男子們相形見絀。這反映了作者的婦女觀是相當進步的。可惜前後不能統一：前半部描寫土司的殘暴以及民衆的反抗，内容充實，後半部大寫武技，遂入武俠小説的窠臼。

《中國古代小説總目·白話卷》評價：作者仿效《三國志演義》寫可、紹、韓三莊及依附各莊的小鄉之間勾心鬥角的鬥爭，拉攏打擊、結盟背叛，頗爲曲折複雜。可惜作者筆力不够，駕馭大場面的能力有限，作品缺乏藝術震撼力。而書中對幾位女性的刻畫及才女雅事的描述，却比較有情致。

《中國古代小説文本史》認爲：作者文筆不錯，回目對仗工穩，語言流暢明晰，叙事生動活潑，描寫細膩傳神。

阿英《晚清小説史》將《笏山記》納入『講史與公案』一類：取材雲南土司的，還有東莞冷道人守白氏《笏山記》六十九回，光緒三十四年廣智書局刊，寫土司的淫威，以及民衆反抗的失敗。前三分之一寫得很好，乃後走入武術小説途徑，毫無新意，遂漸弱。

（二）文獻價值。

《笏山記》中保留了大量雲南蒙化山川景物與奇風异俗描寫，爲學界研究雲南社會生活史料提供了資料。比如描寫等級制度：山中可、紹、韓三巨姓，稱莊，而以莊爲最大；莊内分莊公、莊勇、耕田家。三莊周圍各環繞五百餘鄉，鄉内亦分鄉長、鄉勇、耕田家。描寫歲供：紹、韓兩莊每年要向可莊進獻歲供，每鄉鄉民則向三莊歲供。描寫外奸：三莊之人則視諸鄉人如奴隸，山中人没有莊公的命令不得擅自出山，出山與外人通者，名曰外奸，立斬無赦。描寫物産風俗：其地多馬，其俗强悍好鬥，不尚文。《笏山記》中還有對婚嫁、節日、容貌、人情等的描寫，不一一列舉。

《笏山記》是東莞歷代古籍中的第一部小説，也是存世唯一一部小説。作爲東莞人的作品，自有其鄉邦文獻價值。鈔本爲蔡召華自藏的謄清本，又曾在原東莞博物圖書館過藏，作爲東莞鄉邦文獻，有望通過進一步的研究，窺看作者生活時代的社會生活史。故此次整理出版《笏山記》，不論是爲學界研究晚清小説提供資料，還是爲保存東莞文化史料，都很有必要。

《笏山記》整理點校工作於二〇一三年春啓動，歷經十載，過程中幸有業師楊寶霖先生給予了極其認真的指導，師友香權根提供了極其嚴謹的審閲意見，師友歐貽宏整理本《蔡召華詩集》對開展《笏山記》的整理研究提供了極大的便利，師友謝創志、羅雯娟、黄禎祥亦給予筆者很多的鼓勵，謹在此一并致謝！《笏山記》得以編成和出版，還要感謝東莞市莞城圖書館、齊魯書社給予的大力支持！

自知淺陋，見識平庸，謬誤在所難免。願方家大雅，不吝賜教！

二〇二二年十二月

凡例

一、本次整理以上海古籍出版社藏《芴山記》鈔本爲底本，底本正文漫漶處據一九〇八年廣智書局鉛印本補出。

二、底本原有之眉批、旁批，統一移置各回末，分别標注『眉批』或『旁批』，并於批語原處，用圓括號加數字標示。

三、底本正文殘缺、漫漶之處，據廣智書局鉛印本補出。在所補文字處用六角括號加數字標示，底本原貌在回末注明。

四、底本批語殘缺、漫漶之處，若可據正文或上下文自校補充，則在殘缺不清處加按語説明『當爲×字』。若剩半邊字形可識或可按文意推斷，則加按語説明『似爲×字』。

五、底本异體字一般改爲通用字。

目録

總序……（一）

前言……（一）

凡例……（一）

卷一

第一回　可家兒讀書貽笑　玉氏子出山求名……（一）

第二回　賂本官拙行鐵扇子　懲土惡痛打丁霸王……（七）

第三回　聚黑獄三虎談情　揭覆盆萬民屬目……（一三）

第四回　葉縣民遮道留車　蒲府官憐才雪獄……（二〇）

第五回　罷印符門生作嬌客　聯手足武士亦詩人……（二七）

卷二

第六回　築鸞樓可莊公納妹　會牛嶺玉鄉長興師……（三三）

第七回　玉公登壇大破敵　韓氏受賂先背盟……（四一）

第八回　困古廟可僧椎救生盟主　出碣門紹軍車載死莊公……（四九）

第九回　避公位牛嶺賦新詩　劫囚車韓莊遭烈火……（六〇）

卷三

第十回　遵遺屬紹莊公會喪　陷深坑鐵先鋒喪命……（七〇）

第十一回　紹秋娥鐵棒打韓莊
顔少青彩旗聘可女…………（八〇）
第十二回　訪榕坊衆小厮拿石
宿茅屋兩村女聯床…………（八六）
第十三回　贈金盞顔莊公賂鄙夫
鬧鏡房可娘子調嬌婿…………（九八）

卷四

第十四回　血濺花園炭團誤弑可明禮
火燃眉阪嬌鸞計救顔少青
…………（一一二）
第十五回　破可兵香姐擒飛虎
逃韓難張女救真龍…………（一二二）
第十六回　殺韓煦馬首集磨刀
救崇文龍飛領令箭…………（一三一）
第十七回　左眉莊仗義立韓陵
養晦亭新詩聯紹女…………（一三八）

卷五

第十八回　桃花鄉奇女任百鷙弄巧
松樹岡奸人與雙虎同誅
…………（一四九）
第十九回　病尼姑草坡秘授兩頭鏟
莽娘子毛洞同誅三界魔
…………（一六〇）
第二十回　霞洞酒杯盟足足二女同逃
竹山醋碗歃香香衆姬齊鬧
…………（一六九）
第二十一回　大智力降五娘子
少青齊納兩佳人…………（一七八）

卷六

第二十二回　談離合錦囊私解字
救莊鄉黄石兩興師…（一八三）

第二十三回　伐韓陵紹莊公大盟葛水
醫可當雪娘子夜走鈎鐮……………（一九〇）
第二十四回　燕娘杏娘十字坡齊鏖巨敵
莊公莊勇一杯酒互訂良媒……………（一九八）
第二十五回　莽鄉主揮拳奪鄉長
多情女感夢説情郎……………（二〇六）

卷七

第二十六回　代鴻雁一女戴星霜
效鸞皇兩雌誤雲雨……………（二一七）
第二十七回　奪狀頭百花輿争御雌才子
屯雙角萬竹峽齊擄女英雄……………（二二九）

卷八

第二十八回　會重闕嬌鸞娘子誇奇寶
傳華札跨鳳才郎娶狀元……………（二四五）
第二十九回　聘花容五佳人齊開謙口
踏月影兩娘子各訴隱衷……………（二五三）
第三十回　水月儘多風月竹外聞琴
禪房權作洞房花前酬聘……………（二六一）

卷九

第三十一回　趙無知權扮新夫婿
百不敗計賺假佳人……………（二六七）
第三十二回　戰唐埗誅暴立賢
鬧洞房移花接木……………（二七五）
第三十三回　嫂侮姑衆鄉勇擬攻開泰
兄刺妹諸娘子力救公挪……………（二八四）

卷十

第三十四回　迎嬌婿趙鄉長稱公
火蓬婆范佳人破敵……（二九〇）
第三十五回　觀軍容呼家寶登臺論將
信天命紹潛光逾溝受盟……（二九七）
第三十六回　立界表重尋舊雨柳沾泥
露真情一度春風花結子……（三〇五）
第三十七回　欺可氏手札賺飛熊
諷紹公眉莊媒卜鳳……（三一一）

卷十一

第三十八回　尋少青黃石虛與救可師
薦小黑紫霞大作無遮會……（三一八）
第三十九回　三勇召道中苦諫花容
百獸殲洞裏祥呈玉璽……（三二七）

卷十二

第四十回　接紫藤書三莊勇中途逢敗將
復黃石地兩娘子分道展奇猷……（三四一）
第四十一回　少青回兵赴家難
嬌鸞駐馬雪奇冤……（三五〇）
第四十二回　立壽官百經營不負遺孤
死韓公一紙書能留娘子……（三六〇）
第四十三回　僭王號兩宗妃同被殊恩
賣韓莊四貳臣合遭顯戮……（三六八）

卷十三

第四十四回　感累葉收録舊莊公　布四鄰始即新王位……（三七八）
第四十五回　大晋封諸娘子一朝渥澤　小施展多智侯千里朝天……………（三八五）
第四十六回　舊恩歡續南薰宮　吉語新書群玉府……（三九三）

卷十四

第四十七回　新曆成窮匠人一朝遇合　舊雨聚老夫婿兩地因緣……………（四〇一）
第四十八回　給玉佩韓公子抱乳拜丈人　忌曆書紹眉王忍心誅叔父……………（四一一）
第四十九回　劫法場紹緯設謀救父　戰鐵山司馬失算喪師……………（四二一）
第五十回　降將權時留幕府　王師大舉伐眉山……（四二七）

卷十五

第五十一回　議眉京呼相遣軍分守險　火林箐紹王賞雪大喪師……………（四三四）
第五十二回　亂宗嗣瞋雲私育僞儲君　媢鄰邦潛光忍遣廢王后……………（四四一）
第五十三回　勞大夫拙用美人計　可新婦巧點探花郎……（四四七）
第五十四回　晋王恩幸諸瞥　可妃病邀殊眷……（四五二）

卷十六

第五十五回　竇將軍夷庚寨怒誅妖道
樂童子樊仙岩力斬邪神……………（四五九）
第五十六回　布檄文一巧匠鴉飛鳶鬧
亂宮闈兩國舅殺相逼君……………（四六九）
第五十七回　破碣門紹主出降
迎王師晋軍奏凱…………………（四七七）

卷十七

第五十八回　分十道花餘餘初定鴻圖
破三城可足足夜攻烏合……………（四八五）
第五十九回　兩才人新詩强結百年緣
四奇媛狂歌醉鬧五仙廟……………（四九三）
第六十回　倒神像仙子投胎
試凱歌才人揮管……………（五〇一）
第六十一回　韓春蕬白衣中狀元
楊三弟赤身召仙子……………（五〇七）

卷十八

第六十二回　劫妖囚黄石侯中途被弑
阻毒霧伏魔伯深夜罹灾……………（五一四）
第六十三回　火獸無功遭急雨
嬌鸞轉念悟慈雲……………（五二三）
第六十四回　慈雲庵封髮酬君寵
延秋亭同心解主憂……………（五三二）
第六十五回　奔紫都玉兄弟説妖人
布檄文張指揮得美婦……………（五三九）

卷十九

第六十六回　改公文一字誅韓水　净妖霧兩妃遇顓和……………………（五五一）
第六十七回　鬥分身白髮小兒喪命　破妖陣藍眉仙子伏誅……………………（五六〇）
第六十八回　復故土玉重華五歲封侯　泣深宫可炭團一朝會母……………………（五六五）
第六十九回　從龍飛鳳繪功臣　玉牒珠囊貽後嗣……………………（五七六）

卷一

東莞冷道人守白氏戲編

第一回　可家兒讀書貽笑　玉氏子出山求名

固和尚者，笏山王之裔也。僧舍秋燈，大雨彌月，長宵難遣，與和尚對榻寢，爲述乃祖笏山王事甚析(一)。

笏山，在雲南蒙化之西。天日晴朗，人遥望萬笏拄天，曰：『此笏山也，亦呼萬笏山。』好事者裹糧尋之，行一二日，山忽不見，而不知山之中，山水環注，桑麻鷄犬，不下數十萬家，蓋秦桃花源之類也。永樂時，每年九月，有人携銀三百兩，到蒙化廳納糧，自言山中人，衣冠言語，無异土著。又百年，始有玉廷藻成進士，由縣令至知府，政聲藉藉，爲當道所忌，罷官去(二)。

山之中有三眉山，三巨姓居焉。中眉山俱可姓，約萬餘家，名可莊。右眉山俱紹姓，曰紹莊。左眉山俱韓姓，曰韓莊，亦不下萬家。其錯居環拱者，五百餘鄉，然言鄉不言莊矣。其地多馬。其俗强悍好鬥，不尚文。每鄉有長，曰鄉長；長之次，曰鄉勇。而莊之長，則曰公；公之次，則曰莊勇矣。其公、其長、其勇，大約擇本莊本鄉之雄武者爲之，亦有世襲者。凡諸鄉之耕田家，得穀一石，則以三斗供鄉長。鄉長自取一斗，以六升供韓，六升供紹，八升供可。韓、紹二莊之耕田家，得穀一石，則以一斗五升供本莊公。本莊公自取一斗，而以五升供可，名曰『歲供』。惟可莊之耕田家，以一斗供本莊公而已。穀之多寡，視此爲等殺焉。三莊之人，則視諸鄉人如奴隸，而諸鄉人亦俯首帖耳，不敢少有冒犯，如奴隸之遇官長，其俗然也。婚娶，除親姐妹俱不禁，然結婚异姓者，聽之。其人不許出山，出山與山外人通者，名曰『外奸』，立斬無赦，而得公令者，不在此例。鄉之人得鄉長令，猶要得韓、紹二莊公令；得韓、紹二莊公令，猶要得可莊公令。韓、紹之人，得本莊公令，亦要得可莊公令。惟可莊人，得本莊公令，即可出山無罪矣。

韓莊之南，有黃石鄉，鄉皆玉姓。其鄉長玉遇工，長此鄉四世矣。至遇工漸弱，幾失長。妻林氏。廷藻，其出也。遇工私購山外書，俾之讀，而廷藻聰敏甚，弱冠，經史制義無弗通。娶桃花鄉云氏的鄉主，名小鳳，甚相得。

原來，山中的稱呼，凡莊公之女，稱『莊主』，鄉長之女，稱『鄉主』。大約如公主、郡主之例。

一日，商諸父母曰：『兒自揣學已有成，欲出山應試，博一微官，爲山中作个破天荒，不强似仰三莊人鼻息。』遇工曰：『兒不知莊公的法律麽？待爲父的相个機會，去得時，便去。』言未已，忽傳鄉勇玉無敵來見。無敵曰：『昨日可莊公有令，欲尋个識字懂事體的，出山納糧。你少爺自少讀書，何不着他應令出山，廣廣見識？』遇工大喜(三)，教無敵備馬俟候，携廷藻及幾个從人，親謁可公。

黄石至可莊，原有數百里之遥。到時恰夜深時候，宿於莊勇可如彪家。

是夜，明月如晝，廷藻見父已寢，步出軒後園子裹看月，遥聞書聲琅琅，觸其所好，脚步兒隨着那書聲，踱至一小室外(四)。從窗縫張去，燭光下，卧着一人，深目鈎鼻，握卷嘔啞。細聽之，所讀乃《三國演義》，不禁格聲一笑(五)。其人抛書竟起，大踏步走出户外，叱問：『誰敢笑我！』廷藻上前作个揖曰：『小弟是黄石鄉長之子玉廷藻。蒙伯父留宿廳事，聞書聲甚美，故踏月偷聽，不期驚動兄長，休得見罪。敢問兄長是誰？』其人發怒曰：『你不識可明禮少爺麽？我父親好意留宿，你倚仗着鄉長的野卵兒，在此探頭探腦的笑少爺讀書，吃少爺一拳。』即提起碗大的拳頭，没臉的打將過來。廷藻大驚，轉步便走，從軒外繞至耳廊，見兩个人提着燈籠，斜刺地引着如彪，便大呼：『伯父救我！』如彪見兒子趕着他，便問何事。明禮曰：『兒好好的在書房讀書，這厮從窗外笑我。讀書是可笑的麽(六)？』如彪曰：『我的兒，饒他罷，他也會讀書的。』明禮曰：『敢是笑我讀的不如他麽(七)？』提起拳頭，劈面又打。如彪用手格住，呼廷藻過來：『是你的不是了。向少爺跟前跪着，賠个禮罷。』廷藻捏把汗，只得磕頭賠罪。如彪曰：『我的兒，且饒他，明兒再說。』明禮忿忿地去了。

廷藻謝過如彪，回寢處，坐床上哭。自思等人耳，只是姓小了些，便受這等惡氣。想了想，漸哭得聲高了。遇工夢中驚醒，詰問出情由來，不由得不氣，把着廷藻的手曰：『兒且住。若莊公許你出山，便暗暗地携着媳婦兒同去，不作了官不許回來。有甚禍患，爲父的自當之。』廷藻含着泪曰：『兒何足惜，只防可公知道呵，苦了兒的爹娘呀！爹娘呀！』言着，跪在床前，烏烏的哭个不住。遇工攙起來曰：『兒且住，若被人聽見呵，不是耍！天漸亮了，可洗净你臉上的泪痕，隨着爲父見莊公。莊公若允了，便是你的造化。』

天明，解開包裹，拿出十兩銀子，送如彪作人情。如彪喜曰：『這事在某身上。』遂帶着他父子來見可公，言廷藻怎的能讀書，怎的識事體，出山納糧，惟有他可以去得。可公大喜，即取莊令一枝，糧銀三百兩，交與遇工，遇工交與廷藻，另銀二十兩，與廷藻作盤纏，言明日吉日，便可起程。遇工拜辭了可公，又謝了如彪，携着廷藻，帶從人，上馬回黄石。又使人稟過韓、紹二莊公。

是夜，一家哭着，打點貲斧行李，令媳婦兒小鳳扮作家童。林夫人捺着泪曰：『我眼前膝下，只有你兩口兒。你這一去求官呵，可幾時回來的（八）？』廷藻伏在地下，哭得不能答應。小鳳曰：『婆婆珍重。我們被人欺侮的忒煞！倘天可憐呵，自有伏待婆婆的日子（九）。』遇工曰：『我的媳婦兒，倘你丈夫不得官，教他且在山外過日子，爲舅的永不要他見面了。』小鳳曰：『媳婦曉得。只是眼前膝下呵，盤匜誰捧？蘋藻誰供？教媳婦去一年抱一年憂，去一日抱一日憂，去一刻抱一刻憂〔一〇〕！』言着，又倒在地下啼哭。忽一老媪前禀曰：『小子們言外邊天已亮了，馬匹都齊備了，不争你們哭呵！只是趕不上宿頭，路上又多虎狼，却怎了？』遇工催促兒媳上馬，教玉無敵輔着挑行李的小子，取路出槎槎徑來。

這槎槎徑凡十二曲，始達山外，只可容一人一馬，每曲有人守着。驗了莊令，出了山，四人竟投蒙化廳來。交納明白，無敵回山繳令去了。

【批語】

（一）〔眉批〕扶質立幹，垂條結繁，發端純用正鋒，掃盡俗塵，墨無旁瀋。最可厭者，入手便敷衍閑文，或一回或半回，如《紅樓夢》《萬花樓》諸説部。作者深惡其謬，用杜陵『擒賊先擒王』法，首句即擒『笏山王』三字，眼明手辣。那有顢頇之氣，犯其筆端。

（二）〔眉批〕玉廷藻，笏山王之緣，亦一部《笏山記》之緣也。先於此處一提。

（三）〔眉批〕此『喜』字，非喜其應令出山也。所云『相个機會』，今恰有此機會也。

（四）〔眉批〕如畫。

（五）〔眉批〕彼何人斯？即他時弑父、弑主、納妹之人也。《三國演義》非不可讀，彼特不會讀耳。

（六）〔眉批〕妙語。士猶見笑於樵夫，而况徒博讀書之名者乎？調侃不少。

（七）〔眉批〕一部《笏山記》，必發端於可家兒讀書，玉氏子出山，何也？無可家兒一激，則玉氏子之出山，未必至於二十餘年之久而始入山可知也。無二十餘年之久，則不遇少青。不遇少青，則少青不得入山。少青不得入山，則笏山無王矣。笏山無王，則笏山無記矣。此必發端於可家兒、玉氏子之故也。明禮既非讀書，而必大書其讀書者，何也？笏山尚武不尚文，故潛修之士，皆隱伏岩谷，不言讀書。而明禮偏欲以讀書鳴笏山，甚可怪也。然武不可以僞假，而文可以色莊。可莊武人能讀書者，惟可當一人。餘則舉國若狂，誰能窺我真僞？況可當雖能讀書，而不欲以讀書鳴，是讀猶未讀也。我則必以讀書鳴於人，而人則必以讀書加我，則我之讀書之見信於世也久矣，而不圖貽笑於廷藻也。雖然，笏山雖不尚讀書，而定笏山者，反出兩个讀書婦人之手。自紹潛光尊禮花狀元，而風氣爲之一變。繼而起者，男有玉和聲、可芳蕤、韓春蓀之徒，女有山翠屏、斗貫珠，皆風華之選。郁郁乎文！極一時之盛，安知非明禮引其端歟？當是時，真讀書者，無不思出山鳴國家盛。苟無僞讀書者先互相標榜，將笏山并無有人知『讀書』二字者矣。子曰：『我愛其禮。』作者大書讀書貽笑，殆亦羊存禮存之意歟！

（八）〔眉批〕『幾時回來』云者，非問其幾時方可回來也。出山不易，求官更難，幾時可能轂回來，是難於回來之辭也。

（九）〔眉批〕血滴泪迸之辭。作者不忍多着一字，閱者亦不忍甚多看一回。

（一〇）〔眉批〕幼讀先正『游必有方』制義，讀一會，必停一會。塾師怪之，而不知停一會時，即背人滴泪時也。若一直讀去，便大哭出聲矣。今讀『只是』以下，不過三十五字，泪亦不能下，聲亦不能出，心亦不能思，口亦不能味，手亦不能書。惟瞑目向壁不語，更何堪再讀乎？嗟乎！誰無父母，誰非兒媳！作者竟不爲閲者地，而必以此三十五字，打入人情竇、心坎、性孔中耶！人言『一字一泪』，此則萬珠團作一字。三十五字，不知費鮫人多少明珠，纔哭得出來也。

第二回　賂本官拙行鐵扇子　懲土惡痛打丁霸王

無敵回山後，廷藻在錦溪旁租了一所房屋，與小鳳居住。這錦溪去城南半里，岸夾桃李，間以垂楊，花時粲爛如錦，是个絶幽雅的所在。小鳳换了女妝，不旬日，討了个小丫頭、一老媪、一小斷，五口兒過活。

是年，提學簽事胡公，見廷藻文，大奇之，取入蒙化學第一。明年鄉試，又中經魁，連捷成進士，以三甲授南陽葉縣知縣。

這葉縣，俗最頑梗，多盗賊。盗賊以三霸王爲窩主。城中霸王丁姓，是个武舉；東南隅霸王韋姓，是个援例的監生；西北隅霸王刁姓，是个捐銜的照磨。三人各霸一方，專一占人妻女，縱爪牙暴掠良善，官府莫敢誰何，人又號他爲『坐地三虎』。廷藻到任，微行訪察，深悉其敝。

是日，携眷到衙，前官交卸已畢，即有三名帖到拜。覽之，丁武舉、韋監生、刁照磨也。帖裏寫着或鐵碗十全，或鐵瓶一雙，或鐵扇一持。玉公大疑，呼舊吏問得明白。始知鐵扇者，銀一千兩；鐵碗，銀六十兩；鐵瓶，銀四百兩。是這裏交結官府的暗號。玉公大怒，呼號房門子，罵曰：『本縣是清如冰、直如弦的官，纔到任，敢以此物相侮弄！』擲其帖於地。

明日，搜撿前官案件，正要尋那三人的破綻。見有生員陳燕，控韋監生搶奪田禾，打死伊弟陳多福一案；劉李氏，控刁照磨强奸伊媳胡氏，殺死三命一案；劉全貴，控刁照磨糾盜劫伊當店，贓越一千，斫傷事主八人，其一登時斃命一案；韋倫光，控韋監生毀骸奪墓一案。搜來搜去，并無有控丁武舉的（一）。正猜度間，忽炕上有紅紙飄下，拾視之，仍是三人的名帖。其鐵扇一持的，加至兩持；鐵瓶一雙的，加至三个；鐵碗十全的，加至一十六个。呼長隨門子詰問，并言不知。乃將三帖藏書夾裏，每值告期，留心伺察，亦并無有告丁武舉的（二）。

會城西武廟誕期，擺道往祭，歸至西清街，聞叫冤聲甚哀楚，遂停轎，教拿那叫冤的。頃忽拿至。兩婦人懷中取出狀子，玉公看了，喝曰：『你這婦人好刁潑，須知丁某是本城中最有體面的，你聽誰唆擺，誣陷鄉紳（三）？』婦人欲分辨時，玉公喝聲：『鎖住，拿回衙內，慢慢地究出唆擺人來。』衆差役一聲吆喝，鎖着婦人，隨轎回衙。滿城百姓爲那兩个婦人捏着把汗，哄至衙門看時，又悄悄地一無所見（四）。

早有人報知丁武舉，武舉大喜，自言自語曰：『這兩持鐵扇，使得妙也（五）。』正鼓掌間，忽背後有人和着曰：『使得妙！使得妙！』武舉驚顧時，是家中幫閑的，混名面面毒，相與大笑（六）。武舉曰：『正欲與你酌議此事。這城中誰敢這麽大膽，與那婦人做狀子，作我的對頭？你想想，想得出時，即刻擺布了他，作个榜樣看看。』面面毒皺着眉，想了一會，曰：『是了，岳廟前新來个擺卦的，自說是廣東人，又自說會做狀子，但没人采他。想城内外做狀子的，誰敢向虎鼻上討汗？况大半與爺相好的。除了他，别無第二个(七)。』武舉怒曰：『着人捉他來，試試老爺的大棒利害不利害(八)。』面面毒曰：『爺勿動氣，新官的脾氣，是拿不定的。我請問這兩持鐵扇，可曾交到玉太爺手裏麼？』武舉曰：『我打聽着這帖子是老玉笑嘻嘻收得密密的，正打點這鐵扇子如何送法，恰有那婦人的事發作。他若想我這鐵扇子送得快時，須火急的將那婦人替我打死。不呵，我便另行計較。』面面毒跌脚曰：『這話差了，差了！初到任的官兒，如飢鷹一般，眼中的肉，未曾入腹，這飢火燒出來，立刻變卦(九)。我勸爺明日寫个拜帖，使人扛着鐵扇子，面上蓋些菘菜，親自送入署裏，當面交納，兼問他這婦人如何辦法。又將岳廟的占卦先生過了嘴，等官差拿他，辦个唆訟之罪，不勝似自己動氣麼？』武舉笑着，拍案曰：『人言汝面面毒，誰知又面面到哩。你明朝打聽着婦人的消息，或者已結果了他，也未見得(一〇)。』

明日，面面毒起个絶早，衙裏打聽了半天，打聽不出一些消息來。又去問拿婦人的小差，那小差說：『這官十分古怪，將婦人一直帶入内署，至今未曾放出，知他怎的(一一)。』面面毒遂將小差的話回復武舉。武舉十分疑惑。

午下，扛着鐵扇，寫了名帖，乘着轎，往衙裏時，又道本官有病，改日請會。這鐵扇依舊扛回，與面面毒面面厮覷，不知怎的。

又過了兩日，忽有人拿着玉廷藻的名帖，曰：『本縣太爺，請老爺衙裏吃酒的。』面面毒指着帖子，嘻嘻的笑曰：『此是催鐵扇的符了(一二)。』商議了一回，武舉忙忙的換了嶄新衣服，使人扛鐵扇，隨着轎子，直奔衙裏來。至大堂，下了轎，却不見知縣出迎，肚裏正自疑惑，忽數十个公人鬧着，拿鐵練牽着兩个人，由東邊牽過西來，捺眼看時，諕的魂都散了(一三)。你道此兩人是誰？一个是東南隅霸王韋監生，一个是西北隅霸王刁照磨。定定眼，欲向前問个原故，背後聽得叮噹的響，一條黑影兒眼中晃着，早有人套了自己的頸了(一四)。武舉驚定時，向公差罵曰：『你的不知死活的賊男女，誰教令你敢套老爺？』公差曰：『不干我們的事，只是老玉教令着，不敢不遵的。』言未畢，一聲梆子響，鼕鼕鼕，三點鼓，大堂上，嗚嗚着贊起堂來(一五)。

武舉冷笑一聲，挺身子面外立(一六)。玉公大怒，喝左右將武舉拖翻在地，剥去冠服，打四十大板。這打手原懼着他，只是輕輕的見个意。玉公看在眼裏，換別打手，將前打手亦打了四十，趕出去。使數人各拿藤枝，復將武舉打了百餘，皮肉迸血，纔呼住。武舉卧在地下，大呼曰：『武舉所犯何罪？左不過鐵扇子繳遲了些，不直得恁般苛刑。』玉公將響木兒亂敲，喝再打。左右齊吆喝着，只不動手。玉公曰：『本縣清如冰、直如弦，你寫的甚麽鐵扇兒戲弄本縣，故此打你(一七)。使人將鐵扇扛到庫房存庫，本縣自有處置。叫門子拿枝簽兒，押往大黑班中，明日再審。』

【批語】

（一）〔眉批〕從三人側卸到丁武舉。蓋刁、韋，又武舉之賓也，故叙武舉用正筆，刁、韋用旁筆也。落到武舉，依然又合寫刁、韋，龍跳虎躍之筆。

（二）〔眉批〕又從三人落到武舉，宜直叙武舉矣。忽然又向祭武廟兩婦人叫冤，從玉公一邊寫武舉。而所叫何冤、狀子中寫着何事，純用悶胡盧法，顛倒煞人。

（三）〔眉批〕一个新官舉動，殊不可測。

（四）〔眉批〕奇，奇。愈不可測。

（五）〔眉批〕如此復渡到武舉身上，真有飛行絶迹之筆。

（六）〔眉批〕出面面毒，先聞其聲，不奇。奇在落墨無多，而兩人醜態，一齊活現，而奇遂至於不可思擬也。

（七）〔眉批〕與下文韋監生之言，若合若不合，各人口吻俱肖。

（八）〔眉批〕是訟棍、衙蠹口吻。

（九）〔眉批〕今之做官者，大都如是。今之善揣摩做官脾氣者，亦無不如是。面面毒，不止幫閑，却欲幫鬧矣。

（一〇）〔眉批〕深信鐵扇之靈，能結果人。大抵平時結果於鐵扇中者，不少矣。

（一一）〔眉批〕純用悶胡盧法。

（一二）〔眉批〕以請帖爲催符，而不知非催鐵扇之符，催命之符耳。

（一三）〔眉批〕未知兩婦人之消息如何，先睹兩霸王之神威已失。同病相憐，焉能不諕？此是武舉文字，非刁、韋文字也，然刁、韋之事，已趁勢在武舉眼中寫出，不用費筆墨另寫。神技也。絶難形容之事，偏善形容。

（一四）〔眉批〕鐵扇子仍未交，鐵練兒先被套。

（一五）〔眉批〕縣官打鼓升堂光景，着墨無多，形容盡致。

（一六）〔眉批〕假作崛强，是土豪醜態。

（一七）〔眉批〕偏不説明婦人所告何事，仍是悶胡盧。言恃錢財賄弄官府，即無人告發，便已有罪。作者大抵甚惡此輩，故借玉公口裏駡出來。

第三回　聚黑獄三虎談情　揭覆盆萬民屬目

葉縣中，未成獄的犯人押處，有大黑班、小黑班兩所。小黑班，是最易打點的好去處。這大黑班，有俗語專道他的苦：『莫到大黑班，生難死更難。』言犯人到這裏，求死不得，是十分難過的（一）。

此時，武舉滿身腥血，不能走動。衆差役扛到大黑班門首，班子接着，知他是城中有名的財主，大喜，將他抛在煤地上。黑洞洞地，覺得滿身釘子，釘入肌肉裏來。伸手捫時，似地下鋪着起棱的瓦礫。轉側觸着棒痕，嘶叫得聲都啞了。但聞有人罵曰：『你平日仗着交結官府，無惡不爲。人有一碗飯吃，你都奪了；人有妻兒女兒，你都淫污了；人有半間房屋、一件衣服，你都拆了、剥了；人有肢兒體兒，一樣是父母生的，偏吃你的棒打刀割。以爲你的財兒勢兒，可撑得一萬年了，誰知你的鐵扇子不靈了！惡已貫盈了，今日也落在老爺的手裏（二）。』武舉曰：『我的哥呵，可憐見呵，丁某被人陷害的忒毒。哥若照顧我時，情願送半扇兒鐵與哥裏哩（三）。』又聞那人冷笑曰：『若要老爺覷顧呵，須要个十完十全的鐵扇，缺些角兒也不要。你依着我，我便拿紙筆來與你寫，着人帶去你老婆處。你老婆愛你時，這鐵扇便早交些。今夜交鐵扇時，今夜便有好宿頭；明日交鐵扇時，明日便有好宿頭；再等到明年今日交鐵扇呵，明年今日便有好宿頭。俾你三虎一窩兒坐地，你想想哩（四）。』武舉哭着曰：『不争一个鐵扇呵，只是有名無實的家私。我又不在家，誰張羅得許多呢。大哥，饒些罷。』那人大怒曰：『賊狗才！你積年積月，詐得人一起一起的雪花白好紋銀，只想孝敬那不通世務的板老玉。老爺是最圓活的，却怎地慳吝（五）。』正千狗才萬狗才的罵着，似黑暗中有人拉着那人的手，一竟去了。

覺得渾身濕透了，捫着嗅時，腥腥的大都是血了，復打點叫起冤苦來。忽見一人提着燈籠，拿着一件舊布衫，從黑影裏閃將出來，大都是前兒被罵的班子了，笑嘻嘻曰：『這裏不是丁老爺的宿頭，隨我來。』武舉那裏挪得動，那班子只得攙着，慢慢地行。至一處，將拿來的舊衣替他穿好，拔去木板，教他蹲將入去(六)。

這裏陰閃閃一盞燈兒，先有兩个人藉地坐着，齊聲曰：『丁老爺，你也來麼(七)？』細認時，正是日間所見韋監生、刁照磨兩个。武舉曰：『正要問你，因甚事押此呢？』刁照磨曰：『這知縣的脾氣，最是猜不出的。放着我們的鐵碗鐵瓶，不留着自己受用，却要存庫繳上司。又不知怎地，劉李氏劉全貴的案，已經前官駁翻的，今兒一齊發作。真真不解。』韋監生曰：『岳廟前新來一占卦的，説我近日必犯官刑，被我一頓地打碎他的招牌，他一溜烟逃去。誰知就是這知縣扮的。大都我們都喪在這人手裏哩。』武舉詫异曰：『這知縣是雲南人，岳廟前占卦的，聞説是廣東人，未必便是他。若是他時，我命休矣(八)。』監生曰：『你居城内，衙門的事最能把持的，誰敢告你？聞説錢姑娘的事發作，是麼(九)？』武舉拍着膝曰：『呵，是了是了。前兒兩个婦人攔輿告我，這狀子聞是岳廟前占卦的做的。占卦的果是這知縣時，我命休矣，休矣(一〇)！』言着，哭个不住。

兩人勸住了，問曰：『錢姑娘的事，我們究竟未知底細，兄可實對我們説説，萬一有个酌量。』武舉嘆氣曰：『説起來不由人不惱。這錢大，住着我的左鄰，不該生个女兒，花枝似的，惹得人人唤他做錢姑娘。又不該招个最窮酸的女婿，是縣前教童館的，混名叫做章書櫃。據我平時的性子，本該白搶了他受用的。因近來供着佛，修些善果，使面面毒將着十貫足錢，給那書櫃，教他老婆讓我睡三五晚，未便虧他。他竟不依，將錢擲回。你説可惱麽（一一）？』兩人齊聲曰：『惱得不錯。』武舉曰：『這書櫃攬着老婆，絶迹不到書塾，誤了人家子弟的歲月。俗語説得好，「優，娼，皂，盜，師」。這些教童館的師，還在優、娼、皂、盜之下哩。』照磨曰：『兄的話太甚些。』武舉曰：『還甚些哩（一二）！這人其中不可問。學那優孟衣冠，妝着爲師的幌子，是優；巧言令色的媚東家，濃圈密點的媚學生，是娼；東家有些事，奉東家令如奉官長，頭做脚行，於中取利，是皂；某家没錢，某家有錢，平日看在眼裏，百般的央人做脚，乘隙鑽穴，向有錢家鑽得个館，漸漸將胠篋探囊的故智拿出來，暗取東家的財，是盜（一三）。這一項人，還兼着四項哩（一四）。就是老婆與人勾搭，亦不辱没的。我浼錢大退了那不長進的女婿，他亦不依，你説可惱麽？』兩人曰：『惱得越發不錯。』武舉曰：『這一日，我撞進他屋裏，將這姑娘抱住，又減着性子，好意兒親个嘴。未曾有怎的，他反哭將起來（一五）。錢大率着兒子、老婆、媳婦，一齊哄攘攘，將我趕出門外，關着門。你説可惱麽？』兩人曰：『這回惱得越發不錯不錯了。』武舉曰：『我想的没法，教北門内這个翟大毒，僞着那書櫃典老婆一紙文契，便唤齊街鄰，搶了那姑娘歸。正待快活，誰知他没福分，撞石死了。你説可惱麽？』兩人曰：『可惱可惱，不錯不錯。』武舉曰：『正惱不了，這書櫃還拿狀子告我，被我捉住，一刀斫死。斫得性起，又尋着錢大父子，都斫个爛瓜似的。叫人將他的房屋拆了，什物燒了。錢大的老婆、媳婦，不知逃往何處。攔輿告我的兩个婦人，多分是他了。這狀子一定是這狗官兒代他做的，自做的狀子向自己處告，有王法麼（一六）？你說可惱麼？』說着又惱將起來。監生曰：『惱也無益（一七）。兄平時好結交那有勢力的，想个法兒纔是。』武舉曰：『是呵。現今撫院衙裏，有个周巡捕官，與我最相好，明日打發面面毒拿些銀子，與他酌量，告那知縣，出我們的鳥氣。』言未已，棒傷又發作起來，乾叫了一會。早打五更了，三人倒在草地上，那裏睡得着。

天明，班子引着面面毒，及老管家送飯來。面面毒曰：『昨夜怕爺受委屈，是八百兩銀子，說妥了班子的，纔能彀與這兩位爺一處，不受老犯的氣（一八）。』武舉正埋怨着銀子太多，韋、刁二人曰：『我兩个亦各人要六百銀子，據兄的家私，不多哩。』管家曰：『爺吝惜這銀子麼，一發說與爺知，不由爺不氣。昨夜不知何人，將少爺拋落井中，淹死了。六奶奶、七奶奶、二奶奶，都跟着小厮們去了。三奶奶，被原丈夫搶回，又搶了小姑娘，兼春英、春燕兩个婭嬛（一九）。八奶奶與四奶奶，怎的亦打夥兒挾着幾个丫頭去了。家私搬个净盡，單剩着大奶奶、五奶奶抱着哭哩。』武舉呆着眼聽着，忽的大叫一聲，吐出鮮血來，昏鄧鄧倒着（二〇）。衆人扶起，爲他摩揉腰腹，漸漸的回過來。這送來的飯，都不能吃。正忙着，只見班子嚷將進來：『你們送飯的快跑出去，大老爺傳審哩。』管家與面面毒剛跑出班門，見公人提着牌，帶了武舉上堂（二一）。

堂上已有兩个婦人跪着，見武舉來，一齊哭罵：『還我丈夫來！還我兒子！還我女兒、女婿來！還我公公、小姑來（二二）！』武舉尋思：這狀子是這官兒做的，左右是捱刑具，罷了，一一招了。録了口供，畫了結。又帶上韋監生、刁照磨。這邊原告的，是生員陳燕、米阿采、米三女、劉李氏、劉全貴、韋倫光、田顯宗、郭林氏，一案一案的訊明。韋、刁二人，亦一一招了（二三）。堂下的人，看的越多了。正喧嚷着，猛聽得練子響，數十个公人，在人叢裏一串兒牽出十餘个人來（二四）。衆人認得，中有个面面毒，迫近兩旁，聽他的訊供。原來是三虎的爪牙，正打得狗嗥猪叫。又有十餘个人，拿着朴刀鐵鐧，擁着三个少年上堂，有認得的，却是韋氏三彪，乃韋監生的兒子，俱行了刑，畫了供，押往死囚牢裏，聽候處決（二五）。

玉公退了堂，疊成文案，打點申詳，原告亦散去。衆人指着天曰：『不期也有今日。』有嘆息的，有圍着原告説話的，有朝着大堂上的琴臺亂拜的，鬧烘烘嚷了一回纔散（二六）。

【批語】

（一）〔眉批〕起法殊別。

（二）〔眉批〕奇，奇，此罵何來？平時惡迹，借班子口中，盡情寫出。妙在句句是罵語，不是追敘語，要辨。

（三）〔眉批〕見知縣假崛强，是裝幌子；見班子太卑軟，是小人五技俱窮時。

（四）〔眉批〕奇文奇情。

（五）〔眉批〕奇情奇文，奇罵奇想。得未曾有。

（六）〔眉批〕初大罵，次冷笑，次大怒，至此忽又笑嘻嘻，寫盡班子故態，寫盡班子得財後故態。無錢便狗才，有錢便老爺。噫！遍地皆然，何獨班子？

（七）〔眉批〕其景可怕，其聲更可怕。

（八）〔眉批〕回合前回面面毒之言。正以參錯不齊見神理。

（九）〔眉批〕上文一片悶胡盧，至此纔點出『錢姑娘』三字來。

（一〇）〔眉批〕回合前回面面毒之言。愈參錯，愈神妙。錢姑娘之事，若入俗手，連篇累牘，可衍作十餘回。縱極形容惟肖，畢竟是冤苦文字。何也？錢故娘，今生爲烈女，後身爲王后，不可以武舉之醜態糾纏身上也。然後身之王后，未必非因前身之烈而致，則姑娘之何以烈，又不可不叙也。今借三虎談情口中説出，不知者以爲圖文字省便，而知者以爲影中文字，費良工多少苦心也。

（一一）〔眉批〕兩用『不該』字，勿渾淪看去。前『不該』，是《西廂》曲中，『你也掉下半天風韵，我也颺去萬種思量』之注脚。後『不該』，是《玉臺新咏》中，『邯鄲才人嫁爲厮養卒婦』之注脚。總爲『惱』字作神理。

（一二）〔眉批〕兩人口中兩个『甚』字，是偷用《孟子》『若是其甚，殆有甚焉』兩『甚』字。

（一三）〔眉批〕妙在將五字逐項解去，傅會確切。

（一四）〔眉批〕非借武舉口中，罵天下塾師也。願爲天下塾師戒也。若天下塾師，四者有一於此，便不免爲武舉所罵。

（一五）〔眉批〕『減性子』『好意兒』『未曾有』等字，全爲『惱』字作神理。

（一六）〔眉批〕趁勢將此事説盡，下文審訊時，可以數語便了。

（一七）〔眉批〕已上無數『惱』字，以『無益』二字咽住。用字飄忽。

（一八）〔眉批〕前文黑暗中有人拉班子，又提燈籠、送布衣，一片幻中文字，至此纔點明。

（一九）〔眉批〕曰『原丈夫』，見平日拐人妻女作妾者不少。此人老婆，被人搶去，今雖搶回，亦大吃虧。然有一姑娘、兩丫頭作利息，是利浮於本，畢竟便宜，不算吃虧。

（二〇）〔眉批〕前所説諸惱，不過惡人説惡話而已，非真惱也。至聞此語，方惱入臟腑，不吐血不得。

（二一）〔眉批〕過接甚急。文章機局之靈，益人神智不少。

（二二）〔眉批〕不聞申訴何冤，但聞一齊哭駡，而閲者自能瞭瞭。蓋其事多端，最易滯筆，先於三虎談情時盡情説盡，此處便可虚機了事矣。然齊駡之中，又有三項，有婆婆與媳同駡者，『還我丈夫』是也；有專屬婆婆者，『還我兒子』『還我女兒、女婿』是也；有專屬媳婦者，『還我公公、小姑』是也。作者貪圖淋漓盡致，閲者會須眼底分明。

（二三）〔眉批〕韋、刁是武舉之賓，只得如此了結。

（二四）〔眉批〕爪牙、三彪，又賓中之賓，摇曳作尾。

（二五）〔眉批〕笏山有三莊，葉城有三虎，又有三彪。俗語云：『虎生三子，必有一彪。』今韋氏三子皆彪，宜韋監生之無福消受也。

（二六）〔眉批〕如荼如錦，寫盡輿情。收局得此，極文章之巨觀矣。

第四回　葉縣民遮道留車　蒲府官憐才雪獄

『葉城有三虎，噬人頭不掉。遇着玉廷藻，一棒打死了。當時萬家哭，此日萬家笑(一)。』這幾句童謠，係葉城中百姓造出來的。其時上司衙門，連年有控三霸王的狀子，故上司亦頗悉葉縣三虎的惡迹。只是行文落縣，知縣每蒙朧着爲他方便(二)。今見玉廷藻辦案認真，知是能員，准了詳文，請了皇令，將三霸王就縣中登時處決示衆。刁氏無子，韋氏三彪，及助惡的一班爪牙，皆問成死罪，亦秋後處決。又將丁武舉一妻一妾逐出，准其改嫁，其房屋改造錢烈女廟。所有丁氏産業，給與錢大婆媳供奉烈女香火，合邑稱快。

一日，錢女廟落成，玉公親往行香，祭畢回衙，與夫人云小鳳正説此事。其時細雨迷濛，日色黄淡，似窗外一女子踱來踱去，以爲衙中婦女，叱問之，寂無有人。是夜，坐書房撿閲案牘，見燈影下一女子跪着曰：『妾錢氏女，蒙老爺洗雪沉冤，願侍膝下。』正錯愕間，忽老媪報夫人腹疼，大都是要分娩的。頃間，又一丫鬟報曰，夫人生下个小姐兒了。玉公尋思這事古怪，方纔這女子有影無形，言是錢氏女，直跑進夫人房裏，我的女兒，莫不是他轉生的麽(三)。光陰迅速，又是滿月的期，取名唤做玉連錢，夫婦甚寶愛之。

其年，葉縣豐熟的了不得，盜賊逃竄，萬民樂業，囹圄爲空。藉藉的政聲，漸傳到上司去了。三年任滿，以卓异升本省汝州知州。

解任的時候，百姓扶老携幼，壅塞街道，圈豚兒圍着轎子哭着，曰：『爹娘生我們時，實未曾生。等到爺爲我們除了三虎，有屋纔住得安，有飯纔吃得下，有男女纔養得牢。這些時，我們纔生哩。這幾年，又無一些兒孝敬爺，不争爺便去呵。只是爺去後，我們的屋，依然住不安，飯呢、兒女呢，依然吃不下、養不牢，不如在爺跟前撞死罷（四）！』有幾个老的，先撞倒在地。玉公下了轎，親自攙他。又見生員陳燕，領着一隊秀才，深深的齊打一恭曰：『父台鶯遷，安敢相阻？但生員的縣，被三霸王剥喪得狠，譬如大病一般，雖蒙父台力除二豎，然大瀉大汗之後，元氣未復。良醫難再得，舊症復萌，難措手矣。願父台以斯民爲重，爵禄爲輕，乞再留三載。如大憲不允，自有某等聯名保留（五）。』言未已，又有一隊婦女，捧着錢烈女的牌位嚷將來（六）。玉公慌了，摇手曰：『你們莫嚷，本縣回衙便了。』有一半人隨着玉公回衙，一半人往子路津，將新官的船撑了開去，言『我們要舊官，不要新的』。那官無奈，只得出船頭，向衆拱拱手曰：『百姓們不必慌，既然要留舊官，待本縣回覆大憲便了。』掉轉船頭，揚着帆去了。又數日，布政牌下，着玉廷藻以知州職留署葉縣，以慰民心。

自此再留葉縣三年，纔得離任赴汝州，旋遷許州五年，署彰德府一年。所至勞心撫字，鋤暴安良，口碑載路。然性方梗，恒忤上官，爲巡撫某所劾，罷歸。居蒙化二年，復起爲山西平定州知州，旋升蒲州府知府。

一日，有臨晉縣解强盗死囚六名（七）。過堂時，玉公一一覆訊。至末一名，姓顔，名少青，年十四五，神清骨雋，不類强盗（八）。取親供甘結細辨，是『八月十五日，手持雙刀，隨盗魁白老鼠，白日劫潘寡婦家，分得贓八十兩』等語，心大疑。

是夜，坐花廳，令親隨暗暗地帶入這名顔少青囚犯來。須臾帶至。問曰：『汝是顔少青麽？』囚犯曰：『是。』玉公曰：『汝跪近些，本府有話問你。汝今年十幾歲了？』囚犯曰：『犯人今年一十五歲。』又問：『汝有父母麽？』囚犯曰：『犯人十歲前，父母相繼弃世了。』言着，泪下。又問：『汝父何名？汝曾念書否？』囚犯曰：『犯人亡父是廩膳生顔伯書，犯人幼受庭訓，自親亡家落，貧無束脩，只得自己下帷呆讀。』又問：『汝有妻麽？』問到這裏，見囚犯泪滚滚如流泉，烏咽着不能成語，斷續而言曰：『父母在時，曾定下曾同知的女兒，今犯了罪，想是、想是休了。』又問：『汝言曾從父讀書，本府出个對頭，汝能對麽？』囚犯曰：『不敢。』玉公曰：『小囚犯，本出清門，何倒倒顛顛，忍弃詩書從盗跖？』那囚犯低着頭想了一會，朗聲曰：『老大人，肯超黑獄，願生生世世，甘糜脂體作奚奴（九）。』玉公大喜：『汝對得好！汝可從頭徹尾，將爲盗的原委，從實説來，待本府超你的黑獄。』囚犯哭着曰：『犯人從小兒，不合定下這頭親事。二親去世，孤苦零丁，曾同知欲將女兒改嫁胡進士之子，逼令退婚，犯人不肯，控在縣。同知遂買屬盗魁白老鼠，攀犯人爲盗，貪圖絶了根株。拿至縣裏，邑令不容分訴，横加三木，弱質書生，實捱不過，只得妄招，此是實情。望大老爺念犯人三代孤兒，不應顏氏之祀，自我而斬。縱犯人不肖，先賢何罪（一〇）？』玉公曰：『待究出白老鼠真情，便有黑白，你且退。』

明日，玉公獨傳盜魁白老鼠，和顏霽色的問曰：『你是白老鼠麽？』老鼠曰：『犯人便是。』玉公曰：『汝可將爲盜的緣起，及劫潘寡婦的事，慢慢的供上來，本府寬你的罪，有一句説謊，便不能爲你出脱了。』老鼠曰：『犯人父母早亡，從小在行伍中食糧，只因好賭，誤了操期，黄千總將犯人打了四十，又要常例銀五兩。』玉公曰：『何謂「常例銀」？』老鼠曰：『凡營中犯了例被打的，要私繳銀五兩，便不革糧，號「常例銀」。當時犯人没銀，革了糧，流落在街坊上丐食。後來一个相識的，唆犯人爲盜。犯人自爲盜後，雖劫些財帛，并不曾傷害着一个人。有餘，即周濟貧的。』玉公曰：『據你説來，是个仗義的好漢子。本府今有用着你處，你肯麽？』即從懷中摸出一錠銀子，賞與老鼠（一一）。老鼠磕着頭曰：『大老爺真个用犯人時，即蹈火赴湯，不見怎的，那敢受大老爺的銀子。』玉公曰：『你領了這銀子，本府仍要細細的同你商量。你劫潘寡婦時，一行幾人，爲首的是你麽？（一二）』老鼠曰：『爲首的雖是犯人，通綫的即是潘家的侄兒。連假扮公差、堵截路口的，共二十六人。』玉公一一問了姓名，并不曾説到顏少青去（一三）。玉公曰：『這顏少青，是誣攀他的麽？』那老鼠先時被甜話兒哄得，都忘記這少青了，陡然聽此一問，即變了顏色。惴惴的答曰：『不是誣攀，是他情願跟犯人做的。』玉公笑曰：『鸞與鼠不同穴，他是个未冠的念書孩子，因甚認得你？你亦因甚認得他？其中的綫索，你縱白造極，不能瞞得本府(一四)。你怎麽受曾同知銀子，怎麽誣攀顔少青，已在本府肚裏，左不過試你的心膽，有用你處。若在本府跟前猶不吐露真情，平白地陷害這無辜小孩子，便不是仗義的好漢，本府用你不着了，你想想(一五)。』老鼠尋思了半晌：『怎麽曾同知的事，佢先知道，我罪已經十死無生的。我與曾同知何親，與這小孩子何仇，他的銀子已經化去了，我看這大老爺待我很好，不如實説，或有好處(一六)。』遂將同知怎樣嫌他窮，逼着退婚，怎樣以銀子甜浼我，教我攀他，一五一十，與顔少青説的一絲兒不差。玉公吩咐將這人去了枷鎖，好酒好肉的養着(一七)。立刻行文落縣，提少青控悔婚的原案，并委能員密拿曾同知到府。

誰知這同知恐事有參差，於少青起解日，即將女兒舁到胡進士家成了婚了(一八)。曾同知拿到案時，自有白老鼠對着，不由不招的。畫了招狀，示了堂判，立了文案，將曾同知辦个賄盗攀良的罪，將知縣參了。白老鼠等，依舊問了白日强劫的死罪，完潘寡婦案。又自解宦囊，給銀五十兩與顔少青歸家作念書膏火。是時，三街三市無不傳頌知府賢能，早有風聲吹到那新巡案耳朵裏去了(一九)。

【批語】

（一）〔眉批〕其詞則如歌如泣，其音則如鳳如鸞。

（二）〔眉批〕今之知縣，大都如是。

（三）〔眉批〕古妃后降生，或夢月入懷，或夢吞玉勝，列宿降祥，瑞由天錫。而連錢以烈女轉世，福由自致，侍膝下以報深恩，正不必張皇怪累以驚父母。雨濛日淡，燈影呈身，消鬼氣而就人身，所謂來得分明者。作者誠不欲以『紅光滿室』『香聞數里』等話頭，拾前人餘唾也。

（四）〔眉批〕字字淋漓痛切。蓋從百姓平日坐卧飲食，口誦心維，至此盡吐出來。觀『又無一些孝敬耶』數語，儼如家人父子。牽衣泣道，幾無官民形迹横胸中。皆由玉公平日德澤洽人，徹於骨髓，以有此也。至於以死相留，官與民有性命以之者矣。視今之民，疾首相告，曰：『官去則我儕生，官留則我儕死。』何相反若是其甚哉？蒼蒼者天，何不多生賢縣令如玉公者，爲國家休息斯民，使咸安耕鑿也。

（五）〔眉批〕秀才自有秀才之語，與百姓不同。然辭是秀才之辭，心仍百姓之心也。視今之秀才，專以虛詞作德政歌以媚縣令者，可醜死矣。

（六）〔眉批〕此處若更作婦女一篇言語，非必不佳，然不免笨相矣。忽然想到以錢烈女牌位相留，已大勝百姓、秀才兩篇言語矣。故婦女之言未啓，而玉公之駕已回。然玉公又非薄百姓、秀才而重烈女也。一睹烈女牌位，覺前此百姓、秀才兩篇言語，一時俱刺入心膽中，而不容自主也。作者惟恐構思不奇，閱者慎無輕心相掉。

（七）〔眉批〕臨晋，爲晋王發祥之區，先於此處提出。

（八）〔眉批〕笏山王姓名字，此處始出。只『神清骨雋』，便可爲王，正不必『日角月角，隆準龍顔』等字纔是御容也。

（九）〔眉批〕出聯佳，對聯更佳。

（一〇）〔眉批〕不知顔氏反從汝而興。

（一一）〔眉批〕純用甜話，不特咶之以甜話，又結之以錢財。

（一二）〔眉批〕善訊者，獄無遁情；善文者，詞能曲肖。

（一三）〔眉批〕二十六人，并無少青名字，黑白已判矣。不用刑決，仍用下文許多甜話，令其自招，爲與曾同知對獄地也。閲者須知之。

（一四）〔眉批〕既云『因甚認得』，恐老鼠揑造出認識緣由來，即颺一筆，曰『縱白造極，不能瞞得本府』，全學《孟子》『王之諸臣皆足以供，而王豈爲是』語意。

（一五）〔眉批〕陡然將『曾同知』三字，向他心坎裏一刺。僞氣一消，真情百露。

（一六）〔眉批〕已在玉公算中。

（一七）〔眉批〕全爲對曾同知地。

（一八）〔眉批〕全爲贅玉連錢地。嗟乎！曾同知不爲一國之丈，而忍心作千里之囚；曾氏女欲爲進士也媳，而無福作國王也妻。

（一九）〔眉批〕下回有飛絲遠搭之勢。

第五回　罷印符門生作嬌客　聯手足武士亦詩人

那巡案那珍，湖廣寶慶府人，是个最貪墨的。恨玉公無所賂遺，欲尋事參公，奈玉公賢名藉甚，没有半絲的縫兒，及聞辦了這件奇案，愈觸起个妒忌的念頭。恰明年提學道行文各府縣，催考童試，玉公遂將顔少青取了過府的案首。進了庠，入衙謝恩。玉公留着飲酒，正説得入港，忽報夫人添了个少爺。玉公喜得眉花眼笑，留少青住了月餘，纔放他歸。俗語説的好：『贓官易升，清官難做。』被那珍參了一本，謂玉廷藻屈抑人才，私賣案首。幸左布政、提學道聯名保奏，纔得罷職放歸。

携眷至永和津，顧了船，欲歸蒙化。猛見一个人跪在岸旁，哭的沙都滾起來。認得的，都説顔秀才送行了（一）。玉公邀進船裏，曰：『賢契，此别不知何時見面了。』言着，早流下泪來。少青曰：『門生無父母妻室挂累，如恩師許我跟隨，做个負錦的奚奴，免得銜環來世。』玉公乍聞妻室二字，便觸起向平的心願來（二），嘆曰：『我本山中人，爲巨族所凌，撇了父母，出山求名。自入泮登第，歷名場二十餘年，仕途冷暖，都已厭嘗。父母存忘，恒縈夢寐。嬌兒幼小，恐入山終不免爲强鄰所辱。知賢契膽略過人，如肯隨某入山，教輔我兒，小女今年已十六歲，吟詩寫字，都略諳些，願備巾櫛。』少青叩首於地曰：『肢體髮膚，皆恩師所賜，願糜肢體作奚奴之語，寤寐豈遂能忘。至於辱及賢媛，誠所不敢。』玉公不由分説，教請夫人出見女婿。少青謊着，一彷徨，夫人已出矣。玉公曰：『賢婿，爲何不拜岳母？』少青蒼蒼黃黃，不知拜了幾拜，即着人回寓，挑那文篋行李下船，同歸蒙化。

見前所住錦溪邊屋，依舊空着，仍暫借此，寄頓行裝。所有跟隨的人，都打發去了，只留兩个丫頭，是服待小姐慣的。一名雲花，一名煙柳。這煙柳，原山西人，其母隨个黃姓的，作蒙化通判，聞得女兒在此，時來玉家探候。

一日，拿着幾枝菊花，從那板橋渡將過來。一个人劈面相撞，撞得勢猛，將煙柳的娘，滚下橋去，在水中叫命。恰恰的一隊官軍操演回來，便將這人拿住，救起煙柳的娘，簇擁着到玉公寓處。玉公問出情由，誰知此人，便是笏山中人，姓可名當，出山納糧剛回的[三]。

這可當，生得面如黑鐵，豹眼虬髯，有萬夫不當之勇。衆人去後，玉公親解其縛。可當曰：『你端的是甚人，是幾時認得俺？』玉公曰：『某本笏山黃石鄉人，出山做官，已廿餘載，今欲還山，未知近來風景若何？我父親尚在否？壯士可爲我說說。』可當曰：『官人是玉遇工鄉長的少爺麽？聞說你父親兀自强健哩！你一去二十餘年呵，風俗有些改換了。』玉公曰：『三莊的莊公仍舊麽？』可當拍案曰：『說起來，氣殺俺也。韓、紹二莊，且不言他，單說俺們這莊公，是最仁德的，偏偏信用這个明禮，去年被明禮全家殺絕，不留一个，連自己的父親可如彪亦竟殺了，自立爲公。你說改換了麽？』玉公顰蹙曰：『偌大可莊，無一个仗義的，却由他自做自爲麽？』可當曰：『可是呢，這些時，氣得俺三尸暴跳，憑仗俺的大鐵椎，何難將佢一家兒，椎做一堆肉餅，與死的莊公報仇。只是俺的父親，偏偏護着他，强着俺降服，做个莊勇。俺只是面從心違，終有日喪在俺手裏（四）。』玉公曰：『終是自己的宗族，忍些兒罷。』可當曰：『官人是做官的人，只知守經，那裏通變。有恩有義的，四海皆兄弟。這些豺虎不食的人，分外刺入眼裏，不拔去不得，那管宗族不宗族（五）。』言着，又惱起來。

只見少青上前請曰：『酒已登筵，請壯士小飲數杯，一澆塊壘。』可當聞説，不轉睛的看着少青，問玉公曰：『這小書生是誰？』玉公曰：『是小婿。』可當曰：『這樣玉琢粉搓的佳婿，難爲官人選得出來。』一面説着，一面坐地，三人互相把盞。

半酣，可當把酒向少青曰：『俺本粗人，只解拈槍弄棒，獨見着能吟詩的真正才子，心中歡喜。你小書生滿身兒儒儒雅雅，肚裏自是不凡，可吟一詩，使俺歡喜（六）。』少青請命題目，可當曰：『題目是不用的，只將前人「筆尖横掃五千人」句續下去，好麽？』少青口裏占曰：

筆尖横掃五千人，誰識毫端泣鬼神。會見管城妖魅滅（七），萬家俱作太平民（八）。

可當鼓掌曰：『好詩。』又把盞勸玉公曰：『你這嬌客，不凡，不凡。從何處選得出來，老當拜服，老當拜服。老當吃得酒下了（九）。』又連接的自飲了十餘杯，把少青的詩，放着如雷的喉嚨，吟哦了幾遍（一〇）。又曰：『俺有幾句和你的韵的，只是不好念出，怕你們肚裏笑俺（一一）。』玉公曰：『是必好的，念念何妨。』可當念起來曰：

筆尖橫掃五千人，不愧文壇十二神。縱使俺無食肉相（一二），願隨毛穎滅奸民。

玉公、少青俱大驚，起立，實不料此等武人，也嫻吟咏，不覺失口曰：『大是奇事！』少青拉着可當的手，笑問：『貴庚多少？』可當曰：『三十有四。』少青曰：『長弟十九年，不嫌酸腐，願拜爲兄。』可當曰：『不嫌，不嫌。賢弟是最爽快的，不比那吶吶唶唶的頭巾書生（一三）。』

是時，天色漸昏，添着燭，再飲一回。玉公使人在月下排列香案，令二人酹酒交拜。是夕，少青與可當同榻，各吐露英雄的心事，只恨相識不早（一四）。

明朝，可當辭別入山，先報了三莊，及紫藤、花塢、南隅鄰近諸鄉。又自帶十餘人出山，爲玉公搬運行李，扛做官的金字牌。又帶着六乘莊轎，接玉公夫婦、女兒、女婿、丫鬟，一串兒入山。遇工大喜，奏着鼓樂，至槎槎徑迎接。三莊亦使莊勇，備采旗鼓樂，放炮遠迎。南隅諸鄉長，亦親至黄石賀喜。紛紛嚷嚷鬧了一回。

玉公至家，見父母無恙，朝着拜了。又引着少青，拜見太岳父、太岳母。小鳳亦携女兒連錢，丫鬟抱着小少爺，拜見了公婆，無非是説些久違膝下的話。諸鄉勇亦來拜見玉公，趕辦筵席，款待賓客，足足忙亂了四五日，纔得閑些。遇工帶着玉公，使人抱着孫子，連日拜謁三莊的莊公，及回拜諸鄉長。自玉公回山，山中人無不歡喜，獨可莊公明禮不悦。正是歸舫不辭頑石載，强鄰偏妒錦衣回（一五）。

【批語】

（一）〔眉批〕奇，奇，此人何來？

（二）〔眉批〕先着此句，下文招婿之事便不突。

（三）〔眉批〕出笏山固難，入笏山亦不易。作者窮思極想，以納糧作前後關捩，想出出山納糧之可當來。而納糧又一二日間事耳，何知蒙化有玉公？玉公亦何知有可當？又想出玉公既有小姐，則必有服事小姐之婢，婢亦必有婢之母。然婢是在官時買者，則女在蒙化，母在山西，何能相合？因又想出一个黄通判，原山西人，而煙柳之母，乃得因通判而往來於玉公之門。拿花渡橋，蹴出可當一段奇波。而玉公翁婿，乃得與可當合。武夷九曲，蜀阪千蟠，文章能事，不可無一。玉公出山納糧後，又有可當出山納糧，自少青入山，而糧永不復納矣。可嘆哉！

（四）〔眉批〕爲下文拳打明禮章本。

（五）〔眉批〕千古壯士心事，數語道盡。

（六）〔眉批〕才子而加『真正』二字；『真正』上，又加『吟詩』；『吟詩』上，又加『能』字，彼世之紛紛稱才子者，無不吟詩，而未必能也。能吟詩，方可稱真正才子。惟真正才子，必能吟詩。可當武人，猶嚴於選擇如此，若遇滿身儒儒雅雅、滿腹矢橛秕糠者，必以老拳加之矣。

（七）〔眉批〕『管城』自用筆事，有人謂暗指東莞之莞城。誤也。

（八）〔眉批〕是王者口氣。

（九）〔眉批〕見才子而非真正者，便吃酒不下，且欲揎拳矣。

（一〇）〔眉批〕妙是壯士吟哦。

（一一）〔眉批〕言『肚裏笑俺』者，見口中必不笑俺，而反以虛詞贊俺也。此項人遍地皆是，而世反多之，以爲忠厚長者。夫言由中發爲忠，樂培人善爲厚，而乃腹非口贊，巧言愚人。而受其愚者，每倚爲知己，將指摘瑕疵之友，視若仇人矣。不大可痛哉？可當雖武人，恐玉公未能免俗，故先以一言道破之。

（一二）〔旁批〕是武將口氣。

（一三）〔眉批〕今之世，果是頭巾書生，仍加人一等，特不宜遇可當耳。

（一四）〔眉批〕驟逢知己，抵足夜談，是人生第一樂事。

（一五）〔眉批〕《記》中以七言聯作結者不多見。此篇獨以聯結者，束住上五回文字也。自下專叙笏山中事。或曰：『既云《笏山記》，何以必作笏山外數回文字，豈非爲蛇添足乎？』不知笏山之王，顔少青也；笏山之后，玉連錢也。少青爲笏山外人，不得不從笏山外寫。連錢亦從笏山外降生，又不得不從笏山外着筆，可知也。然首一回，已從笏山内發端，以玉廷藻出山求名，收羅一王一后，帶回笏山，是文之絶妙綫索者。

卷二

東莞寶安吾盧居士戲編

第六回　築鸞樓可莊公納妹　會牛嶺玉鄉長興師

明年春，山中桃花盛開，夭夭灼灼，如錦裝彩剪的世界，正是『之子于歸』時候(一)。玉公稟過父母，仲春日，與連錢小姐完婚。

可明禮聞之，大怒，集諸莊勇酌議，謂廷藻引山外人入山作女婿，犯外奸律，當拿來治罪。可當曰：『廷藻是在官時結下這頭親事，今不肯將女嫁出，招婿入山成婚，是最畏法的。況這女婿，又永不出山，與山中人何异，怎算外奸？』明禮曰：『我拿廷藻，干你甚事？』可當曰：『析理明，則行法公，惟明與公，然後可以服衆。若挾私意，妄做妄爲，老當有些不服(二)。』明禮曰：『我要恁地，便恁地。汝能拘掣我麽？』可當曰：『弑父弑主，可任汝恁地。拿廷藻，恐不能任汝恁地(三)！』明禮怒曰：『你倚仗着肚裏識得幾字，便來凌辱我麽？』可當曰：『俺不須倚仗肚裏的字，只這拳頭，便倚仗得！』言着，將黑鐵似的拳頭，橫伸出來。明禮大怒，敲着案，喝左右拿下。可當哈哈的笑曰：『有敢拿俺的，俺便拜他爲師！』各莊勇面面厮覷，誰敢動手。

可當搶上來，指明禮曰：『俗語説的好，「不搜自己狂爲，專覓別人破綻」。你這厮，終久喪在俺這拳頭裏！』明禮拔出身上佩刀，來殺可當，被可當更搶一步，奪了刀，將明禮按在地下，數他弑主弑父的罪。衆莊勇遠遠地勸解，誰敢近前。

但見可當提起刀，劈頭斫去，那刀忽從半空裏飛將起來。可當叫聲：『呵呀！』那眼明的，看見个小小的姐兒，翹起二寸餘的小鞋尖，正踢在可當拿刀的拳頭上（四）。可當捨了明禮，飛一脚踢那小姐兒。那小姐兒只可十一二歲大小，從可當的胯下蹲過，只一拳，從胯下打上來。可當呵呀呀，倒在地下。明禮翻身躍起，上前按住可當，叉着項，喝人拿索子。可當將身一掀，反揪住明禮的髮。那小姐兒覓得刀，來斫可當，可當提起明禮，當着牌使，來擋姐兒的刀，風車兒般，鬥了一會（五）。激得小姐兒欲斫不得，欲罷又不得，將刀向上虛晃一晃，可當提明禮擋刀時，腿下又中了一脚。那腿如被鐵菱角釘着一般，入骨疼痛，跌了數十步。姐兒趕上前，却被地上的明禮阻住了脚。緣可當跌倒時，手中的明禮，亦抛在地，未能挪動，故阻着姐兒的脚。姐兒避着明禮，來捉可當。可當忍痛爬起來，向階下捧着桌子大的大方石，向小姐兒頂上蓋將下去。小姐兒眼乖身小，只一閃，那石蓋个空，反把地下的花磚蓋得粉碎（六）。下面的莊勇，看得呆了，早有解事的，拉了可當的父親可慕俊來，大聲嘶叫着。可當蓋不中小姐兒，心漸慌了，聞父親叫他，便乘勢退下（七）。那慕俊向可當打了幾个耳巴，扯了去。這小姐兒氣噓噓地，扶起明禮。

衆莊勇妨明禮見責，漸漸的躲出去了。在門外私議曰：『明禮公好个女兒，臉兒又俊，年兒又小，力兒又猛（八）。這可當了得，從未有遇過敵手的，却被這莊主兩番打倒（九）。若不是明禮阻礙着手脚，幾乎剁中了。』一个問曰：『這莊主叫甚名字呢？』一个曰：『這名是最不雅馴的，好眉，好眼，好嘴，好臉，好手，好脚，雪花也似白皙的姐兒，却喚做甚麼炭團（一〇）。』一个曰：『說他怎的，我們不曾幫莊公拿可當，定遭嗔責，且到我家，商量怎地纔是（一一）。』言着，遂打夥兒去了。

那明禮受了這場氣，思量欲殺可當，又思量要殺玉廷藻，遂着人請謀士陶士秀商議（一二）。這陶士秀，五柳鄉人，曾看過幾本雜書，自號『智囊』，被鄉長陶菊泉逐出，投可莊做个謀士。

當時，畫了幾个策，明禮嫌不好，着他再想。正想不迭，忽一个心腹莊勇姓紹名無憂，匆匆進來，向明禮耳邊說了幾句（一三）。明禮大喜，教士秀且回去，慢慢地再議。（一四）說未了，又一莊勇喚做可貞忠，報黃石鄉長玉遇工夫婦相繼而殂。廷藻新立，使人來報（一五）。明禮大怒，教將來報的人拿下。那紹無憂又向明禮耳朵裏說了好些，明禮曰：『且不拿這來人，好好的打發他回去罷（一六）。』可貞忠與陶士秀，昧昧地不知何故，都出去了（一七）。

你道這無憂説的甚麼？原來，明禮有个同胞的小妹，名嬌鸞(一八)。六歲時，父親可如彪聞人説一女出了家，三世無災難，遂將嬌鸞送往紹莊白龍庵净香尼做徒弟。長得柳纖梨嫩(一九)，世無其儔，咸呼作『白定觀音』。明禮聞其美，思納爲妾，又礙着同胞二字，招人物議。可可的這紹無憂，本紹莊人，雖身在可莊，而家仍在紹。乃私使無憂暗暗地收養家中，認爲己女，然後納之。紹莊公其英，亦思納嬌鸞，聞匿無憂家，搜出，將無憂妻子殺了，仍將嬌鸞交與净香，使人守護，待其長髮。明禮鞭長難及，自分絶望。無憂乃私結群盗，風雨夜，逾垣入庵，將嬌鸞劫將出來。故無憂向明禮耳邊密説此事(二〇)。明禮喜得魂都銷了，遂把可當、廷藻的事丢開，大集匠作，在中眉山中阪築个迎鸞樓，備極華侈，迎嬌鸞居之，日夕偎摟着，不理外事。

紹莊公其英大怒，欲起兵攻之。先使人致書韓莊及諸鄉長，曰：

可莊公明禮，本莊勇之子，世受故可公厚恩，弑其主而據其位，固已人神共怒，高厚難容矣。況父兮生我，無故而殺其父；民亦何辜，無罪而虐其民。豺狼之性已成，鬼蜮之奸難測。更有甚者，姊不得奸弟，兄不得娶妹，我山中祖制也。亂其制者，匹夫皆得誅之。而乃怙惡不悛，肆毒未乂，貪色而納同胞之妹，聚斂而築迎鸞之樓。閨門有納垢藏污之醜，鄉鄰罹弱肉强食之凶。五倫瀆亂，萬惡昭張。食肉寢皮，不足償其暴；刀山劍樹，不足蔽其辜也。凡我莊鄉，各奮義勇，力鋤元惡，共立賢公。本莊先豎義旗，爲莊鄉倡，期雲集而響應，無露尾而藏頭（二一）。

韓莊公卓得書，集莊勇酌議起兵（二二）。韓莊莊勇十有八人，而超、傑、剛、威，尤健捷善鬥。遂點莊兵，豎旗操演，接應紹軍。諸鄉多畏可莊之强，不敢相助。敢挺然出師者，三十二鄉，俱會於牛嶺之下。

時紹其英椎牛釃酒，賞犒軍士。衆推紹公爲盟主。紹公曰：『某本無能，不過爲義氣所激，約會諸公而已。若爲盟主，必得激昂之士，智勇之人，威儀足以臨衆，才識足以鎮軍，然後不敗乃事（二三）。某與韓公，均非其選。』韓卓初起兵時，便有争盟之意，今見紹公推讓，又不好争得，忽然連自己都説在那裏，十分不悦。衆猶躊躕未答，其英之弟其傑向衆大言曰：『某舉一人，可當盟主。不知諸公心服否？』衆問何人。其傑曰：『黄石鄉鄉長玉廷藻。其人曾舉進士，歷任州府，力除三虎，義雪孤丁，賢聲載道。得他主盟，必濟大事！』韓卓曰：『黄石一小鄉耳，况廷藻力無縛鷄，兵不滿百，今三十二鄉悉來赴會，彼獨怯不敢出。向鷄鶩中求鳳皇，不亦難乎。』其傑曰：『不然，昔韓信本胯下小兒，一旦拜將登臺，加諸名將上，卒成大功。况廷藻乃天朝命官，爲山中僅見之人，我輩隸其麾下，不爲辱。至於孝服在身，不出赴盟，禮也，孝也，怯云乎哉（二四）？求忠臣於孝子之門，捨斯人誰堪此任？』其英曰：

『其人不出，奈何？』其傑曰：『諸公如果心服此人，某憑三寸不爛之舌，使之墨經臨戎，以副衆望。』衆鄉長曰：『惟莊勇之命是聽。』

其傑於是跨馬南去，叩見玉公。玉公問客何來。其傑曰：『聞鄉長二親去世，特來吊問。』玉公倒杖匍伏，哭而見客（二五）。其傑曰：『通才之士，不以儀文爲孝。先鄉長凌於巨族，有子不敢受其菽水，有媳不敢受其椇榛，二十餘年，望兒之眼幾穿。某以爲鄉長身名并立，雪恥之心，刻不容緩。先鄉長既埋奇冤於地下，鄉長復守拘謹之末文，孝子固如是乎（二六）？』玉公稽顙者三，泣而對曰：『某罪孽已深，莊勇之責是也。願莊勇明以教某，如可補過，敢不惟命。』其傑曰：『家兄所奉手書，鄉長曾垂盼否？』玉公曰：『既聞命矣，但思之爛熟，雪恥之懷雖重，挑鄰之禍匪輕。倘身名俱喪，誰祀先人，則不孝莫大於是。莊勇其善爲某謀。』其傑曰：『畏首畏尾，身其餘幾？得時弗成，天有還刑（二七）。今者牛嶺之會，兩莊三十二鄉，望鄉長如望歲，咸願隸麾下備驅遣，特使某來作説客（二八）。時不可失也。請三思之。』玉公曰：『莊勇亦知九牛之毛乎？增一毛不爲牛益，去一毛不爲牛損。某之不足輕重久矣，諸公如必用某時，願竭此一毛之力，率其子弟，執鞭弭以從。』其傑去後，連錢諫曰：『爹爹新立，人心未附。况二莊三十鄉，人各一心，易聚則必易散。聚則歸功於人，散則罹禍於己（二九）。以彈丸黃石，挑釁强鄰，不如自守以告無罪。』玉公不從。少青曰：『如丈人必不得已而去，愚婿請從。』

明日，下令點鄉勇玉無敵、玉凌雲、玉吉人、玉鎮東、玉子白、玉大用，挑選鄉兵二百餘人，豎一面黄石鄉大旗，顔少青隨後押護糧草，投牛嶺赴會。

【批語】

（一）〔眉批〕是日也，仲春會男女焉。

（二）〔眉批〕平理如衡，照詞若鏡，是可當真實本領，不徒以粗鹵忽之。

（三）〔眉批〕即將『恁地』兩字，翻作奇文。截鐵斬釘，是可當真實本領。

（四）〔眉批〕『但見』二字，是從衆莊勇眼中看出。『眼明的』三字，亦指衆莊勇而言。

（五）〔眉批〕從來善容文字，批者輒云如畫如話。至於此段厮打文字，畫固畫不肖，話亦話不出。一可當，一姐兒，一明禮，三般形狀，三般手段，三般輸贏。當時從堂上射入衆莊勇眼裏，今日從紙上射入閲者眼中。文之細碎，莫有細碎於此；文之渾脱，莫有渾脱於此；文之了當，莫有了當於此；文之清脆，莫有清脆於此；文之興會，莫有興會於此；文之密緻，莫有密緻於此。於戲，至矣！

（六）〔眉批〕風車句，略一停頓。

（七）〔眉批〕如此收場，便了之至。

（八）〔眉批〕從莊勇私議中，點出姐兒爲明禮之女。

（九）〔眉批〕又將可當伴説，縈拂有情。

（一〇）〔眉批〕至此，纔點出炭團小名來。凡先用『雪花』『白晳』等字，皆爲『炭團』二字勾雲貼葉，非徒爲補寫其美地也。

（一一）〔眉批〕寫莊勇懼責，實爲點出炭團小名地耳。既點出，便可隨手撇去，接寫明禮。
（一二）〔眉批〕此段過脉文字，上下縈拂，詞句簡浄，宜細看其文法。
（一三）〔眉批〕以陶士秀鎖上，以紹無憂起下，又用可當、廷藻、菊泉、貞忠、遇工諸人，參錯其間，不使人一覽而盡。
（一四）〔眉批〕令人不測。
（一五）〔眉批〕玉廷藻父母之死，自己繼立，只宜虚點，不宜重累筆墨。
（一六）〔眉批〕奇，奇，愈令人不測。
（一七）〔眉批〕不特貞忠、士秀不知何故，閲者亦不知何故。
（一八）〔眉批〕《記》中多用『原來』字，即左氏之『初』字，司馬之『先』是也。不知其故，便趁便叙明其故，文有得説便説法，纔無拖泥帶水之病。
（一九）〔眉批〕四字絶妙形容，便抵過陳思《洛神》一賦。
（二〇）〔眉批〕回合上文。
（二一）〔眉批〕大題目。
（二二）〔眉批〕接寫韓莊。
（二三）〔眉批〕惟玉公克副其選。
（二四）〔眉批〕玉公之不出赴盟，惟其傑能知之。
（二五）〔眉批〕玉公倒杖見客，守孝子之儀文也。而其傑即以徒守儀文爲不孝，舌如泉涌，筆若瀾翻。

（二六）〔眉批〕《戰國策》説人文字，此不可移之彼，彼不可移之此。如玉公者，媚之不得，求之不得，利之不得，啎之不得，惟以大義責之，乃當耳。知己知彼，百説百入。

（二七）〔眉批〕四句成語，拈合作一串，妙絶！

（二八）〔眉批〕妙在自説明作説客。

（二九）〔眉批〕以『聚散』二字析言之，最易入人，但玉公惑於其傑先入之言，故不見聽。

第七回　玉公登壇大破敵　韓氏受賂先背盟（一）

牛嶺之會，合莊鄉兵得二萬餘人，築將臺於牛嶺之東，以待玉公。玉公至，紹公親握其手曰：『我們二莊三十餘鄉，專候鄉長爲盟主，請登壇執牛耳，以盟諸軍。既盟之後，惟鄉長之命是聽。』玉公大驚曰：『諸公欲死某耶？某德凉勢弱，隨諸鄉長後，猶有懼心，若號令群公以招嫉忌，何能生返故鄉？惟諸公憐之。』衆鄉長齊聲曰：『如玉鄉長不肯主盟，我們各自散了。』其傑攘臂而前，厲聲曰：『今日合義兵，討無道，那可存强弱的成心，惟有才德者可以主盟。我兄弟晝夜籌思，纔能彀合得這些軍馬。如衆軍散了，鄉長何安？』遂不由分説，推推拉拉的，將玉公推上將臺。玉公曰：『諸公聽者，以兔馭虎，勢本難行。諸公强某主盟，須依某三事，不然，死不從命。』衆問：『那三事？』玉公曰：『第一件，要人心悦服。如衆鄉長中，有心裏不悦的，不必赴盟，先自回去，免得忮害中萌，敗乃公事。第二件，要事權歸一。莊鄉諸勇士，須聽某調度，不得各爲其主。第三件，要號令嚴明。自公長以下，有令須從，即蹈火赴湯，無生嗟怨。倘犯軍令，即以軍法從事。勿恃平時勢焰，欺壓主帥。』衆人曰：『這是一一當依，不待説的。』

於是殺牲祭纛，歃血同盟。第一，盟主黄石鄉鄉長玉廷藻；第二，右眉山莊公紹其英；第三，左眉山莊公韓卓；第四，黑齒鄉鄉長章用威；第五，大寅鄉鄉長張楚材；第六，阪泥鄉鄉長黄鑠翁；第七，逢婆鄉鄉長呼貴卿；第八，五柳鄉鄉長陶菊泉；第九，古田鄉鄉長田大有；第十，鐵山鄉鄉長丁潛龍；第十一，劍浦鄉鄉長香延桂；第十二，司馬鄉鄉長司馬魁；第十三，九隴鄉鄉長客克威；第十四，石棋鄉鄉長山源；第十五，新泉鄉鄉長麥迎春；第十六，魯鄉鄉長魯從周；第十七，上埗鄉鄉長弗家珍；第十八，程家鄉鄉長程遂；第十九，永定鄉鄉長繆鎮江；第二十，唐埗鄉鄉長百全；第二十一，夷庚鄉鄉長樂進；第二十二，長阪鄉鄉長戚明；第二十三，桃花鄉鄉長云桐榮（俊樺按：『云桐榮』，鈔本各處均作『云桐榮』，僅此處誤作『云榮桐』，徑改之）；第二十四，鷄叫鄉鄉長平光紫；第二十五，芝蘭鄉鄉長魚化龍；第二十六，紫藤鄉鄉長花瑞昭；第二十七，猪頭鄉鄉長袁應星；第二十八，沙頭鄉鄉長奇壯猷；第二十九，花塢鄉鄉長忽如蛟；第三十，綉旗鄉鄉長梅伏熊；第三十一，青草鄉鄉長楊擒虎；第三十二，牢蘭鄉鄉長許武；第三十三，苦竹鄉鄉長斗大雄；第三十四，胡盧鄉鄉長老祥麟；第三十五，端木鄉鄉長端木興。一一歃了血。

祭畢，玉公大言曰：『既盟之後，同忻共戚，如臂指之相關。有奸盟者，衆共攻之。』衆唯唯。於是大吹大擂，轟飲一回。連日，操演軍馬，殺奔中眉山來。

明禮大懼，集謀士、莊勇，議禦敵之策(二)。陶士秀曰：『諸鄉平昔受我欺凌，乘釁聯盟，驟不可解。惟韓卓貪財好大，若使能言之士，啖以重賂，悦以卑詞，免其歲供，彼必倒戈相向。且玉廷藻以鄉長主盟，妒之者必衆。以我可莊之强，開門以迎烏合，倘一戰而捷，其勢瓦解。況我碣門，如秦之函谷，恐九國之衆，無奈我何也。』言未已，人報碣門失守，莊勇可全義陣亡，敵軍如山傾海倒，迫莊前扎營了(三)。明禮、士秀驚惶失色。

無憂曰：『趁彼扎營未定，驅軍殺出，可以得志。』明禮乃自率莊勇可飛虎、可飛熊、斗騰驤、紹無憂、可貞忠、花三郎，點千餘軍馬，一聲炮響，摇旗吶喊，殺出莊門來。

但見來軍已布成陣勢，旗門開處，擁出一面大紅旗，綉着『右眉莊紹』四个大金字。旗下一員大將，赤面短髯，頭戴鋼嵌赤金虎頭盔，身披乾紅團綉戰袍，擐着鐵連錢紫絨軟甲，坐一匹烏骹馬，正是紹莊公其英(四)。手拿着八棱龍把鋼鞭，氣糾糾指着明禮駡曰：『弑父弑君的匹夫，納鄰仇，奸親妹，不來受死，更待何時？』明禮正欲答時，左有玉無敵，右有玉大用，一齊殺將過來。這裏可飛虎接着無敵，可飛熊接着大用，兩下裏刀槍互擊，金鼓齊鳴。戰到三十餘合，明禮舉槍一揮，一齊掩殺。無敵、大用，急退回陣。

紹軍且戰且退，約莫一箭之地，連珠炮響，紹軍後軍，分爲兩翼，左翼紹雄達、繆鎮山，引着諸鄉兵，右翼韓超、韓傑，引着韓莊兵，斜刺地合攏殺來，將可軍四面圍住。明禮左右衝突不得出。忽左軍中走出一个黑臉的少年，赤着膊，揮百斤重的大斧，横腰一戳，早有花三郎横槍格着（五）。斧猛槍柔，那槍戳做兩段，連明禮的坐馬，也戳去了後臀。明禮掀翻在地（六）。三郎舞半段槍來鬥黑臉的，可貞忠已將明禮扶上自己的坐馬，自己步行隨馬而走。剛走得數十步，回顧時，那黑臉的大吼一聲，早把花三郎斫翻，再搶幾步，把可貞忠又揮做兩段。但聞軍中有人喝采曰：『紹鐵牛，好大斧（七）！』

明禮正慌着，恰可飛熊、可飛虎、斗騰驤，引着數十騎趕上。騰驤揮着丈八蛇矛，絆住鐵牛。飛熊等輔着明禮，從陣後殺出，轉了兩个山坳，抄小路回莊。忽颼的一聲，山坳裏箭翎到處，從明禮左耳穿過，那箭釘在盔兜上，向耳捫時，已缺了三之二。忍着疼，跑得回莊，收拾殘兵，已折了大半，連碣門失守時，共折了六名莊勇。

正在懊惱，漸聽得屏後嚷將出來。細聽時，是可夫人的聲音，哭曰：『我養你一場，纔得這麽大，欲向千軍萬馬裏送性命，是个不孝的女兒了。』明禮欲問緣由，只見女兒炭團，拿兩根銀稜鐗，從屏後打出堂上來（八）。可夫人趕着亂罵（九）。明禮曰：『我的兒且住，刀箭叢中，不是你孩子們要得的。』炭團嚷着曰：『爹爹的耳朵呢，捏粉兒大都補不完的。兒不去報仇時，人定笑兒不孝；去時，娘呵，又罵兒不孝（一〇）。』言着，已跪下堂去，明禮那裏呼得住。忽見幾个丫頭，隨着嬌鸞進來，問了備細，將炭團拉往迎鸞樓去了。

明禮從陶士秀之計。是夜，將出黄金羅漢一十八尊，使莊勇可衍鴻、可飛虎，輔着陶士秀往賂韓軍。一面派人緊守莊門。任敵軍辱駡，連日不出。

一夜，玉公帶顔少青，及無敵、凌雲、吉人、鎮東，登小科峰探望形勢。星淡雲薄，明月如波（一一）。遥見右軍旗幟漾漾摩動，心大疑。少青曰：『當歃盟時，韓莊公面顔不悦，這幾日，察其動止，似有去志。或此時拔營而遁，也未可知。』玉公使人往探端的，如果遁去，即請紹莊公兄弟來這裏議事。俄紹其英兄弟俱至。其傑曰：『韓卓首背血盟，拔營夜遁，追襲之可以得志（一二）。』玉公曰：『君子不欲多上人，未鋤元惡，先翦同盟，諸鄉誰不解體？不如聽之，伺隙而動（一三）。』少青曰：『諸鄉之不驟解體者，徒以二莊耳。今韓公私自拔營，置而不問，諸鄉尤效，又何責焉？不如追而戮之，别立新公，可以肅衆（一四）。』其英曰：『追韓有三不可。追之而可兵躡吾後，首尾不顧，一不可也；勝其師而不獲韓卓，是追猶未追，徒種釁苗，二不可也；勝其師而竟殺韓卓，卓五子皆猛鷙，倘盡起莊兵，爲父報仇，爲可莊添一犄角，三不可也。不如破可之後别圖之（一五）。』少青曰：『韓卓黷財虐下，子弟嗟怨，五子雖强，如一莊何？夫去一暴公，立一賢公，彼莊之人，畏我威，亦懷我德，必舉莊以隨鞭鐙。況可莊新敗，氣必餒，敢躡吾後乎？捨此弗圖，吾輩必受其禍。公其思之（一六）。』玉公、紹公皆不以爲然（一七）。

明日，正欲調衆攻打可莊，忽報大寅鄉張楚材、阪泥鄉黄鑠翁、司馬鄉司馬魁，拔營俱去。玉公大怒，令山源、魯從周、弗家珍、忽如蛟、老祥麟、客克威，各率其鄉勇追之。至夜，并追者亦遁。明日，去者漸衆。

玉公與紹公兄弟正酌議間，見逢婆鄉勇呼雄伯入，言有可莊勇可瓊率百人來降，現在轅門外候令（一八）。玉公大喜，唤入問了端的，吩咐在第八營暫行安插。密謀於紹公曰：『可瓊之僞降，窺伺我也。不如將計就計，假傳密令。二更時，全軍皆遁。彼狃於韓卓諸鄉之遁，必信而率兵襲我後（一九），我設伏於碣門内外，密布地雷，待其追過碣門，返戈與鬥。兩旁伏起，皆用强弓火箭夾射，地下地雷齊發，碣門内兵，亦據碣門，用矢射出。彼軍進退無路，有不獲全勝者乎？又别使人將可瓊殺了，取其衣甲，擇軍中面貌相似者，扮作可瓊，乘着朦朧月色，賺開莊門。彼重軍已出，内必空虚，一呼殺入，誰與我當。奪了可莊，縱有敗軍逃回，無門可入矣。功成唾手，只在此宵。』其英、其傑，皆鼓掌稱妙。少青曰：『計雖萬全，勢不可恃（二〇）。今我軍去者大半，岌岌摇摇，將挾貳心，兵不用命，縱有奇謀，終成畫餅。况聞近用嬌鸞折衝軍務，此女子外雖驕而内能克（二一），足智多奇計，不可輕動。彼可瓊庸庸輩耳，殺之不足爲可莊損，不如喝破詭謀，驅而去之，將諸鄉之兵，一切遣回，惟留袁應星、云桐榮、端木興、梅伏熊、陶菊泉五鄉之兵，此皆義切同仇，死生以之者。然後退保碣門，暗求内應，是先立於不敗之地也（二二）。』玉公曰：『我客彼主，利在速戰，爾書生何知焉。』遂使紹公兄弟率諸鄉兵設伏碣門，自乃率軍爲奪莊計，各領軍令如議以行。

【批語】

（一）〔眉批〕題曰『玉公登壇大破敵』，見玉公之敗，非戰之罪，韓卓之故也。故又曰『韓氏受賂先背盟』，深著韓卓之罪。見亂笏山者，首惡在韓卓，不在明禮也。何也？玉公登壇，一戰而碣門破，再戰而可莊危。韓卓不背盟，則可莊必破。誅明禮而別立賢公，可莊安而全笏皆安，豈非玉公之本願哉？而不圖有貪賂之韓卓，委而去之，爲諸背盟者倡。豈非天欲啓少青，而故生亂笏山之人，以啓亂端哉？亦大可慨已。

（二）〔眉批〕接寫可莊。

（三）〔眉批〕纔夸碣門之固，即報碣門之失。接法之奇，無有奇於此者。全義陣亡、軍迫莊前，皆用虛寫。

（四）〔眉批〕爲其英增色。

（五）〔眉批〕此處略似《水滸傳》文法。

（六）〔眉批〕好看。

（七）〔眉批〕鐵牛之名，從喝采中點出，奇絶！又加『好大斧』三字，遂令百倍聲勢，活現紙上。《水滸傳》李逵，亦號『鐵牛』，氣象大略相似。

（八）〔眉批〕每寫炭團，必另用异樣筆墨，纔是活炭團。與足足、香香、銀銀、鐵鐵、秋娥、更生等，各有面目，不可互易。

（九）〔眉批〕炭團文字，却從明禮耳中聽出，然所聽却是可夫人聲音，却是可夫人哭駡。『只見』以下，方明寫炭團，不是水中繪影，却是風裏瓊聲。

（一〇）〔眉批〕是炭團見解。

（一一）〔眉批〕用『星』『雲』『月』『波』字，全爲旗幟摩動作烘法。又加『漾漾』二字，加倍寫生。

（一二）〔眉批〕是其傑語。

（一三）〔眉批〕是玉公語。

（一四）〔眉批〕是少青語。

（一五）〔眉批〕是其英語。

（一六）〔眉批〕其傑、少青，皆欲追韓。其英、玉公，皆不欲追韓。各人有各人見地，然畢竟其傑、少青之説爲長。

（一七）〔眉批〕《笏山》一記，雖胎原於盲左腐遷，然選詞琢句，反下儕於説部，作者誠不欲使後人疑吾書有所依傍，不能自成一家也。乃此回韓卓首背血盟以下，詞句氣息，殊類左氏，豈偶然流露，有弗能自主者耶？

（一八）〔眉批〕明禮使可瓊詐降，用陶士秀計也。觀下文嬌鸞之言便見。

（一九）〔眉批〕嬌鸞偏不信，奈何？

〔二〇〕〔眉批〕八字，説盡當日情形，奈玉公之不聽何。

〔二一〕〔眉批〕七字，寫盡嬌鸞。

〔二二〕〔眉批〕謀似拙，而實持重老成，奈玉公之不聽何。下回可當欲作内應，正與少青之言相照。

第八回　困古廟可僧椎救生盟主　出碣門紹軍車載死莊公

是日，明禮得可瓊密信，大喜。盡調莊兵，作追襲計。嬌鸞聞之，大驚〔一〕。入見曰：『陶士秀之謀，不可從也。從之，必爲敵人所算。』明禮曰：『何也？』嬌鸞曰：『可瓊無故僞降，何能瞞得玉廷藻〔二〕？』明禮遂附耳低言：『欲擒廷藻，除非將此謀變而用之，只須如此。』遂下令使可飛熊、可大英，引步軍四百，二更時候，從羊蹄徑小路，抄出碣門之右，截右伏兵。使可飛虎、可如珪，引步軍四百，抄出碣門之左，截左伏兵。教斗騰驤、可金榮，率兵五百，截殺碣門内伏兵，即乘勢奪碣門而守之。不得容碣門内一人出，亦不得容碣門外一人入。又令可信之引兵二百，伏碣門左松林深處，爲飛虎、如珪接應。可衍鴻引兵二百，伏碣門右亂石中，爲飛熊、大英接應。人俱銜枚，暗藏火把，但聽連珠炮五聲，一齊殺出。這五路兵，皆二更起行，從羊蹄徑進發，各自埋伏。着明禮率軍八百，三更時候，候敵軍拔營去時，即從莊門殺出，從後掩襲。將至碣門，即連放五炮，俾四面接應。各皆遵令準備去了〔三〕。

却説玉公初更時候，已如法埋伏（四）。自率步軍五百，帶着可瓊，伏於莊門之左。是夜，雲月迷朦，風樹颼颯（五）。三更時，回望大營，旗幟轉動。人報莊門大開，一彪軍馬追殺我軍去了。去後，莊門復閉（六）。玉公即將可瓊殺却，教軍卒扮作可瓊，賺開莊門。玉公一馬當先，蜂擁而入。誰知莊門上檑木飛弩齊下，後面的軍不得入。一聲炮響，莊門復閉。玉公回顧，得進莊門的，不滿百人，欲出又不得出。玉無敵當先，玉子白押後，只得殺將入去。

剛轉了兩个彎，火把齊明，有十數人斜刺地衝將過來（七）。爲首的被無敵斫倒，一哄散了。走不得幾步，火把又明，喊聲漸近，有數十人從後面趕來（八）。玉子白回身，射翻了幾个。前面喊聲又起，一隊人攔住（九）。爲首一个肥胖短髯的，厲聲曰：『玉廷藻，你今番中了俺嬌鸞娘子計也。』揮雙椎直取玉公。玉鎮東亦舞椎迎着，鬥了十餘合。玉公暗放一箭，正貫着那人的口。啞的一聲，被鎮東椎翻在地。又殺倒了十餘个，那前後的人，一哄又散了。

正欲殺奔可明禮家，至一大榕樹下，忽聞一簇女子聲：『莊主來了，莊主來了（一〇）。』正驚着，有火把從樹影裏烘將出來。火光下，一十三四歲的小娃，丫髻緑襖，領着十餘个女兵，舞雙銀鐧，繞樹打來。無敵易視之，揮刀劈頭斫下。女回鐧只一格，無敵的手，震得裂了，這刀杆，分做兩段了。無敵心慌，閃着半截刀欲走。鎮東舞動雙椎，暗地裏將左手的椎飛去。女身子小，只一閃，閃過了椎，趁勢直點一鐧，正點着鎮東的左股，大叫一聲，倒在地下。衆兵救去時，玉子白引數十人卷過前面，殺散了女兵，將這女圍在垓心。無敵奪得條朴刀，來鬥那女。見丫髻上已中了玉公一箭，如簪子般横貫着。女只做不知，舞雙鐧，閃着火光，如雙龍卷雪，迎的便倒（一一）。玉公見女太狠，恐傷了無敵，叫一聲走罷。捨着女，從東邊空地上，一齊穿着樹林而走。女剛欲趕時，忽火光照天（一二），紹無憂牽匹白馬，扶女跨上，似有數百人吶着喊，隨女追來，箭飛如雨（一三）。玉公剛出了樹林，見一小岡，岡上一古廟。引衆齊奔岡上，恰好這岡石片最多，趕上的都被石片打下。無憂揮兵將此岡四面圍住，大笑曰：『不怕他飛上天去。』

玉公靠着廟門首，喘纔定時，天已白了。無敵、鎮東、子白外，尚剩三十餘人，多半帶着箭傷。不禁仰天大哭：『不圖玉廷藻，命盡於此。一廷藻何足惜，累及你們，可悼痛耳。』衆皆感激流涕。無敵曰：『事未可知，倘紹公兄弟破了可兵，打進莊來，我們的命，死裏仍生了（一四）。』玉公默然，只是暗暗地拭泪。看那廟時，上寫着『烏龍古廟』。肚裏一面躊躇，一面推那廟門，誰知是不曾關的，静蕩蕩闃無一人。踱至後座，見神龕上塑着一神，黑面金鎧，手拿着一根金鞭。正欲呼無敵問時，忽左廊下走出一个和尚，鐵頭豹眼，與塑的神像有些仿佛。玉公吃了一驚（一五）。那和尚朝着玉公磕頭曰：『鄉長認得老當麽（一六）？』玉公擦着眼看了一回，驀地想出：『呵呀！你不是出山納糧的可當麽？怪得年來絶無消息，虧我小婿想煞你，原來做了和尚。』可當拍着壁曰：『俺爲着鄉長招了我的兄弟做女婿，明禮這廝，欲加鄉長以外奸的罪，惱得俺性起，一頓拳頭，將那廝打翻（一七）。那廝常懷恨着害俺，俺父親逼俺權且做个和尚避罪（一八）。昨聞鄉長興師討罪，正欲作个内應，不知鄉長何故這絶早便到此（一九）。』玉公將上項事説起來，又滴着泪。可當曰：『這明禮是个絶蠢的東西，偏是他的女兒，小小年紀，天生大力，用一雙銀稜鐧，俺也怕他些兒。那妹子嬌鸞，有滿腹的雄略，人人都説他是女韓信（二〇）。鄉長要脱這灾難，除非仗着俺那鐵椎，托着鄉長命運，從羊蹄徑打將出去。那莊門是斷斷出不得的（二一）。』言着，大踏步出廟門，前後一眺，幸炭團不在這裏，喜躍曰：『岡下的幾个賊男女，非俺對手（二二）。趁早些兒，隨俺去罷。』遂將布直裰脱下，横束着，露出半身黑肉，往裏面取出車輪大的大鐵椎，横在手裏，吶聲喊，如山崩雷吼，撞將下去（二三）。

玉公與無敵等，緊緊隨着。沿路打人，直打至羊蹄徑。見數十人守住徑口，个个是認得可當的。見他舞着鐵椎，遠遠地躲去，誰敢惹他（二四）。

原來，這羊蹄徑，中間又分左右兩丫，右丫是通碣門内，左丫是通碣門外的。左丫已經塞斷了，只得從右丫打出。

出了徑口時，盡是叢雜小路。忽路側叢篝裏，有人嚶嚶的哭。可當大怒，將椎向篝叢裏一撲，那人便跳將出來，抱着玉公的腿，哭个不住（二五）。玉公曰：『賢婿且勿哭，認認你的和尚哥哥（二六）。』可當睁眼看時，不是别人，却是結義的兄弟顔少青。遂丢了椎，跪着地，拉着手，呵呀呵呀，却説不出話來（二七）。

玉公問昨夜的勝敗。少青曰：『紹莊公拔營退時，後面的軍追來，至碣門，已有可兵守着，不得出。兩旁的伏兵，不知怎的逃个净盡。四面喊殺連天，好像有數十路軍馬殺來。碣門外的地雷火箭，眼見是没用的了。紹公兄弟，不知逃往何處去了(二八)。』説着，又伸手指着曰：『漫山遍野的尸，可憐呵，都是我們的。小婿呵，被幾个人趕着，跌落一个坑兒底下(二九)。筋骨呵，幾乎跌个散。不知怎的，又聞刀槍響，趕我的似乎與人鬥到那裏去了。天將亮的時候，纔從坑底下爬將上來。一些兒路徑也不識，又防可莊人捉住，終是个死，故在這裏哭着，尋个自盡。不圖重見丈人及諸鄉勇，又得見哥哥。不知哥哥又爲甚做了和尚呢？』玉公將前事約略的説幾句，便思量爬山而走(三〇)。

可當曰：『眉山之左，越一坳，便是鴉山。鴉山有一小路，可以繞到石杵岩。只是路多荆棘，甚是難行。由石杵岩二十里，至芝蘭鄉。又十二里，便是韓莊。韓莊至黄石，你們是認得的了。』少青曰：『倘此路有人守着，又將奈何？』玉公嘆曰：『老天亡我，是説不得的，終不然餓死這裏麽？』是時，惟剩二馬，玉公、少青騎了。只是鎮東爲炭團的鐗所傷，不能行步(三一)。正在徘徊，忽遠遠地來了兩个少年，手拿短刀，東張西望，似有所尋覓。衆驚愕間，少年已近，誰知是鎮東的兩个兒子，一名鯨飛，一名鵬飛，見父親傷重，灑了幾點泪，負父而走(三二)。可當開路先行，玉無敵、玉子白押後。

不半里，見山坡上厮琅琅地鬧起來。玉公驚問緣故，却是可當與一黑漢厮鬥(三三)。那黑漢圓目闊口，赤髮黄眉，手揮大斧，甚是凶猛。玉公向前看時，大喝曰：『鐵牛，不得無禮！』

二人聞喝，各住了手。那人向玉公磕个頭，問：『這和尚何人？鬥得鐵牛過，實是个好和尚(三四)。』玉公曰：『我且問你，你莊公紹其英，今在何處，你緣何獨自一个在此？』鐵牛曰：『我與長阪鄉長戚明、程家鄉長程遂，領了幾百鳥男女埋伏。大軍到時，先有一枝可兵攔住，不得出。我提起大斧當先，斫翻了幾个。誰知這些鳥男女，隨着兩个鳥鄉長，跑得影兒也沒了。只剩我一个，殺來殺去，只見是可莊人，我們的軍馬不知往那裏去了。這碣門守着的，不是我們軍士了。我拿着這斧，斫了幾回，那裏斫得出去，弄得我有親難見，有家難歸(三五)！』言罷，虎吼也似哭將起來(三六)。可當曰：『好漢且勿哭。俺有句話，你聽波。』鐵牛止了哭，曰：『和尚法力兒大，念念兒，能使我回得莊見得莊公麽(三七)？』可當曰：『非也。人生何處非家，何事非主。俺見你英雄好漢，與你結拜兄弟，你意如何？』鐵牛哈哈的笑曰：『和尚哥哥，這是極有趣的(三八)。』可當又拉着少青排起年歲來，却是與鐵牛同庚，少青長一个月，遂認鐵牛爲弟。三人拜了幾拜，即拉着走路(三九)。

走不過三五里，鐵牛叫起腹餒來，走不動了。可軍（俊樺按：鈔本作『可可』，據文意當爲『可軍』之訛）的一彪軍馬，從東邊林木裏跑過，衆皆失色。玉公曰：『有軍馬追來，吾死矣夫(四〇)。』爲首的，騎着五文鐵花馬，擐烏犀甲，提着方天畫戟，頭戴傘纓卷檐鋼絲帽，朱唇白臉，五綹長髯，誰知却是紹其傑(四一)。玉公呼曰：『紹莊勇何來？』其傑驚顧曰：『後面有敵軍追來，可快走。』鐵牛大叫曰：『莊勇且住，有乾糧時，速將來充些飢，待鐵牛殺他娘的盡絶。』其傑見鐵牛在此，心始壯。遂教軍士將出乾糧，各吃了些。追兵已卷地的殺將來，鐵牛揮着斧，可當舞着椎，無敵等亦提刀相助，殺入追軍隊裏，攪得他旗幟都亂了。其傑揮軍殺轉，殺得尸骸填谷，又活捉了百餘人，餘盡降了。玉公備問其英踪迹(四二)，其傑哭曰：『家兄昨夜於亂箭叢中，傷了性命了。某奪得尸，藏在密松林裏。鄉長有何高見，令吾兄尸出碣門。』玉公垂泪曰：『幸得莊勇這支軍馬，或可乘其不備，復奪碣門。倘天可憐呵，不獨尸可回莊，我們都有生路。』

言未已，子白引着新降的莊勇可松齡跪着(四三)。這人生得青面紫髯，身長膀闊，幼失父母，傭爲苦竹鄉斗太公家作僕。太公以《春秋》授其子蘭言，松齡竊聽之，大悦。蘭言愛其厚重，轉授之，深達大義。會蘭言結怨於鄉勇斗奢延，一家十三口，盡爲奢延所殺。斗騰驤者，蘭言從兄也(四四)。松齡負蘭言幼女斗貫珠(四五)，匿騰驤家。騰驤訟於鄉長斗大雄，不直，謀之教師歐羅巴。羅巴曰：『可松齡，形貌魁梧，深沉有膽略，他日必大貴，宜深結之。』乃授松齡三尖刀法，又名風火雷，松齡一夜便精(四六)。騰驤亦無父母，貫珠始周歲，乃使寡嫂田氏私育之。與松齡夜劫斗奢延家，亦殺其男女一十三口，逃於可莊。可當之父慕俊，深愛二人，乃薦爲莊勇。平日與可當最好(四七)。常言英雄擇主而事，明禮鼠視豺聲，不可以終靠(四八)。是時，松齡正引軍追殺其傑，中箭墮馬，爲鐵牛所擒。原欲僞降，於中取事的(四九)。玉公曰：『汝是真降還是僞降？若不得已權降時，某便放汝回莊，報知明禮，再來擒某。』松齡正待尋思，可當大言曰：『大丈夫擇主而事，今明禮篡弑之徒，嫉賢凌物，賢弟不降，終爲所害，何待躊躕(五〇)。』松齡見可當已降，亦夙聞玉公德望，乃指天日而言曰：『願得長事鄉長，如有貳心，定遭天譴。』

少青在旁，鼓着掌曰：『此真天以碣門賜我也(五一)。』衆駭問故，少青曰：『就在松齡莊勇身上。』玉公豁然省悟，乃向松齡附耳説了。松齡即搜撿可莊令箭，領了新降的兵，策馬望碣門而走。玉公假意揮軍從後趕來(五二)。守碣門的莊勇，是可金榮、斗騰驤，率軍士分兩翼來救松齡(五三)。松齡退保碣門，乘勢將碣門奪了，高叫曰：『可公不道，人神共忿。我們已降玉鄉長了。從吾者生，逆吾者死。』那邊追兵又到，可當的椎，鐵牛的斧，如兩座山壓將來的一般。衆軍那裏當得住，都一齊降了。玉公慮新降軍士難制，乃分兩營，使可當監可金榮軍，可松齡監斗騰驤軍。分撥纔定，人報明禮引大隊軍馬追來。玉公不欲與戰，使輕車載其英尸，弃了碣門，取路回紹莊。行未數里，後面塵頭起處，追兵漸近，乃回軍分撥，準備迎敵(五四)。

【批語】

（一）〔眉批〕一『大喜』一『大驚』，一智一愚，寫來活現。

（二）〔眉批〕可瓊詐降，玉公能豫料之。嬌鸞又能豫料玉公能豫料。如弈之高一着，便滿局占先。

（三）〔眉批〕於此處一一詳寫，下文便由我顛倒用筆。

（四）〔眉批〕用『却説』二字，從玉公一邊寫去，法活。

（五）〔眉批〕只八字，凄慘煞人，是夜戰景象。

（六）〔眉批〕虛寫一筆，法活。

（七）〔眉批〕爲炭團作引。

（八）〔眉批〕再爲炭團作引。

（九）〔眉批〕三爲炭團作引。

（一〇）〔眉批〕未見莊主之面，先聞呼莊主之聲，所謂另用异様筆墨也。

（一一）〔眉批〕寫銀棱鐗，有色有聲。

（一二）〔眉批〕『火光照天』，與上『火把齊明』『火把又明』『火把從樹影烘出』，極寫夜中巷戰之景，與他處野戰不同。

（一三）〔眉批〕不寫炭團獨戰玉兵，無以見炭團之勇。徒寫炭團獨戰玉兵，又不見嬌鸞之密。無憂牽馬引兵，來助炭團，嬌鸞使之也。不用明言，使人自會。蓋此時明禮大軍已出，莊中無人也。

（一四）〔眉批〕是無可奈何語。

（一五）〔眉批〕於性命呼吸之時，忽然寫一廟，忽然寫廟中一和尚，至於和尚面貌與神像仿佛，此一驚不少。

（一六）〔眉批〕可當從此處出現，顛倒煞人。

（一七）〔眉批〕照上。

（一八）〔眉批〕補寫做和尚之由，殊不累筆。
（一九）〔眉批〕前回少青欲暗求内應，此處可當欲作内應，是文之印合法。
（二〇）〔眉批〕縈繞上文。
（二一）〔眉批〕説到命運，然則鐵椎仍不可全仗矣。
（二二）〔眉批〕想是炭團不在此處。
（二三）〔眉批〕可當聲勢。
（二四）〔眉批〕先聲奪人。
（二五）〔眉批〕奇絶。幸不曾撲着斯人。
（二六）〔眉批〕四字新絶。
（二七）〔眉批〕玉公教少青認和尚哥哥，偏是和尚哥哥先認少青。活寫可當。
（二八）〔眉批〕補寫昨夜情事。少青有少青之語，與鐵牛不同。
（二九）〔眉批〕鐵牛未落坑，而少青先落坑。鐵牛落坑，是自己趕人；少青落坑，是人趕自己。人趕自己者，己反得生；自己趕人者，却不免於死。事之不同如是。然鐵牛之落坑，他人看出；少青之落坑，自己説來。文之不同又如是。
（三〇）〔眉批〕不説不得，多説又不得，『便思量』三字，寫盡忙亂時情景。
（三一）〔眉批〕應上文，不漏。
（三二）〔眉批〕收合諸將，同出碣門。患在詞枯意直，看他一波一蹴，一蹴一波。奇峰夏雲，朵朵變換，從人忽略處用精神，翻令閱者精神煥發。

（三三）〔眉批〕一波。

（三四）〔眉批〕鬥得自己過，便是好和尚。一見鐵牛自大，一見鐵牛心虛。自大者，不言己鬥得和尚過，只言和尚鬥得己過。見和尚之勇，笏山無對，而只鬥得己過，而已可知也。是自大語。心虛者，見平日自大慣了，從無敵手，而庸庸中有此好和尚，恐十室之邑，如此和尚者正復不少。是心虛語。頗怪今人見人勝己，便生忌心，那肯以一好字加人，且痛詆之而後快。夫真自大者，必能虛心；不能虛心者，不能自大者也。亦妄妝幌子而已，有愧鐵牛多矣。

（三五）〔眉批〕補寫昨夜情事，鐵牛有鐵牛之語，與少青不同。

（三六）〔眉批〕鐵牛也會哭，奇，奇。

（三七）〔眉批〕即從和尚身上生情，妙是鐵牛語。

（三八）〔眉批〕四字奇絶。玉公教少青認和尚哥哥，是悲極而喜；鐵牛自喚和尚哥哥，是喜不知悲。

（三九）〔眉批〕上文，約略説了幾句，便思量爬山。此處拜了幾拜，便拉着走路。寫盡忙中情事。越急越緩，世事類多如此。

（四〇）〔眉批〕純用逆蹴法。

（四一）〔眉批〕其傑之裝束形貌，從百忙中繪出，奇幻之極。

（四二）〔眉批〕至此，始得問其英踪迹，是忙極之時。

（四三）〔眉批〕可松齡，爲從龍閣功臣，如太史公法，當有列傳一篇叙其生平。文於極忙極亂中，迎面陡插奇峰，筆力橫絶。凡《記》中追叙，多用『原來』二字，此處并用不着，更奇。
（四四）〔眉批〕斗騰驤，亦從龍功臣，不必另立小傳，却附松齡而見。與合傳體仍小异。
（四五）〔眉批〕斗貫珠，後六十餘回始見，文却附此處伏綫，句奇筆重。韓公而後，得此一人。
（四六）〔眉批〕儼然一則韓文。
（四七）〔眉批〕所以與可當合。
（四八）〔眉批〕入題有情。
（四九）〔眉批〕欲僞降者，忠人之事之初心也。終不僞降者，豪杰從龍之轉念也。松齡豈若小丈夫之爲諒哉。
（五〇）〔眉批〕劇逼甚緊。
（五一）〔眉批〕令人不測。
（五二）〔眉批〕是附耳之言。
（五三）〔眉批〕已在少青算中。
（五四）〔眉批〕逆蹴下回。

第九回　避公位牛嶺賦新詩　劫囚車韓莊遭烈火

誰知追來的不是可軍，乃玉吉人、玉凌雲、玉大用，及桃花鄉云桐榮、綉旗鄉梅伏熊、端木鄉端木興、猪頭鄉袁應星、黑齒鄉章用威、五柳鄉陶菊泉。六位鄉長，招集殘兵，來奪碣門。聞玉公已出碣門，因此追來。於是合兵一處，共回紹莊，爲其英發喪。

時，其英之子紹平年幼，玉公聚諸莊勇酌議，欲立其傑爲莊公。其傑泣曰：『敗衄之餘，宜擇英武之主。某何人，敢辱斯位。』拂袖竟出。

是夜，其傑私見紹夫人，哭曰：『我們新與可莊構釁，禍結兵連，驟難得解。以先兄神武，糾合諸鄉，猶喪於强虜之手。今阿平幼弱，某與諸莊勇，皆碌碌無短長，會見仇不能報，家不能保。嫂嫂呵，怎了也(一)。』言着，嗥啕哭个不止。紹夫人拭着泪曰：『我兒幼弱，誠不足禦强鄰。今叔叔英明，不減先莊公。况以弟繼兄，於理爲順乎。叔叔復欲諉誰？』其傑曰：『如嫂嫂言，是死某也。某固無足重輕，但莊人何罪，倘遭蹂躪，何以見先人於地下。某以爲不必同姓异姓，擇有才望克負荷者主之(二)。彼必感激勵圖，我輩可高枕而卧矣。』夫人曰：『叔叔以爲誰堪此任，乞明言。』其傑曰：『黄石鄉長玉廷藻，先兄在時，推爲盟主。若得此人，主我紹莊，報仇之事，一以諉之，某與嫂嫂母子，穩眠安吃，不勝似晝夜惴慄、食少事繁乎？』夫人曰：『這廷藻，是曾舉進士、作天朝官的麽？人人都説他好，恐不肯拋了自己室家，來作我們莊公。如肯時，任叔叔爲之(三)。』其傑喜而出。

明日，私與顔少青、玉無敵等議其事。少青曰：『此事重大，我丈人又最古板的。必先集貴莊莊勇，陳以利害禍福，使合莊之人無别議，然後諷令扶老携幼，喧嚷着，硬行擁立。見此意出自下面，不由他不肯（四）。』其傑深然之。

時紹莊莊勇紹太康、紹鎮山、紹孟卿、紹金翅、紹昌符等二十餘人，皆鄙劣無振作，悉惟其傑命。惟已退莊勇紹崇文，家最富，雄豪多氣概，娶韓莊韓陵之女，生二子，皆殤，一女名龍飛，是夢吞五色石而生的。生時，紫光滿室，鬼哭四郊，三晝夜乃止（五）。長得蘭姿玉質，慧麗能文，又多力善射。六七歲時，與群娃戲於野，遇一白額吊睛大虎，咆哮逐人，群娃號奔。龍飛從石磴上騰身跨虎脊，顏色不動，解所佩刀剜虎眼。虎負痛騰躍，去地五六尺，又滚地成坑幾尺餘，而龍飛跨虎脊如故。須臾，虎睛、虎鼻、虎耳、虎鬚，割拔殆盡。再騰身去虎脊，立石磴上看虎，虎觸崖而死。人遂呼『騎虎姐兒』（六）。

是日，正與群婢較射而歸，見崇文怒現於色，細詢之，崇文曰：『我紹莊自恭公創業數百年於兹，何曾許异姓主吾莊。今諸莊勇欲奉黄石鄉玉廷藻爲莊公，正欲與兒商議，起兵攻之。』龍飛曰：『先莊公爲可明禮所害，正吾莊卧薪嘗膽之時。爹看我莊，誰堪此任？廷藻諳煉老成，雖不得志於可莊，非戰之罪也。同仇義切，必能捍外寇，庇我家室，不猶勝於爲可人虜乎？爹爹無患事异姓爲羞，而患廷藻不肯，事不成耳（七）。』崇文曰：『吾兒之言，開爲父的茅塞。』乃往見其傑，願獻千金，爲玉公造莊公府（八）。其傑大喜，密約八月十五日卯時，集衆於故莊公府，强挾玉公受賀。令牌田籍，打點交卸。同來的諸鄉長，亦暗暗地打點賀禮，只瞞着玉公一人。

却説莊中有耕民紹知進(九)，知了這个消息，欲向玉公處討个莊勇的前程。三更時，携着女兒梨花，至玉公寓報喜，兼送梨花爲婢。玉公詢問備細，驚得呆了。以好言回了知進，令權帶女兒回家。送出門時，見滿地月光，照着一匹白馬，迎風嘶着，是不知何處嚙斷繮繩逃出的(一〇)。玉公見鞍橋皆備，遂將馬跨上，加鞭望東南小路跑去。這條小路名無那徑，是紹莊的後路，七曲八折，最難認識。誰知那馬是走熟的，馱着玉公，一溜烟跑出莊來。

時朣朧的早日，漸漸亮了。遇見幾个早行的，問了路，加上鞭，又走了一程。見林木裏，一群鴉約有數百，衝將起來，盤着曉日，啞啞的投西去了(一一)。停鞭看那林光山色，正是前日歃盟之處，地名牛嶺(一二)。觸動前情，不覺撫膺痛哭。想當日登將臺執牛耳，二莊三十鄉，咸聽指揮，破碣門，敗可兵，何异曹孟德一世之雄哉。今直弄得單騎回鄉，何面目見鄉中父老。雖感紹莊人的好意，憐而公我，但紹公新死，妻寡兒孤，我又無功於紹莊，取土地於寡婦孤兒之手，縱不圖後灾，亦爲千載唾罵。想至此，因下馬，拾殘煤題二詩於石壁曰：

萬騎連雲伐可莊，誰令子弟喪沙場。重經牛嶺登壇地，白棘黄花滿夕陽(一三)。

孤兒寡婦念爭差，讀史難將玉掩瑕。讀到陳橋兵變處，千秋人恨趙官家(一四)。

題畢，跨馬而去。行不上五六里，腹中正飢，恰在一小鄉經過。那鄉，名緣木鄉(一五)。鄉長春大觀，是未曾與盟的。見玉公匹馬入其鄉，留住宴飲。玉公滿腹牢愁，借酒一澆，不覺大醉。不料那春大觀，是可明禮的姑表兄弟，又是韓卓的女婿。這鄉與韓莊貼近，遂將玉公縛了，送至韓莊，求轉送可莊，爲明禮報仇。那韓卓得了明禮的賄賂，正思尋事相報，遂將玉公監下，着人飛報可莊。明禮大喜，教用囚車釘固，十七日是祭陣亡兵將的日期，着令得力莊勇護解，勿使途中有失（一六）。

韓卓正選人解送，莊勇韓傑諫曰：『莊公新與聯盟，拔營而遁，已無以示信於山中。今口血未乾，無故又害盟主，何以對神明，何以對衾影？』韓卓大怒，拍着案曰：『汝與廷藻通謀，辱駡我乎？早晚取汝性命。』韓傑亦努着目曰：『無信之人，天必厭之。且看誰的性命牢固。』言着，大踏步而出（一七）。

韓卓於十六日，使韓剛、韓威帶步軍五百押護囚車，取路往可莊進發。剛至鈎鐮坡，見一黑漢横大斧攔住去路，大呼曰：『欲過去的，留下買路錢（一八）。』韓威以爲風癲，喝人拿下。衆軍欲動手時，早被黑漢斫翻了幾个。韓威揮軍將那漢團住。那漢的斧，左斫右斫，正斫得痛快。猛聞韓威牾的一聲，倒在地下，成了肉泥。是一个黑和尚，舞椎打翻（一九）。韓剛慌着，看那囚車，只不見了。拖着槍，正走得幾步，一个青面的，騎匹怒馬，揮三尖刀迎面一晃（二〇）。韓剛用槍一格，轉身鬥了十餘合。無心戀戰，虚影槍頭，正待回馬，那馬已跪在地下，四隻蹄各剩半隻。跌下馬時，那三尖刀白閃閃已從耳下飛過，韓剛剛顫得一顫，左腕已斷，被个小卒割了頭去了（二一）。

可憐超、傑、剛、威，素稱『韓氏四虎』，而剛與威，不料俱喪於此（二二）。那押囚車的五百軍士，走脱的約四五十人，皆帶重傷，欲逃回莊。忽一个少年書生，提口劍，領着百餘人攔住歸路（二三）。那三四十人，只得跪在地下乞降。書生教降的軍卒引路，撥剌剌地殺進韓莊。

時韓莊絶無準備，進得莊時，逢人便殺，凡有草堆處，盡放起火來。莊人大亂，又不知軍馬多少。衆降軍（二四），見椎韓威的黑和尚，又在這裏椎屋，一屋一椎，盡椎塌了（二五）。這使大斧的，從火裏蹿將出來，拿着幾顆人頭擲人（二六）。又見韓卓的府門，已着了火。韓卓的兒子韓水、韓木、韓土，引着韓卓，十餘个莊勇押後，走登星臺避火。

一个使刀的，與韓超鬥做一團。恰韓卓的大兒子韓金，引着一隊婦女，斜刺裏欲奔星臺。這使刀的弃了韓超，來取韓金。韓超正欲來助韓金，背後一人大叫曰：『韓超不要走，認得斗騰驤麽（二七）！』言着，這枝蛇脊長矛，早從腦後搠將過來。韓超揮雙刀，轉身迎鬥。那韓金鬥使刀的不過，正欲走時，回顧婦女盡變作一盤兒肉膾，心裏一慌，那刀從頂上直劈下來，分做兩个韓金了（二八）。韓超不敢戀戰，將刀向長矛下倒格一格，打个轉，乘勢走上星臺。趕來的，盡被臺上的亂箭射回。

斗騰驤正在這裏罵着，猛得一聲雷吼。一个朱臉藍髯的，挺着大刀，一个白臉細眉的，揮着雙鞭，從星臺後轉到前面，來戰騰驤（二九）。騰驤見來得勢猛，挺着長矛，且戰且退。韓卓從臺上看得分明，朱面的是韓傑，白面的是第四兒韓火。騰驤被斜陽曜着眼，正鬥二人不過，不堤防長矛下，蹲出一个小女娃(三〇)，拿枝單頭鐵棒，向韓傑的脚下一掃，將韓傑掃倒，早有軍士活捉去了。韓火退幾步，據住一个閘門，不敢出。韓卓正打發韓超下臺救韓火，驟聞四面鑼聲響，知是收軍的號鑼。時天色漸昏，教人打聽得敵軍遠去，韓卓纔敢下臺。

這一場，大兒子斫死，妻妾諸媳皆亡。莊勇莊民，死者無算。除民房外，聚財寶的府庫，盡遭燒毁。可公賂的金羅漢、珠側注(三一)，亦不知何處去了。於是抱着四子，放聲大哭。正哭得没聲，忽然起立，向南指曰：『廷藻廷藻，與汝誓不兩立！』言着，吐血一口，倒在地下，諸子扶回燒不盡的府裏去了(三二)。

【批語】

（一）〔眉批〕其傑胸中早有一玉公，特以語難紹夫人耳。

（二）〔眉批〕先爲玉公繪一影子。

（三）〔眉批〕與下文龍飛之語相符。是婦女見解。

（四）〔眉批〕果能如此，玉公可以不必苦辭。觀少青『諷令』二字，便有許多矯詐在内。其傑以弟繼兄，猶不免於被弑，况玉公爲异姓之人乎？少青功名念急，故卒罹韓人之難。而能幸免者，天爲之耳。

（五）〔眉批〕龍飛火燒紹軍十萬，生時，鬼烏得不哭。叙龍飛，亦不用『原來』二字。

（六）〔眉批〕作『騎虎姐兒』小傳，鏟甲摧牙，奇峭類抑。與足足之拳打雙虎，無一筆相犯，神技也。

（七）〔眉批〕慷慨之論。

（八）〔眉批〕爲『家最富』三字點綴。

（九）〔眉批〕此人殊不知進。

（一〇）〔眉批〕忽然蹴起一段奇波、奇景、奇情、奇思、奇筆，影倒輪飛，是青蓮花世界。若説玉公問知消息，連夜走脱，有何別趣。忽然想出一个紹知進私討前程。因送知進出門，忽然想出明月滿地，白馬嘶風，一片迷離夜景。然非此馬不能出得無那徑，非月光引着此馬，亦終不能出得七曲八折黑夜裏之無那徑也。所謂『影倒輪飛，青蓮花世界』文字也。

（一一）〔眉批〕最是此時難遣□，鴉投西去客南歸。

（一二）〔眉批〕既出無那徑，便可直接緣木鄉矣。偏於其中間，又有重經牛嶺一段妙文。樹裏飛鴉，盤着曉日，林光山色，悵觸前情，正落魄英雄，萬端交集時也。欲無詩得乎？一波未平，一波又起，一波妙似一波。造化有此妙境，名山有此妙籟，古今有此妙文。抽子妙思，豁子妙自。

（一三）〔眉批〕黄牛峽險，聽流水以銷魂；白馬詟空，對夕陽而隕涕。

（一四）〔眉批〕可置李雪濤《咏史集》中。

（一五）〔眉批〕緣木求魚，必無後灾。今剛遇緣木，便有眼前之灾，何玉公之偃蹇也。

（一六）〔眉批〕明明有失，偏先言勿使途中有失，奇絶。

（一七）〔眉批〕韓傑者，從龍閣功臣之冠也。乃不於此處立小傳，偏從後回云桐榮口中，追敘出生平節概來。筆墨之變，其有雲中龍爪，不能定其何處出現之妙。

（一八）〔眉批〕陡然而來，漫然而呼，是鐵牛本色。

（一九）〔眉批〕韓威揮軍圍黑漢，宜與黑漢厮鬥矣，乃未暇與黑漢鬥，而已死於黑和尚大椎之下。奇哉。

（二〇）〔眉批〕既有黑漢，又有黑和尚；既有黑和尚，又有青面的。青青黑黑，混人目睛。

（二一）〔眉批〕斫斷馬蹄時，即跌下馬時；跌下馬時，即斫斷左腕時，皆一時事也。質而言之，松齡只用得兩刀，一刀斫馬足，一刀斫人腕而已。乃斫馬之先，加以『馬已跪地』；斫腕之先，跌馬之後，加以『白閃閃從耳下飛過』等字，遂使閲者眼睛炫亂，如從壁上觀。

（二二）〔眉批〕虎也而喪於小卒之手，虎而犬矣。『韓氏四虎』而去其二，餘不足畏矣。

（二三）〔眉批〕既有黑漢、黑和尚、青面的，又有少年書生，奇，奇。

（二四）〔眉批〕又在降軍眼中看出。

（二五）〔眉批〕以椎人之椎椎屋，此椎可謂能大用，能小用矣。

（二六）〔眉批〕更奇。以韓人之頭擲韓人，可謂以爾拳打爾嘴矣。

（二七）〔眉批〕只有斗騰驤表出姓名，其餘盡用虛寫，至後回纔點明某某，又一樣文法。

（二八）〔眉批〕一盤肉膾，盡粥粥之群雌；兩个韓金，原翩翩之公子。

（二九）〔眉批〕於亂軍中，忽然顯出韓傑、韓火，聲勢崚嶒。韓傑者，從龍閣功臣也；韓火者，黑齒鄉巨寇也。此時無妨并寫。

（三〇）〔眉批〕炭團之外，又有此小娃。小娃從何處來，掃倒韓傑後，又從何處去，神龍首尾，不可端倪。

（三一）〔眉批〕前只言金羅漢，茲又補出珠潮注來。

（三二）〔眉批〕結得飄忽，以苦語成此飄忽，更奇。

卷二

東莞寶安吾廬居士戲編

第十回　遵遺屬紹莊公會喪　陷深坑鐵先鋒喪命

劫囚車打韓莊的，你道是誰(一)？初，紹其傑聚集莊勇老幼，請立玉公，始知單騎逃去。没奈何，自己襲了公位。少青大憂，使玉無敵、玉大用、玉吉人分頭探訪。有人曰：『天亮時，一官人騎着馬，問我黄石的路。我正向這條路指着，你從這條路去尋時，定有踪迹了(二)。』吉人正尋到牛嶺，見壁上題的詩句，知從這裏過的。又問到緣木鄉，見个白髮的鄉人，細細問他，纔知端的。大用、無敵，亦訪得消息，大約不差。少青大驚，遂禀其傑，帶着可當、鐵牛、騰驤、松齡、金榮，及原帶來的鄉勇，與新降的軍馬，約五六百人，十五夜，乘着月色，悄悄地埋伏韓、可交界的地面。一山名鈎鐮坡，最多樹木，少青藏兵於此，待至明日，好劫囚車。那紹鐵牛家小并無，惟剩个小侄女名秋娥，從小兒好弄一根鐵棒，力大如虎，因家中没人看他，亦帶着來跟少青(三)。是日，劫了囚車。因乘韓莊不備，哄入莊裏，殺人放火，以報前仇。又令可松齡、斗騰驤乘夜攻破緣木鄉，將春大觀殺了（四）。回至黄石鄉，天色漸明，先將降將降兵安插妥貼。是役也，雖無功而返，幸無敵等六名莊勇無缺，又得了數員猛將，黄石由此漸强。

玉公自遭磨折，不越月，卧床不起。執着少青的手，垂泪曰：『我兒壽官，年紀幼小，又結下兩个大大的對頭，我死後，汝須招賢納士，緊守險隘，防韓、可尋仇。又宜卑禮紹莊，冀其拯救。』又召諸鄉勇吩咐曰：『我死，你們便奉吾婿爲鄉長，共捍强鄰，無萌貳志。』言罷，嘆氣而終。年五十三歲。一面使人往紹莊及諸鄉長處告喪，一面經營葬事。

葬之日，桃花鄉長云桐榮、綉旗鄉長梅伏熊、端木鄉長端木興、猪頭鄉長袁應星、黑齒鄉長章用威、五柳鄉長陶菊泉、花塢鄉長忽如蛟、紫藤鄉長花瑞昭、青草鄉長楊擒虎、牢蘭鄉長許武，咸來會葬。紹莊公其傑，亦紆道由魚腸阪而來。衆見其傑哭甚哀，無不墮泪。少青扶玉壽官匍泣謝客，并述玉公臨終遺屬。

云桐榮曰：『可莊一動，紹公起兵躡其後，必不敢來。韓莊新遭蹂躪，元氣未復，况莊中四勇，名爲四虎，實韓傑一人耳。傑生而痴憨，十歲不能辨馬鹿（五）。父令販瓜於市，盡以瓜與人，不取值，空手而回。父笞逐之，卧叢祠，七日不得食。潛視之，見叢祠火起，正駭愕間，火中跳出一人，裸體、臉焦赤，蓋傑也。由是勇冠群豪。會適野，見門虎，傑振臂一呼，從中格之，虎皆辟易而逃（六）。性貞毅，恒對酒露肝膈，以趙子龍自命。雖爲韓卓莊勇，然鬱鬱不得志，奇人也(七)。今已降，剛、威已死，韓超雖存，魄已奪矣。』

紹公使人召韓傑來，戒之曰：『某等與韓公，本屬同盟，而乃黷貨敗約，其人不足共死生，莊勇所知也。今玉公弃世，顏鄉長年少，惟鄉勇們輔導之，無懷貳心。』韓傑叩頭於地曰：『自傑被擒，父母妻子，皆爲韓卓所殺，是堅傑之降也(八)。今顏鄉長雖年少，英襟妙略，突過前人，是可與有爲之人也。良臣擇主，敢有貳心(九)？』紹公點頭曰：『好男子也。』又喚鐵牛吩咐曰：『汝本我莊人，念汝結拜情重，由汝在此。汝女侄秋娥，十幾歲了？』鐵牛曰：『十四歲了。』紹公曰：『這女子勇猛過人，可當一女將。再待些時，可與顏鄉長做个娘子。』言罷，辭衆去了。諸鄉長亦各辭歸。

蓋山中稱呼，凡鄉長、莊公的正妻，稱夫人。姬妾，稱娘子。其俗然也。

舊例，鄉田所出穀，每一石，以三斗供鄉長，而鄉長自取一斗，各以六升供韓與紹，以八升供可。少青既立，免其歲供，每一石，惟自取一斗作軍資耳。於是鄉人大悦，負耒耜而來氓者，不可勝計。

忽有夷庚鄉老者，攜一女來獻，曰：『聞鄉長賢，願以拙女備下陳。』少青曰：『某逼處强鄰，有仇未報，不敢色選，但擇有能者納之。不知汝女何能？』老者曰：『我女樂姓，名更生，年纔十五歲，力挽鐵弓，發鐵矢，三百步外能中懸絲。當鄉長意麽？』少青大悦，命女來見。其女眼圓口小，膚白如脂，試其技，一如老者言。言於連錢，納之。

這連錢，知山中女子能文者少，大力者多，欲廣爲羅置以自强(一〇)。又廣買農家壯健女子，得百餘人。諸鄉有願食女糧者，聽之。建女教場，使紹秋娥、樂更生分領之，日日操練。少青又於瞿谷口、聖姥坡二處，憑險負固，建重關爲黄石門户。使可當改了俗妝，選精兵三百守瞿谷，使可松齡選精兵三百守聖姥。

越年，兵强糧足，思結諸鄉以攻韓莊。乃修書一封(一一)，痛述先鄉長之意以動紹公，令軍於碣門之左牽掣可軍。九月九日，大會南方諸鄉於蒲浦，得五十鄉。黄石之後，有竹山鄉，其鄉長吴以勤，推故不至。懼其乘虚窺伺，乃使韓傑率兵攻之，逐以勤而奪其地(一二)。使連錢夫人統更生、秋娥之女兵以守竹山，黄石遂無後顧之患。

於是祭纛興師，以紹鐵牛領本鄉兵五百爲先鋒，以韓傑監二十五路鄉兵爲左翼，斗騰驤監二十五路鄉兵爲右翼，以玉子白代可當守瞿谷，玉鎮東代松齡守聖姥，連玉凌雲、玉吉人、可金榮、玉大用、玉鯨飛、玉鵬飛共十員健將，合諸鄉兵共二萬五千，浩浩蕩蕩殺奔韓莊。

韓卓大懼。一面使人求救可莊，一面令韓超、韓秀率兵六百出駐寅丘，爲前隊，韓水率兵二百守莊左，韓木率兵二百守莊右，自率韓火、韓土、韓瀾、韓起、韓結、韓湯，馬步軍一千，駐莊前，準備迎敵。

却説韓超、韓秀軍至寅丘，安營已定。是夜，朔風忽起，飄下一天掌大的雪花來(一三)。衆軍士一團一團的，正在營中烘火。忽韓秀的營中，火光熖雪，四下裏嚷將起來(一四)。韓超舞着槍立火光中，喝人救火(一五)。誰知那火燃着雪花，半空裏火風獵獵，飄下的都是紅雪花。衆軍正在那裏看得好雪花，忽雪花裏一个黑大漢，似從火營裏蹲出來的，一手舞着斧，一手提个人，哈哈的笑曰：『好雪花(一六)。』衆軍曰：『呀！那黑漢提的這个人，兀不是秀莊勇麽？』剛欲上前來奪人，那邊韓超認得那漢正是紹鐵牛，呼人從雪中放箭，射那鐵牛。正待射時，火光裏，照着鐵牛提起韓秀擋箭，軍士又不敢射(一七)。韓超大怒，從火毬中，一槍刺中那鐵牛。呵呀！那槍正横串着一个人，如十字一般，那槍重不能舉。衆軍從雪火裏看得分明，串着的，却不是鐵牛，正是鐵牛提着的那个韓秀(一八)。衆軍大呼曰：『莊勇誤刺着自家人了。』韓超正慌着，又呼放箭，却不見了鐵牛(一九)。只聞一聲炮，四下裏喊殺連天，衆軍慌做一團，弃營亂走，韓超那裏止得住。

鐵牛奪得寅丘營，救滅了火，已四更時候了。謂軍士曰：『此處離韓莊不遠，不如乘着勝，劫進大營裏，擒了韓卓。始信我的鐵先鋒，是天上飛來的急脚先鋒，博得我顏哥哥一笑(二〇)。』衆軍士齊聲曰：『願從鐵牛一斧當先。』領衆軍踏着雪花而走(二一)，不三四里已望見韓卓的大營了。但見那營一連幾座，静悄悄，刁斗無聲。鐵牛更不商議，大喝一聲，一斧斫進韓卓的中營來(二二)。衆兵跟着，先把巡哨的斫翻。營中軍士戀着寒衾，夢得正熟，不覺身首异處，長做了一世不醒的夢了(二三)。

韓卓議了一夜的軍情，亦正睡熟，寅丘之敗，猶懵懵未知(二四)。此時人哭馬嘶，朦朧驚醒，但聞人叫曰：『紹鐵牛劫進營裏來了。』忽見韓起牽匹白馬，扶韓卓跨上，昏鄧鄧向營後而走。欲鞭馬上一岡子上，誰知那馬蹄被雪冰得不牢，岡子又滑，只一顛，人與馬骨碌碌滾將下來。幾个軍士趕上，拿着繩將韓卓綁了[二五]。韓起欲來争時，雪光裏，見拿韓卓的軍士盡倒，似有个少年將軍打翻，細認那將軍，却是韓卓的第四子韓火，解了韓卓的縛[二六]。扶上岡子來時，日已漸升。回望營中，皆着了火，火光閃着雪光，雪光迸着血光，血光迎着初升的日光[二七]。見韓土、韓瀾、韓結領着些殘軍剩馬，從衆光裏投莊上去了[二八]。

韓卓、韓火正欲從岡後抄路回莊，忽聞韓起大叫曰：『不好了，鐵牛趕上岡來了。』韓卓冒冒失失，從岡後亂跑，韓火、韓起亦跟着繞樹而走。回看鐵牛，幾幾趕上。那鐵牛的大斧，隔着樹攏將過來，正斫斷韓起的右腿[二九]。韓起剛叫得一聲，那鐵牛早不見了。韓卓父子，都不曾騎馬，見韓起被斫，兩脚在雪綿中，顫巍巍地，都拔不起來[三〇]。但聞韓起在雪中亂叫曰：『鐵牛落虎坑了，鐵牛落虎坑了[三一]。』韓火拔起脚來看時，原來這裏有个掩大蟲的虎坑，被雪綿蓋了，鐵牛斫韓起時，用得力猛，連人帶斧，跌將下去[三二]。

韓火大喜，與韓卓商議，怎樣擒他[三三]。忽有數十个人趕上岡來，韓火揮着鞭打的都走了。韓卓拿槍向虎坑裏搠將下去，却聽得虎坑裏大吼一聲，鐵牛盡力一躍，幾乎躍上坑來[三四]。躍不上時，那斧躍出了半段，早戳傷韓卓的脚，韓卓倒在地下亂叫[三五]。岡子下又衝上百餘軍士，來救鐵牛。韓火的雙鞭，如雙龍卷雪的舞着，守住虎坑，無人敢近[三六]。衆軍士四面圍住韓火，韓火守住虎坑，虎坑旁，蹲着韓卓(三七)。支撐了一會，忽見圍的軍士紛紛倒退(三八)。先是韓超，自寅丘逃回，不敢衝動大營，投韓湯營裏，及聞韓卓被困，引百餘人殺上岡來，將救鐵牛的軍士殺散，救了韓卓(三九)。使人采乾柴枯草，盡數填滿虎坑，用火燃着。虎坑底那把大斧，將火柴攪將起來，雜拉拉攪得半天都是火星(四〇)。韓火又教人先燃着柴，四面投下，越攪越投，漸漸的不攪了，眼見得鐵牛煉作火牛了(四一)。於是使人負着韓卓(四二)，抄路回莊。看那斷腿的韓起時，亦化作个獨脚鬼了。

【批語】

（一）〔眉批〕將上項事逐一叙明。前回虛寫，此回實點，即一時事也。

（二）〔眉批〕上文遇幾个早行的問了路，云者，即其人也。

（三）〔眉批〕前回長矛下蹲出小女娃，掃倒韓傑，即秋娥也。

（四）〔眉批〕此事，前回未及叙，此處補出。

（五）〔眉批〕韓傑生平，從云桐榮口中叙出，即韓傑小傳也。天生一代奇人，必有一代奇文爲之傳，文體嶔奇磊落，字字堅光。

（六）〔眉批〕龍飛騎虎，女中之虎將也；韓傑格虎，男中之虎將也。彼超與剛、威，畫虎不成之犬耳，安可與傑比肩。

（七）〔眉批〕性情志概，一齊傳出。

（八）〔眉批〕韓傑全家遭戮，從自己口中叙出。凡補寫之文，從口中叙出者，他小説皆然。然此時有此時情事，以摹寫此時情事，若無意於補叙者，乃佳。

（九）〔眉批〕其傑之於玉公，不特厚於生前，并篤於身後。笏山一人而已。百里奚知秦穆之可與有爲而相之，韓傑知少青之可與有爲而臣之，英雄鉅眼，映照古今。

（一〇）〔眉批〕少青之王笏山，似乎功在諸妃而不在后。而后能羅置諸妃以自强，所謂不善將兵而善將將者。内助之功，實冠從龍、飛鳳而上，而時不欲以功顯耳。

（一一）〔眉批〕修丈人之仇也。

（一二）〔眉批〕若將可松齡攻緣木、韓傑奪竹山等事衍之，累牘不盡。事多文簡，《記》中以此擅長。

（一三）〔眉批〕鐵牛陷於火坑，實誤於雪綿之蓋了火坑，故先寫韓卓營中之火、火中之雪。欲寫韓卓大營中之火雪，因先寫寅丘營中之火雪。此處若直寫鐵牛單騎劫營、雪中放火，縱極形容，已落下乘。作者欲以巧服人，偏向韓秀營中寫雪花，寫軍士烘火。而一雪一火，拉雜互翻，筆筆跳躍，極才人之能事。

（一四）〔眉批〕軍士畏寒而烘火，是愛火也。見營中火光而亂嚷，是懼火矣。同一火也，而忽愛忽懼如此。

（一五）〔眉批〕火中救火，寫韓超之勇；火中蹲火，寫鐵牛之奇。

（一六）〔眉批〕從火營蹲出，一手提人，一手提斧，忙極矣；而哈哈笑曰『好雪花』，却又閑極，是好鐵牛。軍士眼中之好雪花，是看雪而忘其救火；鐵牛口中之好雪花，是贊雪而忘其殺人。

（一七）〔眉批〕鐵牛提韓秀擋箭，是鐵牛乖處。寫鐵牛之勇，不奇；寫鐵牛之乖，乃奇。

（一八）〔眉批〕韓超從火毯中刺鐵牛，反刺着韓秀，寫盡是夜雪中之火，迷人目睛。然畢竟韓超怒極便愚，鐵牛閑極故乖，以乖寫鐵牛，真寫出一个好鐵牛來。

（一九）〔眉批〕前呼放箭，礙着韓秀，雖明見鐵牛，却不敢射。此呼放箭，已無韓秀，却不見鐵牛，又無庸射。此夜韓超，縱不燒死，應亦惱死。

（二〇）〔眉批〕將軍『飛來』，先鋒『急脚』，作一串用，是鐵牛自署的頭銜。

（二一）〔眉批〕好看。

（二二）〔眉批〕待商議，便不是鐵牛。

（二三）〔眉批〕寒戀重衾，一夢不醒，不得言夢多矣。

（二四）〔眉批〕韓超不敢衝動大營，故寅丘之敗，韓卓未知。

（二五）〔眉批〕欲寫鐵牛被陷，先寫韓卓被擒，純用逆蹴。

（二六）〔眉批〕纔寫韓卓被擒，又寫韓火殺散軍士，是順蹴法。

（二七）〔眉批〕六『光』字，繩縋而下，文心之幻，筆致之奇，無有奇於此、幻於此者。

（二八）〔眉批〕用『衆光』二字，收合上文六『光』字，造句越奇越幻。

（二九）〔眉批〕欲寫鐵牛喪身，先寫韓起斷腿，純是逆蹴法。

（三〇）〔眉批〕極形容韓卓父子狼狽，見鐵牛雖死，餘威猶令人震慴如此。

（三一）〔眉批〕寫鐵牛陷虎坑，只以『不見了』三字渾寫，偏從韓起口中叫出來，奇絕。

〔三二〕〔眉批〕韓起口中，仍叫得不明白，又用『原來』二字，伸説明白。盡把金針度與閱者矣。

〔三三〕〔眉批〕商議怎樣擒他，是商議出拿槍搠下之法來。中間又間以軍士上岡，韓火打走，真是無一筆肯平。

〔三四〕〔眉批〕極寫鐵牛神勇。

〔三五〕〔眉批〕鐵牛之身未死，韓卓之脚忽傷。韓起腿斷，韓卓足傷，互相映射，實爲鐵牛神勇，極力形容。

〔三六〕〔眉批〕前數十人趕上，此又百餘人衝上。前韓火之鞭一打便走，此雖打亦不走。

〔三七〕〔眉批〕如此支撑，好看之極。

〔三八〕〔眉批〕申明韓卓不知寅丘之敗之由。

〔三九〕〔眉批〕以韓火之勇，不能打散軍士，必待韓超者，恐虎坑旁韓卓有失也。閱者須知之。

〔四〇〕〔眉批〕極寫虎坑中鐵牛神勇。半天火星，與上文滿天紅雪花，映射成趣。

〔四一〕〔眉批〕奇話。東坡句云，『誰能如鐵牛，横身負黄河』，是鐵牛宜於水，不宜於火也。奈何煉作火牛乎？昔田單以火牛勝燕，今少青以火牛勝韓，然牛雖勝，而牛死矣。世之趨利者，形敝神焦。争得家私，而身已死，名曰陽間牛，不大可悲乎？又按『獨脚鬼』，一名山魈，遇之輒得寒熱病，是不祥之物也。嗟乎！鐵牛百煉，堅肯成灰，山魈一鳴，觸之不吉。戲作餘波，可云『十指無定音，顛倒宫商羽』矣。

〔四二〕〔旁批〕傷足之故。

第十一回　紹秋娥鐵棒打韓莊　顔少青彩旗聘可女

是日，雪消風定(一)。少青大隊軍馬已到，逼莊前下寨。聞鐵牛遭陷，使人向火坑裏撈出尸首。少青撫尸慟哭：『天乎！功業未成，先喪吾的右臂。賢弟呵，你英靈不散，當助爲兄的替你報仇也。』言着，又倒地哭个不住。三軍見少青哭得痛切，無不墮泪。

正在打點載尸歸葬，忽見可當哭得泪人一般(二)，帶着一个白衣白髻女子，抱着鐵牛的尸，嗥啕大哭。少青又重新哭起來(三)。衆鄉長勸住了。又見那女子提着條鐵棒，大叫曰：『我紹秋娥，誓不與韓賊干休(四)。』用手向營外一招，早有四五十个女兵，竪着一面大白旗，上寫着『爲叔報仇』四个字。一女兵牽匹玉尾騟，扶秋娥上了馬。加一鞭，直打進韓莊來。

少青恐秋娥有失，令玉凌雲、玉大用引軍接應。那莊門雖無山包水繞，雷木炮石頗多，急切不能下。秋娥性急，又從莊左圍墻外打到右邊圍墻。少青見秋娥十分焦躁，乃下令令可當、斗騰驤盡驅五十路鄉兵，一齊攻打。

圍墻缺處，秋娥揮鐵棒先入，衆軍繼之。打開莊門，少青的軍亦入。韓超巷戰而死(五)。韓傑尋着平日讒己的那个韓芝，一家殺盡。又欲殺絶韓卓父子，以報私仇。誰知韓水、韓火引着韓卓，從莊後小路，投木棉鄉去了。只見玉吉人槍頭上挑着兩个人頭，擲於少青馬前，又追着一个人，從東而去（六）。

那人走入一間屋裏，閉着門。吉人打開了門，只見一个白髮婦人，啼哭着攔在門內，曰：『老婦今年七十，只有這个兒子，不争將軍便殺却，只是無人送老婦的終，將軍饒了罷。』言剛已，乍聞屋裏喧嚷着，一个人慌慌張張的走將出來，不提防吉人一把拿住，却不是前一个。正喝問間，忽見秋娥掄鐵棒從屋內打將出來，見這人已拿住，大喜。這老婦仍跪在一旁，叨絮着。秋娥大怒，只一棒，將這老婦打死（七）。吉人曰：『娘子爲何從這屋裏趕出這廝？我剛趕着一个人進去，爲何又不是這廝？又爲何打死這个老婦人？』秋娥曰：『鄉勇不知，這屋却不是屋，是條通心的小巷，兩邊門首，是一樣的。』言着，以棒指着拿下這人曰：『咱初不知這廝便是韓卓兒子韓木，咱正趕入這門裏，被這老婦攔住，認作兒子，苦苦求饒，咱一時心慈，被他瞞過。咱乃從那星臺後，木棉樹右，穿過西邊，誰知又遇着這廝，被一个新降的莊勇韓唐識破了他，因又提鐵棒趕他，他又從西邊這門走入，即是這條通心巷子，恰好被鄉勇拿住。這老婦便是前兒騙咱的，故此殺他。鄉勇趕的那个，似乎從西邊這門跑去了（八）。』遂將韓木縛得牢牢的，解至少青處。始知吉人槍挑的兩顆人頭，一顆是韓土。少青見韓卓已逃，出榜禁軍士無得擾亂居民。

是晚，大設酒筵，宴諸鄉長，椎牛烹豕，大犒軍士。明日，秋娥殺了韓木，并韓土的頭，以車載着鐵牛尸首，回竹山祭葬去了（九）。

衆鄉長遂立少青爲左眉莊公。早有人報至可莊。明禮大懼，乃使陶士秀奉金帛乞和，願納歲供五百石，不相侵伐。少青以新得韓莊，人心未定，姑許之。又使人往紹莊告捷，結以粟幣，永訂盟好。時五十鄉長，相繼辭歸。

一日，正集莊勇議富强之策。忽報竹山玉夫人致書來賀。書中諄諄以招賢納士勸勉，少青甚嘉納，以諸莊勇皆武人，思得文士有謀略者相助，卑禮求之，而杳不可得。或言有已退莊勇韓陵，雖武人而深沉練達，能謀大事。少青具聘幣，親往求見。韓陵謝曰：『年力衰朽，閉門不與外事者有年矣。誠不可以效馳驅。然有一言爲莊公誠，公願聞乎？』少青長揖：『謹受教。』陵曰：『魚不能游陸，鳥不能潛淵，鳳皇雖長，苟處塒中，則鷄鶩有權矣；蛟龍雖神，苟蟄泥中，則蚯蚓爲政矣（一〇）。今韓卓雖爲神人所弃，而屠戮之餘，猶不下萬家，誅之固不可勝誅，化之亦恐難遍化。公以异姓爲公，倘一旦禍生肘腋，何以禦之？』少青起而對曰：『謹受教。某亦將捨此而歸矣。』遂辭而出。集諸莊勇謀，以爲黄石吾家也，若於莊南闢一徑，通黄石甚捷，脱倉卒有變，可以逃歸。議未定（一一）。

會元旦，可明禮率數騎來賀，大宴三日，訂爲婚姻，願以莊主炭團歸少青，備娘子位。越數日，少青欲往可莊答拜，吉人諫曰：『明禮，豺狼也。幣重言甘，其心難測，不可不慮。』少青曰：『禮尚往來，不往，必小覷我。誰敢相我往者？』可當曰：『俺與松齡，俱與明禮有仇，去不得。俺有一故人，名可介之（一二）。自幼精於武藝，力敵萬夫，然命運不齊，數十年不能博一莊勇職(一三)。因使酒，打死人命，明禮欲置之死地，俺力救得免，罰爲莊奴。終身爲公田傭，手裂足皸，不得升斗活妻子。俺自烏龍廟隨先鄉長去，老父物故，家無兄弟，全仗介之斂葬(一四)。久欲使人招來，爲公驅使，未得其間。今有一書札，公如尋着他時，着他帶了家小，隨公來歸，也是他的出頭日子。』言着，流下泪來(一五)。少青備問介之住處，可當曰：『莊之北，有奉公坊，十餘家茅蓋土墻的，一問便知。他還有个兒子，名可衝，魁梧出衆，亦多力善鬥，計今年二十歲上下(一六)。這等人留在可莊，終久湮鬱到死(一七)。』松齡曰：『可莊的親事，僞多真少。某以爲先使人往可莊各莊勇處央他做媒，又花紅鼓樂，行了聘禮，鬧得滿莊男婦皆知。學劉先主贅孫夫人故智，弄假成真，也未可知(一八)。』

少青想了一夜。次日，令斗騰驤領兵三百，屯碣門外；玉凌雲領兵二百，抄小路屯羊蹄徑外。

擇定正月初十日，使玉吉人率兵百人，扛了花紅羊酒，彩旗一隊，鼓吹兩部，鴛錦千匹，元寶百錠，火雜雜地鬧進可莊來(一九)。可莊男女老幼，擠擁着，觀那聘禮。諸莊勇也有來賀喜的。

明禮大驚，與可夫人商議曰：『原是哄他的話，賺他來，擒了出氣的。他便認起真來，這便怎處？』夫人嚷曰：『我半生只有這个女兒，這話可是哄人的麼？聞這顔少青，是个少年英俊，招了這女婿，也不辱没你。如今鬧嚷嚷，合莊皆知，不如將假作真，免人笑話(二〇)。』

明禮又與陶士秀議了一回：『如退回了聘禮，他定不來，失信事小，誅仇事大。况殺了少青，可并韓莊而有之，此萬世之業也。不如就這樣行罷〔二〕。』一面備辦酒筵，款待吉人，打點回禮。吉人曰：『我莊公擇定十六日來謁岳丈岳母，先使某來禀知。』明禮以好語回答了，犒賞從人，又使十餘人扛回禮，隨吉人回左眉莊而去。

【批語】

（一）〔眉批〕開首着此四字，昨夜之大風大雪可知。

（二）〔眉批〕『忽見』云者，少青自己方哭，不見可當之哭也。打點歸葬，哭亦稍止矣。見可當仍哭，一似可當前未曾哭，至此始哭者。然而實至此始見可當之哭也。何也？在少青眼中，則確然忽見也。

（三）〔眉批〕『重新』云者，少青已不哭矣，今見可當哭，女子哭，不覺又哭。前此之哭已故，今日之哭方新。然故不自故，由新而故也。前日之新已故，今日又新，所謂重新也。

（四）〔眉批〕秋娥姓名，自己叫出來，又一樣文法。寫秋娥，聲色俱活。

（五）〔眉批〕韓傑已降，韓超又死，韓氏無虎矣。韓無虎，而少青又有虎，似可長據韓莊矣。而不可據者，假虎之狐尚存也。然狐無虎，終無威之可假，故一嗚輒敗也。

（六）〔眉批〕吉人亦配饗從龍，此處特加倍寫之。

（七）〔眉批〕質而言之，不過吉人擒韓木而已，偏架出白髮婦人、通心巷、秋娥從屋内打出。一彈指，現出華嚴小小世界，奇觀哉。

（八）〔眉批〕秋娥逐韓木，其曲曲折折，偏從秋娥自己口中説出，絶不呆叙。吉人所趕之人，不過爲韓木作陪客，點綴得好看，不枯寂耳。韓木既擒，其人可隨手放過。

（九）〔眉批〕韋氏三子，盡爲玉公所誅；韓氏五子，少青只誅其三。蓋『韋』字之文，得『韓』字一半，故誅其子，亦過半而止。然他日終不免於盡誅者，非少青之心也。

（一〇）〔眉批〕絶似魏晋間文字。

（一一）〔眉批〕可惜其議未成。

（一二）〔眉批〕可介之生平，從可當口中叙出，不必另立小傳。

（一三）〔眉批〕『命運不齊』四字，磨折煞古今多少英雄。

（一四）〔眉批〕可慕俊之死，亦從可當口中補出。於文則補寫慕俊之死，於意實表介之之仗義，一面當兩面用。

（一五）〔眉批〕英雄之泪不輕下，一念先人，一念良友。一泪，亦有兩用。

（一六）〔眉批〕以一个兒子，引出兩个女兒，是加一倍寫法。

（一七）〔眉批〕失職文人，湮鬱以死者何限，豈獨可衡哉。

（一八）〔眉批〕松齡善《春秋》，則與漢壽亭侯同胸臆矣，故以劉先主故事勸其主。

（一九）〔眉批〕從松齡之言。

（二〇）〔眉批〕松齡欲弄假成真，可夫人竟欲將假作真，遥遥相對。

（二一）〔眉批〕是陶士秀見解。

第十二回　訪榕坊衆小厮拿石　宿茅屋兩村女聯床

先時，少青已隨扛聘禮的軍士，微服混進可莊。懷着可當的書札，竟尋奉公坊。那坊，在莊北之北，是个絶僻野的所在。尋了半日，這裏盡是破衣黎面的窮民，指左邊一連三大榕樹蓋着的，便是奉公坊，又名古榕坊。少青將到那榕樹邊，只見榕樹裏有一株絶鮮紅的桃花，從緑陰中斜穿出來(一)。桃枝上，挂着百錢，有七八个小厮，在那裏鬧着。一个虬髯的農夫，約有五十年紀，穿件藍破襖，指着前面一條大方石，向小厮曰：『你們拿得這石，安在樹下作个石磴兒，便將樹上的錢給你。』少青立住了脚，心裏尋思，這石那止三五百斤，且看小厮們如何拿法(二)。

只見一个眉目絶端正、面微赤色的，挽个蛙角髻，年可十五六，札起衫袖，先向這石摇一摇，然後抱將起來(三)，如木箱兒一般，輕溜溜地行近樹下，横放着，便來奪桃枝的錢。群小厮不服，嚷曰：『我們并不曾拿得，你如何便要奪錢？』農夫笑一笑(四)，教那蛙髻小厮，將石拿回原處，讓衆小厮拿(五)。分頭拿時，蜉蝣撼大樹，那裏動得分毫。那蛙髻小厮拍着掌，笑曰：『你們如何不拿？』衆小厮低着頭，只不做聲。那蛙髻小厮，復將石拿回樹下，放得端正，又拍着掌曰：『錢呵錢呵，想是没人争了(六)。』正欲取錢時，只聽得横笛響，遠遠地牛背上一个牧童，咿咿啞啞的吹將來，停了笛，叫曰：『你們頑甚麼，偏偏的背着咱（七）。』衆小廝亦拍掌曰：『這錢是有人争的了。香香，你快來奪錢（八）。』那蛙髻小廝，只是紅着面，不語（九）。牧童下了牛，問了備細，便拿那石，雙手一抱，向上一抛，打个轉，接着。連抛，連轉，連接，風車兒的頑了一回（一〇）。衆小廝一齊喝采，農夫亦拍着掌贊曰：『好大力（一一）。』少青尋思：『這石比牧童的身軀還長大些，如何只當作紙球兒抛弄（一二）？』正呆着，又聽得嚷將起來，却是前拿石的蛙髻小廝與牧童争錢。農夫將錢分作兩份，一人一份。笑嘻嘻的拿錢去了（一三）。衆小廝亦一哄而散。

少青便上前（一四），向那農夫拱拱手曰：『敢問這裏有个可介之麼？煩老丈指示。』農夫眼裏看着少青，口裏答曰：『只某便是。有何見教（一五）？』少青遂向懷中取出可當的書札，交與農夫。農夫看了，大喜曰：『公就是顏莊公麼？好莊公（一六）！』言着，早拜將下去。

少青剛回了禮，介之便拉着手，拉進茅屋裏，見先時拿石的蛙髻小廝與那牧童都在這裏頑着。介之喝曰：『貴客在前，你兩个頑甚麼，快來拜了，烹茶來吃。』少青曰：『聞足下有个佳兒，甚英雄，這兩位是麼（一七）？』介之嘆口氣曰：『命運不好，亡兒去年死了。這兩个呵，小的是小女兒香香，大的是大女兒（一八）。記亡妻産他時（一九），三晝夜不下。忽雷震兩聲，遂下。按《易》説，震爲足，震兩聲，故名「足足」。只因家貧，没妝點，權作假兒子看罷了（二〇）。』

少青呆了半晌，忽曰：『你的令女郎，好生勇猛，某甚愛他，不知曾許人家麼？』介之曰：『田家的女兒，又粗鹵，誰要他呢？』少青曰：『如不弃某，情願作丈人的女婿(二一)。』介之蹙額曰：『莊公纔聘了我莊的莊主，華門佳偶，相對相當(二二)。無端來戲耍那兩个小鬼頭。量那小鬼頭，多大福分，做得莊主的媵婢(二三)。』少青跪着曰：『這事大都以莊主餌某，貪圖害某性命。今見令女郎英猛過人，必能脱某於難。若肯俯從時，願以娘子相待，并請丈人弃家輔某。特地微服相訪，何言戲耍。』介之沉吟了一會，遂滿臉堆下笑來(二四)，一手扶起少青，一手向衫袖裏拿出可當的書來再看(二五)。

恰香香提着一甌茶，走將出來，見介之呆呆的只看那書，便向介之手裏奪那書。介之吃了一驚，見是香香，因指着少青笑問曰：『香香，這人好麼？』那香香目灼灼看少青，只不言語(二六)。不知何時，足足早拿着茶碗，立香香後(二七)。介之曰：『足足，這人好麼？』足足又看了少青一會。少青被他兩个看得頭都低了。介之曰：『你兩个只管呆看，到底是好不好？』足足曰：『忒好忒好，端的是甚人呢？』介之笑曰：『你看上了時，可奉碗茶，俾你這忒好忒好的吃了，纔説與你(二八)。』足足欲斟茶時，這香香手拿着茶甌兒，兀自看哩(二九)。足足咪的一聲，奪了茶甌兒，斟了茶，雙手捧到少青的嘴上。少青舉手接時，已被足足灌入口裏去了。足足停了碗，又向介之問曰：『爹爹，端的是甚人？這等傻(三〇)。』介之曰：『這是我的女婿，你知麼？』足足曰：『咱從不曾見爹爹有這女婿，可不是哄咱的麼？』介之曰：『呸！你長了這年紀，一些兒不懂。我的女婿，就是你的老公，你知麼？』足足曰：『咱從不曾有這老公(三一)。』言着，進内去了。只見香香扯了介之的袖，扯開去，向耳朵邊説了好些(三二)。介之以指畫臉羞他。香香亦進内去了。少青被這兩个女孩兒調得臉兒紅一塊白一塊，只不做聲。

却説介之妻已亡了，只這兩口兒，挂着心，跑不得，没奈何在這裏當苦差。原來，可莊之北，有田名公田。凡有罪的，罰在這裏白耕，名曰公田傭，最是苦差。今見少青這般人物，情願下婚，喜得眉花眼笑，央了隔鄰的五媽媽，來議此事。

這媽媽是最好攬事做的，向少青道喜，曰：『官人今日是好日子，現成的親事，是有月老暗中撮合，不許俄延的。』少青没奈何，解了腕上的金釧，遞與介之，曰：『小婿倉卒不曾備得聘禮，只這金釧，一人一隻罷(三三)。』又向身邊取了一錠銀子，浼媽媽作媒(三四)。又約莫取了二十餘兩碎銀子，教媽媽代辦今晚要用的東西。這媽媽從不曾見這麽多銀子，喜得頭做脚行，叩謝了少青、介之。回去教兒子可的往市上買了張新草席、新布被、新枕兒。又自去買兩套做成的新女衫兒、裙兒、鞋兒、襪兒、脂兒、粉兒、鏡兒、花朵兒、魚肉、鷄鴨、酒果，忙了一會(三五)。介之讓間空房，教媽媽將床帳諸器具擺列停當。又將那魚肉鷄鴨煮熟了，用个大瓦盆，一盆兒盛着，抹張松木桌子，擺着。點了香燭，教少青當中，足足在左，香香在右，一齊的拜祖先。那足足、香香擦了面，施了粉，點了脂，着了裙，穿件新布衫兒、鞋兒、襪兒，挽个蓬沓髻兒，戴朵紙花兒(三六)，夾着少青，搗蒜兒的亂拜。又拜了介之，謝了媽媽，燒了紙，除了香燭，就在這桌子團欒兒坐地，飲喜酒。

依然是足足、香香夾着少青在上面坐，介之在左，媽媽在右。香香等不得坐定，便拿盞兒奉少青飲盞喜酒。足足揎左手，奪那盞兒，右手拿自己的盞，曰：『先飲咱的。』香香伸手格着曰：『今日的茶，是先飲姐姐的，今晚輪到咱了。』足足那裏肯，揎着拳，在席上打將起來，唬得少青躲在介之背後(三七)。介之喝曰：『你們照照影，可像个新婦？』媽媽接着曰：『姐姐別鬧。我倒有个法兒，你聽些个。』兩人住了手，聽媽媽說。媽媽另拿个盞兒，將足足、香香的兩盞兒酒，和做一盞，一面和，一面念曰：『這叫做和合酒(三八)。』教兩人各用一隻手，齊把着這盞，少青飲了，齊拿着兩盞兒酒，酬足足、香香。介之哈哈的笑曰：『好和合酒(三九)。』媽媽亦笑起來。少青又奉了介之、媽媽的酒，吃了一兩箸菜兒便不吃了。

香香入厨裏拿碗茶出，與少青解酒。忽的低着頭，忽的向介之耳朵裏説着。介之笑曰：『你不知叫他做甚麽？叫句相公也罷(四〇)。』香香先默念了幾遭，陡然曰：『相公吃茶(四一)。』足足曰：『你茶莫要凉的，吃壞了他。』香香曰：『都是一樣的茶，偏姐姐拿着便熱，咱拿的便凉，吃姐姐的胖了好些，吃咱的便壞。』足足瞋着目，瞅香香一眼，作意曰：『咱洗手去。』進裏邊洗了手，拿鏡兒向燈下照一照，再匀些粉，走出來(四二)。見媽媽收了席，抹了桌子。見香香猶呆呆的瞅着少青，不覺的亦呆呆瞅着。介之曰：『足足，出甚麽神？』足足吃一驚，笑曰：『咱不瞅別的，咱瞅那个瞅人的不轉睛的眼兒。』介之曰：『香香，看怎的？』香香只做不知，拔頭上銀釵兒，向髻縫裏搔着（四三）。

少頃，媽媽拿着燈，引少青新房裏去。足足亦隨着去了。香香嚷曰：『咱今晚在那裏睡呢？』介之指曰：『你進新房裏，同那相公睡好麽？』香香曰：『姐姐呢？』介之曰：『你且去。』香香嘻嘻的走進裏邊，洗了手臉，悄悄地向新房門外張時（四四），只見燈影下，足足偎着少青曰：『相公吃不大酒，敢是醉麽？』少青摇摇頭，搭着足足的肩，一手向衫袖裏摺將進去。足足正被少青摩弄得身子麻軟，倒在少青懷裏。香香搶至床前，嚷曰：『你們不叫咱一聲，先在這裏載頑（四五）。』足足心裏一跳，剛欲開言，香香已呀的關了門，脱去裙子，爬上床，三人厮嬲着。

正商量怎麽睡法，忽聞叫門響，是介之的聲音（四六）。足足教香香開門，看是怎的。香香下床去了，不多時復推門入，關了門，挑明桌上的燈，跳上床。笑曰：『這老人家，囉唣得人忒煞，花花緑緑的他个不了（四七）？』足足曰：『怎麽叫做花花緑緑他个不了呢？』香香按着少青曰：『他説：「你們這老公，是花團粉捏，嬌養慣的（四八）。你兩个又粗又莽，須要憐他愛他護着他，心坎兒藏着他。不要唬着他，凍着、餓着他，垢膩着他。順着他的性兒，哄得他歡喜。」這麽説哩（四九）。』少青聞這些話，不覺哆的一笑。

香香曰：『相公呵，你到底歡喜甚麽呢（五〇）？』少青曰：『你牛背上的竹笛兒，是吹得好呵。』香香曰：『待明兒，咱吹个《賀新郎》的牌名兒給你聽。』足足攀着少青的腰，拗過來向自己，低聲曰：『你歡喜他的竹笛兒，我呢，你歡喜甚麼哩？』少青笑曰：『我歡喜是歡喜姐姐的饅頭兒，快拿出來。』足足曰：『放着酒兒、肉兒你不吃，黑夜裏向咱討饅頭是没有的。』少青曰：『姐姐的饅頭，藏在身上。我替姐姐拿出來，給我做親些个（五一）。』言着，向足足身上鬧將起來。足足曰：『呵呀，前時拜香火，吃喜酒，不算得做親麼？偏要頑那饅頭，何苦呢？』少青曰：『這是外面的做親，今兒是裏面做親哩（五二）。』好一會，足足嚷曰：『不做親也罷，疼得狠（五三）。』那邊香香不耐煩，趁勢將少青只一提，提上自己的身上，曰：『姐姐怕疼，咱與你做親則个，咱是最耐疼的（五四）。』少青曰：『你若叫起來，便怎地？』香香曰：『若哼半聲兒，閃閃兒，便不算好漢（五五）。』少青曰：『你今年十幾歲了。』香香曰：『比姐姐小一年，人説咱十五歲了（五六）。』少青見他年紀小，情竇未開，欲略略的見个意兒，誰知他忍着疼，先厮耨着。看足足時，已鼾鼾的睡了。

少青放端正了枕兒，睡好些（五七）。問曰：『姐姐的身兒腿兒，不覺得十分粗巨，却有這等氣力。不知小女兒行，有强似姐姐的没有（五八）？』香香曰：『前兒左鄰來了一个親戚，是大寅鄉人，帶着个女兒，如咱大小，常與咱頑，咱笑他臉兒黑鐵似的，如何唤做銀銀，他笑咱名叫香香，何曾有一些兒香（五九）。因門口，厮打起來，他拔起山嘴邊一塊大石，比榕樹邊咱們拿的還大些，拿着打咱，足足勸住了，纔罷休（六〇）。這女兒的氣力，或强似咱。』少青聞這話，絮絮的問這女子的來歷，説未完時，聞房門外有人説曰：『我昨晚將着吃剩的酒肉，回家給阿的吃，阿的教我謝你哩。』正是媽媽的聲音。又聞介之答曰：『這算得甚麼。媽媽你替我燒盆水，新人起來要洗臉哩（六一）。』少青見天已亮了，喚醒足足。三人整理衣裙，出外梳洗。

【批語】

（一）〔眉批〕荒郊外絶妙春景，然『桃之夭夭，灼灼其華』，兩女不可復留也。

（二）〔眉批〕先着『立住了脚』四字，下文無數文字，便可從少青眼中看出。

（三）〔眉批〕先摇一摇，然後抱起，與香香拿法不同。

（四）〔眉批〕此一笑，非笑足足之急於奪錢，笑衆厮之不自量也。

（五）〔眉批〕只一石，既拿去，又拿回，復拿去。寫得足足從容閑雅，與香香不同。

（六）〔眉批〕純用逆蹴法，蹴出一个妙人、一幅妙景來。

（七）〔眉批〕先聞其笛，次見其人，然後聞其語。

（八）〔眉批〕香香之名，先從小厮口中點出。拿石則先足足而後香香，點名則先香香而後足足。作者意中，别有創刊。

（九）〔眉批〕又插足足『紅着面不語』一筆，使文字加倍傳神。

（一〇）〔眉批〕同一拿法，愈出愈奇。

（一一）〔眉批〕四番拍掌，各有意義。足足初拍掌，是奚落衆厮。再拍掌，是自鳴得意。衆厮拍掌，是不欲以全善與人。農夫拍掌，有不圖至斯之樂。

（一二）〔眉批〕小厮喝采，農夫贊嘆，少青尋思，皆一時情事。然喝采贊嘆，皆刺入少青耳中。因耳中所聞，感目中所見，安得心裏不尋思？爲下文求娶二女張本。

（一三）〔眉批〕此段以石爲經，以錢爲緯。桃枝挂錢，爲初緯；便來奪錢，爲二緯；如何奪錢，爲三緯；重嘆錢呵，爲四緯；快來奪錢，爲五緯；錢分兩份，各拿錢去，爲六緯。而緯成矣。

（一四）〔眉批〕小厮散，少青便可上前。接法遒緊。

（一五）〔眉批〕眼裏看，口裏答，寫介之肖絶。

（一六）〔眉批〕只三字，便抵過一篇選婿文。

（一七）〔眉批〕耳中聞得只一个佳兒，今眼中所見，又是兩个。而實并一个亦無。文心之幻，莫幻於此。

（一八）〔眉批〕香香之名，先時已見，故先言『小的是香香』作賓。在本文宜云『大的是大女兒足足』，文於中間，横風吹斷，涌出奇觀，蓋足足身爲太后，與香香不同，故補寫生時奇异，而詞亦精妙陸離。

（一九）〔眉批〕又趁勢點出『亡妻』二字，爲下文『妻已亡了』句作底蓋。

（二〇）〔眉批〕真兒子已不復生，假兒子只圖一看，亦大可憐已。

（二一）〔眉批〕拿石一段情事，已打入心坎中，故出語不嫌唐突。

（二二）〔眉批〕數語，聯貫上下，縈拂有情，勿謂介之徒作腐語。

（二三）〔眉批〕此時爲莊主媵婢且不敢望，他年竟位加莊主之上。嗟乎！人生福命，豈微時所能逆料哉？

（二四）〔眉批〕一番蹙額，一番沉吟，一番堆笑，活寫介之。

（二五）〔眉批〕拿書再看者，大抵書中只薦兒子可銜，當并不曾爲兩女作媒也。今兒子已亡，反將兩个女兒權當兒子事人。初念，可悲可赧。轉念，亦可喜可憐。故呆呆只看那書也。

（二六）〔眉批〕畫家着色易，白描難，何也？白描者，一筆便一態，一筆便一情，用不着渲染等法。

（二七）〔眉批〕『不知何時』四字，妙絶。蓋香香目灼灼時，即足足目灼灼時，而介之只問香香，不知足足。至此始見足足，當時之情事然也。

（二八）〔眉批〕偏不答是甚人，只教奉茶，妙絶。

（二九）〔眉批〕上文寫香香，每攙入足足；此寫足足，又攙入香香。用一筆，而無筆處皆到，神技也。

（三〇）〔眉批〕上文介之不直答甚人是甚人，只教奉茶。乃茶既奉矣，仍不知甚人爲甚人，故再問也。忽加『這等傻』三字，不是寫足足之憨，却是寫足足之乖。何也？傻之云者，美也，俏也，而足足不肯明言也。又痴也，憨也，而足足不肯明言也。渾之曰傻。是村女兒絶妙心事，絶妙口角。

（三一）〔眉批〕兩『咱不曾見』，妙絶。足足豈不知父之女婿，即己之老公，又豈不知老公是何物。蓋自以爲蓋世英雄，斷不屑掩面藏頭，作女兒醜態。若以爲明知，又失女兒本色。若有意，若無意，絶妙足足。

〔三二〕〔眉批〕若香香耳朵邊之言，未免太有痕迹矣。

〔三三〕〔眉批〕絶妙聘禮。與下回珠冠雲肩作反照。

〔三四〕〔眉批〕絶妙謝媒。與下回金盞玉帶作反照。

〔三五〕〔眉批〕絶妙洞房。與下回和鳴室鏡房作反照。

〔三六〕〔眉批〕絶妙妝束。與下回珠圍翠繞作反照。

〔三七〕〔眉批〕揎拳奪盞，格鬥争先，如此吞筵，大難爲作嬌婿的。然全爲下文作反照。

〔三八〕〔眉批〕寫媽媽，又寫盡媽媽。與下回小翠作反照。

〔三九〕〔眉批〕閱者當亦不免哈哈的笑。

〔四〇〕〔眉批〕前在介之耳朵邊説好些，是自薦。此向介之耳朵裏説着，是問叫甚麽。寫香香便寫煞香香。

〔四一〕〔眉批〕『默念幾遭』是念『相公』二字，恐或忘之也。故陡然衝口而出曰『相公吃茶』。純是香香神理，不是足足。

〔四二〕〔眉批〕寫絶難寫之情態，擬絶難擬之情言，非百煉鋼成繞指柔，安能繪影繪聲如是。

〔四三〕〔眉批〕未飲和合酒之前，香香灼灼看少青，足足從背後偷覷。既飲和合酒之後，香香呆呆瞅少青，足足又當面出神。前是介之先問香香，後問足足。此是介之先呼足足，後呼香香。各有神理。足足嫌茶凍，被香香説了幾句，遂忽然作意，洗手進内，是無聊。香香不轉睛，被足足説了幾句，却詐作不知，拔釵搔髻縫，是頑皮。寫足足便足足，寫香香便香香，須細辨。

（四四）〔眉批〕少青調足足，呆寫不得，故從香香門外張時張出。

（四五）〔眉批〕足足纔進新房，香香便嚷。足足纔倒懷裏，香香又嚷。寫香香頑皮，真是頑皮煞。

（四六）〔眉批〕足足剛麻軟，却被香香從床前搶來。香香剛厮嬲，却被介之從門外叫出。求一筆停機，點墨着紙，俱不可得。令閱者神可留而睛不可定，頭可點而口不可言。怪哉！仙之劍乎，抑鬼之斧也？

（四七）〔眉批〕奇語奇聞，創語創聞，我亦不知怎麽叫做。

（四八）〔眉批〕將此『這』字，按實少青説，方得『這』字真際。

（四九）〔眉批〕前四『他』字，是正寫；次三『他』字，是反托；後二『他』字，又掉轉正結。四正，三反，又二正，九个『他』字，累累如貫珠，如蟻穿九曲珠，如『大珠小珠落玉盤』，如『白雨跳珠亂入船』。人言一字一珠，我道見珠不見字。妙從介之口中撰出，妙從香香口中之介之口中念出。從介之口中撰出者，前教呼一句相公，口可得而教也。他之云者，口不可得而教也。恐香香終以相公視他，而不知以他視他，是體嬌女之隱而他之者也。從香香口中之介之口中念出者，既承嚴父之訓，是始知他之爲他，是自己之他，惟與姐姐共之，而不容他人攙入者。是體貼嚴父之隱而他之者也。

（五〇）〔旁批〕剛説到歡喜，便問歡喜甚麽，寫盡香香性急。兩『你』字從上文九个『他』字憐、愛、護、藏、順、喜是他之花，凍、餓、垢膩是他之葉緑，故曰『花花緑緑他个不了』也。變出。

（五一）〔眉批〕吃饅頭，與下回吃點心作反照。

（五二）〔眉批〕做親有内外之别，創語創聞。

（五三）〔眉批〕『好一會』三字，是已經裏面做了親矣。故曰『疼得狠』。觀下文『鼾鼾睡了』，是雲雨後的情態，不可不知。

（五四）〔眉批〕一少青也，被姐姐拗過，復被妹妹提回。此夜新郎難做。

（五五）〔眉批〕『好漢』二字，作如是用，奇語奇聞，創語創聞。

（五六）〔眉批〕香香非不知自己年已十五，必待人説也。恐少青疑其年紀小，未有十五，故以人説證之，而又先以姐姐年歲證之也。

（五七）〔眉批〕『放端正了枕兒』，見厮耨時枕兒顛倒可知。『睡好些』，見厮耨時睡得顛倒可知。只九字，寫盡此夜之顛鸞倒鳳，題之正文也。若入俗手，不堪駐目矣。

（五八）〔眉批〕從『身兒腿兒』説起，是被底中言語，與尋常穿插法不同。

（五九）〔眉批〕徒從此處透露『銀銀』，爲下文伏綫，有何意趣？妙在將兩个小名，演作奇异。

（六〇）〔眉批〕回繞上文拿石，皆奇趣奇情。

（六一）〔眉批〕説尚未完，便聞門外媽媽聲、介之答應聲。所謂筆不停機，墨不着紙也。细。

第十三回　贈金盞顔莊公賂鄙夫　鬧鏡房可娘子調嬌婿（一）

少青梳洗畢，正與介之父女早餐，聞有人在門外叫着。介之出門看時，是兩个人，一个背着皮包兒，一个牽匹白馬。道是尋少青的。介之帶了入來。少青見是鯨飛、鵬飛兄弟，便拉向没人處，説了好一回話。足足大疑，拉香香從暗處偷覷(二)，見少青解開皮包，撿出明爛爛的衣服來。忽的褪了儒鞋，拿雙錯底攢雲吉莫靴穿上。忽的褪去舊衣巾，撿領玉藍湖縐透綉的緊身小襖穿在裏面，又穿上銀泥起雲福的玉綾道袍，束條蘇合球文帶，外擐天青閃翠八寶嵌邊外套。忽的取出紫華飛氅尾的自在冠戴上。忽的拿个手鏡番覆照了一回。忽的取出个紅皮匣兒，忽的開了鎖，忽的揭了蓋，驀地射出一陣紅光來，從紅光裏捧出一頂翠雲九鳳珠冠。又擘開一層一層的紅綾，忽的撿出个玉鈴百寶雲肩看了一回，依然摺疊着，蓋了蓋，鎖着。忽的取出黄金蓮花盞十件、元寶十錠、玉帶一圍，用紅綃帕裹着。忽的取出一包碎銀遞與介之(三)，曰：『丈人可將這銀子打點行裝，待愚婿見了可公，無事時，一同回去。倘有些難爲愚婿時，着人通个信，丈人便偕兩个姐姐去救愚婿，愚婿去罷。』

先時，足足、香香看他妝束的比昨日又俊了許多，又看那珠珠翠翠耀着眼，初疑是給己的，後又藏了。正想的出神，忽聽得『去罷』兩字，便一齊跑將出來，扯住曰：『你説去去甚麽(四)？』少青曰：『我有些事，暫行出去的。你如今做了新婦，不要出門外與那小厮頑。』又囑了介之一回。鯨飛捧着皮匣，鵬飛拿着包袱，介之父女送出門外，上了馬，取路奔紹無憂家來。

不一時，到了。下了馬，傳了名帖。只見無憂走出來，滿臉笑容迎進去，扶少青上坐，欲行參拜禮，少青拉住。無憂曰：『莊勇見莊公，原有自然的制度。況又是我們莊公的嬌婿，又尊又親，是應拜的。』少青曰：『某私自來此，有事央莊勇。莊勇行起大禮時，某便告退。』無憂曰：『恁地時，隨便的坐坐。』又問：『這兩位何人？』少青曰：『是某的莊勇玉鯨飛、玉鵬飛。』無憂推少青上面坐着，鯨、鵬坐左，無憂坐右。須臾茶罷，少青便取過鵬飛手中的紅包解開，親手遞與無憂，曰：『些須微物，聊表寸心。』無憂是个最貪鄙勢利的，見那黃烘烘、白粲粲的物，不覺滿臉堆下笑來，曰：『某無點功勞，那敢受莊公這麼重重的賞賜。不敢，不敢。』少青曰：『某以心腹待莊勇，故瞞着可公，私來求見，倘莊勇嫌輕薄時，明兒再補，願莊勇無見外。』無憂曰：『恁地說，權且收下。』又談了些閑話。少青見左右無人，便說曰：『某訂於十六日親謁岳丈母，聞令嫒嬌鸞娘子有鬚眉氣，以德濟威，能拯人厄，敬備翠雲九鳳珠冠一頂，玉鈴百寶雲肩一副，豫乞莊勇爲地，奉岳娘子，表爲婿的一點私誠。』無憂沉吟了一會，曰：『小女的脾氣，最拿不定的。他喜着，瓦礫亦明珠；他惱着，黄金亦塵土(五)。某作不得主，今見莊公一團美意，除非先去問肯了他，纔敢領莊公的寶貝。』少青曰：『便煩莊勇，善爲我詞，切勿令可公知道。』無憂曰：『公勿多心，暫在舍下閑着，某去便來。』遂將那金盞元寶入内收好，飛也似出門去了。

少青與鯨、鵬商酌了一回。午牌時候，見無憂嘘嘘地走進門來，低着聲曰：『小女欲屈莊公到迎鸞樓厮會了，然後受公的寶貝。』少青吃了一驚，曰：『莫不是可公的意麼？』無憂曰：『這事如何肯使可公知？公無過慮。』少青曰：『可公不在那樓裏麼？』無憂曰：『可公今又新娶得一个娘子，那得空到這樓來。』少青踟躕着，無憂曰：『没奈何，走這一遭，速去速去。』少青捏着把汗，只得帶着鯨、鵬，跨着馬，隨着無憂，從小路抄去。

原來，這鸞樓有个大門西向，一小門向南，一小門向北。無憂帶着少青從北小門而入。有幾个軍士在這裏打葉子，見無憂帶着人來，略問一聲。無憂教軍士絆住鯨、鵬，在這裏攀話，自拿那皮匣，引少青進去。過了个亭子，便是陰森的大木，繞回廊，又穿个小拱門，静蕩蕩地，一帶都是垂楊。過了垂楊，有紅油亞字欄杆當面攔着。繞欄杆，斜刺地一个小朱門(六)。叫一聲『姥姥開門』，便有个婦人開了門。入這門，行不多幾步，轉彎（俊樺按：『彎』字，鈔本原作『灣』，誤，據文義改），一級一級的漸高起來(七)。想是上樓了。又轉墻角兒。有个花廳，廳前是四柱的綺軒，地下鋪着攢花的五彩氈，四柱俱夾着盆花。有幾个婭嬛(八)，綉襖翠翹，都拿着綉巾，包些花草，在這裏鬥花。從花廳後穿過，又有个大廳事，廳事兩旁，列着交椅，中間懸着緑檐的紅羅大帳。帳内有个公座(九)。公座上，擺着筆硯、令牌、令箭。無憂指着曰：『這公座，是有軍機大事時，小女發號施令的所在。』左邊一个横門，接着雕欄，夾着複道。過了複道，便是粉廊綉柱的庭軒。兩旁檀香學士椅，皆有緑駝絨坐墊，中間暖炕，鋪設得錦簇花團(一〇)。無憂教少青坐在左邊的椅上，笑曰：『莊公勿疑路徑紆折，若由大門入時，從甬道直進，便到這裏(一一)。』

言未已，走出五六个濃妝异服的婭嬛，掩着笑，圍住少青(一二)。一个托出金絲盤子，盤上一枚玉盞，是香噴噴的新茶(一三)。少青飲了茶，拿這玉盞翻覆看，嘆曰：『好温潤的玉呵！』迎面是个『壽』字紫玻璃窗，似有女子影(一四)。『哆』的一聲笑，少青慌起來，忙將這玉盞遞與婭嬛，低着頭。一會子，瞧那無憂時，已不見了。心裏七上八下，不知怎的好。忽見無憂帶着个媽媽，笑嘻嘻走將出來，曰：『小女請莊公裏面相見。某先出去，安置你兩个貴莊勇，妨他等得久了。』言着，竟自去了。

媽媽引着少青再進一處，是小小的暖房，擺設得越精潔。上懸个匾額，是鏤銀勾雲底，烘出『和鳴室』三个毛青八分字(一五)。坐未定，乍聞叮叮噹噹環佩響，一个宮妝的美人，搴簾驟出(一六)。少青迎着眼，忙忙的跪下，磕頭，不敢起來。那美人笑彎了腰子。又走出三四个這等妝扮的，鼓掌和着，笑曰：『好个謙恭的貴人！見我們奴婢猶跪着不抬頭，見娘子時，又不知怎地(一七)。』少青纔知不是嬌鸞。紅着臉，自起來，朝外立地，只不做聲，由着他們嘲笑。立了一會，無精無采，欲跑出去時，又不識路徑(一八)。猛聞一陣异香撲鼻觀，驚顧不定，佩聲又響(一九)。那美人低着聲曰：『貴人，娘子出矣。』

少青回首瞧時，前那宮妝的，將珠簾掀起，那珠絡金鈎，與玉佩聲和着，雜雜地，如打什番樂一般，擁着一个珠圍翠繞仙人似的，婷婷裊裊，從簾內踱將出來。這回猜是嬌鸞不錯了，又朝着那仙人似的跪着不起(二〇)。但聞鶯聲嚦嚦，呼侍兒扶起貴人。襝衽道了萬福，分賓主叙坐。少青曰：『岳母大人在上，小婿如何敢坐。』那些宫妝的不由分說，曳着少青坐炕左邊，嬌鸞坐炕右邊。少青欲開言時，囁嚅了幾次，說不出話來。嬌鸞笑曰：『小樓得貴人玉趾賁臨，草木亦增顏色。又辱厚貺，何以報之。』少青只說得『不敢，不敢』。嬌鸞曰：『愧儂無麗華髮，負貴人的珠冠。』少青曰：『不敢。』『無飛燕身，負貴人的雲肩。』少青曰：『不敢，不敢（二一）。』停一會，定着性，立起來，曰：『岳丈不以某爲不才，許以莊主下嫁，的期十六日，拜謁岳丈。但海水難量，懇娘子憐某，使某得完首領以歸。恩深再造！』嬌鸞曰：『貴人請放心，有敢拔貴人一毛，儂將這可莊踏做吴沼（二二）。』那宫妝的，又遞了一巡茶。少青深深的打一恭，辭出。

嬌鸞回了禮，轉秋波，笑迷迷的睃着少青（二三），曰：『貴人肯以青眼看儂，何得竟去？今夜有幾杯如意酒，與貴人共披心膽，遣此春宵（二四）。』少青聞這話，越慌起來，顏色都變了。跪着曰：『某是凡夫，何敢造這罪孽陪仙子？恕了某罷。』嬌鸞笑曰：『既嫌弃儂時，怎敢相强。小翠，你扶起貴人鏡房裏去，吃些點心，去留自便（二五）。』

只見最初出來這宫妝的應了，含着笑，攙起少青，拉進裏面。又不知轉了幾个門，到一个所在，四面皆銅鏡作壁，中懸一个蟠龍邊的鏡匾，是珊瑚攢作『鏡房』兩个大字（二六）。少青進這裏，見自己的影映入鏡中，鏡中的影又影入對壁及兩旁的鏡裏。前後左右，以影重影，幾乎變做一百个少青，好不自在，曰：『呵呀！我頭暈了。小翠姐呵，我看不慣這个，我出去波[二七]。』小翠捏着少青的手曰：『你這樣俊俏的人兒，却也酸腐。出去難，入去易[二八]。』又拉進一處，却無鏡了。少青瞧那小翠，香沁海棠，春含豆蔻，十分可愛，不覺動了心。調着曰：『你先時假裝娘子，哄得我跪着磕頭，拿甚麽還我呢[二九]？』小翠瞅了一眼，曰：『干人甚事？』轉身欲走，少青拉住曰：『姐姐，須設个法兒，給我出去。可公知道（俊樺按：「知道」二字，鈔本原作「知到」，誤，據文義改）呵，不是耍。』小翠曰：『你真个要出去麽？我老實對你説，我們這娘子，從不曾有人得中他意。今偏看上了你，不爭你便去呵[三〇]。只是好好的鸞樓，忽添个斯文之鬼。我早晚遇見時，嚇个死，何苦呢？』少青又跪將下去，流着泪曰：『姐姐，没奈何，救我一救[三一]。』小翠笑曰：『我不曾見男子漢這麽賤膝頭，只管跪來跪去[三二]。方纔説哄你跪着，拿甚還你，誰還得許多呢[三三]。待我喚娘子來，由你跪他罷了。』少青拉住綉鞋，那裏肯放。小翠没奈何，將他扶起，向臉上打了一下，曰：『你到底纏着我做甚麽？要你纏的，你偏不纏[三四]！』少青接着曰：『我見着娘子，便怕起來。見着姐姐，便愛。不知何故[三五]。』小翠曰：『你若是真愛我時，何故苦苦的定要去。你若與娘子和同了，我們或沾染着些汁兒，也未可定。』言次，聞外面喚小翠聲，竟自去了。

天色晚了，料想有翅難飛了[三六]。忽聽得『的的的』脚兒響，小翠又轉來，曰：『娘子喚你吃如意酒了，你去波。』少青曰：『我膽兒小，他若惱起來，姐姐須在這裏救我。』小翠曰：『我教道你，你老着膽兒過去。飲酒時，他恁地，你恁地。他那般厮鬧，你這般厮鬧。鬧到高興時，又恁地。』少青曰：『我到底不記得（三七）。』小翠曰：『呸！我没好氣，你不懂得，罷了。』少青曰：『姐姐你權做娘子，給我習熟則个（三八）。』小翠曰：『勿囉唣！老着臉兒去罷（三九）。』遂拉着少青的手，行了幾步，少青掙脱了手，再轉來，曰：『去不得，去不得。』小翠摇着頭，曰：『咦！又甚麽去不得？』少青曰：『我膽兒小，見着他便顫將起來。下體是不由我的，不是又惱着他麽（四〇）？』小翠沉吟了一會，笑曰：『前兒娘子吩咐，怕餓着你，給點心兒你吃，我却忘記了。』遂向懷中摸出一个小餅兒來，教少青吃：『吃了餅兒，不愁下體不自由了。』少青那裏肯吃。小翠想了一會，没奈何，將少青撲倒壓着身手，拿餅兒放櫻口中嚼得稀爛，劈開少青的口，口着口，灌將過去（四一）。少青咽下，覺一股熱氣直衝到丹田（四二）。又聞外唤小翠甚急，急起整衣，跟小翠出鏡房而去（四三）。

【批語】

（一）〔眉批〕前回足足、香香，後回銀銀、鐵鐵，極寫村野女兒天真爛漫之妙。而中間忽寫嬌鸞之富貴香艷，如五香窩室，四窩皆蒔名花，而中一窩獨懸齊臍。又如五龍印、五福餅、五星垣，而中一印、一餅、一星，别作奇色也。題曰『可娘子調嬌婿』，罪嬌鸞也。未嫁少青，而先稱娘子，明明是明禮之娘子矣。爲明禮娘子，則炭團，其女也；少青，女之婿也。若以爲明禮之妹也者，則炭團，其侄也；少青，侄之婿也。未聞女之婿、侄之婿而可調者也。而嬌鸞則自以爲女子其身，而丈夫其概也。大丈夫當建立功名以垂不朽，閨房瑣屑之禮，豈爲我輩設哉？若守女子從一而終之義，而終從不足有爲之明禮，幸而死於難，是猶匹夫匹婦溝瀆之死，一鴻毛焉已耳。不幸而與可夫人同其淪落，則更有不忍言者矣。後之人，誰復知有嬌鸞也者。又以爲明禮殺吾之父，吾仇也。父之仇重，兄之誼輕。床笫之愛，更不足言矣。既不幸爲無憂所誤，隱忍事仇。忽有紹其傑檄布笏山，興師討罪，何顔復見笏山父老乎？昔管仲改事齊桓，猶得以功掩過，見録於尼山。故聞少青之名而心動，見少青之貌而心轉，誠欲自爲管仲而以少青爲齊桓也。然此心一轉，仇敵可以爲主，女婿可以爲夫。旖旎温柔之地，變爲戰鬥蹂躪之場。所謂『將可莊踏做吴沼』者，非耶？亦大可哀也已。雖然，終不能以此寬嬌鸞之罪也。炭團之弑明禮，實嬌鸞之弑之也。何也？亡不越境，反不討賊。左氏猶不能爲趙宣寬，况嬌鸞先以身私事少青，以結少青之心。彼其中，知有少青而已。即炭團不弑明禮，而知嬌鸞必弑明禮無疑也。夫女子未嫁從父，出嫁從夫，嬌鸞既爲明禮娘子，兄也而夫矣。又不得執爲父報仇之説以自解也，故終不能爲嬌鸞寬也。他時每疾作，必夢明禮。其行虧，其心虧也。是故足足、香香、銀銀、鐵鐵，皆得享椒房之福，而嬌鸞反零落空門，斷絶恩愛，天之報之，亦云巧矣。雖然，以此爲少青罪，又不得也。蓋少青本無心於娶炭團，而况嬌鸞。然既誤入鸞樓，不復得出，欲不從，則自死無益。始從之，終負之，則恩將仇報，何以見諒於笏山諸女乎？少青王業，女子居多，炭團、嬌鸞，功亦不少。誠不能以一女之故，使功名不就，可知也。作者於炭團未弑明禮之先，於前回構出足足、香香一段奇緣，因想出行賂嬌鸞以圖免禍。欲賂嬌鸞，先賂無憂，其勢然也。而嬌鸞之驕侈華靡，極力鋪張，全爲與前回奉公坊、後回大寅鄉作前後反照。因嬌鸞之驕侈華靡，先寫侍婢之驕侈華靡，又先寫中等、下等侍婢之驕侈華靡。又極力鋪張鸞樓之庭軒、欄檻、器具、鋪陳之無不驕侈華靡。視奉公坊之茅屋，如荒草野篁之外，忽睹芍藥、牡丹，遂令閲者之眼光與紙上之墨光齊變。極寫鸞樓之驕侈華靡，而嬌鸞弃之如遺而不悔者，眼中只一少青可與終身也。英雄女子，絶鉅眼光。

（二）〔旁批〕下文十个『忽的』是從此『偷覷』二字看出。

（三）〔旁批〕前五个『忽的』是檢點行路諸物，又前四个『忽的』是少青改换妝束，此个『忽的』是取銀與介之。十个『忽的』却作三樣。看前九个『忽的』，默無一言，此个『忽的』偏有一篇言語，是十个『忽的』又作兩樣看。

（四）〔旁批〕驟入於耳便觸於中，不勝徘徊審顧。足足、香香純用跳脱之筆。

（五）〔眉批〕爲嬌鸞作身分。然嬌鸞情性亦盡此十六字中。

（六）〔眉批〕寫景文字，最易粘滯。作者筆超景外，遂令閲者身入景中。

（七）〔眉批〕纔入門，便又轉彎（俊樺按：『彎』字，鈔本原作『灣』，誤，據文義改），級級漸高，高而復轉，是作者自贊其文心之曲折如是。

（八）〔眉批〕寫景文字，必景中有人，纔是活景。下等侍婢，猶綉襖翠翹，視足足、香香之布衫蛙髻，大不侔矣，而况嬌鸞。

（九）〔眉批〕忽然寫到公座，全爲嬌鸞作身分。

（一〇）〔眉批〕一路行來，過一處，便有一處張致。真令閲者身入景中。

（一一）〔眉批〕恐閲者亦疑路徑紆折，故從無憂口中申説數句。奇筆奇文。

（一二）〔眉批〕此是中等侍婢，濃妝异服，較綉襖翠翹者，又不侔矣。

（一三）〔眉批〕此玉盞與香香之茶碗，大抵不同。

（一四）〔眉批〕『女子影』，何影也？嬌鸞之影也。『哆』的笑，誰笑也？嬌鸞之笑也。分明豫伏『壽』字窗中。窗定與左邊之椅相對，窺少青，較親切也。若不中意，則必令無憂偕之出樓。今無憂獨去，媽媽引入，中意可知也。既中意，則必心死。心死，則廉耻消而圈套密。何物少青，不入其圈套得出？

（一五）〔眉批〕入此室處，和鳴鏘鏘，爲皇之求鳳，而不爲鳳之求皇。

（一六）〔眉批〕此是上等侍婢也。不特少青認作嬌鸞，即閲者至此，亦莫不認作嬌鸞。寫侍俾已是一个美人，奇絶！

（一七）〔眉批〕取笑由他取笑，奚落由他奚落。

（一八）〔眉批〕滿鼎冷灰，絶無氣息，真欲死不能得，欲生無一可時也。

（一九）〔眉批〕前是乍聞佩響，此是未聞佩響，先聞异香。前是搴簾驟出，此是珠簾掀起之先，先報娘子出矣。珠簾掀起之後，玉佩與金鈎珠絡齊鳴，極寫嬌鸞矜貴身分，异於艷婢。而實與榕樹下之足足、香香，濘田中之銀銀、鐵鐵，作前後反照也。

（二〇）〔眉批〕『不錯了』三字，傳神阿堵。

（二一）〔眉批〕麗華髮，飛燕身，本一直説下，偏以少青『不敢』二字，横貫中間，與前後四『不敢』，别成异樣章法。極參錯，却極整齊，極摇竿散珠之妙。

（二二）〔眉批〕極寫嬌鸞誇大口角，而竟成語讖。人知嬌鸞言火，而不知嬌鸞情深。貴人爲心坎中之貴人，可莊雖大，身外物耳。以身外之物，易心坎之人，即細而至於一毫，吾知其必不可也。

（二三）〔眉批〕『笑迷迷』與上文『灼灼』『呆呆』，極花樣不同之妙。

（二四）〔眉批〕『如意酒』與前回之『和合酒』對看。

（二五）〔眉批〕此點心，大都是慎恤膠（俊樺按：慎恤膠，春藥名）造成，與奉公坊之和合酒不同，即足足之饅頭亦异。

（二六）〔眉批〕『和鳴』之匾，是鏤銀勾出；『鏡房』之匾，是碎珊攢成。極紙醉金迷之妙。

（二七）〔眉批〕唐高宗鏡殿成，劉仁軌曰：『天無二日，民無二王。今壁上有數天子，不祥孰甚。』今一百个少青，是一百个笏山王也。化爲百東坡，頃刻復在。兹水影可以歸一，而鏡影不可以還原，安得不頭暈。

（二八）〔眉批〕入之深，出之顯，是好文字；入得定，出得定，是好和尚；打得入去，跳得出來，是好健兒。今入雖可更入，而出已不能得出，危哉少青。

（二九）〔眉批〕題是『嬌鸞調少青』，而文反是少青調小翠，何也？蓋嬌鸞爲飛鳳閣上等功臣，作者雖不滿嬌鸞，然終不忍以猥褻之詞穢之，故以小翠爲鏡中之影，而實嬌鸞之替身也。從替身上寫，縱極猥褻，仍是影中文字，無傷也。非勾引少青使之調己，而撩撥少青之欲，止爲嬌鸞地乎？觀下文『唤小翠聲』『唤小翠甚急』，皆有深意，而非生吞白欖者所得領旨趣也。

（三〇）〔眉批〕質言之，不過曰『汝不從他，他定殺汝』耳。文於『不争你去呵』一颺，别颺出异樣奇文。狡獪之極。

（三一）〔眉批〕急殺。見上文『動了心』，非真動心也。

（三二）〔眉批〕天地可跪也，君父可跪也。而諺曰『天地君親妻』，則妻可與天地君親，同其尊矣。今嬌鸞，少青之妾，亦妻之類也，可跪也。而小翠又嬌鸞之替身，則亦少青之妻之類，而無不可跪者也。跪來跪去，正自不妨。

（三三）〔眉批〕『拿甚還你』云者，非無物還你也。正有二物還你，你擇其一而取之，我纔拿出來。若許多，則不可必也。

（三四）〔眉批〕若謂『要你纏的你偏不纏，不要你纏的你却來纏』，减却多少神味。先用『做甚麼』三字，頓住上文。意則上句爲賓，下句爲主。詞則上句爲主，下句爲賓。法從左氏盜來，非自創也。閲者勿被他瞞過。

（三五）〔眉批〕鐘鼎敦盤之器，誰不知其美，而不若金珠鬆翠之入人易也；商周秦漢之文，誰不知其佳，而不若月露風雪之入人易也。『北方有佳人，絶世而獨立』，其將展轉而老於空床乎？亦大可哀已。少青豈真怕嬌鸞之尊貴，愛小翠之卑賤易狎，不以俗如是哉？特借此以謔小翠耳，而卒供吾文字之波瀾。

（三六）〔眉批〕着『有翅難飛』句，見事已至此，身死無益，後遂死心塌地，專意調情。

（三七）〔眉批〕兩『厮鬧』，三『恁地』，純是不可告人之語。恁地恁地，厮鬧厮鬧，又恁地，其中猥褻瑣碎，體貼微細，縱一時記得，到底是記不得。純是調小翠語，爲『給我習熟』作墊。

（三八）〔眉批〕嘗謂天下事皆待學習，惟床笫之事不學而知，不習而能。而必待於習，必待於習之熟者，一若此事爲天下創見創聞之事。視前回『拿饅頭給我做親』，前何率直，今何曲折耶。純是調小翠語。然將小翠『權作娘子』，不免婢學夫人矣。

（三九）〔眉批〕『老着臉兒』與上『老着膽兒』，各有神理。前云『在此救我』，是懼怕語，對人懼怕，恐對人不免戰兢，故曰『老着膽兒去』。此云『給我習熟』，是放心語，背人放心，恐對人不免出醜，故曰『老着臉兒去』。

（四〇）〔眉批〕前云『膽兒小』，觸惱嬌鸞，仍望小翠救。此云『膽兒小』，觸惱嬌鸞，并小翠亦救不得矣。何也？下體不由我，愛莫助之也。純是調小翠語。不是真怕嬌鸞。

（四一）〔眉批〕如此吃點心法，與上文吃饅頭可云雙絶。

（四二）〔眉批〕此餅兒，大都是慎恤膠造成之物。

（四三）〔眉批〕借小翠爲嬌鸞作替身，身既替矣，遂隨手撤去，下文并不復提。

卷四

東莞寶安吾盧居士戲編

第十四回　血濺花園炭團誤弑可明禮　火燃眉阪嬌鸞計救顏少青

由是在迎鸞樓，與嬌鸞娘子誓海盟山，直鬧至十五日纔得出莊。這幾日，雖在蘭麝叢中，而實刻刻驚心吊膽。回想了幾回，魂魄尚兀自摇蕩哩(一)。是時，帶了鯨、鵬，跨馬直奔斗騰驤營，喜得無人窺破。遂打點明日謁可公的禮。知韓傑精細過人，吩咐暗藏兵器，緊緊相隨。

至期，可明禮帶了幾个莊勇，出莊門迎接。兩旁鼓樂齊喧，并着馬，奔可府裏來。少青登堂叙禮已畢，曰：『丈人不弃潺懦，許駙馬後，願得始終奉事。』明禮笑曰：『人惟不慎其始，故弗保其終。莊公肯輕身賁我荒莊，立刻便見心腹(二)。』須臾茶罷，便邀進花園燕飲。暗使人打發從人先回，惟留韓傑在外俟候，不許隨進。將少青帶進園裏，正欲舉目看那亭榭花木，忽兩旁走出十餘个軍士，將少青拿住，捆在一个空房裏，吩咐不許聲張。教人絆着韓傑，在外面飲酒，裏頭的事，一些不知。

却説少青初到時，可夫人携着炭團莊主在屏内暗窺，見少青容止華美，十分滿意(三)。及見明禮帶入花園中，好一會，明禮獨自一个出來，心甚疑惑，謂炭團曰：『你父親將你許配了顔莊公。這莊公的人才，是你親眼見的。又收了他許多聘禮，合莊無不知。今帶進花園，静悄悄并不像燕飲的光景，定然聽那陶士秀攛掇，害他性命。你的終身，却怎了也？』言着大哭。炭團曰：『娘勿悲，待兒打進花園裏，搶他出來，不見怎的(四)？』夫人曰：『兒勿造次。先使幾个精細女兵，挨進園中，打探押在那裏。待至夜深，方可行事。只是獨你一个，縱有三頭六臂，怎能彀救得他回？你平日與嬌鸞甚好，何不浼他畫條計策救他(五)？』炭團密使人往請嬌鸞。回言：『嬌鸞娘子聞嬌客到時，便帶着幾个人府上去了。』炭團聞語，疑惑起來，又疑與父親同謀，甚是焦躁。幾回懷着鐧，思去搶人，却被夫人攔住(六)。

看看天晚，正好明月(七)。炭團飯也不吃，踱來踱去，踱進花園裏來。原來園裏有所書房，燈光從窗櫺射出，接着月光。在窗外張時，見裏面銀燈下，那陶士秀正與父親説話(八)。但聞士秀曰：『便好今夜結果了他，免生枝節。』明禮點點頭曰：『我已吩咐人，三更時下手了(九)。』炭團大怒，打進書房，指着士秀罵曰：『你倚仗看了幾卷雜書，想出這美人局來陷害人。不爭你陷害他，只不該壞我的聲名，使我終身無靠。豈不聞「忠臣不事二主，烈女不事二夫」？你背了陶鄉長，來這裏媚人，是事二君的賊了，又欲牽扭我來陪你麽(一〇)？』士秀正欲躲避時，誰知炭團說未了，已一鐧打翻。明禮那裏喝得住，用身隔着。炭團力大，將明禮拖開。復是一鐧，腦漿并裂，嗚呼死了。明禮正『千賤人』『萬賤人』的罵着，炭團怒得没回轉，把那鐧向書房的柱一掃。砉的一聲，那柱斷做兩截。這檐瓦，賘洌洌已倒塌了一角（一一）。

氣忿忿地走出花園來。一女兵在槐樹下呼曰：『莊主，這厠後空房裏便是（一二）。』炭團纔走得幾步，有幾个軍士從後面趕來，拿着繩，向炭團便套。炭團將那繩只一扯，扯做了數段。乘月光，舞着鐧，逢軍士便打，一鐧一个，打得凈盡。

正走到厠墻邊，櫻桃架下，迷迷離離，見个人影從背後抱將過來，欲躲不迭，已被那人抱着（一三）。炭團怒益甚，回雙鐧向腋下倒插過去，不期插得力猛，那人哼的一聲便倒，連這鐧拖將下去。回看這鐧已釘入那人腹裏（一四）。一脚踏着那人，一手拔鐧，那血從鐧孔中直射出來，射得炭團滿身是血。

又有一个人提着朴刀，不提防槐樹下的女兵，揮雙刀向那人腰間一撇，撇在地下。這女兵從月光下看那人時，不是别人，正是自己的父親，放聲大哭（一五）。炭團問知原故，罵曰：『你自己不謹慎，誤斫了父親，哭甚麽。再哭時，我只一鐧。』女兵那裏敢哭（一六）。

炭團急奔厠後，正欲打開空房搶人，復從櫻桃架下經過（一七）。那知忙着些，被鐧穿的那尸絆着足，跌了一交。那尸手足還自顫動，恰月光從花罅裏正照着那尸的面，諕了一驚。細看時，丢了鐧，抱着那尸，呼天搶地的大哭。那十餘个女兵，一齊上前，備問原故。炭團只是説不出話(一八)。衆女兵看那尸時，『呵呀！罷了，好像我們莊公。嗚呼死了(一九)。』嚷了一回，夫人亦提燈而至。『呀！我的兒，爲何打死了父親？』炭團哭得不能答應(二〇)。

不提防走進七八十人，驀地將炭團綁住。爲首的，正是可飛熊。罵曰：『爲着假丈夫，弑了真父親，這還了得(二一)！』夫人哭曰：『這不干我兒的事。』時飛虎亦至，曰：『干與不干，明朝集齊莊勇，自有公論。』一面收拾尸首，除明禮、士秀外，共打死四十餘人。着軍士打開空房，拿少青出來，一齊治罪。但見軍士忙忙地從空房裏嚷將出來，曰：『不好了！空房的後壁已破，逃去了(二二)。』衆人搜至天明，那有个影兒。

時合莊莊勇，已齊集可府。也有護着炭團的，也有説炭團放走了少青的。正喧嚷着，忽見府門外一對對的女兵，引着後面一騎擐嵌銀獸面綉鎧，曳着百花點翠戰裙，珠冠上雉尾翹翹的，正是嬌鸞娘子(二三)。衆人曰：『娘子來，有分別了。』嬌鸞下了馬，哭進府中。衆人紛訴前事，嬌鸞怒罵炭團曰：『你弑父求夫，知罪麽(二四)？』炭團哭曰：『恨士秀那厮，哄着父親，壞兒名節，有意殺他，是真的。迷朦月影，紛攘攘的拿兒，或雙鐧無情，誤打着父親，是有的。衆莊勇誣兒放了那人，這就冤枉了(二五)。兒言是實，任娘子擺布罷了。』衆人曰：『必須究出少青來，替莊公報仇要緊。』嬌鸞曰：『待儂帶回迎鸞樓裏，慢慢的拷問，便有端的。你們且暫散歸。』遂帶炭團回迎鸞樓。下令教軍士緊守樓門，勿令外人窺伺(二六)。

將炭團帶至大廳事，鬆了綁。炭團正在侜張，遥見帳中坐着一人，錦袍玉貌，分明是顔少青(二七)。心裏一跳，又一喜，拉着嬌鸞私問曰：『坐帳中的，的是何人(二八)？』嬌鸞笑曰：『你殺了父親，都爲着這人，却來問我(二九)。』炭團曰：『緣何忽在這裏？』(三〇)嬌鸞曰：『是儂同韓傑莊勇内外接應，暗暗地打破空房後壁救出來，暫藏這裏的。若待你救他時，已是遲了(三一)。』炭團沉吟着，又問：『那个叫韓傑莊勇，你如何認得他(三二)？』嬌鸞曰：『這人是顔公帶來的，赤臉藍髯，甚是英猛。顔公被困時，他在外面，一些不知。儂着人私喚他來，授以密計，待黄昏後舉事。』炭團曰：『怪道昨日差人請你，尋你不見。猜是與父親同謀，肚裏正怨着你，誰知你比兒更關切(三三)。』嬌鸞拉着炭團的手，進帳來見少青。炭團道了萬福，瞅着少青不語。少青見炭團臉圓如月，杏眼櫻唇，十分端麗(三四)。因上前作个揖曰：『只爲少青一人，累得莊主這般苦。莊主呵，何以酬報呢(三五)？』嬌鸞曰：『到這田地，還説甚麽閑話。且商量怎地逃生要緊。』炭團曰：『兒父親已死，又無兄弟，憑仗娘子神威，待兒殺了飛熊、飛虎，擁立顔公，誰敢不服(三六)。』嬌鸞曰：『兵非己兵，將非己將，顔公平日又無威德及莊人，倘合可莊之衆以攻一人，反罹不測。不如乘其不備，與你輔着顔公，殺出可莊。然後廣羅豪杰，兵强馬壯，攻破可莊。以我之心腹，布爲莊勇，并不用可姓一人，漸漸施布恩惠，要結人心。所謂「逆取順守」，乃千年不敗之基(三七)。今儂與莊主，弑父叛夫，何以見容於群下，不如速逃(三八)。』少青曰：『娘子之言是也。今某有兵二百屯羊蹄徑外，有兵三百屯碣門外。倘出莊門，不患無接應。只愁娘子、莊主，寡不敵衆，難出樊籠耳。』炭團曰：『不是兒誇口，仗兒的銀棱雙鐧當先，娘子的梨花槍押後，何患不出莊門。』

正議着，忽報有奉公坊的莊奴，帶着兩个十六七歲的村女打進可府，十分雄猛，無人攔擋得住，衆莊勇請娘子定奪(三九)。嬌鸞驚曰：『這是怎解？』少青曰：『不敢相瞞，這是某新收的侍婢。五六百斤的大石，他們只當个紙球兒頑，是絶大力的。大約聞某消息不好，故來搭救。』嬌鸞拍着案曰：『這便是一个機會了(四〇)。』即教人收拾樓中細軟珍寶(四一)，一面密喚韓傑，授了計策。先下樓去，一面傳令諸莊勇緊守府門，休放他入，休放冷箭，待娘子用計擒他，作个女將(四二)。即點齊男兵六十人，女兵二百人，備了馬匹，馱載箱籠，殺出樓外。炭團曰：『我這鐧，却在府中，使甚軍器呢？』嬌鸞使人拿令箭一枝，入府催取女兵調用，即教帶出莊主的銀棱鐧來。又將那樓四面堆了火種。

炭團揮雙刀，騎匹烏雲馬，當先殺出，剛遇着府中的女兵。那女兵百人，皆炭團心腹。炭團弃了刀，取過雙鐧，領女兵奔至府前。見韓傑及介之父女，在這裏尋人厮殺。韓傑假意拿刀來戰炭團，約四五回合，回身便走。那三个人，亦且戰且走。後面嬌鸞軍馬，慢慢地追將上來(四三)。韓傑正走時，一隊人攔住去路，韓傑手起刀落，早斫翻了幾个。那三个人揮着刀，如切瓜的一般，剩的都逃命去了。各人奪得馬匹騎着，斬開莊門，嬌鸞押着箱籠，慢慢地行(四四)。

有人認得中間騎白馬的，正是顔少青(四五)。報與飛熊、飛虎。二人大驚，掉槍上馬，正欲來追。望見可府後面，火光照天，回馬向火光處奔時，却是迎鸞樓火起。於是飛熊率人救火，飛虎策馬追少青(四六)。嬌鸞等已出碣門去了。飛虎傳齊莊勇，點了大隊軍馬，殺出碣門，見斗騰驤的兵環列前面，可嬌鸞的兵環列莊左，爲犄角勢。飛虎見天已昏黄，不敢出戰，傍碣門下寨。教飛熊再點軍馬一千，準備明日厮殺。

【批語】

（一）〔眉批〕前回極勾魂攝魄之妙，然只在替身上寫。題之正面，一字不點，偏留正面在此回作起筆。文心之變幻如此。

（二）〔眉批〕數語可怕。然身既至此，亦付之無可奈何而已。

（三）〔眉批〕夫人携莊主在屏内窺，非莊主自窺也。彩旗受聘，是外遵父命；畫屏窺婿，是内順母心。炭團雖有弑父之誤，而女生外向，出嫁從夫，當是夫重於父矣。勢不兩全，權其輕重，吾於炭團無責焉。

（四）〔眉批〕反是夫人大哭，反是炭團勸母勿悲。

（五）〔眉批〕打合嬌鸞一筆。縈拂有情。

（六）〔眉批〕反激下文。

（七）〔眉批〕先着『正好明月』四字，爲下文花月迷離作墊。

（八）〔眉批〕燈光月光，映射成趣。燈光下人，欲殺月光下心中之人。月光下人，又欲殺燈光下欲殺月光下心中之人之人。不圖燈月之下，盡伏殺機。

（九）〔眉批〕妙從炭團眼中看得，耳中聽得，『大怒』二字，便可直接。

（一〇）〔眉批〕妙能鑿鑿言之，不同泛罵。按可當、松齡、韓傑、騰驤、得功諸人，皆曾身事二主，然悉弃暗投明，功名顯赫，與士秀不同。

（一一）〔眉批〕極寫炭團之勇、炭團之憤。爲『没回轉』三字構出奇情。

（一二）〔眉批〕忽然蹴出槐樹下女兵，爲下文作波磔。

（一三）〔眉批〕奇絶，幻絶。彼何人斯？

（一四）〔眉批〕能形容絶難形容之事。刷耳揺睛，法輪在手。

（一五）〔眉批〕欲寫炭團之殺父，先寫女兵之殺父作引。變單作複，成此奇文。而不知炭團殺父，翻在女兵殺父之先，而炭團之哭父，又在女兵哭父之後。女兵殺父，女兵知之，而不知炭團。炭團殺父，炭團不自知，而偏知女兵。絶妙波磔。

（一六）〔眉批〕忽插罵女兵數語，照前文有情，跌下文有力。

（一七）〔眉批〕兩槐樹下，兩櫻桃架，極縈拂相銜之致。前櫻桃架下，與後櫻桃架下，原一段文字，中間忽以女兵殺父間之。風駭雲亂，不可端倪。

（一八）〔眉批〕纔罵女兵之哭，而已反大哭。纔問女兵大哭原故，女兵能言之；女兵齊問自己大哭原故，而已反不能説。極風駭雲亂之奇。

（一九）〔眉批〕一片風駭雲亂之文。至此纔從女兵眼中口中點出『我們莊公』四字來。四字上仍用『好像』二字，仍用『呵呀』『罷了』四字，如聞其聲。

（二〇）〔眉批〕女兵之問，說不出話；夫人之問，不能答應。極寫炭團，極寫此時之炭團。

（二一）〔眉批〕丈夫何假？父親何真？噫！飛熊誤矣。

（二二）〔眉批〕奇，奇。何時逃去？

（二三）〔眉批〕極寫嬌鸞威重。莊公被殺，而娘子猶翠裙珠冠，嬌鸞之不以明禮爲夫也久矣。

（二四）〔眉批〕但聞殺妻求將，未聞弑父求夫。噫！嬌鸞更誤矣。

（二五）〔眉批〕『那人』是誰？炭團供狀，只合如是。

（二六）〔眉批〕純是機詐。此時此際，衆莊勇不知其機詐，可夫人不知其機詐，可炭團不知其機詐。即閱者至今，亦不知其何以機，何以詐？

（二七）〔眉批〕奇，奇。此人何來？

（二八）〔眉批〕心裏一跳者，驚其何以忽在此也。又一喜者，喜其果然無恙也。喜其是少青，而仍懼其或不是少青，不得不問。

（二九）〔眉批〕這人畢竟何人，還要請教娘子。

（三〇）〔眉批〕閱者亦欲急問『緣何在此』。

（三一）〔眉批〕嬌鸞救少青一段文字，用實實描寫，非必不佳，然而不妙矣。細思此時，真何暇實寫。

（三二）〔眉批〕沉吟着者，非爲不知其怎樣救出這人。正疑其何以救這人如是之關切也。然恐觸説韓傑莊勇，口中是嬌鸞之隱，又不敢明詰，故只以韓傑莊勇爲問。極寫嬌鸞之威重懾人，非寫炭團也。他之云者，口中是説韓傑莊勇，心中盡指這人也。言他本不認得你，你如何認得他。滿腹疑惑，不敢明言。極寫嬌鸞之威重懾人，非寫炭團也。

（三三）〔眉批〕兒之關切這人，其常也。忽有别人關切如兒，已不常矣，况比兒之關切更關切，不大可异乎？『誰知你』三字，有無限不平在内，然不敢多説一字者，時爲之也。

（三四）〔眉批〕已上寫炭團，皆用异樣筆墨，并未暇寫其容貌。然炭團之貌，又不可不寫。恰於此處，借少青眼中看出，俯拾即是。

（三五）〔眉批〕炭團應答曰：『與兒的庶母親熱，便是酬報。』

（三六）〔眉批〕炭團見解，殊極簡捷。

（三七）〔眉批〕此嬌鸞之初心也。後竟不符其願。他日軍駐十字關前，不救飛虎，有所激而然也。

（三八）〔眉批〕自知不難，難於肯自説出來。嬌鸞安得不加人一等？

（三九）〔眉批〕足足、香香一邊，只用虚寫，文却從虚邊鬥笋。

（四〇）〔眉批〕畢竟嬌鸞機變。

（四一）〔眉批〕不能捨細軟珍寶，的是嬌鸞舉動。

（四二）〔眉批〕純是智術。

（四三）〔眉批〕從來寫『追』字，未有言『慢慢地』者。蓋『慢慢地』，已不成其爲『追』也。

（四四）〔眉批〕前『慢慢地』，是追不成追；此『慢慢地』，是行不徒行。

（四五）〔眉批〕少青雜嬌鸞軍馬中，應亦慢慢地行。忽加『有人認得』四字，可云『無枯不活』。

（四六）〔眉批〕迎鸞之樓火方熾，而飛虎之兵力已分矣。

第十五回　破可兵香姐擒飛虎　逃韓難張女救真龍

是夜，少青在斗騰驤營裏，教人請可嬌鸞來議，欲連夜退回左眉（一）。嬌鸞曰：『我退，彼必乘勢掩襲；不退，彼必夜調莊兵，明日決戰。二者須擇而行。』少青曰：『彼衆我寡，不如姑退。』嬌鸞曰：『不可。可莊無主，飛虎、飛熊俱覬覦公位。將挾异心，軍無鬥志，雖衆，何所用之。我戰勝而退，威望日隆，登壇一呼，諸鄉莫敢不應。彼新敗之餘，加以兩勇争公，必有内亂。我率諸鄉之兵，聲罪討之，斬熊、虎之頭，以令三百餘鄉，别擇孱懦者立之，敢不惟我左右。取威定伯，在此一舉，但不知時事何如耳（二）。』少青曰：『善。只取回羊蹄徑之兵足矣。』

明日，飛熊率軍一千，攻嬌鸞營。飛虎率軍一千，攻少青營。金鼓之聲，由裏徹外。少青戴九葉雲巾，披閃星白氎道袍，立馬門旗下，手執白玉如意，指揮衆軍。

飛虎以鞭指着罵曰：『乳臭兒，聽吾言者。我莊公不念前仇，以禮相待，奈何拐莊主，弑丈人，奸岳母，焚鸞樓，該得何罪？』

少青拱着手大言曰：『衆莊勇，亦聽吾言者。可明禮弒公弒父，人得而誅。今爲莊主所弒，自是渠的家法(三)。嬌鸞娘子，本明禮之妹，以兄納妹，亦人得而誅。今娘子欲蓋前愆，改而事某，鸞樓一炬，悔心之萌也(四)。豈似汝逢惡不悛之輩，暗中取利乎？今來受死，莊公之位，非汝有矣。左右誰與我擒那奸賊？』

説猶未了，可介之騎着飛黄馬，提宛魯長矛，大吼一聲，飛出陣門，來戰飛虎。飛虎横刃相迎，戰了三四十合，刀法漸亂。可大英持戟來助。新充莊勇的張希超、張士隆，亦揮大刀，齊戰介之。少青恐介之有失，令鯨飛、鵬飛助戰。横槍躍馬，欲出陣門，見希超、士隆已倒馬下。介之拖矛跳出圈子。大英一戟從背後搠來，搠个空。介之回馬一矛，向腋下挑將起來，復從空中擲下，倒地成了肉泥(五)。飛虎走回陣時，衆軍不戰自亂。少青舉如意一揮，一齊掩殺。

飛虎心慌，望碣門而走。誰知嬌鸞的軍，已殺敗了飛熊(六)，趕入碣門，復從碣門殺出，正遇飛虎敗軍。兩翼伏兵又起(七)，殺得可軍有足無手，有首無身，生降活捉的甚多。

飛虎只有十餘騎隨着，繞碣門外而走。至鴉山嘴，見夕陽返照石壁，有一行大字，十分明朗。近視之，是『飛虎被擒於此』六个字，吃了一驚(八)。正驚定時，回顧那十餘騎，已不見了。那馬似有人拿着足的，偏不肯行。鞭了幾鞭，那馬嘶一聲，跑起前蹄(九)。忽一个小女子，從馬腹下蹲將出來，拿飛虎的脚，掀翻在地。草叢裏，又蹲出幾个女人來，將飛虎縛了。那小女子曰：『咱可香香，奉嬌鸞娘子將令在此，等得久了。』遂押回大寨。

是役也，少青以男兵三百，勝飛虎兵一千；嬌鸞以女兵三百，勝飛熊兵一千。少青升帳，將飛虎推上，飛虎兀立不跪。少青曰：『某與莊勇，本無仇怨。只因可明禮，以莊主許某，既行聘禮，莊勇所知。某以禮來，親謁岳丈，有何過失，必欲害某？幸莊主、娘子，憐某冤苦，救某性命。致明禮賠了妻女，又送殘生，較孫權更拙。然畢竟自作自受，與莊勇無干。今可莊無主，公可莊者，非莊勇而誰。某願釋莊勇回莊，占了公位，永訂盟好。莊勇其許某乎？』飛虎曰：『若得如此，情願歲幣之外，增粟千石，子子孫孫，永事勿替。』少青親釋其縛，置酒共飲。酒間，説飛虎曰：『某看可莊，只有莊勇一人，可任大事，公可莊者，非公而誰（一〇）？』飛虎大喜，辭別出營而去。少青遂下令，拔營班師回莊。

是夜，細雨迷濛，星月無色。軍至鈎鐮坡，正四更時候。忽前軍大亂，喊聲振天。不知何處人馬，劫入軍中。少青大驚，以爲中了可人之計（一一）。引軍退時，已有人搶至馬前，揮刀便斫。火光下，認得是莊勇韓樂。少青閃了刀，叫曰：『莊勇何故造反？』韓樂曰：『我等本韓卓舊人，安肯事汝？』言罷，又是一刀。刀未落時，自己先倒。看那斫倒韓樂的，却是足足。足足既殺韓樂，呼之不應，却東撞西撞的尋人厮殺，不知殺到何處去了。少青見勢頭不好，揮鞭回馬，獨自一騎，從小路而走。走至天明，亂山重沓，無有路徑。欲投紹莊，又不識路。

是時，濕雲已散，朝霞有文（一二），山坳裏閃出一輪紅日（一三）。似有歌聲從叢莽中出。歌曰：

百鈞鐵，九齒耙。士不逢治世兮，女不遇良家。耙兮耙兮，汝何嗟。

又歌曰：

爲賈兮無錢，爲農兮無牛。以耙代牛兮，一耙一丘。吾將捨汝兮，尋我良儔（一四）。

其聲甚壯，然畢竟是女子聲音。正在踟躕，一小娃穿叢莽而出，年可十五六，頭臉白晳，眉目姣好，肩荷一鐵耙，大幾半丈。少青向前拱手曰：『敢問仙姑，此是何地？』女瞅着少青，不覺格的一笑，曰：『貴客何來，迷道在此。』少青曰：『某本左眉莊公，只爲下人謀反，逃難在此。不知此地何名，去紹莊多少路？』女曰：『此地屬大寅鄉，皆張姓。』言着，以手指曰：『從那條路去，轉个山坳，便是大路。順着左手，行三里，便是古田鄉。繞古田鄉後，過了大木棉樹，又五里，便是紹莊了。』少青謝了女子，便從指着那條小路而去。

行不半里，山嘴裏轉出一彪軍馬，約二百餘人。爲首的，乃可莊莊勇可無雙（一五）。少青大驚，回馬向西而走。那軍馬從後追來，高叫曰：『少青休走，還我莊主來。』可憐忙不擇路，那馬跑下田裏。這田純是雨漬的污濘，將馬蹄濘住，拔不起來。那軍馬已至田塍，少青慌得魂不附體。見前面的田，有人做工，便喚起救命來。那無雙，正呼軍士下田來捉少青。只見一个村女，揮着門扇大的大鋤，趕上田塍，將無雙連人帶馬鋤翻。又一个揮大耙，將軍士亂築。除是走得快的，盡死於鋤耙之下，滿田的都是血泥（一六）。

兩个放了鋤耙，赤着脚，走下淤濘的田來。一个負着少青，一个牽馬，上那乾田上。少青瞧那村女，一个面微黑的，年幾約十六七。一个白净臉皮的，就是前時唱歌的小娃。一个姥姥，猜是兩女的母親。少青向那姥姥謝了救命的恩。姥姥擦擦眼，看了少青一回：『哎呀！有這般天仙也似的男子呵。』少青曰：『姥姥休恁説。某腹正飢，可憐失道之人，賜碗粗飯充腹。』姥姥笑着指樹林裏：『不多幾步，便是茅居。請往坐坐。』

一女荷了大鋤，牽着少青的馬，一女提个竹籃兒，荷着耙，先走。少青隨這姥姥，進屋裏坐地。二女的鋤耙，都放在屋檐下。少青上前看那鋤耙，俱是鐵打成的原柄。肚裏尋思：田家的女兒，偏有這般大力，足足、香香外，又有這兩个（一七）。將這鋤耙，看了又看。

那白净臉的，在旁掩着口笑曰：『貴客，看這些怎的？』少青曰：『這可有數百斤重的麼？姐姐是天生的神力，使得動。』姥姥曰：『這是先夫遺下的，吩咐有人使得動，便將小女嫁他。不知試了多少好漢，没有一个拿得起的。』少青猛然想起，香香曾説左鄰親戚有个大寅鄉女兒，臉甚黑，絶大力，名銀銀，莫不是這个（一八）？因問姥姥曰：『這兩个，就是姥姥的令愛麼？』姥姥曰：『正是。』少青曰：『令愛名銀銀麼？』姥姥驚訝曰：『貴客，爲甚知他們的名？這黑的果然名銀銀。那白净的，却唤做鐵鐵。』少青笑曰：『怎地白的名鐵鐵，黑的反名銀銀呢？』姥姥笑曰：『只因初生這銀銀時，臉兒不像這麽黑，便安做銀銀。過了周歲，漸漸的却黑起來。每被人笑，説做娘的心偏着。及生鐵鐵時，又恐漸漸的變黑，故豫先名做鐵鐵。不想他風吹日曬，只是愈曬愈白(一九)。』少青曰：『兩位令愛，都不曾有姻麽？』姥姥曰：『不曾。』少青曰：『不瞞姥姥，某是左眉莊的莊公，爲人陷害。若得令愛相助，必能報仇，奪回公位。如令愛肯嫁某時，便是一位娘子了。』姥姥曰：『怎能彀呢。原説過要使得這鋤耙動的纔嫁他，那管娘子不娘子，莊公不莊公(二〇)。』鐵鐵曰：『這句話，是爲姐姐説的，干咱甚事。』姥姥曰：『呵呀！你就看上了他麽？』

語未完時，恰銀銀煮熟了飯，盛出來，擺在桌上。姥姥曰：『田家無甚的下飯，只是菜蔬罷了。』少青正餓的了不得，只説得攪擾，便吃將起來。姥姥將前項的話説與銀銀，銀銀睃了少青一眼，向姥姥曰：『這拿鋤耙的話，原爲鐵鐵起的，不干咱事。』姥姥曰：『呵呀！你兩个，都看上了他，不守你父親的遺囑了麽？』

少青曰：『如姐姐不弃時，某患難中，無甚聘禮。』遂向身邊解下一个羊脂玉的龍鳳鈎，正拿在手中。銀銀眼明手快，搶了便走。鐵鐵眼睁睁看他奪去，又不好争得，幾乎流下泪來。少青知他情急，又向懷中取出一根黄金絡索，長尺有咫，原是繫那龍鳳鈎的，恰好未曾繫得。遂起來，端在鐵鐵懷裏，曰：『此是聘姐姐的。』鐵鐵歡歡喜喜的收了，向前唱个喏，收拾着桌上的餘飯，後面去了(二一)。

姥姥嘆曰：『也罷。兩个妮子，長得這麼大，全不解一些兒羞澀，不由老身作主，自做自爲。也罷，由他嫁了，免着挂累罷。但不知幾時來娶的？』少青向前拜了姥姥幾拜，曰：『愚婿患難在身，路途中怕人陷害。願懇姐姐改了男妝，輔着愚婿，即刻投紹莊，借兵報仇。不知姥姥允麽？』姥姥曰：『省出老身的妝奩。好便好，只是撇得老身冷清清的。』銀銀在裏面應將出來，曰：『叫隔鄰六媽媽與娘作伴幾時，未便孤寂煞。』姥姥正欲屬付幾句，誰知二人已改了男妝出來了。姥姥嘆口氣曰：『也罷。你去罷（二二）。』二人拜了姥姥幾拜，肩着鋤耙，跟少青馬後，投紹莊去了。

【批語】

（一）〔眉批〕雖退與不退平提，少青主退，而終從嬌鸞之不退。

（二）〔眉批〕精采相授，作作芒生，是一則左氏文字。紹潛光之立紹平，亦用此法。推開一句作結，爲後文其言不驗張本。

（三）〔眉批〕此對拐莊主、弑文人説。

（四）〔眉批〕此對奸岳母、焚鸞樓説。權詐之言，説來殊可聽。

（五）〔眉批〕介之初出茅屋，未有功勞，故於此處極寫其神勇。

（六）〔眉批〕嬌鸞殺敗飛熊，只用虚寫。

（七）〔眉批〕兩翼伏兵，亦用虚寫。

（八）〔眉批〕龎涓之死，書於樹，飛虎之擒，書於石。一樹一石，一死一擒，一古一今，遥遥相對。

（九）〔眉批〕絶難描摹情景，偏能一一活現紙上。如此，筆或可達得出，畫正難繪得成。

（一〇）〔眉批〕前曰『公可莊者，非莊勇而誰』，此竟曰『非公而誰』，是公然稱飛虎以公矣。一步緊一步。

（一一）〔眉批〕即閲者，亦以爲可莊之兵。

（一二）〔眉批〕八字，與上文『細雨迷濛』八字對照。

（一三）〔眉批〕儼然一幅山林中雨後曉景。

（一四）〔眉批〕二歌，文奥調古，類秦漢間童謡。首一歌，以鐵喻質，以耙喻材，以百鈞之鐵，煉成九齒之耙，言既具天生之美質，加以學問，而成此美材也。士不逢，女不遇，將抱此耙以終老於蓬蓽，亦固其所。重嘆『耙兮耙兮』者，是爲耙説法。言我猶不敢嗟，而汝何嗟乎？中二句意，則以士爲主，言士之不逢，何异女之不遇乎？在女口中，則以女爲主，而以士爲比。神理須善於體會。第二首，以農爲比，以賈爲興。圭竇華門之士，無所憑藉，何异農之無牛乎？中言雖無憑藉，然具絶天拔地之才，一耙一丘，終不忍埋没於蓬蓽也。然吾之耙，雖絶天拔地，而爲世之所不尚，除非捨汝，纔能尋我良儔耳。言外見終不能捨我所學而從汝也。無限感慨。與寗戚《飯牛歌》『吾將捨汝相濟國』，調同而意异。

（一五）〔眉批〕此彪軍馬，無甚着落，大約無雙率軍巡邏，遇少青而追之，欲逞功能耳，而不期死於巨鋤之下。

（一六）〔眉批〕『血泥』二字，新極。

（一七）〔眉批〕回顧香香、足足，珊玉交柯。

（一八）〔眉批〕提香香枕畔之言，互爲縈拂。然香香只言銀銀，而少青則未見銀銀，先逢鐵鐵。即二十回中所謂『亂山一曲，遂遇顔郎』也。

（一九）〔眉批〕世事大都如此，又何止好品題文字、自稱明眼者之不免如此哉。吾欲使少青問之，問之，彼必辨曰：『白者分明是鐵，黑者分明是銀。』不比姥姥有自知之明也。吁！可嘆哉。足足之名，從經義中摘出；鐵鐵之名，從私心裏體出。足足、香香，姊妹也。少青先見其姊，後見其妹，而名則先知其妹，後知其姊。銀銀、鐵鐵，姊妹也。少青則先遇其妹於山中。雖然，山之中但聞其歌，未識其名也。而姊之名，反於數回前香香口中説出。文心之變態，何可端倪。

（二〇）〔眉批〕予總角友胡香山（俊樺按：胡香山，乃蔡召華友。蔡詩中屢有提及。此可旁證批者乃蔡召華），幼有神童之目，誓娶一才貌雙全之女爲妻。一日，飲於某豪貴家，席中一先達，願以女嫁香山，香山辭焉。先達怒曰：『大人是汝丈人，小姐是汝妻室，有何負汝！』香山離席大言曰：『有才有貌的纔娶他，那管大人不大人，小姐不小姐。』先達爽然自失。今少青亦以莊公娘子驕姥姥，能免姥姥搶白如香山之於先達乎？少青當亦爽然自失矣。

（二一）〔眉批〕前有足足、香香，此有銀銀、鐵鐵。文有特特犯複而愈妙者，何也？夫少青，貴人也；銀鐵，村女也。既無可當之書作一綫牽合，則貴人自貴人，村女自村女耳。因以二女救少青爲之緣，又先以無雙追殺少青，爲救少青之地。使少青率騰驤、嬌鸞等直回本莊，彼無雙安得而追殺少青也？因又以韓莊之反，致鈎鐮坡夜劫回師，少青單騎夜走，遂得遇無雙而被其追殺也。文於未遇無雙之先，先遇鐵鐵。林深箐密，歌從中來，此中有人，不呼亦出。所謂未逢春日，先透春光。文之波瀾奇詭，真令人目不給賞，心不暇思。

（二二）〔眉批〕三个『也罷』，雖俱形容姥姥心絶氣促之聲，然亦各有神理。第一个『也罷』，猶有恨二女之心。第二个『也罷』，是轉一念，見女生外向，只得由他。第三个『也罷』，是再留一刻，亦不能得。又加『你去罷』三字，成此血滴泪迸之文，又何暇敬戒無違之紛更致囑也。

第十六回　殺韓煦馬首集磨刀　救崇文龍飛領令箭

少青正欲帶了銀銀、鐵鐵，往投紹莊。行不一二里，忽聞吶喊、金鼓之聲漸近。少青大駭，指前面的高山問銀銀曰：『這山何名？』銀銀曰：『名磨刀嶺。』少青遂策馬上山。那知厮殺的，就在這山背後。東邊那隊軍馬，是韓莊旗號，認得兩个莊勇，一是韓煦，一是韓貢（一）。那邊這隊軍馬，是顔家的旗號，認得與韓軍交鋒的，正是玉凌雲（二）。少青指着謂銀銀、鐵鐵曰：『那邊軍馬，正是我們的。你兩个可下山幫着，殺散那東邊的，須子細些。』兩女舞着鋤耙，飛也似跑下山去。那韓煦正與凌雲殺得高興，不提防鐵鐵這耙，從天上飛來的一般，先向韓煦的馬一築，韓煦一倒，又是一築，結果了（三）。那邊銀銀揮着鋤，只管鋤人，鋤得這軍馬四散逃命。少青望見韓貢走得正近，大呼：『韓貢何故造反？』韓貢望見少青立馬山頂上，便叫：『莊公饒命。』少青喝住了銀鐵，招他上山。那邊玉凌雲亦上山來。

少青先問凌雲曰：『你這軍馬，昨日使人招你，爲何不來？又爲何在此厮殺？』凌雲曰：『羊蹄徑外的路，人烟都没有，没人來招。某屯了這幾日，糧草都没了，故此帶兵回莊。正遇韓煦軍馬，説韓莊反了，今往木棉鄉迎韓卓父子回莊。又疑公在我軍裏，説着我，教我拿去韓莊獻功，激惱了我，故此厮殺。不知莊公何故在此？』少青將前事説了。

那旁韓貢跪着，不敢則聲。少青罵曰：『某不曾待薄了你，何故害某？你快把原故説上來。』韓貢叩着頭曰：『自從莊公往可莊做親，那韓結便暗暗地招集了韓錦、韓樂、韓湯、韓潤、韓煦、韓元，并韓超的兒子韓桂，韓起的兒子韓唐、韓宋，韓剛的兒子韓英，韓威的兒子韓仁、韓義、韓禮、韓智，夜夜商議（四）。只畏可當、松齡二人。這一夜，伏着人，請他吃酒，擲杯爲號，四面的刀，一齊斫來。可當拿桌子擋刀。松齡從桌下蹲過，逃入韓結内室，關了内門（五）。可當將重門打開，打出門外去了。韓結殺可當不得，打開自己的内門，帶人入捉松齡（六）。入内尋時，却不見了松齡，只見老母、老婆、兒子、女兒、丫頭一十一口，都身首异處。韓結哭着，聳動了衆莊勇，連夜起兵。可松齡殺了韓結老小，從後垣跳出，亦與可當會齊（七）。可金榮、玉吉人起兵，在莊中巷戰，少不敵衆，吉人被韓英搠死，金榮亦死於亂軍之中。可當、松齡逃出莊外。昨夜聞莊公得勝回莊，韓結連夜調兵，悄地迎着，混殺了一夜，大都互有殺傷的（八）。現今韓傑、斗騰驤的兵，仍屯莊外。衆議别立莊公，却教某與韓煦帶兵往迎韓卓。某被衆人迫逼，不敢不從。今遇莊公，本宜受死，但母老兒幼，懇恕殘生。』

少青聞折了吉人，不覺墮泪。原來少青初至黃石，多有微議，惟吉人知最深，嘗言於玉公曰：『顏郎氣宇昇人，他時必大貴。』玉公戲之曰：『倘渠作笏山王，汝便是佐命功臣矣。』由是二人深相結納，故聞吉人之死，感激涕洟(九)。因罵韓貢曰：『你韓莊的人，反覆無常，殺我名將，欺我太甚！』喝左右斬了。玉凌雲曰：『念是脅從，情原可宥。但你如今是死心塌地的真降，還是僞降？』韓貢指天誓日。少青見殺之無益，遂恕了他，教他招集逃散的軍馬。

兩起兵盡屯嶺上，正欲埋鍋造飯，忽遠遠地金鼓又鳴，吶喊又起(一〇)。登高望時，只見一彪軍馬，追着四騎男女。男人中，有一个像是韓陵。少青令軍馬擺列山下，救那四人。那四人見有軍馬攔住去路，慌的不敢前進。少青使人招着手，大呼曰：『快來快來，我們救你。』四人乃敢前來。那追的軍馬，來得已近。銀銀揮大鋤，大踏步鋤去。少青揮衆軍合攏上來，把那軍圍在垓心。先時被追的那个女子，十分美貌，回馬挺着槍衝入陣來。鐵鐵舞動九齒耙，隨他馬後，逢人便築。衆軍士奮力衝殺，殺得那彪軍七零八落，餘軍盡降。復收軍屯嶺上造飯。

只見韓陵引着那三人來見少青。少青曰：『老丈爲何這等狼狽，這三位何人？』韓陵曰：『這使槍的，是某的外孫女兒，一个是某的女兒，一个是某的女婿。』少青曰：『你那外孫女兒喚甚麽？這等好槍法。』韓陵曰：『他姓紹，名龍飛。人又呼他「騎虎姐兒」，是某女婿的女兒。女婿名紹崇文，是紹莊已退的莊勇，爲人疏財仗義，頗有家私。某正往紹莊探望女兒，聞紹莊公被弑。』

言至這裏，少青接着曰：『這莊公紹其傑，是家岳丈的好友，其英死後，苦將公位讓家岳丈，家岳丈懼有後禍，逃歸。其人是最英毅慷慨的，爲甚麽被弑呢？』韓陵曰：『只因莊勇紹孟卿有兩个兒子最强横的。次兒子與人博，争鬧着，殺了人，莊公誅之。大兒子調鄰家婦女，被鄰人殺了，告知莊公，莊公審出原由，置不問。孟卿怒，糾合紹金翅、紹昌符、紹太康、紹鎮山，伺莊公祀社而回，伏兵刺殺了，自立爲公（一一）。某與小婿謀起兵討賊，奈勢未集而謀先泄，只得弃了家私，殺出莊門。孟卿使紹金翅，率兵追某。方纔被女兒槍挑下馬的，便是金翅（一二）。』少青嘆曰：『某正欲投奔紹莊，今三莊俱亂，某將還黄石，起兵討亂。老丈等能從某乎？』崇文曰：『某等家破無歸，得事莊公，固所願也。』

少青又將韓莊事説了，曰：『不早從老丈言，致有此禍。所恨韓卓父子未除，終爲某害。』龍飛聞語，向前斂衽曰：『願假步兵三百，兼拿鋤耙的兩个壯士，刻日取韓卓父子之頭致麾下。』少青以問崇文，崇文曰：『吾兒素有雄略，言既出，事必成。願莊公信之。』少青曰：『某欲從眉山後路歸黄石，惟此二人識得此路，何能從得姑娘。』鐵鐵曰：『咱家六媽媽的兒名張小，雖田家子，甚跳脱善走，識得此路（一三）。咱唤他來，爲公使唤，咱們便好從姑娘去。』少青頷之。

鐵鐵荷着耙，正欲下嶺。呵呀，這坡上騎牛的，不是小哥麽？遂叫唤起來（一四）。那張小聞嶺上有人喚他，聲音好熟，便騎牛上嶺，見是鐵鐵，吃了一驚：『你不是鐵鐵麽，爲何這等打扮？』鐵鐵説了原故，張小大喜，即下牛來見少青。少青見他頭尖眼小，身短髮黄，便問：『你會厮殺麽？』張小曰：『阿小的厮殺，與人不同。』少青曰：『何謂不同？』張小曰：『人的厮殺以力勝，阿小以無力勝（一五）。』少青詫异曰：『無力怎勝？』張小曰：『人拿着大刀剁我時，千剁萬剁，剁我不着。我拿着七寸多長的小刀兒，不中時不刺，刺時便中。這便喚做「無力勝」（一六）。』聽着的，無不大笑。少青曰：『去黄石的小路，你熟麽？』張小曰：『有路時，我熟。無路時，我便不熟。不是阿小誇口，除非到天盡頭外，或者不熟（一七）。』少青曰：『恁地，你便爲我軍引路。』張小曰：『待阿小牽這牛回家，禀了母親。尚有結義兄弟三十五人，一并喚來從軍，願公少待。』少青曰：『我不能久待，你須索快走。』張小跨着牛，加了一鞭，飛也似跑下山去了。

少青遂選三百精壯軍士，拿枝令箭，交與龍飛。吩咐曰：『姑娘若誅了韓卓，便取路回黄石繳功。此時某已在黄石了。』龍飛領了令箭，辭别父母，帶着衆兵及銀銀、鐵鐵下嶺，殺奔木棉鄉去了。

不一時，張小帶了三十餘人，拿着軍器來從軍。少青見人人勇健，心中甚喜，遂一一押了花名。使張小拿着引路大旗，取道回黄石。

過了幾重山，見山頂上一个人大叫曰：『這彪軍有顔莊公麽（一八）？』少青仰頭一望，見是可松齡，大喜，使人招至。松齡曰：『自從亂軍裏失了莊公，諸娘子憂得飯都不吃，何處不着人尋遍了。某與可當爲韓人所算，殺出莊門。嬌鸞娘子，復使某訪尋。爲何在此？』少青曰：『正欲從眉山後路抄回黄石，故從此經過。』松齡曰：『這路遥遠，逼仄難行，不如從大路走。今我兵屯韓莊外，韓莊人不復敢出。可莊飛熊、飛虎，争公内亂。紹莊亦有内難，且與公無仇，誰敢截公。若從大路去時，明日未時，可見娘子。』少青遂回馬，帶着衆軍，望大路而走(一九)。

【批語】

（一）〔眉批〕奇。這軍馬何來。

（二）〔眉批〕奇，奇。那軍馬又何來。

（三）〔眉批〕三个『一』字，作一个『一』字看。時疾，事疾，文疾，閲者亦須眼疾。

（四）〔眉批〕韓莊之亂，從韓貢口中叙出，便抵過數回文字。

（五）〔眉批〕能拿桌子者，便逃出。能蹲桌子者，便逃入。逃法各自不同。

（六）〔眉批〕打開自己内門捉人，可云絶倒。在老婆床上乎？抑女兒床上乎？

（七）〔眉批〕又替他説到明白處，令閲者不費尋思。

（八）〔眉批〕又將昨夜之事説到明白處，閲者不費一毫思索，殊屬便宜。

（九）〔眉批〕吉人之識少青，從死後追叙出來。見從龍諸士，必有過人識力，非可幸邀者也。

（一〇）〔眉批〕一波未平，一波已起，極蹴踏不窮之妙。

（一一）〔眉批〕紹莊之亂，亦從韓陵口中敘出，抵過數回文字。

（一二）〔眉批〕前只言殺得那彪軍七零八落，至此纔補出龍飛槍挑金翅來。心中是贊外孫女兒，口裏只是説金翅。某有譽兒之癖，然善於措詞，人每爲其所欺。一日，與數人飲於其家，其兒亦與席。酒數行，有言某甲好譽人，可贊者固贊，不堪贊者亦贊。某乙好毁人，可駡者固駡，不必駡者亦駡。某大言曰：『我識某乙，只見其贊人，不見其駡人。』衆曰：『有所見乎？』某指其兒曰：『如這後生，安知文字。前者，乙來索其文閲之，不覺拜倒在地，曰：「不圖韓柳歐蘇，復生今日。」』言罷，頗自得。衆猶未覺，嗤嗤與辨。予曰：『某乙曾語予云：「吾之駡人，亦有分寸。可駡者則駡之，其不堪駡者，則浪贊之而已。」』某乍聞而失色，半晌，不復得言。某兒臉赤發，垂頭喪氣者半日。坐客不覺哄堂。因韓陵之自贊外孫女兒而記之。

（一三）〔眉批〕足足、香香之鄰有五媽媽，媽媽有兒名阿的。銀銀、鐵鐵之鄰有六媽媽，媽媽有兒名阿小。阿小卒能奮其功業，身配從龍，而阿的淹没無聞，蓋真有幸有不幸乎？抑賢不肖之相去懸絶也。

（一四）〔眉批〕如此接法，不獨善省筆墨，取徑其奇。

（一五）〔眉批〕《記》中凡作張小言語，另用一種諧謔筆墨，是繪畫出活張小來。

（一六）〔眉批〕七寸之刀，三寸之管，管中有刀者，稱刀筆；刀中有筆者，獨不可稱刀筆乎？觀他年竹山酒店，張小私改公文一字，遂令韓水身首不全。是張小之筆，更過於刀矣，不大可畏乎？

（一七）〔眉批〕憶少年時，曾與三兩友朋風雨聯榻，説地談天，各陳所得。然亦有生造者。予問：『天盡頭外何物？』則無人能答。或曰：『有物處便非盡頭，盡頭外則必無物。』予謂：『不然。路之盡頭，則有山；巷之盡頭，則墻壁；水之盡頭，則有石有土。天之盡頭，不能無物可知也，則更不能無路可知也。』而天盡頭外之路，張小不熟，即謂張小未嘗識路也可。

（一八）〔眉批〕叫得奇。子路之遇丈人，卒然曰：『子見夫子乎？』同一神理。

（一九）〔眉批〕少青之納二女，本欲令助己入紹莊，借兵報仇也。乃一遇韓貢，而知韓莊之所以亂。再遇龍飛，而知紹莊之所以失。紹莊失，則欲入紹莊者翻回黄石矣，其不測一也。回黄石而碣門大路，未知底細，乃不得已而抄眉山後路。此後路，惟銀鐵姊妹能識，則引路者，銀鐵無疑矣。乃以龍飛征木棉之故，引路者翻是張小，其不測二也。張小剛拿旗引路，忽遇山頂上之松齡，反不抄後路，而又從碣門大路，其不測三也。有此三不測，則文之直者曲之，枯者活之矣。閲者慎無輕心掉之可也。

第十七回　左眉莊仗義立韓陵　養晦亭新詩聯紹女

却説少青帶了可松齡、玉凌雲、韓貢、韓陵、張小及紹崇文夫妻，取大路來會嬌鸞。明日午牌時候，軍至碣門，正遇香香率二十騎女兵迎着，并馬回營，與嬌鸞商議，同歸黄石。剛欲下令拔營，韓傑入見曰：『今韓結竊據韓莊，人心不服。韓陵素有人望，公何不擁立之，誅韓結輩以慰人望？人望慰，則德望隆，而威震南方矣。』少青深然其言，使紹崇文探韓陵意。初時苦辭，後乃應允。

思作一告示，先諭莊民。遍軍中惟可當能操管。文成，嫌其激烈過當。乃謂嬌鸞曰：『某非不能自爲，但倥傯之下，聊欲偷閑。除非使人往竹山，令玉夫人作耳(一)。』嬌鸞因自己不會作，低頭不語。旁邊走出一个軍卒曰：『竹山往返迢迢。我家紫藤鄉，離此不遠。我東鄰一賣餅女，姓花名容，自號「餘餘子」，從小兒好弄筆墨，人人説他做得詩文好。但我鄉最惱是咬文嚼字，故此無人采他。只是敝衣垢面，在門前榆樹下賣餅度日。公何不求他做一紙，看是好不好(二)。』少青大喜。取銀十兩，交與軍卒將去，與女作筆資。吩咐了備細，軍卒去了。

思選善射的，將這告示射入莊裏。嬌鸞曰：『儂看新來的那个張小，鬼頭鬼腦，像个偷兒。不如使他乘夜爬進莊去，遍地貼了。問他幹得來麽?』呼張小一問，張小滿口應允，又曰：『這背着人的事，是阿小幹慣的。』

須臾，軍卒拿着告示的草稿而回。少青看時，上寫着：

照得倡民以亂，匹夫咸得而誅(三)。立主以賢，百姓乃蒙其福。往者天厭韓莊，韓卓貪殘，苦爾子弟。某不忍爾等有限脂膏，遭其剥喪，率諸鄉長同興義師，爲爾等驅韓卓而遠之。期擇賢公，撫爾育爾，乃不幸而遂有可莊之禍。天誘其衷，可公授首(四)。遂有韓結，以豺狼之性，糾蜂蟻之徒，殺某名將，屠某士卒，截某歸師，包藏禍心，覬覦公位。懼某見誅不獲已，乃使韓煦、韓貢往迎韓卓，實圖代彼受禍。某悉其奸，率師截殺。韓煦既戮，韓貢已降，又遣良將往擒韓卓。凡此紜紛，皆爲爾等也。

爾前莊勇韓陵，奇表磊懷，賢聲遠播，足公爾莊。今在某軍，本宜由某擁立，兹先示爾莊勇莊民知悉。爾等如能激厲義氣，斬韓結之頭，投某麾下，率子弟迎韓陵而立之，莊勇則一德同心，黎庶則安居樂業。患難相扶，永結盟好（五）。

夫誨民不倦曰長，惠民無偏曰公，無公之德而竊公之利，天必罰之。倘爾等助虐不悛，而違天罰，是亂民也。奮我熊羆，摧爾枯朽，某將順天討亂，爾身爾家，非爾有矣。甲戌夜焚之役，庚辰巷戰之場，是前車之轍也。爾其圖之，無違特示。

看罷，不禁吐舌曰：『這等命意遣詞，不獨善文章，兼有韜略。這女子非尋常人也。』又問軍卒曰：『這女子還有甚言語麽？』軍卒曰：『某拿這告示去了，他又喚轉來曰，爲語顏公，只誅首惡，勿多殺人，以培陰德。』少青嘆曰：『這女非常人也（六）。』自是懷着聘那女子的意思，只是不得空提起。

忽想起來一事未妥，喚嬌鸞商議曰：『這告示做得好了，只是示字上頭的款式，仍費躊躕。寫「左眉莊公顏示」不得，寫「黄石鄉長顏示」又没威，却怎地好？』嬌鸞想了一會，曰：『據儂，不若寫「黄石莊莊公顏示」，我們兵强將猛，威懾三莊，豈不足稱莊乎？改鄉爲莊，誰敢不服。』少青曰：『善（七）。』遂依嬌鸞的話，着人繕寫了十餘張，屬張小連夜行事。

那韓結，聞迎韓卓的韓煦被少青截殺了，韓貢降了，慌的了不得。又見敵軍不退，倉廒空匱，兵心散渙，欲括民財以充兵餉。莊民已摇動起來了。及見少青這告示，皆扶老携幼，攘攘地塞着衆莊勇的門首啼哭（八）。韓桂、韓湯懼禍及己，韓桂拿面白旗，韓湯竪着刀，大叫曰：『欲殺韓結的，隨我來。』但見莊民吶喊着，盡跟那面白旗，擁進韓結屋裏來。韓結躲不及，已被衆人擠倒。韓湯割了首級，又引莊民打進韓陵屋裏，擁着韓陵的兒子韓春，出莊去迎韓陵。朝着少青的營，一齊跪倒。少青驗了韓結的首級，令韓春引莊民先回。

少青帶了紹崇文夫妻、韓傑、可當、可松齡、可介之，送韓陵入莊。莊民莫不焚香酹酒，歡聲振地。少青將韓卓的舊府重修好了，連日飲酒宴賀。韓傑欲盡誅謀反的莊勇，少青念餘餘子之言，只將舊莊勇除韓桂、韓湯將功準罪外，盡皆革退。惟斬了韓英，以報玉吉人。留下玉鯨飛、玉鵬飛暫充本莊莊勇，其餘慢慢地選擇。

少青擇定本月二十一日拔營回黄石。韓陵送出莊門，令兒子韓春、孫韓騰，送至寅丘，祖餞而返。少青帶了軍馬，齊回黄石，即將黄石鄉，改作黄石莊。是時，新軍、舊軍，新莊勇、舊莊勇，忙了數日，纔安插妥貼。

人報紹龍飛軍已回莊了，少青着令進府繳令。銀銀提一人頭，鐵鐵押着兩輛囚車，龍飛擐甲頂盔而進，囀着嚦嚦的鶯喉，將斬韓卓，擒水、火之事備陳。少青大喜，親捧嘉醴三杯賜之。始知銀銀所提之頭是韓卓的，這囚車是韓水、韓火。乃將頭竪轅門外示衆。這韓水、韓火，不忍加誅，思擇地安置。嬌鸞諫曰：『拔茅當連茹，斬草貴除根。今韓卓一家，男女父子弟兄，皆爲公所誅。留此孽種，他時必畔。畔而誅之，株累者必多。愛二人而累及千百人，是婦人之仁也。必貽後悔，公其思之。』少青終不能從，遂釋二人，將留帳下使用。韓傑曰：『不可。某觀二人，皆梟頑之徒，不可以恩感，不可以德化。肘腋之下，禍亂易生。縱不忍誅，不如屏而遠之。禍猶未烈耳。』少青呼二人至，勸誡了一番，遂將韓水薦往黑齒鄉章用威處爲鄉勇，韓火薦往端木鄉端木興處爲鄉勇(九)。

嬌鸞帶炭團、足足、香香、銀銀、鐵鐵，往竹山參拜玉連錢夫人，及秋娥、更生各娘子。五月初一日，是連錢生日之辰。少青率衆娘子華妝艷服，玉液花筵，爲連錢壽。少青説及紹龍飛斬韓卓，擒水、火之功，可備娘子位，連錢無不應允。

那龍飛，自破韓而歸，威名日盛，恐遭人忌，遂築室於黄石之後、竹山之前，闢一花園，蒔花栽柳以娛父母。聞少青將聘己，令父母辭之。

少青又使嬌鸞親往勸駕。龍飛與嬌鸞觴於園之養晦亭。酒酣，嬌鸞陳少青思慕之忱以動之。龍飛曰：『奴家幼時，好習槍棒，調弓馬，講韜鈐，今閲一十八春秋矣。念二兄早殤，又無幼弟，每侍膝前，雄心盡斂。得爲嬰兒子，菽水終身足矣，能事人乎？往者全家蒙難，蒙顔郎拯救，故不惜領無律之師，走難遵之路，以閨閤柔姿，持尺一令箭，塵淹粉面，血濺羅裙。振臂一呼，木棉三百餘家，盡成灰燼。男號女泣，耳不忍聞。何物女兒，狼心若此。直欲誅元惡，擒二梟，以報顏郎耳。今心願已完，誠不能象簟承恩，羊車望幸，與衆娘子爭憐於枕席間也，願娘子善爲奴辭（一〇）。』嬌鸞知不可勸，乃以龍飛之語回了少青。

少青必欲致之，使人以金帛往求韓陵。韓陵致書崇文，崇文謂龍飛曰：『顏公救了我們，又擁立汝外祖爲莊公，聞說都爲着汝。他這百般的苦求，你偏百般的不肯，你到底欲嫁誰來？』龍飛曰：『奴家的心已許了顏郎了，但士貴自重，女亦宜自珍。顏郎果愛奴家，當親顧草廬，以聘諸葛。不然，奴家死不應聘。』崇文笑曰：『你讀書讀得呆了。豈不受父母之命，媒妁之言，男女自相求而合禮者。』言着，嘆息而去（一一）。

明日，使人微示意於少青。少青遂親捧明珠千顆，屏從人於門外，入園來尋龍飛。龍飛避於養晦亭，少青從簾外揖曰：『某無石家十斛珠聘佳人，只從驪頷下探得百琲，爲姑娘助妝，願與姑娘團欒終老（一二）。』龍飛從簾內答拜曰：『士各有志，女各有心。公何相逼之甚？』少青曰：『某以姑娘英略過人，思備亂臣之數，故不惜寤寐反側以求之。匿不出見，前何恭而今何倨乎？』龍飛曰：『前者，刀戟叢中，面聆機密，將卒之道也。今者，閨房深邃，授受不親，男女之嫌也。公何疑焉（一三）。雖然奴家夙耽吟咏，未遇知音，若公肯以瓊章見惠，勝十斛明珠矣（一四）。』遂呼侍婢捧出筆硯雲箋，列桌上。

少青吟成一絕，付侍婢傳入。詩曰：

强弱無端似轉輪，何時雨露萬家均。自慚幕府無賢佐，親捧明珠聘玉人。

龍飛沉吟了一會，次其韵，書一絶，令婢傳出。曰：

五雲飛下七香輪，但願檀郎寵愛均。虎帳狼旗鯨鼓裏，新詩兩首當冰人。

少青看罷，大喜，曰：『只知姑娘是雷霆女子，誰知又是个風月佳人(一五)。』拿這詩，正看得出神，驟聞檐前的鐵馬叮咚瀏亮，與尋常鐵馬不同。不覺仰着頭贊曰：『好鐵馬！端的是甚麽鐵鑄的，如此好聲音？』龍飛曰：『此名紫霞鐵，是紫霞洞裏産的(一六)。前兒從奴家征木棉那个壯士名鐵鐵，亦是个好鐵漢。從鄉長府中搜得這鐵馬獻奴家。奴曾戲他道：「這鐵馬合你鐵漢騎，何必獻人(一七)？」衆軍皆笑。由今想起，當時摧鋒陷陣，全仗他兩个出力，實是好鐵漢(一八)。如何許久不來看看奴家？』少青格的一聲，笑曰：『某聞姑娘爲韓火所困時，陷了馬，不能走動。他負着姑娘，姑娘兩股兒緊緊的從背後夾着他，那綉鞋兒菱角似的，交在他前面。他恐姑娘夾得不緊，將左手把着那交加小脚兒，右手拿耙，肚裏頭只是愛着姑娘的脚，險些兒殺不出去。這鐵鐵是个唇紅齒白的好男子，且與姑娘有附體之緣，姑娘如嫌某時，不如與姑娘做个冰人，招他爲婿，好麽(一九)？』龍飛聞少青這一片話，面上一紅，心裏一慌，膽裏一跳，不覺的惱將起來，大聲曰：『公言差矣。刀戟叢中，死生呼吸，嫂溺手援的時候，那裏有「男女」二字横胸中。奴家只解爲公破賊，不解與鐵漢調情(二〇)。公的言語，侮人太甚！』遂將聘珠從簾内擲將出來，忿忿地進内去了(二一)。少青没奈何，嘆口氣，亦出園去。

當少青來時，崇文夫婦暗暗地瞰着，及見龍飛大怒，少青出園，知事不諧，來問龍飛。龍飛曰：『這顔公侮人太甚，調戲奴家。』崇文曰：『他既想你，調戲也是有的，何便惱他。』龍飛怒猶未息，大叫曰：『他不該拿那鐵鐵不三不四的言語調戲我。』崇文曰：『那鐵鐵，是他最寵愛的娘子，何謂不三不四？』龍飛大驚曰：『這娘子，是從奴家征木棉鄉的麽？』崇文曰：『正是他。他與銀銀，原同胞姊妹，改作男裝從你。』龍飛想了一會，不覺的大笑起來，曰：『怪得他兩个如此英雄，在軍中有時露些女子氣。恁地調戲奴家時，奴家不惱他了。明日，辦席佳筵，請那兩位娘子來賠罪。』遂出園中收拾擲下的明珠，交與母親，又出園看花去了(二二)。

【批語】

（一）〔眉批〕言竹山夫人者，特特逼出嬌鸞之不會作來。逼出嬌鸞之不會作，實欲逼出餘餘之會作來。

（二）〔眉批〕傳説膠鬲輩，皆王佐之才。而起家卑賤，安知敝衣賣餅，必無异人乎？然以咬文嚼字之故，致無人采問，吾之所學，世之所憎也。予曾作《貧女詩》云：『蓬户諒無媒過問，幾回思檢嫁衣焚。』噫！亦大可哀已。（俊樺按：此處爲批者所寫的一首《貧女詩》。查蔡召華詩集《細字吟》有《貧女詩》，曰：『殘絲日積紵宵分，日望空箱有帨裙。卜鏡羞祈占富夢，展巾私綉送窮文。妝成自笑丹鉛吝，力弱仍兼婢嫗勤。蓬户諒無媒過問，幾回思檢嫁衣焚。』此詩的末兩句，與批者所作詩同題同文，即證蔡召華就是批者，亦即鈔本所有批語均爲蔡召華手筆。）

（三）〔眉批〕起法遒警，雙管齊下。

（四）〔眉批〕轉捩悉用盲左法。

（五）〔眉批〕空中一提，精采振竦，全用盲左法。

（六）〔眉批〕少青之平笏山，草菅人命，大抵難免。餘餘先憂及此，豈常人哉。少青兩番贊嘆，詞意不同。前曰『女子非常人也』，是贊其才。後曰『這女子非常人也』，是欽其德，思聘以輔己。

（七）〔眉批〕畢竟嬌鸞敏慧可愛。笏山之改鄉爲莊者凡二，黄石之稱莊，發於嬌鸞；無力之稱莊，少青不過以自己嬌鸞之法教公揶耳。以一告示之故，遂加南北兩巨莊，彼婦之口，可畏哉。

（八）〔眉批〕勢所必至。

（九）〔眉批〕水、火之必畔，嬌鸞知之，韓傑知之，豈少青獨不知乎？蓋以韓卓授首，五子已誅其三，準罪人不拿之例，誠不忍絶人之嗣，重傷陰德。如餘餘子所云也。故嬌鸞之諫，終不能從也。然必欲留之帳下者，何也？少青自以爲已之軍，皆有親上死長之風，倘浸假而化其頑梗不馴之性，奮功名以幹父蠱，不亦盛乎？然而不可恃也。中天之世，猶有四凶。倘終不能浹以性天，而反禍生肘腋，且爲奈何。故韓傑之諫，一聞必從也。嗟乎！二凶難格，終跳黑齒之亂，三女同仇，再動紫霞之甲，卒如嬌鸞言者。亦『不忍』二字，昭之悔也。婦人之仁，少青難免矣。

（一〇）〔眉批〕龍飛之文，作三段看。『能事人乎』已上爲一段。血迸泪飛，字字沉痛，是篤孝侯至性文字。『能事人乎』四字，意決詞盡，不容更置一喙矣。『往者』已下爲第二段。言不敢負親，亦不可負人，以嬌柔兒女心腸，擊碎唾壺，自叙出一段拔地驚天事業，妙仍字字不離兒女面目。予初讀至『何物女兒，狼心若此』，便掩卷出神者終日，自亦不知其何故也。『今心願已完』以下爲第三段。言不負顔郎，敢復負親乎？即將『不能事人』意，重伸數語，仍是意決詞盡之文。然『承恩望幸』等語，已刺入嬌鸞耳中，他年獨忌龍飛者，機伏於此矣。白鳳蒼龍之筆，青霞紺雪之詞，不圖小説中，有此精至文字。

（一一）〔眉批〕奇情奇文，令人絶倒。不獨銀銀、鐵鐵，不由老母作主，即守禮篤孝如龍飛，亦幾幾不由嚴父作主矣。可見笏山女子，別具一副性情。

（一二）〔眉批〕『團欒』二字，爲聘珠渲染。

（一三）〔眉批〕重巘增起，詞嚴旨精，西漢人文字。

（一四）〔眉批〕前曰『奴之心已許顔郎』，『雖然』一轉，不過借吟詩以降就耳。不然，龍飛豈不知少青之能詩，而必煩一試乎？

（一五）〔眉批〕『雷霆』『風月』，串合筆端，真有着手成春之樂。新詩兩首，自云可『當冰人』，已千肯萬肯，不容再贅一詞。此回文字已完矣。乃忽因檐前鐵馬，生出一段奇波。如仙人臨去，竪一指示人，而指端之浮圖樓閣，金碧閃爍，令觀者目光不定，幾忘仙人之臨去，而以爲仙人之初來也。噫嘻至矣。

（一六）〔眉批〕『紫霞洞』三字，發端於此。所謂洞中多産异寶也。雖小小笏山，而天設王都，鍾靈亦不苟苟如此。

（一七）〔眉批〕好鐵馬，宜好鐵漢騎，更仗先生好鐵筆描寫。

（一八）〔眉批〕上文『好鐵漢』，專指鐵鐵，此忽兼言兩个，連銀銀都説在内。木棉之役，大都重役也，而不肯正寫者，正欲留作波瀾，隨地點綴，小雨分山，斷雲流澗，誰能測厥端倪。

（一九）〔眉批〕補叙木棉之事。龍飛口中，只得陳其大綱，其中瑣碎曲折，不能一一道也。少青遂得借其瑣碎之事，以謔龍飛。而當時之被困陷馬，龍飛幾喪於韓火之手，諸事，俱付少青之諧謔出之。離方遁圓，奇姿譎起，又何事脚亂手忙，補如百衲也。

（二〇）〔眉批〕破賊調情，語亦鐵鑄。

（二一）〔眉批〕前已千肯萬肯，至此忽又不肯，乃知文多一折，即多一波。而不肯又非真不肯也，多一波，即多一折。

（二二）〔眉批〕同一珠也，忽然收了，忽然擲出，忽然又拾回交母親，出園看花。『交母親』寫出龍飛嚴重之甚，又閑雅之甚，宜爲飛鳳閣中第一儔人物。

卷五

寶安吾廬居士戲編

第十八回　桃花鄉奇女任百鶯弄巧　松樹岡奸人與雙虎同誅

少青正欲擇吉期，備禮納龍飛(一)，忽得桃花鄉長云桐榮訃音。這桐榮，原是云夫人的兄，連錢的舅父。云夫人携了壽兒、連錢，點起一百女兵，使樂更生、紹秋娥、可足足三娘子領着，押送祭儀車輛，來投桃花鄉赴喪，兼立桐榮的兒子云雲作桃花鄉鄉長。

云雲的夫人魚氏，是芝蘭鄉鄉勇魚泳斯小女。其大女嫁可飛熊的兒子可安夫。那安夫從小兒與初從的妹可百巧勾搭。那可百巧又嫁桃花鄉鄉勇云仲時(二)。安夫聞桐榮已死，云雲新立，乃假連襟之誼，往桃花鄉吊喪，并賀新長，而實欲與百巧重温舊好。那百巧生得百伶百俐，便給善言，人又呼他爲『百鶯』，言聽他的言語，如春鶯之百囀也。足足喜其善談，常到他屋裏，聽他説笑話兒。那云仲時，連日爲鄉長新喪新立的事忙着，故安夫得乘間與百巧淫亂。足足亦時時遇着安夫，足足是个粗莽的女子，那裏察他底細(三)。

誰想刀不尋人，人自尋刀(四)。那安夫又想勾搭上足足，百般浼着百巧做綫。百巧應允了，買些魚肉鷄鴨，烹調停當，請足足吃酒。百巧吃到半酣裏，俏眼兒睃着足足，笑曰：『據娘子這般品貌，顏公立做夫人，是不愧的，奈何只做娘子(五)。』足足曰：『咱們玉夫人德容才識，俱臻絶頂，后妃還比不上的。即如嬌鸞這等美好，又有智慧，人號他爲「女韓信」；今新聘的「騎虎姐兒」，能文能武，斬韓卓，擒水、火，功高望重，這兩人也只做个娘子。况咱們村女兒，惟有些氣力，得與這兩娘子比肩，同事顏郎，是過分的了(六)。』百巧又拿酒杯兒串着，笑曰：『雖是這話，但人生一世，草生一春，顏公寵愛人多，未必有心專待娘子。與其看他人的眉頭眼努，何如自尋个貼肉稱心(七)。』足足曰：『這話怎解，咱不懂得(八)。』百巧聞這話，反拿别話説開，只拿杯兒向足足亂灌，笑曰：『娘子的酒量，是絶大的。只恨酒力薄些，不能使娘子心醉(九)。』足足曰：『語云「酒薄人情厚」，姐姐費錢鈔，買這酒饌請咱，便是絶厚的人情，如何不心醉。』百巧曰：『這錢鈔，不用我費一些兒(一〇)。』足足曰：『是你的老公買來，教姐姐請咱的麽？』百巧含着笑曰：『娘子試猜，并不是拙夫買的(一一)。』足足曰：『姐姐實説是那个請咱的。』百巧裝着醉，拍拍掌曰：『我的有情有義的哥哥呵，你這錢使得值哩(一二)。』足足曰：『這話怎解？終不然這酒饌，是你甚麽哥哥拿錢買着請咱的麽？你哥哥是甚人(一三)？』百巧又裝醉，把眼瞅着足足，涎瞪瞪的只是笑(一四)。足足曰：『姐姐只管瞅咱怎的？』百巧曰：『我瞅娘子生得好呵，與我的哥哥是一對兒的(一五)。』足足曰：『你甚哥哥（一六）？』百巧曰：『就是在這裏，他時時見着娘子，娘子時時見着他的那个可安夫（一七）。標緻兒呢，那个婦人比得他上（一八）。性格兒又温柔，最能向女人身上體貼的（一九）。又是可飛熊莊公的少爺。』足足曰：『聞説可莊公是可飛虎，如何又説飛熊呢？』百巧曰：『娘子原來不知，自從明禮被莊主炭團殺了，飛虎、飛熊互争公位，連日鬥殺不休。不知那个和着他，將那可莊分作南可、北可。北可的莊公是飛虎，南可的莊公就是飛熊（二〇）。那飛熊甚鍾愛這少爺。安夫這少爺的脾氣，又最不與人同。多少的美貌婦人，欲邀他一顧，千難萬難。不知怎地，見了娘子，便顛倒起來，弄得茶不思飯不吃。他説不得娘子憐他時，他便一納頭死了（二一）。』足足聽他句句是勾引的話，將生平質直心地，詐着呆，問曰：『憐他便怎地？』百巧向足足耳朵裏低聲曰：『左不過與他取樂一兩宵兒罷了。』足足曰：『取樂又怎地？』百巧笑曰：『娘子休詐呆。夜間一男一女，床上的取樂，難道别有怎的？』足足聞這些話，努着目，正要發作，忽轉了一个不良的念頭，笑曰：『咱酒多了，就睡在姐姐房裏，好麽。咱醒的時節，不好意思幹這些。乘着醉，由他怎地罷了。』言着，遂倒在床上，鼾鼾的不言語（二二）。

百巧大喜，欲教小丫頭往尋安夫。誰知那安夫，已在這裏探頭探腦的打聽消息。百巧剛出得房門，正劈面撞个滿懷。百巧曰：『呸，忙甚麽，唬得我心裏一跳（二三）。』那安夫一手摟着肩，一手按着百巧的心窩，笑嘻嘻曰：『我的心肝，我唬着你時，親个嘴兒補你。正經説，這事如何（二四）？』百巧曰：『罷了，累得我被他罵了一場，明日還要尋你厮打哩（二五）。』安夫驟聞這話，如被冷水蓋頭一淋，呆呆的只是抖，白臉皮兒都變得青黄了。百巧恐急壞了他（二六），擰他的肩窩兒一下，笑曰：『給你頑的話，你便這般抖起來，何况驚心吊膽的去偷婦人。實對你説，你有甚麽謝我，我纔把這娘子給你（二七）。』安夫聽説，心裏的石，纔放將下來。笑曰：『若是果然有此喜事，你要甚麽便甚麽，我是不吝惜的。』百巧曰：『是要你説起的。』安夫曰：『我拿一百兩足紋銀謝你罷。』百巧摇頭兒。安夫曰：『你時常愛我的玉獅子，拿來謝你。』百巧只是摇着頭。『你又常贊我真珠花扇兒好，拿來謝你，要麽？』百巧仍是摇頭兒。安夫曰：『我是説不起的，你説罷。』百巧停了一會，便説曰：『你若是真个有心謝我時，我百般的不要，只要你先把舌尖兒咂着我那个（二八）。』言到這裏，又向安夫耳朵裏説那下半截。安夫笑曰：『都依你罷，只是幾時纔得羊肉到口的？』百巧努着嘴曰：『那人現在我床上等你，他是裝醉的，你休識破他。你好便好，只是難爲我的上口説得裂了（二九）。』安夫喜的只是拜。

三兩步走進百巧房裏，先向床上一張。只見足足斜靠着枕頭，歪着，臉暈酒痕，眉含春色。這胸前的羅襟，微微褪了些縫兒，露出鮮紅似的，却是勾金攢蝶抹胸。下面松緑褌兒，三藍花朵暈着眼，白緞襪兒，襯着紫茸五彩綉鞋。看的涎了，正欲趁勢脱那綉鞋（三〇）。忽大吼一聲，足足已立起來，將安夫的頭巾只一扯，拉着髮，罵曰：『你那厮不去别處討死，却來大蟲鼻孔裏抹汗（三一）！』正提起拳頭時，百巧眼快手快，拿着刀向安夫頭髮上一割（三二）。安夫的髮斷了，便向外走。

足足急奪百巧的刀，且不暇殺那百巧，却去趕安夫。安夫離了桃花村，向小路而走。看看趕上，却被樹椏鈎住那黑羅襦，忙脱這羅襦挂樹椏上，露出那銀紅小綉襖來(三三)。遥望時，安夫却從亂山裏走。又趕了一回，安夫在一岡子上，左尋右尋，尋不出路徑。回顧足足，已趕上了。遂跪着，磕的頭都腫了，顫顫聲兒曰：『這百巧兒唆着我，得罪娘子，娘子可憐同姓同莊的分上，饒了安夫這條狗命。』足足啞的一笑曰：『要娘子饒你時，除非自己扭斷這頭顱，纔饒恕你(三四)。』言着，走前幾步，用脚踏着安夫的胸，拿這刀向眼上晃着，曰：『好俏的眼角兒呵，淫淫地瞧着娘子調眼色，調得快活麼？』遂將那刀尖插入眼窩裏，將兩个眼珠抉了出來(三五)。又指着那舌正駡時，一陣腥風起，砂石皆鳴，一斑紋大虎，隨着砂石躍上岡來(三六)。足足吃了一驚，倒退了數十步，坐松樹下，欲脱那綉鞋緞襪來與虎鬥。那虎已將安夫銜着，躍下岡去。足足曰：『你這大蟲，好知趣兒。娘子正欲奉承你一拳，你却爲娘子葬了這賊骨頭，饒了你罷(三七)。』

扎起鞋襪，欲下岡去，驀地腥風又起，呼呼的一陣黑光閃將來。又欲脱那綉鞋，叢莽裏早跳出一隻白額黑毛虎。綉鞋未曾脱得，那虎據地一吼，已迎着足足撲來。足足蹲進些，虎撲个空，那虎腹已中了足足一拳。這拳如鐵椎一般，又用得力猛。那虎負着疼，偎着那松樹根亂滚，這松樹却被他滚折了。足足閃身兒立在虎後，將那抉安夫的刀，朝正那虎的肛門，盡力的戳將入去。那虎復吼一聲，躍起四五尺。足足將兩隻手，從下把着那虎的後蹄，轉身兒向那大石上一撲，如打穀的連耞一般，那虎挺挺的不滾了（三八）。

足足纔扎好了鞋襪，又見前那斑文虎銜着人頭跑上岡，伏在地下，將前爪捧那人頭，朝着足足戲弄（三九）。足足打得性起，閃在那虎左邊，用左手抉那虎眼，乘勢摳起，使虎頭朝天（四〇）。那虎欲跳躍時，早被足足的右膝撑住前爪，動彈不得，却輪着右手的拳頭，向虎腰打了十餘拳（四一）。那虎『哇』的一聲，滿口流涎，將那人肉人骨吐出來，臭不可聞，已伏地不動（四二）。

足足捨了虎，正扎鞋襪（四三），猛聽得『嗚』的一聲，那虎仍躍一躍，蹲入那叢莽裏。足足搶上前，拿着虎尾，倒拖出來。那虎回着爪欲撲足足，足足反放了虎尾，待虎轉身時，飛一左脚，正中虎頷。那虎伸着爪，自爬那頷。右脚又中了虎腹。那虎側倒在地，顫顫爪，這回真个死了（四四）。

足足拗根松樹，攀些藤蘿，將兩虎縛着松樹兩頭，挑了下岡。正尋挂樹的那件黑羅襦，只見一个黄瘦的病尼姑，約四五十歲似的，搶了那羅襦便走（四五）。

【批語】

（一）〔眉批〕以擇吉納龍飛作此回起筆，實圖鎮住前文，故先着此十二字。便用『忽得』二字，以提作撇，已後得專叙桃花鄉事。而龍飛直至二十一回始與雪燕同遂于飛。謀篇運意，機局甚奇，俗眼何從揣測。

（二）〔眉批〕因百巧、安夫爲初從姊妹，便先叙出一篇親戚文字來。鎖連鈎貫，而實縷析條分。

（三）〔眉批〕人謂此下皆足足文字，而實餘餘文字，何也？少青之欲王笏山，惟餘餘能完其志，惟雪燕能知其心。況無雪燕勸駕，則餘餘不出。而雪燕非與足足同逃，則無從勸駕。然雪燕，紫霞之强寇，足足，竹山之娘子，又何從得與足足同逃，則以足足被擒之故也。足足何以被擒，則殺其兄之故也。足足何以殺其兄，則以魔君盗足足之虎之故也。足足何以有虎，則以追殺安夫，致遇雙虎，而因而斃之，故魔君盗之也。足足何以追殺安夫，則以安夫調之之故也。安夫何以得調足足，則以百巧之故也。足足何以得至百巧家，則以桃花鄉赴喪之故也。此爲正路綫索。加更生被擒、聖姥授鏟，又綫索中之綫索也。

（四）〔眉批〕下文無數奇文，俱從『誰想』十字轉出。然此十字，已總括下文意義，無餘藴矣。

（五）〔眉批〕此等言語，最能打入婦人心坎，使婦人歡喜。故百巧從此入頭，可畏哉。

（六）〔眉批〕此時足足，尚不知百巧心事，只得據理而答。

（七）〔眉批〕又逼進一層。活畫出百巧之輕唇快舌來。因足足不是乖巧一輩人，恐隱約微詞，不能覺悟，故趁勢説進裏面。

（八）〔眉批〕曰『這話怎解』，大約略覺幾分，只是詐作不解耳。

（九）〔眉批〕説進裏面，又拿話説開，活寫出作牽頭人的苦心來。雖是説開，又用『心醉』二字拍合。可畏哉，彼婦之口也。

（一〇）〔眉批〕得足足『錢鈔』二字，便趁勢將此二字説合，一片苦心，一片乖巧。

（一一）〔眉批〕不直說不是拙夫買的，先着『娘子試猜』四字，神來之筆。

（一二）〔眉批〕趁勢將『哥哥』二字説出來，并趁勢將哥哥使錢説出來。百巧之乖巧，百巧之涎臉，一齊活現。

（一三）〔眉批〕前『這話怎解』，是略覺得三四分，此『這話怎解』，已覺得七八分了，只是詐作不解。

（一四）〔眉批〕前之涎臉，可醜；此之涎臉，可怕。前之涎臉，雜以説話；此之涎臉，却笑而不言。

（一五）〔眉批〕得足足『瞅咱怎的』一个『瞅』字，又趁勢將『哥哥生得好』説出來。既與哥哥一對，言娘子生得好，即哥哥生得好可知也。拍合處，絶不犯手。

（一六）〔眉批〕前『你哥哥是甚人』，鄙薄之詞也。此曰『你甚哥哥』，是冷絶厭絶語，而百巧不悟也。

（一七）〔眉批〕以『時時見着』四字，串合『他』字、『娘子』字，顛倒交互，説得火熱。可畏哉，彼婦之口歟。

（一八）〔眉批〕前説『一對兒』，見安夫之標緻，惟娘子比得上。今説『那个婦人比得上』，連娘子都比不上了。一步緊一步。

（一九）〔眉批〕百巧平日受其體貼已慣，故言之有味。又趁勢將性格説出。一步緊似一步。

（二〇）〔眉批〕可莊自十五回釋飛虎之後，無一字言及者，不暇言也。作者深悟文章有討便宜法，借百巧口中誇耀安夫家世，以嚇足足。足足無心一問，便將可分南北之事略叙出來。以爲安夫固莊公之少爺，又最鍾愛之少爺，其疏財如彼，容貌如彼，性格如彼，而家世又如彼，意在聳動足足。而南北可之事，已能令閲者瞭然於心，下文不必另行補叙矣。文章之便宜，莫便宜於此。

（二一一）〔眉批〕前言性格温柔，此又言脾氣矯异，何也？太温柔，恐逢女人便體貼，是以尋常待娘子也。惟温柔中有矯异，則目空下士，知天壤間惟有一娘子耳。前是聳動足足，使之愛慕。此是籠絡足足，使之哀憐。末又以一『死』字動之，真是重重束縛，無可解處。而特不可施之足足也，而百巧不悟也。

（二一二）〔眉批〕足足不知怎地爲憐他，已微示之意矣。倘百巧能通其意而中止焉，則安夫可以不死。而若之何以取樂解之也。至不知怎地爲取樂，又顯示之矣。至是而中止焉，安夫仍可以不死。而若之何竟以男女同床解之也，欲擾於中，百巧適成百愚矣。即謂安夫之死，死於百巧，而非死於足足，無不可也。努目發作，已是不良念頭矣。或至是而中止焉，則念頭瓦解矣。忽然一轉，却轉出一个必不可解之念頭，吾知足足之念一轉，安夫之魄已奪矣，可不懼哉？妙在詐醉，妙在使百巧知其詐醉。

（二一三）〔眉批〕絶妙鬥筭，若真待小丫頭往尋，固累筆墨，然已不成其爲安夫矣。是活百巧，是活安夫。猶仗一枝活筆傳出，雖所繪不過影與聲，而水月精神，無不畢獻如是。

（二一四）〔眉批〕醜態。心足意滿，故醜態畢呈。

（二一五）〔眉批〕略誂一誂，必有之情，必有之事。

（二一六）〔眉批〕實不是恐急壞他，實急自居功，不能少忍。

（二七）〔眉批〕此時視足足如箱籠中物，雙手拿出來給你。我欲給你，你先謝我。若不説明，恐羊肉到口，便忘了經紀。一片心足意滿之詞，全爲逆蹴下文地步。

（二八）〔眉批〕一種淫情，百般浪語，全爲逆蹴下文地步。

（二九）〔眉批〕下口已裂，上口安得保全。

（三〇）〔眉批〕從安夫眼中，繪出一个風流香艷足足來。由臉而胸而足，無不動人。然妙是春困未醒，横陳之足足，全爲『看的涎了』四字安花貼葉。然視茆屋初婚時，真有居移氣、養移體之殊矣。由上看下，看至綉鞋，即欲先脱綉鞋，是文字善於轉捩處。

（三一）〔眉批〕足足以大蟲自命，下文偏打死兩大蟲，是大蟲中之大蟲也。打虎用全力，殺安夫亦用全力，是視安夫如大蟲也。然殺安夫用全力，打虎亦用全力，是視大蟲如安夫耳。

（三二）〔眉批〕提起拳頭，頭髮已斷，一瞬事耳。極寫百巧之快，百巧之乖。

（三三）〔眉批〕爲下文尼盜羅襦地步。

（三四）〔眉批〕作足足語，作者另用异樣筆□。人謂足足半痴半黠，我謂□半黠半諧。□子鐃者，鐃此頭顱耳。既□顱扭斷，何勞娘子鐃哉？□黠語，是諧語。〔一〕

（三五）〔眉批〕聞人説一盜魁，謂其屬曰：『我生平心艷而不能願遂者，某氏之女，雙翹纖小，目所未睹，汝能爲我致之乎？』其屬曰：『諾。』明日，其屬以朱柈進，視之，女之足也。盜魁怒曰：『不圖汝竟殺之。』其屬曰：『只言愛其足，不言愛其身。今求足得足，又何言？』予謂其屬，固快人也。今足足愛安夫之眼善調眼色，即以尖刀雙抉出來，不亦快人快事乎？

（三六）〔眉批〕若説殺了安夫然後遇虎，固爲庸筆，即謂安夫爲虎所斃，亦非妙筆也。何也？足足之於安夫，必欲手刃之而後快者也。殺了安夫然後遇虎，□□文之鬥筍，不□安夫爲虎所斃者。足足之心之快□□抉了安夫雙眼□手刃矣。虎銜而去，鬥筍靈矣。玉匣底蓋差一絲□□安得□□□天下之□文者□□。

（三七）〔眉批〕不素諳虎性者，不可以談虎。不深明打虎之技倆者，不可以言打虎。雖然，打虎同，而各人之打虎又各不同。知此，可以作足足打虎之文。知此，并可以讀足足打虎之□。□人言打虎，如馮婦之攘臂，朱亥之裂眥，卞莊之雙擒，石虔之并躍，文皆以簡括了事。而小説家又筆刀劣弱，弗能寫生。惟《水滸傳》兩言打虎，而武松之打虎，太吃力；李逵之打虎，近兒戲。此外更無有可觀者矣。笏山男女，臂力與中國人殊，打虎本無足异。兹之必詳寫足足打虎者，上文結住安夫，下文引起雪燕。原爲轉捩文字，然苟非放死筆用活筆，放直筆用曲筆，放正筆用變筆，亦弗能妙肖如是也。作者以砂石、黑光、腥風、松樹爲映帶，以綉鞋、緞襪爲波瀾，以人骨、人頭爲點綴，發皇萬態，風雷再厲於行間，渲染雙層，水墨傳神於字裏。作之者，實用全力爲之。閱之者，幸勿成篇讀過。

（三八）〔眉批〕絶難形容者，幾於無可形容也。將虎作連枷用，打法之奇，誰見之，誰知之。以心思緯筆乎？以筆緯心思乎？吾不可得而知矣。

（三九）〔眉批〕虎捧人頭，固奇。捧人頭向人戲弄，而奇真思擬所不到矣。然誰見之，誰知之。

（四〇）〔眉批〕安夫之眼，以刀尖抉；虎之眼，只用手抉。又奇。

（四一）〔眉批〕手摳虎頭，膝撑虎爪，如此打法，誰見之，誰知之。

〔四二〕〔眉批〕奇妙一至於此，我欲下拜。

〔四三〕〔眉批〕足足綉鞋，屢言欲脱，屢言扎起，而實扎不暇扎，脱并不得脱也。頗怪安夫竟欲脱之，癲矣。能脱之者，其顓和聖姥乎。然聖姥只脱得一隻，即謂未曾真脱也可。

〔四四〕〔眉批〕那黑虎，只一拳一撲已斃。而斑虎已打了十餘拳，至倒曳出來，又兩飛脚然後死。死法各不同。先遇斑虎，後遇黑虎，而黑虎反先斃，死法又不同。

〔四五〕〔眉批〕以下回起筆作收，亦尋常小説格架，而因之回應上文，故妙。

【校記】

〔一〕鈔本此處原缺一角，傷五字。據文義似爲『墨』『是』『娘』『頭』『是』。

第十九回　病尼姑草坡秘授兩頭鏈　莽娘子毛洞同誅三界魔〔一〕

足足見那黄瘦的尼姑搶去羅襦，便丢了雙虎，大踏步趕來。趕了幾个山坡，只趕不上。待不趕時，望那尼姑坐在一个山頂上，拿這羅襦隨風耀着，嘻嘻的笑〔二〕。又趕過這个山頂，那尼姑慢慢地又在一个細草平坡上坐地，以手招足足〔三〕。足足怒極了，指着罵曰：『賊禿，禿賊，白日裏做賊，不要走，吃娘子一脚，踏做个爛西瓜。』那尼姑嗤的一笑曰：『不敢不敢，怕閃挫了娘子的二寸小金蓮〔四〕。』足足怒得了不得，奔上前，只一脚。那尼姑不着些忙，伸兩个指頭，向那松緑褲兒下只一捏。却不知何故，倒跌了數十步。足足自思，咱從來厮打不曾吃虧，反被這癆病的尼姑暗算了，豈不辱没了人？爬起來時，那尼姑仍是坐着，看那黑羅襦的花朵，笑曰：『是綉得好呵(五)。』足足又是一脚。那尼姑似乎眼不曾見，伸着五个螃蟹大的爪，向那綉鞋迎着，趁勢褪了下來，屈着肘，倒向脚底心一撲。足足只叫得呵呀，又跌了十餘步，似乎通身的筋骨都跌得酸疼。

坐在地下，嘆口氣，尋思着，這尼姑大底是有法術的。一足有鞋，一足没鞋，奔上前時(六)，那尼又拿這一隻綉鞋兒看花朵(七)。足足没奈何，唱个喏曰：『你這尼姑，端的是甚人？是鬼呵，莫來戲弄娘子。是菩薩呵，娘子情願拜你做个師父。』尼姑曰：『貧尼見你有的是氣力，却無家法，恐被人暗算。今有一件絶妙的軍器，欲贈娘子，故借那羅襦引娘子到這裏，娘子要麽？』足足曰：『自從嫁了顔公，武庫中萬千軍器，無一根中得咱意。菩薩有好軍器時，贈咱一件，待明兒拿金銀謝你(八)。』那尼姑將手中這鞋，教足足穿好。笑曰：『我軍器呵，是齊天大聖的鐵棒和不老婆婆的肉火鉗，一鍋兒熔化了再造出來的，名喚兩頭鏟(九)。』足足曰：『并不曾聽過軍器上有兩頭鏟。』尼曰：『這鏟中間是鐵精煉成的，又圓又硬，弄到得意時這頭一鏟，血濺桃花，那頭一鏟，腰斷筋麻。娘子中意麽(一〇)？』足足曰：『菩薩有時，只管俾咱，如何只説風話？』

尼姑笑嘻嘻，向山後林子裏拿出這件軍器來。哎呀，好个兩頭鏟。那尼姑在草坡上弄了一回，只見銀光閃爍，風嘯雲愁，弄得好呵。弄畢，將這鏟橫在坡上，謂足足曰：『娘子舞得動麼？』足足扎好了綉鞋，拿起時，覺得沉重，轉得幾轉，氣嘘嘘地，復橫着，摇首曰：『罷了。忒重忒重，不合咱使。』尼曰：『娘子力非不足，只是不善用，教娘子用力的法兒。』遂向足足捏着骨節，授了秘訣。足足習了一回，尼曰：『可矣。』舞這鏟時，覺得活動了。尼又點了數十个解索，都習會了。足足曰：『咱們姊妹有力的尚多，如師父肯到咱竹山，作个女教頭，不愁他們有力没使。』尼曰：『貧尼有个徒弟名大智，百般武藝，皆藴神通，且與顏公有緣（一一）。有日厮見，學他的技，與貧尼無异，汝牢記着。貧尼另有漏景刀一枚，是神鐵煉成，柔可繞指的，佩在身邊，邪魔不敢近，一并贈與娘子。』

天色已晚，桃花鄉路遠，因指着山下的樹林，曰：『從這裏投宿罷。』足足披上了羅襦，跪着曰：『師父不肯到咱竹山，何時再見師父？』尼曰：『天色晚了，汝去罷。』足足剛叩了三个頭，這尼已不見了。只見地下有个錦囊，上面有四个字。足足不識那字，只得拾起來，與漏景刀同佩身上，提了鏟，望望紅日已被前山銜了一半（一二）。

走過前山尋那虎時，那裏有个影兒。這黑虎白紋是最稀罕的，思量取那皮與顏公做个座搭（一三），如何不見？沉吟了一會，忽然想那樹林裏，正是夷庚鄉，是那鄉人盜了無疑了。提那鏟直打進夷庚鄉來。

鄉長樂進大驚，帶了幾个鄉勇來問備細。足足大駡曰：『你不認得顏莊公的足足娘子麼？

娘子到你這个鳥鄉，你不出來迎接，罪已不赦，又縱着鄉人盜了娘子的虎，該得何罪？』言着，揮這鏟，左一鏟，右一鏟，已鏟翻了幾个（一四）。樂進曰：『娘子息怒。娘子辱臨，没人通報，故此不知出迎。至謂鄉人盜娘子的虎，這却不解。』足足曰：『你不解呵，待娘子解與你聽。我正趕着人到松樹岡裏，遇一个錦紋的大虎，一个黑質白文的异虎，被我一頓拳頭都打死了。那白文的黑虎，是最難得的，正欲取那皮，爲我莊公作座搭（一五）。我纔與一尼姑攀話，你們這些人好大膽，竟偷了娘子的虎。若不還娘子時，你這些鳥男女，這虎就是榜樣（一六）。』樂進曰：『娘子呵，爲這兩个大蟲，不知害了我鄉多少性命。仗娘子神威，爲我們除了害，那敢盜娘子的虎？今已日暮，請娘子權在茆舍宿一宵。待樂進查出那人來，送娘子治罪，兼取這虎皮還娘子。望娘子暫行寬恕。』足足曰：『恁地時，暫行饒你。若無虎皮還娘子時，別有説話。』樂進慌得不知怎的，即着夫人、鄉主迎足足進府中，大排筵宴相待。傳齊鄉勇，分頭尋訪那盜虎的人。那裏尋得着。

明日，足足焦躁起來，定要那虎。樂進的夫人、鄉主説着情，領了三日的限期，三日後若尋不出這虎皮時，那大蟲就是這鄉男男女女、老老少少的榜樣（一七）。樂進連日與衆鄉勇商議，絶無善策。一鄉勇曰：『這裏有个樂生光，他女兒樂更生，亦在顔公處做娘子。今聞在桃花鄉，離此不遠。那大蟲眼見是尋不着的了，可令生光請他女兒來勸住他，救一鄉人性命（一八）。』樂進没奈何，只得依議而行。

那日，玉連錢不見足足回來，拿百巧拷問了幾回。百巧百般的巧抵，那裏肯説原委（一九）。着人四下裏尋覓，又尋不見。連錢正在着忙，忽見樂更生禀曰：『足足娘子有消息了。他打了兩个大蟲，被人盗去，是在妾夷庚鄉的地方，要鄉長樂進賠償，拿个甚麽兩頭鏟，在這裏鏟人。樂進浼着妾的父親，請妾去勸他。』連錢即遣更生，點五十名女兵，去勸足足。樂進大喜，率鄉勇奏起鼓樂，出迎更生，十分恭敬（二〇）。更生見了足足，苦勸一回。足足没奈何，只索罷了。

正與樂進的夫人、鄉主飲酒間，忽見樂進的幼男樂華貂（二一），同着一个女兵上前禀曰：『那盗虎的是金毛洞强人，現有人在此報信（二二）。』足足教唤那人進來。俄女兵帶着一个樵夫，在階下跪着，足足問了一回，又問那金毛洞在那裏，樵夫曰：『由這鄉西北，過了白藤嶺、黄婆鄉，又四五十里便是。洞中有三个大王，一个名飛天豹，一个入地鵬，一个三界魔君，俱是萬軍無敵，殺人不轉眼的，專在此擄害平民。最是黄婆鄉、南巢鄉、三叉鄉這三鄉受他的毒害更狠。每年供銀米若干，男女若干，鄉長稱奴，夫人稱妾，纔得暫休。他無事時，專一扮作樵夫模樣，獨自一个巡邏，遇美貌的婦女，便搶回洞中受用。縱有千萬軍馬，無人敢則一聲（二三）。那日，正在那裏巡邏，我在對山叢莽中伏着，親眼見他將一根松樹，挑着一頭黄虎、一頭黑虎下山去了。這个就是三界魔君了。』足足大怒，圓睁杏眼，碎咬犀牙，拉着更生曰：『娘子，這厮如此放肆，須去打破那甚麽毛洞，捉這魔君，碎尸萬段，爲一方民除害。』

明日，更生浼鄉長點了四名鄉勇，步兵三百，更生拿着槍，擐了弓箭，足足提鏟佩刀，各跨戰馬。從更生來的女兵，亦跟着殺奔金毛洞來。

剛至洞外，便有嘍囉攔住去路，飛奔入洞。旋見一个惡漢，面龐十分獰醜，拿口大刀奔出洞外。這邊足足騎一匹拳毛黑花馬，松緑綉褲，銀紅窄袖小襖兒，腰間擐着灑花淡墨戰裙，頭上無盔，只束着蛙角幗、交龍金抹額，手提兩頭鏟，在馬上亂罵。樂更生騎攢朱六花白馬，月藍綉褲，銀泥窄袖小襖兒，只擐絲藕戰裙，亦無鎖甲頭盔，髻束交龍銀抹額，手提燕尾白纓槍(二四)。各有十餘个女兵環着。那邊惡漢看得入神，不覺的大笑起來：『你兩个毛女兒，欲來作壓寨夫人，須有些禮。』足足不等説完，搶過來便是一鏟，那惡漢舉刀來迎，二十餘回合，刀已亂了。那邊更生揮着衆軍，將嘍囉趕殺。回望足足，又有一个使鐵椎的，一个使雙鞭的，圍着足足走馬燈兒的狠鬥。那兩个的形狀，比那使刀的更猙獰醜怪(二五)。更生彎着鐵胎弓，發枝箭，可巧的兩个惡漢頭并着，但聞耳邊翎響，躲不迭，兩个頸嗓，同貫着一枝箭(二六)。這兩个就是飛天豹、入地鵬。原來更生的箭是最長的，故齊貫兩个頸嗓，在地下爬滾(二七)。足足趁勢把那三界魔君，鏟做兩段。那些嘍囉，齊齊的跪着討降。

足足令四个鄉勇搜那金毛洞，搜出女子十餘人，金銀兩大箱，虎皮倒有七八張，那黑質白文的正在那裏。先將諸女子問出姓名居里，着人送回。令鄉勇載着金銀、虎皮，先回夷庚。放把火將這洞拉雜雜地燒做个火雲洞(二八)。

【批語】

（一）〔眉批〕草坡授鏟，固爲足足，亦爲三智，而實爲少青也。紫霞，王都也。三智據之，而又不可以力取，且將奈何。聖姥知天之所歸，乃順造化而斡旋其際，暗令其徒大智，先從足足去。大智去，而二智岌岌乎不可久羈矣。而必以鏟授足足，何也？足足心地福澤俱厚，顓和欲令三智附足足成功名，乃以鏟爲緣，大智遂得認其鏟法而深結之。因足足而身歸竹山，蓄髮承恩，爲二智地，而卒之三智，標名鳳閣。少青垂統笏山，豈不懋歟？

（二）〔眉批〕絶好耍子。

（三）〔眉批〕你不趕我，我偏招你。

（四）〔眉批〕以二寸金蓮，蹴尺大之西瓜，恐西瓜未爛，而金蓮先閃挫矣。奇語奇情。不怕惱壞了足足。

（五）〔眉批〕忙者自忙，閑者自閑，怒者自怒，笑者自笑。

（六）〔眉批〕藍采禾，一足跣，一足靴，行歌於市，却甚逍遥。今足足亦只一足有鞋，却甚狼狽。

（七）〔眉批〕看羅襦花朵，是再激發其剛氣，剛氣盡，乃可言柔。看綉鞋花朵，是漸觸發其柔情，柔情生，而後乃堪共語。

（八）〔眉批〕貧兒暴富，慣以金銀驕人，足足蓋未能免俗者也。能免俗，便非足足。

（九）〔眉批〕鏟名固奇，而鏟之來歷又愈出愈奇。不過隨手凑來以博一笑，勿疑神仙也作風話。

（一〇）〔眉批〕圓者其質也，硬者其性也。然中間精是鐵精，能圓不能扁，能硬不能軟矣。不過隨手湊來以博一笑，勿疑神仙也作風話。

（一一）〔眉批〕因足足竹山之請，便趁勢説出大智。

（一二）〔眉批〕山中晚景，自然如此。不必定寫青蓮『青山欲銜半邊日』句也。妙在『前山』一『前』字。

（一三）〔眉批〕愛郎之心，何所不至。

（一四）〔眉批〕不惟急欲得虎，且急欲試鏟。

（一五）〔眉批〕前是心裏思量，此竟口中説出。

（一六）〔眉批〕以虎作榜樣，不如虎者，其危懼爲何如？

（一七）〔眉批〕前只言男女，此更説到男女老少，語更可怕，爵愈解頤。

（一八）〔眉批〕忽然想出更生來勸足足，何也？□更生，大智之恩人也。勸足足勿索虎皮，而反與足足同誅三盜，乃三盜誅而身反被擒矣。足足逃而身猶留滯矣。以恩報恩，從此與二智形迹日密，而心事日通矣。二智欲拋蒲團而歸顔公，未必非更生挑之也。少青不煩兵矢而得紫霞，未必非更生之力也，而不知實發端於夷庚鄉勇之一言。

（一九）〔眉批〕百巧，不過爲前回隨手點綴之人，故拷問之後，永不再提。

（二〇）〔眉批〕上文，足足責其不出迎。今更生亦顔氏娘子也，有所戒於前，故不敢不出迎，且奏鼓樂出迎矣。

（二一）〔眉批〕樂華貂，即他年娶小夷庚列選之女，懼爲樊仙岩之妖所劫者。先從此處提出姓名。

〔二二〕〔眉批〕未請更生之前，欲人報信，却無人報信。更生勸住足足之後，不須人報信矣，而反有人報信。事之參錯不齊如是，即文之參錯不齊亦莫不如是。

〔二三〕〔眉批〕極力爲三强盜鋪張本領，實爲兩娘子鋪張本領，而究爲三智鋪張本領也。何也？以三强盜之强悍無敵，而兩娘子能誅之，是本領高出三强盜萬萬矣。以兩娘子高出三强盜萬萬之本領，而三智又能擒之，不又高出兩娘子本領萬萬乎？文先於低一層寫到絶高，其上與上上兩層，不煩寫而自明矣。

〔二四〕〔眉批〕極寫兩娘子异樣裝束，偏從自己邊寫出，不從惡漢邊看出。即『惡漢看得入神』句，仍是這邊看見惡漢看得入神，是另一樣筆墨，以避恒蹊。

〔二五〕〔眉批〕兩个醜漢，圍着一个娘子，作走馬燈看。好看煞人。

〔二六〕〔眉批〕極寫更生箭術神奇。

〔二七〕〔眉批〕矢貫雙雕，吾聞其語矣，未聞一矢而貫雙人也。况兩人一名飛天，一名入地，是人也，而天地寄焉。即謂『一矢貫三才』，無不可也。

〔二八〕〔眉批〕孫行者離火雲洞，而猴毛已盡。足足燒金毛洞，而虎皮得全。然以金毛洞燒作火雲洞，是金已在鎔，而毛投爐上，不得復入雲中。是豹不得飛天，而鵬之羽毛亦盡矣。豈猶有『萬古雲霄一羽毛』哉？

第二十回　霞洞酒杯盟足足二女同逃　竹山醋碗歃香香衆姬齊鬧

足足、更生既誅了金毛洞三寇，取路向夷庚鄉進發。纔至白藤嶺下，忽聞金鼓吶喊之聲，後面塵頭大起，有軍追來。問降軍追來的何軍，降兵曰：『紫霞洞有三个尼姑據住。一名小智，是入地鵬的妹子。一名大智，是飛天豹的妹子。一名無智，是三界魔君的妹子。這三尼據紫霞洞，原欲與金毛洞作犄角勢的，今見滅了三人，多分是起兵爲哥哥報仇。』足足謂更生曰：『咱們一發滅了三个妖尼，平了紫霞洞纔回。』遂將軍兵擺列白藤嶺下，以待來兵。

原來無智的母親列氏，是小夷庚人。曾隨母謁外家，途中爲惡獸所逐，母女同墮深溝，性命呼吸。會更生獵於野，射殺惡獸，將無智母女救起。因認爲姊妹，自後稍稍往來，常呼更生爲恩姊(一)。

是時，更生横着槍，當先出馬。來軍約有四五百人，一字兒擺着，門旗下三个尼姑，皆不滿十七八年紀。一个黄衲衣的，正是無智。光着圓圓的頭兒，手提一百環禪杖，薄眉細眼，桃花臉色，嬌滴滴暈兩个微渦。足足嘆曰：『好个美人兒。爲何做了强盗尼姑(二)？』降卒曰：『左邊緑臉紫衣的，名大智。右邊黑臉白衣的，名小智。』這兩个臉色雖奇，皆柳眉杏眼，圓準絳唇，有嬌媚容，無凶悍氣。騎着的皆猪首鹿身，不知何名。指問降卒，降卒曰：『此獸名耿純，是紫霞洞産的，進退緩急皆如人意，不用鞭捶。』

言未已，只見更生在陣前歛衽曰：『賢妹別來無恙。久不相見，今帶兵追殺爲姊的，的是何故？』無智在耿純上問訊曰：『貧尼自別恩姊，時時思念。不知爲甚得罪恩姊，害了貧尼三个哥哥性命。』更生曰：『實不知這三个就是賢妹及兩位師兄的俗家哥哥。只因你哥哥，盜了足足娘子兩个死虎，追尋到此。你哥哥出言無禮，刀箭之下本是無情，故一時傷了性命。賢妹縱不念當年活命之恩，既出了家，須慈悲爲主，各修各的行，何苦相迫？』無智曰：『殺兄之仇，如何不報？恩姊請閃開些，待貧尼殺了這悍婦，然後邀請恩姊入洞，同念彌陀。』

足足聽到這裏，更忍不得，揮着鏟，直衝過來。那三个尼姑，三面兒圍着足足厮殺。更生欲發矢相助，又不忍加害，只射斷大智的槍纓，大智回身便走。又一矢射中無智的禪杖，貫在環裏，無智亦虛揮一杖而走。小智側着戒刀，向足足馬下一攧。足足横鏟一掃，誰知掃个空，小智亦走了。足足隨後趕去，更生叫曰：『娘子不要趕，由他走罷。』足足那裏肯聽，獨自一騎，揚鞭追殺。更生妨足足有失，只得揮軍隨着足足，又追了十餘里，那裏趕得上。

足足駐馬，問更生曰：『這紫霞洞端的在那裏？聞有許多寶物都是洞中産的，咱們何不殺進洞中，擒了三尼，采些寶物，歸獻莊公，博个笑話兒。』更生曰：『由他罷。他們三个本無仇釁，何苦定要擒他？』足足曰：『不擒他也罷。只要往那洞中看看。衆軍誰識這路？』一降卒向北邊指曰：『過了這坡坳，沿怒龍山而左，便是紫霞洞。』

足足引着衆軍，轉過怒龍山。但見紫霞鬱鬱，不知何處是洞。足足揮着鏟，衝開霞光，尋那洞門。誰知那霞過了正午，重重疊疊的釀起來，向前惟有紅綃滿眼，回顧只覺五色迷離。欲回馬時，南北東西都失去向(三)。正在驚猜，忽聽得喊聲四起，又不見一个人。舞着鏟，左衝右突，不覺得撞下馬來，霞堆裏被人綁得牢牢的，掙不脱。但聞有人叫曰：『兩个都綁住了(四)。』被人牽進洞門裏面，一些兒霞光没有。遥望最深處，如髻如眉，如屏如閣，叠嶂層巒，翠微無際(五)。洞門内，左邊一院，正是三尼的巢穴。推進去時，見更生亦縛在這裏。

無智坐禪椅上喝曰：『你平時倚着顏少青的勢，欺壓莊鄉，斷人手足。今日被擒，更有何説？』足足曰：『咱被霞光罨住了眼，故此吃虧。量你這鳥尼，有何本事，却在這裏做强盗。强盗做尼姑，猶可説也。尼姑做强盗，不可説矣(六)。』無智大怒曰：『你再説一句時，先拔你的舌，然後尋着顏少青拼命。』足足呵呵的笑曰：『你害娘子時，不争你只是尼姑犯殺戒，那有好結果？你動了淫心，欲尋顏公，只怕顏公不要你(七)。』

言未已，只見那緑臉的尼姑，從裏面走出來，大叫曰：『這人殺不得！』遂將足足帶至一處，釋了縛，問曰：『娘子妙齡十幾？』足足曰：『咱十八歲，問咱怎的？』那尼姑拜將下去，叫一聲：『師姊，恕俺得罪了。』足足拉他起來，曰：『師兄何人？幾時認得咱？』大智曰：『我師顓和聖姥，曾將兩頭鏟、漏景刀授娘子，娘子忘之乎(八)？是俺與娘子，皆顓和之徒也。我師又曾道，俺終非出家人，屬俺見娘子時，便隨娘子去，蓄了髮，佐顏公平定勞山。前兒見娘子的鏟法，知是俺教門中人，故此讓娘子追來，不傷娘子。如不見嫌，願拜姊妹。』足足沉吟着，草坡授鏟的事，并無一人窺見，他如何得知？又記起『學他的技，與貧尼無异』數語（九），不覺大喜，曰：『師兄即大智麽？不圖此處相會。量師兄年紀，未必長似咱（一〇）。』大智曰：『少娘子一年，十七歲了。』於是又互拜了幾拜。使人備齋供設房中，與足足叙飲，曰：『更生娘子，是無智恩人，他們自會款待（一一）。』足足頷之，酒闌，各道平素。

是夜，正八月中旬。明月麗天，下方的山水草木，映照如晝（一二）。大智收拾愛好的物，纏在腰際，帶足足連夜偷出洞門。又尋着鏟刀鞍馬，交還足足，自己亦提槍跨耿純，一對兒鞭着月影投南而去。

足足沿路招集殘兵，約得七八十人。天明時，又有一隊女兵追上。復整隊伍，取路直回桃花鄉。比到桃花鄉時，那金毛洞的虎皮、金銀，早有夷庚鄉的鄉勇送至。足足引大智拜見連錢，備説前事。連錢恚曰：『失了更生，如何見得莊公？你們逃走，偏丢了他，是何意思？』大智曰：『若驚動更生娘子時，便一个也逃不脱。况更生娘子，與我們的師兄有恩，必不加害，只是歸遲了些（一三）。』連錢没奈何，只得辭别云雲夫婦，令秋娥點齊軍馬，奉母親回竹山。

明日，連錢又帶着足足、大智往黄石見少青，將足足的事細説了。少青聞更生失陷，定要大起軍馬，親征紫霞。大智曰：『這洞斷斷乎征不得的。洞外的霞，迷人目睛，對面都看不見。那洞中群山簇簇，盡是猩熊狒豹（一四）。欲搜人時，任搜十年，一个人也没有。你懈着時，他便四面殺出。不知從何而來，轉瞬又不見一人。英雄無用武之地，如何征討（一五）？若必要征那洞時，須緩緩的籌畫，方得萬全。況更生娘子，不過暫爾羈留，原無可慮。昔吾師顓和聖姥能相人，曾言師兄無智、師弟小智皆非吾道中人，他日俱貴，眉心白氣退時，即紅鸞照命時也。安知造物非故留更生娘子，爲此中針綫乎(一六)？』少青不答，終惱着足足，罵了一回。罵得足足有氣没泄，只得朝着墻角兒哭。連錢勸住了。有氣没泄，向襟上扯了那錦囊出來，曰：『没來由，且與他看(一七)。』連錢接着，見上有『顏莊公開』四个字，便遞與少青。拆開看時，上寫曰：

一抔土，巴山之旁有一老，叱下口，仍留日上疃曨，止剩半絲兒曳不休。雨在上，水在旁，假若無人，吾當與同。

共計四十一个字，不知何解。問足足，曰：『你且說這錦囊，誰給你的？』足足曰：『咱只不說。』少青没奈何，拉着足足的手，曰：『娘子說給我聽。』足足曰：『不說，不說。』少青笑着曰：『娘子愛我，說與我些个。』足足回秋波，瞅少青一眼，格的笑了一聲，曰：『呸。原來浼着咱說，咱便說(一八)。』遂將草坡上怎麽遇這病尼姑，怎麽授了神鏟，怎麽薦大智作竹山女教師，臨去時遺這錦囊的話，一一細說了。少青點頭，只是解不出來。連錢擬了一回，亦不明白，謂大智曰：『這錦囊，既是汝師聖姥所遺，汝必能解。』大智亦擬了一回，解不得。

少青使嬌鸞持往養晦亭問龍飛。嬌鸞去了一會，回時先摇着首，那裏解得。只見香香嚷將起來，曰：『那裏解得，解不得。只是没解的罷了，終日裏嚷他怎的（一九）？』少青喝退了，忽然想起一个人來，不覺喜動顔色，恐人阻當，并不説破。

連錢將回竹山，私謂少青曰：『妾觀這大智，容色异人。况是顓和弟子，必非等閑之輩。明日，妾準備筵宴，郎可回竹山，與他合巹，俾好死心塌地，出死力事郎（二〇）。』少青允諾。於是携諸娘子回竹山而去。即令大智改妝，賜名雪燕。

香香聞之，大怒。糾合炭團、秋娥、銀銀、鐵鐵往見嬌鸞，曰：『咱們皆出過死力，有功纔得做个娘子。這野尼有何本事，却來攙位！』嬌鸞曰：『這是夫人的主意，你們自去吵他，干儂甚事。』這些人果然吵到連錢處，恰雪燕在那裏改妝。衆娘子齊聲曰：『咱們娘子，非容易做得的。量你野尼，有何本事，有何功勞，却來攙位？』

雪燕笑曰：『你且説甚功勞，甚本事。』香香曰：『你洗着耳，説娘子的本事功勞給你聽。當顔郎被困可莊，咱提三尺刀，斬莊勇，鏖莊兵。碣山門内，徒步救顔郎。鴉嘴峰頭，赤手擒飛虎。誰不知香香娘子的威名（二一）？』

雪燕又問炭團，炭團曰：『我炭團莊主呵。顔郎被困時，兒手提雙鐧，花月之下，打死莊勇、莊兵六十餘人，斬讒人陶士秀以謝顔郎。火焚鸞樓，兵奪碣門，然後擊怒鯨之鼓，敗飛熊之軍。寧負父母，不負顔郎。誰不知炭團娘子的威名？』

秋娥曰：『鈎鐮坡之役，火劫韓莊，棒降韓傑，救出玉公。虎坑岡之役，提五尺鐵棒，打破百里石垣，斬韓超，虜韓木，逐韓卓，遂奪韓莊。秋娥娘子的威名，誰不知道？』

銀銀曰：『當顔郎爲可兵所逐，馬濘淤泥，性命咫尺，咱揮巨鋤，鋤盡可軍，救回茅屋。顔郎親解龍鳳鈎聘咱。至於磨刀嶺下，力敗韓軍。從征木棉，韓卓授首。銀銀娘子的威名，誰不知道？』

鐵鐵曰：『咱鐵鐵呵，亂山一曲，遂遇顔郎，指點迷途，情由此定。提九齒耙，偕姐姐築盡可軍，救郎性命。蒙郎不弃，親解黄金絡索，手納咱懷。磨刀嶺下，誅韓煦，降韓貢，咱力最多。木棉之役，龍飛陷馬，咱獨自一人，左手提龍飛，右手揮巨耙，殺出重圍，轉敗爲勝。故能擒韓水於馬下，縛韓火於溝中。鐵鐵娘子的威名，燕然之石不能銘，麒麟之閣不能畫者。汝只合向蒲團中討生活罷了，何苦覬覦娘子的位，致傷面顔（二二）。』

雪燕聞這一篇話，不覺大笑起來（二三）。曰：『諸娘子的威名，已聞命了。只是俺的運數好，莊公、夫人都看上了（二四）。滿河海的醋，娘子們，如何吃得許多（二五）。』香香怒曰：『莊公、夫人肯時，只怕咱的大斧頭不肯。咱的斧頭，也會吃醋的（二六）。』足足曰：『你們少嚷，不如往女教場上較个輸贏。你們贏了他時，咱情願退了位讓他。你們輸了他時，須貶做女兵，勿怨。』連錢没奈何，只得依了足足的言語。雪燕曰：『槍下無情，倘傷性命，亦無怨。』足足向雪燕耳邊，纔説了幾句話（二七）。只見連錢傳令點女軍，即刻下教場候候。

【批語】

（一）〔眉批〕只追叙更生之何以有恩於無智，爲下文作墊而已。至於無智之何以作尼姑，何以作强盗，直待二十九回從雪燕口中互叙出來。非故悶煞閲者也。此處文體直簡潔，不容多着一字也。

（二）〔眉批〕先有此意横胸中，故下文罵無智之語，可衝口而出。

（三）〔眉批〕即雪燕所云『洞外的霞，迷人目睛』也，見足足之被擒，非戰之罪。

（四）〔眉批〕更生被擒，却從足足耳中聽得。

（五）〔眉批〕他時建宫殿，立朝廟，正此遥望之最深處也。於無意中先從足足眼中看出。

（六）〔眉批〕妙罵。是絶世妙文，非足足説不出。

（七）〔眉批〕足足聲口，與他人异，閲者勿混看。

（八）〔眉批〕顓和之名，宜從草坡授鏟時説出矣，却遲至此回大智口中説出。大智之名，宜從此回説出矣，却先於草坡授鏟時顓和口中説出。

（九）〔眉批〕將前文重題。

（一〇）〔眉批〕的是足足聲口。

（一一）〔眉批〕不向足足説明，怕足足無心獨飲。是行文細密處。

（一二）〔眉批〕文亦如畫，如此夜景，正好逃走。

（一三）〔眉批〕失了一个白面娘子，换回一个緑面娘子，未算吃虧。失了一个有髮娘子，换回一个没髮娘子，略吃些虧。然得這有髮娘子爲緣，他年又添了兩个没髮娘子，是利浮於本，到底便宜。

（一四）〔眉批〕爲下文誅猛獸章本。

（一五）〔眉批〕極言紫霞之險幻難平，爲下文智取紫霞章本。

（一六）〔眉批〕語特奇創，夾謔夾莊，令人失笑。更生爲二智針綫，他日事也。大智不言，則少青之憂不可解。姑妄言之，則少青之惑又轉滋。故以『安知』二字，作猜測不定之詞，任他信與不信。而實作者會將下文無數妙事，先攝此一句中也。

（一七）〔眉批〕寫足足便是足足。他人便不像。繪影鏤空，如目親睹，如耳親聞，筆之神妙乃爾。

（一八）〔眉批〕能使閲者如目親睹，如耳親聞，妙是足足，他人便不像。

（一九）〔眉批〕昔秦遺齊襄后玉連環，謂其不能解也。后令椎碎之，曰：『謹以解矣。』香香得無欲并錦囊焚之，如齊襄后之以不解解乎？

（二〇）〔眉批〕笏山諸女，皆羅而置之籠中，特此術也。少青不肯明言，而連錢言之。

（二一）〔眉批〕諸娘子胸中，先有一部功勞記，故言之痛快如是。然二十回文字，至此略一渟滀矣。

（二二）〔眉批〕五个娘子，五段文字，須看其起結變换處。如炭團、香香，結語皆同，而炭團開口先表出『莊主』二字以驕人，見同一娘子中，而已之出身獨貴。秋娥、銀銀，結語亦同，而開口一從地説，一從人説。至於鐵鐵開口，不言功勞，先言遇合。結語又多二句，『汝只合』以下，又總五段文字而作一尾，與香香開口『你洗着耳』二句相配，詭然而蛟龍翔，蔚然而鸞鳳躍，天壤間有數文字。

（二三）〔眉批〕此一笑，又笑得奇。

（二四）〔眉批〕以『運數好』三字，將上文五段文字一齊塞斷，妙哉雪燕。

(二五)〔眉批〕奇情奇文。從來説吃醋，未有説到如此者。

(二六)〔眉批〕奇情奇文，奇義奇理。從來説吃醋，更無有説到如此者。

(二七)〔眉批〕耳邊幾句話，不知何語，令人悶悶。予以爲必將雪燕『槍下無情』，改作『槍下留情』；『倘傷性命』，改作『勿傷性命』，觀下回□□（俊樺按：鈔本此處二字筆畫殘缺，似『便知』）。

第二十一回　大智力降五娘子　少青齊納兩佳人

各娘子遵令，各點部下女兵，齊集教場。

時，大智改名雪燕，雖易女妝，而髮猶未蓄，只用青帕裹着假髻，戴个交龍銀抹額，騎耿純，與足足并馬出教場。已見諸娘子皆纓盔雉尾，綉甲戰裙，在演武廳前坐地。遥見銀花馬上，坐着透綉金鱗軟甲，翠冠翹雉的，衆指曰：『嬌鸞娘子來也(一)。』嬌鸞至演武廳，下了馬，正與衆娘子廝見。坐未暖，又聞簫鼓喧闐，一隊隊的綉旗羽葆，從西而來。猛聽得連珠炮，衆娘子皆整頓弓矢，手提軍器，下階兩旁肅立。輿鈴響處，鳳冠鸞佩，霞帔錦袍，正是玉連錢夫人，坐着彩輿而來(二)。香爐導引至演武廳前，下了輿，一簇綉衣侍女，擁上帳來。諸娘子參拜畢，嬌鸞領了五色令旗，領着十餘个女軍，登將臺鼓吹一通，把綉旗一招，一隊馬軍分兩行雁行兒立着。一聲炮擂一回鼓，將臺上紅旗招颭，步兵分隊品字兒立着。静肅肅，人馬無聲。

回望演武廳前〔三〕，見龍旌影下，左邊雪燕，横着雙棱白纓槍，綉襖鱗裙，騎耿純而出。右邊香香，騎怒馬，揮大斧而出。這斧，原是秋娥的叔父紹鐵牛之物。秋娥載尸歸葬時，拾得此斧，遂贈香香，并授以斧法，故香香能用斧〔四〕。雪燕在耿純上斂衽，曰：『香娘子，恕得罪。』香香并不答話，揮斧横戳過來。戳了幾戳，皆戳个空。雪燕左右招架，絶不回槍，圈子裏盤旋了一會〔五〕。忽見香香雙足，如覅轉倒撞下馬。那馬早被雪燕的槍挑起，血漉漉地擲出圈外。足足扶香香去了。

雪燕正横槍耿純上，雙手整頭上那假髻，忽一巨耙從腦後築來，耳朵裏早聆着風聲，夾耿純從右閃過。那耙築得勢猛，築不着，幾乎連自己拖下馬來。雪燕知是鐵鐵，不忍加害，把槍向上一掤，鐵鐵拿耙擋時，這槍杆早點着鐵鐵左腿。鐵鐵忍着疼，跳出圈外去，贊曰：『好槍，好槍！』銀銀叱曰：『你那耙，這等不濟，辱没煞人。』一面説，一面揮鋤向耿純頭上一鋤。那耿純性乖，閃了鋤，將銀銀的坐馬後臀嗑了一下〔六〕。人與人并。雪燕遂扯着銀銀的烏犀甲，抱過馬來，那鋤遂失手墮地。雪燕曰：『銀娘子，得罪了。』銀銀終是力大，乘着雪燕言語，翻抱雪燕的腰，扯下耿純。雪燕亦丢了槍，一對兒在草地上厮打。銀銀使个千字勢，一拳正中雪燕的心窩。誰知雪燕退得疾，退幾步翻撲在地。銀銀趕上時，不提防雪燕的脚，正打在銀銀的胸際，跌了丈餘，爬不起來。這叫做卧虎欺狼勢。足足又扶着去了。

雪燕支槍欲上耿純，秋娥的馬來得疾，雪燕只得敧着槍伏地下。秋娥將鐵棒向下一掃，雪燕已躲過左邊。向左掃時，又躲過右邊，趁勢拿那馬的後蹄一撞，撞跌了秋娥，那槍向秋娥鬢邊虛搠過去。正搠時，又聽得有人叫曰：『炭團娘子來了。』那炭團先自下馬，舞雙鐧打來。雪燕揮槍撥那鐧時，秋娥爬起，提鐵棒，使个烏龍蓋頂勢。人只見雪燕跌坐在地，槍杆從頂上架棒，而不知左足已絆着炭團。炭團脚步一鬆，仰顛馬下，險些爲馬足所踐，亦負痛逃去。秋娥遂拜倒在地，磕頭曰：『敬服，敬服！』雪燕亦跪着還禮。足足拍着掌大笑曰：『我的雪燕賢妹，這回做个娘子，不辱没了。』遂拉着秋娥、雪燕同上演武廳去。

衆軍看的無不咋舌，私議曰：『那幾位娘子，力大如山，却弄不倒這个綠面的，真是怪事。』嬌鸞在將臺上看在眼裏，不禁嘆息了一回。下將臺至演武廳，見足足在那裏喧鬧，嬌鸞問故，足足曰：『言過的，佢們鬥不過雪燕，便降做女兵。今夫人護着短，不肯降他，故此喧嚷。』嬌鸞笑曰：『不降他也罷。儂看諸娘子皆天生神力，但無至人點撥，有力也没使，何不拜這新娘子爲師，各人做个徒弟，準折了女兵（七）。』衆娘子聞言，齊繞着雪燕，撲地的亂拜。連錢大喜，下令收軍，鳴金放炮，升輿回府。

明日，雪燕合巹之期。連錢賜鳳冠一頂，錦襦一襲，綉裙一具。嬌鸞贈珊瑚壓髻釵一枝。秋娥贈玉玲瓏響佩一具。炭團贈七寶蓮花扇一柄。香香贈金琲連理帶一條。銀銀贈翡翠文璫一雙。鐵鐵贈蟠龍合歡鏡一臺。足足贈錦坳綉履兩事，金玉跳脱各一雙，歡心寶一佩。紹龍飛亦於是日于歸竹山中。自夫人府至娘子諸院，皆華燈結綺，笙簫細響，與珠影香塵，匼匝得迷金醉紙。秋娥引香輿彩杖，往養晦亭迎龍飛。炭團引彩鑾頭踏，往黄石迎少青。先是山外帶回的兩个婭嬛，雲花嫁了可松齡，煙柳嫁了韓傑，至是亦來趁喜（八）。雲連鬢影，花接裙香。是時，少青當中，龍飛在左，雪燕在右，拜了天地、祖先及岳母云太夫人。龍飛、雪燕又拜了連錢夫人與衆娘子。銀燭華筵，各轟飲得釵攲裙褪，大醉而罷。

雪燕自是在竹山做了女教頭，日授諸娘子武藝。數月間都習得純熟了。

【批語】

（一）〔眉批〕另寫嬌鸞，見同一娘子中而嬌鸞獨貴也。

（二）〔眉批〕極寫女教場軍儀嚴肅。此時玉夫人，儼然一位女元帥矣。

（三）〔眉批〕『回望』二字，宜直貫至下文『看在眼裏』句，不可不知。

（四）〔眉批〕鐵牛之斧，本宜秋娥承受，而秋娥反贈香香。事之不可測如是。即趁勢析明香香用斧之故。補前文之所未及叙，略作回顧。

（五）〔眉批〕雪燕槍法，十字坡之役，單騎馳入萬年軍中，而能使萬年全軍皆喪，無一留者。作者可謂極意摹寫矣。然彼時易而此時難，何也？彼軍雖衆，雪燕視之，不過如一隊螻蟻，足踏即滅。而五娘子，非其倫也。五娘子力冠萬夫，各挾所長，忽而攻我，我又不敢違足足之囑，保全五娘子性命，而弗克盡其所長，其難爲何如耶。夫戰，無兩立之事也。人必欲死我，而我不敢死人，又能使人不能死我，而反服我。作者於此，將渾括以寫之，而雪燕之槍法不□。此時，令諸娘子心服者，恃此槍法耳。若遲至十字坡之後而始見，作者不應若是之偷閑也。勢不得不用全身法眼，犯其所難，而成此奇觀、大觀。雪燕之槍，作者之筆，嗚呼神矣！

（六）〔眉批〕銀銀欲鋤耿純，而耿純不嚙銀銀者，非不能嚙也，是體主人之意而不敢嚙也。然徒閃了鋤，而終不一嚙，又不見耿純之奇。前者，主人以槍挑香香之馬，聊當香香。則亦不妨嚙銀銀之馬，□當銀銀也。或疑作者□偏有此閑筆寫耿純，而不知寫耿純，即爲雪燕助百倍聲勢也。馬猶如此，況主人□？

（七）〔眉批〕欲令諸娘子師事雪燕者，顓和也，而嬌鸞不知也。文以『女兵』二字，蹴出『徒弟』二字，而實爲一篇天驚石破之文，全爲蹴出『徒弟』二字作地也。而又從嬌鸞口中，無意紐合，以『準折』二字，爲文之關鍵。妙想天開，極平常，而極雋妙，神品也。

（八）〔眉批〕《記》中有煙柳者，爲玉公入山地耳，隨手一點便可放過。而雲花，又煙柳之陪客而已，下文并不必再提。

卷六

東莞寶安吾廬居士戲編

第二十二回　談離合錦囊私解字　救莊鄉黄石兩興師

少青雖娶了龍飛、雪燕，只是那錦囊中的字無人解得，横胸中不懌。思量要往紫藤鄉尋那餘餘子，又恐嬌鸞阻擋。私同雪燕商酌。

雪燕曰：『此人爲俺鄰人忽翁外孫女兒，名阿容，自幼與俺善，讀書過目不忘，深沉有大志。八歲時，其舅忽蘭教之吟咏，有「丈夫竟説英雄略，女子豈無王佐才」之句，忽蘭大驚，嘆曰：「此女，他年不可測也。」忽蘭嘗以百金購得山外异書，名《登壇秘録》，爲我朝開國功臣劉青田先生所著，以示容。容閲已，擲之地，徐謂蘭曰：「行兵之道，奴鬼役神，以陰陽造化爲消息，既有語言文字以示後人，而猶稱『秘録』，此『秘』字已不通之極，餘何問焉[一]？」蘭又大驚曰：「此女，他年誠不可測矣[二]。」又嘗椓木一百二十八枚，枚高一寸，廣一寸三分，以意造一陣圖名「太極陣」。每一枚當百人，以兩枚爲一隊，合六十四隊，爲太極。其枚半紅半黑，以法陰陽。初分兩大隊，法兩儀，忽變而爲四隊，而八隊，而六十四[二]隊。其中，有順有逆，有正有變，忽左旋，忽右旋，又名「歸藏陣」。又嘗以木匣置機，測天行度，不差累黍。其聰明類如此。母曾夢五色芙蓉一株，摘簪之，遂孕容。容生而顏色姣麗，紫光恒照人。五六歲時，一尼見之而嘆，因拾地下塵撒之，漸漸的準低眼小，頰削而髮枯黄[三]。父没後，貧極，敝衣垢面，無問名者。一幼弟名枝，甚蒙拙。容嘗謂俺曰：「使容登壇作諸葛，汝關、趙之流也[四]。」故與俺善。俺爲報仇，殺死多命，與兄逃去爲盜，此後音信遂梗。公如不以貌選，何不聘爲娘子，作个女軍師。以公兵强將猛，威振三莊，何難混笏山爲一統，作个笏山王。』

少青大喜，拍着雪燕的肩曰：『娘子，知吾心也[五]。煩娘子拿那錦囊，浼他一解，以釋某心，然後擬聘。』

雪燕遂懷錦囊，備了馬匹，教紫藤鄉那个軍卒引導，直奔紫藤鄉來。至那大榆樹下，只見石上擺着半籠的炊餅，地下一个十一二歲的小廝，拿瓦片兒頑着[六]。軍卒曰：『你姐姐往那裏去？』小廝曰：『我姐姐纔出恭去，你尋他怎的？』軍卒指着雪燕曰：『有位娘子尋他，速去喚來。』那小廝將雪燕看了一眼：『呵呀！這馬上坐了个緑妖精，如何説甚娘子？』軍卒喝曰：『多嘴！你快去罷，遲些，踏爛你的餅。』小廝慌的跑進土屋裏去了。少頃，見那小廝扯了个蓬髮破衣的黄瘦女子，從土屋裏走將出來[七]。雪燕忙下了馬，向前拉住曰：『容姐姐，認得阿冬麽？』那女子想了一會：『呀！冬妹妹。聞你做了尼姑，是誤傳的麽？』雪燕曰：『并非誤傳，待俺拜了姥姥，纔好説得（八）。』遂教軍卒門外等着，相携進那土屋裏。

花容指榻上那盲媪曰：『這便是兒的母親。』雪燕拜了。花容向姥姥耳畔説：『是母親外家隔鄰的阿冬來探候。』母曰：『阿冬，這幾時不見了你，我兩眼漸漸的盲起來，你長大了好些，前來給我捫捫（九）。』雪燕没奈何，只得上前。母曰：『你身上藏的甚麽？這等香。』又伸着手向他頭臉上捫將下去，『呀，你髻上觸手顫顫的，戴的甚麽？你這衫這等軟滑，可是緞子的麽？』容又向他耳畔説着：『頭上是七寶搔頭、百花抹額，穿的是織成團鳳的紫羅衫。』母笑了一笑，又捫將下去，拿那裙幅捫了一回，笑曰：『好裙子，綉得好麽？』容向耳畔説曰：『是條泥金簇蝶東坡縐綉裙。』母曰：『阿冬，你是幾時發了財的（一〇）？』雪燕只是笑着，行開去。母叫：『阿容，你有好茶，拿幾个蒸餅兒給他吃。』容應着，握雪燕的手，入厨下掇條矮凳兒并坐，一頭烹茶，一頭問着。雪燕將近來的遭遇細説了一遍。

説到錦囊的事，容曰：『這錦囊既是你師給的，便該還問你師，如何尋我？』雪燕曰：『我師浮雲踪迹，踏破鐵鞋亦尋不着。知姐姐胸參造化，故莊公特使俺來拜求姐姐。』容提着茶，同雪燕到卧房裏。那卧房雖是矮矮的泥屋，却也擺設得雅潔，桌子上列着花瓶筆硯，架上俱是一函一函的書，或是卷着的，幾張竹椅却甚乾净。飲了茶，吃了些蒸餅，雪燕遂將出襟上這錦囊來遞與容（一一）。容拆開看了一會，又將手指兒向那字裹格了一回，點頭曰：『這不過是拆字的法，有甚難解。』雪燕立起來，問他的解法。

容指着曰：『「一抔土」，是「土」字上加个「一」字，合成一个「王」字。「巴山之旁有一老」，是「巴」字左邊一个「老」字。「吔下口，仍留日上曈曨」，是將「老」字這个「匕」除下來，留這「口」字，加「巴」字上，豈不是个「邑」字？那「老」字除去「匕」加个「日」字，豈不是个「者」字？「邑者」合成是个「都」字。「止剩半絲兒曳不休」，前「吔」字除去「口」，剩个「匕」，合着「止」，是个「此」字。「絲」字剩一半，合上「此」字，是个「紫」字。「雨在上，水在旁，假若無人」，「假」字無了那「人」，豈不是个「叚」字，合上「雨」字，成个「霞」字。「吾當與同」，是將這「同」字，合上「水」旁，成个「洞」字。總言之，不過「王都紫霞洞」五字。其意教顔公建都紫霞洞，纔能成得王業。蓋紫霞洞在北，地勢高，面南而治，得高屋建瓴之勢。旨哉言乎，顔氏其興矣。』

雪燕曰：『姐姐真个女諸葛。今顔公渴慕姐姐，寤寐之求，懼不得當。姐姐何不趁此妙齡，身未許人之際，諧魚水之歡，奮鷹揚之烈，使不負所學乎？如肯俯從，千金之聘，即賁蓬門矣。』容笑曰：『蓬門之女，懶散已慣，誠不能爲人馳驅。妹妹無作此不入耳之言相勸。』雪燕曰：『記童時嬉戲，姐姐謂他日得爲諸葛，以關、趙待妹，今其時也。時可出而不出，日月不能待姐姐矣（一二）。』容曰：『此素願也。但轉思之，與其捧心蹴屧，身渥殊恩，何似若耶溪上逐伴而浣紗（一三）？與其食少事煩，死而後已，何似卧龍崗上抱膝而吟《梁甫》乎（一四）？』

雪燕欲再語時，見日影將斜，恐從人不能久待，出黄金二鋌，將顏公意相謝。容推讓了一回，雪燕曰：『周之可受也。』容笑曰：『顏公知容有老母在。』遂受之。

雪燕辭了花容，跨馬回黄石。將花容之語，一一回覆少青。少青大喜，抱雪燕於懷，笑嘻嘻的調着曰：『能知我意者，惟娘子一人。他日若遂吾大欲，當封娘子爲解意侯。』是夜，留雪燕共宿，議建都紫霞之策。

天未明，即報韓莊莊勇玉鵬飛有緊急軍情求見。少青唤入，問之。鵬飛曰：『今紹莊公潛光(一五)，糾合西北諸鄉雄兵五萬，將肆毒於韓莊。我韓莊多難之餘，人心未固，又無險阻可憑，故韓公寢食不寧，冀公念脣齒之誼，速起大軍救此一莊子弟。』少青曰：『某與韓公勢雖脣齒，誼忝葭莩，理難坐視。爲語韓公，可先發韓莊之兵，緊守鈎鐮，某刻期起兵接應。慎無怯餒，以慢軍心。』鵬飛辭去。乃集莊勇商議。玉凌雲曰：『紹潛光以牧牛兒奮起田間，羅豪杰而誅孟卿，據有公位，兵日强，莊日富，不可輕敵。今龍飛娘子，韓公之孫，而紹莊之雄也。以紹莊之雄，攻紹莊之衆，必克。况以孫救祖，其心倍切乎(一六)。』少青不能决，乃偕雪燕回竹山集諸娘子商之。

先是嬌鸞見諸娘子有勇無謀，不能出己右，易視之，及娶龍飛，漸生忌心。龍飛默窺其隱，深自韜晦，惟日居養晦園，以娱父母，至竹山時少。今見少青欲使龍飛救韓，懼其功高逼己，乃進言曰：『紹潛光糾烏合之衆，遠襲韓莊，此必敗之道也。縱我不救韓，韓必勝紹。若謂義不容不救，使一莊勇助之足矣，何用小題大做，勞及龍飛娘子乎？』

少青正在踟躇。忽又報桃花鄉云雲使至，言南可莊可飛熊，以兒子安夫吊喪弗返，使莊勇田有功，率兵一千，從羊蹄徑抄出月山，欲問罪於桃花鄉，爲子報仇。事在危急，特求拯救。少青大驚。嬌鸞曰：『卵石之不敵，人所知也。况飛熊以兒子死於非命，奮怒興師，其鋒甚鋭，儂願偕炭團、秋娥率軍五百往救云鄉長。如不斬田有功之頭，褫可飛熊之魄，誓不回莊。至於韓莊之役，煩伯伯可莊勇一行，必不誤事。何事紛更(一七)？』少青從之。乃使嬌鸞往救桃花，炭團、秋娥屬焉。使可當率步軍一千、馬軍五百，玉凌雲、韓貢屬焉。摇旗吶喊，殺奔韓莊而去。

【批語】

(一)〔眉批〕今鄙俚之書，稱『秘録』及『秘書』『秘訣』以欺人者，正復不少。惜不能盡遇餘餘子擲之於地。爲可恨也。

(二)〔眉批〕忽蘭兩嘆『此女不可測』，少青亦兩贊『這女非常人』，前後互爲縈拂。餘餘子抱王佐之才，寅亮天地，原不欲以孫吴之略著其長也。然開國之臣，不比太平之相。小試之，以四百之孱兵，救黄石而潛光走；大用之，以十萬之大軍，破眉京而潛光降。雖其時，以智稱者，有無知、嬌鸞輩；以力稱者，有公挪、足足輩，然潛光能用其衆，百全能治其軍，内無呼癸之危，外鮮登陴之哭，苟無餘餘，圍三年而不破者，能保其必破乎？雖《太極陣圖》未曾顯試，然用其意，則一檄文，能激之使内亂；數火鳶，能鬧之使自危，所謂役神奴鬼，豈漫語耶？

（三）〔眉批〕天欲縱其才，故先斬其貌。

（四）〔眉批〕借雪燕口中，補叙餘餘生平，而精采奇偉之氣，勃勃紙上。公自有公法，非必從龍門《紀傳》得來也。

（五）〔眉批〕此『知』字，從《孟子》『王之所大欲，可知矣』之『知』字偷來。

（六）〔眉批〕花容何慧，花枝何頑，然他日弟因姊貴，伯爵榮身，未必不從『頑』之一字得來也。

（七）〔眉批〕或曰活活畫出，或曰畫亦畫不出。

（八）〔眉批〕耳中是尼姑，目中偏不是尼姑，安得不『呀』？曰『并非誤傳』，拜了纔説，以爲下文必將雪燕生平訴出無疑矣，而不知文有宜説而不説法，直待二十九回蹋月談心，纔將半生閲歷，一一叙明。亦作者之狡猾也。

（九）〔眉批〕惟肖惟妙，殊善形容。

（一〇）〔眉批〕是濁嫗見解，不是諧謔語。人之家計蕭條，而百計經營，致飾於衣服者，不過欲人之疑其發了財。且安得遍地皆餘餘之母，而盈耳好音哉？

（一一）〔眉批〕雖一碗粗茶，數枚蒸餅，亦必吃些者，蓋不敢不吃也。豈獨晋公之於亥唐乎？

（一二）〔眉批〕又以童時嬉戲之語聳動之，摻逼漸緊。

（一三）〔眉批〕對魚水之歡説。

（一四）〔眉批〕對鷹揚之烈説。

（一五）〔眉批〕紹潛光之名，至此始見。前文只言紹其傑之被弑，并未言爲紹公者何人。此忽云『紹莊公潛光』，潛光之名，前文并無伏綫。又云『以牧牛奮起田間』，潛光之何以牧牛，前文又并無消息。云『誅孟卿據有公位』意渾沌不明白。直至下回，始追叙出始末，非作者之疏略也，行文之勢，不得不爾也。

（一六）〔眉批〕義甚的而語甚工，如言之不行何？

（一七）〔眉批〕救韓，重役也，而嬌鸞輕之。救桃花，小役也，而嬌鸞大之。忌中於心，故出言顛倒如是。可當有勇無謀，而寧置之死地，以行其忌龍飛之心。本無足責，而少青盡從其語，不亦惑之甚耶？

【校記】

〔一〕六十四　『六』字原殘缺，據鉛印本補。

第二十三回　伐韓陵紹莊公大盟葛水　醫可當雪娘子夜走鈎鐮

紹莊公潛光，本田家子，父母早亡。幼時，牧牛於野，野有檜樹二株，中夾一巨石，謂諸牧童曰：『能從左邊樹上躍至右邊樹上，便作將軍。』諸童躍而過者六七人。潛光躍不過，失足墮石上，幸身子小，筋骨未傷〔一〕。諸童笑之。潛光曰：『作將軍何足异，若能據石一呼，衆牛皆跪的，便做大王。』諸童試之，牛皆不跪。潛光坐石上大呼曰：『大王升座矣，汝牛如何不跪？』於是衆牛呼的一聲，一齊跪着。諸童大驚，羅拜在地，遂呼爲『石大王』〔二〕。漸長，好交結死士，慷慨急人難。當其傑爲莊公時，厚遇之，欲妻以莊主，潛光曰：『大丈夫患身名不立，何妻爲？』遂逃去。時顔少青威名藉甚，遐邇畏懷。潛光笑曰：『少青好色之徒，非大器也。太陽一出，爝火無光矣。』逮其傑被弑，乃糾壯士三十餘人，殺紹孟卿於途，遂戮其妻子。尋前莊公其英之子紹平，立之，而實權由己出。越半載，紹平懼其見弑，乃私與其傑之子紹常逃去。潛光乃自立爲公〔三〕。

其用人無成格，舊莊勇惟用紹太康、紹昌符二人，其餘皆微時結交的死士，如客如海、尹百全、香得功、奇子實、丁占鼇、趙子廉皆力士，呼家寶、丁勉之皆謀士。潛光雖貴爲莊公，而性儉約，不娶夫人，土室布衣，常與諸莊勇同卧起，有病則親爲調藥，撫摩，莊勇皆感激思自效〔四〕。所招軍士，异姓爲多。附近諸鄉，馬多者供馬，粟多者供粟。造軍器，築險隘，儲糧草，訓士卒，殆無虚日。自顧兵精糧足，有囊括席卷之氣。

一日，集謀士、莊勇商議，曰：『黄石一小鄉耳。顔少青竊玉家之位，荒於女色，僭稱莊公，已屬可惡。而東南諸鄉，皆俯首弭伏，北可莊可飛虎、韓莊韓陵，亦北面事之，歲貢銀粟若干。此大不平事。某欲糾合諸鄉，興師問罪，計將安出？』丁勉之曰：『彼莊在南，我莊在北，風馬牛不相及。得其地不足守，得其田不足耕。况師出無名，徒疲兵力耳。』呼家寶曰：

『若興師伐顏，則韓必襲我後；興師伐韓，則可亦襲我後。昔楚之蠶食諸侯，皆先近者，不如先伐可莊。』莊勇丁占鰲曰：『二可相持，互相窺伺，何暇出碣門襲我。乘其不暇之際，用全力以攻韓，况韓莊地勢平衍，無險可憑。往者，黄石之師猶能三入韓莊，全不吃力，况臨之以數萬之衆乎？韓莊破而黄石危矣。』勉之曰：『勞師耗粟，縱破韓莊，終不能越兩可而廣我土地，何益？』潛光卒從占鰲之言（五）。

於是大集諸鄉，盟於葛水之津。三月戊戌，師集碣門。二可大懼，皆出牛酒犒師。是時，可當之兵亦至。與韓陵會於白麻，共得八千餘人。諸莊勇遥望紹軍旌旗蔽天，咸有懼色。會韓陵之子韓春已卒，孫韓騰與孫媳司馬杏英皆英武有謀略（六）。

杏英本司馬鄉鄉勇司馬瓊之女，幼與諸姊習雙刀術，而杏英獨得要妙。瓊之父與司馬穀之父，兄弟也，而韓騰又穀之外甥也。騰或往候穀，因得見杏英，兩相悦慕。杏英私語乳嫗曰：『韓郎美而武，非常人也。』嫗乃挑騰。騰喜，遂與杏英苟合於野，爲諸姊偃執。杏英殺諸姊而從騰，匿穀家。穀懼，説瓊，使完其兒女之願，杏英乃得嫁騰。閨房中甚敦好，誓不置妾。

時杏英謂諸莊勇曰：『以八千之師戰五萬之衆則不足，以之自守則有餘。我與顏軍，營於鈎鐮，深溝高壘，守而勿戰。彼兵多糧少，不能持久，糧盡必去。然後出奇兵以襲其後，萬全之策也（七）。』玉凌雲曰：『魚腸阪、白藤嶺兩路，猶須把守，恐彼分兵三路來襲，首尾不能相顧。』韓陵曰：『白藤路徑僻遠，又妨紫霞洞强人截殺，况多巨蛇惡獸，此路必不敢來。惟魚腸阪可慮，然苟得其人，領百人守之，插翅不能過矣。某欲致書顔公，令韓傑守此，必不誤事。其人精細可用故也(八)。』於是一面着人致書黄石，一面合兵向鈎鐮進發，各據險要，立交加寨栅，多備弓弩、檑木、炮石，爲死守計。

辛丑，紹軍與諸鄉之兵皆集。攻之十日，不得戰，又不得進，反多折傷(九)。乃令人去甲，卧寨前辱駡。

可當大怒曰：『老當征戰多年，有進無退，有我辱人，無人辱我。彼軍雖衆，豈是老當的對手！』乃引數十人衝突紹軍，回顧諸莊勇曰：『有敢死者，隨老當來。』韓陵阻擋不住，乃使玉凌雲、韓貢及韓騰夫婦掠陣，戒之曰：『但救可當，無戀戰。』四人受命而去，列陣寨前。已見可當舞着大鐵椎，舞入紹軍去了。可當雖猛，以一敵萬，困在垓心，不能得出。

杏英舞雙刀，飛馬來救可當。看看殺出，忽閃出一長人，高幾逾丈，揮着門扇大的板刀，來斫杏英(一〇)。韓騰與凌雲、韓貢守住寨門，防紹軍攻突，不敢往救(一一)。杏英因暗發一箭，正中那長人的臉，長人大吼一聲，杏英幾乎墜下馬來。長人拔那箭時，眼上又中了一箭。杏英看得親切，揮左手的刀正斫中長人右脚(一二)。長人剛倒在地，右邊四五根槍一齊搠來。杏英低着頭，從槍林裏搶進一步，但見刀光一閃，十餘隻拿槍的手都骨碌碌墜將下來，丢了一地的槍。杏英正虚晃着刀，欲奔回陣。斜刺裏有一隊藤牌手攔住退路，齊揮着腰刀，欲斫杏英的馬。杏英回馬，退後剛十數步，又有一簇拿槍的從腦後搠來。杏英閃得身快，回刀斫槍，纔斫斷了幾根，前面的牌一字兒如蛇行雁列，又進至面前了（一三）。杏英又退了幾步，只見一匹黑馬，乘着个怪臉赤髯的，提一根丈餘的黑蛇矛，從左邊迎耳刺來。杏英把首一低，那矛刺在雲髻上（一四）。杏英丢了右手的刀，搶一步拿住矛杆，左手的刀早緣矛杆削去。那人剛放了矛杆，而杏英的刀已覰个空，迎面飛去。蓋矛杆放手時，即刀尖到眼時也。刀之着眼，翹然如釘之着壁，大叫倒地。那時，杏英滿臉的披着斷髮，方奪得蛇矛，那拿牌的已涌將上來。挑開了牌，一挑一刺，一刺一个，二三十个拿牌的，尸上有牌，牌上有尸，却堆起一个小小的山兒來。不提妨一騎黑馬從圍裏衝來，那馬來的慌，正衝着那个尸山，馬上的人和椎撞倒。細看那人，滿身皆箭釘着，從模糊血中再認，正是可當（一五）。欲下馬來扶可當，又有一持戟的少年趕至。杏英剛揮矛來戰，那少年矛未到時，少年已倒。知爲韓騰的箭所傷，一矛正結果了那少年。早有玉凌雲跑過來背負可當，十餘个軍士扛着椎，牽着那烏騅馬去了（一六）。兩下裏金聲亂鳴，杏英拖矛走得回寨。剛欲下馬，但覺天昏地黑，撲在馬下，衆女兵扶去安歇。

韓騰收回軍馬，來看可當。見血人似的，自頭至足，中了二十餘箭。急請軍醫來拔那箭，每拔一箭，吼一聲，敷一回藥。拔得箭完時，已不醒人事了。韓陵使快馬，連夜報知少青。

少青大哭曰：『我結義兄弟三人，鐵牛陷死虎坑（一七），今當哥哥又爲亂箭所害，某何生爲！』雪燕在旁，見少青哭，亦自灑泪，曰：『郎勿憂，俺師父曾贈俺妙藥百餘枚，凡刀傷箭創，氣未絶時，藥到立起，可以醫得伯伯。』少青曰：『果有此藥，刻不可緩，叫人速牽追雲、躡月二良馬來。』少青跨了追雲，雪燕跨了躡月，明月下加着鞭同奔鈎鐮。

到時，刁斗纔報三更。韓陵聞少青至，不暇叙話，便同雪燕來醫可當。見可當聲已不嘶，微微有些氣息。雪燕即教人取童便一碗，拿出指頭大的一丸藥來調着。用箸撐開可當的口，灌將下去。又將藥敷上瘡口，漸漸的將箭瘡裏的毒血，抽盡出來。又去診那脉息，驚曰：『左寸結澀，敗血衝心，是必驚跌着的，天明便救不得了。』韓騰曰：『果然是撞跌下馬，被荆妻救回的。』雪燕又從身上取出个兩指大的小葫蘆來，倒出那藥，紅色如粟米大。雪燕曰：『此藥須人銜着，口對口的唾將入去纔效。』少青曰：『是某的哥哥，某自唾藥。』遂跪在可當床上，雪燕捧起可當的頭，如法唾下。

不一時，藥氣衝開心血，醒過來了。開眼右左，看見少青、雪燕在旁，不覺嘆氣（一八），曰：『此是陰司，或是陽世？』少青曰：『苦了哥哥，是某之過。今特乘夜趕來，同雪燕醫你。幸是好了，哥哥身子上尚疼痛麽？』可當曰：『不疼痛了，甚麽藥這樣好得快？』少青曰：『就是雪燕娘子的神藥醫你。』可當便下床來拜，曰：『難得白嫂嫂乘夜來醫我，便是老當重生父母了。』雪燕忙忙的還了禮，曰：『伯伯勿動，將息些兒罷。』少青遂扶可當上床坐。床沿守着衆軍，看見皆低頭嘆息，私謂：『少青真仁慈之主，即爲之死，亦所甘心。』至有泣下者（一九）。

時韓陵恐紹軍乘夜劫營，教韓騰出營督着軍士巡哨。『我請雪娘子看一看孫媳兒怎的？』

雪燕隨女兵進内看了一回，曰：『無甚事，不過用力過度，疲倦些兒，天明便没事了。』少青謂雪燕曰：『汝伯伯所騎滾雪烏騅馬，原是韓莊的良馬，絶有力的。某在韓莊時，以此馬賜之，以爲偌大的鐵椎，非此馬負不起，今亦爲箭所傷。娘子既醫伯伯，尤不可不醫此馬。』雪燕然之（二〇）。由是少青、雪燕留軍中，商議軍情不去。

【批語】

（一）〔眉批〕欲揚先抑，行文家争勝無技。

（二）〔眉批〕潛光雖非真王，然能與真王亢者，亦非尋常人也。一呼而衆牛皆跪，或作者之飾詞乎。然造化之權至於今，有弗能自主者矣。可嘆哉！今世之龐然大物，欲以武斷屈人者，亦其衆爪牙之威，亦不過能使衆牛皆跪已耳。可謂調侃不少。

（三）〔眉批〕『自立爲公』以上，追叙潛光未爲莊公之前之事。『用無成格』以下，補叙潛光既爲莊公之後之事。

（四）〔眉批〕□籠絡英雄之故習。然苟能守此數語以終其身，何至國亡身辱如是哉？

（五）〔眉批〕丁勉之以土地爲主，後之議，即從前之議翻轉説耳。老成之謀也，絶類《孟子》『一戰勝齊，遂有南陽，然且不可』文法。家寶、占鰲，皆揣潛光之意，以黄石爲主。家寶則以爲欲伐黄石，先伐可。占鰲則以爲欲伐黄石，先伐韓。而占鰲之論，易於入人，故潛光卒從伐韓之議。然則伐韓之役，占鰲之罪也，其見殺於韓人也宜哉。

（六）〔眉批〕騰與杏英，皆從龍、飛鳳功臣，故百忙中，補叙其夫婦英雄之略、遇合之奇。
（七）〔眉批〕知己知彼之論，杏英能爲此言，不愧飛鳳閣中之一席矣。
（八）〔眉批〕黄石三莊勇，可當能詞□，□（俊樺按：鈔本此處有墨釘傷二字，據上下文次字爲『松』字）齡通《春秋》，而獨以精細許韓傑，則文章之無補於心術可知也。故胡蝶雖文，不若蜂能釀蜜；春花雖美，不如粟可療飢。
（九）〔眉批〕十日内之折傷，皆用渾寫，所謂『以之自守則有餘』也。然悉用渾寫，又嫌文太孤寂，故拈出可當衝突一事，衍出一篇淋漓盡致之文，以快觀者耳目。然實爲十字坡鏖軍作引也。不可不知。
（一〇）〔眉批〕此人何來？下文無力鄉無數縟綉文字，悉從此長人生出。
（一一）〔眉批〕杏英欲救可當，而韓騰反欲救杏英。
（一二）〔眉批〕極寫杏英梟勇，然須從□□□看出，覺百忙百□之中，却極整暇如意。
（一三）〔眉批〕從極危極險中，寫綉旗伯刀法，纔是綉旗伯刀法。
（一四）〔眉批〕玉公之射炭團，矢貫髻上，如釵股壓鬢，皷而不墮。如海之刺杏英，亦矛貫髻上，如襪綫被面，短而不長。
（一五）〔眉批〕如此接合可當，真所謂雪有奇態，烟無定容，文章之能事，吾口不可得而擬議矣。
（一六）〔眉批〕烏騅馬，不可略過，爲下文醫馬作地。
（一七）〔眉批〕回顧鐵牛。

（一八）〔眉批〕描寫病劇乍蘇情態，口角無不肖絶。

（一九）〔眉批〕潛光莊勇，皆感激思自效。少青衆軍，皆甘心爲之死。雄主仁君，舉動有絶相類處。無他，要結人心，人主之急務也。而卒之一敗一興者，何也。真僞之不同也。

（二〇）〔眉批〕孔子厩焚，不暇問馬，貴人賤畜之意也。夫人主之愛名將，與名將之愛良馬，等耳。今可當既愈，而不推可當愛馬之心，而坐視良馬之死，是愛可當猶未至也。故曰：『既醫伯伯，猶不可不醫此馬。』然如何醫法，不必贅寫以累筆墨矣。

第二十四回　燕娘杏娘十字坡齊鏖巨敵　莊公莊勇一杯酒互訂良媒

紹軍被可當衝突一場，死傷不可數計。那長人，就是無力鄉鄉長趙翦。怪臉赤髯的，就是莊勇客如海（一）。二人是有名的大力。其餘莊勇、鄉長，死者二十餘人，鄉兵漸漸的散去了。潛光見傷折了許多勇將，糧草不繼，亦悔不聽丁勉之之言。思乘夜退軍，又恐韓軍追襲，乃使趙子廉、奇子實引兵埋伏，如追兵至，兩下夾攻，可獲全勝。

早有細作報入韓營，韓陵與少青商議，曰：『聞諸鄉長之兵漸散，紹潛光已有去志。拔營而遁，必在今夜，不可不追，又不可混追，中其埋伏之計，要商量怎麽追法纔好。』少青未及答，只見雪燕上前曰：『俺有條計，并不用追，能使他片甲不回，未知驗否？』韓陵曰：『願聞娘子妙計。』雪燕曰：『從魚腸阪抄過，便是那條十字路。這條路，雖是大路，至十字的所在，偏狹起來，又是紹軍必由之路。若使兩人各率兵五百，伏在那十字的兩旁，一齊截殺，縱有百萬雄師，何處用武？』韓陵鼓掌曰：『此計大妙，就煩娘子與某的孫媳婦兒同去。』雪燕應允，與司馬杏英共點一千軍馬，各帶地雷、火箭、弓弩，潛師至魚腸阪。

時已黄昏，見了韓傑，備説此計（二）。韓傑曰：『此是天造地設的妙計。若娘子不來時，某亦打點去截殺他。只是兵少，恐不濟事。娘子來，紹賊合休矣。兩旁的峭壁，某數日前，已私着人多備石塊，從上擲下，是最便宜的。誰知是豫爲娘子設的。紹賊休矣。』即使人承夜密布地雷、地炮，壁上添設油灌的草，又使細作探聽虛實。二更的時候，探聽得紹軍已拔營了，遂辭了韓傑，杏英率軍四百伏左路，雪燕率軍四百伏右路，各使兵一百，先爬上峭壁伏着。

是夜，月黑星沉，陰風森颯。紹軍走至五六里，見無追兵，兩處的伏兵，亦合着大隊軍馬而走。

將至那十字路，謀士呼家寶曰：『這裏的十字路，倘有伏兵，奈何？』潛光曰：『縱有伏兵，亦奮勇衝殺過去，難道退回麽？』於是潛光一馬當先，橫着大刀，直衝而過（三）。忽一聲炮響，兩路火把齊明，有軍從左右殺出。路已堵截不通。前面從潛光走過的，只得十餘騎。聽得喊聲大振，雪燕挺槍追殺前面的，杏英揮刀截殺後面的。後軍急欲退時，石塊火束，從天墜下，地下地雷、地炮齊發。上下裏石隨火下，火隨石發，額爛足焦，哀號之聲，十里不絕。退後的尚有千餘人，尹百全統着，又無路徑，只得弃了馬，爬山而走。山多巉石，又無火炬，多撞跌致死，能逃脱者十無四五。

前面雪燕正趕着潛光，衆軍指那光閃閃的交龍盔上傘紅纓的，便是潛光了。雪燕趕上，一槍刺於馬下，割了首級。火光裏看時，却不是潛光，是莊勇紹昌符，易他的盔鎧冒死的（四）。雪燕大怒，教衆軍多燃火炬，凡林木岩谷，搜尋殆遍。

正□回軍，忽然腥風刮面，旌旗皆偃。山坳裏躍出一巨物，高丈餘，龍首熊身，迎風一嘯，衆皆辟易（五）。雪燕夾定耿純，趁着緑光，支槍來鬥那物。那物舞兩爪來撲雪燕。雪燕側躲着，不能回槍，即以槍欛梢，直點那物的左腋。原來雪燕的槍欛梢，是紫霞神鐵，煉作蒺藜式，點着的，筋骨俱攣。那物鬥雪燕不過，負着痛緣坡而走。

雪燕不顧衆軍，獨自一騎，追過幾个山坡。那物向叢莽裏一蹲，雪燕横槍挑開叢莽，并不見那物。只見十餘人伏莽中，揮槍齊刺雪燕（六）。雪燕撥開衆槍，一槍剛刺翻了一个，餘人奔出叢莽，斜刺裏走。

正走不遠，忽火光從林木中閃出，一彪軍迎面殺來，大呼曰：『紹莊公勿慌，某乃新甲鄉長萬年也。聞公兵敗，特來相救（七）。』言未已，已將雪燕圍在垓心。雪燕舞動雙棱白纓槍，雪滚雲飛，無人敢近。萬年乃揮弓弩手，四面射之。但見矢飛雨集，槍緊風號，槍不饒人，矢皆墮地（八）。那彪軍正被雪燕挑得血濺尸飛。萬年使暗槍從雪燕背心裏刺來，雪燕并不回格，待他刺得至近，將身一閃，一手接着萬年的槍柄，只一拖，拖下馬來。衆軍來救萬年的，盡被刺翻。

時潛光、家寶從叢莽中逃出，雜亂軍中（九）。回顧萬年，已被雪燕的耿純踏出腸來了（一〇）。乃相與嘆曰：『此女子，神槍也。但見槍棱焯爍，似不曾刺人，而貫喉而死者何多也。敵有這等神人，某命危矣（一一）。』遂趁其戰酣時，先自走脱（一二）。

不一時，雪燕的兵已追至。四面合圍，這彪軍，無一人得脱者。雪燕遂引兵還。時杏英的軍，已擒得香得功、丁占鰲等，共莊勇五人（一三）。於是合兵一處，見大路上皆尸骸填塞，依舊從魚腸舊路回鈎鐮坡大營。韓陵、少青大喜，遂拔鈎鐮營，奏凱回莊。

明日，在莊公府，攢花結彩，擺列筵宴，鼓樂并奏，三軍舞蹈。韓陵把盞笑曰：『今日奇功，翻出兩个女子之手。我們男子，是沒用的了。』時左邊的席，是可當、韓騰，右邊是雪燕、杏英。韓陵遂下坐把盞，來奉雪燕，曰：『娘子天人，縱紹潛光未誅，亦已膽碎，從此不敢小覷我東南莊鄉，皆娘子賜也。』少青亦把盞奉杏英。兩女子回了盞，各道萬福。

又行了一巡酒，韓陵教韓騰把少青盞，因謂之曰：『汝祖年邁，不能久任事，欲將公位傳汝。汝須事顏公如事我，若違我言，便是不孝的孫兒了。』韓騰曰：『願子孫世世，事顏公如臣之事君，始終不變。』韓陵曰：『能如此，我無憂矣。』又謂少青曰：『老夫今年六十有九，亡兒無禄，只撇下這个男孫兒，一个女孫兒（一四）。今趁莊公在此，傳位與他。老夫得優游杖履，往來兩莊之間，或在我女兒處住幾時，或在孫兒處住幾時，住到闔眼的時候罷了。只是阿騰年少不更事，須莊公教道他。』又喚韓騰、杏英，拜了少青四拜，曰：『汝妹子吉姐，亦着他出來，奉顏公一杯酒，他時婚姻的事，亦須請命顏公而後行。』

杏英離席進內室，即帶了个小女子出來，眉目如畫。韓陵指着曰：『此是老夫的孫女兒，名吉姐，頗聰慧，今年七歲了。』吉姐把了盞，在杏英身旁坐地（一五）。

杏英又離席，向韓陵、少青處拜着曰：『孫媳兒有句話稟莊公，雪娘子的槍法，是人間少對的，與孫媳兒又最説得合，欲拜爲結義姊妹，未知莊公許否？』韓陵曰：『好便好，只是屈了雪娘子。』少青正欲説些謙話，韓騰曰：『這兒女子的事，由着你們，何必在長者席前囉唣（一六）？今被擒的莊勇中，有兩个是最英雄無敵的，我昨夜以好話兒哄着他，大都是願降的，敢問如何措置？』韓陵曰：『聞紹潛光待莊勇如手足，皆欲爲之死，焉肯甘心降我？不如殺之以絶後患。』少青曰：『彼待之如手足，我且待之如腹心，天生人才，原不多得，殺之可惜。如莊公不要時，求賜與某（一七）。』韓騰曰：『可莊多才，其尤者皆歸顏公，何曾有甚變卦。不如將他二人，分作兩處，顏公收用香得功，我們收用丁占鰲，縱有反覆，亦易箝制。』韓陵嘆曰：『終久必有後患，老夫不及見矣（一八）。』

又復飲一巡酒。韓騰曰：『那十字坡上的尸骸，擁塞數里，請在雪峰下築个京觀，一來免得鳶啄獸銜，二來可以示威西北，公以爲何如（一九）？』韓、顏二公皆主其言。忽見那吉姐走上前，斂衽曰：『聞這一役，鄉長死的最多，家家男號女哭，雖不敢歸怨我們，築京觀，究竟非盛德事。以孫兒的鄙見，不如出張告示，許西北諸鄉，收尸歸葬。如三日外無人收撿的，任哥哥築京觀未遲。』少青聞這語，大驚曰：『幾歲的女孩子，説得出這篇話，將來還了得。』因舉酒觴韓陵曰：『這吉姐，與某丈人玉公的遺孤壽官同庚，若不弃時，願聯姻好。』韓陵謙遜了一回，遂令可當、玉凌雲二人執斧，各飲了喜酒。又喚吉姐，重奉了少青酒，又奉可當、凌雲謝媒的酒。

只見凌雲纔飲了謝媒酒，便離席捧兩巨觴，跪二公前，曰：『二公飲某的酒，亦爲某完一件心事（二〇）。』二公令起來，各酬了凌雲一觴，問是何事。凌雲曰：『某有一妹，喚做玉無瑕，在竹山食名女糧，夫人甚贊他好弓馬，升作个營長。今欲將他許嫁可當莊勇，懇二公亦爲某作个冰人，故此冒瀆。』可當辭曰：『某欲娶妻室時，早已娶了。大丈夫自行自止，被妻室絆住了脚，安得自由。况某年過四旬，這女子年纔二十，又老少不相配，請辭。』少青曰：『哥哥豈不聞不孝有三，無後爲大乎。况這玉無瑕，亦是个英雄好女，配得你過的。某嘗在女教場，看那女兵較射，夫人將泥金綉鳳裙一襲以彩絲懸樹上，令有能走馬射斷彩絲的，即得鳳裙。射了數百人，皆不能斷那彩絲。無瑕穿件白緞綉邊的戰襖，擐着白羅戰裙，騎匹白馬（二一），搭着箭，往來馳驟，只是不射（二二）。忽然金鼓齊鳴，鳳裙墮地，那白馬上却不見了無瑕（二三）。誰知那無瑕，從馬腹裏翻更斗，綉履朝天，那箭到彩絲時，已跨上鞍橋了，只不見他在何處發箭（二四）。不一時，躍下了馬，取那鳳裙穿好，來見夫人，無人敢争。夫人大喜，又拔頭上琥珀叙賜他。這个英雄好女，是萬中不能挑一的，誰不想娶他，哥哥切勿錯過。』衆人聽少青這一篇話，都聽得呆了。忽見雪燕、杏英離席，齊捧着酒，遞到可當席上，雪燕曰：『這樣嫂嫂，伯伯不娶他，更欲娶誰（二五）？』杏英曰：『這樣女子，不嫁莊勇，却待嫁誰？我姊妹定要爲莊勇做媒的（二六）。』可當没奈何，只得應允。

堂下又奏了一回樂，可當又重新奉了二公、兩女、韓騰、玉凌雲的酒，盡歡而罷。

【批語】

（一）〔眉批〕文以趙翦爲主，却以客如海伴説，是作者不欲太露痕迹處。

（二）〔眉批〕前回韓陵欲致書黄石，使韓傑率百人往守魚腸阪。此時韓傑已在魚腸阪者，是少青得書後，即遣韓傑可知。而不必叙及者，文有得省便省法。只領百人，故曰『兵少』。

（三）〔眉批〕玉公之劫可莊，一馬當先，是投死路。不遇可當，幾於性命不保。潛光之出十字，是亦一馬當先，是得生路。雖遇雪燕，亦終無奈伊何。

（四）〔眉批〕凡軍敗追急，易妝冒死者，從正面一邊寫，纔得明瞭。作者偏從對面一邊寫來，攝鏡取影，激水成湍，真有筆端挫物之樂。

（五）〔眉批〕龍者，君象也。熊者，凶獸也。漢高祖以龍顔著，楚越椒以熊狀稱。今龍首熊身，君固不成其爲君，而凶亦難遽指爲凶。安知非潛光吃驚，神離牝而不得歸，故現此异物歟？不然，何明明見那物之蹲入莽中，而反不見也。且數十人中，而潛光在焉。不得謂非作者之狡獪也。其狡獪奈何？

《記》中不肯輕言怪异，而又恐人疑矯俗以鳴高，故有時借流俗之見，以溷閲者眼睛，慎勿被他瞞過。

（六）〔眉批〕不言十餘人見雪燕而逃，反言十餘人向雪燕齊刺，純用逆蹴法。

（七）〔眉批〕莽中十餘人，分明潛光在内，却不明寫，而『紹莊公』三字，只從萬年口中呼出。

（八）〔眉批〕十六字，極寫雪燕槍法神奇，而精采古茂，紙上作作有芒。

（九）〔眉批〕補接前文。

（一〇）〔眉批〕萬年之死，又在潛光、家寶回顧時看出。

（一一）〔眉批〕雪燕神槍，又從潛光口中贊嘆出來。奇筆奇情，真乃不可思擬。

（一二）〔眉批〕昌符以一人冒死，而潛光可生。萬年以全軍代死，而潛光真生矣。紛文斐尾，作者貪圖波瀾不竭，而實欲表出潛光以虚譽要結人心者之如是之深也。

（一三）〔眉批〕前云雪燕追殺前面，杏英截殺後面，今前面之事已完，忽突接後面而不嫌突者，善用『時』字，更善用一『已』字也。何也？擒五莊勇，皆從『已擒』之後言之，故不得細叙如何擒法也。

（一四）〔眉批〕口中是男孫兒爲主，行文是女孫兒爲主，渾渾對説，是作者不欲太露痕迹處。

（一五）〔眉批〕吉姐既出把盞，宜接寫吉姐矣，又有杏英、雪燕欲拜姊妹一段間之，令閲者眼光無定。文中多用此法。

（一六）〔眉批〕結拜姊妹之事，韓騰以一語撇開，又以爲接寫吉姐無疑矣。忽又有丁、香兩降將之事。文之不欲速於歸題如此。

（一七）（眉批）韓陵老成諳練，故慮患也深；少青大度寬洪，而憐才也切。

（一八）（眉批）終不出韓陵之所料者，人爲之也。少青卒能收其效者，天爲之也。得功豈能自主哉？

（一九）（眉批）至此，纔是吉姐文字。

（二〇）（眉批）善於脱卸，方不是兩槪文字。

（二一）（眉批）白襖、白裙、白馬，掩映着白人之白，真可謂無瑕之玉，不負佳名矣。却嫁一个絶黑的將軍，倘所謂『知其白而守其黑』者耶？一笑。

（二二）（眉批）將軍欲以巧伏人。

（二三）（眉批）不言射斷彩絲，只言鳳裙墮地，極離形得似之妙。

（二四）（眉批）更爲他申説一句，頰上添毫。

（二五）（眉批）未經文定，先呼嫂嫂，是硬派語。

（二六）（眉批）雪燕之言，爲伯伯説。杏英之言，爲無瑕説，然究非真爲無瑕説也。言這樣女子，必待莊勇之英雄始肯嫁，他却待嫁誰云者，言莊勇外，無人可嫁也，莊勇何忍誤其終身乎？拶逼愈緊。

第二十五回　莽鄉主揮拳奪鄉長　多情女感夢説情郎

韓公留少青住着，議於十字路狹處築一重關，用重兵把守，使北人不得窺伺。先浼少青做了招認尸歸葬的告示，使人遍貼西北莊鄉。

那長人趙蒴的鄉，却在西北盡頭無力山中，那鄉即名無力鄉(一)。其人無男女，皆藍髮鹵臉，眼圓鼻塌，唇不掩牙，雖五百餘家，較諸鄉倍强悍。其俗，鄉長死，子孫不得承襲，集衆鬥拳，勝者得爲鄉長。這鄉從不供莊粟，亦不與諸鄉通慶吊。趙蒴聞紹莊公賢，乃率鄉勇六名，步兵二百從征韓莊。不料全軍皆覆，得逃歸者十餘人。趙蒴有四男一女，長名公端，次公則，三公涅，四公明，其女最幼，名公挪。那公挪生得蛾眉鳳眼，粉面朱唇，諸兄以爲怪物，鄙之不以妹齒。然多力善鬥，年十四，斃拳下者不啻數十人，惟與賣漿媪的女兒趙無知善。

這無知，孤無兄弟(二)。八歲時，隨父樵於野，父墮枯井中。無知大號，無救者，亦躍身投井。及井之半，覺有人捽其髮，從旁穴入。開目，則别有天地，無復有捽髮者。惟見玉戺珠檐，金碧射目。登堂入闥，凡綉幕香奩，人間備用諸物，無弗具。金爐上，烟猶裊裊，而闃無有人。無知大疑，尋至堂後，花木中得一樓。樓左一奇樹，翠蔓絳葩，高可五六尺，不知何名。一實下垂，大如橘而紅熟可愛。掇而啖之，甚甘馥。遂登樓，樓中一榻，榻卧一華妝美人，酣鼾不醒。几上燃巨燭如臂，四壁架插書籤。無知隨抽一帙，就燭觀之，覺肺腑洞徹，過目輒瞭瞭，倏忽間已閲八十餘卷。美人忽醒，怒曰：『汝無仙骨，誤入仙洞，窺仙書，罪不可逭。幸所閲皆塵世間角逐之書，汝緣止此，若再閲一函，五雷將隨汝後矣。』乃拔瓶上小柳枝授無知曰：『汝可歸矣。』言未已，柳枝忽化爲龍，無知騎龍騰空而去(三)。去不遠，龍盤旋不欲行。無知怒，敲龍角，龍矯首一吟，將無知翻墮於地，則已家也。母抱無知大哭，曰：『汝父墮井死，即失汝，已二年矣。嚮從何處安身，今又從天墜下，何也？』無知詭對之。及長，素臉烏鬢，美如華玉，與鄉中諸女异貌。雖才智過人，然文弱不能持寸鐵。有欺侮之者，公挪必得其人而斃之，又竊粟帛濟其貧。

是時，諸兄聞翦戰死，思殺平韓莊，爲父報仇。公挪曰：『韓與紹，本無仇怨。今日之事，其曲在紹。父親爲潛光所惑，致陷身命，仇在紹不在韓。』正議間，人報韓莊遍張告示，許人認尸歸葬。趙夫人乃率諸兒，往收翦尸，公挪也要隨去。纔過碣門，便聞滿路的啼哭聲。子尋父，妻尋夫，兄尋弟，弟尋兄，載尸歸的，尋尸去的，鬧嚷嚷都怨潛光不仁。那趙翦的尸，又不在十字路上，尋至鈎鐮坡，從尸堆裏撿出个絶長的尸來。公挪望見鈎鐮山頂，一簇軍馬團着，聞人説曰：『這是顔公軍馬，監守尋尸的人，防生變的。』公挪却不去看尸，走近坡前，見紫羅傘下，坐着一个如花似玉的莊公，心裏想曰：『我們鄉裏的人，如何這等醜怪；這莊公，如何這等可愛。』呆呆看着時，公端與兄弟，正使從人裝載好父親的尸，哭着回去，却不見了公挪。從人指曰：『這山坡上看顔莊公的，不是麽？』公端大怒，一把揪翻，罵曰：『小賤人，放着父親的尸骸不理，在這裏看人。你想嫁他麽？』公挪正看得入肝入膽，被他揪着，唬得心裏頭跳了幾跳，没奈何只得隨着諸兄回去。

葬事已完，又擇定日期，在山坡上鬥拳奪鄉長。是日，男男女女，鬥拳的，看的，無一个不去。公掷没精没采，只在床上躺着。無知正要唤公掷去看鬥拳，見他這麽情態，細細的詰問他。公掷嘆曰：『自從往尋父尸，見着那顔莊公，不知怎地，便没精神起來。敢是他要迷人的麽[四]？』無知曰：『這莊公，到底是怎的一个人？』公掷曰：『我只説不出來。只記得兩片臉皮，似淡桃花的一般[五]。這雙眼，白的是澄澄的水，黑的是元元的珠，轉一轉時，覺滿臉都生了春色，笑一笑時，覺兩眼都暈了秋光。我這時，幾乎欲走上山去，抱着他，用舌兒舔他幾舔，却被哥哥揪翻，駡了一頓，又驚又惱，似乎病將出來的一般[六]。』無知笑曰：『你這病，名叫相思病了。』公掷曰：『怎麽叫做相思病？這相思病，醫得好的麽[七]？』無知曰：『欲要醫你的病時，除非請那莊公來，可以醫得[八]。』公掷摇首曰：『難難難，那莊公怎肯來醫我。』無知嘆曰：『我這鄉中，獨我與妹妹，面目不與鄉中人同。我們身兒手兒，又白又滑，若嫁這些醜漢，肌膚鋸齒似的，怎能彀一世呢。若這顔莊公，作个丫頭服事他，也不枉一生的。』公掷曰：『我與姐姐，定要嫁他。他若不肯時，我便打進黄石莊，搶了他回來，不怕他不依的[九]。』

無知正笑着，忽聞外面哭的都喧雜起來，猜是哥哥們哭父親哩[一〇]。出廳看時，是母親抱着四个哥哥，捶胸的亂哭。公涅曰：『這樣的一个鄉長，都没福分讓與人罷了。』公則曰：『不做他也罷，只是我那腰腿，中了他兩拳，疼痛的走不動，還吃虧哩。』公掷聽他的言語，知是鬥拳鬥輸的，便上前問曰：『哥哥，是那个奪得鄉長呢？』趙夫人曰：『是大榕樹邊，那問白堊墻，墻上有些薜荔，這个趙熙鬥贏的。』公挪曰：『一起有多少人來鬥呢？』趙夫人曰：『總有八十三个人，只是鬥那趙熙不過。』公挪曰：『女人鬥得的麼？』夫人曰：『鬥便鬥得，只是鬥他不過。』公挪『咄』的笑一聲：『這鄉長終是我們的，待我一頓拳打死了他，哥哥去做鄉長(一一)。』公端罵曰：『這小賤人，不知死活。你如鬥得他過時，這鄉長讓你做。』

公挪不語，入内把着無知的手曰：『姐姐，我且與你做个女鄉長。』無知攛掇曰：『你欲去奪鄉長時，趁他不及防備，速去無緩。我在家裏候你的好音。如鬥贏了他，速來與我商議。』

公挪一溜烟跑至趙熙家，正見喧嚷嚷地，許多人在這裏賀喜。公挪直搶上前，把趙熙一拳，正打在肋下的交筋。趙熙忍着痛，揮一空拳，下面的脚，隨拳踢去。公挪亦虛揮左手支撑着，右手却駢五指，向他膁骨一削，趙熙大叫倒地。公挪正待上前結果他，他的雙脚忽從地下飛起，正打在公挪面門上。公挪迎風便倒，那雙脚踢个空，躍過公挪，復撲在地下，頭撞頭。公挪翻身搓着趙熙的頸，向心窩裏只一拳，但見口噴鮮血，手足顫顫的，已嗚呼了(一二)。公挪又趕着賀喜的人亂打，打得影兒一个也没有了。便去叩無知的門，說知此事。無知寫了幾張紅紙，着人四處貼了。

公挪噓噓地走回家裏時，公端等聞知公挪打死趙熙，又貼了紅紙，要自己做鄉長。没奈何，減着性子，將父親的令牌田籍，交卸了公挪。即有人扛禮物來賀喜(一三)。公挪請了無知辦理諸事。舊時的鄉勇，多半陣亡，重新選起十餘个人來。那四个哥哥，亦在選内。因用無知做个女謀士。廣儲糧草，收買戰馬，日日訓練士卒。又收得百餘个女兵。并請了鄰鄉一个識字的做先生，設个義學，制了規條，漸漸的興旺起來。鄰鄉亦有來投奔的，無不收録。鄉勇趙季純薦鬱林鄉賴仁化，善使雙槍，生平以肝膽自許，年四十，尚潦倒無所遇。公挪乃使季純將厚禮聘之。仁化又薦章鄉毛氏兄弟，毛果曾誅山猺，毛敢曾屠巨蟒，皆萬人敵。悉厚待之。

公挪雖做了鄉長，一心只想着顏少青，常與無知密議此事（一四）。無知曰：『彼莊在南，我鄉在北，遥遥千里，恐足上的紅絲，難繫得這麼遠哩（一五）。』公挪默然，自是茶飯漸漸的減少了。

公挪夜夜是與無知同宿的。這一夜，月净風香，園子裏百花齊放。公挪携着無知的手，坐月下閑談心事。忽聞一聲嘹嚦，一隻雁兒，帶着影從北投南而去（一六）。公挪曰：『這雁若解人意時，替我帶封書，向顏郎訴我們思他的苦。』言着，嘆息了幾聲。只見幾个女兵，扛着一根五棱起齒的大鐵椎，上前曰：『請鄉長演椎。』公挪拿着椎，伸一伸，復竪在地，曰：『那椎覺的重了些。』無知曰：『妹妹夜夜演的，都是這个椎。大都近來茶飯少吃，妹的氣力，都爲顏郎減了。』公挪嘆口氣曰：『可是呢。這椎是祖上傳下的，重百餘斤。我父親身子長，嫌這椎柄短了些，故復造那根長柄的大板刀。我哥哥們，又拿不起，這椎合是我用的，故此夜夜演一回取樂。今夜月色大佳，正宜趁這月光，舞一回與姐姐看，不覺得沉重了許多，恐怕舞不活動，只索罷了。』無知曰：『氣力是越使越出的。終有日見了顏郎，舞這椎給他看，舞得好時，他定歡喜妹妹的。切勿順着懶性兒丢荒了(一七)。』公挪復嘆口氣，拿那椎摩弄了一回，曰：『椎呵，你若有神靈時，須使我舞着你，給顏郎歡喜，你便是个「挫角媒人」了。那時節，綉个椎衣兒衣你，酒兒脯兒祭你。椎呵，你是必有神靈的(一八)。』

言罷，揎起禿袖，扎實鞋褲，雙手拿那椎柄，從低處一撇，轉个身，向前一點，隨着脚步，將椎左一掃，右一掃，跳起來，從空撲下，復翻身跌个蝴蝶馬，由下掃上。一掃，一撇，一點，又一撲，將這月光兒撲得碎了。漸漸的舞得密了，但見萬道寒芒，環繞着身子。星飛雪滚，那東欄幾樹梨花，一陣陣如白雨飄在半空，不知是椎齒的光，花魂的影(一九)。

無知正看得出神，猛聞一聲鶯囀。收了椎，見公挪滿衫滿鬐，都是梨花沾着，氣嘘嘘坐石凳兒上，摇着頭曰：『舞得不好。』無知拿條綉帕，爲他拂去鬐上衫上的落花。女兵捧着玉乳新茶，給他吃了。拉無知回房裏時，那樵鼓早打二更了。侍女們替他兩个拂榻解衣，并頭而寢。

無知爲着顏莊公的事，想得没法。又念着自己的終身，終久不知怎的，顛來倒去，總睡不着。數那樵鼓時，又打四更了。瞢騰的剛合着眼，忽見公挪翻轉身來，將自己緊緊的摟着，嬌着聲曰：『我的顏郎呵，你唬着麽？我疼着你哩，我疼着你哩(二〇)。』無知吃了一驚，將公挪的耳朵兒扭了一下。公挪似乎醒了，仍摟着不放。無知又叫了幾聲。公挪睁起眼來，不覺的長嘆不語，放了手。

無知問曰：『妹妹，你夢得好呵，你將這夢兒説給我聽。』公挪只不肯説。無知將他腿兒扭了幾扭，『你不説給我聽時，我向你的胳支窩酸起來，鬧得你一夜睡不着』。公挪曰：『姐姐莫鬧，説給你聽罷。不知怎的，我立在一个山頂上，拿那齒椎舞動，忽山下喊殺連天，是一簇人馬追着前面一个人。細看那人，認得是顔莊公。心裏大喜，跑下山，將追來的人馬，椎的没个影兒。打算那顔莊公，定來謝我。我肚裏頭，似有許多的言語與他説。誰知這顔公走近前，揪住我的頭髮，拿隻鞋兒打我。我待走脱時，又怕惱着他，只得笑嘻嘻的，由他打了一頓，然後慢慢的説：「我救了你，你爲何打我？」他説：「恁地時，便饒了你，我去也。」我上前扯了他的衣帶，「你去時，須帶着我，我情願服事你的」。他惱着説：「若要帶你去時，除非脱了衣褲，赤着身，將你那下一截給我打一百下，便帶你。」我想了想，他若丢我去時，又不知何時得相見，没奈何，順他性子，脱得赤條條地，湊他打。誰知他又不打，摩弄我那身兒腿兒，笑着説：「好个白滑的姐兒。」我説：「你如何不打，只管摩弄（二一）？」言未畢，忽地大吼一聲，一个毛茸茸的大獅子，從地下蹲將上來，唬得他骨碌碌滾下山去（二二）。我起來揮椎趕那獅子打時，那獅子又不見了。下山去尋他，只見他倒在草陂上亂顫。我心裏疼他，便摟着他叫起來，誰知摟的是你（二三）。』言罷，又嘆息了幾聲。無知笑曰：『我今權作顔公，給你摟罷。』公挪只是不摟。無知見他不摟，拿着他玉琢似的手兒，摟着自己睡了（二四）。

【批語】

（一）〔眉批〕將上文『長人趙翦』四字一提，如揭衣領。

（二）〔眉批〕《記》中凡爲諸人補叙小傳，皆結繁播馥，古藻紛披，而無知此傳，偏用生香不斷之筆，點綴閑纖，又類一則《聊齋》文字。想見作者筆端所至，着紙或春，無不妙絶。

（三）〔眉批〕武鄉侯以卧龍而相蜀，而神智爲三國冠；神機侯以騎龍而相晋，而神智爲笏山冠。一卧一騎，一男一女，兩龍兩相，映照古今。

（四）〔眉批〕作公挪語，便肖公挪語，移作足足、銀銀輩不得。

（五）〔眉批〕何必隆準龍顔，日月爲角，始爲帝王相哉？

（六）〔眉批〕心中如此，口中便如此。不似今之村娃，心中如此，偏左遮右攔，不肯説出也。

（七）〔眉批〕公挪生長無力，心地淳樸，實不知相思病爲何病。絶殊足足輩半痴半黠也。

（八）〔眉批〕無知妙人，開口便作妙語，以佐公挪。一痴一黠，能令閲者心花怒發。

（九）〔眉批〕是公挪語。

（一〇）〔眉批〕接合處，奇而趣。

（一一）〔眉批〕是奚落語，是自負語。

（一二）〔眉批〕公挪打死趙熙，只用兩拳。而兩拳中間，夾寫趙熙兩番用脚，一用單飛，一用雙飛。作者將平日真實本領曲繪出來，不同漫爾摹寫。看梨園，無此活肖。

（一三）〔眉批〕來賀之人，不知即賀趙熙之人否？嗟乎！朝賀秦而夕賀楚，遍地皆然，無足怪也。

（一四）〔眉批〕以『雖』『只』二重字，作轉捩。

（一五）〔眉批〕語新而妙。

（一六）〔眉批〕空中忽涌一段奇波，固爲下回作影，而摇竿散珠，能使文無踸踔之病。

（一七）〔眉批〕無知固無語不妙，而不圖爲妙之至於如此。

（一八）〔眉批〕絶淳樸之心，絶聰明之語，字字從至性至情中流出。其聰明之語，皆其淳樸之極之語也。爲公挪寫生，煞費作者經營慘淡如此。按開元遺事，上定采局，令宫人擲之，得采者得專夜。時呼骰子爲『挫角媒人』。

（一九）〔眉批〕月下舞椎，异於舞槍舞劍。作者不惜經營慘淡，四面烘托，眉舞色飛，一縱一横，再接再厲。

（二〇）〔眉批〕凡文之正面難出色者，每從對面、側面寫來，而夢則不然。夢只一人之事，一人神魂中現滅之事，而他人不得與知者，故從來寫夢之文，無有從别一人寫得明瞭者。而自以爲善寫夢者，兀將夢境填作實境，至夢醒時，纔點出夢字來。千年雷同，最屬可厭。作者胸有造化，公挪之夢，偏從無知一邊詰出；而夢中之事，偏從夢醒之後公挪口中説出，而實從無知一邊點問出來，故仍是無知文字。惟機軸隨心，故恒蹊盡脱。

（二一）〔眉批〕曰『我想想』，曰『没奈何』，曰『誰知他』，曰『我説你』，妙是説夢，不是寫夢。

（二二）〔眉批〕夢中之物，宋則有鹿，莊則有蝶，淳于則有蟻，而獅子胡爲者？

（二三）〔眉批〕『便摟着他』，即上文『緊緊的摟着』。『叫起來』，即上文『你唬着麽，我疼你哩』。

『誰知摟的是你』，即上文『長嘆不語，放了手』。以笋合笋，中間本無有縫，偏於無縫處颺出一篇説夢文字來。謂之痴人，又不若是之痴。總之顛倒宫商，發收由我。

（二四）〔眉批〕無知謂『權作顔公』給公挪摟，而實欲將公挪權作顔公摟着自己也。閨房闧地，兒女痴情，非粗心人容易體認。

卷七

寶安吾廬居士戲編

第二十六回　代鴻雁一女戴星霜　效鸞皇兩雌誤雲雨

自是公挪眉螺鎖緑，靨獺銷紅，無知勸慰技窮，没奈何將前夢解了一回，曰：『據妹妹這夢，是最吉祥的。扯妹的髮，是結髮的兆。以鞋打妹，是和諧的兆。只是獅子吼，想是顔公夫人是妒忌的，也未可知。只要耐着性子，勿令消減了花容，終有个緣到的時候（一）。』公挪曰：『若果緣有到時，萬年也耐得。只是憑虚的，有何準信呢？』無知曰：『我有个下下的策，没來由，只管這樣行。』公挪問：『是何策？』無知曰：『没奈何，作封情書，須要哀藻艷思，挑得他情動的。待爲姊改了男妝，與你帶去。看他看了書，怎的言語，隨機將妹妹心事告訴了他。他若是个有情的，必想妹妹。他若不想時，便是無情的了。我們早將心裏的情苗剗去，一納頭做个長守寡罷了（二）。』公挪點點頭曰：『這封書，須姐姐代作，纔能悉這委曲。』無知應允了。想了一夜，纔擬出這一篇駢體的稿來。公挪曰：『我不識字，念與我聽些个。』無知念曰：

無力鄉長趙公挪斂衽百拜，書奉顔莊公才郎麾下：

妾生十五年矣。垂髫稚女，未解回文；赤脚村娃，何知習禮。衹以生居瘠土，忘箕帚原婢妾之流；遂令力冠群雄，以巾幗儕鄉長之列。塵淹鬢影，未圍孫氏之屏；黛賤眉痕，敢冀張郎之筆。固安之而如命，豈偶也其必嘉。乃者全家沐德，許收先鄉長之尸骸；不圖上谷觀儀，得睹賢莊公之顔色。何郎拭面，粉光艷射千人；荀令振衣，茸采香聞十里。加以文經武緯，德望日隆；大畏小懷，威聲風播。固男願爲臣，女思請妾者也（三）。妾以蒲柳陋姿，雲泥痴願。顛風頓雨，難展蕉心；恨水愁烟，空縈槐夢。懨懨絶粒，千牛之猛力全銷；裊裊餘絲，孤燕之殘魂將斷（四）。徒以男家女室，終身思托命之鑱；非關暮雨朝雲，一夕戀貪歡之枕（五）。倘憐黄口，許列小星；永矢白頭，有如皎日。妾將以無力鄉之田籍，作妾奩資；以無力鄉之人民，作妾媵僕（六）。入則妍争巾櫛，笑啼甘效鴉頭；出則力佐鞭棰，生死長隨馬足。

若拘彼俗情，以女求男爲無耻；泥於成格，謂貴御賤爲不倫；則待年有願，江汜難償。悦己誰容，鉛膏永廢（七）。妾當骨毀形銷，訂良緣於再世；山長水闊，結幽怨於無窮。倘所謂『天長地久有時盡，此恨綿綿無絶期』者耶？

雖然，重義者必能通其義，以義合義；鍾情者必能推其情，以情孚情，知公必不遐弃妾也（八）。貌離神合，泪盡魂馳。臨楮不勝悚惶羞赧之至。

公挪聽罷，歡喜曰：『書中典故，我雖不懂，只是這裏的意思，甚合我心。』遂拍着無知的肩曰：『姐姐真个女相如哩！』

取幅白綾，教無知細細謄好，用針綫縫着，佩在貼肉身上。選个精細有力，貌頗端正的女兵，扮个書童。無知扮做書生，帶些散碎金銀。公挪又脱金釧兩枚，親與無知帶在手裏。又解玉連環一具，贈與無知。無知曰：『妹妹懼我不還，故贈我玉連環麽（九）？』公挪曰：『非也，只是配那金釧，取金玉因緣的意思。』無知曰：『前夜妹妹指着投南的雁，想他帶書，誰想今日我做了妹妹的雁兒了（一〇）。只是天下事，不如意的十八九，况妹妹年輕，未到得摽梅時候，須忍耐着，不要性急。』公挪曰：『若果事有成時，就等一年二年，也使得。即不然，等到白了頭，生等到死，死等到生，也是没奈何的（一一）。』兩个又喃喃的互屬了一回。無知跨馬揚鞭，帶着女兵，投南而去。

行了兩日，黄昏的時候，恰到那石棋鄉，正投鄉中求宿。過了幾條街巷，都是静悄悄的。行到那楊柳邊，思量尋个老者問問。不提防頭上有件物打將下來，正落在鞍橋裏（一二）。拾起看時，是个沉香雙魚扇墜子。翹首望時，見那緑楊樹裏，夾着一面紅樓，樓上一个女郎，打扮得十分齊整，向無知笑了一笑，便垂下簾子（一三）。無知心裏尋思，這女子倒生得嬌媚，多分是垂涎着我，把這香墜兒調我。待我耍他一耍，賺个宿頭。遂下了馬，立在垂楊下，朝着樓上那簾子呆看。那女子又揭起那簾，向着無知丟个眼色，笑一笑，又垂下簾子。無知瞧破了九分，走前幾步，見个大門，上有个匾，鏤着『鄉勇第』三个金字。

無知吩咐扮書童的女兵叫門。一老者扶着拐，開了門，走將出來。見是少年的美貌書生，大喜。請無知進屋裏坐地。問曰：『相公高姓尊名，從何來的？』無知曰：『小生姓趙，名無知，是無力鄉人。因往黄石探親，道過貴鄉。見天色已晚，求宿一宵，明早便去的。不知老丈容納否？』老者曰：『不嫌慢客，權在茆舍下榻。某聞無力鄉人，形狀殊衆，相公這等風儀，吐屬温雅，是鶴立鷄群的了。』無知曰：『不敢。請問老丈尊名？』老者曰：『老夫姓山，名嵩子。曾爲本鄉鄉勇。今年老，已退回了。』無知曰：『老丈令郎幾位？』嵩子曰：『某只生一男一女。男喚山維周，在唐埗鄉作个鄉勇。女喚山翠屏，是某晚年生的。某累世皆尚武惡文，偏某這翠屏女兒，好弄管讀書，吟詩作畫，必揀个風流女婿，纔合得他。不然，他便一百歲也不嫁。相公你想想，我這西北百餘鄉，那裏有這等人，豈不是痴麽？』無知曰：『可是呢。即如我無力鄉，只有我好讀書弄管，吟詩作畫，被鄉裏的人鄙薄的了不得。欲要娶个風流的女子，那裏尋得出呢（一四）。』嵩子聽了，偏打着他的心坎，呆呆的想着。恰有个鴉鬟，捧茶出來。飲了茶，又一个小孩子，頭上綰着个丫髻，向嵩子耳邊説了幾句。嵩子謂孩子曰：『你且陪着這相公說笑話兒，我去便來。』言着，進內去了。

無知見孩子生的唇紅臉白，氣健肢粗，便拉他過來，問曰：『你叫甚麼？』孩子曰：『我姓山，名阿正。這白髯的，就是我的公公。』（一五）『你幾歲呢？』阿正曰：『八歲。』『你父親在屋裏麼？』阿正曰：『我爹爹媽媽，都在唐坶鄉。我是前兩日纔跟着公公回來的。』『你屋裏還有甚人麼？』阿正曰：『有个婆婆姑娘。』『你曾讀書麼？』阿正曰：『我爹爹是最惱那讀書的，常言「男子讀書必爲盜，女子讀書必爲娼」（一六）。我姑娘是最好讀書寫字的，嘗與爹爹角起口來。姑娘曰：「今之爲盜的，皆讀書的麽？」爹爹曰：「今之盜，竊人室中所有，其害小。讀書的，竊人心中所有，其害大。」姑娘曰：「今之爲娼的，皆讀書的麽？」爹爹曰：「今之娼，以容色媚人，其技淺。讀書的，以文字媚人，其技深。爲盜爲娼，比那讀書的還强些哩！」故此不肯教我讀書，只教我拈槍弄棒。』無知曰：『你姑娘讀的書，是誰教他呢？』阿正曰：『誰教他呢。只是私浼着舅公公，不知何處羅得這一櫃子的書，自讀自吟罷了。』

言未已，只見嵩子笑嘻嘻走出來，曰：『相公駕賁荒鄉，無以將敬，略備些隨便酒菜，請進裏面坐地（一七）。』無知謝了，隨進內室，見席上的酒菜，豐盛异常，已有幾分疑惑。飲至數巡，嵩子教丫頭請姑娘出來，奉相公一杯兒酒。無知起立曰：『小生异鄉孤客，蒙老丈厚待，感荷已深，何敢辱及寳眷。』嵩子正未及答，即聞環佩響，早有幾个小婢，扶着那翠屏姑娘出來，正是那紅樓上掀簾一笑的女子，纖手捧杯，向無知深深道个萬福（一八）。無知接了杯，一面還禮，一面暗暗地拿着那香墜兒給他看。翠屏看了這香墜，紅雲都暈上兩頰來。瞅無知一眼，退去了（一九）。

嵩子曰：『敢問相公貴庚？』無知纔坐下，答曰：『虛度一十九年了。』嵩子曰：『長我女兒兩歲。今有句話，欲屈相公，未知可說否？』即拿酒盞來飲無知。無知酬了盞，曰：『老丈有話，請明說。』嵩子曰：『我那女兒，百般的他看不上，見了相公温文俊雅，是要高攀的。欲屈相公做个女婿，相公肯麼？』無知曰：『小生原是个窮儒，食無隔宿之糧，居少立錐之地，縱老丈不鄙寒酸，小生實無室家活計，誤了老丈的令媛，斷乎不敢。』嵩子曰：『相公不必推辭。如相公果係清寒，不費相公一文錢，招在老夫屋裏，當个半子兒，替你養着老婆，替你老婆養着老公，不好麼（二〇）？』無知曰：『小生尚有个六旬老母，恨小生孱弱，恐人欺侮，發願娶个有氣力的健婦，違之不孝，願老丈別選名門，休題這話（二一）。』嵩子又浼了許多言語，只是不從。

是夜，嵩子拿着燭，引無知到花園裏一个小小的亭子下榻。那扮書童的女兵，亦緊緊隨着。無知送嵩子出亭子去，閉上門，正欲就寢，忽聞女子叫門。

女兵開了門，見个艷服的鴉鬟，提着燈籠，上前斂衽曰：『家主謂這裏狹小，不能容得兩榻，請那哥哥別處宿。』無知曰：『不用費事的，我主僕一床兒罷了。』鴉鬟曰：『使不得。這是家主人恐待慢了貴客的主意，哥哥隨我來罷。』女兵只不肯去。鴉鬟惱着曰：『你們好不懂事，主人這麽説，你便依着纔是。爲甚麽執拗起來？』這女兵没奈何，隨着鴉鬟，曲曲折折的，引至一个所在。

鴉鬟放好了燈籠，剔明了桌上的燈，閉的一聲，將房關上。女兵吃了一驚(二二)。但見那鴉鬟笑嘻嘻的走上前，道个萬福：『哥哥尊姓尊名？』女兵曰：『某姓趙，名春桃。』鴉鬟曰：『呀，哥哥是个好男子，爲何取个女人的名呢？奴亦名春柳。春桃、春柳，同此春宵，敢是與哥哥有宿緣的麽(二三)？』言次，便挨着春桃坐地。春桃低了頭，只是不語。春柳曰：『我今年十七歲了，敢是與哥哥同庚的麽？』春桃曰：『我長你一年，十八歲了。』春柳笑曰：『哥哥，黑夜裏走進我卧房裏來，做甚呢？』春桃曰：『是你引我到這裏的，干我甚事？』即起來，欲開門跑將出去。春柳一把扯住，摟在懷裏，提起那小脚兒勾着，又在春桃臉上親了个嘴。笑曰：『與你取笑的話兒，怎麽當真？好哥哥，我愛得你狠哩。』春桃心裏七上八下，提防他識破了真相，左掙右掙，纔掙脱了。笑曰：『你這姐姐，忒性急。縱然要我怎地，便有句話。爲何只管摟着親嘴？』話得那春柳面龐兒白一塊紅一塊，挨着床柱兒，手弄那紅綃帕子，不做聲。春桃又欲開門，春柳上前拉住曰：『我不摟你時，你便跑去。與哥哥一塊兒坐着説話罷了。』於是相携盤榻上坐地。春柳又將小脚兒叠在春桃的膝上。春桃把他的脚兒弄了一回，笑曰：『姐姐這小鞋兒綉得好呵，是誰給姐姐綉的？』春柳曰：『是我自己綉的。哥哥若不嫌時，明兒綉个暖肚兒，給哥哥做个記念。』春桃曰：『你這鞋尖兒的胡蝶，好像是兩个蝶兒摟着的麽？這裏看不分明，待爲哥的替你脱下來，燈下看看（二四）。』春柳笑嘻嘻提起右脚，直翹到春桃的胸膛裏。春桃趁勢，一手托着他粉捏就的腿兒，一手褪那綉鞋，褪將下來，走下床向燈下翻覆的看。贊曰：『綉得好呵！』一頭贊着，一頭開房門，跑出去了。春柳欲下床趕時，脚上又没了鞋，只得千哥哥、萬哥哥的叫着（二五）。

春桃承着朦朧的星月，尋到無知那小亭子裏（二六）。在窗外張時，只見裏面燈光如晝，無知懷裏摟着一个人捺乳兒。細看時，那人正是翠屏姑娘。無知從他衫衩裏捫將上去，翠屏興動，兩个摟做一團（二七）。春桃爲他捏着把汗，肚裏尋思，露出本相來，不是耍。只聽得嬌滴滴的聲兒，翠屏曰：『心肝，你愛着奴時，何苦苦的辭那親事？』無知向他的桃花臉上輕輕的打了一下，曰：『姑娘，你不知道，我下面的東西，是最軟弱的，未知育得男女兒没有，恐耽誤了姑娘一世。是我待姑娘的一片好心，姑娘倒怪起我來。』翠屏曰：『你這樣俊俏的書生，是必解領情趣的。我不信你下面的不動一動。你何苦兩股兒緊緊的夾着，不肯給奴一捫（二八）？』言着，又把那尖尖的玉指兒，向無知股縫裏亂插。

春桃看到這裏，急得没法，正欲敲他的門（二九）。猛聞呻吟了幾聲。『哎呀呀！』無知大叫曰：『疼煞我也。』兩手撑着胸腹，捶床搗枕的叫起腹疼來。翠屏吃了一驚，抱着無知的腰，一手摩着腹。那裏摩得住。『呵呀，姑娘，一陣一陣的痛煞我也。』大叫春桃拿藥來（三〇）。春桃在窗外應着曰：『爲甚麽舊時的病復發了？速速的開門，我救你哩。』翠屏没奈何，忍着羞，開了門。

春桃剛入門，瞅了翠屏一眼(三一)。翠屏紅暈了面，低着頭，不語，又不去(三二)。春桃曰：『相公你幹的好事，若主人知道呵，却連累着我。你這病多分是花風病，舊時的藥，怕不對症。』無知喝曰：『好狗才！把話來傷我。快拿藥來。你若多嘴時，我再與你計較。』春桃曰：『我這藥，昨在楊柳樹邊鬧扇墜時丟了。你這病要好，待我喚醒你那丈人來醫你(三三)。』言着便走。無知詐作又痛又惱的光景，忍着氣，喝轉曰：『春桃你且轉來，你快拿藥來。切勿聲張，壞我的行止。我教姑娘，把那春柳給你做个老婆便了。』

春桃向外邊，將花盆上的泥，和口涎搓作个丸兒。又立了些時，早打五更了，噓噓地拿着藥丸進來。那翠屏仍在這裏，一手按着無知，一手拿綉巾兒拭眼泪。春桃將藥丸放在燈下，曰：『藥已取來了，姑娘你要我相公好時，速教人拿滾水來和藥。』翠屏挪步出亭子，繞欄杆喚春柳。

那春柳正被春桃騙了鞋子，惱着。聞翠屏喚，没奈何，只得尋雙舊鞋子穿好。問出情由，忙忙地去燒滾水。心裏頭想曰：『我姑娘教我絆着這春桃，佢好調那相公(三四)。誰知我没造化，遇着這無情漢子，有名無實(三五)。他却幹得熱鬧，不幹出病來不休。眼見是个花風的惡症候(三六)。半夜裏有甚好藥，却教我燒滾水，莫不送了那相公的性命？我且拿滾水去，看他怎的。』提着燈籠，拿着水，往亭子裏來。

只見春桃陪着無知坐床上呻吟。翠屏仍立在欄角裏，痴痴的朝着殘月兒哭(三七)。正欲問他怎的，忽聞春桃呼曰：『春柳姐，有滚水麼？』春柳曰：『有。』遂走上前，將滚水交與春桃。因問：『這病因甚起的？可是花風的症候麼？』春桃曰：『我是那麼想。』無知罵曰：『你這些人，好没道理。我與你們姑娘，不過坐坐，談些心事，那肯幹那不長進的事。』春柳啞然笑曰：『是好話也呵。難道主僕們都是一輩子的，我不信(三八)。』春桃曰：『信不信由你。你且出去，我這藥，是畏陰人見的(三九)。』春柳纔出房門，春桃便把那門關了。又向那窗櫺裏張他，春桃又把那窗板兒上了，帳兒下了，一絲兒張不見了。春柳自言自語曰：『這病是從陰人得的，爲何也怕陰人見呢。我猜這兩个，是吃着南風的，多分是一窩兒，在床上幹那女不女、男不男的事也未見得。明兒，須討他的利市錢旺床哩。』言罷，見欄角裏翠屏猶朝着那殘月殘星痴痴的哭。春柳乃曳着燈籠，扶翠屏去(四〇)。

【批語】

（一）〔眉批〕無知圓夢，皆有至理。惟獅吼之言不驗，何也？蓋天下事，至幻莫如夢，若必如左氏之解夢，言言皆驗，亦痴人説夢而已。

（二）〔眉批〕絶無情語，而實千古絶鍾情，固結而不可解之語。

（三）〔眉批〕落到女請爲妾之語，妙極自然。

（四）〔眉批〕是英雄女子語，非尋常閨媛所有。

（五）〔眉批〕意精詞煉，風采欲流，極似宋人四六。

（六）〔眉批〕意奇語妙，機軸隨心。

（七）〔眉批〕駢體文，莫善於轉。能轉則肥處皆精，能轉則板中俱活。

（八）〔眉批〕詞精而卓，似一則子書。

（九）〔眉批〕無知自忖，此去未知何時得還，恐公挪生疑，故一見連環之贈，即以『懼我不還』之語坐公挪，然後發出『妹妹年輕』一段議論。

（一〇）〔眉批〕即以前回投南雁影作波瀾，顧前瞻後，一語百情。

（一一）〔眉批〕情痴語妙，古今無此等法，亦古今無此筆法。

（一二）〔眉批〕絶妙一幅調情圖。梨園中《挑簾》《拾釧》諸劇，無此曲折活肖也。

（一三）〔眉批〕曰『看時』，曰『望時』，兩『時』字以對峙作呼吸。

（一四）〔眉批〕針鋒相對，字字穎妙。

（一五）〔眉批〕此阿正，即他年婚韓春蓀之妹芷香者。先從此處植根。

（一六）〔眉批〕作者其有感於中乎？何言之逼仄沉痛如是之極也。

（一七）〔眉批〕已有招婚之意存胸中。

（一八）〔眉批〕打合。

（一九）〔眉批〕假雄真雌，絶妙調戲。假者聊以假當真，故暗暗以香墜調之也。真者誤認假爲真，故紅暈頰瞅一眼而去也。

（二〇）〔眉批〕措語奇絶。無知應答曰：『多謝丈人，養着女兒的老公之老婆，多謝丈人，養着女婿的老婆之老公。』好評。

（二一）〔眉批〕前云欲娶个風流女子，今又欲娶有力健婦，未免自相矛盾。倘欲風流而後力健，若無知真爲男子，殊覺不堪奔命耳。

（二二）〔眉批〕嚇煞春桃。

（二三）〔眉批〕諧絶！以一『春』字串成八个字，慧口妙心，得未曾有。

（二四）〔眉批〕絶妙調情，尤妙在借調情爲免脱計。鞋可脱而下，人亦可脱而逃矣。

（二五）〔眉批〕一个贊只管贊，跑得無影。一个趕不能趕，叫得可憐。

（二六）〔眉批〕寫得春桃此夜驚心吊膽，無刻忘無知，故纔免脱，便去亭子裏張無知，而不圖張出一段絶妙戲文。

（二七）〔眉批〕摟着捺乳，是從衫外捺。從衫衩捫上，是從衫内捺矣。翠屏輿動，捫之者或不及知，而從窗外窺者知之。

（二八）〔眉批〕奇情奇文。

（二九）〔眉批〕無知不自急，而春桃代之急。

（三〇）〔眉批〕叫春桃者，不知窗外有春桃也。浪叫而已。乃叫未畢而應已隨，不獨翠屏疑之，即無知亦當自疑也。而各不及疑者，情之迫也。

（三一）〔眉批〕此一瞅，却毒甚。

（三二）〔眉批〕此時，羞不徒羞，哭不任哭，而去又不忍去。
（三三）〔眉批〕絶妙口角，而文亦縈拂有情。
（三四）〔眉批〕翠屏怎樣調無知，前文并未明叙，却從春柳之心裏頭想出來。妙絶。
（三五）〔眉批〕春柳有春桃心事。
（三六）〔眉批〕春桃言花風是硬派，春柳言花風是妒忌。
（三七）〔眉批〕可笑，亦可憐。
（三八）〔旁批〕用《西厢》句而妙勝於《西厢》。
（三九）〔眉批〕無知主僕各搗鬼話，翠屏主僕各懷鬼胎，好看煞。
（四〇）〔眉批〕前言『翠屏立欄角』，此言『欄角裏翠屏』；前先言『痴痴』，後言『朝着殘月哭』，此先言『朝着殘月殘星』，後言『痴痴的哭』。各有神理，勿渾淪看過。加『殘星』二字，是天將明時矣，不可不知。

第二十七回　奪狀頭百花輿争御雌才子　屯雙角萬竹峽齊擄女英雄

天明，春桃剛開房門，便見那嵩子同着个姥姥進來，臉兒似是惱着的。無知纔扣好了衣帶，上前迎坐。嵩子曰：『相公是念書的人，宜知禮法。昨夜爲何勾引我的女兒，一塊兒在這裏（一）。』無知呆了半晌，曰：『那有此事，誰説來？』嵩子曰：『若要不知，除非不做。老夫拼着醜名兒，將翠屏捆起來，同到鄉長這裏，由你分辨。』無知想了一想，曰：『不妨事，捉奸須要登時捉住的。到鄉長這裏，小生自有説話，去波(二)。』那姥姥曰：『也罷，這樣的事，相公不醜，我們先醜了。相公也是無室，我女兒也是無家，將就些，就招你作女婿。醜不外颺罷了。』春桃接着曰：『這事是最圓通的，相公允了罷。只是我們要趕路程，今下了定，回來時成親，是兩不相礙的。』無知只得應允，遂將身上的玉連環解下，雙手奉與嵩子，曰：『小生客途，無甚聘禮，只此略見意兒(三)。』嵩子回嗔作喜，曰：『賢婿肯俯從時，門楣有幸了。』叫鴉鬟拿這連環，與姑娘收着。鴉鬟去不多時，捧出个小盒兒，中藏四規真珠璫一事，回答姑爺重聘。無知收了，拜了嵩子、姥姥各四拜，便要起程。嵩子叫人趕辦筵席餞行，送出鄉外。

無知帶着春桃，上馬加鞭，望南而去。一路上，人耕緑野，犬吠花村(四)。漸漸的鴉噪夕陽，又是黄昏時候了。

是夕，投宿紹莊。莊之西，有个龍灣市。市上有个客店，名呼家店。這店房舍幽雅，肴饌精潔，比別店三倍的價，凡富游子弟，多投這店。無知下了馬，進這店中，店主人將無知相了一相，帶他揀个絶好的房子，笑曰：『相公，莫非來考吉當試的麼？』無知曰：『小生是北方人，要往南方探親，故打貴莊經過的。敢問如何是吉當試？』店主人曰：『我店中投宿的，往來不絶，南方人多文雅，北方人多質野。相公説是北人，想是僅見的，大約詩詞上都講究有素的麼？』無知曰：『略涉獵些。』店主人曰：『我們莊公府上，有一吉當樹。那樹從没有開過花的，今兒開了七朵，以爲祥瑞。明日，招人賦詩考試，無論本莊的、别莊别鄉的，考得頭名時，即封作花狀元。相公來得這麼巧，明兒，何不走一遭，奪个狀頭回去。』無知曰：『明兒，煩主人指點考試的規矩。』主人大喜，教人備上等的酒菜。

是夜，春桃説曰：『依着春桃，不考這試也罷。我們左不過是个女人。爲着公挪鄉長的親事，餐風宿水，時時提着心，防人窺破。姑娘平時的膽，大慣了。昨宵的事，都是姑娘撩撥出來的，又來這裏考甚麼試，就令考中那狀元，不能帶作嫁奩。一時露出行止，都不好看得，勸姑娘收斂些兒罷（五）。』無知是个絶好勝的人，那裏肯聽（六）。

明早，店主人已將所囑買的筆硯場具送來（七）。無知問了備細，使春桃携場具跟着，跨馬直奔莊公府來。填了名册，巳牌的時候，魚貫兒點進一座大院子裏，約有三百餘人，列桌兒坐地。先給酒飯，然後有人拿着那題目牌兒。衆人看了，是《吉當花》七律一首，限『恩』字。次題是《紹莊竹枝詞》四首，不拘韵。衆人摇頭擦額的，想了一會。過了午牌，先後交了卷子。又擺着點心兒，各人吃了，散了。

時以呼家寶爲主司，閲這卷，没有中意的。除未完卷的，及抄前人杏花、桃花詩的，没奈何，取了三四名，總是有一兩句似詩句的，餘都槎枒不成語了。尚剩幾个卷兒，打點不看他了。忽報丁勉之來探候，兼看他取的卷子。勉之亦不浹意，乃撿閲餘剩的幾个卷，忽撿出一个墨光射人，絶好書法的（八）。勉之曰：『這卷書法很好，或是好卷。』閲罷，大喜曰：『不期有這个人。看那姓名，填着是趙無知，無力鄉人（九）。』家寶大驚曰：『這無力鄉，是最鄙陋不入教化的，又是个女人做鄉長，那裏有這等奇才？得這人，可以不負公望了。』遂取作第一名。第二名是紹文波，三名是紹春華，四名是繆方，餘皆不録了。

呼家寶捧了這四个卷，呈進潛光。潛光教家寶逐名的念與他聽。潛光曰：『某雖不懂這詞句上，只是初念這一卷，是好聽得很。你再念一念。』家寶復將那《吉當花》七言律念起來，曰：

仙種分來太乙垣，七星飛入九華門。千絲紅散胭脂影，一品香迷蛺蝶魂。
錦段織成雲有朵，寶光合處月無痕。千年倘結瑶池實，盡是東皇雨露恩。

念罷，又解了一回，曰：『這吉當花是七朵，起二句，言這花之種是天上分來的，先點那「七」字。頷聯形容這花之香艷富貴，組織工麗，却無俗音。頸聯用七襄雲錦、七寶合月兩个典故，暗藏「七」字。結用王母七顆桃爲比，押到「恩」字，是體物瀏亮中最得體的（一〇）。』紹潛光點點頭曰：『真正才子，真正好詩。』

又念《紹莊竹枝詞》頭一首曰：

白龍庵外草芊芊，湖畔妖姬學采蓮。采盡蓮花又蓮子，只應留着葉田田。

其二曰：

六陌蠶娘厭采桑，争誇絶技善飛墻。墻邊摘得牛心柿，私裹紅巾擲小郎。

其三曰：

龍灣市前人打鼓，龍灣市後人插秧。龍灣市上當壚女，手捧椰尊勸客嘗。

其四曰：

小姑沓沓奶勞勞，日改青衫作戰袍。近日惡文偏尚武，教郎投筆弄槍刀（一一）。

念畢，潛光拍案曰：『好詩好詩。只是這「奶」字，可入得詩句麽？』家寶曰：『我笏山的稱呼，凡女子未嫁稱姑娘，已嫁稱奶娘。「奶」字雖俗，但《竹枝詞》是風謡之詩，即如白龍庵、龍灣市、蓮湖、六陌等地名，飛墻、插秧等俗語，皆可供其運用，所謂「俯拾即是，脱手皆新」者也。』潛光曰：『既如此，這人就點他做个花狀元罷。速傳這人來，待某看他的相貌如何。』

即日，出了花榜，報至龍灣市。呼家店內，店主人向無知道了喜，復擺酒饌，爲無知潤筆。諸莊勇都來結識狀元。

明日，有幾个莊勇，傳莊公命，請無知入府相見。潛光見無知青年美貌，大喜，降階迎接，分賓主而坐。即擺筵宴款待。又擇吉期，使呼家寶備辦綉旗彩杖，用百花結个花輿，游街三日以寵之，務極華麗。又使巧工製造翠毛雀羽夾綉攢花鳥的錦袍，八寶嵌雲的奉聖冠。選莊內的美貌良家女子，來扛那百花輿。諸莊勇的女兒，盡來扛輿。不得扛輿的，便烏烏的哭着，自嘆命蹇（一二）。

至期，家家結彩，當路的樓窗，皆珠幕花燈，連絡不絕（一三）。行行頭踏，大書『花狀元』字樣，一對對的霓杖鸞旗，一隊隊笙簫鼓吹，三檐的生花凉傘，間着鏤香八寶執事。近輿，扮幾隊宮妝妙女，捧着香吊爐，擎着花龍、花鳳、花蝶、花球、花瓜、花福、百花結成的宮扇。後面，一群艷妝女子，簇擁着那百花輿。輿上坐着一个如花的花狀元。輿後，又有一隊擐甲的女將騎馬隨着。看了的，又抄過前路再看。亦有隨着騎馬的後面，芸芸的行，不肯回去（一四）。一來，無知是天生玉貌；二來，打扮得華艷。『女兒的心裏，得嫁這个人一夜兒，便死也彀了』，那老臉的竟説出來。這三日，老老少少，男男女女，肩簇簇鬧个不絶（一五）。

纔安息了幾日（一六），忽有大寅鄉勇來告，言紫霞洞的强寇兵圍本鄉，强索糧米。本鄉千有餘家，亡在旦夕，乞莊公念同盟之誼，速發熊羆，拯我黎庶。潛光集謀士、莊勇，聚府議之。丁勉之曰：『大寅爲我莊後勁，大寅一破，不能保其不窺伺我莊，不可不救。』家寶亦然其言。潛光曰：『某聞紫霞洞强人所向無敵，非起傾莊之兵，某親督戰，恐不成功。但我莊新敗之餘，元氣未固，勞師動衆，必擾民心，若何而可？』無知進曰：『勝敗之機，在謀不在衆。寇雖强，寇也。寇之爲言衆也，衆則不一，不一則不固（一七）。我當以少勝之，不宜用全力以長寇威。小生雖是書生，頗嫺軍旅，願假莊勇二名，莊兵五百，立擒賊梟，獻於麾下。何待莊公奮全力以親征。倘言不驗，甘當軍令。』潛光大喜，即點紹太康、奇子翼，馬步軍共五百人。無知領了令箭，即日率軍從紹莊後路無那徑而出（一八）。

是夜，安營已畢。春桃曰：『公挪鄉長日望姑娘早見顔公，完此心願，姑娘偏愛攬那無益的事，自尋荆棘，何苦呢（一九）？』無知曰：『紹公待我厚，必不放我行。我此行，必破賊救大寅，所以報紹公也。已報，則去留由我，不爲不義。千里因緣，欲速不得的。你且助我破賊，以顯威名，餘何足道。』

明日，使人多竪旗鼓，軍容浩蕩，揚言殺奔紫霞洞而去（二〇）。至雙角峽，又屯軍不進。密令紹太康引軍二百，人馬銜勒，從大寅左邊劫無智的營。令奇子翼引軍二百，從大寅右邊，劫更生的營。伏至四更初點，不待號炮，悄悄殺入，賊軍必無準備。兩莊勇領令去了。

是夜，細雨濛濛，愁雲密布（二一）。紫霞的軍，聞救兵已出，却不來解圍，只去攻打紫霞洞，恐小智勢孤，不能禦敵，巢穴一失，何處藏身，正欲分兵回救小智。先是，更生與足足同時被擄，足足逃歸，無智浼令更生削髮，以補大智之位。更生不從，反説無智蓄髮，同歸顔公，無智心然其言，而尚徘徊未定。是役，留小智守洞，與更生同攻大寅，破有日矣（二二）。

是夜（二三），無智使人請更生商議回救紫霞之策。談至四更，倦欲就寢，忽金鼓驟鳴，火光四起，披挂不及，紹軍已劫進營中來了。衆兵大亂，更生横槍，徒步殺出。但見火光照天，四面皆紹軍，只從無火處走。不期大寅鄉裏又衝出一彪軍來，大呼曰：『這黑影裏獨走的，正是女賊頭了。』更生斜刺裏繞山而走。那雨氣雖消，路甚泥濘，身上又無弓箭（二四），再走過兩个山坳，氣嘘嘘地，坐一巨松樹下，走不動了。忽見一騎馬，引着十餘个步兵，用火把照着，曰：『在這裏，快來拿人。』更生將松樹偃着身子，暗地刺人，近前的步兵，已刺倒了幾个。那騎馬的，揮刀繞樹斫來。更生從樹縫裏一槍，倒插上去，正插着那馬上的軍士咽項，挑下馬來，殺散了餘兵（二五）。防人認識，欲改男妝，遂將那刺死的頭盔衣甲解下，披戴好了，上了馬，又望無火處走。

正走着，又見杉林裏走出十餘个步兵，引着一騎，却無火把，從黑影裏追來。更生嘆曰：『我命休矣。欲見顔郎一面，怎能彀呢（二六）。』正思量尋个自盡，那後面一騎已趕上，一把提下馬來，衆兵縛了。時天色漸明，一兵曰：『這人好像更生娘子。』更生聞語，心裏一驚，環顧果然是自己軍士，大呼曰：『你們錯拿了自己的人了。』那一騎橫着禪杖，正是無智，下耿純解了更生的縛(二七)，言：『紹軍實不多，只是我們軍馬自相踐踏，死的降的，大都十無一存，俺手下只剩這十餘人，在這裏逃命，不圖得遇娘子(二八)。』更生曰：『且商量從那條路回洞是緊。』無智曰：『白藤嶺，怕有軍馬埋伏，回洞又遠，倘敵軍破了洞時，遲了。不如從雙角峽抄過，雖崎嶇難走，究竟穩便(二九)。』

時朝旭雖升，復有些無聲的細雨，遂取路從雙角峽來(三〇)。忽後面塵頭大起，金鼓吶喊之聲不絕。無智、更生大驚失色，忙忙揮鞭過峽。那峽有萬竿的鳳尾竹鎖着，又名萬竹峽。繞竹尋着路徑，那徑盡是濕泥。忽聞竹裏有人唱歌，歌曰：『泥滑泥滑，脱了綉鞋脱羅襪(三一)。』駐馬聽時，那濕泥已濘着無智耿純的足，盡力鞭那耿純，耿純大吼一聲，把無智掀在地下。『吶』一聲喊，竹中走出幾十个步兵，把無智綁住。更生吃了一驚，身子一顫，馬站不牢，連人帶馬，翻倒在地，遂被縛。後面的軍馬到時，只見春桃立在竹外，笑曰：『兩莊勇勞苦。兩个賊首，先被春桃捉住了。』於是解回營中(三二)。

無知升帳，見那尼姑嬌艷异常，這漢子亦白嫩如美婦人，罵曰：『你這野尼，既受佛戒，爲甚麼犯了殺戒，又犯淫戒，偷漢子呢(三三)？』無智曰：『乳臭書生，出語傷人。我無智是頂天立地的尼姑，要殺便殺，偷甚漢子！』無知曰：『你這野尼，好大膽。爲甚麼冒認小生的名呢？』無智曰：『我無智的名，是出家時師父取下的，誰肯冒你？』無知曰：『哦，你原來喚做無智，小生却是無知。無知無智，恰是兩口兒，不若與你結拜了罷（三四）。』無智大罵曰：『賊書生，我無智烈烈轟轟，是可斬不可侮的。你欲調戲俺時，須堤防着腦袋。』無知大怒，罵曰：『賊淫禿，你招了這白臉的做尼公，還裝假幌子（三五）。』因指着更生曰：『你不與人結拜，這个是誰？』無智冷笑曰：『你的眼兒小，不能辨雌雄。你道這个是誰？他乃顏莊公的更生娘子。若動他一動時，顏公知道，你有幾顆腦袋呢？』無知曰：『小生不信。小生與顏公是最好的朋友，他娘子怎肯從你做賊？』更生曰：『你這書生，果與顏公相好時，説給你聽。我與足足娘子，攻打紫霞洞，爲洞中的師父擄去，足足逃回，我逃不脱，故此權在洞裏。因昨夜敵軍追急，故此權扮男妝避禍的（三六）。』無知大喜，將他的盔甲解開，一驗，果是个女子。親釋其縛，教春桃帶入内營，『小生有密話與他説』。更生曰：『男女授受不親，有話便説，入内營作甚麽？』無知曰：『娘子休疑錯了小生，實有没奈何的委曲。若起反心，鬼神不祐。』更生見他説得懇摯，便隨他進内營來。

無知教春桃遠屏了左右。先將更生從賊之故，細細詰難一番，果是顏公娘子無疑。然後把公挪鄉長怎麽思慕顏公，自己怎麽扮作男妝，怎麽中狀元，怎麽領令箭救大寅的話，一一將真情説了。『今欲送娘子從這路竟回黄石，娘子以爲何如？』更生愕然半晌，纔知他亦是个女子，遂訂爲姊妹，約同事顏郎。又令將無智釋放回紫霞洞去了。更生改了女妝，取路欲投黄石。

行不數里，見石杵岩前扎了幾營軍馬。着人探聽，纔知是黄石莊嬌鸞娘子的營。更生大喜，即與無知匹馬來見嬌鸞。嬌鸞把更生手，細詢前事。回頭忽見無知，驚曰：『娘子爲何帶着這个書生，這書生到底是娘子甚人？』更生又將無知的事述了一遍，嬌鸞看了無知幾眼，『呵呀！扮男妝的都有，不似這姑娘像得很呵，儂家終有些不信』。遂拉無知進内營驗着。更生曰：『不暇動問娘子，爲何帶兵到此？』嬌鸞曰：『因足足打死了南可莊公飛熊的兒子，令莊勇田有功率兵往襲桃花鄉，爲兒子報仇。云鄉長遣人求救，儂領了軍令，與炭團、秋娥，帶兵到桃花鄉時，誰知有功先走了。儂不分空回，扎營月山，待可軍再出，斬將搴旗，纔回去的。等了許時，炭團、秋娥先回黄石去了。昨日，儂纔移營在此，恰遇娘子，又得這奇女子，可以班師見顏公了（三七）。』乃相議拔營回莊。

無知欲辭絶了紹軍，令春桃傳紹太康、奇子翼至，無知曰：『小生受紹公厚恩，思有以報，故代他破賊，以救大寅。假公之威，幸不辱命，今將令箭交還莊勇，懇莊勇帶兵回莊，爲謝紹公，他時再得相見。小生從兩娘子探親去也。』太康曰：『狀元用兵如神，我莊公方幸得一賢佐，無纖介之嫌。去而不返，貽鄰莊笑，某等何以復命？况某有三个女兒，狀元亦頗知其美的，咸願奉巾櫛，欲待狀元班師回莊，纔敢説合（三八）。今中途弃某而去，何無僚屬情耶？懇狀元回莊，見了莊公，去留隨狀元的。』無知曰：『小生已有聘妻，不敢更辱莊勇（三九）。此行已决，斷不淹留。爲語紹公，他時會有相見（四〇）。』奇子翼大疑，私謂太康曰：『這狀元的行止，大是可疑。初時，見那尼姑妖冶，便用言語調戲着。後來問出這賊頭是个女子，便帶他進内營，不許我們窺伺，不知幹些甚麽。幹得親熱，便帶着他寸步不離。今又遇這顔莊公娘子，就思量打夥兒跟他，不顧我們。此中必有原故。這狀元大都是个浮浪子弟，你女兒不嫁他也罷（四一）。』太康聞這話，只得嘆口氣，辭别無知，引兵回莊去了。

【批語】

（一）〔眉批〕《西厢·拷艷》篇，紅娘曰：『誰説來。』夫人曰：『歡郎説來。』此曰『誰説來』，并不言阿正説來，然則嵩子夫婦自己説來可知，然則嵩子夫婦私使女兒以奸情局人作女婿可知。

（二）〔眉批〕不知有何説話。奇絶。

（三）〔眉批〕誰知公挪所贈之連環，却供無知定親之用。

（四）〔眉批〕此處纔完了前回文字，折落此回。『一路上』數語，包却無數村郊風景。

（五）〔眉批〕重提昨宵之事，縈拂有情。無知生平膽大，春桃素知之，故借春桃口中補出。而春桃之性格剛正，亦從苦勸無知處而見。女子中狀元，不能帶作嫁奩；男子中狀元，不能帶歸黄土，同一可嘆也。

（六）〔眉批〕『好勝』二字，可談無知一生。然實從膽大來。惟膽大，則好勝而不知回。惟好勝，則自□其膽大。

（七）〔眉批〕只□□場具送來，不必言如何囑（俊樺按：『囑』，鈔本原殘缺，據正文補）買，是行文簡浄處。

（八）〔眉批〕書法好，纔能邀閲者一盼。□筆可以挫物，詞可以泣□，而不能挽閲者之眼□，使之暫駐片刻。當世不乏奇才，因書法不工而遭弃擲者，豈少也哉？□大可□已。

（九）〔眉批〕無知非得丁勉之一言，亦幾遭弃擲，然則無知當以勉之爲座主，不宜以家□□。

（一〇）〔眉批〕『體物』（俊樺按：『物』，鈔本原殘缺，據正文補），指前三聯。『得體』，指後一聯。

（一一）〔眉批〕□詩俱得古樂府神韵。然感慨無端，覺後一首猶勝，不獨笏山風氣爲□。

（一二）〔眉批〕□□□美，固爲牡丹狀元事套出。然彼爲亡國孤忠，此則輿王佐命，究勝一籌耳。況以美□而□□獨占花魁，其花樣更覺翻新耶？

（一三）〔眉批〕□□□□，月繪雪中。

（一四）〔眉批〕□□□□鬧，爲花狀元。

（一五）〔眉批〕想太康之女，此時已在擁輿女子之内，心裏大抵相同。不□口裏竟説出來否耳。

（一六）〔眉批〕下文尹百全拔槍事，應在安息幾日之内。

（一七）〔眉批〕□□□可括千古談兵。

（一八）〔眉批〕此一出也，狀元不復入矣。

（一九）〔眉批〕春桃屢諫，無知屢不聽。屢□□□桃精細可愛，屢□□□□無知游戲不居。

（二〇）〔眉批〕必揚□攻打紫霞者，使彼移其心，以攻巢穴。此處行營，必無準備，故能一劫成功。

無知初次行軍，□□□效如此。

（二一）（眉批）□□□□，點綴夜景也。下文松下、杉林、泥滑、墮馬諸波瀾，皆從此八字來。

（二二）（眉批）用龍門例，追補前事，一定之法。

（二三）（眉批）凡三用『是夜』□字。初『是（俊樺按：「是」，鈔本原殘缺，據上下文補）夜』，是無知、春桃□字。次『是夜』，是閱者文字。此『是夜』，是無智、更生文□。

（二四）（眉批）更生□長者弓□耳，今急不暇取，是以□應，乃行文細處。

（二五）（眉批）只一松樹，而用刀者，繞樹外斫來，用槍者，從樹縫插上，好看。

（二六）（眉批）剛脱松樹下之難，又罹杉林裏之灾，更生安得不嘆？

（二七）（眉批）□（俊樺按：殘缺處按文意或爲『《記》』字）中每一轉，必先用正手一筆，作逆蹴勢。是作者長於用逆處。有下文之真被擒，先有此處之誤相擒作引。有下文之同被擒，先有此處之自相擒作引。惟黑影追來，故錯拿自己的人；惟天色漸明，故知錯拿自己的人。是叙事細處。

（二八）（眉批）上文只從更生一邊寫來，而此夜之如何敗北，却從無智口中補出。不挂漏，亦不累贅，是小説中極簡净文字。

（二九）（眉批）無智意見，已在無知算中。

（三〇）（眉批）作此一跌，使文勢叠涌不平。

（三一）（眉批）逃命倥偬之會，忽聞唱歌，固奇。而歌用禽言，恰合此時情事。又奇中之閑甚趣甚者。雖然，唱之者神閑，聞之者魄奪矣。

（三二）〔眉批〕『竹外一枝斜更好』，梅花也。今竹外有春桃，桃立竹外而笑，不是桃（俊樺按：『桃』，鈔本原殘缺，據文義補）花夾竹，是竹夾桃花矣。後面軍馬，即太康、子翼劫營而回之軍馬也，故曰『兩莊勇勞苦』。文有不必明寫，而適如其明寫者，此類是也。

（三三）〔眉批〕罵□絶奇，不責其侵伐大寅，只以『三戒』字，畢作妙文。無知妙人，故罵亦諧妙。

（三四）〔眉批〕上文，春柳、春桃，兩春也，而以真女人調假男子。此處，無知、無智，兩無也，而以假男子調真女人。名之不可不慎也如是。

（三五）〔眉批〕『賊書生』『賊淫秃』，對罵殊趣。人只知今之淫秃是賊，而不知今之書生尤賊也。『尼公』二字，新極。《釋迦譜》載釋迦佛妻，名輪陀羅。《小知録》載鹿野、耶維檀，皆佛婦也。佛既有婦，尼何可無公？但今之稱尼者，直曰『師公』，爲可怪耳。

（三六）〔眉批〕文以更生爲無知鬥筝。然更生，盗魁也。無知能擒盗魁，而不能知盗魁即顔公娘子也。無知，紹將也，於顔公則爲敵國，於更生則爲讎仇。而更生之於無知，則亦敵國讎仇焉可知也。未聞敵國讎仇之前，而急自明曰『我顔公娘子』也，若是者，則筝正未易鬥。作者窮思極想，先用『尼公』二字一逗，乃借無智冷笑數語，而以詈罵出之。而筝恰因之而鬥。匠心之苦，慘淡彌深。無知認爲顔公朋友，是説謊；更生信無知爲顔公朋友，是情急。

（三七）〔眉批〕嬌（俊樺按：『嬌』，鈔本原殘缺，據正文補）鸞此時，胸中已打算着□□奇寶矣，故云可以見顔公。

（三八）〔眉批〕三个女兒，欲嫁一个狀元，奢矣。而不知他日，一天人，兩宗妃，有大勝於爲狀元妻者，此亦太康之所不及料也。而文實借此爲草蛇灰綫。

〔三九〕〔眉批〕不知此聘妻，即山翠屏否？吾欲一問之。

〔四〇〕〔眉批〕一曰『他時再待相見』，再曰『他時會有相見』，人以爲逾溝受盟之讖，而不知生降紫霞之讖也。眼光直射到六十餘回之後。

〔四一〕〔眉批〕□諧謔作收場，隨手生瀾，□□一笑。

卷八

寶安吾廬居士戲編

第二十八回　會重闗嬌鸞娘子誇奇寶　傳華札跨鳳才郎娶狀元

無知、春桃，皆改了女妝。嬌鸞相了一回，笑曰：『姑娘作女子，不似作男兒俏哩。怪得紹莊勇思量把三个女兒招你(一)。』無知又把石棋鄉山翠屏的事説了一回。嬌鸞不覺掩着口，哈哈大笑。停一會，曰：『我們顔公，只是生來俊雅，人人都想嫁他，故此收得滿莊兒的娘子。若姑娘是真个男子，我們顔公，都讓着你哩。』更生曰：『他做假男子，還把風話兒調戲人，被無智師兄罵了一頓。若真正男子時，不知怎地哩。』各人又笑了一回，傳令拔營起行。

將至芝蘭鄉，打聽得少青還在韓莊未回。嬌鸞謂更生曰：『這裏至韓莊，比黄石較近。顔郎爲着娘子，常抱憂思。不如竟投韓莊，見了顔郎，然後議回黄石。』更生然之。

又傳芝蘭鄉勇魚泳斯求見(二)。嬌鸞傳至，曰：『儂率兵往救桃花，所過諸鄉，鄉長無不出迎，争獻糗糒。你鄉長自恃强大，小覷儂，這時候纔使你來，有何説話。』泳斯曰：『小鄉長緣有病在身，未能躬擐甲冑，聽使令。况本鄉連年凶荒，常供尚自拮据。今十分震懼，特使某奉軍米三十石，牛十頭，酒三十罎，敬犒從者。另黄金十鋌，供娘子花粉之資，冀賜收納。』嬌鸞曰：『鄉勇善言，惟鄉勇命。若汝鄉長自來，儂别與計較。』泳斯叩了頭，交納諸物，辭去。嬌鸞遂拔營，望韓莊進發。

是時，韓陵已立其孫騰爲莊公，自乃偕少青在十字道監造重關。韓騰聞嬌鸞兵至，即帶了杏英夫人及鵬飛、鯨飛，出莊迎接。時雪燕仍在韓莊，亦與嬌鸞、更生、無知厮見了。

嬌鸞待不得少青回莊，即帶了數騎，奔十字道，來見少青。少青執着嬌鸞的手，曰：『娘子辛苦，可曾擒得田有功麽？』嬌鸞曰：『聞儂兵至，先跑得影兒也没了。雖不曾擒得有功，却采得兩般异寶獻公(三)。』少青曰：『娘子，甚麽异寶，可先給我説説。』嬌鸞曰：『一件是合浦舊時亡去的珠，一件是花樣新翻的假陽真陰貨(四)。』少青曰：『娘子，這假陽真陰貨，是怎的(五)？』嬌鸞曰：『那貨，是藻華的精氣結成，眉目手足俱活(六)。陽氣發時，即現男相，能調女人，中狀元，出師平寇。一時陽氣斂了，便現女人身，能與公同枕席的。』少青曰：『娘子休説笑話兒哄我。』嬌鸞曰：『明兒與公同回韓莊，便分曉。只是别公許久，今夕欲與公飲三杯，先謝冰人。』少青拉着曰：『娘子有好寶貝給我時，我今夜便有好寶貝給你(七)。』是夜，同宿營中。

明朝，便帶嬌鸞來見韓陵，并看新造的關。嬌鸞曰：『好形勢呵，只是關外右邊的路，是通魚腸阪，左邊的路，不是通可莊的麼？』韓陵曰：『雖通可莊，只是蒙翳已久，惟可容一人一馬，又多老荆棘，是没人走動的。』嬌鸞曰：『路可翳，亦可開（八）。據儂的愚見，不若塞斷左邊的路，建个箭臺，上可以窺敵人消息，下可以發弩射人。右邊當路口處，建个石寨，爲這關作鼎足的形勢，不更雄壯麼？』韓陵大喜：『娘子的經濟，是韓信比不上的。人稱「女韓信」，猶虧着娘子哩。即依娘子這樣施造罷。』

早餐後，嬌鸞拜辭了韓陵，同少青并馬回韓莊。雪燕已在公館中候着。復擺酒筵宴樂。酒至兩巡，少青便索寶貝。嬌鸞原有个心腹女兵，名蝶紅，是最能巧俟嬌鸞意旨的。此時便呼：『蝶紅，可先捧出合浦的還珠來（九）。』蝶紅一笑而去，旋捧出一个人來，大叫曰：『合浦珠在此了。』少青抬首看時，呵呀，不是别人，却是更生。下座來，一把抱住，抱頭的哭个不了。雪燕曰：『今日合浦珠還，可以破啼爲笑。』言未畢，嬌鸞左手拉着少青，右手拉着更生，同入席飲。更生約略將前被擒的緣由，後被擒的始末，訴一回，又灑了一回泪。

酒又數巡，少青果然轉悲爲喜，眉眼都笑起來（一〇）。又問嬌鸞曰：『汝言尚有一件甚麼假陽真陰貨，一發將出來給我（一一）。』嬌鸞曰：『今日是純陰的日子，當現女人身。公見了他時，休便心動。』少青應允。嬌鸞又附耳吩咐了蝶紅，去不多時，見蝶紅帶了一个女子進來，後面有个壯健的丫頭跟着。那女子一眼瞧定少青，走上堂來，道个萬福（一二）。只是舉止生硬，不似女人。少青立起來，答那女子的禮。因問嬌鸞曰：『這女子是誰？玉頰冰瞳，好像是美男子扮的（一三）。』更生曰：『是妾的結義姐姐，爲何說是男人扮的呢？』言着，遂拿酒與無知，教把莊公盞。無知略斂着衽，把了盞，拜辭去了。嬌鸞曰：『這个就是調女人、平賊寇、中狀元、能與公同枕席的花樣新翻假陽真陰貨了（一四）。』少青曰：『究竟不明白，這女子何來？』更生便將他自無力鄉經石棋遇翠屏、紹莊考中了花狀元、帶兵救大寅、妾與無智被他擒獲、因此拜爲姊妹，道遇嬌鸞娘子的話，細細的重說了一遍。少青大驚，復笑着曰：『前聞紹莊取了个花狀元，文章韜略，古今罕有的。紹潛光待他甚厚，自謂如先主之遇孔明。韓太莊公甚是憂懼，謂如虎添翼，我們無寧寢矣（一五）。誰知是女人扮的。怪他動止拜揖，全像男人，原來是扮慣了男人的。倘娘子們容他從我時，紹潛光失一翼，我添一翼，紹潛光失一男孔明，我添一女孔明，豈不大便宜（一六）？』

嬌鸞停了杯，笑曰：『儂原說過，見了他休便心動，公何爲變做十月的蘿蔔呢？』雪燕曰：『如何叫做十月蘿蔔呢？』嬌鸞曰：『蘿蔔至十月時，心先動了。』少青亦笑曰：『娘子原說過這假陽真陰貨，能與我同枕席，我須向枕席上試他的工夫看娘子的話，驗也不驗。若不驗時，還要娘子們頂代的。只論這花樣新翻不新翻，不論那蘿蔔心動不動（一七）。』嬌鸞曰：『這事可浪試得的麼？儂三个，只是不肯。』少青曰：『明日，使人往竹山禀過夫人，夫人肯時，不由娘子們不肯。』言着，拿酒杯兒勸了嬌鸞、雪燕、更生各一杯。嬌鸞顰蹙曰：『說雖這麼說，但權宜的事，何必驚動夫人。公肯聽儂話時，公與更生娘子間別久了，今晚的佳期，合讓他了。明日，就在這裏權作洞房，我三个做你的主婚。若夫人嗔時，只推在我三人身上，我們自有話回他。』少青大喜。

筵散後，嬌鸞與雪燕、更生商酌此事。雪燕等那敢違拗他。更生乃將嬌鸞之意，令雪燕説知無知。無知曰：『這事使不得，我原爲着公擲鄉長説親而來，今親猶未説，媒人先做了新婦，有是事乎？煩娘子善復莊公，若不遐弃，願俟异日（一八）。』雪燕又勸了一回，只不肯從。

明日，更生又同雪燕往勸之，曰：『姐姐閲得人多，如心裏别有人時，妹不相强。據姐姐的才貌，切（俊樺按：『切』字，鈔本原作『竊』，誤，徑改）勿誤了終身。姐姐可明告我。』無知曰：『愚姐何人，得侍顔公，更有何説。只是公擲待我厚，何忍先之。』更生曰：『終身事大，况我那嬌鸞娘子，雖云娘子，權比夫人還强些。他欲如此，便如此。順着他時，如姊妹的看覷你；忤他一句時，便是他眼中的釘了。他原是在可莊局着顔公成親的，故見人三辭四讓，心裏懷着妒，謂有意比落他。我竹山龍飛娘子，是个文武全才，孝行素著的，只因初時是他勸駕不從的，後來復成了親，他常忌着，尋事害他。那娘子只得避他的鋒，在自己家中孝養父母，閉門不與外事。他昨夜正在顔公前説得高興，想博个薦賢不妒的名兒。勸姐姐没奈何，只得順從罷了，休要三辭四讓，撩出他的反性來。姐姐是我心腹的人，故不惜將心腹的話告訴姐姐。』無知聆這一篇話，心裏尋思：若違拗了他，恐機會一失，不特自己終身無靠，即公擲的親事，恐此後媒合無因。又自念以一女子，千里依人，煢煢一身，舉目渺無親故，不禁泪潸然下，没奈何只得依允了（一九）。

是日，韓莊公騰聞知此事，即使莊勇鋪設館舍，趕辦妝奩筵席。又使夫人杏英、小妹吉姐，爲無知催妝。無知謂更生曰：『爲語莊公，我無知曾中過狀元，扭腰障臉，作新婦的醜態，却不懂。願以男妝合巹（二〇）。』嬌鸞聞之，笑曰：『迷離撲朔，安辨雄雌。』銀燭下，見無知戴着紹莊賜的玉葉飛檐帽，翠毛雀羽攢綉的錦袍，與少青交拜。看者無不贊嘆，雖一長一幼，居然一對花團玉琢的書生。嬌鸞、更生、雪燕各有贈禮，巹筵已散，送入新房。

無知見那新房，鋪設的十分華麗，不覺太息了一聲。少青上前作个揖曰：『娘子千里辱臨，雖屈狀元做新婦，脚上赤繩，是逃不脱的。無生怨嘆，致誤佳期（二一）。』無知回了禮，曰：『妾的心事，郎都不知。迢迢千里，爲人作媒，反售了自己。可羞，又可笑。』遂向懷中取出公挪的書札，交與少青。

少青拆開看了，又翻覆的看了幾回，嘆曰：『人言無力鄉，人最醜怪，性最凶頑。不料既有娘子，又有公挪。就觀這篇駢體文字，縹蜿纏綿，真有風雨合離，玉璇流折之妙。乃知我笏山無地無才，大抵豐於女子，而嗇於男人。小生何福，得公挪鄉長渴慕如此。只是有些可疑，不妨明告娘子。公挪的父親，喪於吾軍之手，倘借枕席爲戈矛，與父親報仇，這便怎處（二二）？』

無知曰：『我無力鄉的人，雖云凶狠，皆坦率無詭詐。公若如此多疑，妾今宵幸侍枕席，安知非爲公挪作刺客耶(二三)?』少青笑曰:『娘子文弱與我等,何懼娘子。倘娘子欲刺我時,與娘子上床戰百十个回合,看誰輸赢哩(二四)。』言着,即將無知摟上床來,鬆他的衣扣,解他的巾帶,探手於懷。無知嘆曰:『天之報復,速得狠呵。我在石棋鄉,摟着翠屏姑娘,捫他的乳,捫得最可憐的,今宵又輪着自己了。』無知一面説,少青一面摩弄,贊曰:『好个新剥的鷄頭肉。甚麼翠屏,得似這个(二五)。』弄得無知氣力都没了,軟做一堆兒,由他怎樣輕薄罷了。不一時,春綻海棠,猩紅弄色,柳腰力憊,檀口香慵,直耨到五更,纔并頭的睡去(二六)。

【批語】

(一)〔眉批〕情奇語奇。

(二)〔眉批〕於嬌鸞欲投韓莊之時,忽插芝蘭鄉犒師一段文字。固見少青之威震諸鄉,以一芝蘭該其餘,而實爲嬌鸞貪財好賄也。故四十一回青草鄉駐馬雪冤,少青諄諄以受賂戒之也。

(三)〔眉批〕奇貨可居。

(四)〔眉批〕寶名奇絶。

(五)〔眉批〕嬌鸞异寶是兩件,少青只問一件,蓋此一件,乃奇中之更奇者,珠不過貨之賓耳。

(六)〔眉批〕『那貨』二字,一頓,鄭重之至,不輕竟説。人以爲奇文幻文,而實精文奥文,不得以尋常附會之文目之也。

(七)〔眉批〕各人有各人之寶貝,嬌鸞采得奇寶以奉少青,而先自獻其寶貝。少青亦不得不先以自己之寶貝給嬌鸞，而實權謝冰人。嬌鸞不得獨據少青之寶貝也。此場交代，有吃虧，有便宜。

（八）〔眉批〕六字，言淺而理確。

（九）〔眉批〕珠是賓。

（一〇）〔眉批〕轉悲爲喜，是轉捩文字。見合浦之珠而不悲，悲情也。珠既合矣，不轉而爲喜，更悲情。夫至於喜，然後悲珠之念可暫忘，而貪貨之懷又復熾矣。

（一一）〔眉批〕貨是主。

（一二）〔眉批〕『一眼瞧定』，寫此時之無知如畫。

（一三）〔眉批〕偏説『不似女人』，偏説『疑是美男子扮的』，與上文嬌鸞不信相照。『玉頰冰瞳』四字，妙是贊男子之美，不是贊女人之美。

（一四）〔眉批〕二十字爲一句，語絶解頤。

（一五）〔眉批〕前文是蓋，此文是底。以底合蓋，無少□差。妙文，實至文也。

（一六）〔眉批〕如何忽説到欲娶爲娘子，恰有上文一『翼』字，一『孔明』字，便趁勢翻作异樣奇文，極吹花嚼蕊之妙。

（一七）〔眉批〕意諧詞妙。不知者，以爲曲曲遇出奇貨來，而不知暗中實媚嬌鸞，使之歡喜。惟工於媚内者，能爲此文。亦惟工於媚内者，能知此意。

（一八）〔眉批〕□先一飯，亦何妨。

（一九）〔眉批〕□□膽大者，生平未嘗見其泪下。而此時此地此身，一陣低□，一陣酸痛，真不知涕之何從也。是神機佚。偶然心□處。或曰，想至此而不□泪者，其人必不情。
（二〇）〔眉批〕奇文奇聞。
（二一）〔眉批〕奇聞。
（二二）〔眉批〕二十三回事，借此處一提，翻作一妙諦。不必有此事，不可無此疑。
（二三）〔眉批〕不可無此疑，更不可無此答。
（二四）〔眉批〕從來刺客刺人，只一刺而已，無百十个回合之事也。今少青欲從床上鬥輸贏，爲刺客者危矣。既鬆衣扣，又解巾帶，已不能刺人，而反被人刺，奈何。
（二五）〔眉批〕你説你的，我弄我的，你嘆你的可憐，我贊我的好个，此時之情事然也。
（二六）〔眉批〕絶妙好詞。至於力儘香慵，刺客之吃虧甚矣。

第二十九回　聘花容五佳人齊開諫口　踏月影兩娘子各訴隱衷

由是在韓莊住了二旬，十字關將成，少青正欲偕衆娘子回莊。忽可當來見，言竹山夫人生下个少爺，現有人來報喜。少青即拜辭韓陵祖孫，率衆回莊。韓陵送出莊外，曰：『某本欲隨公黄石，一看女兒女婿，這幾日正挑人守關，不得空，暫別幾時，旋到奉候。』少青遂率諸娘子及可當、韓貢、凌雲等，拔營回莊。

又携更生、無知往竹山見了玉夫人，備説前事。夫人賜無知珊瑚竹節釵一枚，文犀雙魚銜珠墜子一副。丫鬟抱出新産的少爺見少青及諸娘子，取名玉生，不忘所自也。諸娘子各有賞少爺的物，不暇細詳。

無知常爲公挪事，忽忽不樂。少青謀之雪燕，雪燕曰：『公如欲獨霸東南，可修一回札，令公挪弃鄉長而來嬪，完其心願。若別有所圖，須留着公挪以殺西北之勢(一)。』少青問故，雪燕曰：『俺看諸娘子，如嬌鸞、龍飛、無知之徒，雖云足智多謀，然皆有大將之才，無王佐之略。公何不卑禮蓬門，聘餘餘子，以大事委之。公挪之事，聽餘餘子而行，庶幾無失機會。』少青然之。

乃具黄金百鋌，明珠千顆，鳳冠一頂，錦袍一襲，命駕往聘花容。嬌鸞諫曰：『藍縷村娃，謀衣食且不足，何知大事？今屈莊公之貴，辱臨賣餅女之門，體統何在？願公無惑人言，爲識者笑(二)。』少青不答。忽香香、炭團、銀銀、鐵鐵四娘子一齊嚷着曰：『這餓不殺的毛女兒，只識得幾个爛文字，有何好處？如公必想這臭皮囊，待咱們揪他的黄髮，一把提將過來，任公怎的。不值得這麼張致(三)。』少青喝退了，即偕無知、雪燕，同回黄石，順道至養晦亭，一候龍飛。言至助韓陵建關，主韓騰新立兩事，崇文夫婦亦自歡喜，拜謝少青。無知自結縭以後，未曾見過龍飛，至此始獲拜識(四)。

龍飛設宴花園以款之。酒間，少青言及欲聘花容，諸娘子不悦之事。龍飛曰：『奴家置身事外人久矣，不談莊事。但曾抱衾禱，不容緘默。諸娘子苟安，餘餘子志大，用之必多變更，何能諧合？不諧，則事敗。郎如欲混笏山爲一統，則必用餘餘。不然，據黃石以傲東南，日與諸娘子擔風弄月，亦足自豪也，何必餘餘？』少青蹙額無語。既而曰：『大丈夫當以天下爲家，况區區笏山，能容一國數公乎？』龍飛知少青之意，乃謂雪燕曰：『炭團以下諸娘子，皆恃血氣，不明道理，爲人唆激，便欲尋鬧。娘子既爲炭團等之師，必聽娘子教導，慢慢地剖明大義，使他心地明白，如臂使指，嫉忌不生，大事乃克有濟(五)。』雪燕謝了龍飛的言，乃與無知送少青至養晦亭，與龍飛同宿(六)。

雪燕、無知，相與踏月一回，既而同坐桂花下石凳上(七)。無知嘆曰：『金蟾弄華，玉兔流影，萬家盈手，千里同心，是好明月也呵。記當時看公挪鄉長弄椎月下，就像今夜的光景了(八)。』雪燕曰：『公挪是个女人，如何却做鄉長？』無知曰：『這公挪，祖遺一根五棱起齒的渾鋼椎，他四个哥哥，合着力齊扛，是扛不動的，實不知有多少斤兩。公挪做鄉主時，年紀尚小，他舞起來，如我們弄筆管的一般活動，是天生神力的(九)。鄉中有个趙熙，萬人無敵，這日鬥拳奪鄉長，誰鬥得他過呢。公挪只一拳，打死趙熙，奪得鄉長與哥哥。哥哥那裏敢受，没奈何自己做了。』

雪燕曰：『俺在紫霞洞時，見無智師兄弄那禪杖，亦每夜趁着月光弄一回，但見一團銀光罩了身子，亦是个奇人(一〇)。只可惜不聽俺言，誤了妙齡的歲月(一一)。』

無知曰：『我在北方，亦聞他的雄名，只是名爲無智，却真無智。任他滿身本事，被我輕輕地與更生娘子一齊擒了。他見我是書生打扮，打量要調戲他，被他罵了幾句，險些兒將他斬了。爲着更生娘子的分上，故釋他回去的。只這面貌兒生得極俏，有這面貌，何苦出家，亦既出家，何苦又做强盜。人謂「今時出家的，便是暗中强盜」，不聞明明真做强盜也。娘子是一輩人，可道一二（一二）。』

雪燕嘆曰：『這都是没奈何的事（一三）。俺與無智，本是東北隅區脱鄉人，俱白姓（一四）。緣鄉中有个鄉勇，最强横的，有田與鄰鄉竇道融連壤，不知怎的，争起田來。那道融有个兒子，混名叫做入地鵬，最凶狠。女兒名出地蛇，亦不是安静的。與俺鄉的鄉勇鬥起來。鄉勇統了百餘人，鬥他兩个。又掘了个坑，誘他兄妹陷在坑裏，故此遭擒。那竇道融夫婦，亦被鄉勇殺了。不知怎地，那出地蛇掙脱了縛，逃至無智家中（一五）。那鄉勇隨後趕來，見無智生得嬌美，遂不尋入地蛇，來調無智。無智的哥哥，混名三界魔君，見他調戲妹子，激惱着，遂殺了那鄉勇，將入地鵬搶出，并殺了鄉勇一家十餘口。兩家兄妹，逃出鄉外。那區脱鄉長，亦糊塗，不分黑白，起兵追捕。時俺的哥哥新充鄉勇，苦勸鄉長，謂事由鄉勇不是，不必追他兄妹（一六）。鄉長大怒，拿枝令箭，教我哥哥捕他，限一日擒回，若一日不擒回時，全家受戮。我哥哥没奈何，領了令箭，率兵追捕。誰知鬥他兄妹不過，只得回鄉領罪。我嫂嫂胡氏，原是鄉長夫人的外家侄兒，往鄉長府裏討情，誰知那鄉長誘我嫂嫂淫亂。哥哥已被拿禁，嫂嫂又入而不出，俺母親氣忿不過，懸梁死了。一家兒惟剩俺一个，左右拚个死，拿着刀，獨自一个，殺入牢裏，俺放了哥哥（一七）。與哥哥殺入鄉長府中，尋着嫂嫂，與鄉長的夫人、少爺、鄉主、鴉鬟，殺个痛快，只是逃走了這鄉長。因與哥哥連夜殺出，遇着無智等兄妹四人，合做一處（一八）。無地栖身，只得將我三个女人，安置在一尼庵，削髮做了尼姑。入地蛇改名小智，俺名大智。那三个哥哥，却據住金毛洞做强盗。過幾日，那鄉長查出了消息，起了大兵，來捕俺們。庵中的尼，恐防連累，將俺們三个趕將出來。走投無路，又遇這大兵追趕，遂逃入紫霞洞。那洞中左邊，原是个白猿精的洞府，十分雅潔，誰想那猿精是最淫的，見了俺們三个女人，便軟攤起來。俺們遂將猿精殺了（一九）。洞中又擁出百餘个猿兵，被俺們拳打刀斫，一霎時掃清了洞府，俺們遂據了白猿洞，且暫安身。只是没有糧草，初時，或搶截行人的行李貨物爲生，漸漸有那不長進的，投做嘍囉，乃瞷近鄉富而不仁之家，白日搶劫。及足足、更生兩娘子破了金毛洞，殺死俺們三个哥哥，俺們帶嘍囉與哥哥報仇，遂將兩娘子擒獲（二〇）。俺曾有个師父，絶有道行的，號顯和聖姥，謂俺「鳳閣有緣，蒲團無分」，故與足足娘子私逃至此。蒙夫人看上，遂嬪顔郎（二一）。』言到這裏，又嘆口氣曰：『那小智不足惜。只這無智，武藝兒、容貌兒，都是絶頂的。既爲娘子擒獲，爲何放他回洞，不來這裏與俺們聚首（二二）？』

無知曰：『這是更生娘子的主意，我何由得知。我看這無智，不特無智，又最無情。不似我們的公挪鄉長，這般英雄，却情深似海，日夜爲着顔郎，茶飯不思，夢魂顛倒，只不知何時能了此願。』雪燕曰：『尚勇的，不必有情；鍾情的，不必有勇。况我笏山女子，鍾情的少，尚勇的多。公挪能兼之，無怪娘子稱道不置。然娘子心中，有个公挪，俺心裏，却有个無智。大抵童年姊妹，恩義倍深。雲山在眼，見面無期。對月興懷，能無愴惻（二三）？』言罷，長嘆了幾聲。

忽聞一陣木犀香，從月光裏撲來（二四）。雪燕曰：『風姨呵，你若解意時，何不將俺們心上的人，從北吹到南來，俾好形影相依，永無離别（二五）。』無知太息曰：『兒女之情，我們大都是難免的。然而人生世上，電閃雲馳，苟不乘此方富年華，建立奇勛，映照今古，就令佳人才子，白首閨中，究非我們的心願（二六）。假令我與娘子，竪一丈旗，倡於東南；無智與公挪，提三尺劍倡於西北；雲集響應，以筠山雙手奉與顔郎，豈非大快（二七）！』雪燕把着無知的手曰：『撫景懷人者，情也。坐甲枕戈者，志也。俺與娘子情同志合，終不令勒燕然，封瀚海，獨讓男人（二八）。』言未已，忽飑飑虢虢，一陣雷聲挾急雨而來。仰視星月，一齊的被濃雲掩住了，遂歸寢（二九）。

【批語】

（一）〔眉批〕雪燕見解，與龍飛同。

（二）〔眉批〕嬌鸞有嬌鸞之言。

（三）〔眉批〕香香等有香香等之言。

（四）〔眉批〕補叙。

（五）〔眉批〕龍飛、雪燕，皆欲用餘餘。然雪燕知餘餘子意在西北，必留公挪以殺西北之勢，故正言之。龍飛慮諸娘子尋鬧不已，欲先令雪燕服諸娘子之心，故反言之。

（六）〔眉批〕此『乃』字，乃上半回與下半回轉捩文字，須知之。

（七）〔眉批〕『踏月一回』四字，是文之正面。出題法。

（八）〔眉批〕起手便作采采蓬蓬之筆，『好明月』一嘆，生出下文無數妙文。然無數妙文，皆以明月爲波瀾，是賦體，非興體也。

（九）〔眉批〕以弄筆管形容弄齒椎，是以極輕者形容極重，書生見解，不過爾爾。然弄管之手，不能移而弄椎，猶之弄椎之手，不能移而弄管，不相强也。嗟夫，丁字石弓，互相菲薄，所由來者漸矣，能不爲之長嘆息哉？

（一〇）〔眉批〕公挪弄齒椎，於二十五回實寫。無智弄禪杖，從雪燕口中虛寫。

（一一）〔眉批〕『俺言』，何言也？勸無智蓄髮歸顔公之言也。固補寫前文之所未及寫，而實爲三十九回作塾也。閑閑一語，中有葫蘆。

（一二）〔眉批〕古之和尚，是暗中强盜，今之和尚，却不止明明强盜矣。可嘆哉。

（一三）〔眉批〕開口一嘆，先着『這都是没奈何的事』一句，意是答上文出家强盜，而文實喝出一篇合傳文字來。

（一四）〔眉批〕三智皆飛鳳閣中人，其出身不可不叙，然必如韓傑、松齡等，用追叙法，縱極變換，格已不鮮。文借雪燕口中閑閑叙出，變龍門合傳法，以淺語傳之妙，仍是談心神理。跗萼相銜，殊得操縱由我之樂。

（一五）〔眉批〕起處，先着『俺與無智，俱區脱鄉，俱白姓』三句，頓住，然後接叙小智。至此，乃將無智攙入互寫。法本前人。

（一六）〔眉批〕此處又攙入自己，是三人合寫。

（一七）〔眉批〕此處又撇過二人，專叙自己。

（一八）〔眉批〕此處又攙入二人，仍是三人合寫。

（一九）〔眉批〕洞中之异獸未殲，洞左之淫猿先戮，遥遥相引。

（二〇）〔眉批〕此處又單叙自己。

（二一）〔眉批〕此處又攙入二人作收。『又嘆口氣』，與起處『嘆曰』二字，作起結文法。

（二二）〔眉批〕一篇合傳文字，歸縮在『不來與俺們聚首』一句，見前文所云，皆月下懷人，各談心事神理，故以『嘆曰』起，以『嘆口氣』收。不徒爲三人作傳也，而三人已因之以傳矣。作者得龍門法而變之，故能一筆作數筆用也。

（二三）〔眉批〕一字一泪。

（二四）〔眉批〕無隱乎爾。

（二五）〔眉批〕無端俯仰，觸緒皆悲。

（二六）〔眉批〕掃盡一切才子佳人俗套。

（二七）〔眉批〕英詞浩氣，相輔成文。

（二八）〔眉批〕慷慨而談，目空一切鬚眉矣。

（二九）〔眉批〕以雷雨收合星月，字字精采瀏亮，勿徒賞其篇法之佳。

第三十回　水月儘多風月竹外聞琴　禪房權作洞房花前酬聘

明日，别了龍飛，備了鼓吹、輿馬、聘禮。雪燕擐鳳尾連環金鎖甲，戴五鳳顫纓球雉尾銀盔，跨上耿純，罩着透綉白羅宫傘。無知是藕色水紋百折裙，上披白龍綃小帔，中束翠羽垂鬚響佩裳，戴五鳳紫霞冠，跨上銀鞍雪花馬，罩着透綉大紅宫傘。少青戴飛鰲攢翠青幞頭，披百花白錦袍，外擐八寶嵌邊外套，跨上金鞍五花馬，罩着透綉紫金宫傘。前面一簇女兵，皆綉襖戰裙，擁着錦車，捧着錦袍鳳冠、玉佩綉裙。又前面一簇女兵，皆彩襦綉帔，執着龍旌鳳旆、香爐綉鐙，間以細樂。又前面一簇男兵，大吹大擂，扛着大紅旗，上有『卑禮聘賢』四个大金字。香塵滿路，望紫藤進發。

紫藤鄉長大懼。時瑞昭已死，其子花淵雲新立，率鄉勇出迎。少青令引導往大槐樹餘餘子家。淵雲正不知餘餘子何人，到了這裏，駐了人馬，不見甚麽餘餘子（一）。雪燕下了耿純，尋舊時賣餅的茆屋，已鎖着門，不知逃往那裏去了。少青謂淵雲曰：『某備了千金重禮，親聘餘餘子，鄉長何故藏匿着？』淵雲愈懼，私問鄉勇：『這裏誰是餘餘子？』有認得的言：『槐樹下有个賣炊餅的藍縷女兒，他自號餘餘子，日日在此賣餅，不知今往何處。』淵雲着人將門打開，空洞洞地，只有幾件破碎的家火，那裏有人。驅那鄰人問時，都言昨夜搬去，不知何往。只見雪燕拔出劍來，指着淵雲曰：『分明聞得俺們聘他，將他害了。你不還俺餘餘子時，你這鄉莫想留得寸草。』淵雲戰慄慄作个揖，曰：『娘子息怒，請莊公、娘子暫臨敝府，待某逐家搜查，自然尋着。』少青曰：『某不敢輕造貴府，就這裏駐扎罷。』前引導的軍卒曰：『此間有个水月院，頗幽雅，煩鄉長前導，駐馬於此，待鄉長慢慢地搜尋。』少青從之。淵雲曰：『水月院離此不遠，轉个彎，過了橋，竹林裏便是。若不嫌荒寂時，這裏頗堪容駕。』少青、無知、雪燕，俱上了馬，隨淵雲往水月院。

這院四圍皆竹，環竹皆水(二)。是時，男兵駐扎橋外，女兵駐扎竹内。少青辭退了淵雲，帶着無知、雪燕，及幾个鴉鬟，進院内來。只見正殿上，塑个白衣菩薩，抱着个孩子。三人正參拜那菩薩，有老尼帶着兩个徒弟，在這裏敲磬鼓，待三人拜畢，即請進静室裏拜茶。少青問曰：『你這院一行幾衆？』老尼曰：『只有這兩个頑徒，一个名静修，一个名静持。』少青叫婭嬛取三十兩銀子，作本院的香儀。無知十兩，雪燕十兩，一齊交與老尼。老尼拜謝了。即見静修、静持擺列香茶新果，各吃了些。日漸昏黄，打點在院中歇宿。時淵雲送上鋪陳筵席，欲令夫人、鄉主陪侍娘子。少青一概辭謝。

是夜，月色甚佳，旃閣檐堂，諸上方盡是銀裝的世界(三)。少青喚净持引着，踏月閑玩。左邊一小月門，兩行皆桂花夾徑。出了月門，過了桂徑，又是一株亭亭的絶高梧桐，桐下有座小亭。憑着小亭，望見滿地梧葉影，盡作珪紋。忽聞『唧唧唧』，有些蟋蟀的聲。静聽時，蟋蟀聲中，雜着琴聲。下了小亭，隨着那琴聲，徘徊了一回。那琴聲好像出自竹林裏。近竹林裏聽時，其聲甚近，泠泠然，颯颯然，如水之流，如松之號，如鶴之唳。少青雖不諳琴理，然一弦一心，都聽得入妙。又向竹裏尋時，見月光從竹葉縫中，射着一間小小的屋兒，墻上盡是苔花，苔花纏着一个瓮窗，那竹縫的月光，正射入那瓮窗裏，窗裏一个女子，坐着鼓琴(四)。少青雖看不分明，然不敢驚動他，只在竹深處立地。再聽那琴時，都變作清角之音，或如刀剪相觸，或如劍戟互撞，或如高檐鐵馬，和着遠寺的梵鐘。不覺的贊嘆了一聲：『妙哉琴乎！』那琴已與贊嘆的聲齊息了。回望那瓮窗時，已不見了女子的影兒了(五)。

欲喚静持問个明白，又不見了静持，誰知在竹中一塊石上憑着，睡得呼呼的。少青向那光頭上彈指兒，彈醒了他，問這小屋裏鼓琴的是誰。静持只是笑着，不肯説。少青向懷中摸出一錠銀子：『你説給我聽時，將這銀子給你。』静持曰：『我説便説，只不要説是我説的。那敢受莊公的銀子。』少青將銀子納他手裏，逼着他説。静持曰：『這个人是我師父的俗家姨甥女兒，姓花……』言未竟，少青接着曰：『莫不是姓花名容的那个餘餘子麽？』静持曰：『正是正是。莊公爲何知他？』少青不等説完，轉步便走。

回至静室，見雪燕、無知猶坐燈下説話。少青曰：『我的娘子，且勿説話，餘餘子已有了。』雪燕驚曰：『這話何來？』少青指着曰：『在那邊小屋兒鼓琴的不是呢。他就是這老尼的姨甥女兒，故在這院裏住着。』雪燕令婭嬛將冠袍聘禮擺列當中，偕無知入請老尼，備説其事。老尼大喜，喚静修、静持燃火炬，與雪燕、無知同往小屋裏叩門。

少頃，門閉然開，燈影裏，見女子擁髻抱琴，迎面大笑曰：『娘子們欲捉花容問罪麽？不然，何深夜到此？』雪燕備陳顔公親聘的事。餘餘曰：『是賢妹勸駕的麽？自知鄙陋，不能爲顔郎效馳驅，賢妹忘疇昔之言乎？』雪燕曰：『姐姐差矣。人生得一知己可不恨。顔郎，姐姐知己也。時可出而不出，是爲不智。昔文王聘子牙，遂弃釣竿而奮鷹揚之業；齊桓用管仲，遂脱囚車而成九合之功。未聞子牙拒聘，管仲逃亡也。反此者是爲不恭。今鳳冠鸞佩，俱陳堂上，請姐姐發付顔郎。』餘餘曰：『賢妹只知事宜，未審事勢。今嬌鸞用事，嫉賢妒能，外則諂事顔郎，心中實多猜忌，弗能同心共濟明矣。賢妹勇冠萬夫，英毅明敏，固女中之杰也。身處危疑震撼之中，當思所以自存。而賢妹懵懵然不自覺悟，智云乎哉？己不自存，而竊竊然爲愚姐勸駕，恭云乎哉？爲語顔郎，我將鑿坯而遁矣。』話得雪燕滿身冷汗，濕透羅衣。

先時，無知疑餘餘故作此態，以博虚名，今聞斯語，乃嘆識見絶高，己所不及。進言曰：『昔三桓用事，未聞孔子不仕；士良當國，未聞裴度無功。天之所以與姑娘者何如，姑娘所以自命者何如。况姑娘老母猶在，爲貧致身，聖賢不免。若顧忌多端，坐失時會，是弃天也，是自弃也。時會一失，萬悔何追，惟姑娘思之（六）。』餘餘憮然嘆曰：『娘子之教是也。但責無可逭，情有難言。』

言未已，忽見老尼扯了那盲姥姥進來，罵曰：『我養了你十幾年，窮得飯也吃一頓，没一頓。你兄弟又不長進，你又不肯招女婿。今老天憐憫，降下福澤，故此這莊公費千金聘你，你又横推竪塞的，不照照影。你賤骨頭，由你罷了。難道我老人家，不應享一日福，纔就木麽（七）？』餘餘跪在地下哭了一回，曰：『母親休惱，請去安寢，爲兒的依着母親就是。』姥姥曰：『這纔不枉養你一場哩。我去了，你違着我時，我拼這條老命，吊死罷了。』老尼扶着姥姥去了。餘餘在地下爬起來，執着無知的手曰：『爲貧受聘，娘子之言當銘肺腑。只是這鳳冠玉佩，容是佩戴不得的。爲語顔郎，願受聘金一半，若有軍機大事，來這裏商議，斷不能從諸娘子後，嫁去竹山也。』無知笑曰：『花姑娘，欲作山中宰相耶？』雪燕没奈何，將此語回了少青。

時已四更，各人就枕片時，天已明亮。即着人報知淵雲，權將這院左邊静室爲今夕洞房。一切妝奩筵席，皆鄉長備辦。餘餘初不肯洞房，被老母逼迫，免不得與少青洞房裏成就這宵的歡愛。

明日，花淵雲使夫人來賀，認餘餘做个乾鄉主。就在槐樹邊，造一所别院，名槐陰院，十分華麗，以居餘餘（八）。鄉中人人嘆息：『不料這个黄髮瘳臉的賣餅女兒，人人看不上他的，今都這般發迹，始信生男不似生女了（九）。』

【批語】

（一）〔眉批〕抱王佐之才，而名不出里巷，可嘆哉。
（二）〔眉批〕如畫。
（三）〔眉批〕上方夜景，絶异人間。
（四）〔眉批〕以蟋聲引出琴聲。然琴聲易聽，而彈琴之人難窺，故先以月門之桂花，引到小亭之梧影；以小亭之梧影，引到竹林之竹葉；以竹林之竹葉，引到墻上之苔花；苔花裏之瓮窗，彈琴之人在焉。然曰桂，曰梧，曰竹，曰苔，皆用月光點綴其間。一片上方夜景，平波卷絮，小徑盤莎，不肯令人逼視如此。宜連反斷，宜離忽合，可云字字皆雜仙心矣。
（五）〔眉批〕奇妙至此，爲彈琴人增百倍聲價。
（六）〔眉批〕先破其嬌鸞用事等語，然後以天與自命，打入其夙昔抱負中，較雪燕之論倍懇切。又借母老爲貧之義，俾之借徑下臺，其實意并不在此也。
（七）〔眉批〕惟有此事，與無知之言相應，而餘可以借此下臺矣。
（八）〔眉批〕昨日猶賤，今晨不同。
（九）〔眉批〕瘮臉女郎，能邀殊寵；蕪才男子，能掇巍科，同一可嘆也。豈真生男不如生女乎？鄉人誤矣。以鄉人嘆息作收，感慨繫之，亦文尾何盡。

卷九

寶安吾廬居士戲編

第三十一回　趙無知權扮新夫婿　百不敗計賺假佳人

由是宴飲了幾日。酒間談及大事，餘餘曰：『紫霞洞居高馭遠，天然一个王都，但諸娘子安懷慣了，一旦教他遷這荒僻之區，必滋异議。古人君權衡操之寸心，欲成大事，無惑群疑，不知公能自主否耳(一)？』少青曰：『待回竹山，與夫人酌議。』餘餘曰：『多一議便多一疑，與其增疑，不如減議。』少青然之。

又謀及趙公挪之事。餘餘曰：『妾有一言，可以公私兩濟，語雖駭衆，而實大勢由此集，大業由此成，公願聞乎(二)？』少青曰：『謹受教。』餘餘曰：『今紹潜光四旬不娶，以樸儉爲莊鄉先，是欲反公所爲，以收賢聲也。據西北而睥睨東南，其志非小。而公恃韓莊作唇齒，建嚴關以限南北，以爲高枕無憂，此正養癰而忘其潰者。夫進，則笏山皆吾囊中物；退，則并黄石亦浪中花。事勢必然，無足怪(三)。幸趙鄉長爲西北之雄，而慕公若此，公何不微服，偷越紹莊，就婚無力，因便乘間，通款紫霞？彼據紫霞者，一無夫之女耳，豈樂於爲盜者？苟身有所歸，夫何求(四)？不煩兵矢，以紫霞號令莊鄉，潛光雖狡，無如公何矣。我得其邊，彼有其腹。夫弈，小數也。而肥邊瘦腹之義，即盛衰贏縮之機(五)。譬人之第宅，前門後堂，左右廊廡，皆爲人有，高坐中廳，面面受困，未有不袖手而斃者(六)。彼潛光之遠婦人，豈不謂古今亡國（俊樺按：「亡國」二字，鈔本原作「忘國」，似不符文意，今改），皆緣艷妻煽處乎？而不知天道好奇，有時造物亦翻花樣，多生奇女，爲公佐命。願公無囿俗見，以負天心(七)。』無知斂衽而起，瞿然曰：『娘子之言，可謂能綜全局，見其大者矣。』雪燕亦主其言。少青之意遂決。

明日，携無知、雪燕回竹山，與夫人說知娶餘餘之事，而不敢言就婚公挪。因與雪燕謀娘子中擇可與從行者，得秋娥、足足，後以更生曾居紫霞，與無智善，并密告之而使同行。乃托言潛征悉利，又示意於龍飛，諷令從行。龍飛辭以父母在，不行。乃約無知、雪燕、足足、更生、秋娥，潛集槐陰別院，見餘餘。餘餘曰：『妾本宜隨諸娘子後備驅使，但母親老病，安忍弃之。且公去久，黄石或有不虞。留妾居此，爲公作耳目，亦一道也(八)。』遂向無知、雪燕授以密計。將無知扮作男子，雪燕、足足扮作書童，少青扮作婦人，更生、秋娥扮作婭嬛。春桃及心腹女兵八人扮作僕夫，挑了行李，及雪燕的槍、秋娥的棒、足足的兩頭鏟、更生的弓矢。各人又暗藏了短軍器，跨上馬，辭別餘餘，從緣木鄉取路向鈎鐮坡而去(九)。

行了數日，出了十字關，過了碣門，一路無事。這日，將至石棋，見路旁一株大楓樹，樹下幾條大長石横着。石邊一个小小的茶亭，對着一道石橋。少青等下了馬，正在長石上坐地，忽見對岸一个錦衣少年，瞅了少青一眼。少青低着鬟，展扇子掩面。少年進那茶亭裏，向賣茶的老媪耳朵裏説了好一回話，又在亭邊踱來踱去，斜着眼看少青。少青揾青裙，正欲上馬，那少年帶從人從東去了。只見那賣茶的老媪，走上前問少青曰：『奶娘何來？』少青曰：『奴從南可莊來的。』老媪指着無知曰：『這相公是奶娘何人，尊姓大名？』少青曰：『是奴家的丈夫，姓卜，名二官，夾水鄉人。因奴家父親壽誕，同丈夫往外家拜壽，今回來的。敢問姥姥何人？』老媪曰：『老身是唐埗鄉的寡婦，鄉中人無大小，都唤老身做偷天嫂。天色將晚，前面并無客店，請至茆舍，暫歇一宵，好麽？』無知曰：『我們人多，恐姥姥家不能容得。』老媪曰：『我家頗寬敞，再多幾个，也不妨事的。』無知曰：『如此，打攪了。』

各人上了馬，挑行李，隨那老媪從石橋踱過。不多幾步，有个閘門，上寫着『唐埗鄉』。入了閘門，再轉一彎，有間大宅子，門外對着一口塘。媪請無知等進那宅裏。誰知是个空宅，各人俱吃一驚。老媪曰：『這宅是我們鄉長的宅，教老身掌管，款待來往賓客的。左右是空着的，在此一宿無妨。』言罷，搬床搬桌的，忙了一會。安置纔定，老媪去了。即有一人盛服來拜，言是鄉勇百榮。向無知問了鄉貫，言茆舍在正南街，離此不遠，堅請無知臨顧，小飲數杯。無知曰：『敝眷在此，無人料理，不敢從命。』其人堅請不已，無知那裏肯往。那百榮遂去了。

不多時，又有一个婦人，滿臉粉光，戴着一頭的鮮花，拿條紅巾，從着个小丫頭，笑淫淫地進來，向着少青斂衽。少青回了禮，婦人曰：『敢問奶娘貴姓，爲甚事賁臨敝鄉？』少青曰：『奴家可氏，與丈夫往南可拜壽回來，在貴鄉經過，蒙那姥姥相留歇宿。未知奶娘何人，有眼看顧。』婦人曰：『我是左鄰百氏的媳婦，敢問奶娘春秋多少？』少青曰：『奴今年二十歲了。』婦人曰：『奴家忝長二年，若不弃時，願與奶娘拜作姊妹。』少青曰：『奴是寒家，高攀怎敢。』婦人曰：『説那裏話，這宅太空曠，今晚請奶娘往寒居歇宿叙話兒。留着男人在此罷了。』少青低着頭曰：『這話甚好，只是奴家男子，不肯放奴行的。』婦人又向無知，道了萬福。無知謝絕了婦人。婦人曰：『我不曾見男子輩這等守着老婆。我家又無男子，不過見你奶娘舉止大方，情願結識，那有別的。相公是个最通融的人，不犯得這搬拒絕。』言着，拉着少青的手，又教丫頭推扯着。少青只不肯行。糾纏了一會，秋娥上前，用手撑開了那婦人。婦人險些兒跌倒在地，一時變了顏色，悻悻的去了。

無知叫人關了門，喂了馬匹，弄晚餐，團欒兒吃了。掌着燈，喚齊衆人：『今晚，各人且不要睡，提防着拿人。』秋娥曰：『這是甚麼起的？』無知指着少青曰：『只因我的渾家生得俏，被過橋的那个少年看上了，與這偷天嫂算計，將我們邀在這裏。又用調虎離山的法兒，串通那个鄉勇請我吃酒，却來誆騙我的渾家。被我猜破了機謀，故此不去。後來，又弄出那个喬喬畫畫的婦人，定要請我渾家去睡，定然有奸夫伏在那裏。若是中他計時，一般的都是公鷄，豈不是後庭花要作替代〔一〇〕？』少青扭着無知的耳，罵曰：『我這个女妝，是你們哄我扮的。鬧到這田地，又説甚麼前庭後庭取笑我。我慢慢的與你計較。』無知曰：『這个值得甚麼？我做假丈夫，還要替你擔个真憂〔一一〕。我看這个少年的打扮，多分是這裏鄉長的少爺。他計不行，今夜必使人刺殺我，搶你去受用。』又拉着少青曰：『倘今晚你的丈夫被人殺死，你守着寡還是嫁呢？』少青曰：『不要説那風話，只是今夜提防些要緊。』足足曰：『這些賊男女，敢動一動時，我們惱起來，這鄉不成了齏粉麼？』

又談了一會，聽譙鼓已二更了。無知教人多燃燈碗，豫備了繩索拿人。更生曰：『我們有餘剩的酒菜，不如煮起來，慢慢地飲着等他。若是你做假丈夫的説話不靈時，便將這繩捆你〔一二〕。』大家笑了一回，見春桃擺列酒菜，又團欒兒飲着。

正飲得高興，忽見兩个女兵跑上來大叫曰：『不好了！有个拿雙刀的，從檐上跳下來了。』少青與無知從暗處躲着，見這个人十分凶猛，揮動雙刀尋人。又見秋娥從燈下閃出，提鐵棒迎面撲去。那人把刀一格，碰出火光，刀口已碰缺了。足足拔出漏景刀，欲鬥那人，那人已被秋娥的棒掃倒。足足走上前，踏住了腰，女兵拿繩，縛得牢牢的。足足笑曰：『賊男女，拿着娘的破麻刀，却來這裏鬼混。』

無知、少青當中坐定，雪燕、足足站在左邊，更生、秋娥站在右邊，女兵將那人推上來。

無知曰：『你這人，姓甚名誰，受誰教令來刺小生？』那人曰：『某姓山名維周。受鄉長少爺百不敗之托，取汝性命，奪汝妻子，不用諱的。今既被擒，隨你擺布。』無知忽然觸起一件事來，問曰：『你是石棋鄉的山維周麽？』那人曰：『是。』無知曰：『你父親可是山嵩子麽？』那人曰：『是。你如何認識？』無知曰：『你妹子山翠屏，可曾嫁了人麽？』那人曰：『我妹子已許配了無力鄉的趙無知，聞他在紹莊中了花狀元，未曾來娶。你問這些怎的？』無知曰：『那花狀元最是負心的。他不來娶，你妹子便當另嫁別人，何苦死死的守着？』那人曰：『我妹子是通書識禮的，守到一百年也要等他，不肯别嫁。你如何知那花狀元是負心呢？』這無知雖是个女子，山翠屏的事，未嘗去心。今聞維周幾句話，觸動憐香惜玉的一片本心，不覺流下泪來。喝人將維周解了縛，請他上坐，向前作个揖曰：『舅舅恕得罪，小生便是花狀元趙無知了。』

維周大驚。睁眼看時，見無知秀美絶倫，嘆妹子眼力不差，不覺心中暗喜。因問無知曰：『小妹有兩件回聘的物，狀元可曾帶在身上麽？』無知即向篋中撿出一个沉香雙魚扇墜子，一雙四規珠瑺，以示維周。因指着少青曰：『小生因在紹莊中了狀元，被這姑娘綉球打着，紹公做主，硬行招配小生，不由不依的。小生情願退了令妹這頭親事，另選名門嬌客罷了。』維周曰：『狀元這話差了，小妹受聘在先，綉球招親在後。况聞狀元在某家時，小妹已私侍了衾裯。烈女不事二夫，娥皇、女英終有大小，這親事斷乎退不得的。』説得少青低了頭，走入裏面去了（一三）。

雪燕曰：『鄉勇休爭，倘鄉勇今宵竟把妹婿刺死，這時令妹爲着丈夫報仇殺哥哥，抑或另圖別嫁呢？』維周曰：『我維周不比那爬泥蟲没氣骨的，若誤刺了狀元時，小妹準備守一百年的寡，某自刎着頸，償妹婿命，説不得的。』更生正欲開言，維周曰：『此事慢商。只今夜某受百少爺的命，不能成功，必受瞋怪。某拚這鄉勇不做，求狀元依舊將某縛了，連夜殺出，投石棋鄉，是爲上策。』無知曰：『不用底死的着忙，煩鄉勇告訴少爺，説小生不是甚麽卜二官，就是紹莊的花狀元，這奶娘就是紹莊公的外甥。他不要一鄉人性命，便來撩撥。』維周遂辭別無知，拿着雙刀，復從墻上跳出。

時已四更，那百不敗正與一班爪牙，在一个別室待維周的回信。維周曰：『險些兒殺錯了人。』不敗驚問原故。維周曰：『這男子就是紹莊的花狀元。紹公將外甥女兒招贅了他，今歸去省親的。若不查問備細，殺了狀元，占了紹公的外甥，我們小小的弱鄉，又在紹莊腋下，尚有頭兒吃飯麽？』不敗聞語大驚，沉吟了一會，不言語。旁有个謀士，叫做百計星，曰：『我想人生百年，終有个死。請問少爺，勾搭得婦女不少了，曾見有這等絶色的麽？今投宿我鄉，是天送少爺受用的羊肉，到口不吃，尚欲吃誰？』不敗曰：『謀士的言很是。若能彀這女子受用一宵，任紹公殺盡我一鄉，是無怨的。』百計星曰：『依某説，殺了這花狀元，取了紹外甥，是没事的。少爺的品貌，不減狀元。況女人是水性的，少爺日夜抱着他取樂，百般的奉承他，使他歡喜，那裏尚記挂前夫。然後帶他具重禮往紹莊求親，使他説半途遇賊，把狀元殺死，多感百少爺救他性命，願嫁少爺。紹公見死的不能復生，失了一个外甥婿，得了一个外甥婿，横竪是一樣的〔二四〕。』不敗聞這話大喜，贊曰：『好見識！』即刻傳集鄉勇，點百餘人，趁天未明，將少青的宅圍住。只見百計星拍掌大笑曰：『鳥在籠中魚在釜，少爺今晚又乘龍。』

【批語】

（一）〔眉批〕大言炎炎，江都之精采文字。

（二）〔眉批〕欲進言，先使之勿疑吾言，意近《國策》，而詞之嚴煉過之。

（三）〔眉批〕囊中物，爲言易也；浪中花，爲言虚也。龍飛、雪燕之論，大約進則可以混一笏山，退只可長據黄石，意見從同。而餘餘則以爲進固可混一笏山，退并不能獨保黄石，是徹一層語。

（四）〔眉批〕無智心事，了如指掌。

（五）〔眉批〕名言宏議，千古不磨。

（六）〔眉批〕譬之以弈，復譬之以第宅，所謂善譬者無遁情也。

（七）〔眉批〕往古來今，本無成局。俗儒必欲鈔印古人文字，井田産所以殃民，《周禮》所以誤國也。餘餘子以陰陽造化爲消息，豈虚語耶？

（八）〔眉批〕爲下文潛光襲黄石伏綫。

（九）〔眉批〕或謂少青此行，徼殷有也，何必女妝，徒欲翻出下文妙緒，全不顧事之當否。不知偷越紹莊，則路過强鄰，時憂緝獲，致蹈玉公緣木鄉被擒覆轍。今易以巾幗，則撲朔雌雄，人難辨别，此明哲保身之道也。後文百不敗之語，既由此出。而作者文心之密，思路之幻，概可見矣。

（一〇）〔眉批〕妙謔。

（一一）〔眉批〕『真』字，『假』字，稱弄成趣。

（一二）〔眉批〕妙謔。

（一三）〔眉批〕一片調謔之談，見此夜之無知，不以禍患動心，談笑指揮，視百氏如嬰兒，所養精，故心膽定也。

（一四）〔眉批〕作百計星語，偏説得好聽。百氏之國滅身亡，大抵皆此等謀士一言喪之也。可不懼哉？

第三十二回　戰唐埗誅暴立賢　鬧洞房移花接木

天剛明，百不敗已將宅門打開。門開處，有一个書童打扮的，拿着一根兩頭鏇，鏇將出來，迎着的便做兩段。又有一个娅嬛，在屋上射人，將謀士百計星一箭從口裏貫出腦後。又有一个僕夫，拿雙鐗，東西的打人，打得這些人七零八落，多半淹死塘中。那不敗拿口朴刀，乘間閃進宅裏。只見無知偕少青坐廳事，調笑兒。一个緑臉書童，手拿着雙棱白纓槍，向無知耳朵裏，不知説些甚麽。一个矮胖的娅嬛，拿棒兒站着，亦啞啞的笑。不敗思量先斫倒那拿槍的，遂揮刀從斜刺裏斫來。那書童只做不知，待他斫得近了，低着頭，搶一步，將他腰帶兒一提，向階下一擲。叫人捆他時，動彈不得，已不活了。雪燕笑曰：『這人禁不得一擲，却來算計人。』

言未已，忽更生從屋脊上跳下，曰：『足足同着春桃，不知殺往那裏去了。我們不如一齊殺進鄉長府裏，將鄉長一家殺絶，别立鄉長，顯顯威名。』少青拿口劍，無知無拿得動的軍器。更生向門外塘沿邊，拾根丢下的小槍兒，給無知拿着。教女兵關門守着行李，各上了馬。出得門來，見塘中盡堆塞着死尸。惟一老媪從尸堆裏抱着一个渾身是血的，哭曰：『我的兒，你死得慘呵。』無知上前看時，正是那偷天嫂(一)。大笑曰：『你的偷天嫂呵，你不去偷天，偏欲偷我的奶娘。偷我奶娘不得，又來這裏偷死尸。罷罷罷，不如做个槍下之鬼，去偷鬼漢罷(二)。』老媪回顧，見無知等，驚得泪都没了，欲走不迭。無知拿小槍兒刺去，正刺中老媪的乳。復一槍時，媪已倒地不動了(三)。

又行一會，静悄悄的無人行動，只見山維周騎着馬，帶着四五十个步兵，從一條小巷裏衝出。無知呼曰：『舅舅帶我們往鄉長府裏殺人。』維周前行，無知等跟着。剛至府門，忽裏面走出兩个人來，一个是春桃，手拿着一簇人頭；後面拿兩頭鏟的是足足。雪燕問：『縱子行凶的鄉長殺了麽？』春桃將手中一顆人頭提起來曰：『這不是呢。』遂同進府裏。無知令維周的兵，將府中及沿路死尸，扛出鄉外僻野處焚了。遂出告示安民，立山維周做唐埗鄉長。

維周令妻夏氏拜見無知，又恐人心不服，留無知等鎮壓數日。潛使人往石棋，迎父母、兒子、妹子，及幾个同親的山氏兄弟，到唐埗鄉居住。明日，使人修整無知等所住的空宅，改作迎賓館，鋪設停當，與妹子山翠屏成親。

無知大懼，思量逃走，又思量將真情説出。少青曰：『你時常小覷我，呼我作渾家。今又娶人，我不妒忌，便是絶好的大娘了。爲何只想逃走？你平日的膽包了身，遇至可懼可怕的事只是笑。今日這些些的小勾當，偏懼怕起來。』無知瞅少青一眼，却不言語。春桃曰：『我尚有一事要商量的。昨往鄉長府中，春柳使人傳説，已稟明翠屏姑娘與新鄉長要搭日成親的，這事怎處？』少青咄的一聲，笑曰：『你們做男子忒不濟，只解向外面調戲人。若真个同衾共枕時，又慌的了不得。我有个絶好法兒，只不説給你聽。』無知挽着少青，曰：『我的賢妻呵，你便説説。爲丈夫的不貪新弃舊，讓你做大罷了。』少青向無知耳朵裏説了一回。無知曰：『這可以暫時瞞過的，終久怎了？』少青曰：『今夜成了親，明日我們打夥兒去了。你且脱了身，後來的事，隨他造化罷。』無知笑的低着頭，説不出話。春桃在旁略猜着幾分兒，向少青説曰：『一客不煩二主，春桃也要依樣。』足足等問知此計，一齊哈哈的笑个不住，腰都笑彎了。

至期，無知穿了做狀元的那件翠羽錦袍，戴着八寶天青幞頭。春桃也穿件紫羅袍，切雲冠。俱騎了錦鞍馬，往鄉長府裏迎親。一路笙簫鼓吹，結彩懸燈，彩旗上寫着『花狀元迎親』。至鄉長府前下了馬，先登堂拜了嵩子夫婦，又拜了新鄉長維周，迎着新人的轎子作了揖。春桃亦行了禮，拜了春柳的轎，上馬先回。賓館中酒筵未散，鼓樂集門。人報新人到了。伴娘捧着新人，與無知交拜天地，又拜了少青。春桃、春柳亦交拜了。一齊送入新房。

原來無知的新房，與春桃參錯相對，中間只隔着幾步。新房中各擺了疊筵。銀燭下無知見翠屏又嬌艷了許多，向前作个揖，曰：『自別姑娘，時時懸念。不知姑娘亦記挂着小生麽？』翠屏回了禮，曰：『前者聞郎中了紹莊的花狀元，甚爲郎喜。爲何抛了妾，先娶人呢？』言着，眼圈兒紅了。無知近前摟着，拿酒杯兒，笑曰：『姑娘飲杯合巹酒兒罷。小生前在百花輿被綉球打中，紹莊公硬派着，是没奈何的事。姑娘恕了小生罷。』翠屏伸玉手，向無知臉上一捫，曰：『你這俏臉兒，誰不想你？只是妾先受聘，大娘須讓妾做的（四）。』言着，飲了無知手中的酒，又拿盞兒酬着，曰：『願郎飲雙杯兒。大娘應是妾做的。』無知曰：『這話還費躊躕哩。我先娶這个可奶娘，年紀又大。他説：「姑娘雖受聘在先，只是枕邊的風月他先占了，大娘肯讓别人。」這些話却不大費躊躕麽？明日，小生藏兩个鬮兒，你們拈着的便做大，好麽？』翠屏曰：『誰耐煩與他拈鬮。明日問我哥哥，哥哥説怎的便怎的便了。』

兩个又獻了幾盞兒酒，翠屏的酒暈上了那桃花臉上，不覺的春心動起來，曰：『記去年郎宿妾家，明月將圓，忽遭雲掩。盼到今宵，纔完心願。願郎無負此千金一刻，須早早（五）。』説至此，羞的以綉巾掩着口，便不説了。無知曰：『新人原是舊人，羞甚麽？説便説完，爲何只説早早，到底怎麽叫做早早？』翠屏醉態惺忪，屢轉秋波覷床上。無知只做不知，目灼灼，只是笑。翠屏曰：『你不上床，呆呆的看妾怎的？』無知曰：『姑娘請先登榻，小生尚有些公事，出去就來。』翠屏媚眼兒瞍着無知，笑曰：『妾被郎勸多了幾杯酒，手兒麻了，這衣裙是無氣力脱的了。』無知笑嘻嘻抱着翠屏上了床，爲他解了衣，又去脱裙，手觸着他小肚下那銷魂的地方，不覺心動起來，將他這裏扭了一下(六)。翠屏曰：『哎呀，你這般憊賴呵(七)。』無知笑一笑，下床拿着燈，開房門出去了。

少間，聽得門兒響，有人轉身兒關着，只不曾拿燈進來(八)。走上床，摟着親嘴。翠屏捫他的肌肉，笑曰：『郎的肌膚，比去年略覺胖了些兒。』那人格的一笑，便伸手向翠屏下面捫來。捫得興動，大家摟着。『呵呀，郎下體這般粗雄，慢些兒罷。你前兒説軟弱不能育男女，可知是哄妾哩。』那人只不則聲，復格的一笑，厮耨着。頃之，陰溝流丹，火齊盡吐，雨散雲收，下床去了。

翠屏曰：『你不歇歇精神，又往那裏去的？』只聽得閉的門響，無知應曰：『黑洞洞地，誰耐煩。我叫娅嬛點着燈，泡盞茶兒吃，纔睡哩。』只見更生拿燈進來，瞅了無知一眼，一面笑着，一面去了。無知揭羅帳，看那翠屏時，覺得蘭息綿綿，睡着了。又轉步兒出去，暗暗地往瞧春桃。只見房門外伏着一个人，正是春桃，向無知摇手兒(九)。無知教他拿茶。吃了茶時，已五更了。遂關了房門，抱着翠屏而寢。

天明，梳洗已畢，只見春桃、春柳一對兒朝着無知、翠屏磕頭。無知又拉翠屏來見少青。

少青教人打點早膳，吃了好趕路程。翠屏曰：『奶娘去時，須留着趙郎在這裏。』少青假意兒變了臉曰：『奴家公婆望穿了眼，望兒回家的。你留他做甚麼？你去得時，便隨着我們回去。去不得時，只好在這裏守着。待我禀了公婆，然後着人接你。』翠屏嗚咽，哭將起來。無知曰：『姑娘休哭，小生回家一遭兒，復來與姑娘住的。』言着，挽翠屏坐膝上，拭眼泪。少青假意兒惱曰：『罷了，你們這等涎臉，大堂廣衆地調情。奴家成了親一个月，還不敢正眼兒瞧着趙郎。你只一夜的勾當，却怎地（一〇）。』言着，怒忿忿地下堂去打點早膳了（一一）。

翠屏羞得滿臉兒紅了，只得推開無知，挪脚步進新房裏，無知亦隨着進來。翠屏倒在無知懷裏，哭个不止。無知拿巾兒替翠屏拭泪，不覺自己亦嗚咽起來。翠屏曰：『趙郎呵，你看這枕兒，今宵誰與并着；這衾兒，今宵誰與温着呢？妾看可奶娘是个醋罎兒，妾的終身幾時是了？』無知曰：『姑娘，我回家一遭兒，定然獨自一个來這裏，與姑娘住着的。這些時，日夜與姑娘摟得緊緊，飯也不吃，步也不移，摟到一百歲好麼？』翠屏曰：『人情似紙，世事如棋，怎能彀呢？郎若憐妾時，拿臂兒給我咬个齒痕兒，作記念罷了。』無知伸玉臂由他咬，翠屏拿着臂，香口兒銜了一會，却不咬。無知曰：『爲甚麼不咬呢？』翠屏曰：『怎捨得咬郎。郎臂痛一下時，妾心痛一千下了。』只是拿着臂兒拭眼泪（一二）。又曰：『郎回去見了公婆，來不來，隨郎心事。但妾的夢魂兒，夜夜尋郎，是難免的。倘若尋着郎時，郎休見拒，即是郎的盛德。』言罷，長吁了一聲，又曰：『妾欲吟詩一首送郎別，只是心意亂了，口占俚詞一闋罷。』低唱曰：

西風料峭柳參差，欲折惜長絲。一宵恩愛便分離，恨成就得遲。一相好，百相欺。檀郎知未知？只愁魂夢積成痴，纏綿無盡時。

無知曰：『姑娘情深思婉，撩得小生心兒意兒，比姑娘越亂了。雖然，亦欲占一詞，以酬姑娘，願姑娘細悟詞中之意。』因以手敲着翠屏的股，咽咽翕翕而唱曰：

瀇潣雙兔，迷離盡把雌雄掩。蜂蝶混鴛衾，雲雨淹花簟。情假情真誰知者，奈此日，粉啼香斂。一段離愁付芳草，願綠波同染（一三）。

念畢，只見秋娥催吃早膳了。頃之，報鄉長到拜，無知迎進後堂。翠屏亦出拜哥哥。維周見翠屏愁眉蹙黛，泪眼含珠，便問原故。無知曰：『小生歸心似箭，瑟琴雖好，菽水難忘，眼前就要去的。姑娘不肯放小生去，故此啼哭。』維周笑曰：『痴妹妹，他回家見了你的翁姑，便來與你相聚。他爲着爲兄的事，留連了七八天。原是日日要去的，説過成了親便行，如何阻得他住呢？』無知曰：『小生就此拜別，不暇往辭丈人丈母，煩舅舅致一辭。更囑舅舅看顧姑娘，勿令煩惱。待小生再來時，重謝舅舅。』言罷，即唤春桃等齊挑行李，不顧翠屏啼哭，各人跨馬欲行。

正在周章，又見一个紫衣女子，嗥啕的哭將出來，一把扯住春桃：『你如今丢了我，往那裏去？你上天時，我也跟着；入地時，我也跟着。』言罷，撞在春桃懷裏，撞散了髻兒，滿臉的頭髮，哭个不住(一四)。春桃曰：『你也跟我不得，須在這裏，小心服侍姑娘。我有日與趙相公來看覷你。你哭壞身子，誰可憐你(一五)？』衆看這女子時，正是春柳，纏住春桃不放。春桃將他推倒在地，挑行李竟自去了。維周恐妹子來纏無知，促無知等速行，策馬送過了石橋纔轉來。

【批語】

(一)〔眉批〕從叙事中點染成趣，非有意完結偷天嫂也。隨手所着，無不成春也。

(二)〔眉批〕偷天不得，偷人不得，只好偷兒，無知爲《記》中第一妙人，故無語不妙。

(三)〔眉批〕偷天嫂者，天之賊也。無知曾讀天書，故代天除賊。一鷄皮之嫗，何煩足足之鏟、雪燕之槍乎？用無知小槍兒刺去，最有分寸。

(四)〔眉批〕描寫此夜情事，兩人口吻，作者如置身其中。

(五)〔眉批〕追記去年，是必有之情事，但料不到今宵心願，仍是錯酬。

(六)〔眉批〕女子各有銷魂地方，而各不自知，遇男子始以銷魂加之。蓋所銷者，男子之魂也。

無知，乖覺女子也。因翠屏小肚之下，與自己小肚之下，同爲男子銷魂之地。又因自己業爲假男子，不妨易地以真男子之心爲心，而心於是乎動矣。又念平時與自己銷魂之人，今夜偏不得與自己銷魂，而移與他人，而心於是乎大動矣，故扭翠屏一下。

（七）〔眉批〕前翠屏因醉而春心動，是本色。此處無知因翠屏之春心動而心動，是儂賴。

（八）〔眉批〕自『門兒響』至『閉的門響』，一片機關文字。稍分明，則機關太露，稍蒙混，則機關不靈。文有正面暗寫，後段點明者，此處并用不着此法。惟純用暗寫，能令閱者點頭而適如明寫，未易爲鈍根人道也。

（九）〔眉批〕春桃那邊，只宜略寫。伏房外摇手，知房中床上，已有替代之人。然行文只好如此，斷不能明寫可知也。

（一〇）〔眉批〕妝這樣，便像這樣。作者偏能傳出這樣。

（一一）〔眉批〕凡文字，真者易傳，假者難傳。假者，以真者傳之，而使人又知其假者，更難傳。

（一二）〔眉批〕雖一對假夫妻，而情誼較真者倍真。作者亦極意寫生，欲令天下有情者閱之，無不墮泪。

（一三）〔眉批〕詞中之意，以翠屏之聰慧，亦不能悟。甚矣，情緒紛心，無暇他計也。

（一四）〔眉批〕春柳性格，較翠屏更痴，欲不死不已。

（一五）〔眉批〕春桃性格，與無知不同，故作者另用一様筆墨。

第三十三回　嫂侮姑衆鄉勇擬攻開泰　兄刺妹諸娘子力救公挪

趙公挪自遣無知去後，年餘并無音信，幽恨纏綿，懨懨欲病（一）。嫂嫂蒙鬼哥入府探候，懷中出一書札曰：『我哥哥蒙才子，有書一函浼爲嫂的送上鄉長，願鄉長留意。』公挪本不識字，鬼哥去後，使人請了教義學的先生來解那書。先生看了大驚，那裏敢説。公挪見他慌了，已猜着了幾分，曰：『先生爲何不念？縱有甚麼反話，與先生無干。若不明白告某，枉請先生了。』先生曰：『這裏總是淫詞勾挑鄉長的，如何敢念？』公挪曰：『不干先生事，先生且直念。』那先生没奈何念了。公挪曰：『某曉得了，先生請回。』

公挪拿着這書，傳齊諸鄉勇曰：『某爲鄉長，已經兩載，行止無虧，今定鄉蒙伯衡以淫詞侮某，不殺平定鄉，誅伯衡，何以爲人！』因擲書於地，請鄉勇們一看。趙聯者，公挪之再從叔父也，熊腰豹首，英猛無雙。看了這書，勃然大怒曰：『蒙伯衡不顧親戚，妄造淫詞相謔，分明小覷我鄉。願鄉長大起鄉兵，以誅無道，庶可塞四鄰欺嫚之門。』只見公端、公則、公湼、公明齊嚷曰：『你四个嫂嫂，皆伯衡的妹子。這封書原爲求婚而來，怎算得淫詞？』公挪怒曰：『哥哥們只爲着嫂嫂分上，不念同胞骨肉，任妹子被人欺負，禽獸不如的。你鄉勇們怎説？』鄉勇中有與四公相好的，都不則聲。只有毛果、毛敢、趙季純、賴仁化助着趙聯，争欲起兵。公挪用趙聯爲先鋒，起鄉兵一千，殺奔定鄉。

這定鄉，原與無力毗連，鄉長姓蒙，名開泰。其子伯衡，要寫幾个字，自號爲『蒙才子』。伯衡有四妹，一名鬼哥，嫁公端；一名野哥，嫁公則；三名妹哥，嫁公涅；至幼的名狐哥，嫁公明。原説以四哥嫁四公，自己欲贅公挪的，公挪不允，故造這情書，勾引公挪。誰知撩撥出這場禍事來。

是時，蒙開泰盡點鄉兵，不滿三百，如何抵敵。欲求救紹莊，恐路遠不及。使人往平鄉公孫蛟、章鄉毛遇順、利鄉棘深三處求救。三鄉皆畏公挪之强，誰敢出兵。開泰没奈何，將伯衡捆綁，送至趙聯營中。又獻金帛粟米若干，求罷兵。趙聯禀過公挪，公挪允了。

是夜，將伯衡解至公挪營中，公挪痛駡了一回，喝左右將他淩遲處死。言未已，見鬼哥跪着曰：『這事是爲嫂的不是，替他傳這書信，惹怒鄉長。願鄉長念親親之誼，留我哥哥一命。』公挪曰：『鬼嫂嫂與哥哥傳淫書勾引小姑，信是个鬼。今又作這些鬼話來鬼混，何苦呢？若不覰哥哥分上，汝的鬼立刻變作聻了。』又見野哥、妹哥、狐哥皆拿着軍器進營，大呼曰：『鬼姐姐，他不聽説情時，我們搶人便了。』言未已，已將伯衡解了縛。公涅、公明接應着，殺出營來，軍士攔擋不住。公挪大怒，急拿了起齒椎，從後趕來。但見毛果、毛敢兩枝槍，在此截殺。公挪趕上，手起椎落，已將妹哥椎做肉泥。毛果截住野哥，毛敢戰住公涅，趙季純戰住公明，賴仁化戰住狐哥，風車兒混戰。那伯衡，已隨着鬼哥，踏月影從山坳裏走。

公挪揮椎趕着，趕過幾个山陂，月影陰陰的，看不分明。只見前面松林裏有兩个人影閃入，公挪趕進松林裏，見左邊有个尼庵，不提防一槍從庵側墻角裏刺來，中了左股，翻身墮馬。公挪忍着痛，看那人時，正是公端。大叫曰：『哥哥何故刺我（二）？』公端罵曰：『你平日倚仗英雄，小覷哥哥。今不結果了你，更待何時？』言罷，又是一槍。公挪卧在地下，拿椎一格，格開了槍。順着勢打去，正打斷了公端右腕（三）。但聞大嗥一聲，走了。正嗥時，公挪的脅下又中一槍，卧地下不能動彈。月色正照着拿槍暗刺的，正是公則。纔呼得一句哥哥，那公則的槍又從嗓裏刺來。公挪閃側了嗓，那槍刺在草地上。拔那槍時，公挪的椎又險些兒打着公則。公則不敢去拔那槍，只立在庵門外罵着。

猛聽得閉的一聲，庵門開了。一个人搶出來，把公則拿住，捆了（四）。公挪在地下滾不起來，大叫曰：『好漢，救我一救（五）。』只見一个婭嬛，同着一个僕夫模樣，來看公挪。那僕夫訝曰：『這椎不是公挪鄉長的椎麽？』這人的聲音好像是無力鄉人，月下看不親切。正在疑惑，又望見一个女子揮着刀，一个男子橫着槍，走進松林來尋公挪（六）。公挪從月光裏認得一个是鬼哥，一个是伯衡，又叫曰：『好漢，這兩个又來尋我殺了。』那婭嬛走前幾步，欲拿鬼哥。鬼哥揮刀來鬥時，那刀已被這婭嬛奪了。但見刀光閃一閃，將鬼哥從頭斫下，分做了兩个鬼哥（七）。這男子慌了，走不動，被那僕夫提去了。

忽庵門裏有火光射出，一个書童提燈籠，引着一个書生打扮的，向公挪臉上照着。那書生抱着公挪，大哭起來：『哎呀！我的公挪妹妹呵，被誰刺得這麽毒，腸都刺出來了。』公挪曰：『你是誰，却來扯我。』那書生曰：『趙無知在此。妹妹認不得麽？』公挪曰：『姐姐救我。』無知遂教那僕夫，負進庵裏來。

只見一个女子，眼睖睖看着，却不言語。又有一个緑臉的書童，在身上拿出藥來。先用一丸，開水灌下。將腸慢慢地托入，用藥敷了瘡口，曚曨的不覺疼痛，睡着了。

睡了些時，睁開眼，見天色已亮，毛果、趙聯立在面前。公挪嘆口氣曰：『不料趙公挪，罹哥嫂的毒害至此。你們何由在此？』二人曰：『我們將鄉長兩个哥哥、兩个嫂嫂都斫殺了，只走了蒙伯衡那厮。聞鄉長被人暗算，故跟尋到此，纔知無知姑娘在此拯救。今鄉長無恙麽？』公挪曰：『我被哥哥刺出了腸，拼是死了。這緑臉的書童，仙藥兒靈驗得很，今兒瘡口盡合，想是無事了。你們且收兵回鄉。這伯衡已被姐姐們捉住了，我慢慢地回去的。』兩人去了。

無知走上前，捫着公挪的瘡口，曰：『我的妹妹，尚疼麽？』公挪曰：『不疼了。我且問你，去了許時，這事如何？這些人是何等樣人？』又只見春桃跪着磕頭。那緑臉的，亦走前來作个揖。無知曰：『這个便是顔莊公的白雪燕娘子了。』公挪大驚，下床回了禮，曰：『多感娘子辱臨敝鄉，妙藥兒救某一命。只是如何扮做書童？』又一个肥健的書童來拜。無知曰：『這便是顔莊公的可足足娘子了。』公挪又大驚，下床回了禮。又有兩个婭嬛向前斂衽。無知曰：『這便是顏莊公的紹秋娥娘子、樂更生娘子。』公挪一一回了禮，曰：『公挪何福，得衆娘子降臨。』又低着聲問無知曰：『那邊坐着這个，亦顏莊公娘子麼？』無知笑曰：『賢妹是看過他的，如何認不得？』公挪又遥遥的瞧他一眼，摇首曰：『我實不曾看過的，姐姐可實對我説。』無知向他耳朵裏低聲曰：『這个就是你平日心上的人兒，鈎鐮坡紫羅傘蓋着的，不是這人麼？』公挪心裏疑惑，又瞧他幾瞧，曰：『難道這个就是顏莊公？面貌兒有些相似，爲何改做女妝呢？』無知遂將前時的事，一一的説了一回：『我們昨夜投宿這个尼庵，因爲這尼姑是我平時認識的。不期半夜裏你哥哥在庵門外罵起來。細聽時似是罵妹妹的，故此開門將他拿了，搭救妹妹。』

公挪歡喜，教無知□他挽好了髻鬟，拿些脂粉兒傅着，整頓了衣裙，上前來向少青斂衽，道萬福。心裏頭摇摇的，不知説甚的好(八)。少青曰：『閲鄉長瑯函，知鄉長情深義重，故不辭千里之遥，改裝來事鄉長。不期鄉長遭難，實創中懷。』公挪欲答時，但覺臉兒上熱一陣冷一陣。低了頭，只看無知(九)。無知笑曰：『背面相思，對面無語，是有的。』遂拉公挪步出庵外，吩咐曰：『妹妹且先回鄉裏，禀知夫人。然後傳齊鄉勇，妝點女兵，備了錦車彩蓋，務極繁縟。又使人布告利、定、平、章四鄉長，着他大吹大擂，一路放炮，來這裏迎接莊公。我們在庵中改了原妝等你。』公挪大喜，拿着椎，跨馬回鄉去了。

【批語】

（一）〔眉批〕少青、無知等，從紫藤出十字關，偷過碣門，至唐埗，離石棋不遠矣。此後從石棋將至無力，投宿尼庵等諸事，置而不寫。文避順用逆，偏從無力一邊寫出。一篇驚心動魄奇文，接合尼庵，此離形訣也。

（二）〔眉批〕六字中無限哀痛。

（三）〔眉批〕所謂兄不以妹爲妹，妹何敢以兄爲兄也。

（四）〔眉批〕從公挪耳中聽得，眼中看得。

（五）〔眉批〕六字中無限可憐。

（六）〔眉批〕見椎者認其椎，聞聲者認其聲。□□□□□□椎者能與□□□□□□□來尋，則□□□□□□□惑者不暇疑。

（七）〔眉批〕□□□□□□□不能復合，此□□□□□□鬼矣。不比下文白髮小兒，分作百來个，復能合而爲一也。

（八）〔眉批〕此時神理盡此十二字中。

（九）〔眉批〕此時神理亦盡此七字中。然前十二字，描其内；此七字，描其外也。

卷十

第三十四回　迎嬌婿趙鄉長稱公　火蓬婆范佳人破敵

東莞寶安吾廬居士戲編

公挪回鄉，即傳鄉勇鋪設賓館，務極華麗。又備朱旄、元鉞、霓旌、日蓋，一路上鳳笙猿笛，奏大游小游之曲，唱百年萬年之歌。公挪穿紫締吸花錦袍，髻戴四起銀纓翹雉尾，頭挂貂冠，下拖虎文千摺縟綉裙，腰繫石嘯辟兵帶，右佩蓮花玉珥劍，左佩夜光三棘符，足穿明珠緝翠小頭鞋，坐豹輪鳳蓋七寶香輿，擁着一群鱗衣羽冠的侍女。麝蘭噴溢，綉縠聯翻。諸鄉勇皆虎盔鰲鎧、彩繮怒馬，出得鄉來。又見四路鄉長，皆結旌柝羽，鼓吹鉦鐃，喧闐來會。但聞炮聲連珠不斷，齊奔松林裏的尼庵來。公挪下輿，鄉長、鄉勇皆隨公挪後，來拜少青。迎登七寶香輿，公挪執鞭親御。從來的諸娘子，皆綉襖茸橋，各持軍器。春桃隨後，押着兩輛囚車，同回無力鄉。兩旁觀者，無不歡躍。

公挪扶少青，同進賓館，當中坐着。諸鄉勇兩旁肅立。公挪喝左右帶上蒙伯衡。伯衡跪在階下，公挪罵曰：『你這野畜，眼不識人。造淫書犯上，是爲不忠；拿槍入松林，欲乘危下石，是爲不仁；致諸妹皆遭殺戮，是爲不友；自作不逞，斬父之嗣，是爲不孝。有此四惡，宜以四馬裂其四肢(一)。』春桃上前，揪了伯衡的頭髪，牽將下去。只見一人慌忙哀叫曰：『刀下留人。』此人就是蒙鄉長開泰，跪在一旁，泣訴曰：『某只得這个不肖孩兒，雖是不仁，願鄉長開恩，爲某延一綫的嗣續。』公挪曰：『我公挪，那曾經這等侮弄，這人不殺，倘侮某的依樣胡盧，這還了得？汝縱子爲惡，本該先殺。今戮兒留父，便是開恩，何復絮絮。』開泰只是磕頭，不肯起來。少青曰：『今某初來，未成吉禮，不宜先見殺戮。願鄉長開一綫之恩，使蒙鄉長領回教導，再犯是不赦的。』公挪曰：『今聽莊公説情，饒這廝性命，便是這廝造化。但活罪難饒。』喝人拖翻，春桃拿條大棒，打了四十，打得半死不死的。開泰含着泪，攙着伯衡，嘆口氣下去。

少青喚轉來，謂之曰：『你兒子想無室家，妄思趙鄉長，故此打錯了念頭。某這裏有个女鄉勇春桃，十分驍勇，且性格嚴正，可以輔助你兒。某作冰人，給你娶爲媳婦，可豫意麽？』開泰打个恭，曰：『莊公不弃，賜我兒室家，何敢多却。』只見春桃氣忿忿地走上前曰：『我春桃是没人要的麽？何苦定嫁這廝。我看這廝，終久是不長進的。』公挪曰：『莊公作主，汝何敢推却。某有一根五色打夫棒賜汝，他若行止不端，汝便將這棒打他，他動一動，便來這裏告(二)訴。』春桃没奈何，應允去了。

又喝人帶上趙公則來。公揶罵曰：『你既是个人時，不應唆人調戲妹子。到底自家骨肉，何忍刺出妹子的腸來？若不是神明庇佑，今日讓你做人。你既不以妹爲妹，妹何敢以兄爲兄。左右是个仇人，仇人被擒，是萬萬不赦的。』喝聲：『與某斬了！』聲未畢，只見趙夫人哭將上來，含着泪曰：『我生你四个哥哥，後來又生了你。三哥四哥已戰死了。大哥呢，被你打斷了右臂，是个半人兒了。只剩你這个哥哥。四个嫂嫂已亡，又無兒子生下。你若不赦他時，你父親是絶嗣的了。你憐着蒙鄉長無後，赦了伯衡。自己的哥哥，却容不得麽？』説得公揶珠泪兒滿臉，嗚嗚咽咽，不能作聲。夫人謂公則曰：『總是你幹的不是。你今兒跪在妹子跟前，陪了罪。妹子看着爲娘的臉上，是饒你的。』公則没奈何，跪着，曰：『是爲兄的錯了，望妹妹念同胞之情，恕兄一命，容改過自新罷。』公揶哭得依舊不能作聲，以手揮着。少青曰：『舅舅請起。鄉長既恕伯衡，無不恕舅舅的。』夫人拉公則去了。

無知與少青攙着公揶進裏面，慰勸了幾回，纔收了泪，打點洞房的事。公揶渴想了這兩年，此夕纔遂了平生之願。一對兒鳳友鸞交，心足意滿，將竹山諸娘子丢在腦後了。

公揶御下，未免剛愎害事，法令漸漸的壞起來[三]。今得少青、無知輔理，置腹推心，恩威并濟，鄉勇鄉民莫不歡喜。又向險隘處，多造寨栅。建新教場，重練士卒。諸鄉來投者，不可勝計。比無知未去時，更覺强盛。

原來，無力山地廣人稀，與本鄉毗連的利、定、平、章四鄉外，尚有十一鄉。這十一鄉，歲穀惟供紹莊。少青乃約集諸鄉長，會於杉嶺，議改鄉爲莊。其時，不到赴會者，惟白狼、橫窖二鄉。其餘皆願供歲穀若干，擁立公挪爲無力莊莊公。少青擇正月十五日祭旗興師，往伐白狼、橫窖。白狼鄉長范仁，橫窖鄉長宗盛，皆使人求救紹莊。

紹莊公潛光養精蓄鋭，兵勇俱雄猛，正欲潛襲可莊，忽聞這个消息，集謀士、莊勇酌議。呼家寶曰：『無力趙公挪，井蛙自大，僭鄉爲莊，自稱莊公。今無力山下十一鄉，皆背吾盟，改而事趙。惟白狼、橫窖猶思附我，此不可不争也。』丁勉之曰：『無力窮僻之鄉，能用其衆，偏師攻之，必難取勝。全力攻之，又恐曠日需月，縻我軍糧。不如潛師襲可，可莊破，則宅中而圖，威震四塞，王業可成。』家寶曰：『不然。昔武鄉侯伐魏，必先孟獲者，何也？成師以出，無後顧之虞也。今之無力，吾之孟獲也。率吾數千之衆，大會諸鄉，可得兵五萬。無力破，執公挪而戮之，諸鄉誰敢不服。西北既定，然後轉旆東南，用全力以攻可。可莊破，十字之關雖固，吾知其不遑寧處矣[四]。』潛光曰：『善。』乃興師。二月朔，大合諸鄉之兵，至於烏溝。

時白狼、橫窖二鄉，趙兵攻破已久[五]。逐范仁，而立范仁之女范百花爲鄉長，使贅趙公則爲婿；誅宗盛，而立趙春桃爲鄉長，以婿蒙伯衡副之。會伯衡之父開泰卒，因取定鄉之地建定軍關，以屯諸軍。聞紹兵至，乃以本莊合十四鄉之兵，共得萬人，營於烏溝之北。

相持十餘日，紹軍不能逾溝。蓬婆鄉長呼貴卿言於潛光曰：『溝之上流，有象鼻灣，其水甚淺。某欲率本鄉之兵，夜中潛渡，擊其後勁，彼軍必亂。公先使人扎竹爲筏，乘其亂，附筏逾溝。前後夾攻，趙軍可破。』潛光從之，更使莊勇紹海深率兵五百助之。

是夜，月黑星稀。二更時候，齊至象鼻灣。貴卿曰：『東頭岸闊水淺，我軍從這裏涉水而過。西頭水深岸狹，原有个獨木橋，莊勇使人備些長木，傍獨木橋扎好，從橋上渡過，在檜林裏取齊。』海深曰：『正符某意。』遂教軍士斫木扎橋，措置停當，約莫三更。引本部兵潛渡了橋，來覓檜林。

忽聞炮聲驟發，不知何處亂箭射來。急退軍時，橋邊有兵守着，黑暗裏箭飛如雨，衆軍皆射落水中，大半淹死。正在蒼黃，忽然喊聲四起，回望火把齊明，一彪軍追來。海深拖着刀，沿溝而走。聞檜林裏有人高叫曰：『降者免死。』錯愕間，左臂已中了一棒，跌下馬來，被趙軍縛了。餘兵見海深被捉，盡乞降。檜林中，火光如晝。石上坐着一个女將，横着槍笑曰：『果不出無知軍師所料。我范百花待得久了(六)。』又見一个人牽着呼貴卿，左右臂皆帶着箭(七)。使人拔了箭，將二人陷上囚車，解往大寨去了。

百花復點軍馬，令各帶引火之物，乘夜渡過木橋(八)。知紹軍糧草，盡屯蓬婆，使新降軍卒引導至屯糧處，天尚未明，一齊放火(九)。

紹軍仰望東北角，殘星皆紅，火光亘天(一〇)。懼蓬婆有失，即使莊勇尹百全，與上埗鄉長弗家珍、鐵山鄉長丁潛龍，引兵六百，來蓬婆看火。正入一山峽，峽中巨石林立，石縫中有箭乘旭光射出。剛欲退時，後面有軍攔住。一將揮雙斧大叫曰：『我趙聯奉將令截你歸路，你們的糧草燒个盡了。不下馬受縛，做个飽鬼，更待甚麽？』百全大怒，揮槍來戰趙聯。時天色大明，曉日初升。正苦紅芒射眼，只聞弗家珍大呼曰：『莊勇休戀戰，石縫的箭來得密了。』呼未完時，家珍已翻身墮馬，不知何處箭中心窩，死於馬下。百全見前有亂箭，只得盡力來戰趙聯。趙聯纔轉得一轉，百全虛格一槍，已衝出峽外，獨自一騎走了。趙聯不來追趕，正招降峽裏的殘軍。

而范百花已將潛龍擒住了（一一）。原來，蓬婆鄉守糧的軍士無多，又不爲之備，故百花得直逼屯場放火，然後抄莎坳小路，截殺救火之兵。皆無知之令也（一二）。然蓬婆廬舍，半成灰燼矣。恰丁潛龍亦引鄉兵偷過莎坳小路救火，欲奪頭功，爲百花軍馬所扼，氣餒被擒，盡降其衆（一三）。於是，與趙聯合兵一處，渡木橋而回，將潛龍解至大寨。少青大喜，令將潛龍與呼貴卿、紹海深齊送至公挪營中，聽候發落。

公挪請少青、無知商議軍事。少青曰：『紹軍糧草被焚，不出三日必退。我們乘勢追襲，必獲大勝。』無知曰：『某料紹軍今日必使人求和。這海深是潛光初從兄弟，潛光是愛博友愛假名的，若求和時，必以三事相難。若果依允，便許他和（一四）。』公挪曰：『何不乘着勝，奪了紹莊。我們據了，不勝似僻處無力。』無知曰：『紹公兵雄將猛，兼得人心，勞師襲遠，必受他虧。不如暫與和好，以爲後圖。』公挪問那三事，無知附耳俱言之，各喜而退。

【批語】

（一）〔眉批〕四惡不屏，四肢幾幾不全，可不懼哉？
（二）〔眉批〕棒名奇絶，少青聞之，定當汗下。
（三）〔眉批〕將無知去後之事追叙一段，完密之至。
（四）〔眉批〕詞則娓娓動聽，筆則森森發條，盲左中最精卓文字。
（五）〔眉批〕忽折入無力一邊。
（六）〔眉批〕上文，無知如何料敵，如何伏兵，却無一字叙及。至此，只從百花口中『果不出……所料』二語喝醒。小説家必用之法也。
（七）〔眉批〕海深被擒用實寫，貴卿被擒只用虚寫。
（八）〔眉批〕誰知紹海深所扎之橋，反爲范百花燒糧之路。
（九）〔眉批〕百花渡橋燒糧，亦無知將令也，而不必點明，閲者自能瞭悟。
（一〇）〔眉批〕忽折入紹軍一邊，無接續之迹。
（一一）〔眉批〕『正』字、『而』字、『原來』字，全於轉捩處見工夫。
（一二）〔眉批〕善謀者資於敵，不善謀者爲敵所資。海深之橋，百花由此來，復由此去，無足异也。
（一三）〔眉批〕潛龍者，丁推善之父也。子爲從龍閣功臣，而父先被虜，可嘆哉。
（一四）〔眉批〕然則潛龍與貴卿同贖回者，非潛光之恩，海深之故也。要之，潛光亦非真愛叔父也，博虚名也。觀他時殺坐矛如草芥，可知也。

第三十五回　觀軍容呼家寶登臺論將　信天命紹潛光逾溝受盟

紹潛光聞蓬婆糧草燒盡，上埗鄉長弗家珍亂箭身亡，莊勇紹海深、鄉長呼貴卿、丁潛龍先後被擄，所編竹筏全無用處，懼蹈十字關之轍，使呼家寶往趙營求和(一)。

家寶匹馬乘竹筏渡溝。至半箭之地，忽一女子拜於馬前，口呼恩師。家寶大驚(二)。看那女子，髻綰攢翠逍遥巾，羽帔霞裳，手揮麈尾。定睛再看，原來是花狀元趙無知。乃拱手曰：『狀元，别來無恙(三)。若之何改作女子(四)？』無知曰：『門生本趙莊公女謀士，因扮男妝，往訪顏郎。中途偶應花試，猥以微才，蒙恩師賞識，取中狀元。紹公待某厚，故爲公破賊而去。今各爲其主，不敢通問，未知恩師辱臨，有何教誨？』家寶曰：『某奉本莊公之命，欲見趙公，求息兵訂和。狀元何不爲某引導？』無知曰：『請到敝營，正好説話。』遂引至一營，肅家寶上坐，斂衽下拜。家寶回了禮。

無知曰：『請問恩師，既願訂和，如何和法？』家寶曰：『本莊公欲割烏溝以北屬趙公，懇賜回三虜，永結盟好。』無知曰：『石棋爲我顏郎外舅之鄉，而唐埗鄉長爲我顏郎所立，鄉長之妹山翠屏，又我莊之娘子也，須以唐埗爲界，和乃可成。不然，恩師請無費口舌。』家寶曰：『此事回覆本莊公，乃敢應允。請問那顏郎，即黄石莊之顏少青乎？』無知笑曰：『少青之外，豈無少青？何必黄石，又何必非黄石(五)？』家寶曰：『那顔郎係狀元之婿，抑趙公之婿也？』無知曰：『門生等十餘人，與本莊公同事顔郎。趙公之婿，亦門生之婿也。』家寶曰：『某奉命而來，請見趙公，乃可復命，并欲一見顔郎。』

言未已，忽報顔郎至。無知迎入，備言其事。少青大喜，乃與家寶相見。相率至大寨，同登將臺，望軍容。但見旌旗肅穆，戈戟森嚴。家寶贊嘆不絶，曰：『趙莊公何等樣人，善治軍旅如此。』少青笑曰：『彼不過一小小女娃耳，但胸中有十萬戈甲，故所向未曾敗北。』家寶點點頭，蹙額不語。無知曰：『恩師欲見本莊公，待某通報。』遂下臺去了。

忽聞炮響一聲，人馬移動。家寶於紅旗隊中指一人，曰：『此人額如黑鐵，臉似紅銅，環眥闊頷，拿雙斧騎烏駁者，何等樣人？』少青曰：『此莊勇趙聯，曾學萬人敵，人呼他爲「趙霸王」。』又指白旗隊中一人曰：『此人白面卷鬚，竪眉方口，拿雙槍騎白馬者，又何人？』少青曰：『此莊勇賴仁化，萬軍中掉頭摇尾，獨去獨來，如入無人之境，人呼他爲「白飛蛇」。』又指着兩个獅盔犀甲，雙槍并馬而來的，問少青。少青曰：『此莊勇毛果、毛敢兄弟也。毛果曾擒山猺，毛敢曾屠巨蟒，人都呼他……』言未畢，炮聲又起，見一隊女軍，綉旗飄颺，引着一騎女將，朱唇緑面，鳳眼蛾眉。家寶大驚失色(六)。少青曰：『此某姬人白雪燕耳，混名「雪槍娘」。』家寶點頭曰：『往者，十字道前追我軍者，正此女矣。槍如滾雪團雲，亂箭射之不能入。我莊公甚懼之，以爲神技。但坐騎甚怪，非馬非牛，畢竟何物？』少青曰：

『此名耿純，産於紫霞洞，惟渠能降伏之，他人不能跨也。』言罷，又指五花馬上一女將，曲眉細目，面削神清，曰：『此「女由基」樂更生也。能百步射懸絲，萬不失一。』家寶又指拿鐵棒的女將，臉碧眉青，身軀略矮的相問。少青曰：『此名秋娥，汝紹莊之女雄也。鐵棒一揮，千夫辟易。紹莊不能用，而歸某。』又指後一騎曰：『此亦可莊之雄也。』家寶回眸一看，見其人方腮豐準，美目揚華，曰：『此亦顔郎姬人乎？』少青曰：『然。一拳頭，打死雙虎；兩頭鏟，鏟盡三軍。軍師不聞可足足之名乎？即其人矣。』忽然炮震連珠，一簇白綉旗擁出一騎白袍女將，桃花臉薄，柳葉眉纖，杏眼櫻唇，十分嬌媚。拿着紫纓鼠尾槍，含笑而來。家寶曰：『此女何人？』少青曰：『軍師不見大旗上寫的「白狼鄉范」四字麽？渠即白狼鄉長范百花也。』家寶曰：『那貂尾旗上寫着「横窖鄉趙」，亦横窖鄉女鄉長麽？』少青曰：『昔隨無知在貴莊考試時，這書童原是个女兵，名春桃，本莊公立爲横窖鄉長。能使雙鐧，飛鐧擲人，無弗中，人呼「飛杵娘」（七）。』言未已，聞無知呼於臺下，曰：『莊公升座矣，請恩師進帳相見。』少青乃引家寶下將臺，從左轅門而進。

轅門外，皆坐着衆莊勇，與幾个鄉長閑談。見少青入，皆肅然起立垂手。過了儀門，暫憩堂下。遥望大紅帳外，坐着諸娘子，鳳盔上皆翹着三四尺的雙雉尾。兩旁女兵，皆執軍器侍立。漸聞香烟馥馥，三聲炮響，一陣笳鳴，金鼓剛停，笙簫間作。帳門開處，數十个綉衣女侍，擁出趙莊公公挪，高坐帳中。衆娘子參見已畢，顔少青坐左帳外，教人傳呼家寶進見。

家寶整衣升堂，見紅羅帳裏，兩旁孔雀宮扇，護着个錦袍玉貌的美人，量是公挪了，拜舞已，立於柱旁。只見無知上帳參拜，備陳紹公求和之事。公挪問曰：『柱旁立的，就是呼軍師家寶麽？』家寶曰：『是。』公挪使人備椅柱旁，請家寶坐。家寶謝了坐，將紹莊公求和之意，委曲細陳。公挪笑曰：『汝莊公不念先鄉長之義，欺某是个女孩兒，不在眼裏，欲率雄師，踏平無力，以怨報德。今忽求和，必藏詭計。然某亦不多計較，若依某三事，便許軍師。不然，勢難兩立。』家寶請言三事。公挪曰：『第一件，要紹公單騎逾溝，至某營中盟會。第二件，須供銀三萬，許贖三囚。第三件，要以唐埗鄉立石爲界，永遠不許侵伐界内小鄉。若依某時，明日巳刻，到此受盟，某備酒筵款待。若巳刻不來，你一莊六十鄉的人馬，休想片甲得回。』

家寶拜辭了公挪，渡溝而回，備述公挪之語。紹公想了一回，顰蹙曰：『十字關之敗，鄉長多陣亡，難保諸鄉不埋怨某。今費三萬金，能贖兩鄉長之命，某不敢吝（八）。即唐埗之界，較烏溝所争不過六鄉的歲供，某亦不争。至於單騎赴會，敵情叵測，能保首領以回乎？』丁勉之、尹百全皆言不可輕往。家寶曰：『趙無知狀元，無力之女謀士也。念公厚遇，必不負公，某敢保公去。』丁勉之曰：『食人之禄，忠人之事，安知不以無知爲餌，以釣公乎？某以爲必不可去。』家寶曰：『公挪雖驕悍，其婿顔郎，温文長厚，必不令公挪行詐，貽詈四鄰。況今日之勢，欲戰則無糧，欲退則懼襲。死者不復生矣，而一莊勇、一鄉長，父母妻孥，莫不倚門呼季，擁被勞魂。誰非人子，誰非人婿，誰非人父，忍令從公去，而不從公返乎（九）？』潛光慨然起立曰：『某命在天，豈趙公挪所能害某。』意遂决，乃使家寶先押銀一萬，復渡烏溝，許其三事。其銀二萬，恐紹莊路遠，取給不及，即於附近鄉長處挪借。

明日巳時，使呼家寶、尹百全隨往。又選莊勇十人，扮作軍士，解送銀箱，皆暗藏軍器。渡過烏溝，望見旌旗盡偃，鼓角無聲，静悄悄似是空營，吃了一驚（一〇）。忽炮聲驟響，一隊軍士，從營柵中擁出一个儒冠緩帶的少年來。家寶指曰：『此公挪之婿顔郎也。』

言未已，少青來得已近，相與拱揖，迎潛光等入營，使人列筵相款。潛光曰：『見了趙公，纔與賢郎叙話。』少青曰：『趙公挪乃十餘齡的丫角村娃，有何膽識。畏公之威，恐震懾不能成禮，故使某在此代盟。敢問莊公所許贖金，尚缺二萬，量從人亦已載來。』潛光使人交卸明白。

又見一女子貂冠鳳帔，跪着叩頭曰：『花狀元趙無知參見。』潛光又吃一驚，起立回禮。無知坐於少青之下，潛光曰：『狀元無恙。在昔未曾開罪於狀元，狀元何故不辭而去（一一）？』無知曰：『男有室，女有家。在貴莊時，不過偶然游戲，何可長也。』

正言次，只見潛光坐後，一人叉手立，虬髯虎頷，身長八尺，膀闊筋拳，瞋目而視。無知大驚，問潛光：『坐後者何人？』潛光曰：『此莊勇尹百全也。』無知曰：『此人神威閃爍，必非等閑。某在貴莊時，未曾認識。』忽聞霹靂響，呼一聲狀元。無知又是一驚（一二）。百全曰：『記得莊公賜飲酒已過量，府前的大榕樹幹近百圍，怒其阻某行路，只一槍，刺入尺餘，牢不能拔。明日酒醒，復往拔時，那裏動得分毫。此時狀元教人扛出幾罎美酒，教某曰：「汝若要拔此槍時，除非飲盡罎上的酒，可以助力。」某一罎一罎的飲个净盡，便去拔槍。此時看的人多了，某拿槍杆大叫一聲，看的人也幫着齊叫，那槍從一片叫聲中拔了出來（一三）。狀元將莊公命賜某犀甲一副，狀元忘之耶？』無知點頭曰：『是了，當時多呼莊勇爲「尹拔槍」（一四）。』

言未已，即有軍士稟曰：『香案酒牲，已擺設停當了。』少青曰：『昔葵丘之會，束牲載書，不煩歃血者，信爲本也。欲以信終，宜以信始（一五）。某欲與公各書一「信」字，互相執照，更無事束載繁文，不更直捷乎（一六）？』潛光曰：『賢郎所言，正合某意。但某本武人，不能作字，使呼軍師代書可乎？』少青曰：『可。』即令軍士取出筆硯，及黄絹二幅，少青與家寶各書訖，供香案上。少青與潛光上香酹酒，各表中忱。無知、家寶、百全，陸續拜畢，易取「信」字，各佩身上，相肅就宴。

酒間，少青曰：『莊公英武，遐邇共聞。今挺身來會，可云坦直。倘一時左右不戒，開罪於公，豈明哲保身之智乎？』家寶曰：『鴻門之會，楚王猶不忍殺沛公。賢郎以信合兩莊，而以詐將之，賢郎必不爲也（一七）。』少青起而拜曰：『是某失言也。』

酒過三巡，無知把盞，至潛光席前，斂衽曰：『某以蕪才，蒙公厚待，至今猶未去心。願兩莊始終和好，無惑人言。某身雖在趙，猶是公臣也。』潛光曰：『某今年三十有八矣，并無妻室兒女，願以誼女辱狀元，不知顔郎肯屈爲某婿麽？』無知曰：『公孤高自尚，不娶夫人。無夫人何以有莊主。有誼父而無誼母，恐貽諸鄉笑，敢辭〔一八〕。』少青曰：『不孝有三，無後爲大，今公年近四旬，不近女色，賢則賢矣，如嗣續何。』潛光起立曰：『賢郎之言是也。但大願未酬，誠不欲以室家自累。』少青笑曰：『公之大願，某知之矣。但天命已有所歸，以公英杰，當識時務。勸公早求淑女，生子生孫，長保紹祚，不勝於糜爛其民，以求必不可償之大願乎？』潛光不悦。家寶曰：『酒過十巡，非禮也，願我公拜辭。』

少青使人請呼貴卿、丁潛龍、紹海深出營，各勞以酒，使從潛光歸。又相與訂唐埗鄉立界之約。潛光大喜，拜謝甚恭。少青偕無知送至烏溝而返。

【批語】

（一）〔眉批〕將前事納入『聞』字内，重述一番，作此回起筆，機緊極交花接葉之能。回顧十字關，即爲求和作地。然則所編竹筏，不過爲家寶求和之用而已，一何可笑。

（二）〔眉批〕此女子突如其來，家寶安得不驚。

（三）〔眉批〕六字，如聞其聲。

（四）〔眉批〕明明前是女子改作男子，偏説今日男子改作女子。奇絶。

（五）〔眉批〕妙答。

（六）〔眉批〕下文無知見百全而驚，是乍睹其氣概，而大驚又驚也；此處家寶見雪燕而驚，是曾領略其利害，而大驚失色也。至於家寶見無知而大驚，潛光見無知而又吃一驚，是因其變相而驚也。驚同，而所以致驚者則不同。

（七）〔眉批〕曰『趙霸王』，曰『白飛蛇』，曰『雪槍娘』，曰『女由基』，曰『飛杵娘』，大似《水滸》名色。然前四男將，毛果、毛敢，有綽號而不暇説；后六女將，秋娥、足足、百花，又似無綽號可説。十个人，九段文字，長短參錯，眩人目睛。

（八）〔眉批〕意在海深，偏不言海深而但言兩鄉長者，見潛光之無一言不詐也。

（九）〔眉批〕數字，惻人肺肝，所謂扇凄馨以相攄者也。

（一〇）〔眉批〕接合處，專用危仄之筆。

（一一）〔眉批〕家寶曰『狀元别來無恙』，是驚而未敢定之詞；潛光曰『狀元無恙』，是怪而姑慰之之詞。詞氣各有體會。

（一二）〔眉批〕趙無知生平，雖遇至可驚之事，只見其笑，不見其驚，性定故也。今見百全之貌而大驚，聆百全之聲而又驚，何也？蓋嘗總眉京人物而計之。呼家寶，智術有餘，而學術不足，其死於非命，宜也。丁勉之，雖云長者，然主降而身終爲晋用，於君辱臣死之義，得無有歉。丁占鰲、香得功，與百全同興草澤，其氣象大都相類。占鰲爲韓人所殺，其長不著。得功雖爲黄石虜，而能破黄石以酬故主，是未嘗須臾忘君也，而卒以猜忌之故，前後皆被擒於婦女之手，身不敢歸，而亦終爲敵用。能身殉社稷者，惟百全一人而已。不雕不琢，正氣盈胸，紹家之完人，亦笏山之完人也。而無知則視天下無可驚之事，亦無可驚之人，乃忽睹斯人，不禁驚由中發，故見其狀而驚，聞其聲而又驚也。惟百全能使無知驚，亦惟無知乃能爲百全驚也。

（一三）〔眉批〕百倍聲勢，妙是自己説來。

（一四）〔眉批〕『尹拔槍』，與上文『趙霸王』『飛杵娘』諸名色相配。

（一五）〔眉批〕人知責其終，而不知責其始，所謂『信近於義，言可復也』八字，發前人之所未發。

（一六）〔眉批〕既云『無事束載繁文』，又必書『信』字交執，殊屬多事。

（一七）〔眉批〕家寶以項王比少青，殆欲以漢高比潛光也，而措詞特善。

（一八）〔眉批〕言中則辭莊主，言外却無限機鋒。措詞之妙，無逾此種。

第三十六回　立界表重尋舊雨柳沾泥　露真情一度春風花結子

明日，少青使横窨鄉長趙春桃及其婿蒙伯衡、白狼鄉長范百花及其婿趙公則，各率本鄉鄉勇，合兵千人，至唐埗鄉與紹人分界立石，表於楓林之東（一）。唐埗鄉長山維周率鄉勇迎接，見春桃，大驚。春桃笑曰：『鄉長别來無恙。』維周見是女鄉長，只得諾諾的，朦朧應着。逮紹兵退後，春桃教范百花夫婦先回烏溝繳令，使伯衡屯兵鄉外。單騎入鄉，拜見維周，維周迎入府中。

坐未定，春桃曰：『鄉長亦記得從趙郎挑行李的僕夫春桃麽？即某是也。』維周疑惑的上不是下不是，没奈何，答曰：『鄉長前是男妝，今是女子，何也？』春桃曰：『我的夫人春柳呢？某與他説了，纔與鄉長説〔二〕。』維周嘆息曰：『鄉長猶記挂春柳麽，前一月已病故了。』春桃不覺放聲大哭。

維周慌的不知怎的，又不敢説甚麽。入内對夏夫人及翠屏説知，各驚愕失色，只得出廳厮會。見春桃銀鎧綉裙，鳳冠雉尾，較扮男人時，肥白了好些，仍在這裏烏烏的哭着。翠屏斂衽曰：『鄉長何故痛哭？』春桃見了翠屏，慌忙回禮，拉着翠屏的手，曰：『姑娘，我的春柳姐姐，爲甚麽丢着夫人不做，竟死去了。』翠屏曰：『自從鄉長去後，他記挂着，便害起病來。醫治不痊，前一月纔死去的。死者不可復生，左不過是姊妹行，何苦爲他過哀呢？』言次，心裏横竪的想道：他既是个女人，洞房這一夜却怎的，難道未曾甚麽。若真个未曾甚麽時，春柳這丫頭是个最好事的人，多少埋怨。不惟不怨，反恩愛得如火一般，一納頭死去。思來想去，終不信是个女人〔三〕。

因拉着春桃進卧房裏，笑曰：『我爲鄉長解了這甲，好慢慢的説話。』春桃自除了那雉尾的鳳盔。翠屏一手爲他解甲，一手向他胸前一捫，捫着那胸前饅頭也似的凸將起來，始信他真个女人，因趁勢捻他一捻。春桃笑曰：『姑娘爲何調戲某？』翠屏以紅巾掩口而笑。忽見婭嬛以花漆盤托着香茶進卧房來，説曰：『請鄉長飲了茶，過夫人邊吃酒，夫人等着哩。』春桃纔應允，翠屏又笑曰：『鄉長的雌夫人已經無禄，何不續娶个雄夫人，以温枕席〔四〕？』春桃曰：『已娶个雄夫人了。在鄉外扎營的，便是了。』翠屏曰：『可有雄娘子麼（五）？』春桃拍着翠屏的肩曰：『雄娘子，某倒要娶一萬个。不似姑娘，專守着趙郎的（六）。』翠屏聞說到趙郎，不覺愁上雙眉，眼盈盈欲泪，正欲向春桃備問踪迹，只見夏夫人帶着幾个婭嬛，迎請春桃赴席（七）。

席間，說些趙、紹分界之事。又曰：『某與夫人，都是顔莊公少青立的，夫人知麼？』夫人曰：『不知。我們是小婿趙無知立的，爲何說到顔公？』春桃曰：『夫人是不知的，難怪難怪。你趙郎先娶這个可奶娘，就是顔莊公了。立山鄉長的主意，原定自他。』夫人、翠屏各驚得呆了半晌，手中的酒盞，幾乎墜將下來。夫人曰：『這些時，顔公男人，偏扮做女子；鄉長女子，偏扮做男人。近來的世事，這般顛倒。呵呀！是顛倒得没法兒了。』

言未已，忽天上電光一閃，虢虢的震起雷聲。各人驚立起來，不敢言語。早翻盆洗幕的，傾下一天大雨來（八）。三人坐下又把了一回盞。春桃曰：『即如我們趙莊公，也是个女人。白狼鄉長范百花，亦是个女人。大都近來世界不好，陽氣消，陰氣長，一片混混鬧鬧，都是婦人的世界了，果然是顛倒得没法兒了（九）。』

只見一个婭嬛，拿着一株帶雨杏花，從席前經過。春桃曰：『這經雨的杏花，含着泪，似紅滴真珠一般。旖旎的春光，已過去了，但不知何時纔結子哩（一〇）。』翠屏聞『結子』二字，不覺觸動芳心，低頭長嘆。春桃正待復言，有幾个婭嬛掌着燈來。大都日昏黃了，這沉沉的雨，仍是未止，遂散了席。翠屏拉着春桃同寢，欲慢慢的訊問趙郎消息。又談了一回閑話，解衣就枕。翠屏向枕邊細問曰：『那夜鄉長與春柳洞房，到底枕席間怎的？』春桃笑曰：『這些時我們一窠兒都是雌貨，幸有个雄鷄兒頂着包，故此不曾露出馬脚。』翠屏點頭曰：『呵，原來這一夜，我們趙郎出去拿燈，誰知是替人做新郎趕二柱的（一一）。』春桃哈哈的笑不絕聲，笑彎了腰，不覺觸着翠屏的腹，是聳起來的，用手捫時，倒吃了一驚。曰：『姑娘是个已結子的杏花了。但有一件，某說起來，姑娘須諕个半死。』翠屏定要他說。春桃曰：『姑娘只知趙郎替某作新郎，殊不知那趙郎也要尋人自替的。到底姑娘的胎，是從那裏來的呢？』翠屏曰：『鄉長，又來取笑了。雖一夜鸞皇，身體髮膚，捫搎殆遍。』又以手按着腹曰：『只今留下這个孽種，難道是做夢麼？』春桃曰：『不特這一宵姑娘是做夢，今兒姑娘還在夢中未醒哩（一二）。』翠屏詑异曰：『難道趙狀元，真个不是男子麼？』春桃曰：『我不解作話外的話，老實對姑娘說罷。』遂將趙公挪怎樣思着顏莊公，怎樣教趙無知改男妝寄書，怎樣在紹莊考中狀元，怎樣與顏莊公先成了親，怎樣教顏莊公扮作可奶娘，這一夜怎樣教他頂替，一一的說个明白。

翠屏聽到這裏，大哭起來。哭曰：『我山翠屏，如此命苦，誰知是打夥兒播弄翠屏的。今在鄉長跟前，只索自盡罷了。只是替人懷了這个野種，却怎地好？山翠屏呵，你死得好苦哩。』即下床解了綉帶，踱到後軒，挂在楊柳枝上，作上吊的光景。春桃隨後跟來，一把扯住，曰：『姑娘休恁地。顛倒因緣，原有紅絲暗繫的。即如某生平最惡的，是那个蒙伯衡，被莊公逼迫反嫁了他。今姑娘身中的孕，自是顏公骨血。那顏公，姑娘是見過他的容貌兒，何曾便減趙狀元。姑娘既爲他養着孩兒，他敢不與姑娘同諧白髮？（一三）我春桃便是媒證了。』翠屏曰：『這可奶娘，就是顏莊公麽？這人裝模作樣的做大，又罵我涎臉。這些時被他搶白了幾回，至今懷着恨，恨他。我是不豫意嫁他的。』春桃笑曰：『姑娘痴了。這是裝幌子的話，如何認起真來？』翠屏曰：『這莊公娶得人多了，嫁他怎的。趙郎雖是女人，温柔的性格，纏綿的情分，我還要嫁他哩（一四）。』春桃笑的立起身來，哈哈地不止。又曰：『女子不事二夫。你既被顏莊公點污了身子，又懷着私孕，趙狀元不休了你麽？』翠屏曰：『不是我好偷漢子，只因他好弄乖，引盗入門，給頂緑頭巾與他戴，是應該的。他敢休我麽？左不過不吃貞烈祠的羹飯罷了（一五）。』説到這裏，兩个抱着頭，大笑了一回。譙鼓早打五更了。是時，雨已息了。遂相與登床，少睡片刻。

天明披戴畢，即告别，帶兵回鄉。維周及夫人、翠屏送過石橋。又將潛光逾溝赴盟之事，説了一回。因指石表謂翠屏曰：『從此唐埗鄉，屬趙而不屬紹矣（一六）。』

【批語】

（一）〔眉批〕三十一回所云路旁一株大楓樹，即此楓林也。

（二）〔眉批〕不答維周之問，陡然以『夫人』二字加春柳，奇絶。

（三）〔眉批〕心中車輪打算，是聰明女郎，必有情事。

（四）〔眉批〕夫人有雌雄之分，异樣奇文。今之官府，寵愛孌童，過於夫人，是雌夫人之外，有雄夫人也。不謂春桃女子□，情事异而稱謂同，甚可怪也。

（五）〔眉批〕『雄娘子』三字尤奇。

（六）〔眉批〕借『雄夫人』『雄娘子』，恰翻出趙郎來，而不知趙郎仍是雌丈夫，奇絶。

（七）〔眉批〕宜合偏開，《記》中多用此法。

（八）〔眉批〕盤空寫一電一雷，固爲下文杏花結子作地，而實爲夜雨勾留，不能驟去，乃得床聯長夜，正好漸漸泄露真情也。

（九）〔眉批〕君子道消，小人用事，一片陰慘世界，有心人所爲蒿目痛心也。《笏山記》之作，得無其旨在是乎？

（一〇）〔眉批〕點綴『春雨』二字，隨手拈來，都成妙趣。然畢竟爲『結子』二字空中設色。一字百情，一情百媚，極催冰做水之能。

（一一）〔眉批〕奇思奇筆，妙情妙文。當年趙郎出去拿燈，正尋人替己，偏説自己替人。然在翠屏意中，不得不作是想也。乃知妙妙奇奇，仍是天然波傑。

（一二）〔眉批〕自開天闢地以來，事之不可解，未有甚於此者。謂之非夢，不得；謂之真夢，又不得。一曰『難道是做夢』，一曰『夢猶未醒』，真真顛倒殺。

此，且弗克知此。

（一三）〔眉批〕『既爲他』『敢不與』六虚字，互勘甚緊，是最精緻文字。

（一四）〔眉批〕痴人痴語，妙人妙語。

（一五）〔眉批〕調侃不少。

（一六）〔眉批〕一回閑情調笑妙文，只一二語歸題作結，借指點傳出正意，非深於古文者，弗克辨此，且弗克知此。

第三十七回　欺可氏手札賺飛熊　諷紹公眉莊媒卜鳳

紹莊公潛光自與百花、春桃共立石表，回莊恒鬱鬱不樂。

一日，丁勉之拿着南可莊飛熊的密書入白。書中約五月初十夜，潛師往襲碭門，彼從莊内起兵，絆住飛虎，内外夾攻，北可可破，事平之後，割莊右連壤田千畝酬謝等語。潛光大喜，曰：『天以可莊賜某，不可失也（一）。』乃集諸莊勇酌議起兵。呼家賓曰：『假途滅虢，兵貴精不貴多。前者驅遣鄉兵，兩遭失利，以人心涣散，不能持久也。某以爲只在本莊挑選精鋭三千人，破可有餘矣（二）。』潛光然之。點尹百全、奇子實、司馬恭、紹鷹揚、趙子廉、弗江、忽雷、紹真、紹武、紹匡十个有名莊勇，率步軍一千，爲前隊。呼家賓爲隨軍參謀。潛光自率奇子翼、紹太康等二十名莊勇，馬軍二千，陸續進發。

五月初十夜，初更時候，在碭門外取齊。剛傳令攻打碭門，忽碭門大開，門内火把齊明，衆軍大驚。誰知是守碣門的莊勇紹無憂引着數十騎出降(三)。潛光遂進碣門内下寨。

是時，飛虎正與飛熊相持莊内，互相勝敗。聞潛光已入碣門，大驚。即令可衍鴻、可存温引軍三千，屯莊外禦敵。連夜修書一封，使人往黄石求救(四)。謀士焦鬱輪言於飛虎曰：『紹軍潛師宵襲，必與飛熊有約，裏外夾攻，使我不能相顧。可一面令衍鴻、存温深溝高壘，守而勿戰。一面修僞書一封，使人扮細作行反間，飛熊無謀之輩，必中吾計。』乃附飛虎耳曰：『只須如此。』飛虎從之。

是夜，飛熊打探得紹軍已入碣門，正欲分軍殺出莊門，爲紹軍接應。只見莊勇可存禧捉得一細作，搜出密書一封，上寫曰：

紹潛光頓首。上北可莊公麾下，來書許以莊税一半歸某，又肯聯以姻好，許以令妹紅綃下嫁。何敢貪飛熊之賂，不爲公報仇乎(五)？今夜令無憂虚守碣門，某率精兵從羊蹄殺入。但聽連珠七炮齊發，公即率兵劫飛熊之營，使彼首尾不顧，飛熊可擒矣。謹此上聞。

飛熊大怒，問細作曰：『你是紹軍來的麽？』細作曰：『是，是來投密書的。』飛熊曰：『紹公既許與某連和，何故又來算某？』細作未及答應。謀士香不雕使人將細作帶過一旁，謂飛熊曰：『潛光以書投飛虎，錯投公處。公只可朦朧的認作飛虎，切勿識破他，將計就計，飛虎可擒。擒了飛虎，然後以得勝之兵破潛光，大事成矣[六]。』飛熊大喜，喚這細作上前，謂之曰：『這封書就是投我的。你來時，紹公的軍馬，移動了没有？』細作曰：『大隊軍馬已出碣門，那路去的，我却不知。』飛熊曰：『你速去回話，說我知道了。』遂放了細作。即將這書依前封好，另選一人扮做紹軍細作的模樣，將這書送與飛虎。立刻傳齊莊勇，令可信之率兵五百，埋伏寨後；可毒龍率軍五百，埋伏寨左；可敬邦率軍五百，埋伏寨右。但聽連珠七炮，便有人劫營，又聞一聲單炮，便可三面殺出，務要活擒飛虎。又自率莊勇八名，精兵三千，殺出羊蹄徑，以迎紹軍。香不離曰：『公至羊蹄徑，遇敵則戰，不遇則守，切勿造次。』

飛熊軍至羊蹄，已打四更了[七]。忽聽得連珠七炮，覺四面隱隱有喊殺之聲。速揮兵出徑，却不見紹軍。教人四下裏探聽，那有紹軍的影兒。又不肯回軍，天已明，猶呆呆的守着。守了一回，果然無紹軍了，遂引兵回徑。剛至那徑中間的狹處，路已塞斷了[八]。飛熊大驚，教軍士開路。誰知峭壁上的矢石，如狂風驟雨，眼見這羊蹄徑，回不得莊了。没奈何，復引軍出徑，從鴉山下抄至莊前，又有紹軍的營寨，不敢過。弄得飛熊前不能，退不可，只得傍碣門外左邊空地上立寨，使人探聽碣門消息。誰知紹軍圍得鐵桶似的，一些兒消息不能走漏。飛熊大怒曰：『潛光本與我同謀約滅飛虎，乃貪飛虎的妹子標緻，遂轉了念頭，反與飛虎算計我[九]。若非識破了機謀，昨夜已做了刀下之鬼[一〇]。今日弄得進不能，退不可，無地可走，無家可歸，豈不是無用的贅瘤？』拔刀欲自刎，衆莊勇勸住。忽又尋思曰：『橫竪是个死，不如殺進碣門，能彀殺了潛光，死也甘心的（一一）。』遂揮軍從碣門殺入。

時紹軍正用全力攻打衍鴻、存温的寨，不提防後面可飛熊的軍殺來。飛熊以忿怒之師，逢着的便斫（一二）。衍鴻見紹軍旗幟自亂，偕存温登高一望，是飛熊的軍與紹軍厮殺，未知其故，不敢輕動。存温曰：『趁彼軍自亂，不乘此時殺一陣，更待何時？』即揮軍殺出。時尹百全等見飛熊勢猛，奮勇殺出碣門。飛熊却不追趕，回馬來戰存温（一三）。四个南可莊勇，圍住存温，已被存温斫殺了兩个。不提防飛熊的大刀從腦後削來，已削去半个肩膊，死於馬下。衍鴻慌了，退軍回營，將箭射住。

時潛光見飛熊不來追趕，復殺入碣門。忽雷見紹鷹揚、趙子廉、紹真、紹武皆接着南可的莊勇厮殺，乃從亂軍中來尋飛熊，恰遇弗江、司馬恭絆住飛熊，正殺得氣嘘嘘地，大呼曰：『忽雷來也。』手起刀落，早將飛熊斫下馬來，一步兵割了首級（一四）。餘軍見飛熊已死，或走或降。潛光鳴金收軍，依舊屯營碣門内，與衍鴻相持。

却説飛虎使反間書，哄飛熊出了羊蹄徑，使人塞斷徑之左丫。又令可大英、可貞忠、山貴搜空寨外的伏兵，殺散了。自率數十人打入飛熊府中，無男女皆殺了。乃使貞忠、山貴、石蛟往助衍鴻，以拒紹軍，守而不戰。

呼家寶謂潛光曰：『可軍連日不戰，將以老我師也。昔玉廷藻攻可莊，設伏於莊之左右，僞遁以誘其追，上策也。斯時有可嬌鸞在，猜破其謀，故致於敗。今踵而行之，必破可莊。』

潛光曰：『軍師不擇勝策而效之，而踵人之敗策，何也？』家寶曰：『時勢不同也。今鬱輪之智不及嬌鸞，而能虎之亂過於明禮。夫鏡靜則明，人躁則暗。飛熊既誅則喜，我軍圍急則懼。喜與懼擾於中，將岌岌然，慮不終日，餘何知焉。況廷藻之謀，有可疑之迹，我則雷鳴不及掩耳，必勝之道也。公請勿疑（一五）。』潛光喜，即使尹百全、司馬恭、紹鷹揚率軍一千，伏莊左；弗江、忽雷、紹匡、紹武率軍一千，伏莊右；奇子實、趙子廉率軍一千，分伏碉門内外。自率紹真諸莊勇，卷甲而遁，留舊寨，故作虚張旗鼓之狀以惑之。

可衍鴻望其旗幟，曰：『彼遁矣，急追之。』貞忠曰：『彼有謀，無輕動（一六）。』山貴曰：『老莊勇從戰多年，鬚髮白矣，何怯敵乃爾。彼日久糧盡，故退。捨此不追，焉用兵爲？』遂揮軍急出。剛過碉門，炮聲振地，伏兵齊起。碉門已爲紹軍所據，不得入。潛光反旆，四面合圍。可貞忠死於亂軍中，衍鴻力竭被擄。山貴、石蛟單騎殺出，投無力莊去了。

潛光乘全勝之勢，復從碉門殺入。先是，尹百全、奇子實等窺衍鴻軍出，早乘虚殺進莊門。及潛光至，見莊門大開，揮軍繼之。可軍巷戰而死者，不可勝計。紹匡已擄了飛虎家屬三十餘口，飛虎遂降。可莊平。即日出榜安衆，大犒軍士。

潛光見中眉山，左有鴉山，右有小眉，蜒蜿旋抱；前面碉山，天然門户，遂有宅中而圖之志。與家寶商議，家寶曰：『莊公四旬未室，人多疑公。今飛虎之妹，婉慧多姿。公何不因可妹而家焉？擇可莊之雄者，遷往紹莊，擇紹莊之雄者，來住可莊，然後高枕無憂耳。』潛光拊家寶之背曰：『軍師知吾心也(一七)。』乃擇日娶飛虎之妹紅綃爲夫人，將眉阪之迎鸞樓改爲莊府。使丁勉之將紹莊分作十三鄉，徙可莊之雄武者一百三十三家實之，驅逼甚苦，哭聲載道。釋飛虎，降爲八紹鄉鄉長，可衍鴻爲十一紹鄉長，紹無憂爲十三紹鄉長。其十三鄉，不更立鄉名，稱一紹鄉，二紹鄉，三紹鄉，至十三紹鄉而止。飛虎等，即日携眷屬，各長其鄉。丁勉之又率紹莊未從征之莊勇紹海深、奇子翼等，及紹民之富者一百五十家，來家可莊，即改可莊爲眉莊，而不稱中。由是遐邇震懼，韓莊、黄石，尤畏憚之。

【批語】

（一）〔眉批〕敵與我以隙，是不得於趙，而有得於可也。其喜自倍。

（二）〔眉批〕回顧前事，使文如連瑣。

（三）〔眉批〕雖嬌鸞爲無憂假女，而無憂實畏嬌鸞。使嬌鸞救可之師，早至碣門，無憂必不敢降紹。奈何按兵不進，坐令南北兩可，盡爲潛光所有。嬌鸞之罪，可勝言哉。

（四）〔眉批〕爲下回嬌鸞不救飛虎作地。有哄飛熊之僞書在後，必有求黄石之真書在前。是文之善於用複處。且更有飛熊約潛光之真書在前之前，是行文之不厭複也。

（五）〔眉批〕紅綃夙有美名，故借『聯姻』二字，以惑飛熊，非真有其事也。後竟真有其事，非弄假成真也，讖端於此也。

（六）〔眉批〕已在鬱輪算中。

（七）〔眉批〕只從飛熊一邊寫去。

（八）〔眉批〕此是飛虎伏兵，前文未曾叙出。

（九）〔眉批〕□（俊樺按：從本回第六條批語，或爲『已』字）在鬱輪算中。

（一〇）〔眉批〕偏説識破了機謀，可云絶倒。

（一一）〔眉批〕既以書約潛光來，而又欲殺之，反間之能顛倒人如是。

（一二）〔眉批〕是反爲飛虎所用矣。反間之能顛倒人如是。

（一三）〔眉批〕飛熊本欲約潛光殺飛虎，忽然欲殺潛光。既欲殺潛光，又不追趕潛光，忽然回馬來戰存温。八倒七顛，欲不亡，胡可得？

（一四）〔眉批〕潛光本欲助飛熊，反殺飛熊。事之不可測如是。

（一五）〔眉批〕藻密慮周，精采相授，一則精當文字。

（一六）〔眉批〕盲左句法。

（一七）〔眉批〕一點便飛。

卷十一

寶安吾廬居士戲編

第三十八回　尋少青黄石虚興救可師　薦小黑紫霞大作無遮會

黄石莊，自顔少青私携無知、雪燕、足足、秋娥、更生等，言往征悉利，龍飛知之，而連錢不知也。龍飛時托虚語以安連錢。及數月無耗，連錢乃集諸娘子商議。使韓傑、張小微服尋訪少青消息。韓傑從東路，沿青草、桃花諸鄉而去。張小從西路，沿牢闌、猪頭諸鄉而往。悉利與胡盧鄉，只隔一水。張小至胡盧，詢諸父老，并無黄石兵征悉利之事。因渡淩溝至鐵山，投宿客店。

是夜，店中客多，因與一軍士同宿，話甚相投，各叩姓名行止。軍士言欲往黄石莊爲人寄書，細詢之，語復吞吐。張小大疑，待軍士眠熟，竊其書。從燈下觀之，封皮上有『玉夫人』字樣。正欲唤醒軍士，問這書來歷。軍士醒，見張小竊窺其書，大怒，拔刀來殺張小。張小眼快，蹲入床下。軍士揮刀向床下斫去。那床下從内看外甚明，張小縮在一旁，待刀斫至，兩手把其臂，以口咬他拿刀的拳頭。軍士負痛，遂放了刀。張小曰：『你這人，好莽撞。你道我是甚人？怕我看你的書。這書正是寄我的，你却不懂。』軍士曰：『呸。你是甚麽人，敢向我跟前假冒。你實説呵，饒你。』張小曰：『某乃黄石玉夫人心腹，今奉夫人命，查訪莊公消息，好容易遇這一封書，這書不是寄我的，寄誰？』軍士曰：『我却不信。』張小曰：『你不信時，某與你同見夫人，便分曉。』二人遂收拾行李，一同回至黄石，將這書呈繳連錢。

連錢拆書看時，正是少青的書，備言入贅公挪之事。又言將興師往平紫霞，建都於此，作萬年基業，夫人可權稱黄石莊公，令諸娘子起兵相助等語。連錢以書示嬌鸞，集諸娘子議其事。香香怒曰：『公挪與咱們風馬牛不相及，何故攘人老公(一)。咱們何不打平無力，奪回顔郎，再行計較。』連錢使人往養晦亭請龍飛娘子，説知其故。龍飛曰：『曩餘餘子解錦囊中文，有「王都紫霞洞」五字，顔郎久欲都此，以應讖文。恐諸娘子阻撓，故率無知、雪燕等，私往無力莊就婚，欲借公挪兵力，得紫霞而都之，以號令笏山。夫人何不擇莊勇之謹厚者守莊，而率諸娘子興師相助，不令公挪等獨擅功名也。至於稱公與否，惟夫人自決之。』嬌鸞曰：『儂等數年來經營黄石，心力并瘁，糧足兵强，憑險負固，獨霸東南，十字關南，盡爲吾有，亦足自豪矣。乃弃此現成基業，而争群盗之巢穴，以爲應錦囊之讖（俊樺按：「讖」字，鈔本原作「懺」，誤，今改），不亦惑乎(二)？且此錦囊，安知非那花容捏造，使老尼誆足足，相驚以爲神驗歟？何人皆不能解，而彼獨知也(三)？』連錢曰：『然則娘子之意欲如何？』嬌鸞曰：

『爲今之計，夫人宜修回札，剖陳利害，使銀銀姊妹迎請回莊，高卧竹山、黄石之間，相時而動。若迷溺已深，不思返駕，不妨力劫而回。雖非以順爲正，猶勝旁觀袖手，視夫婿如路人也。夫人請三思之。』連錢問銀銀曰：『欲令娘子往無力迎莊公，娘子願往麽？』銀銀未及答，只見炭團大呼曰：『兒願往。』香香、鐵鐵齊聲曰：『咱是必往的。』銀銀曰：『我們打夥兒同往罷。』連錢曰：『你們打夥兒同去，誰與守此竹山？』連日議不決(四)。

忽傳韓傑請見，連錢傳進。韓傑曰：『莊公消息，查訪未詳。今有北可莊飛虎，内遭飛熊之難，外迫潛光之兵，亡在旦夕，今使莊勇求救，立等回音。』連錢曰：『令彼且回，爲道即日興師了。』於是集諸娘子，議救可之策。嬌鸞曰：『强鄰自相吞并，我之利也。况顔公未回，可以有辭於可。』龍飛曰：『不可。我既受北可歲供，即吾屬莊矣，義不可不救。况鷸蚌相持，無异熊虎構釁，漁人者，紹潛光也(五)。彼以重兵臨之，必破兩可，我何利焉？兩可破，則軍氣鋭，雖十字關恃韓人爲屏禦，彼倘以得勝之師，從羊蹄徑襲我，不能無所慮。以利言之，亦不可不救(六)。』連錢曰：『娘子之言是也。就煩娘子率軍救可，如何？』嬌鸞曰：『此小役耳，何勞龍飛娘子，儂往足矣。』龍飛不與争，辭回養晦亭去了(七)。

嬌鸞并不用莊勇，點莊兵一千，獨與炭團、香香、鐵鐵，及幾个心腹女侍，軍於十字關前，而實徘徊觀望，無救可意。故紹潛光得并吞兩可，據而有之。

香香謂嬌鸞曰：『出師無名，何以回見夫人。今顔郎抛了咱們，贅於無力，何不乘此未餒之師，長驅直攻無力，奪回顔郎，免咱們日夜懸望。』嬌鸞曰：『娘子之意則美矣，然而未可行也。今潛光據有可莊，兵勢正盛，我征無力，必過碣門，倘彼軍截吾前後，片甲不回矣。』香香曰：『雖然，娘子爲咱代白夫人，咱將單騎往覓顔郎矣。』拿着大斧便行，嬌鸞那裏拗得住。又見炭團拿着銀棱鐧，鐵鐵拿着九齒耙，一齊嚷曰：『我們從香香娘子，尋顔郎去也。』嬌鸞没奈何，由他去了，即拔營回莊。

却説炭團、鐵鐵，并馬來追香香。剛至碣門，見前面一簇人馬，圍住香香厮殺。香香的斧，已是逢着便做兩截的，那禁得炭團的鐧，鐵鐵的耙，如驟風急雨，無人敢近。三人從尸飛血灑中，殺開條路，連騎而走（八）。

是夜，投宿十三紹鄉。鄉長紹無憂聞黄石三娘子至，令夫人迎接進府。無憂又拜見了故莊主炭團。一面以禮相待，一面私與夫人謀，若將三娘子縛獻紹公，功不小。夫人大驚曰：『不可。炭團是我們舊莊主，他父親待你不薄，負心之事，切不可爲。况嬌鸞知道，怎肯干休。不如留着父子之情，他日好相見。』無憂沉吟不决，連夜又集鄉勇酌議。鄉勇皆慫恿無憂，將欲下手，又畏炭團之勇。

時天已明，正欲點齊鄉兵，然後舉事。夫人私見炭團，以無憂之謀告之，使之行而厚其贈。炭團大怒，與鐵鐵、香香將府門打破，來尋無憂。見一簇鄉勇鄉兵，正在這裏鬧着。炭團一鐧當先，香香、鐵鐵繼後，將鄉勇鄉兵打得星散。炭團仍不肯便去，東撞西撞，尋人厮殺。

鐵鐵、香香拉着，遂離了十三紹鄉，投西北而去。

一日，將至蓬婆，見一山蟠曲如蛇，山上盡虬幹鯨鬌的大杉樹。三人駐了馬，在樹下納涼。鐵鐵走入緑杉林中，尋地小解。迎面一株杉樹，有个人如吊桶似的吊着(九)。急看時，是个少年的尼姑，臉作漆光，而眉目端好。急唤炭團、香香來這裏救人。香香從下捧着尼姑的脚，鐵鐵爬上樹去，將繩解了。又爲他捻圓喉管，扶起上半身，不令睡下。

漸漸的醒將過來，開眼見三个女子圍住，情知是被他們救回了的，合着掌曰：『三位女菩薩，多蒙救俺一命。只是俺既尋死，不願再生，還懇讓俺再上吊罷。』鐵鐵曰：『你這師父，端的爲着何故，這等輕生？還與咱們説説，或者可以分憂。』那尼姑曰：『俺名小智，原與兩个師兄，一个名大智，一个名無智，三人據住紫霞洞，作那不長進的賣買。這一年，有兩个顔莊公的娘子足足、更生，被俺們擒了。誰知大智私與足足乘夜逃去，更生那一年又被甚麽趙狀元擄去，洞中只剩俺與無智打劫過活。誰知這大智長了髮，嫁了顔莊公做娘子，今又偕那更生娘子來俺洞裏，巧語花言，將俺師兄無智説轉了心，蓄髮更衣，招那顔公在洞裏做押寨老公(一〇)。俺看不過，説了他幾句，被他們趕將出來。無地可栖，無飯可吃，又嫁不得人，故在這裏上吊的。』

三人聽罷，惱將起來。炭團執着小智的手曰：『師父，你何不亦長起髮，嫁那顔公，何苦上吊呢？』小智曰：『只因俺臉兒黑，不中那顔公意，故此被逐。不知你三位何人？』炭團曰：『我們俱是顔莊公娘子，正因莊公被你師兄迷惑，故跟尋到此。何難將你師兄殺却，搶回莊公。只因這大智，是我們教師，我們的武藝，虧他傳受，怎忍相負，故此礙着情面，左右俱難。你且帶我們到紫霞洞走走，見了莊公，我三人保你做个黑臉娘子。』香香、鐵鐵都『咦』的笑起來。小智大喜，願爲三娘子引導。

三人上了馬，隨着小智，從蓬婆後路，越高翔、九隴，渡玉帶泉，即是紫霞洞了。方指顧間，一山迎面驟起，嶙聳逼人，駭愕不了。漸聞人嘈馬嘶，只不見有甚營寨。小智曰：『這山名伏虎山，爲紫霞右臂，是足足娘子扎營在此。左邊名怒龍山，是公挪莊公的營寨。』一頭行來，一頭説着，已見足足營寨了。只見幾个女兵，在這裏較箭。鐵鐵大呼曰：『快傳足足娘子出來迎接，竹山夫人到了。』那女兵如飛的走進營來，回足足。足足不暇詳思，謊得忙忙的傳齊軍馬，擐了甲冑，佩了刀箭，放三炮，奏鼓樂，大開寨門出迎。先見着鐵鐵、炭團，唱了喏，忙問曰：『夫人在那裏？』鐵鐵、炭團掩着口，笑低了頭，向後混指曰：『這不是呢。』誰知後面只有香香拉着小智，并無别个。足足曰：『呸！原來是你們捉弄咱的。』亦笑起來，相携同進營中，各人訴各人的心事。

足足先帶四人到怒龍寨，見了公挪。炭團等見公挪短小精悍，眉目姣好，談論慷慨，心裏不覺輸服起來。正談間，人報莊公偕無智娘子出洞來了。足足、公挪迎進寨裏。無知、雪燕亦隨後進來。香香、鐵鐵、炭團見了少青，灑着泪，備訴前情。又拜見了無知，及教師雪燕，各人又訴各人的别後情事。

鐵鐵見無智雲髻高翹，粉脂滿臉，忍不住指着曰：『這就是洞主無智禪師麽？生得好呵。爲甚麽不坐蒲團，重描柳葉，争我們的妝扮呢？』無智被他説的紅了臉，眼波淫淫的，隱不住飄下幾點泪來（一一）。炭團曰：『洞中三个禪師，莊公已納了兩个，何争這一个。兒在杉林中，遇着這黑臉的小尼，在那裏上吊，兒救了他。帶他轉來，不爲别的，你們三人，平日相習慣了，有福當同享，不如勸公亦收作娘子，公未必不肯。』少青低頭不語。鐵鐵曰：『你薦我，我薦你，已薦了好一窩兒娘子，偏是咱們薦的不豫意。』香香曰：『如公不豫意，咱們各退了位，讓他罷。』雪燕笑曰：『當年，夫人看上了俺，你們打夥兒歃起醋來，説香娘子這斧頭也會吃醋，難道俺的槍頭不會吃醋麽？今日你們要薦人，須要依着舊例，他若鬥得俺過時，便做；鬥俺不過時，休怪（一二）。』炭團情知小智鬥他不過，笑曰：『師父讓些兒罷，鬥甚麽。師父如肯俯容，作个小娘子罷。』無知鼓着掌，大笑曰：『娘子分个大小，是絶妙的。只是你們大娘子遠來，還是你們三个做大的先占了三夜，還是讓新的先呢？』香香正欲先吃了頭湯，纔給小智成親的，語未發時，只見炭團曰：『我們讓新的占先罷。』又向着少青曰：『莊公，你怎的説？』少青不語，低着頭，只管笑。無知曰：『問甚麽，他這一笑，便是千肯萬肯了。』

於是無知、無智、雪燕、公挪、足足、香香、鐵鐵、炭團，挽着小智，都隨着少青入洞來。洞裏左邊一个横門，號白猿洞，進裏面有个大廳事。後面幽房曲室，頗雅潔。又見秋娥、更生在這裏頑着，一齊厮見了。

此時，不由得少青肯不肯，不顧公挪、無智悦不悦，衆娘子安排着合卺酒筵，將小智妝扮起來，假髻上戴些花朵，臉上傅些宫粉。這粉，不傅時猶可，傅起來，如起霜的黑豆一般，不好看得，又替他洗了這粉。櫻唇上，只點些燕脂，如漆器上沾着一朵杏花。翠裙綉帔，打扮得楚楚動人。炭團捧着曰：『我這黑小娘，真真黑得可愛哩（一三）。』又揀了一處，擺設做洞房，合歡被、連理枕、聯珠帳，將香兒薰得氤氳的。又思量做副喜聯兒，炭團做得一句，香香、鐵鐵共湊得一句，拿紅紙念着，浼無知寫，無知笑的險些兒回不過氣來。香香惱着曰：『咱們的喜聯是不通的麽？你只管依着寫，笑咱怎的？』無知没奈何，依着寫了。炭團教婭嬛貼在新房的門上。少青見他們這等高興，只得由他混着。

秋娥、更生先已醉倒，足足、香香拉着少青，炭團、鐵鐵扶着小智，送入新房裏。少青至房門首，看那紅聯，左邊是『大圓光插着金釵』，右邊是『小和尚逃回玉洞』，不覺哈哈的笑个不住（一四）。香香等不由分説，將少青、小智推進新房，倒關了門。各人酒都涌上，遂分頭尋睡。

【批語】

（一）〔眉批〕老公也，而可攘乎？

（二）〔眉批〕嬌鸞見解，龍飛早料之矣，故下文云云。

（三）〔眉批〕氣豪詞快，的是嬌鸞聲口。

（四）〔眉批〕五字，將前文鎮住。

（五）〔眉批〕破嬌鸞『利』字，義當詞精。

（六）〔眉批〕爲下文紹襲黄石張本。

（七）〔眉批〕此一役也，假令龍飛得往，必不使潛光得有兩可。潛光不有兩可，則無路可襲黄石。然則嬌鸞之罪，在兵敗而逃之時，尤在不救飛虎之時也。惡飛虎而并忌龍飛，十字關前，徘徊觀望，何心肝哉？文特疏數語，曰『而實』，曰『故者』，所以著嬌鸞之罪也。題曰『黄石虛興救可師』者，何也？主黄石者，玉連錢也，乃欲用龍飛，而卒爲嬌鸞所格，權柄下移，雖有柔德，終誤大事，故以罪嬌鸞者，罪黄石也。然則黄石何罪？罪連錢也。何也？主黄石者連錢也。

（八）〔眉批〕語極新穎。

（九）〔眉批〕斯時，少青已據紫霞矣。若使三娘子直至無力，又由無力至紫霞，縱不帶水拖泥，仍是枝枝節節。突然以黑小娘從蓬婆山合笋，妙想奇思，真是有鬼工不能到處。

（一〇）〔眉批〕只聞押寨夫人，不聞押寨老公，語新而創。

（一一）〔眉批〕既降格事諸娘子，故雖最不堪之言，亦甘忍受。

（一二）〔眉批〕縈拂前事，妙甚趣甚。

（一三）〔眉批〕《南漢書》載波斯女，貌黑腯而光艷。小端，其後身歟？

（一四）〔眉批〕絶倒。

第三十九回　三勇召道中苦諫花容　百獸殲洞裏祥呈玉璽

先是，少青欲借公挪兵力，襲紫霞而取其地(一)。謀之雪燕，雪燕曰：『紫霞非智力所能襲取者。俺以爲奮全力，煩奇計，而争勝敗不可知之地，不如掉三寸舌之行所無事也。昔更生娘子勸無智蓄髮事公，已有成説，未逢其適耳(二)。俺雖不才，願與更生娘子匹馬入紫霞，使無智蓄髮迎公。公少分諸娘子枕席之愛而愛之，彼必感恩輸誠，紫霞全洞非公物而誰物也(三)？』少青曰：『善。』乃使雪燕、更生將厚聘以行。而無智自與更生别後，念殺人行劫，終非了局，未免有摽梅求士之感，湮鬱中懷(四)。而小智又不能知其意，故眉常緑鎖，臉漸紅消(五)。今見雪燕、更生忽來勸駕，正遂素心，遂决意迎少青入洞而委身焉。又降格事諸娘子，往時雄悍之氣，至是全消矣(六)。是日，炭團、香、鐵，送小智回洞，心雖不悦，亦不敢少出怨言，遂相安焉(七)。少青將無智的名改作萬寶，小智改名小端。無事時，輒携萬寶、無知，欲窮洞中之趣。

一日，并馬審度形勢。行不半里，有危峰左右竦峙。萬寶以鞭指曰：『此錦屏山也。』無知嘆曰：『天産王都，先設門户，造化亦云有功矣。』過了錦屏山，一望平衍。少青曰：『此地可住萬家，何榛蕪若此？』又行里許，盡是千章的大木。漸聞水聲潺湲出喬木裏，乃披宿莽，穿喬林而北望，見一水彎環，波平類削。隔水遥窺，但見綉幛分青，畫屏横翠，叠叠的萬筭千鬟，不可窮究。萬寶又指曰：『此水名翠微江。隔江的山，不知何名，多産珍寶，但惡獸太多，恐難除滅（八）。』少青曰：『某當召黄石莊勇，與諸娘子奮勇誅捕。得其皮，可以爲裘，爲器。得其地，可以建造宫殿。』萬寶曰：『昔年俺與雪燕、小端兩師弟，及數十个嘍囉，扎桴渡過翠微江，雖采了些异鐵及奇香奇藥，各人擒得一匹耿純作戰馬，然已送了十餘个嘍囉性命。這鐵，名雲華鐵，俺求良工造一百環禪杖，雪燕造條槍，小端造口戒刀，餘的被嘍囉盜去，賣與民間。聞説這鐵打做檐馬，是絶好聲音的（九）。公如欲平那山，起造宫殿，須挑選極神勇的人馬。不知黄石莊勇中，絶好漢的是誰？可能召他來平那山。』少青曰：『有个可當，原可莊人，虬鬚豹眼，使一根大椎，是某義兄。有个韓傑，使大刀；可松齡，使三尖刀。一是韓卓的莊勇，一是可明禮的莊勇，皆與其主不合，改而事某。這三人，不特武藝超群，一胸忠義，慷慨敢前，某最虧他（一〇）。明日，修書一封，召他三人。』

言未已，只見公挪尋至，辭少青回莊。少青語以搜山滅獸之事。公挪曰：『現今莊中有事，有莊勇來接。待搜山時，某來相助。』言罷，即與無知跨馬去了。原來，無力山與紫霞相去不過二十餘里，中間只隔丫叉港，往來絶易的。無力莊的財帛粟米，大半輸去紫霞，供洞中費用。

是時，少青修了書，令玉子白、香得功守瞿谷，斗騰驤、韓貢守聖姥，玉無敵、玉凌雲、玉鎮東、玉大用、可介之守黄石。調可當、松齡、韓傑，點精兵二千，將庫金倉粟分一半，解往紫霞。

黄石莊自少青去後，皆無敵用事，惟軍機大事，乃請命於竹山。得少青書，分撥已畢。可當三人，帶領軍馬財粟，從東路進發。路經紫藤鄉，花餘餘匹馬來見可當，曰：『顔公既去，全賴三莊勇義勇過人，鎮壓黄石。今三位俱去，倘紹軍乘虚來襲，何以禦之？』可當曰：『娘子真婦人之見也。我黄石、瞿谷、聖姥，皆有重軍把守，瞿、聖如兩翼，韓莊爲頭，竹山爲尾，潛光雖桀驁，何所用之。』餘餘曰：『紹軍從十字關來，則先韓而後黄石，倘從羊蹄徑抄夷庚之後，則先黄石矣。黄石有失，我東南諸鄉，將誰仰耶？請莊勇回鞭，待某作書回覆顔公，思萬全之舉乃可。』可當曰：『莊公之命，誰敢不遵。娘子且回，無相阻撓。』餘餘知可當脾氣不好，不敢再纏，乃退而與花淵雲練兵選勇，爲死守計。

可當等既至紫霞，少青大喜。使人多造竹筏，擇日搜山。又造火箭、藥箭、冷尖、尾炬諸器。至期，公挪率毛果、毛敢、趙聯，領兵二千會獵。又約三叉鄉長朱必勝、黄婆鄉長畢大堅、横窖鄉長趙春桃、白狼鄉長范百花，各率鄉勇鄉兵相助（一一）。

是日，東南風起。一聲炮響，金鼓齊鳴，八千軍馬，一齊渡過翠微江。香香一斧當先，引女軍從左而進。可當一椎當先，引男軍從右而進。公挪引百花、春桃，及莊勇、鄉勇，霓旌切天，兕甲照日，從中路凌峻赴險而進（一二）。但聞風聲颯颯，樹聲颼颼，獑䟴狖怖，犍泣貘愁（一三）。時萬寶左拉少青，右拿禪杖，招雪燕、小端曰：『兩娘子從俺來。』小端提刀，雪燕横槍，隨萬寶覓筏渡江。却不知先去的三隊軍馬往何處去了（一四）。

四人登第一層平巒，四周回望。只見范百花翘雉尾，擐百花綉鎧，揮紫纓鼠尾槍，從烟莽裏趕出一隻三足的白鹿來。趕上時，一槍從鹿後搠去，那鹿後一隻足立將起來，舞前兩足來撲百花，百花退後幾步。又見一簇紅靴白袷的女兵，趕着一群白面狐狸，那狐狸被趕得急，將那白鹿衝倒。衆兵來擒那鹿。百花的紫纓槍，早將白面狐搠个净盡（一五）。只聞少青在平巒上叫曰：『范鄉長好槍。』四人同下平巒。又見一簇男兵，是三叉、黄婆二鄉的軍士，扛着無數死熊、殪虎、困狒、斫狿，他他藉藉而來（一六）。

萬寶又拉少青，呼雪燕、小端，登第二層平巒，披叢棘，緣阪而覲。但見猋腥塵惡，衆軍士圍着一獸，狀如虎而大倍之，毛長三尺，人面猪口，有翼不飛，尾拖地，長一丈八尺，而大不能掉。只見韓傑、可當、松齡四下裏刀剁椎撲（一七）。那獸毛長而滑，刀椎着處，側瀉而去，故全然不懼，張牙舞爪，打滚兒的攫人。鬥了好一會兒，三个有名莊勇，五六百精悍的莊兵，總弄他不倒。少青問萬寶：『娘子居洞中久，此獸到底何名？如此難伏。』萬寶與小端皆對以不知。雪燕曰：『趙狀元博學多聞，或能認識。』少青乃使小端乘筏請無知。

少間，小端拉了無知，渡過翠微（俊樺按：『微』字，鈔本原作『眉』，據前文應作『翠微』，今改），到第二層平巒頂上，見少青。少青指獸相問。無知細觀一遍，大笑曰：『這獸，男人伏他不得，惟伏女人（一八）。』言未已，忽見春桃雉冠猩甲，引着一隊紅衣女兵，亦扛着無數死熊、殪虎、困狒、斫猰，緣阪而過（一九）。少青大呼曰：『春桃鄉長，可助莊勇們擒那怪物。』春桃揮雙鐧搶入圍場，見衆莊勇鬥得氣噓噓地，筋力大半疲了。那物，咆哮怒恣，殊不解困。先拿鐧向他蹄上一掃，那物只做不知，扭過頭來，見了春桃，便咻咻的伸鼻來嗅。春桃收了鐧，拔佩刀向鼻端刺去，那物大吼一聲，直噴出黑血來，滾地作个深坑。原來，那物遍體長毛，不畏刀箭，獨這酒齇似的紅鼻兒没毛，故一刺便解疼痛。正欲復斫一刀，不知何處一箭射來，正中那物的左眼。方駭愕間，翎聲未絶，右眼又有一箭釘着。衆人散開了些，看他滾來滾去，滾得憊了，思量再去擒他。只見更生拿着弓，笑嘻嘻的走入圍場，指那物罵曰：『你這混帳東西，一雙鬼眼，污了娘子的神箭（二〇）。』那物兩眼都中了箭，是个盲物了，那裏管人唾罵（二一）。可當揮着大椎，只一椎，連那口鼻椎得歪在一邊，仍在坑裏，嗚嗚的滾出一堆惡糞（二二）。

少青、無知等，一齊下阪，看那怪物。少青曰：『娘子是最博物的，端的是何物？』無知曰：『你們願聽的，近前來聽我説。』於是少青、韓傑、可當、松齡在東，萬寶、雪燕、小端、春桃在西，都環着無知。無知擇一高石凳，箕踞其上，鼓掌大言曰：『此物，無父有母，其母一日交百毒虺，積毒成胎，有腹無心肝。出胎時善吃，所吃的物，以絶穢的爲香，以絶苦的爲甘。腹無旋腸，即食即便。聞人忠孝廉節輒怒，然亦伺察其真僞。其僞者，則銜獸往饋，跪而獻之；其真者，則抵粗之。故兩人鬥其前，必助曲者。或曰渾沌，或曰檮杌，或曰傲狠，或曰難訓，或曰窮奇。前人强分別之，而實皆此物也。』少青曰：『何以知女子能勝他（二三）？』無知曰：『其物性淫，必死於婦人之手，以理推之而已。』少青與莊勇及娘子們，聽者無不聳异。回看那獸時，仍在坑裏，顫顫的不能死。可當使人聚薪焚之，腥臭之氣，觸着的輒嘔。春桃乃使人扛之而去。

少青引衆，再上一層平巒，是第三層了。展鳳翹鸞，千岩獻秀。憑高一望，但見左怒龍，右伏虎，金童玉女，左右排衙，全笏之地，周圓如鏡，俯拾目前（二四）。正延覽間，忽聞軍士呼曰：『不好了，足足娘子被一野獸追來了。』各皆吃驚。但見那獸，九頭百足，足皆鳥爪，頭皆人頭，比前的渾沌，其大倍之。遍體鱗甲，刀斫椎撲，皆不能傷。專食惡魅、毒蛇、猛獸。先是，公挪、炭團、秋娥、鐵鐵、香香五娘子鬥他不過，足足揮鏟來助，那獸捨却衆人，來追足足，足足緣坡而走。無知曰：『此獸名開明。幸是雌獸，易制（二五）。』少青曰：『何以知其雌獸？』無知曰：『其首有髻，其鱗扁，最喜美男子，今須用着莊公。』少青大懼，曰：『某不會鬥，奈何？』無知笑曰：『公勿慌。』萬寶接着曰：『這事蹺蹊。若有些不測時，俺們豈不是一齊守着寡麽？』無知笑曰：『娘子已吃了前半世的齋，何妨守後半世的寡？不然這獸追着足足，誰肯救他？』萬寶大怒，揮着禪杖，來鬥開明。誰知走不多幾步，又有一怪物，從亂叢裏蹲將出來，迎着萬寶便撲。那物，頭目手足如人，頭上戴些野花，傅着滿臉脂粉，將萬寶的禪杖抱住，在這裏支撐。

那邊，韓傑、可當、松齡一齊來鬥開明。開明捨了足足，來鬥可當等。後面，公挪指揮趙聯、毛果、毛敢來助可當。足足跑到少青跟前，抱着曰：『我的公，險些兒没命見你了。』少青□慰之。又見六个莊勇，仍鬥那開明不過，教更生放箭。更生覷着開明的眼睛射去，喝聲：『中！』誰知開明舞動百爪，九个口兒呼呼的風，將更生的箭吹回，落在地下。連發數箭皆然。公挪拿起齒椎，對着雪燕一招，雪燕、小端一齊下來，大呼曰：『莊勇們憊了，待俺們再鬥一會，諸莊勇略走開些。』只見炭團的鐧，秋娥的棒，香香的斧，鐵鐵的耙，小端的刀，更生、雪燕的槍，七般兵器，一齊碰出火光。少青曰：『這獸如此難降，怎的了？』無知曰：『昔沛季斬蛇，乃興漢室。公肯上前，便增芴山一段故事，奚怯爲？』少青没奈何，只得拿口寶劍，揮鞭下巒。

足足拉住了馬蹄，大叫曰：『去不得！去不得！』正鬧着，只見萬寶擒了一物，擲於馬前，仍是生的，教人縛了。那物流下泪來。無知曰：『此物名都，又名野姑。好戴花傅脂粉，見美貌的女人，他便妒着，生陷害心。他見萬寶娘子美，故來相撲。』那物見無知説着他的隱痛，便低了頭滴泪。足足聽無知説得呆了，忘記拉少青。

少青已躍馬下巒去了。無知喚轉來，身上解下一紅巾，不知裹着何物，交與少青。又向少青耳朵裏，不知説些甚麽。少青大喜，策馬走入圍場中，大呼曰：『開明，開明，我有九件寶貝聘你，你吞在肚裏罷。』那獸聞人喚他開明，鱗甲盡竦，躍一躍，跪在地下，九口齊開，如九个血盆一般。少青解開紅包，將出九个箭鏃，逐个的拋在他九个口裏，一齊吞下，遂回鞭策馬而走。那獸分開衆人，來趕少青。少青繞坡而走，走至一大檀樹下，見無知、萬寶、足足，在這裏坐地。三人挽少青下了馬，一同坐下，覷那開明。只見開明倒在地下，亂吼亂抓，一百隻足，挺直直的顫着，十八个鼻孔，俱流出血來。後面可當等追來時，那獸口眼生烟，已是不活的了。

衆人問少青曰：『紅巾裏的是何物？他如何肯吞？』少青曰：『這九个，是异藥浸透的箭鏃。若是人時，見血立死。天生神獸，自喜無人識他，驟聞喚他開明，他便神亂精奪，教他恁地，便恁地。虧他依着某言，一齊吞了九个。若非趙狀元博物知微，神機妙用，豫爲之備，安能滅得此獸？』因向無知拜了一拜。衆人一齊拜起來，咸呼『神機娘子』，或呼『神機狀元』。

忙未已，恰小端帶着平時的幾个嘍囉上前，指着曰：『這一帶枰櫨大木中，有九个巨穴，每穴必有怪物，何以平之？』無知曰：『餘孽不足平也。令以硫硝雜草束，塞滿洞口，乘東南風，縱火薫之。莊勇、娘子們伏穴外，鳴鐃鼓以震之，俟其出穴，暴誅之，應無有存者。』少青、無知先率兵扛那開明，及先時打死生降的羅羅、狌狌、精精、𤢖𤢖、狪狪、軨軨、文文、朏朏、印印、峳峳，不下數百種，出山而去（二六）。纔過翠微江，見朱必勝、畢大堅先在錦屏山守着先扛出的熊、虎、狒、猱。少青令後扛來的羅、狌、精、𤢖、狪、軨、文、朏、卬、崘，總堆在一處，擇味美的，使厨人烹調，治酒張樂，以相慶。

只見范百花、趙春桃先在白猿洞等着。俄而公挪率毛果、毛敢、趙聯，扛着二獸，俱如野彘。其一，兩肩盛着相背的首。無知曰：『此跊踢也。』其一，一首在胸，一首在背。無知曰：『此并封也。這二物無他長，惟善吃[二七]。』

言未已，見可當、松齡、韓傑亦扛二獸至。其一，豹頭馬尾。其一，形如壺蜂。無知曰：『豹頭的名洪陽，好傷同類[二八]；蜂腰的名黄腰子，長大則群逐其母，是不孝之畜，而不可不誅者也[二九]。』

言次，遥見旌羽紛紛，軍士歡呼，争筏而渡。足足、香香、鐵鐵、炭團、更生、秋娥、雪燕、萬寶等，雉尾雲交，獸裙花簇，齊押着雌雄大小約數十頭，盡是奇形的猛獸。令無知辨之，得四種。一種人身豕首，中實餒怯，而貌爲剛直不撓，名駭神[三〇]。一種虎身人首，目在頂上，見上不見下，名狗蹲[三一]。一種小如□（俊樺按：鈔本漫漶，似『狐』字），而頭鋭若錐，善揣摩開明顔色，而得其歡心，因假其威□（俊樺按：鈔本漫漶，似『以』字）凌折熊虎，名首鼠，訛爲醜嫗[三二]。一種牛形虎文，有頭面，一目在額，而實無睛，名天形[三三]。少青曰：『這天形，既有一目，何以無睛？』無知曰：『原是有睛的，只因好從雲霧裏看天花，自以爲獨具隻眼，妄品妍媸，天帝怒使力士抉其眸子，故至今雖具目之形，實與無目同也。』少青等聽至此，無不詫异嗟嘆。

無知又曰：『某聞開明，天獸也。至人生，則天獸出。得雄者帝，得雌者王。腰間必有异寶，可驗也。』乃剖開明，腰間果得玉璽，方五寸，其文曰：『笏山之王。』諸莊勇、娘子無不歡抃，羅拜於地，呼大王者三[三四]。

於是宴男鄉長及莊勇、鄉勇於錦屏之下，女鄉長及娘子們聚宴於白猿洞中。酒間，歡呼起舞，唱萬年之歌。無知以指點衆人，不見了小端，謂諸娘子曰：『今夕之飲，樂乎？未也。』衆曰：『何也？』無知曰：『黑臉小娘，何同去不同返也？』衆聞語大愕。少青泣曰：『得非葬於猛獸之口麽？』但見炭團、鐵鐵投杯而起曰：『我們當往尋之。』正張皇間，忽一物墮於席前，有人笑曰：『你們飲得快活，却不等俺一等。』衆視其人，正是黑臉小娘子[三五]。衆嘩然而笑曰：『黑小娘，來何遲？有人憂得你很哩。』小端指着席前那物曰：『只爲着他毛色殷□（俊樺按：鈔本漫漶，似「鮮」字），軟滑可愛。思量擒他，剥其皮，爲莊公作一褥，故遲些。』少青大喜，拉小端坐身旁曰：『小娘子愛我，手擒异獸，爲我作褥。我爲小娘子多吃一杯，小娘子亦當爲我多吃一杯。』遂拿杯與小端串着。足足離席，將這獸撫摩了一回，嘆曰：『好皮毛呵，此獸究竟何名？又要請教神機娘子了。』無知曰：『此名却塵獸，製爲褥，霜雪不敢侵，塵埃不敢犯，寒暑俱宜。黑小娘是最識貨的。』衆大笑。更生亦撫摩着，笑曰：『較當年足足娘子的黑虎皮還强些哩。近來莊公寵愛小娘，是怪不得的[三六]。』足足低頭不語。頃之，燭斜釵嚲，一痕眉月，光上杯盤，各盡歡而散。此宵風月讓黑小娘焉[三七]。

【批語】

（一）〔眉批〕追敘之文，多用司馬法。此則《國策》中一則至精雋文字。

（二）〔眉批〕更生勸蓄髮，前文并未明叙，兹從雪燕口中，以補出爲波瀾。心思敏妙，運筆如風。

（三）〔眉批〕心思妙而句法奇。

（四）〔眉批〕文與餘餘『豈樂於爲盜』之言暗相印合。

（五）〔眉批〕又插小智一筆，蓋小智之被逐，雖不得明言，而實緣於此。前云『臉兒黑』者，小智亦不得其所以被逐之故，强以此自猜耳。

（六）〔眉批〕爲傷於惡獸章本，蓋雄悍氣消，而怪祟遂得傷之矣。

（七）〔眉批〕追叙前事已畢，即以『是日』二字，捺入前回後半文字中，又至『遂相安焉』而止，少青改名以後，纔是此回文字。

（八）〔眉批〕以珍寶引起惡獸。

（九）〔眉批〕回顧第十七回，少青戲龍飛之語，前是蓋，此是底。

（一〇）〔眉批〕三人忠肝義膽，於此處一提。然獨於可當則加『虬鬚豹眼』四字，蓋可當爲少青心中第一人，其英姿奇貌，恒貯胸中，故衝口即出，非有軒輊意也。

（一一）〔眉批〕男鄉長二人，女鄉長二人。

（一二）〔眉批〕左路盡女軍，右路盡男軍，中路則女軍而兼男軍。

（一三）〔眉批〕只十六字，抵一篇《長楊》《羽獵》賦。

（一四）〔眉批〕惟留萬寶、雪燕、小端以輔少青，文反從少青邊看出。

（一五）〔眉批〕百花本鬥白鹿，女兵本趕白狐，而白鹿反被白狐衝倒，爲女兵所擒，白狐反被百花掤盡，文之不測如是。

（一六）〔眉批〕不叙二鄉長如何與獸相鬥，只寫其扛着死的、殪的、困斫的而回，省却無數文字。然鄉長之事已畢，而諸娘子之事殊未了也。

（一七）〔眉批〕刀剁者，松齡、韓傑也。椎撲者，可當也。

（一八）〔眉批〕只一笑，便發出奇論，令人錯愕。纔説惟伏女人，便見春桃，笋縫絶巧。

（一九）〔眉批〕如虎，如熊，如狒，如狿，只寫其扛回，不寫其如何鬥法。然如何鬥法，已在筆外，是一筆作無數筆用也。與前朱、畢二鄉長文故，故一字不易，是五花八門，眩人眼睛法也。

（二〇）〔眉批〕『鬼』字，『神』字，針鋒相對。

（二一）〔眉批〕凡任人唾罵而不知耻者，一盲物而已。

（二二）〔眉批〕可當前豈無椎，然必待兩女子一刀兩箭之後，而椎始應，甚是婦人之刃箭可畏也。

（二三）〔眉批〕願普天下之人，共聞此言。至於眼盲口歪，猶滚惡糞，是死而不悔者也。安得花狀元數其生平毒惡，以榜通衢，以快人心乎？

（二四）〔眉批〕接落處，總不肯用一平筆。

（二五）〔眉批〕渾沌，則將死時始説其名；開明，則一見便先説其名。是文之變换處。

（二六）〔眉批〕言先時打死生降，如何打，如何降，便在筆外。如前所言一筆作無數筆用，五花八門，眩人眼睛法也。

（二七）〔眉批〕既有首，必有口。兩肩盛首，是兩肩有口也。首在胸背，是胸背有口也。若爲粲蓮花口，爲綉口，爲談天口，爲良藥之苦口，即一身而百其口，不以爲多。若無他長，惟善吃，即一身一口，而已不堪，而况乎其二也。

（二八）〔眉批〕與我不同類者，無足忌也。可忌者，與我同類者耳。夫人至於好傷同類，其陰險之性，尚可與處也哉！

（二九）〔眉批〕《詩》曰『靡依匪母』，又曰『無母何恃』，鞠育之恩，百年酬之而無暨者也。而奈何有逐其母者，夫逐之，非必明明驅而去之也，或因憐幼小之偏，而終身不相見；或惑佞妻之譖，而白首使啼飢。予親見其人其事者數數矣，此與逐之何异。曰趹踼，曰并封，曰泆陽、黄腰，其義姑弗深考，大都覆載難容，而不可不誅者也。

（三〇）〔眉批〕貌剛直而中餒怯，駭人且不可而曰駭神，謬矣哉。

（三一）〔眉批〕見上不見下，俗名和尚眼，名之曰狗躋，是不得與於人類之數者也。

（三二）〔眉批〕狐假虎威以欺人，此物假開明威以凌熊虎，無論欺與凌，皆竊人之威以爲威，一妾婦之道而已，是嫗也。而醜者，又豈特持兩端之小人哉？

（三三）〔眉批〕無目而甘於無目，猶之可也。乃因已無睹，而又不甘於無目，妄品妍媸，世道人心，所聞不淺也。安得奏天帝使力士并去去其目之形，令不得藉口於獨具隻眼，以亂世道人心也哉？名曰天形者，蓋天所賦之形，與人异也。

（三四）〔眉批〕一篇陸離博麗之巨文，而歸縮於開明之瑞玉，故題曰『祥呈玉璽』，見『笏山之王』。陰有造化持柄於前，陽有异人裁變於後，非苟狀也。歡抃羅拜，呼王者三，所謂玉檢瑶芝，神人并效時也。此段爲一回之主文，而實爲全《記》之主文。作者固選義而按部，閱者尤當考辭而就班。

（三五）〔眉批〕此『墮』字，用來頗極笑，尤蓋墮者物，而笑者人也。是預先墮，而人即後至也。但用筆奇幻，非善讀者不能悟耳。

（三六）〔眉批〕縈拂前事，文情離詭。

（三七）〔眉批〕一篇驚心動魄之文，而以黑小娘風月作尾，極曲終花笑之觀。

卷十二

東莞寶安吾廬居士戲編

第四十回　接紫藤書三莊勇中途逢敗將　復黄石地兩娘子分道展奇猷

於是大集三叉、北永、南單、黄婆、温平、碧嵌、九隴、白狼、横窖、木棉、高翔、蓬婆、石棋、唐埗，及利、平、章等共四十餘鄉，會於紫霞[一]。公挪捧出開明玉璽，示諸鄉長，備言其故。又言：『洞外紫霞，至午後即攢紅積翠，對面不見人。自顔莊公到此，這霞只在空中暈五色，布九光，不敢到地，豈非天欲王顔公乎？』衆皆拜手頌功德。即日，封翠微内的三層翠巒爲紫垣峰，羅致匠作，采洞中大木，於紫垣第一層建宮殿。翠微江上，造大石橋，闊可三丈。錦屏内，造將軍府及内外教場，兵房馬厩。洞外，怒龍、伏虎二山，各造石塞，周圍因山爲城，以玉帶泉爲地。

布畫粗定，忽接紫藤鄉花容手書曰：

妾聞紫霞洞猛獸既平，復得開明玉璽，珍符啓瑞，天爲公奠億萬載雄圖，妾雖待罪紫藤，而實心依雲日也。然君子用其大，不遺其小，據其安，不忘其危(二)。前者韓、可三莊勇，去黄石而就紫霞，妾曾叩馬切諫，竊以爲有趙莊公之威望，加以諸娘子之猛勇，紫霞猛獸不足平也，不宜輕移黄石三莊勇。夫黄石，爲根本發祥之地，東南百鄉，全恃黄石爲幈幪，竹山夫人亦恃黄石爲捍禦，而黄石非三莊勇不足以守，公所知也(三)。況紹潛光新據可莊，登龍斷而左右望，所懼者三莊勇耳。玉無敵材器中人，不足深恃。今爲敵人去其所懼，倘一旦有失，竹山危矣，百鄉解體矣，不貽笏山謬笑者幾何？妾曾勸公都紫霞，而非勸公弃黄石也。召三莊勇，是弃黄石而已。其謀，大都出自無知娘子。彼無知才智有餘，而慎重不足，好矜尚而不能沉晦，有勝算而少遠謀，全倚之，必有疏缺(四)。今爲公計，宜速遣三莊勇回莊，以可當守瞿谷，松齡守聖姥，韓傑守黄石，公與趙莊公經營紫霞，庶幾可無顧慮。所慮者，妾書呈覽之日，即黄石遭劫之時耳。苟非曾侍衾裯，恩渥深重，必不敢直言以攖公怒，惟公諒之，惟公念之。

少青閲已，沉吟了半晌，忽啞然一笑，以書示無知。無知握書顰蹙，赧然紅暈於面，嘆曰：『餘餘，知我者也。老成之謀，吾所不及(五)。公何不即遣三莊勇，以從其言？』少青笑曰：『餘餘太怯，諒潛光小輩，何敢潛師深入，窺我黄石。』越數日，無知又言之，少青乃決意遣三人歸。

三人辭别少青，率數騎而去。剛至夷庚，遥見一隊敗軍，抛旗弃甲而走。三人大驚，登山望之，正是黄石莊的軍馬。前面是可嬌鸞，數十騎女兵跟着。後面是玉無敵、玉凌雲。可當大呼曰：『娘子，何故狼狽如此？』嬌鸞聞呼，望見山上三人，以手中槍招之使下，備言前事（六）。

原來，紹潛光先使人約香得功爲内應，潛師從羊蹄徑抄韓莊、桃花、青草之後。夜半，軍至黄石，無一人知覺。先使尹百全圍住聖姥，香得功殺了玉子白，開瞿谷寨納紹軍。又引弗江、忽雷、司馬恭、紹鷹揚等，乘夜賺開黄石莊門，玉鎮東、玉大用皆巷戰而死。竹山聞警，連錢使嬌鸞率軍往救。戰不利，却不回竹山，與玉無敵、玉凌雲越紫藤，欲往紫霞尋少青。

説到這裏（七），可當大吼一聲，如雷的發怒曰：『娘子們欲往紫霞，自謀則得矣。夫人、少爺何在？』嬌鸞曰：『夫人困在竹山，未必即破。莊勇速往救之，圍可解。』可當意欲將嬌鸞的軍馬驅回，與紹軍決一死戰，以奪回黄石。松齡勸住，遂放嬌鸞去了。

韓傑曰：『某想餘餘娘子，聖人也。先時苦勸我們回莊，後又致書莊公，諄諄爲黄石慮。莊公笑他膽怯，不遣某等。若見書，即遣某等回莊，未便一敗至此。今不如先到槐陰别院，與他相議，或有勝算，可以救得夫人、少爺，奪回黄石。』可當從之，乃相與先至紫藤。

望見鄉外旌旗整肅，壁壘森嚴，三人大疑，徘徊不敢竟進（八）。忽聞鼓聲響，一人横矛拍馬，躍出旗門，驚視之，乃可介之也。介之仰見三人，以鞭招曰：『三莊勇幾時回來，不救我們一救(九)？』韓傑曰：『莊勇何故在此？』介之曰：『昨黑夜裏，被紹軍賺入莊來，殺的四散逃走，迷了路徑，某被幾个人趕入一樹林裏，正欲回矛與鬥，朦朧月色，見樹影裏有箭射來，某驚駭伏地下。誰知那箭不是射某的，將趕某的盡情射倒。某從林隙裏問那人是誰。』言次，笑顧可當曰：『誰知就是尊奶娘玉無瑕。他遂帶我見花娘子，娘子留在麾下，正與鄉長花淵雲商議起兵，只是兵少，尚自躊躕。你三人來得正好。』遂引三人先見了淵雲，乃至槐陰別院。

見餘餘坐帳中，髻戴蓮花約鬟冠，手揮麈尾，下坐揖三人，曰：『莊勇不聽吾言，遂至於此。當莊勇曾讀儒書，必諳武略，爲今之計，何者爲先？』可當曰：『救竹山爲先。』餘餘曰：『不然。竹山，嬌鸞雖去，龍飛娘子仍在，必不令旦夕破。某以爲救聖姥爲先。聖姥存，而黄石未有不復者也。黄石復，則竹山安。但兵微將寡，計將安出？』衆皆踟躕無善策。

餘餘長嘆，遂升帳，點本鄉鄉勇四名，鄉兵三百，俟候聽令。喚鄉勇花進吩咐曰：『料韓莊救兵已至沙頭，汝可領令箭一枝，使韓軍回馬，出十字關，乘虛直搗碣門，不必來救(一〇)。』喚可當吩咐曰：『汝領令箭一枝，帶鄉勇二名，兵一百，駐黄石莊外。紹軍若出救聖姥，汝便截住厮殺。紹兵多，我兵少，不可進，亦勿遽退，只圖絆住他的軍馬，某自有妙策破他。』又喚可松齡吩咐曰：『汝領令箭一枝，帶鄉勇一名，兵一百，往攻瞿谷，須量力而進，可破則破之，不可破則堅守陣脚，只圖絆住紹軍不能救聖姥而已，切勿躁進。』又喚玉無瑕附耳吩咐，無瑕點頭，領令箭去了（一一）。

韓傑曰：『娘子言先救聖姥，如何只發他處的兵（一二）？』餘餘曰：『此正所以救聖姥也。聖姥後面一帶，皆大松樹，汝可領兵八十人，從松樹左邊，繞出聖姥前面。他兵多，汝兵少，不可貪戰，待他合攏來時，汝便回馬，退回後面的松林裏，復從右邊繞出前面。他來截殺時，又從後繞過左。如此數次，騰驤、韓貢必能乘懈殺出，解聖姥圍（一三）。復黄石救竹山之策，即在是矣。切要子細，勿違某言。』

韓傑領了令箭，拿了大刀，引兵而進。望見紹軍劍戟如林，旌旗遍野，乃潛繞至聖姥後面。只見玉無瑕擁着數十个女兵，在松林裏坐地（一四）。韓傑呼曰：『玉奶娘在此何幹？』無瑕曰：『你幹你的，儂幹儂的，何必問（一五）。』韓傑遂躍馬横刀，繞出前面，逢人便斫。正遇紹匡、紹武，戰了幾合。尹百全揮兵趕來，韓傑便退，繞後而走。紹武當先，趕近松林，却不見了韓傑。正欲殺入松林中，忽颼的一箭，不知從何處射來（一六），側首避時，一箭繼至，正射中右睛，跌下馬來（一七）。衆軍救時，只見箭飛如白雨點，貫喉洞胸而死的，不可勝計，却無一箭墮地（一八）。紹軍只得退回，又遇韓傑從右邊殺來。尹百全揮軍來戰，不十餘合，韓傑又退，百全從右追來，至松林外，見軍士皆帶着箭跑回。百全剛欲退時，忽一箭從手貫肘，手中槍丢在地下。剛退至前面，又遇韓傑從左殺來。韓傑見百全已中了箭，欲結果了他，一刀横腰斫去，百全夾馬一閃，早斫斷那馬的後蹄，把百全撞下馬來。又是劈頭一刀，刀落處，一叉從下格着，將那刀格將上來(一九)。看那拿叉的，却是紹匡。韓傑大怒，捨了百全，來取紹匡。刀來叉去，鬥了十餘合。韓傑將刀虛閃一閃，讓叉叉來，紐斜了肩膊避叉，那叉遂從肩上飛過。韓傑逼得近了，這刀杆梢已點着紹匡的馬眼，那馬咆嘶起來。紹匡夾馬不住，被韓傑橫戳一刀，已將紹匡戳做兩截(二〇)。猛聽得一聲炮，韓傑大驚。回望寨門大開，斗騰驤、韓貢引寨内兵衝殺下來(二一)。韓傑接應着，殺得紹軍走的走，降的降。忽有軍士報曰：『那邊松齡莊勇，已奪回瞿谷了(二二)。』

此時，紹潛光正攻打竹山(二三)。玉連錢謂銀銀曰：『諸娘子皆去，我身邊只有你一人，何以禦敵。上有老母，下有弱弟，及襁褓兒，一死何能瞑目。』言罷，哀哀的哭將起來。銀銀曰：『往者嬌鸞在這裏，龍飛娘子不肯相幫，今危且急，請他酌議，或有良謀(二四)。』言未已，只見龍飛匹馬掉槍，來見連錢，曰：『使寇至此，龍飛之罪也(二五)。』遂與銀銀并馬巡視一回，入稟連錢曰：『寇軍隊亂旗靡，人相偶語，無鬥志而有懼心。開門一戰，圍可立解(二六)。』連錢從之。點女兵一千，與銀銀分兩路殺出。

龍飛使人呼曰：『昨夜三更，韓人已襲破可莊了，你們有父母妻子的，宜速往救，何爲苦苦的在這裏討死。』紹軍先時已聞得紹匡戰死，百全、紹武中箭將亡，瞿谷、聖姥已被三莊勇奪回，又聞韓軍攻打碣門甚急，各人的心中已忙亂了好些，及聞此言，多恐是真，無心戀戰（二七）。龍飛乘其驚愕之際，搠死了趙子實。銀銀鋤翻了陳象雄（二八）。潛光遂鳴金退軍。龍飛却不追趕，與銀銀在竹山前，立了兩个犄角的大寨。

紹軍師呼家寶謂潛光曰：『前面瞿谷、聖姥已爲敵軍奪回，竹山又不能攻拔，徒據黃石，四面受敵，倘顔少青救兵又至，韓軍攻破碣門，大事去矣。不如召黃石弗江、忽雷之兵，從花塢鄉渡夾水，復從凌溝渡鐵山，紆道回莊，全師可保（二九）。若再留連，竊恐得不償失耳（三〇）。』潛光曰：『此路遥遠，倘一旦韓兵攻破碣門，諒海深如何保守。不如從舊路回莊罷了。』家寶曰：『紫霞救兵，定從這條路來，彼以忿怒之師，加以諸娘子之强，遇之必敗。』潛光曰：『然則從魚腸阪可乎？』家寶曰：『不可。倘有百人守住，數千軍有翅莫逃矣。』潛光曰：『若然，我則直從鈎鐮坡打破十字關，襲韓軍之後，亦一道也。』家寶大驚曰：『若從此路，片甲不回矣。必不紆道，寧從舊路，須越黃石右坳，繞紫藤鄉後而去。縱有追截，不至大劇。』乃使人召弗江、忽雷之兵。

江、雷正在黃石莊外，與可當相持（三一）。得回軍密令，乃以進爲退，發箭射住可當的兵，一齊退後。可當見紹軍不入黃石，反從兩旁繞過黃石之後，恐有埋伏，不敢追趕（三二）。龍飛在望樓上望見紹軍旗鼓虛張，而紛紛屬屬，盡趨黃石右坳，知其潛遁（三三）。乃使人報知餘餘，從紫藤鄉後截殺，自乃與銀銀引兵追殺。紹軍復折了許多軍馬，所載去黃石莊的金珠粟帛，擄的男女，悉被奪回。

【批語】

（一）〔眉批〕定鄉之地，無力已取作定軍關，故此處不叙及。

（二）〔眉批〕鴻才巨識，□□之文。

（三）〔眉批〕還原之論。

（四）〔眉批〕二語斷盡無知一生。然無知一生，并未曾有疏缺之事，得無有餘餘挾制之，故能保全一生令名耶？若然，不可謂非無知之幸矣。

（五）〔眉批〕餘餘數無知之短於少青，無知不以爲仇我而以爲知我，倘所謂『入木三分，罵亦精者』耶？抑中藏怨□，而外故撝謙也？

（六）〔眉批〕補叙前文，用左氏法。

（七）〔眉批〕文雖補叙，而意實從嬌鸞口中吐出，故仍用『説到這裏』四字。《記》中多用此法。

（八）〔眉批〕雖落落旌旗，小小壁壘，偏能令三莊勇疑畏，弗敢驟前，乃知餘餘之才，小用則小效。

（九）〔眉批〕是遭難後聲口。

（一〇）〔眉批〕是時，當恨救軍來遲，偏使之不必來救，奇絶。從來圍急求救，能實獲救之之益者，十無一二。况兵法在心不在力，分一念以求救，則自守之心不專，何如效死弗去，并無求救之議移其心乎？笳可吹，籌可唱，木女之智可施，運用存乎一心。至於捨己求人，鮮有不斃者矣。

（一一）〔眉批〕遣可當、松齡，皆用明説，惟玉無瑕則附耳吩咐，非故作猜測不定之文，蓋勝敗之機，全在無瑕，不容輕泄。

（一二）〔眉批〕韓傑不得不疑。即閱者至此，亦不得不疑也。

（一三）〔眉批〕信如娘子所教，但如何便可解聖姥圍，韓傑應亦悶悶。即閱者應更悶悶。

（一四）〔眉批〕奇，奇。

（一五）〔眉批〕問得奇，答得更奇。

（一六）〔眉批〕我亦不知從何處射來。

（一七）〔眉批〕紹武休矣。

（一八）〔眉批〕分明是玉無瑕伏松林中放箭，却不明叙。

（一九）〔眉批〕好看。

（二〇）〔眉批〕紹匡休矣。

（二一）〔眉批〕騰驤從寨門衝下，却從韓傑望中寫來。得法。

（二二）〔眉批〕松齡奪瞿谷，亦從軍士口中説出。得法。

（二三）〔眉批〕按下聖姥、瞿谷，即接寫竹山，蓋聖、瞿是餘餘文字，竹山乃龍飛文字也。

（二四）〔眉批〕若待銀銀往請始出，無此迂滯龍飛，亦無此迂滯文字。

（二五）〔眉批〕龍飛一出，便作名將舉動，識明膽□。所謂望塵知敵者，龍飛有焉。

（二六）〔眉批〕數語殊近左氏。

（二七）〔眉批〕從紹軍心中，將前事復題一番。所謂軍無鬥志，而有懼心也。不然，龍飛豈以浪逞口舌爲能哉？

（二八）〔眉批〕趙子實、陳象雄又休矣。

（二九）〔眉批〕若果從家寶言，或不致有追截折兵，奪回財物男女之事。

（三〇）〔眉批〕『得不償失』，爲下文追截作消息，若少青救兵早至，安知不有甚於家寶所言哉？又何止於追截已也。

（三一）〔眉批〕餘餘遣可當絆住黃石軍馬，即此時也。文於此處作遥合勢。

（三二）〔眉批〕可當絆住江、雷軍馬，使不能救瞿谷、聖姥，故韓傑等得成功也，而豈知江、雷即從此退軍乎？

（三三）〔眉批〕又從龍飛望中，知其潛遁。望塵知敵，龍飛有焉，真不愧大將才矣。

第四十一回　少青回兵赴家難　嬌鸞駐馬雪奇冤

少青正在紫霞洞與衆娘子經營匠作，欲立萬年之基。忽聞嬌鸞及無敵、凌雲至，大驚。嬌鸞哭訴紹潛光襲破黃石之事。少青曰：『黃石既破，竹山何如？』嬌鸞曰：『戰敗而逃，不知究竟。』少青大哭曰：『覆巢之下，必無完卵。竹山全恃娘子死生固守，故某得閑身經畫紫霞。今娘子兵敗逃來，夫人帳下只一銀銀，龍飛又閉門不與外事，天乎！竹山誰與守者？眼見家鄉破碎，妻子爲虜，某何顏見笏山之人乎！』言已，抽劍出匣，欲自刎。無知、萬寶奪其劍，曰：『事已至此，雖忿無益。宜速興救火之兵，或者竹山未破，可以救夫人，復黃石。』嬌鸞見少青埋怨着他，遂嗚咽曰：『今日之事，罪在嬌鸞，非斬嬌鸞之頭，無以謝夫人、娘子。願公正法，以警其餘。』言已，跪地大哭，扯着少青衣帶不釋手。少青怒以足蹴之。無知勸曰：『公無怒，娘子無絮絮，商議起兵爲急。』

少青乃拭泪升帳，使可炭團、紹秋娥率女軍一千爲先鋒，抄白藤嶺往救竹山，以先到爲功。可嬌鸞、白雪燕、樂更生率女軍一千作第二隊。自與可足足、可香香、張鐵鐵、竇小端，及無敵、凌雲爲後隊，率男軍三千，即刻進發。趙公揶請曰：『妾無寸功，濫厠娘子之班，俯仰殊愧。願從諸娘子後，往救夫人。』少青許之。公揶使無知署理莊事，使趙聯、趙速急調莊兵，隨後進發。

軍至月山，忽見黑齒鄉長章用威、阪泥鄉長黄倫迎於道左。少青細詢黄石消息，方知竹山未破，紹兵已回。少青令公揶、小端帶兵回守紫霞。二人齊曰：『願至竹山見夫人，一盡妾媵之禮。』少青遂使足足、香香、鐵鐵、更生、雪燕、秋娥分軍四千，回紫霞去了。

少青、小端、嬌鸞合炭團之軍，爲前隊。公揶自率無力莊兵，爲後隊。軍至青草，忽有兩个婦人，拿着狀子，攔住少青的馬頭叫冤(一)。少青駐馬，看了狀子，問他端的。老婦人自言楊楊氏，兒子楊申，被鄰人楊吉挾釁殺死，鄉長不能爲兒申冤，故攔駕分訴。又指少年的婦人，道是媳婦兒，亦楊楊氏。

少青傳鄉長楊擒虎，備問原故。擒虎曰：『這楊申，原與鄰人楊吉善。十年前，楊吉生个女兒，名三弟，甫周歲，楊吉的妻亡故了，因與了楊申爲女，自在韓莊作小買賣。因今年韓莊公小妹將嫁黄石(二)，覓美女子十餘人作媵婢，楊吉見女兒有些姿色，已在韓莊填了名册，楊申不肯，兩家争鬧起來。這日，楊申趕買貨物，在僻野處被人殺死。某往檢驗，尸旁又有一尸，俱是刀戳死的。這尸初無人認，查得是鄉民楊行素。其人素不守法，又無父母妻小，有个再從的叔父，并不追問緣由，殮葬而去。這楊楊氏婆媳，指定楊申是楊吉殺死，但并無證驗，如何着他抵償(三)。』

少青沉吟了半晌，謂楊楊氏曰：『你説楊吉殺死你的兒子，有何證驗？』楊楊氏曰：『只因氏兒并無孫兒養育，獨有這个孫女兒，雖不是自己生的，只是鞠育了十年，婚嫁須由着我。爲何私在韓莊自應了韓莊公討媵婢的名，并不先向我們説一聲？顯係貪財，欺氏兒子，見氏兒子不從，故此謀害性命，這便是證驗。』少青曰：『胡説。殺你兒子的時候，何人看見呢？』楊楊氏曰：『雖没人見，只是氏兒被殺是真的。難道自己殺死麽？』

少青謂擒虎曰：『除非究出真凶，纔得他心服。』擒虎欲留少青辦妥此案纔去，少青謂嬌鸞曰：『某歸心如箭，難緩須臾。娘子聰慧過人，可留此爲他審明此案。只要公着心，公則生明，不宜貪受私賂，致昭昭者變昏昏(四)。』嬌鸞初聞叫他審案，甚喜，及道他受賂，又甚惱。遂顰蹙曰：『公既見疑，儂亦隨公回莊領罪罷。』少青曰：『娘子休着急，此是論理的話。即如我，黄石儲積十餘年，府庫充牣，被紹兵劫掠一空，多其藏者厚其亡，必然之理也(五)。人生百年，只要建功名，以垂不朽，貪利不厭，人將求多於汝矣(六)。』話得嬌鸞低着頭，紅着臉，說不出話來。少青又使炭團、小端及女兵百名，輔着嬌鸞，留青草。自乃與公挪率兵回黃石去了(七)。擒虎於是掃除館舍，使夫人楊氏及鄉主楊小方、楊小勉謁見三位娘子。

明日，嬌鸞私使小端及心腹婢蝶紅扮作鄉民，察訪下情。二人行至一土地廟，在廟門首立地。只見廟左側有个老者，拿着拐趕着一个後生亂罵(八)。小端上前勸開了，問那老者何事，老者曰：『老漢楊積，只因這不肖兒好攬閑事，聞鄉長留住黃石莊三位娘子，在這裏審辦楊申的命案，他定要去出首。人命的事，非同小可，非葛非瓜，兜在自己身上，何苦呢？』小端曰：『這人命怎起的，老丈知麼？』老者曰：『你兩位何人，問他怎的？』蝶紅曰：『我們是桃花鄉云姓，在這裏作小買賣，見老丈動怒，因此問及。』老者曰：『聞苦主定要告那楊吉，其實冤枉，故此鄉長不肯辦理。』蝶紅曰：『到底這楊申，被那个殺死的呢？』老者曰：『老漢却不知底細，不敢妄言。』

小端、蝶紅別了老者，轉个彎，行不上幾步，只見那後生氣忿忿地從後走來。小端見前面挑出一个酒帘，料是酒店，因招那後生曰：『大哥見事不平，思去出首，是个好男子。與大哥飲幾杯，談談罷。』後生大喜，隨着二人進酒店裏，揀个坐頭坐着。蝶紅喚酒保揀上好的酒饌搬來。三人飲得入港，小端曰：『大哥是最英雄的，請示大名。』那後生曰：『小弟姓楊名耀基，從小兒好習槍棒，最惱是那些口蜜腹劍的人。』小端曰：『先時罵你的，可是令尊大人麼？他爲甚事惱你呢？』那耀基曰：『正是。只因鄉中有个絶刁潑的，名喚楊九官，他娶得沙頭鄉一个絶風騷的女兒，喚做奇紫姐，是勾漢子的元帥。九官知他所爲，也不瞋怪，每借這老婆詐人錢鈔。我去年被他詐了三十兩銀子，常恨在心。』蝶紅笑曰：『他怎詐你呢？』耀基曰：『他家裏招得兩頭鄉一个教師，名蛇大眼，與我同學槍棒，因此常在他家。誰知那紫姐，時時把眼兒調我，又認我做乾哥哥，哥哥長哥哥短的親熱。一日，給我説頭親事，説是他的姨表姐妹。我説這女子怎似得妹妹標緻，若得似妹妹一分兒，我死在他身上，也豫意的。紫姐向我臉兒上打了一下，笑説：「你口裏的話果如心裏的話時，小姑權做大嫂，解解哥哥的渴，不好麼(九)？」我時被他調得火熱，見四下無人，直上前摟他。紫姐説：「你休性急，你的妹夫，約定蛇教頭今晚往如鳴鄉勇家賭夜錢，明早纔回的。你静更後，可悄悄的進來，妹開門等你。」誰知九官與紫姐做定圈套，先約蛇教頭伏在房裏，待我上床時，被他一把拿住，蛇教頭假意相勸，勸我納銀三十兩賠醜。我因此事恨着他，時時覓他的破綻。不期又有今日，我不首他，更待何時？』言着，敲桌子幾下，惱起來。

小端、蝶紅又勸他吃了一回酒，問曰：『今日的事如何，可曾眼見麼？若果事有確據，任天來大的事，我們幫着你幹。』耀基曰：『説起來，你二位也是不平的。我鄉中有个楊行素，久矣垂涎那紫姐，只是未曾上手。這一日，那九官見行素赢得幾十兩銀子纏在身上，遂將甜話兒哄他，請他家裏吃酒。是時，我在賭場，向行素丢眼色，叫他莫去。他不懂得，隨着九官去了。我平日與這行素是最好的，爲他捏着把汗，在左右探聽消息。二更的時候，月色正明，見九官拿着明晃晃的刀，趕着行素，從樹林裏走過，我本欲上前幫他，却撞着我的父親，被他喚回睡了（一〇）。明朝，傳説樹林下有兩尸，是被人斫死的。我去看時，一个就是行素，這一个却是楊申，大都俱是他斫死的了（一一）。』小端曰：『這楊申平日與他有仇麽，爲何也死在這裏？』耀基曰：『有仇没仇，這都不知。尸在一處，大都俱是他斫死的（一二）。』小端曰：『可惜後半截，你不曾眼見。如有人眼見時（一三），我們替你告官不妨的。只是猜測的説話，如何告訴得官府呢（一四）？』耀基聞這話，拿着酒杯，沉吟了半晌，忽然放下酒杯向外便走（一五）。小端欲喚他轉來，他跑得影兒也没了。

小端又飲了數杯，還酒錢，與蝶紅剛出店門，正遇那耀基拉着一个十五六歲的村童，飛也似跑來，叫曰：『你二位不要去，隨我這裏來，有話相酌的。』小端、蝶紅乃隨着耀基及那村童，至一僻静的所在，一同坐在草坡上。耀基曰：『這小哥是親眼見他斫死的，只不肯給我説，你二位可問他。』小端、蝶紅各問了一回，只是笑着不肯説。小端拿出一錠小銀子，約有五六錢，笑曰：『小哥，如肯説時，送這銀子與小哥買酒吃（一六）。』村童大喜，接了銀子，笑嘻嘻曰：『我説給你聽，只不可又説與别人。是夜，我在陂下照蛤，忽聞樹林裏有人叫曰：「申兄弟，與我截住，他這銀子與你平分的。」我聞這話，吹滅了照蛤的火，從月黑處張他。只見楊申將行素拿住，九官趕上前，只一刀，將行素戳倒。楊申向行素身上解下一布袋來，笑説：「這銀子約有六七十兩，大家平分起來，不愁生理無本哩。」九官只不做聲，睭楊申不提防，向他嗓子裏又一戳，亦戳倒了，遂拿着那布袋去了。』小端曰：『這話是説謊的麽？』村童曰：『這是我親眼見的，哄你做甚呢？』小端問了村童的姓名，各自去了（一七）。

小端回館舍，將這話説知嬌鸞。嬌鸞大喜，將諸人的姓名開列，限擒虎一日拿齊，聽候審斷。

明日，將館舍設三位公座，階下擺着刑具。上面盡用青布綳遍，遮了日光，陰沉沉地。兩旁列着刀斧手、行刑手。另在左邊庭柱下設鄉長的公座。是時，三炮齊放，鼓吹一通。五百女兵各執旗幟刀戟，擁立帳外。帳内，左邊公座，坐着炭團；右邊公座，坐着小端；嬌鸞當中。三娘子皆珠冠錦袍，威風凛凛。

嬌鸞敲着響木，先傳楊楊氏姑媳上堂。問了一遍，帶過一旁。又傳楊吉，問曰：『楊楊氏告你挾讐殺死楊申，可從實招來。』楊吉曰：『小人因韓莊公選取媵婢，隨嫁黄石，小人在韓莊作小買賣，一時躁莽，將女兒三弟應了花名。怎奈楊申自恃養育之勞，與小人争鬧。小人見争不過，即日回韓莊，意欲辭退此事。楊申再過四日，纔被人殺死。誣告小人，求青天娘子昭雪，小人終有日報答娘子（一八）。』嬌鸞不覺笑將起來，曰：『你欲報答我麽，除是你做了大將軍，你女兒做了女皇帝，或能報我哩（一九）。』話得楊吉面熱汗流，伏地不敢動息。炭團喝退了，傳奇紫姐上堂。

嬌鸞復敲響木，兩旁一齊吆喝。嬌鸞教抬起頭，將那紫姐看了一眼，笑顧炭團、小端曰：『娘子你看，慣偷漢子的婦人，見官長全不着忙，分外膽大些个(二〇)。』因敲着案喝曰：『你就是奇紫姐麼？』紫姐曰：『小婦人便是。』嬌鸞曰：『你今年十幾歲了？』紫姐曰：『小婦人今年二十三歲。』嬌鸞曰：『你幾時纔嫁的？』紫姐曰：『十八歲嫁的，計今五年了。』嬌鸞曰：『除未嫁前，共偷了多少漢子呢(二一)？』紫姐哭着曰：『小婦人緊守閨門，那有偷漢的事。』嬌鸞曰：『你前幾年，認那楊耀基做哥哥，許了他三十兩銀子，你記不得麼(二二)？』紫姐諕得顔色都變了，沉吟了一會，曰：『這是我丈夫幹的，與小婦人無干。』嬌鸞敲響木，大喝曰：『今兒你與丈夫串謀，局騙那楊行素的銀子，難道不干你事麼？』紫姐曰：『這楊行素，時時調戲小婦人，是有的，只是不肯從他。』嬌鸞曰：『是夜，勾引在你家飲酒，後來怎的，可一一招來，免動刑具。』紫姐見説着他的隱情，驚得面色如土，思量這事他怎麼知道。正想拿話支撑，嬌鸞將響木亂敲，叫聲打，左右一齊吆喝，將紫姐的頭髮揪翻，按倒在地。紫姐魂魄顫亂，胸已無主，只得從實招曰：『只因這行素贏得些銀子，我丈夫攛掇他來家中飲酒，教小婦人在旁調撥他。後來我丈夫裝醉睡了，他將小婦人抱進房裏行奸。小婦人解他的腰纏，他不肯。我丈夫掩進卧房，將他拿住，他挣脱走了。我丈夫遂拿口佩刀趕他，後來的事，小婦人不知了。』嬌鸞喝曰：『胡説！難道你丈夫殺死人命，不與你説麼？』喝掌嘴。紫姐戰兢兢的哭着曰：『雖曾説來，只是不曾眼見的。』嬌鸞教人帶過一旁，着楊九官上堂。

九官剛跪着，嬌鸞將行杖的簽撒下，左右齊烏一聲，不由分説，先將九官打了一百，打得皮裂血迸，然後問曰：『你局騙人財，殺死二命，願招麽？』九官曰：『撮空誣陷，教小人招甚麽？』嬌鸞喝曰：『好刁嘴的囚徒，你妻子已經招了，你還口强。』喝再打。九官曰：『小人殺死的姓甚名誰，是誰眼見的？』小端敲着案曰：『你用着老婆詐人銀子，既殺行素，又殺楊申，怕分你的財。要人不知，除是不做。』喝左右喚耀基與那村童上堂對着。只見刀斧手將二人帶上，跪着。小端曰：『你二人認得我麽？』耀基抬頭，將小端一看，驚得汗流魂散，始知這娘子，就是店中同飲酒的黑漢(二三)。叩頭不迭，曰：『小人死罪，小人死罪。』小端曰：『你二人既知此案的原委，可與九官對得來。』九官見紫姐已招，耀基與那村童又在這裏對着，左右只是掗刑，叩頭曰：『小人情願招了。』立了招狀。

嬌鸞喚楊擒虎將九官立刻處決。奇紫姐杖六十，斥令改嫁。又將招狀示了楊楊氏婆媳及楊吉等，判將三弟仍歸韓莊。一鄉皆稱頌神明。擒虎饋遺甚厚，嬌鸞惱着少青的言語，一概不受，辭回黄石去了(二四)。

【批語】

（一）〔眉批〕是上下文轉捩文字。

（二）〔旁批〕下回兩荘嫁娶，從此處伏綫。

〔三〕〔眉批〕楊三弟弑玉侯，淫黄石，稱天王，固妖人也。當笏山欲靖未靖之際，淫戾之氣鬱積而生，斯人以荼毒民命，故其初出身，即致養父遭殺，生父被誣，官訟纏繞弗繹，又不祥人也。而雪其冤者，必以嬌鸞，何也？因何言乎？因固雪楊吉之冤，而三弟遂得爲韓莊媵；因爲韓媵，遂得隨吉姐而親玉侯；因親玉侯，遂得弑玉侯而亂黄石；因亂黄石，遂得以妖術敗嬌鸞，致嬌鸞零落空門，不獲終享椒房之福。是嬌鸞造善因而得惡緣也，造物亦不能爲之解者也。嗚呼！不大可悲乎！即謂此回至六十四回封髮酬君，皆作嬌鸞文字觀，無不可也。

〔四〕〔眉批〕嬌鸞貪財，一見於火鸞樓時，不能捨細軟珍寶；二見於軍過芝蘭時，私受魚泳斯黄金十鋌。

〔五〕〔眉批〕又將黄石事比例一番，於詞爲比例，於文爲補寫。

〔六〕〔眉批〕字字沉摯，如良朋之諍友，如嚴父之誨子。

〔七〕〔眉批〕文撇去少青、公挪，以下專叙嬌鸞辦青草鄉命案事。

〔八〕〔眉批〕奇。

〔九〕〔眉批〕妙語解頤。

〔一〇〕〔眉批〕惟撞着父親喚回，故後半截事，必待牧童口説也。此文章之波折處。

〔一一〕〔眉批〕楊楊氏口中，詳楊申而略行素；楊耀基口中，詳行素而略楊申。

〔一二〕〔眉批〕『尸在一處』四字，便可入九官之罪。

〔一三〕〔旁批〕逼出牧童。

（一四）〔眉批〕若後半截，耀基眼見，一直説完，文便不曲。忽然拉出牧童，便得山斷雲連之妙。

（一五）〔眉批〕忽然沉吟，忽然放杯便走，奇事奇文，何可思議。蓋沉吟者，思着惟此牧童，可以親證其事；便走者，是直去尋此牧童矣。

（一六）〔眉批〕有銀子，便好做事。少青水月院訪餘餘，亦用此法。

（一七）〔眉批〕細。

（一八）〔眉批〕痴人痴語。

（一九）〔眉批〕誰知竟成謔讖，文如制義之借鈎下截法。

（二〇）〔眉批〕逛鸞樓，偷女婿，娘子忘之乎？竟不能如惺惺之互惜乎？

（二一）〔眉批〕奇問。

（二二）〔眉批〕從案外尋一事難之，使之神志先奪，是審案家秘法。

（二三）〔眉批〕回繞前文，是去帷見燈法。

（二四）〔眉批〕回照上文，是回瀾翻月法。

第四十二回　立壽官百經營不負遺孤　死韓公一紙書能留娘子

却説少青兵至黃石，見室廬墟燼，民物凋散，不禁放聲大哭。可當、松齡、韓傑叩見，備言餘餘之功，少青感激（一）。回竹山與連錢、龍飛、銀銀相見，又哭了一回。公挪帶着趙聯、趙速叩見連錢及龍飛、銀銀。連錢慰藉良殷，設筵相款。

又數日，嬌鸞始歸(二)。先向連錢謝了罪，然後備言青草鄉決獄之事。少青曰：『只因韓莊公之妹吉姐，年漸長成，韓公廣選媵婢，故鬧出這事來，何不早些爲壽官成了婚，完此一件大事(三)？』連錢曰：『吉姐與壽官同庚，今纔十四歲。男女婚姻須有時候，不宜太早。』少青曰：『這事當請命云太夫人。』

遂與連錢率諸娘子，同至太夫人府中，一一謁見了太夫人。太夫人又教壽官，拜了少青。先説些黄石遭劫的話，各人灑了一回泪。少青曰：『愚婿受丈人托孤之重，代守黄石，日益强盛，以爲不負所托。乃百密一疏，遂爲紹人所襲，貽岳母驚。幸龍飛力保竹山，餘餘智復黄石，得有今日。愚婿欲趁此時，與壽官完婚，即立爲黄石莊公，以纘父業。愚婿紫霞洞基業粗完，去志已決，不知岳母之意如何(四)？』太夫人曰：『壽兒年尚幼，恐不能當莊公重任。願賢婿更輔翼數年，行止一由賢婿。至於完婚之舉，雖未及時，但老身年來多病，思欲早見成立。』連錢接着曰：『我父親只有這一點骨血，今年未及歲，恐剖卵出鷄，必傷元氣。不如再待兩三年，使壽官筋骨堅固，學問充裕，再議未遲。』

原來，壽官天資昏暗，庸懦無爲。先時在養晦園，受業龍飛，數載不能通一經。云太夫人取回自教，歐荻柳丸，終成畫餅。連錢憂之，知少青紫霞之業垂成，不能久羈黄石，况諸娘子出嫁從夫，誰肯留竹山以輔庸主(五)。今聞少青欲與壽官成婚，故此萬般阻擋。少青只得居黄石，爲民修葺廬舍，吊問疾苦。

一日，聞韓太莊公陵至。少青大喜，留款盡禮。韓陵吊慰了一回。少青曰：『當年不聽公言，果爲香得功所敗。』韓陵曰：『紹潛光以長厚博虛名，故屢動干戈，而下無嗟怨，况得功、占鰲，又紹莊之名莊勇，肯屈膝他人乎？故知其必有今日也。幸二人各在一莊，爲禍未烈耳。』少青曰：『貴莊之丁占鰲，近作如何動止？』韓陵曰：『已借他事殺之矣，留之終遺後害〔六〕。』

少青又言及壽官完婚之事，欲留韓陵輔壽官，以主黄石〔七〕。韓陵曰：『老夫耄矣，朝不保夕，何能輔人，然亦欲及生見吉姐于歸〔八〕。何不留嬌鸞娘子教輔壽官，以成兩美乎？』少青曰：『舟行隨舵，女行從夫，某既駐馬紫霞，諸娘子誰肯留此〔九〕？』韓陵曰：『某看嬌鸞娘子好自大，待某貽書〔一〇〕，中其隱痛，必肯留，但不知公能暫割枕席之愛否耳？』少青朦朧的應着。韓陵留黄石旬餘，議定明年正月，爲壽官、吉姐完婚。

正欲打發公挪回莊，忽報餘餘娘子至。少青迎入府中與公挪廝見。時嬌鸞、龍飛、銀銀、炭團、小端俱在竹山，惟公挪暫駐黄石。公挪常聞無知稱道餘餘子有王佐才，餘餘亦久慕公挪雄名震笏山，故兩人相得甚歡。又數日，少青終恐潛光窺伺西北，促公挪率兵回無力去了。餘餘暫留黄石，修復險固。

韶光易過，不一日，餞亥迎寅，又是酒慶屠蘇，燈燃火樹時了。兩莊嫁娶，花來柳往，珠翠塞途（一一）。韓陵嘆曰：『某初生時，笏山嫁娶，惟莊公、鄉長得用鼓吹八人、紅布執色四事，今則鏤藻雕文，每薦用帝王禮樂，而以奢華相尚。輒嫌前人鄙野，而不知前之人，以强馭弱，以小事大，數百年鑿井耕田，相安無事。而今之文采玉帛，實與干戈相尋，肝腦恒塗地，家室無寧居，而金粉日相侈。屈指我生，吁可嘆矣。予童時先莊公嫁女，可莊耗銀百兩而以爲奢，今吉姐妝奩，大都累萬，而孫兒孫媳猶以爲未浹於心。吁，可嘆哉！』

吉姐嫁後纔越月，韓陵以無疾終。是時，顔少青率玉壽官夫婦及莊勇韓傑、紹崇文夫婦及女兒龍飛，同往韓莊赴喪。其餘附近鄉長，如阪泥、沙頭、緣木、卷阿等鄉，無不來會。

忽報紹潛光屯重兵十字關外，聲言赴喪，而實窺伺虛實（一二）。韓騰大驚，與少青相議。一面添兵守關，一面令趙公挪屯兵上埗，以牽掣之（一三）。更擇能言之士，卑禮厚賂以辭之，乃使韓仁往。少青私謂韓騰曰：『某看韓仁兄弟，皆有外心，不可用也。莊中可與共事者，惟斗艮山、奇亮功二人耳。』韓騰曰：『知臣莫若君，某與仁等相處有年，見其悃愊無華，一可用也。先公後私，二可用也。善體民隱，能使莊人咸稱四良，三可用也。彼斗、奇二莊勇，外雖激昂，内或不足，况屬异姓，何可同日語哉？』少青曰：『疏不間親，言之何補（一四）。』遂嘆息而退，謂崇文及吉姐曰：『亡韓莊者，必四韓也。』乃回黄石（一五）。

韓仁自説退紹軍之後，自以爲畢世之功（一六）。常語韓騰曰：『今紹公并兩莊之衆，宅中而圖，諸謀士莊勇皆功名之士，將立紹公爲眉山王矣。我韓莊雖與黄石唇齒相依，觀去歲黄石遭亂，我不能救黃石，則我莊有事，黃石之不能救我可知也（一七）。爲公計者，乘其欲王未王之際，修一表勸進，是爲上策。夫潛光勸之亦王，不勸亦王，不如使其意出自鄰莊，而不在臣下，則潛光必德公，德公則韓民可保，而韓祚可長。惟公圖之（一八）。』韓騰以其語語杏英，杏英色然曰：『紹潛光，吾世仇也，奈何降之（一九）。韓仁之語，爲己計則得，爲公計則非。就令納土稱臣，幸則與莊勇等，不幸則全家身首异處，必然之理也（二〇）。況先莊公爲顏公所立，今甫捐館，背之不孝，且公竟忘「子孫世世事顏公如臣之事君」之言乎（二一）？妾以爲先斬韓仁之首，以絶浮議。俟其僭王之日，與顏公糾諸鄉之兵以討之，是爲師出有名。安知十字關故轍，不復見於今日乎（二二）。』韓騰不能决（二三）。

却說少青自與壽官完婚之後，急欲立爲莊公，以綿丈人之祚。又遭韓氏喪事，權且擱下（二四）。

一日，嬌鸞私語連錢曰：『聞公欲立壽官，久而未决，何也（二五）？』連錢曰：『壽兒年幼不更事，未得輔之之人，故仍待裁量耳。』嬌鸞曰：『可當、松齡、韓傑三莊勇留而黃石安，三莊勇去而黃石危，人所共悉。曷語公留三莊勇以鎮黃石乎？』連錢曰：『三莊勇能禦侮千里之外，而不能獻箴一室之中。得一人兼師保之任者，此選正難耳。』嬌鸞曰：『夫人何不自留，以訓弱弟？』連錢笑而不答。嬌鸞曰：『龍飛娘子何不留乎？餘餘娘子何不留乎？』連錢曰：『雌之無雄，如水母之無蝦也。誰肯留此？』嬌鸞咄的一笑，懷中出一書札呈連錢，且曰：『昔韓太莊公易簀時，萬念俱灰，惟不能忘黃石後事，故據榻作此書遺儂，知儂不負黃石也。枕席之私恩雖好，屏藩之大義難辭。儂願留此，一如韓太莊公言(二六)。』連錢大喜，即稟母親，喚壽官、吉姐拜嬌鸞爲師傅，事無大小悉决之。

於是以五月五日立壽官於黃石，而實仍居竹山(二七)。使可當守聖姥，可松齡守瞿谷，韓傑與玉無敵等守黃石，號令皆韓傑主之。惟斗騰驤、玉凌雲、可介之從少青。云太夫人率嬌鸞、壽官、吉姐餞少青等於黃石。嬌鸞私謂少青曰：『易盡者宮府之責，難忘者兒女之私。儂得兩月一會郎，足矣(二八)。』

是時，餘餘的母親已死，龍飛父母亦不願從行。於是連錢率龍飛、餘餘、銀銀、炭團、小端五娘子，分竹山女兵一千，玉凌雲等分黃石男兵三千，從少青都紫霞去了。

【批語】

（一）〔眉批〕三莊勇奉餘餘令，奪回瞿、聖，故只言餘餘之功，而弗及龍飛。是行文細處。

（二）〔眉批〕是决獄後而歸也。

（三）〔眉批〕因楊三弟之案，落到韓莊選媵，即趁勢説到欲與壽官成婚。是文之貫串有情處。

（四）〔眉批〕前文因青草决獄之事，説到壽官成婚；此因黃石遭劫之事，説到壽官纘立。文固以貫串見情，事亦以感觸而發。

（五）〔眉批〕爲嬌鸞留黃石作反挑之筆。

（六）〔眉批〕丁、香齊名、齊擄、齊降，乃香叛少青，而反得爲少青功臣，名標龍閣；丁未嘗叛韓陵，而反爲韓陵所殺，輕若鴻毛。何幸不幸之懸殊若是乎？

（七）〔眉批〕欲韓陵留輔壽官，全爲嬌鸞作反逼勢。

（八）〔眉批〕云太夫人欲生見壽官完娶，韓太莊公亦欲生見吉姐于歸，耄年人痴願，大略相同。

（九）〔眉批〕不必言嬌鸞不肯留，却言諸娘子皆不肯留，構詞惟妙。

（一〇）〔眉批〕可惜此書不傳。

（一一）〔眉批〕鋪叙兩莊嫁娶，累牘不能盡，文以八字括之，而借韓陵一嘆，寫出兩莊踵事增華。撫今感昔，風會頓殊，較之馬借人、史闕文之感，彌增沉痛。

（一二）〔眉批〕『忽報』一轉，轉出下文無數風波來。然韓莊由是多事，由是亡矣。

（一三）〔眉批〕守關得人，上埗牽掣，便是韓莊長策。奈何以隙與敵，不亡不已乎？吾觀韓之亡，非潛光取之也，韓自與之也。

（一四）〔眉批〕少青、潛光，多用异姓，而卒收其效。疏不間親，殆爲韓騰『异姓』兩字而發此嘆也。少青豈忍坐視而不力争也哉。

（一五）〔眉批〕按下少青，以下專叙韓莊。

（一六）〔眉批〕韓仁固能言之士，故使之説潛光，而不圖反説其主使降潛光也。夫韓騰，英主也，乃杏英諫之而不聽，艮山言之而不聽，豈先入之言，據於方寸，而不可摇奪耶。嗟乎！一言而可以喪邦，臣謀之實不詭，實主聽之不聽也。詎徒諉之曰『天實亡韓』耶？

（一七）〔眉批〕不自疚己之不救黄石，反借黄石爲詰柄，讒人之口，顛倒如是。於文，則反借此爲前後照應。

（一八）〔眉批〕説來殊娓娓動聽。

（一九）〔眉批〕杏英開口一言，便塞住韓騰之口，十一字如聞氣鬱血迸之聲。妻何英爽，夫何愚懦耶？

（二〇）〔眉批〕情極委折，語極沉痛，理極周圓，氣極鬱勃，杏英固巾幗中之豪杰也。而言不見聽，何哉？

（二一）〔眉批〕又將韓騰二十四回中之語重提一番，使之覺悟。而猶不悟者，天亡之也。而文即借此回應上文。

（二二）〔眉批〕韓仁以黄石事爲對鑒，不如杏英以自己事爲前鑒之親且切也。

（二三）〔眉批〕以『不能决』三字按下韓莊一邊，即接叙黄石一邊，是題之下半回文字。

（二四）〔眉批〕明明直接嬌鸞留輔黄石，偏説權且擱下。文之善折如此。

（二五）〔眉批〕嬌鸞挾書而來，先有下文一段議論在胸中，故以語挑連錢。而連錢不知也，只得據理而答，連錢曰『未得輔之之人，仍待裁量』，似乎逼出嬌鸞之留輔黄石，而不知實嬌鸞挑連錢使逼之也。其□之之術奈何。先言三莊勇，次言夫人，次言兩娘子，是一步緊一步術也，非懼娘子留以奪己功也。明知其必不肯留，故以留相難也。以爲三莊勇宜留矣，而莊勇非輔導之才，雖留如不留耳。夫人於義宜留矣，然夫人一人而已，正位乎内，或者翼翼紫霞，不可無内助也。猶有説也。若兩娘子，既無内助之責，而才又綽綽有餘，而竟不肯留，是直貪枕席之愛而已。咄的一笑，其薄人尊己之態可想。笑而不答，即下文水母無蝦之義也。然下爲娘子説，故明言；此爲自己説，故笑而不答。

（二六）〔眉批〕韓陵貽書嬌鸞，前回曾在少青前略提，并未明叙也。咄的一笑，懷中出書，活畫出一喜功自大之嬌鸞來。若先明叙，便减却此處多少精神。大抵枕席屏藩之語，書中之語也，故曰『一如韓太莊公言』。『儂願留此』四字，捫之字字起棱，活畫出一喜功自大之嬌鸞來。

（二七）〔眉批〕是日，即後回潛光稱王之日。筠山雖無曆日，然如元旦、上元、端午、七夕、中秋、重九等有定之節氣，皆作吉日用。故壽官之公黄石，潛光之王眉山，皆以端午也。

（二八）〔眉批〕功名床笫，二者不可得兼，娘子欲兼之乎？既貪竹汗垂千古，又懼花枝笑獨眠，嬌鸞之謂矣。

第四十三回　僭王號兩宗妃同被殊恩（一）　賣韓莊四貳臣合遭顯戮

紹潛光自襲破黄石之後，漸自大，常與呼家竇謀，欲爲王以鎮服諸鄉，乃擇是年五月五日登御。莊勇尹百全諫曰：『某聞滿招損，謙受益。公之取信諸鄉者，以平日有謙謹之德耳。今創業雖云過半，而紫霞峙我後，黄石峙我左，無力峙我右，鼎立而窺伺我，正我公卧薪嘗膽之時。願公無惑人言，致滋物議。待三雄滅後，王筠山者非公而誰（二）？』丁勉之曰：『稱王有三可慮，顔少青會合三隅鄉兵以討我，則師出有名，一可慮也；我既稱王矣，然王可自稱，則繼我而王者且紛紛矣，二可慮也；稱王則百官、嬪御、衮冕、宫室、名器、物象，皆與人殊，不能保侈心之不生，三可慮也。未叙九功而先集三慮，危矣哉。如尹莊勇言，削平笏山然後王，王有遲速耳。天下事速則危，遲則固。願公爲其遲，無爲其速（三）。』潛光不悦（四）。

會紹太康三女皆美，長横烟嫁繆方；次瞋雲、幼顰雨，仍待字。潛光私令太康獻女而故却之，逼令二女爲尼，繆方保留乃已。又令二女語人曰：『夢紹公化爲龍，我姊妹各攀其鬣，騰雲而上。』人咸信之（五）。

是時，夫人可紅綃慫慂於内，紹文波、繆方等慫慂於外，遂於癸卯年端午稱眉山王，建元應天（六）。又改可莊爲眉京。使紹文波制文武官爵，定朝儀。使繆方建造宫苑。又起玲瓏、窈窕兩院，金迷紙醉，極七瑶百紐之奇（七）。納瞋雲、顰雨於其中，封爲宗妃（八）。

紅綃雖貴爲王后，然納二妃後，恩寵由是衰矣（九）。乃私召飛虎入宫，議曰：『眉京本吾家故物（一〇）。今大王日擁宗妃，視娾家如眼中釘，必拔之而後快，是忘所本矣。本既忘，則我兄妹，將罹不測之禍。何以自存？』飛虎曰：『此事慢慢地商量，切勿多言，以速怨謗（一一）。』

一日（一二），報韓莊莊勇韓仁奉表稱賀。潛光私與家實商議。家實曰：『此天以韓賜我也。若見韓使，須要如此。』議定（一三），即宣韓仁上殿。潛光大喜，降階拜迎，把韓仁之手曰：『昔者馬氏五常，白眉最良。今韓氏四良，長者不常矣。』相顧大笑。韓仁肚裏尋思：『人言紹王卑賢下士，今若此，豈非長者（一四）？』乃跪地叩頭曰：『草莽陪臣，不知禮儀，乞大王宥之。』潛光扶起之，曰：『光霽遥臨，使孤得陪杖履，即已大幸。不知還有何言賜教？』韓仁曰：『本莊公以弱小之莊，畏王之威，懷王之德，願庇宇下爲藩臣，故先使陪臣上表。』言已，乃出表章上呈。家竇在旁，接閲一遍，謂韓仁曰：『汝爲汝主所賣矣。我邦新即王位，未有絶無庭實相將，而以空函了事者，是欲假手我王殺汝也（一五）。』韓仁曰：『雖然，我莊公咫尺天威，實欲先使陪臣察王喜怒。王喜，則庭實行陳於階下；王怒，則懼有斧鉞之加，將携妻子逃諸笏山之外矣。陪臣之死生，一小草耳，何恤焉（一六）。』潛光笑曰：『此瑣事也，何足爲莊勇榮辱（一七）。今者上天以莊勇與孤，願略形迹，爲布衣交得乎？』言罷，即挽韓仁的手進後宫，治酒對酌。韓仁曰：『陪臣何德，蒙大王損威相待。即百糜肝腦，何足報王。』潛光曰：『莊勇，孤之杜元凱也。莊勇豈無意乎？』韓仁沉吟不語。筵散，潛光并駕送出賓館。

連日，呼家竇、丁勉之、紹文波、紹春華等諸文官，尹百全、司馬恭、紹海深、紹太康等諸武官，皆逐日輪流請宴。二旬餘，仍未得空回莊，心甚焦躁。潛光以大將軍許韓仁，以偏將軍許韓禮、韓義、韓智。布散流言，務欲韓騰知道，使之自相猜忌（一八）。

杏英謂韓騰曰：『四人外謹樸而中不可測，惟顔公能識之，亡我莊者，必四人也（一九）。』乃召斗艮山、奇亮功密議之。二人曰：『彼四韓，用之亦反，不用亦反。不如待仁回莊，執而殺之，并誅義、禮、智，然後結連黄石，緊守關隘。彼客我主，雖强無所用之。若遲疑不决，禍不旋踵矣（二〇）。』韓騰曰：『彼實無罪，殺之何名？』艮山曰：『公命之使，朝往夕返耳，今勾留彌月，將佩大將軍印矣，又與紹海深訂兒女姻(二一)。目無公矣，何謂無罪(二二)？』韓騰曰：『道途之口，付之悠悠，况捨其人，誰與約降者？』艮山聞一『降』字，唾而去，乃與亮功慟哭於先莊公韓陵之墓。杏英掉槍上馬，大呼曰：『我死，何以見先太莊公於地下乎？』亦伏墓而哭，哀極抱腹不能起(二三)。亮功等回報，使衆女兵往視之，已在墓前生下个孩子，因取名墓生(二四)。

是夜，韓騰十分憂懼。不降，則必戰。顏少青又不在黃石，壽官幼弱，恐難相助。以卵禦石，必危。欲降，又不知降後何如。憂得方寸越亂，連日寢食不寧。恰好人報韓仁回莊了。韓騰速喚入，問曰：『人多言莊勇反者，何也(二五)？』韓仁曰：『某之所以勾留彌月者，實欲留心窺察紹王耳。若其人井蛙自大，外施仁而內多欲，則我起傾莊之兵，豎義旗以討賊，無不勝者。若闊達有容，果合帝王之度，是天降斯人爲笏山君，非人力所能争者也。某盡某心，某忠某事，何恤人言(二六)。』韓騰執其手，曰：『莊勇真識高慮遠之佳士也(二七)。今欲如何？』韓仁曰：『我笏山，自顏少青入山，日尋干戈，狼烽四起，民無寧歲。今幸逃遁紫霞，正亂極思治之時也。天生聖人，故從龍下士，皆奮起於草澤之中，以成懋業。夫以可莊之强，其公縱不德，豈無一二智勇子弟，義切同仇，動干戈於肘腋之下？乃甘心翼戴，而無所悔者，知天命之有歸也(二八)。倘莊公不昧明哲保身之理，以韓莊降，必不失封侯之位。上可以告無愧於先莊公，下可以保全一莊民命。如遲疑多顧忌，某請先死於公前，以息浮議(二九)。』遂掣刀欲自刎。

韓騰聽此一篇話頭，已入了港，急止之，而降意乃決。韓仁密語騰曰：『公果真降，凡梗降議者，宜罷不用。不然，事必參差(三〇)。』乃罷斗艮山，使守魚腸阪，而以韓義守十字關；罷奇亮功，而以韓禮守鉤鐮坡；以韓智守莊門。自賫降表重賂，復往眉京(三一)。

是夕，銀河耿耿，玉露盈盈。潛光携瑱雲、䴉雨，登針樓乞巧。笑曰：『昔狄武襄以元夜燈宴，賓筵未散，先破昆侖。兩宗妃看孤今夕破韓莊回，烏鵲橋猶未散也。』二妃皆稱萬歲。潛光使人召左將軍尹百全、左丞相呼家寶上樓，附耳吩咐了好些密計。二人領旨去了。百全只點麾下偏裨，及精兵三千，人銜枚，馬勒口，使韓仁引路。時十字關左箭臺、右石寨，皆韓義心腹把守，開關門齊納紹軍(三二)。紹軍乘着月色星芒，至鉤鐮坡，已三更時候了。韓禮放過紹軍時，人報莊門先開，韓智匹馬出迎，拜於麾下。三千軍一擁遂入，莊中大亂。家家粉席，齊照血光，處處衣樓，驟生劫火(三三)。

杏英綳兒於背，提雙刀躍馬而走。戰至天明，遇奇亮功衝殺一陣，纔能衝出莊外。背後有軍追來，正在危急，忽斗艮山率步兵數十，斜刺裏横截追兵。追兵勢大，艮山不能支，且戰且走。漸見追兵慌亂，誰知是玉鯨飛、玉鵬飛從後殺來，於是回戈夾殺一陣，追兵乃退。鯨鵬兄弟，乃引杏英、斗、奇等投黄石去了(三四)。

呼家寶得紹王旨，遂依紹莊故事，將韓莊分作二十鄉。

時韓騰被擄，陷上囚車，班師回眉京。韓仁兄弟自恃功高，趾高氣揚，來見潛光。潛光不悅，謂之曰：『汝主被擒而汝有德色，何也？』韓仁曰：『弃暗投明，古豪杰皆如此。』因顧潛光而笑（三五）。潛光使之宣韓騰上殿，賜坐於旁，語騰曰：『曩者莊公英雄蓋世，十字坡前使孤全軍覆没。莊公猶能記憶否？』韓騰曰：『勝敗轉旋，原無定局。恨某不明，爲人所欺，故有今日。安知今日之王……（三六）』言至此，韓仁視之以目，騰乃低首不言。潛光大怒曰：『汝兄弟賣主求榮，罪已不赦，還敢在孤前揚威逞巧！』喝羽林軍士，去其衣冠，縛於柱（三七）。韓仁大呼曰：『使大王不廢一矢，遂得韓莊。只知有功，不知有罪（三八）。』潛光曰：『不斬貳臣，何以示戒！』乃謂群臣曰：『凡仕人之國而不忠人之事者，視此矣（三九）。』遂斬韓仁，及其弟義、禮、智，懸首示衆，而恤其妻子（四〇）。即日封韓騰爲歸順侯，賜第於古榕坊，給奴百人，而實使監之也（四一）。

【批語】

（一）〔眉批〕敘少青之真王，先敘潛光之僞王以引之。敘諸娘子之大晋封，先敘兩宗妃之被殊恩以引之。其制朝儀，建國號，造宫殿，一一與少青同，亦非草草者。然迹其生平，潛光起家草澤，有似於闊達大度，如漢高、明祖；少青則有似於裙屐少年。獨是潛光之大度，不無矯詐，故稱王之後，侈泰旋生，信僉壬，誅叔父，卒使中篝貽羞以亡其國。少青雖□□裙屐，知厨精之巧而不敢收，愛宗妃之美而不敢納。從龍、飛鳳諸臣，能推實心以馭之，而始終不變，蓋有情人也。情深則福厚，故天命歸之，豈潛光可同日語耶？

（二）〔眉批〕百全之諫，論笏山大勢，辭達義周。然欲待三雄滅後而王，則潛光終無有王之日矣。《經》云：『朝聞道，夕死可。』今爲潛光轉一語曰：『朝稱王，夕亡可也。』一笑。

（三）〔眉批〕勉之之論，皆有先見之明，而惜乎潛光不悟也。何也？司馬杏英欲合顔兵責以大義矣，紫霞諸娘子欲糾鄉兵聲罪致討矣，韓水稱黑齒王矣，楊三弟稱竹山天王矣。玲瓏、窈窕作於前，巢玉之閣作於後矣。三慮，皆老成練達之慮，而潛光先入家寶之謀，蟠據胸中，故不悟也。末又以百全之言以聳動之，悟主之心切矣。

（四）〔眉批〕呼家寶何以不言？

（五）〔眉批〕極形容潛光之矯詐。繆方之保留，安知非潛光私授之意乎？不必明叙，而閲者自能點頭。

（六）〔眉批〕是時，呼家寶何在？前既不聞諫聲，後亦不聞慫恿，分明密地贊成，而外故緘默，是長君之惡之小人也。欲善其終，得乎？故此回發端，即曰『常與家寶謀』，罪家寶也。『常』之云者，見非一朝一夕之故也。

（七）〔眉批〕十一字，抵得一篇《迷樓記》。

（八）〔眉批〕『宗妃』二字，創聞。較之魯之吴孟子，更了利。

（九）〔眉批〕潛光宫闈之顛倒，肇端於此。

（一〇）〔眉批〕居然以可莊爲妝奩矣。

（一一）〔眉批〕按《説文》『妜』者，女子自謙之詞也，故后與妃，自稱妜家。少青之后、妃，則自稱娭家，閱者須記清。

（一二）〔眉批〕『一日』二字，是上下半回轉捩文字。

（一三）〔眉批〕『議定』二字，下文無數詞説、無數機械，皆在此二字中。

（一四）〔眉批〕物大甜，則中有毒；言太甘，則中不足。韓仁尚待肚裏尋思耶。私蔽其明，故入人个中而不悟也。昔唐憲宗鋭精圖治，自平蔡州吴元濟後，遂修麟德殿、浚龍首池，功成而驕，卒不免爲宦官陳志弘所弑。今潛光自取可莊、破黄石後，遂稱王，沉溺聲色，起玲瓏、窈窕兩院，其欲免於生降紫霞得乎？

（一五）〔眉批〕家寶又以危言悚之，使怨其主，而以爲詞之巧者，而不知韓仁心原外向，不待悚也。不然，以巧佞如仁，豈中無所主者，而惑此似是而非之論耶？

（一六）〔眉批〕韓仁善言，可謂不辱君命。使非中懷貳志，非克副行人之選者耶？惜乎外著詞華，中藏奸慝，致國破而身亦不完，智云乎哉？不言韓公之非欲死我，偏言我死何恤，絶妙措詞。

（一七）〔眉批〕家寶於韓仁之答，幾無可置喙處，故用潛光『此瑣事也』一句颺開，是君臣豫定之機局也。豈捷給如韓仁而不悟哉？蓋疚於心而愈深，故甘入於阱而不悔也。

（一八）〔眉批〕文説到韓騰，即從韓騰一邊寫。

（一九）〔眉批〕回應上文。

（二〇）〔眉批〕此數語，實韓莊之上策。若守而不戰，敵將奈我何？

（二一）〔眉批〕大將軍事，前文所有；訂姻事，前文所無。

〔二二〕〔眉批〕駁倒『無罪』二字。八个字，字字有怒聲。

〔二三〕〔眉批〕蜀後主將降，北地王哭於先主之廟；韓騰將降，杏英、斗、奇哭於韓陵之墓。今古英雄，同此一副眼泪。

〔二四〕〔眉批〕因哭墓而産子，奇矣。然墓生生於祖墓，雲次生於仙廟，二子皆爲這王佐命臣。天之報韓，不可謂不厚。而騰必欲降敵，何耶？

〔二五〕〔眉批〕此段非韓騰意，然所以堅韓騰之信者，全恃此段。文勢借作反跌，極將飛故舞之觀。

〔二六〕〔眉批〕披瀝切陳，絶似名臣奏疏中語，而無策士習氣。讒臣之口，可畏哉。

〔二七〕〔眉批〕宋高宗以秦檜爲佳士。騰亦以韓仁爲佳士，昏庸之主，古今一轍。

〔二八〕〔眉批〕以可莊爲借鑒，善哉言乎。識似鴻識，議似鴻議，沉鬱厲其氣，馳驟生其舌，極風動瀾翻之奇。作者爲佞人著佞語，亦用全力，何也？懼無以傳其佞也。

〔二九〕〔眉批〕杏英欲殺韓仁以絶浮議，是斬佞以杜强鄰。韓仁欲自殺以息浮議，是挾死以制庸主。明知此時韓騰已在吾舌端，茹吐由我，而仍以僞死反逼之者，縛之愈牢，禍之愈慘矣，哀哉。

〔三〇〕〔眉批〕秦檜、高宗，人人共唾之人也，而奈何效之。

〔三一〕〔眉批〕説到眉京，即從眉京一邊寫。

〔三二〕〔眉批〕韓陵時本無十字關，而潛光於此喪師，乃百度經營，造此關以阻遏西北。而韓騰守之非人，紹軍反從此入。甚矣，地利之不如人和也！嗚呼！乃祖竭其心力，以此關爲堂構，以遺後人。而爲之孫者，弃之如屣如唾，致千年來祖宗血食滅於异姓，莊亡而身被擄，豈不肖之甚以有此哉？利口覆邦，聖言不我欺也。爲人上者，奈何不察。

〔三三〕〔眉批〕忽然夾一駢語，《記》中所少。蓋此夕情事，不寫固不得，敷衍又可慊。文只十六字，而精當雅切，令閱者眼光一新。

〔三四〕〔眉批〕投黄石，必用鯨、鵬相引，是行文細處。

〔三五〕〔眉批〕此一問，已不堪之極，而仁猶跐高顧笑，是死由自取矣。

〔三六〕〔眉批〕騰意欲曰：『安知今日之王，不終爲今日之我乎？』蓋騰英雄之氣未改，而卒以韓仁一視，不敢盡其言。可哀也已。

〔三七〕〔眉批〕回憶降階握手對酌談心時，真令人一哂復一唾。

〔三八〕〔眉批〕潛光應答曰：『前莊勇未有功，孤欲得爲布衣交。今有如此大功，直欲與莊勇爲生死交耳。』

〔三九〕〔眉批〕然則潛光之殺四韓，非爲騰也，爲己計耳。而古今之殺降臣者，如出一轍。

〔四〇〕〔眉批〕五常者廢其一不可。今潛光懸仁、義、禮、智示衆，不過欲警無信者耳。

〔四一〕〔眉批〕古榕坊，即可介之故里，足足、香香出身處，皆窮民也。介之以得罪居此，今賜韓騰第亦於此，危矣哉。觀於密遣人刺騰，其意可見矣。

卷十二

寳安吾盧居士戲編

第四十四回　感累葉收録舊莊公　布四鄰始即新王位

顔少青歸黄石年餘，紫霞洞全賴無知、萬寳經營救削，百度皆興。少青大喜，指謂連錢曰：『周稱膴膴，商稱翼翼，何以過斯。』因改稱紫霞都。連錢贊曰：『真天府之洪都也！諸諸娘子心力瘁矣。雖然，所費之資，究從何出？』餘餘在旁笑曰：『黄石之資，夫人外家之物，顔公不敢多取，此特趙公挪之奩資耳。』萬寳曰：『紫垣宫殿今已落成，請夫人、娘子們一觀，看合制度否？』連錢乃使人招公挪及范百花、趙春桃與諸娘子，置酒爲少青慶成，并犒軍士。

至是，始聞紹潛光即於立壽官之日稱王。諸娘子多欲糾諸鄉之兵，聲罪討之。餘餘曰：『不可。我不能强彼之不王，是猶彼不能强我之不王也。况我紫霞新造，有兵無民，自謀之不暇，遑恤其他。夫人、娘子，且開懷痛飲，紅日升而妖火自滅矣（一）。』

酒間，趙春桃問連錢曰：『顔公娘子十餘人，不知共有幾位少爺？』連錢笑曰：『好花多不結子，只有玉生，是我生的。教娅嬛抱出來給鄉長看看。』時玉生年五歲了，春桃抱置膝上，摩其髻曰：『二少爺，雖不同母，眉臉兒像得很呵。』連錢驚問曰：『如何又有甚麽二少爺？鄉長何相戲也？』春桃笑曰：『山翠屏已爲夫人養得个二少爺，夫人不知麽？何言戲也。』連錢愈疑：『請鄉長明説。』春桃曰：『這事，是趙無知狀元做出來的，問他便知。』無知目視少青，只是低着頭笑，不肯説。春桃曰：『他們不説，某代説罷。當年無知娘子，扮作書生，道經唐埗，不料那山翠屏恃是鄉長維周的妹子，逼着無知娘子成親，没奈何想出个頂包的法兒來，黑夜裏教顏公頂替着。誰知這一頂，頂得那包兒脹將起來，脹了十个月，便生下个二少爺來。』言未畢，合座無不哄然大笑。只見無知離席，拉着春桃的手，私問曰：『你這話真麽？爲何只此一遭兒，便留着種呢？你何由知道呢？』春桃曰：『只因這一年，與紹人立石界，因便入唐埗一看春柳，誰知已去世了。見翠屏姑娘腹已脹了，他生死的記挂着你，没奈何將真情説出來。他還要上吊哩，虧我説了許些甜話，纔不上吊。後來，又因探問一遭，已生下个小少爺來了。我久欲説給你聽，只是見面時又忘記了。』無知正沉吟着，連錢曰：『如這翠屏，今仍在唐埗麽？』春桃曰：『他今兒知這孩子是可奶娘的，緊抱着養在家裏，那有别的。』只見足足上前曰：『唐埗離此不遠，可一日往返。我們人多，少爺少，不如明日使人迎接他母子，來這裏住着，教這少爺認認父親，是應該的。』連錢大喜。明日，使秋娥隨春桃往迎翠屏母子。

又鬧了幾日。餘餘、無知擬了招民的告示，遍處張挂。每人給屋一間，田二十畝，使自開墾。由是，來氓者漸衆。不二三年，九市三衢，漸成樂土，此是後話。

此時，細雨黃花，又届新秋時候，少青與夫人、娘子，宴於雙清閣。忽報趙莊公公挪至，諸娘子迎入閣裏來。公挪曰：『有一奇事，特來告公。今朝，我莊勇賴仁化從九隴回，遇一白衣漢子在丫叉港旁痛哭。仁化詰之，言是韓莊人，爲寇所掠，逃難到此。此處絶無親故，故思量投水自盡。仁化帶回莊中。某思韓莊與黃石有親，近日韓黃之事，渠必周知，故因便帶他到此。公如欲知韓黃近事，可傳其人至，一問之。』

少青聞語，大疑。偕餘餘下樓，坐偏殿。其人已在階下，望見少青，便大哭，直搶上前，爲左右攔住。少青細視其人，非他，蓋韓騰也。遂下階執其手，泣下，備問冤苦。韓騰揮涕曰：『悔不聽公言，致爲韓仁兄弟所賣。某已被擄，幾不願生。潛光分我韓莊作二十鄉，祖宗千餘年血食，至某而斬，實羞見先人於地下，故尚躊躕耳。』少青曰：『請問莊公何因至此，司馬夫人何在？』韓騰曰：『聞荆妻綳着新産的小兒殺出莊門，投黃石而去，未知的確。某至眉京，潛光封某爲順義侯。纔歸第，是夜便使人刺某[二]。誰知這人曾受某恩，不忍加害，帶某越垣爬嶺而走。其人曰：「子西行，予東逝矣。」遂去。某仍懼紹人追趕，隱影潛奔至丫叉港，遇無力莊莊勇，展轉至斯。今得見公，某可不死矣。』餘餘曰：『公本豪杰之士，不幸而遭挫衄，是天以拂亂所爲者，老公之才也，故潛光欲殺公而終不得殺。如肯降心夾輔紫霞，不特夫妻父子即行完聚，他日銘勛鐘鼎，非公而誰？』韓騰起立再拜曰：『某先莊公，本顔公所立。歲供不缺，原公外臣也。加以婚姻之好，歿存均感，尚復何言。某自揣爲一莊之主，則德不足；爲千夫之長，或才有餘。若得從公備莊勇之職，死無二心（三）。』

言未已，少青忽然想起一事，顔色俱變。韓騰亦大驚愕，不知其故。餘餘笑曰：『公何爲者？』少青曰：『非他，娘子可速發兵救黄石，遲恐誤。』餘餘訝曰：『此語何來？公以爲韓破則黄石危乎？而不知韓莊未亡則黄石危，韓莊亡則黄石安矣（四）。』少青曰：『何也？』餘餘曰：『嬌鸞娘子，智非不足也。三莊勇，勇非不足也。有所恃，則安亦危；有所懼，則危亦安（五）。韓莊亡，黄石懼矣。黄石懼，黄石安矣。若有寸草移動，斬花容之頭以殉。今又得一賢佐，何畏潛光小輩哉！願公高枕，籌其大者。』先是，白猿洞已改延英館，以接待往來之士，即引韓騰居之，給賜從厚。

是時，内教場則龍飛主之，外教場則餘餘、無知主之。擇八月中秋，大演外教場，集軍士萬人，考選偏將。可介之、斗騰驤、韓騰，皆擐甲胄，執軍器，侍立演武廳。廳置三臺，皆擺列文房、令箭，少青居中，左餘餘，右無知。階下置石獅三，左壁皆勁弓强矢。無知謂餘餘曰：『今日選人，當先選力，先拿石獅，次較武藝，比箭爲後。然定高下者，箭也（六）。』餘餘然之。

乃以令箭三枚，使韓騰、斗騰驤、可介之各領一枚。令各監一石獅，能拿者，即注花名。

使隊長拿龍旌，引二十人爲一隊，三隊齊進。三隊退，三隊復進。自辰至申，拿得石獅活動不吃力者，得四十餘人，尚有一半未拿。明日，又得二十餘人，約共七十人。第三日，比武。第四日，較射。共得超選的八人，次選的十人，又次選的二十人，皆以爲上偏將、中偏將、下偏將之職。餘三十二人，悉記名候録，賞賚有差。

又明日，餘餘令中偏將三人、下偏將六人，選馬步軍共一千，隸可介之麾下，守伏虎；中偏將三人、下偏將六人，隸斗騰驤麾下，領馬步軍一千，守怒龍。又令中偏將四人、下偏將八人，隸韓騰麾下，領馬步軍二千，連營玉帶泉内外，往來巡綽，號曰『游軍』。其上偏將八人，一司馬發，一山明，一紹士雄，一紹仲孝，一田麟，一老虎變，一韓榮，一百工，暫分八營，屯錦屏山左。

時可、韓之亂，民多逃竄，歸紫霞者甚衆。有財力者，令自造居室，不納官租。布置粗定，秋光已老，漸近初冬。無知、餘餘就萬寶商議曰：『以一荒洞創造至此，可云大觀。但明年元旦，是公登極之期，百制依然未備，娘子職司府庫，未知尚有赢餘否？』萬寶曰：『荒田甫辟，今歲未有科收。附近諸鄉，歲供未有定額。除三莊勇解來黄石莊銀三十萬，餘皆無力莊之財粟耳。諒無力原非膏腴之莊，公挪恒懼不敷本莊軍餉，想無力庫財亦漸空乏了。』無知曰：『公挪與紹軍一戰，納歲供者五十餘鄉，況土風儉約，軍糧之外，所費無多。其章程皆經我手定的，縱紫霞費用浩繁，未便至於空乏(七)。但此等大事，凡我輩皆要分憂。況庫資出納，皆娘子一人主之，忍推之曰無有，則無有遂了事乎？』説得萬寶臉都紅了，徐曰：『依娘子的主見，大都籌辦多少，纔可通融？』無知曰：『除軍餉外，更得二十餘萬之間，或可支持過去的。』萬寶曰：『若然，更張羅些，大都必敷所費而止。』餘餘曰：『我們明日親往無力，密與公挪商議，看他怎説。』

言未已，無知拍着掌想出一个人來，笑曰：『現放着一門財主的親戚不去挪借，又欲尋誰？』萬寶曰：『娘子説誰？』無知曰：『唐埗，是我西北絶富有的名鄉。明日，你二人浼翠屏娘子修一書，向渠哥哥處挪借，不由他不肯的。』餘餘笑曰：『這事何用他人浼他，用着你一个够了。』無知曰：『何也？』餘餘曰：『他是你的老婆，你是他的老公。那見老公老婆幹的事，可以容得旁人攙入的？』無知摇着頭，笑曰：『難，難，難。他見我必咬牙哆口的，惱着打我一下纔罷（八）。』各人哈哈的笑了一回，向連錢商議去了。

一面頒令諸鄉，催取哲匠、巧工、縫人、綉女，製造衮袍、藻冕，及王后、王妃以下的鳳冠宮翟，與及珠葆、翠華、御爐、寶座、象簡、魚符。無知繪成圖式，悉令翠屏娘子監製。又從女兵中擇文弱有姿色的，暫侍後宮。令餘餘造内外文武官爵册籍，及升降補調諸例。忙亂了數月。

布告西北隅無力屬鄉，東南隅黄石屬鄉，及玉帶泉外逢婆至碧嵌三十餘鄉，於甲辰正月元日，奉少青即笏山王位，建元中天。遠近諸鄉賫表稱臣者日不絶。紹潛光聞之，君臣酌議了一回，卒亦無可如何也（九）。

【批語】

（一）〔眉批〕潛光以爝火比少青，餘餘復以妖火比潛光，而皆以日自比，前後遥遥相對。而要之天無二日，一滅一升，時至自見耳。

（二）〔眉批〕潛光之刺韓騰，只從韓騰口中補出。然寫刺客聲，只七字，殊肖絶。

（三）〔眉批〕孟公綽爲趙魏老則有餘，作滕薛大夫則不足，是人之明於知我也。然人之知我，不如我之自知。韓騰於挫折之下，自知也明，故他年之獲福也厚。

（四）〔眉批〕語似奇創，而理實平庸。

（五）〔眉批〕至理名言，唤醒古今覺夢。

（六）〔眉批〕選法最精，既無力，何有於箭哉？然力已足，藝之高，則所貴者又在箭也，故究高下者，仍以箭耳。

（七）〔眉批〕經營國餉，籌畫老成，孰謂無知之才遜於餘餘哉？

（八）〔眉批〕自翠屏入宫之後，想無知之受其咬打者不少。

（九）〔眉批〕即前所云『我不能禁彼之不王，彼亦不能禁我之不王』也。

第四十五回　大晋封诸娘子一朝渥泽　小施展多智侯千里朝天

即日，册封夫人玉连钱为王后；花容为左贵妃，晋寅亮侯，授左丞相之职，暂兼署吏、兵二部尚书事；赵无知为右贵妃，晋神机侯，授右丞相之职，暂兼署礼、刑二部尚书事；山翠屏为真妃，兼翰林学士之职；赵公挪为西贵妃，晋爵无力公，授征东大将军之职；绍龙飞为中贵妃，晋爵笃孝侯，授都督神都大元帅之职；白雪燕为真妃，晋爵解意侯，授神槍将军之职；可炭团为真妃，晋爵存存侯，授神锏将军之职；可足足为爱妃，晋爵妩媚侯，授神鏟将军之职；绍秋娥为真妃，授神棒将军之职；欒更生为真妃，授神箭将军之职，兼摄六宫总管司；张银银为贵嫔，晋爵马前伯，授神锄将军之职；张铁铁为贵嫔，晋爵马后伯，授神耙将军之职；可香香为贵嫔，晋爵擒虎伯，授神斧将军之职；白万宝为贵嫔，晋爵伏魔伯，授镇中将军之职，兼署户、工二部尚书事；宝小端为彩嫔，授神刀将军之职，兼行人司事；范百花改乡为邑，授白狼将军，兼白狼邑令；赵春桃亦令改乡为邑，授横窖将军，兼横窖邑令。各给告身符印，谢恩而下。

又封韩腾为震威将军，晋爵玉带侯；可介之为定威将军；斗腾骧为扬威将军。其上偏将八人，皆授守备之职；中偏将十人，皆授千总之职；下偏将二十人，皆授把总之职。各给告身符印，謝恩而下。

又使行人司賫小端，冊封黃石玉太夫人云小鳳爲至誠太夫人；玉壽官爲黃石公，兼圖中大將軍事；可嬌鸞爲南貴妃，晋爵多智侯，兼鎮南將軍事；可當爲親義侯，可松齡爲集義侯，韓傑爲忠義侯，皆授僉南將軍之職。小端賫嬌鸞及各人的告身符印，即日陛辭，率兵百人而往。

嬌鸞大喜，率玉壽官及三莊勇擺列香案，開宣誥敕。一面備筵使吉姐、杏英禮待天使。小端私出韓騰喜信，交與杏英，杏英嘆曰：『國破家亡，得如此，亦幸也。』遂打點與小端同往紫霞。嬌鸞亦稟辭云太夫人，欲隨天使往紫霞都謝恩。太夫人懼其去而不返，憂盈於色。嬌鸞知之，笑曰：『太夫人以嬌鸞爲何如人也。昔大王、王后知嬌鸞堪鎮黃石，故使嬌鸞留此(一)。今去而不返，是無信人也。幸諸險隘較前更完固，潛光不敢復窺(二)。』言次，又向空指着曰：『儂去，月到重圓，無不回來的。』太夫人乃打點貢賀之禮。嬌鸞曰：『不必搜奇覓寶，想辟萊開基，全憑兵食，宜銀十萬兩、粟十萬斛足矣(三)。』一公、三侯，皆有表附謝。立刻催人備辦載粟的牛車，點健卒五百人駕之。小端、杏英率從來的百人當先，嬌鸞押後。又囑了可當等一回。辭別太夫人，從紫藤鄉進發。時紫藤鄉長花淵雲，亦有貢物賀表寄附。嬌鸞恐沿途多有寄附，催軍急發。

剛過夷庚，人報前面有紹軍攔路。小端、杏英皆駐馬請嬌鸞相議。嬌鸞登高一望，見山峽裏一彪人馬，約七八百人，甚不整齊。嬌鸞曰：『這些軍馬，更加幾倍，何懼？』乃使小端率百人，從山背抄過前路，守住峽坳；使杏英率百人，先守住這峽左邊的缺處。自乃先驅載粟的牛車入峽，他若來奪，切勿與争，便弃了牛車退後而走（四）。

軍士依令，將所有載粟的車盡推入峽。一聲炮響，敵軍從林木中四面殺出。衆軍一齊退走，不剩一人。這彪軍忽然得了十萬斛粟，歡喜的了不得，驅那牛車從大路而出。只見一女子横槍立馬，率數百人攔住出路（五）。大笑曰：『你是何等樣賊，敢奪儂粟。你認不得笏山王貴妃可嬌鸞麽？』那將笑曰：『貴妃賤妃，我都不管。只是載這麽多粟來送我，是絶有情分的（六）。』説着仍是哈哈的笑。嬌鸞并不瞋怒，暗暗地將馬一鞭，那馬直衝過去，只一槍，刺那將於馬下，貫喉而死。招後面的軍士，一齊掩殺。那軍因粟車阻礙着，不能接戰，除殺死的，皆弃了粟車倒戈，穿牛縫而走，盡被嬌鸞驅回峽裏（七）。一个短髯傾眼的，引敗軍穿過前路，剛出峽，被小端的軍士提下馬來。又斫翻了數十人，依然出峽不得。這邊嬌鸞的軍馬漸已進峽，搜人而殺。只見一騎馬，拖長矛，引着一起人，在這峽左邊的缺處逃命。誰知剛至那缺處，那矛已被人奪了，將那拿矛的尸分兩截，擲回峽中（八）。餘的軍士没處投命，只得哭做一堆。

嬌鸞使人叫曰：『你們不要哭，今娘娘有令，不願降的站着，願降的跪着。』只聞呵的一聲，人人跪着，無一个站的。嬌鸞教這降軍報人數來，傳个隊長問話。嬌鸞曰：『你們何處强盜，敢劫娘娘的粟。』那隊長曰：『我們是第三紹的鄉兵，只因鄉長紹巨卿查知娘娘經過此地，故率鄉勇四人、鄉兵七百，在這裏劫奪，獻紹王報功的，實與我們無干。』嬌鸞曰：『你們快將這鄉長、鄉勇交出來，饒你。不然，你這幾百人，便化做一堆血水。』隊長叩頭，指着那尸曰：『這个，這个，便是那三个鄉勇了。那一个鄉勇與鄉長，都被娘娘的伏兵拿住了。』嬌鸞喝開了隊長，叫人請司馬夫人與竇娘娘來。

只見小端笑嘻嘻的押着十餘个人入峽。嬌鸞曰：『娘娘，這裏有鄉長、鄉勇麼？』小端指曰：『這長鬚的，便是鄉長。這顴骨突起的，便是鄉勇。』兩人上前跪着，嬌鸞罵曰：『你就是紹巨卿麼？我嬌鸞娘娘，是有名的女韓信，誰不震畏。你想劫娘娘財物，去紹潛光處獻勤兒，你的念頭打錯了。』那巨卿叩得頭都腫了。『實不知娘娘的神威，故此冒犯。』嬌鸞曰：『儂且問你，要死罪還要活罪呢？』巨卿又叩頭曰：『小人初犯，懇娘娘開个大恩，并活罪都饒了。』嬌鸞笑曰：『你用這些鄉勇，紙做成的，不一合便倒。自己站脚不牢，又來算計人。你這些人，殺之固污我刀，打之亦污我棒。』小端接着曰：『即如這个鄉勇，俺本不屑擒他。俺的小校舉刀剛晃得一晃，他自驚跌，衆兵遂將他綁了。今日天色漸晚，不宜與他多説。娘娘若開他的恩，叫他們代代勞，將那牛車點齊，送至三叉鄉，纔放他回。』嬌鸞曰：『儂聽這位娘娘的言語。你快起來將那牛車取齊，少粒粟兒，將你那鄉踏做齏粉。看娘娘的足利害不利害（九）。』

巨卿謝了不殺之恩，自喝起那鄉勇殘兵，將牛車點齊，出峽先行。小端喝衆軍隨後趕打。

杏英的兵，已在前途等着。行不上的，後面的刀都斫翻了。趕至二更，纔至三叉鄉，交卸明白。嬌鸞打發那巨卿回鄉：『你可回復紹潛光，早晚必爲我軍所擄，須謹慎些。』巨卿喏喏連聲而退。

嬌鸞欲扎營鄉外，明早進發。小端曰：『此處離都不遠，四更餘可到。不如使鄉長多備火把，送我軍回都，趕早朝王較妙。』那三叉鄉長朱必勝，聞這消息，黑夜裏使人忙備火把，自率鄉勇鄉兵出鄉叩拜小端、嬌鸞。小端令即刻趲道。

至怒龍寨時，恰報四更。揚威將軍斗騰驤睡中驚醒，急起裝挂，迎於道左。嬌鸞欲連夜進宮，騰驤曰：『王都重地，縱有軍機大事，亦不得夜進都門。請兩娘娘屯營此處，明早上朝罷。』小端乃令扎營暫愒。騰驤見朱必勝亦在此扎營，言欲隨班朝王。騰驤恐資重有失，遠近嚴邏。

至散擂的時候，人報都門開了。嬌鸞等慌忙梳洗妝束，拔營進都門（一〇）。策馬纔一周，據鞍翹首，望見碧石層起，中露重門甚巨。上有『紫霞都』三个石刻大字。門以内直接一條石砌的大街，兩旁的民居，一字兒門户整肅。小端當先，騰驤押後。過了這街，又一條大横街，如丁字形。從横街右邊轉過，便少民居了。正想像間，忽一山迎面聳翠，高接雲霄。小端以鞭指曰：『此錦屏山也。』嬌鸞曰：『儂曾來過一遭錦屏山，似乎不在這裏，又似乎不是這等形勢，何也？』小端曰：『有這些廛衢腥市交錯着，青山應亦改觀了（一一）。』又揚鞭向左邊一指曰：

『此不是右錦屏麽?』嬌鸞點點頭。繞過錦屏，便是大小外教場了。只見司馬發、紹士雄拜於馬前。小端將人馬車輛暫行駐扎。各人撿點要用衣物，帶女兵百人進宫。朱必勝亦隨騰驤上朝。

小端指前面一帶老杉樹，是舊時物，後來種這梅桃李杏間之，今亦長成了。是時，正正月初旬，望見碧碧紅紅映着朝旭，如錦簇雲横，影射衣鬟。小端引杏英、嬌鸞，并馬繞花光而走。花杉缺處，忽露巨橋，闊逾洛道。兩旁白石欄杆，聯亘如古女墻，名翠微橋。未至橋，先見橋左右的豎石。近看時，是『文武官員至此下馬』八个字。嬌鸞、杏英大驚，忙搴鳳裳欲下馬。小端曰：『娘娘、夫人不要忙，此是爲男官言的，我們不在此例。』小端一馬當先，引女軍渡過翠微橋。但見垣墉霄迥，旌蓋雲連。有三門對橋而立，其門上圓下方，中一門，顔曰『奇門』，左曰『左偶門』，右曰『右偶門』，其字石刻籕文，用石青堆凸成的。中一門閉着不開，左右二偶門，較中門略小。小端帶諸人從右偶門入，守門衛軍見是小端，垂手起立。入了這門，有古榆八株。原是百餘株的大榆林，無知相度形勢，留此八株以作喬木。左邊一帶是御馬園，右邊一帶是大小箭道。又從左邊轉去，過了中禁署、璇樞府，即歸光門。入了這門，呼錦衣衛士問曰：『主上散了朝未?』衛士曰：『纔發了視朝的九炮，大約未曾退朝哩。』小端謂騰驤曰：『將軍可引鄉長從紫垣門進，娭家分道了。』乃與嬌鸞、杏英從玉杓小門直進。轉了幾彎，是駐軒廳了。見這裏紛紛攘攘，早有七八十个宫女在這裏鬧着。見小端來，各垂手肅立。原來這駐軒廳，是諸妃嬪上朝所帶從人車馬，在這裏停駐的。從横門裏透出殿廊，即是女朝房，又最省便。小端使宫女往取袍笏，各人匀了脂粉，换了冠服。正忙着，忽杏英的小孩子啼將起來，杏英大驚，嬌鸞使婭嬛抱往别處耍去。忙忙的拿了象簡，穿過女朝房。嬌鸞、杏英在朝房等着，小端先上殿回旨，備説嬌鸞、杏英來朝之事。

王大喜，着錦衣宣可嬌鸞、司馬杏英上殿。二人整肅冠笏，趨進御階。錦衣唱曰：『男官拜階下，女官拜殿上。』二人遂摳裳登階，在帳外俯伏山呼，謝了綸綍之恩。原來殿中中楹，左右有兩螭頭，上懸黄羅大帳，曰螭帳。帳外列金鰲立椅，以坐男官，帳内列蟠龍圓椅，以坐女官。正中百寶龍帷，帷外皆女侍郎。獅爐烟裊，雉扇雲移。從烟雲開處望帷内，便是御床，王在焉。御床右，便是王后的坐位。嬌鸞、杏英向龍帷拜了玉后，又向螭帳内兩旁的女官斂衽，各起爲禮。王令添一椅右邊龍飛之上，坐嬌鸞；添一椅於左邊末位，坐杏英。

嬌鸞未便就坐，先將黄石公的謝表呈上。王閲罷，笑曰：『以銀粟爲庭實，卿辦事可謂得其本矣。』嬌鸞又出黄石三侯謝表，及紫縢花淵雲、桃花云雲的賀表供單。王閲未竟，見揚威將軍斗騰驤引三叉鄉長朱必勝，俯伏階下。必勝曰：『大王登極，本宜隨班叩賀。但正始之辰，弗敢造次。昨緣兩娘娘夜過湬鄉，小臣惶恐，不敢寧寢。躬率鄉民，謹燃火炬，護駕回都，故得咫尺天顔。』王問嬌鸞，嬌鸞備陳必勝中夜護送之事，宜賞賚以答其小心。王乃依白狼、横窖故事，改鄉爲邑，授三叉邑令，待給印綬。朱必勝伏陛謝恩而下。

時杳英正流眄帳外，不知韓騰在座否(一二)。神思凝注間，猛聞炮聲三發，嘉樂并奏。王袖一揮，龍帷垂下，只剩氤氳的御烟，隨衣香鬢影而散。

【批語】

(一)〔眉批〕活肖嬌鸞自大聲口。

(二)〔眉批〕言今之不敢復窺，則前之敢於窺伺可知也。言險隘較前完固，則前之完固不如今又可知也。雖黄石之破，在人不在險，而嬌鸞不言三俟，只言險隘，是歸功於己之態也。着語不多，而前後筋脉摇動，是深堅凝文字。

(三)〔眉批〕嬌鸞此時，可謂能見其大者矣。回憶從前百般阻撓，何顔入紫霞見新主乎？應亦自慚之不暇矣。他日終不能見容於餘餘者，未非自取其咎也。

(四)〔眉批〕奇。

(五)〔眉批〕『只見』二字，從敵軍眼中看出。

(六)〔眉批〕嬌鸞當答云：『你亦驅這麽多命來送我。』

(七)〔眉批〕甚矣，粟之累人也。嬌鸞知之，故弃粟；敵軍不知，故奪粟。而卒之，粟車阻礙，不能接戰，亦弃粟車，穿牛縫。粟亦不得吃，命亦不得生。復被驅回多粟之處，不幾自笑奪粟之無謂哉？甚哉爲粟累者，一貪字中之也。然貪亦有善不善之别，敵軍惟不善於貪，故到頭不得名一粟；嬌鸞惟善於貪，故弃之愈净盡，而實未嘗輕弃一粟。

（八）〔眉批〕所弃之粟，殼尚完，而奪粟之人，尸已斷。可哀哉。

（九）〔眉批〕十三回，嬌鸞欲將可莊踏做吴沼；此處，又欲將三紹鄉踏做齏粉，奇哉言乎！雖然，一勾□魄，三寸鳳□，陳宫貼地蓮花猶踏不墮，而欲踏莊爲沼，踏鄉爲齏，非謾語耶？而不知一莊一鄉，嬌鸞視之如階下之蟻封、苔間之蝸迹而已，踏之固自易易。

（一〇）〔眉批〕無知、萬寶創造紫霞，若將如何創造，事事鋪叙，縱刻意描寫，徒費楮墨。文從嬌鸞初至紫都，由都門而錦屏，而翠微，而門，而殿，而宫，一一向眼中看出。又借小端從旁指點，而創造之大觀，反於此一回畢現。乃知文之貴虚摹而不貴實寫如是。

（一一）〔眉批〕嗟乎！一行作吏，面目全非，而况落落名山，忽辱以塵衢腥市乎。不待觀東海之塵，讀北山之文，而已足深人感喟矣。

（一二）〔眉批〕文以杏英作收，奇絶。蓋杏英與韓騰本恩愛夫妻，至於身羈黄石，無刻暫忘韓騰可知也。一旦身歸王都，正夫婦重逢之日，而此時此刻，欲一見以慰熱腸，亦人情所不免也。然此等文，易着滯相，竦峙回翔，波瀾奇詭，真有神龍掉尾之筆。

第四十六回　舊恩歡續南薰宫　吉語新書群玉府

於是六宫總管樂更生，先使人送司馬杏英回玉帶營會韓騰。乃於南薰宫之左掃除一院，以居嬌鸞，撥宫女八人事之。嬌鸞又令心腹女兵十餘人入侍，餘暫隸碧雲營凌月娘麾下。

何謂碧雲營？原來璣鏡門外有内教場，教場之外有九雲營，盡女兵駐扎。一紅雲，二緑雲，三白雲，四黑雲，五紫雲，六藍雲，七黄雲，八青雲，九碧雲。每營設都司一人，正分司八人，副分司一十六人，悉解意侯白雪燕主之。

是日，白萬寶往謁嬌鸞，請交卸銀粟諸物存庫。嬌鸞語萬寶，曰：『滿朝女官，都是儂們舊時的娘子，个个認得。惟與儂對坐的這个，何人？是新納的麼？嬌兒俏兒有何出人處呢？』萬寶曰：『這人姓山，名翠屏，是唐埗鄉長山維周的妹子。只因趙丞相扮男妝時，與王同宿唐埗，他看上了丞相，苦局成親，没奈何用王頂替的。』言到這裏，已笑个不住了。嬌鸞曰：『這事，儂也聞人説來。後來却怎地呢？』萬寶曰：『誰知一宵雨露，花便含胎，後來遂生下个王子。后念人丁孤弱，使人迎至。母以子貴，封真妃。因其人别無所長，只解拈毫弄墨，詩文書畫皆工，故現署翰林學士之職(一)。』嬌鸞點點頭，即唤蝶紅備馬：『娭家與白娘娘，交卸銀粟去也。』遂與萬寶各跨了馬，出南薰宫，渡過翠微橋，至左教場，令軍士運粟入倉。右倉在新錦里，名民信倉；左倉在古槐市，名安慶倉。時安慶倉尉漆甘，叩拜了兩娘娘，交割清楚，即着人運銀入内庫。另有紫藤象牙十枝，漆精十罏，小銅鼎十座。内庫亦在璣鏡門外，與户工秘館相連。時萬寶暫居這館，邀嬌鸞坐談一會，嬌鸞辭别回宫去了。

宫人添香瀹茗，正在着忙。忽見兩个女侍郎拿杏花一株報喜。何謂女侍郎？凡給奉王左右，着男子巾服者，知王欲幸何宫，先執時花一枝報喜討賞，又名傳花侍郎(二)。嬌鸞給賞去了，一面使人豫備御筵，伺候兼浴體的豆蔻香湯。因自啓鏡臺照了一回，不禁嘆息曰：『我們這些人，只解争强鬥智，自顯功名，不知花無色則蝶嫌，女無色則人弃。即如我可嬌鸞，凝酥削玉，自顧亦憐。擾攘了這幾年。』言到這裏，又指着鏡中的影，曰：『當年的眉痕，不如是之蕪亂也。當年的臉色，不如是之枯燥也。雖脣暈眼波依然未改，而鬆鬆雲髮，漸漸的褪了許些，欲如麗華之光能鑒影，不可得矣。總之年華日長，顏色日衰，今顧無知、萬寶輩，對影轉覺自慚。吁，可嘆哉(三)。』蝶紅從旁笑曰：『娘娘脉脉對鏡，只是無端嘆息，又不梳妝，爲甚麽呢？今七香豆蔻湯已具，請娘娘先臨浴室。』嬌鸞長吁了數聲，就浴去了。

俄而春信催花，夕陽流翠。剛出浴，漸黄昏了，就鏡奩重新妝扮起來。鴛鈿罷貼，鳳鼎重燃(四)。回顧百寶龍燈，宫娥已遍上了。螭漏乍聞，羊車不至。等得不耐煩，不覺支床假寐。剛合眼，被宫人推醒，御鑾已到了。嬌鸞整衣出迎。王下輿，拉着嬌鸞的手，拉進裏面。嬌鸞先謝了恩，又談些别後的話。擺上御筵，并坐而飲。王曰：『竹山、黄石，全賴妃子支持。只是枕邊風月，疏缺了些，今宵補足罷。』交飲了數杯，微有醉意，催解鳳裙，同交龍榻。所謂久别的恩愛，反勝新歡者耶。

越數日，徘徊鄉貢一長白女子，年四十以來，號『厨精』。王將拒之，玉后曰：『我後宫正少此人，何故拒之？』王曰：『煑笋烹葵，膾魚羹彘，非不可飽，然人人能之也。其人而曰厨精，則必於常味之外，究求味外之味，以争奇巧。我功業未成，而先引吾妃嬪以争口腹之勝，以爲人生可勝之事只此而已，不亦癲乎？不然，何争此一婦人而不相容也(五)？』卒辭之。

又一日，胡盧鄉貢木工一、玉工一。王曰：『木工，汝何能？』木工曰：『臣，摩訶辛也。能造美人，飾以衣鬢，中有機，機動處，亞身偃地，作招腰舞以娛王。』王曰：『偃師之流也。玉工，汝何能？』玉工曰：『臣能造至難造之物，置真物中而弗能辨也。』王曰：『可試乎？』曰：『可。』王曰：『幾日可成？』木工曰：『三日。』玉工曰：『三年。』王曰：『昔宋公以千金聘一玉工，令造楮葉，三年乃成，置之真楮葉中，而宋公弗辨也。宋公怒曰：「置真楮葉中而弗能辨，一真楮葉而已。夫待三年，費千金，而得楮樹上之一葉，何所用之？」』乃逐玉工。今朕新即大位，無德及民，奇技者且退矣。』亦逐玉工。

又謂摩訶辛曰：『汝造美人能舞，能移此意造獸能走，造鳥能飛乎？』摩訶辛曰：『昔武鄉侯造木牛流馬，爲千古美談。臣師其意而變通之，人且能爲，何况諸物，惟王試之(六)。』王笑許之。三日成一烏，亦木烏而已。王曰：『能南飛乎？北飛乎？』曰：『欲南則南，欲北則北。』王乃與之登觀雲之臺。遥望眉山，環抱如帶。辛乃縱烏，止於眉山之左，招之使回，復縱之，止於眉山之右及眉山之中。王大喜，禮辛以上賓，賞給豐厚。

又一日，温平鄉貢巫三人、醫四人，南單鄉貢醫一人，同集殿階。王曰：『醫，汝何能？』一人進曰：『臣，内科也，號「天醫」。望氣於深帷之外，可以知吉凶；視色於無病之先，可以決生死。人已死，臣能生之；人既生，臣能壽之。』王笑曰：『真天醫也。』一人曰：『天醫者，臣兄也。臣兄用符不用藥，臣則不用藥而用針。曾於山中遇白骨，按其穴而針之。一針而聲蘇蘇，骨節鳴矣；再針而顫巍巍，肌肉生矣；三針而氣咻咻，呼吸動矣。世多呼臣爲「地醫」。』王笑頷之。

一人破巾單衣，俯而笑。王曰：『汝獨何笑？』那人曰：『臣自笑臣術之拙耳。』王曰：『汝術如何？』那人曰：『天醫能壽人命，地醫能起白骨，臣，人醫也。平時，惟推求藥之性；臨症，惟細察病之理；運用，惟自盡醫之心。三者雖不能至，心向往之。至於死生壽夭，造命存焉，非臣所敢知也(七)。』王起而問曰：『汝即南單鄉所薦者乎？』曰：『然。』王曰：『汝良醫也。』乃注其姓名於御案。

又顧一青衣者，問曰：『醫，汝何能？』醫曰：『臣，軍中之醫也。箭鏃深入者，能攝之使出；腹腸拖出者，能托之使入。筋已斷者，續之；骨已碎者，完之。頭折而管完者，亦可以調護使不死。』後一紅衣少年，大言曰：『汝術何奇？四肢已斷，越日猶能續之，何況筋骨；頭已墜地，越日猶能綴之，何須完管！』王笑曰：『此人醫術更奇。』乃問三巫曰：『汝三人，何術？』巫曰：『臣三人同道同師，以術交濟，欲使其人死，千里不能逃其生；欲使其人生，萬軍不能梟其首。何也？恒有六丁六甲、天兵數萬，爲臣三人輔也。』王吐舌曰：『神巫也。』使人牽數犬至，先將一犬從蹄後貫一箭，又以刀刺一犬，使腸出。謂青衣者曰：

『汝能醫此乎？』青衣者曰：『能。』即解所佩絹袋，出藥末滲犬腸，少間腸漸縮入，以針綫縫其口，更滲藥於其上〔一〕。其帶箭之犬，亦滲藥如法，去箭封創，曰：『愈矣。』不一時，見兩犬〔二〕顫顫然起立，掉尾去矣。王大喜，亦注姓名於御案。與南單鄉〔三〕所貢内科，令值殿官帶往延英館去矣。

謂紅衣者曰：『汝言頭離項，越日猶能綴續，今以犬試汝術，如言不驗，須償犬命。』（俊樺按：『須』字，鈔本原作『雖』，誤，今改之。）紅衣者大驚怖，實不料其立試殿前，無所庸其誕詐也。方欲辦詞抵飾，而錦衣軍已將犬足斫斷矣。紅衣者没奈何，亦向衣帶間解下葫蘆，出藥末滲其傷口，而續之用兩竹片夾着，且曰：『明朝或愈〔八〕。』語未完，而犬已直脡脡死矣。王大怒曰：『犬雖微，亦一命也。不可以不償。』喝錦衣軍押出外法場斬之。

又謂三巫曰：『汝言欲生其人，萬軍不能梟其首。朕今殺人，汝可令六丁六甲、十萬天兵護他，如言不驗，汝亦從此逝矣〔九〕。』三巫叩頭曰：『大王，天也。王欲殺之，而臣生之，是逆天也。逆天則罪滋大。』王曰：『今不知天之不天，惟問言之驗與不驗。汝三人各顯神通，何難祝彼使生，而咒朕使死。朕必不畏死而逃諸千里之外。朕死則彼生，彼生則汝生，且汝三人亦當自顯其萬軍不能梟其首之術矣〔一〇〕。』亦將三巫押出法場去。

王顧地醫曰：『汝的神針能生白骨，况初決之人乎？今朕正戮此四人，試汝技，汝往針之，敬哉慎哉。四人生，則汝可爲造物師。四人不生，汝亦難免爲閻王友矣〔一一〕。』言畢，即斥錦衣牽去。又顧天醫曰：『手足之情，不容不救。汝可生汝之弟而壽之，不特精天醫，亦所以篤天倫也。不然，汝不能生汝之弟而壽之，汝弟之壽促，汝壽亦不長矣。』錦衣亦牽去。

不一時，六人之首，已高懸柵上矣（一二）。舉朝皆驚，惟右丞相趙無知正笏御階，稽首載拜，恭頌明德。退而語玉王后曰：『王其興矣。拒厨精，所以養天和也；黜玉工，所以反醇樸也；厚木工，所以儲戰材也；斬妖巫，所以一風俗也；誅誕醫、禮真醫，所以重民命也（一三）。』后乃召翰林學士山翠屏，録無知之語於群玉府之屏風，以示後賢焉。

【批語】

（一）〔眉批〕詩文書畫皆工，而猶曰別無所□，笏山女兒口角，大都爾爾。

（二）〔眉批〕名絶新奇，可與『披香博士』『縮葱御史』照映古今。

（三）〔眉批〕撫今感昔，一字百情。作者借嬌鸞以悲悼，所謂明麗哀志之文也。世傳□樓夢能以白描之筆描情，耳食者以口傳口，實不曾領略着絲毫佳處。蓋瑣碎重沓，絶少雅音。吾願閱之者，至頭腦冬烘之際，當以此文醒之。

（四）〔眉批〕《西京雜記》，有此清雋；《南郡新書》，無其香艷。

（五）〔眉批〕此數語，殊類開創之君口氣。誰謂少青之樸儉，不若潛光哉？

（六）〔眉批〕偃師之不傳之秘，微斯人，誰繼之？

（七）〔眉批〕以『性』『理』『心』爲經，以『推』『察』『盡』爲緯，至論名言。千古良醫之妙旨也，亦庸醫之針砭也。即不妨持此論以醫天下之庸醫。

（八）〔眉批〕妙在用一『或』字，閱者着眼。

（九）〔眉批〕古之文成、五利，皆此流也。惜乎漢武帝誅之不早，直待輪臺之悔而始覺耳。

（一〇）〔眉批〕人而無□，不可作巫醫。巫醫之誕毒，遍天下皆然，安得遍天下而盡誅之。然見牛未見羊也，就所見者而誅之，而所不見者，當聞之而懼，懼而悔，悔而改矣。此刑期無刑之意也。

（一一）〔眉批〕奇絶，諧絶。

（一二）〔眉批〕或謂：『彼六人者，逐而不誅，可乎？』曰：『不可』。彼厨精、玉工，無傷於人，逐之可也。彼六人者，挾其詐術，荼毒生靈，存此六人性命，已害億萬人性命，况有衍其術者之流毒八埏乎？有王者作，所謂『不待教而誅』者也。

（一三）〔眉批〕鴻律蟠采，天葩揚芬，瑰偉淵茂，一則《西京》文字。

【校記】

〔一〕其上　原殘缺，據鉛印本補。

〔二〕見兩犬　原殘缺，據鉛印本補。

〔三〕與南單鄉　原殘缺，據鉛印本補。

卷十四

東莞寶安吾廬居士戲編

第四十七回　新曆成窮匠人一朝遇合　舊雨聚老夫婿兩地因緣

王謂無知、餘餘曰：『昔迎牛推耒之典，前王所以重農事也。今可復行乎〔一〕？』無知曰：『昔大撓作甲子，羲和驗氣朔盈虚之理，遂以其零爲閏而定四時。逮建丑建子之紛更，後之人復傅會《豳風》《月令》，而强百時〔二〕。至漢武七年，始用夏正。閎長明之渾天儀出，即太初曆矣〔二〕。一行之覆矩，王樸之曆略，與夫宋之應天，元之庚午，我朝之大統，代有其書，曰詳且晰。後賢又按十二建星〔三〕，於逐月每日之下，明注宜忌及吉凶神煞，頒行家户，使人知所趨避，名曰《通書》。今我笏山從無此書。每三十日則爲一月，而月無大小也；每十二月則以爲一年，而年無二十四氣也。又何知何日迎牛，何時推耒乎？』王默然，愧現於色。

無知又曰：『今者，王已建元矣，而無《通書》載其元，使家置一編，彼蚩蚩黎民，誰復知大王之元〔四〕者？按花丞相〔五〕學窮造化，璣衡七政，胸中先具一渾天，聯黄赤之交，測順逆之度，製一《通書》載我元，以頒示中外，使人知奉一統之義而趨吉避凶，不亦爲笏山僅見之事乎〔六〕？』

王顧〔七〕餘餘。餘餘曰：『前無所本，旁無所參，縱有神悟，何從着手？況臣本鈍根乎？趙丞相能鑿鑿言之，必能確確爲之，何必諉人。』無知曰：『聞相公十歲時，即能以木匣布丸，測天行度，豈幼聰明而長必魯鈍乎？爲長者折枝而曰不能，烏乎可？』王謂餘餘曰：『卿深思人也。思之思之，鬼神通之。無畏辛勞，完朕志願。』餘餘曰：『敢問趙相公，欲作此書，從何起手？』無知曰：『範陰陽以爲銅，參經緯以成器〔八〕，此爲之之始事也。』餘餘再拜稽首曰：『願竭聰黜明，窮智〔九〕遁思，成此書，以答王寵〔一〇〕。』

原殿後有三臺品立，中曰履星臺，左曰披雲，右曰延露。餘餘乃踞履星臺，立表以測日月之景。召巧匠摩訶辛，授以機法，使製三重木儀。外一重曰六合儀，以考上下四旁。中一層爲三辰儀，以考日月星辰。最內一層，名四游儀，使南北東西旋轉周遍，而晝夜無停機也。儀成，乃登臺，使百人守臺下。外絶人事，內遞衣服飲食，雖大事，不得通報。如是者八越月，書乃成。抱書下臺，天地异色，雙眼熒熒，口不能語，諸宫婢扶歸璇樞府調養。無知聞之，往看其書，而縱橫斷續，不能看也〔一一〕。

是年，紫霞大有，但登極之年，恩宜免税，故國用仍是不敷。九月，王萬壽期，值趙公挪新生王子，將無力今年所入盡供紫霞。

却説黄石莊，自嬌鸞正月朝王，住了旬餘始歸。至此，與太夫人商量萬壽及王子滿月的禮。壽官夫婦，定要自走一遭，一看王都氣象。太夫人不許。韓莊破後，莊勇星散，惟奇亮功、斗艮山、玉鯨飛、玉鵬飛來投黄石。嬌鸞乃以亮功、艮山暫代可當之任，與可當同朝紫霞。

九月初旬，嬌鸞、公挪俱至。其時，諸鄉長華祝嵩呼，而來者百餘鄉，賓館闐溢。天□垂衣，群瞻藻火，日邊珥筆，并頌星雲。亦一時之盛也。

十五日，爲王子作滿月，大張御筵，賜宴於迎旭宮，令三王子同出赴喜。后携玉生先至，翠屏抱寄生拜見哥哥，趙公挪亦抱小王子先拜了父王母后及兩哥哥，求王賜名。王接抱着，笑曰：『這孩子，只肖其母，與兩哥哥异相。然滿月之候，恰值朕的誕期，亦是汝的福分了，就取名福生罷。』公挪即接抱着福生，跪地謝恩。自后妃以下，賞王子的物有差。

時餘餘的曆書編繕已妥，即於是日呈王。王覽畢，大喜，名之曰《御製笏山新曆》。正欲搜訪善刊板的匠人，嬌鸞曰：『當年可莊有个可法，是絶善刊字的。一家男女五人，都習此藝。今聞留落新泉鄉，甚貧苦，可着人尋他，召至王都，他時或有用着他處。』王然其言。越數日，召未下，可法已率二子一女至都。先使其女謁花丞相於璇樞府。餘餘傳入，問曰：『汝何鄉人，唤甚麽？』女曰：『小婦人本可莊人可法之女，名意兒，嫁新泉鄉麥姓，早寡。聞王覓人鋟板，故隨父親、兩兄，來供使役。』餘餘曰：『汝也會麽？』意兒曰：『小婦人童年學習，有个混名，喚做「鏤字姑娘」。父兄雖工刀法，鈔拓校核，須憑小婦人。只是這般賤藝，是年年不發市的，故此餓得這麽（四）。』餘餘曰：『你多少年紀了？』意兒曰：『二十八歲了。』『汝尚嫁人麽？』意兒曰：『若肯再醮時，不待〔一〇〕今日了。只是飽一頓，飢一頓，破衣不蓋脛，與父親、哥哥一窩兒捱着罷了。』餘餘聽他說到這裏，與自己賣餅時的光景，大略相同，不覺滴下幾點泪來，嘆曰：『人生貧賤富貴，老天安排定了，何足累心。汝能忍飢不嫁，便是笏山中一个性定女子。女子先品節而後才智，故失節之婦，嫉忌必多，縱有功名，娭家不取（五）。如汝者，可爲宮中師姆矣。何不隨着娭家，吃碗安樂茶飯。汝父親、哥哥，就在王都住着，覓个出身，汝時常又得相見，好麽？』意兒叩頭曰：『若得娘娘這樣抬舉，全家感戴了。但今兒刊刻的書，可曾編次停當麽？』餘餘就在案上撿出，指與意兒曰：『這書，頁數不宜厚，如這格式，三十餘頁作一卷，共是十卷。只是這裏宮禁森嚴之地，汝父兄不能進來，這書又不輕全拿出去，須要刻數頁，你便來繳數頁，這裏又發數頁，纔通融的。』意兒叩頭辭出，餘餘止之，使人請樂娘娘至。餘餘曰：『九如坊有住剩的空宅，傳游指揮打掃間乾净的，給這奶娘父兄安頓行李。』一面使人采辦梨木，擇日開雕。更生領命去了。又教彩女拿出十兩銀子、一个宮牌，給與意兒曰：『這銀子不在雕工內，是另給奶娘買東西的。這宮牌挂在襟上，出入禁門，無人敢問的。』意兒叩頭，回客店，言知可法及兩哥哥。

這哥哥，一个是可大郎，通《論語》經傳之學。一是可大紳，通篆隸今古法，能刻晶玉寶石。然終身落魄，父子兄弟，俱不諧於俗。意兒嫁新泉鄉，寡居無子，亦窮苦不能給朝夕。紹潛光既奪可莊，可法父子無家可歸，遂依意兒於新泉。今聞花貴妃看上意兒，可法大喜，思在這裏討个前程。父子正相聚議，忽見游指揮帶着挑夫走進客店來，大呼曰：『你們就是可法麽？』可法應曰：『是也。』指揮曰：『今在九如坊，爲汝覓得所好房子，什物都齊備了。有甚東西，與汝挑去。』可法遂將破爛的衣物，捆作兩包兒，挑往九如坊新宅子裏。

原來這九如坊，盡是大宅。造宮殿時，因便起造，收官息的。非十分富厚，不敢賃住，故所剩宅子獨多。可法父子進這宅時，床桌炕椅并厨下諸物悉備，大喜。意兒將花娘娘賞的銀子，拿四兩出來，教父親、哥哥往市上買些伶俐的衣服，大家换起來，方好見人。於是可法、大郎，分頭去了。

這可法路徑不熟，左穿右穿，正尋墟市，忽見路上的人紛紛攘攘的躱着，嘩曰：『活閻羅來了〔六〕。』家家皆關了門〔一一〕。可法不知何故，與幾个行路的躱在一榕樹後，望見後面一隊〔一二〕如虎的從人，引着兩騎怒馬。左邊是个少年白臉的將軍。右邊的虬髯豹眼，黑臉堆起，暈着酒光，如鐵椎裏浮起銹光，東塗西抹，時時似欲顛下馬來的一般，口中烏烏喝喝，側弁而去〔七〕。可法問旁人曰：『這兩人是誰？』有答的曰：『這白臉的，是玉帶侯韓騰，還不見甚麽。這黑臉的，就是今王的結義哥哥，他原在黄石，來祝王萬壽的。日日與玉帶侯轟飲，飲醉時撞着他的馬前，是多凶少吉了。』可法曰：『這就是親義侯可當麽？』旁人曰：『然』。可法點頭，自言自語曰：『同學少年多不賤。噫！同學少年，果皆不賤麽。』正思量走謁可當，一談故舊，又自言自語曰：『君乘車，我戴笠。噫！彼乘車，予戴笠。彼果肯爲予下車麽？』不禁嘆息了一回(八)。

見衆人已散，欲尋舊路。忽路旁有根明黝黝的馬鞭，矐着眼。拾起來一看，那手拿的那截，是黑玉琢成，甚溫潤密滑的。玉盡處，有黃金鑲寶石的一朵小蓮花，花心裏吐出一莖長顫顫，好像是鰍魚骨造成的。其梢綴个黑纓大球。正看得出神，忽有幾个軍士，一把揪翻，罵曰：『你盜了可侯爺的寶鞭，還想有命麽！』可法正欲置辯，那裏肯聽，揪了半里的路，進間大宅。宅門外的扁金字煌煌，是『玉帶侯府』四字。

揪至一處，見那白臉的侯爺坐在一邊，那一邊暖炕上，正是那黑臉的歪着。一軍士上前禀白，不知説些甚麽。黑臉的大怒，驗過那鞭，喝人將盜鞭的那兩隻手斫將下來。軍士吆喝着，將可法揪去行刑。可法大呼曰：『侯爺，纔得志，便殺故人，當年的筆硯情何在(九)？』白臉的呼轉來，問曰：『你是何人？與誰有故？與誰有筆硯情？』可法曰：『小人姓可，名法。幼與可侯爺師事百雲先生，風雨鷄窗，聯床三載。豈真富貴薰心，舊事不能復記憶耶？』那黑臉的陡聞這話，驚得酒都醒了。下階凝視了一回，執可法的手，曰：『汝即可法乎？總角之交，惟有足下。愧可當擾攘於蠻觸之場數十年，致違訓誨，以開罪於足下。敢問足下，來此何幹？』可法曰：『某自清泉鄉依女而居，生平以刊刻文字爲業。今蒙王召，賜寓於九如坊，緣出市買些物件，見路上遺的玉鞭，拿在手中，纔看得一看，被軍士拿來，不容分訴。侯爺亦知某生平，竊鈎者乎？竊鐵者乎？况可法的手，不能抉天上雲，只可掬水中月，是最没用的，斫了倒乾净（一〇）。但恐王的新書，無人刊刻，依舊山中無曆日耳。』可當大驚，拉可法上堂，教坐着。問曰：『某之開罪於足下，某之鹵莽，足下之包容也。願於王前保薦足下父子，以贖前過。敢問王欲刊的，甚麼書？』可法曰：『名《笏山新曆》。係花相公卧履星臺，八个月足不履地，將天上的日月星纏、左右行道推出來的。苟非聖人挺生，不能杜撰一字。』可當點頭曰：『原來如此。』呼人備酒菜：『某與故人吃三杯。』可法曰：『怕兒子們等着，既蒙不殺之恩，早放某回去罷。』可當着人取套新鮮衣服、銀子一百兩給可法，可法推辭不得，領了衣銀，拜謝去了。

可當自與嬌鸞朝紫霞恭祝萬壽，恩賚日隆。每日罷朝，即在韓騰家吃酒。韓騰亦深相傾結，每使司馬夫人行酒，可當呼之以嫂，若一家焉。可當醉後，多誤殺人，韓騰勸救交至，保全多命。故這日，又有可法之事。

又一日，與韓騰并馬渡玉帶泉，巡視諸營。韓騰置酒營中，并招定威將軍可介之、揚威將軍斗騰驤。酒間，談及天無二日，民無二王之事。騰驤曰：『君相豈不知此意，但我邦新造，糧糒未充，人心未固，正有待耳。故養蠶者，眠必待三，而後可成絲繭；養兒者，年必待冠，而後可奮功名（一一）。』介之聞言，低頭長嘆。騰驤曰：『老將軍何嘆？』介之曰：『言愴中懷，不覺嘆息。昔予娶於呼氏，生一子二女。有相者過予門，而不知二女爲女也。曰：「君三子皆貴，惟長者龍章鳳姿，不可測也。」言罷遂去。予哂之。後長成，三人皆有膂力，然二女痴，而男獨黠，氣象英偉，無不以大器期之。年十八，富翁可士頎甚器重之，欲招爲婿，不期一病遂亡。故聞將軍養兒之語，不禁有愴中懷也。』可當曰：『某嘗語及此事，每恨天不爲我邦留此一个奇人。』

韓騰曰：『老將軍大齡多少？』曰：『六十有七矣。』韓騰曰：『老將軍妻子已故，女又入宮，煢煢一身，轉側當亦不便，何不續娶个後夫人以娛晚景乎？』介之曰：『將軍莫相戲，未埋之骨，何忍累人。即老夫不以爲羞，誰肯以紅閨嬌女，伴白髮郎君耶？』騰驤曰：『老將軍如果娶人時，某有个從侄女，自小有美名，能讀書，嫻吟咏，又能射箭舞槍，年十九猶未適人。若遇老將軍這等英雄，必心折的。』韓騰曰：『這女郎，斗將軍可作得主的麼？』騰驤曰：『渠父母俱早亡，只今至親惟我。斗奢延之難，十餘年於兹矣（一二）。育之者，雖其寡嬸田氏，而資田氏鞠育之費，十餘年皆某資也。去年田氏已故，即以爲某也女，無不可的，捨我誰作得主。』韓騰曰：『既如此，這一面已肯，那一面不容他不肯的。』急呼人重暖酒來。一把揪着介之曰：『某一生不曾做過媒人，今日得老將軍初發市，謝媒錢須要加倍哩（一三）。』介之以指拈着白髯，笑曰：『將軍休取笑。』韓騰曰：『呵呀，婚姻大事，取甚麼笑，拿酒來。』可當拿酒杯，斟得滿栽栽的，笑曰：『恁地時，不要太違拗人。老將軍，須起來奉叔丈人一杯兒酒。』韓騰將介之抱將起來，可當拿他的手捧着杯，騰驤取他手中的杯飲了，回一杯灌在他的白髯裏。不覺的哄堂大笑。

介之曰：『你們欺我老，打夥兒捉弄我。也罷，隨你們怎的便怎的。』又斟酒二杯，一奉韓騰，一奉可當，曰：『大都兩將軍是做硬媒的了，且先飲杯謝媒酒，如事有參差，兩將軍俱有些首尾哩。』二人飲畢。韓騰曰：『酒便飲了，只是身上有甚物件，拿出來做定的。』介之曰：『將軍休賴儻，就令事是真的，須要回營慢慢地商議。身上的物，是使不得的。』韓騰曰：『你回去時，怕有變卦。你扣襶褡的這个團龍玉，解下來罷。』介之没奈何，解下來，看他怎的。韓騰接着，送過騰驤處，騰驤亦摘身上的團鳳玉帶鈎答之（一四）。又重新飲過一回，各相拜謝，回營去了。

【批語】

（一）〔眉批〕又換一樣起法。

（二）〔眉批〕古今文人，□□以維持家國者，聰明智思，□□□焉？□焉？遁焉？□焉？何哉？□□□□□名，君子□□□□□□□一技著，大□□□□□□□□□莊之旨也。

（三）〔眉批〕非身歷者不能道其隻字。可想見《笏山記》脱稿時，興酣擲筆，亦有此光景。觀下文云這書『共是十卷』，乃可見作者自道甘苦，以此自比也。

（四）〔眉批〕笏山重武輕文，致專門刻字之工窮餓瀕死，可嘆也哉。

〔五〕〔眉批〕暗對嬌鸞而言。然則嬌鸞之被逐，餘餘早有成心矣。以嬌鸞之多智而不知，以無知之卓識，事發而始□，餘餘蓋以深沉行其智術者也。然此舉不無太過，難免爲花相公盛德之累矣，故君子不韙焉。

〔六〕〔眉批〕斗起奇波，令人不測。

〔七〕〔眉批〕活繪出難繪之態。

〔八〕〔眉批〕爲可法寫生，感慨世情不少。

〔九〕〔眉批〕此等人，當世儘多，安得生千萬个可法，呼之使酒醒也。然今之人，縱千萬呼，彼亦不醒矣，可嘆哉。

〔一〇〕〔眉批〕詞諧妙而意工巧，以『山中無曆』成句，兜足神理，仙心鬼斧，合匝而成此妙文。

〔一一〕〔眉批〕言者無心，聞者有感。如此，棖觸出介之一片心事來，即棖觸出下文兩段婚姻事。所謂『比與興俱，脉將綺注』者也。

〔一二〕〔眉批〕事詳第八回。

〔一三〕〔眉批〕是今之作硬媒者口角，而不圖諧妙乃爾。

〔一四〕〔眉批〕急欲媒合其事者，爲欲與可當聯姻地也。不可不知。

【校記】

〔一〕而強百時　『百』字原殘缺，據鉛印本補。

〔二〕即太初曆矣　『曆矣』二字原殘缺，據鉛印本補。
〔三〕建星　『建』字原殘缺，據鉛印本補。
〔四〕大王之元　『之元』二字原殘缺，據鉛印本補。
〔五〕按花丞相　『按』字原殘缺，據鉛印本補。
〔六〕僅見之事乎　『乎』字原殘缺，據鉛印本補。
〔七〕王顧　『王』字原殘缺，據鉛印本補。
〔八〕以成器　『以』字原殘缺，據鉛印本補。
〔九〕窮智　『窮』字原殘缺，據鉛印本補。
〔一〇〕不待　『待』字原殘缺，據鉛印本補。
〔一一〕闢了門　『了門』二字原殘缺，據鉛印本補。
〔一二〕後面一隊　『後面一』三字原殘缺，據鉛印本補。

第四十八回　給玉佩韓公子抱乳拜丈人　忌曆書紹眉王忍心誅叔父

韓騰跨馬回家，對着司馬夫人大笑。夫人詰問出緣由，哂之曰：『你這媒，做差了。』韓騰曰：『怎見得是差？』夫人曰：『凡妍醜不倫、賢愚相遠的夫妻，每每歸怨着作媒的。況十餘歲有才有貌的小女娃，伴這眉長皮皺的老叟，一株嫩桃花倚着枯樹，倘那性氣驕的，情願死去避他。你做媒的，心怎安呢？』韓騰曰：『夫人差矣。但論賢愚，何論老少。這人英雄器局，國之璠璵也。現爲定威將軍，身是國丈，就娶他作个十二三房，也便宜了他。可惜我無女兒，有時，定給他做个二房的。』夫人笑曰：『將軍醉矣，回房歇歇，明日纔説哩。』

明日，韓騰置酒家中，復招三人，私令介之、騰驤先至。二人到時，韓騰附耳，言今日之筵，爲這樣起的。二人點頭，擔在身上。頃之，可當亦至，四人相視而笑，復相與痛飲。酒過三巡，介之把酒向韓騰曰：『昨日將我老人家排擋，定个絶少的夫人，我今轉爲侯爺家，執个户對年當的斧（一）。侯爺的公子，大約是去年産的。今我們親義侯，又生个小姐兒，甚白净。某當與斗將軍作伐，成你兩家的親眷，你兩家意下若何？』可當曰：『只怕某是寒畯起家，攀韓侯爺不起。』騰驤曰：『這都是没要緊的閑話兒。』因顧韓騰曰：『侯爺如不弃時，速着公子出來，奉丈人酒。』韓騰大喜，目顧侍酒的家人。

不一時，聞金鈴瑶環響，幾个丫頭，擁抱着小公子，朝着可當亂拜。可當接抱着，笑曰：『叫甚名呢？』丫頭曰：『墓生。』可當點點頭，説着曰：『你老子是絶白净的，爲何生你偏黑起來。』騰驤曰：『略有一半兒似丈人（二）。』介之曰：『是可侯爺的半子，自然是一半兒似可侯爺哩。』言罷，各人又笑了一回。韓騰起而把盞，代兒子奉丈人。可當飲了，懷中摸出一件東西，是雙魚抱月暈的美玉，賞給墓生。各人又交飲了一會，夜深方散。自是四人疊爲賓主，日日豪飲。又數日，可當遵旨，隨嬌鸞回黃石，乃拜辭三人而去〔三〕。

餘餘見新曆刊本將成，又令山翠屏習其推演之法，以四餘、七政、過宮、飛宮，參入磨盤三千六百局，而得其生克、制化、吉曜、凶符，明析指示，使賢愚皆曉，名曰《紫霞日用通書》。又將一年節氣月建，及逐日土俗事宜，明注日脚，每年歲首頒行，使家置一編，名曰《笏山年曆》。十二月，刊印功成，擬國號爲『晋』。蓋王本臨晋人故也。改元凝命，題其年曆，曰『大晋凝命元年頒行乙巳年曆』十二字。

乙巳元旦，朝賀已畢。左丞相花容，手捧新裝成的年曆一本呈覽。王大喜，即降旨頒行各邑令鄉長，俾各頒其民。又封刊匠可法爲工部刊刻大使。此曆一頒，笏山之民争先快睹，無不遵其曆而奉其朔。

即紹潛光屬鄉之民，及眉京百姓，亦莫不重資争購，以爲避凶趨吉之符。其父老紛紛聚議，曰：『我長笏山數十年，幼即聞有交春、立春、秋分、冬至之名，而不知某日也。亦聞三年一閏，而從不知何者爲閏也。即如今年乙巳，非此曆出，孰知三月外，又一三月爲閏月乎？非天生聖人以佐晋王，安得有此〔四〕。』由是嚷哄哄，街談巷議的，鬧个不絶〔五〕。

潛光大怒，乃下詔大禁妖書，如家有妖書，以謀反論，全家皆戮。使京尹平章逐家搜撿。丁勉之諫曰：『妖火之焰，可潛消而不可以卒撲，撲則愈熾矣。况平章新進喜事，而性復酷刻，若令搜撿，必擾吾民。且是書也，必不能越吾界，而搜是搜之不盡，可知也。搜不盡，搜與不搜同。願王修德，以培國本，顔少青如王何(六)？』潛光怒曰：『此書行，而使人疑正朔在彼，不深痛抑絶，民心亂矣。汝耄而昏，何知大事！』拂袖而入。勉之嘆曰：『亂階在是矣(七)！』

這平章，本鶏叫鄉人。好讀書，而拙於操管。初應吉當試不録，遂傭爲呼家寶抄書。潛光破可莊，章又夤緣家寶，以功封五紹鄉長。後以嚴刻决大獄，潛光謂其有折獄才，入爲眉京丞，尋改眉京尹。逮接潛光手詔，逐家搜撿妖書，即喚齊狼役，帶了非理刑具，逐家去搜。眉京的民，早聞得這个消息，將這書燒毀的，藏得密密的，搜了幾家，總搜不出。心中想出一个歹計來，若搜不着時，將這一家財帛細軟，私行封了，又將這家主練了頸，以待審爲名，實則暗中賺人賄賂。於是鬧得男啼女哭，狗走鶏飛。有先送了前程免搜的，有送的不能如數，約略搜的。可憐眉京百姓，逃得的，撇了妻子逃去了；逃不脱的，任他拿着捱苦。鬧了五六天，何曾有半頁的妖書搜出來。看看没處可搜了，思量没有一本搜出，何以回旨，正立馬郊外，徘回了許時。

忽聞一陣花香，從野塘外的粉墻撲將過來(八)。遥望墻内的細柳奇花，夾着亭檻，十分幽雅。乃指問從人。從人曰：『這是紹光禄的園子。』平章曰：『紹光禄是誰(九)？』從人曰：『他是大王的叔父。他有四个兒子，皆不肯做官。大王乃賜他光禄大夫的虚銜，在這裏飲酒賦詩，調鷹試馬的取樂。』平章曰：『這一家偌大門口，還不曾搜，遑問其他。』喝人將前後門把守，率惡役打將入去。家人攔擋不住，急問原故。平章曰：『是奉旨搜家的。』家人曰：『既奉聖旨，不須這等張皇，教家主人出接便了。』家人忙忙的分頭入報。

一僮走進園子裏，正遇紹金、紹玉在這裏演習武藝，大叫曰：『少爺，不好了，聖旨搜家，打進來了。』紹金、紹玉唬得不知怎的，正欲問个明白，只見父親紹坐茅氣嘘嘘地走前來，曰：『猜他甚麽大事，原來爲着紫霞都的年曆，唤做妖書。這算得甚麽，大約是循例搜搜罷了。』即穿帶了冠服，去迎京尹。

平章進中廳，坐未定，數十个狼役，已分頭嚷進裏面去了。坐茅詰問未完，只見群役出，回言没有搜出。平章怒，不顧坐茅説話，驅群役就從這中廳搜將入去。但見娅嬛婦女，守住了幾處卧房，閉門不聽搜。平章正喝人打門，坐茅從後趕來，大叫曰：『這是第一媳婦的卧房，搜不得的。』平章曰：『我奉聖旨而來，知你二媳三媳呢。』喝人將門首的娅嬛婦女鞭散了。只見門閉然開，一个媳婦抱着小竹篋兒，披頭散髪的哭着出來。平章疑這篋僥蹊，上前揪着媳婦兒的頭髮，奪那竹篋，媳婦兒緊緊抱着，摟做一堆兒。坐茅大怒，駡曰：『汝這京尹，多大前程？自古道男女不親，汝這等無禮胡鬧，官體何在，與汝見王去。』平章曰：『見王事小，搜妖書事大(一〇)。待某搜出了妖書，同你説話。』坐茅曰：『媳婦篋中甚麽，憑伍搜搜。』媳婦哭曰：『這裏是小媳婦下體至褻之物，不能見人的。』言着，摟得越緊。平章這裏又不肯放，扯做一團兒。坐茅愈怒，一把將平章揪翻，媳婦兒遂走脱了。平章喝人拿坐茅，群役只是應着，不敢動手。坐茅曰：『汝既説奉旨搜家，拿旨出來，驗是真僞。』平章向懷中拿出，與坐茅看。坐茅看了，曰：『你錯搜了，這旨不是搜某的。』平章曰：『統在這裏，不算得麽？』坐茅變色曰：『京尹不識字麽(一一)？此是搜眉京城裏民居的旨，紳宦亦不在搜内，況某是王親。你無故毁壞某府第，搶劫某器玩，凌辱某媳婦，毁傷某花木，將欲何爲？』平章不能答。坐茅即令左右備馬笏面聖。

時滿街滿巷的人，紛紛來看，都説這回搜着釘子了(一二)。時坐茅長子紹經、次子紹緯，剛自外歸，問知備細，即與紹玉、紹金，微服扮作從人，打探父親消息。只見坐茅下了馬，拿着朝笏，揪着平章進内殿，向黄門官拱手曰：『王叔紹坐茅，來大王處告狀子的，煩官通奏。』潛光聞之，大驚。問與何人上殿，黄門曰：『與京尹平章。』潛光猜着了好些，然只疑兜攬别人的事，即傳齊值殿的羽林軍士，忙忙上殿。

坐茅拄笏山呼，謝了坐位。潛光問曰：『叔父，同這京尹上朝，必有事故。』坐茅曰：『大王有旨拿臣麽？』潛光曰：『無。』『有旨搜臣麽？』潛光曰：『無。』坐茅曰：『然則平章率狼役數百人，打入内宅，曰奉旨拿人，曰奉旨搜家，辱臣媳婦，碎臣器物，不特欺臣，抑亦欺王也。』潛光怒曰：『平章，孤使汝搜撿妖書，數日不見回旨。爲何侮孤叔父，以干罪戾？』平章脱冠頓首曰：『小臣奉旨，沿户查搜，并無妖書。每夜微行，探采巷議。微聞這妖書，悉從紹光禄家發出，今奉禁，亦悉收回紹光禄家(一三)。臣初不知紹光禄即王叔也，率從人直入其閨，見一公子，拿竹篋交這婦人。臣奪竹篋，被王叔揪翻，辱打一頓。此是實情，聽王治罪。』潛光問坐茅曰：『此話可真麽？』坐茅曰：『憑虛捏造，有何證驗？不斬此人，國體何在？』平章曰：『這竹篋便是證驗，若果中無妖書，何苦死死的争着！』坐茅曰：『深閨婦女，誰無褻篋？此物何可見官長？』潛光曰：『此事不能舞弊。就令婦女褻衣，一看便可析疑，何事苦争？』使人召京營將軍紹海深上殿，附耳吩咐，海深領旨去了。潛光斥武士，將二人暫押天牢。

却説海深平日與坐茅不合，一得密旨，即引羽林軍士，將坐茅的園宅圍得水泄不通。一入門，盡驅那僮僕婢嫗，誆以極刑，言王叔已招了供，今奉聖旨，取這妖書作證，你們知的不拿出來時，怕你捱刑不過。衆人齊呼：『實在不知。』於是僮僕中，先將幾个行起刑來，只是呼天號地的，并無口供。又將丫頭老嫗，夾着十指，那裏説得出呢。後又拿着个十五六歲的書童，將欲行刑，書童哭曰：『我不知妖書不妖書，這書房裏，四壁皆是書，將軍可自去尋討。』乃令書童引進書房裏來。原來這海深略識些字，看過了幾架，都看不出。及這一架，有本新裝潢的，抽出看時，上面寫着『大晋凝命元年頒行乙巳年曆』等字。撿來撿去，别無第二本，遂將此本懷着，帶兵繳旨去了。

先時，經、緯、玉、金在外打聽父親消息，聞家中圍急，不敢竟歸。及聞搜出妖書，將父親問成死罪，又欲兼拿家屬，保奏的皆不准。夜深，私至家中，商議逃走[一四]。時，經、緯之母已亡。繼母魯氏，生玉及金。惟紹經妻凌氏，生一子名布郎。紹緯妻可氏，生二女，長小麗，幼小施，皆慧美，後歸誼王子段安、黎安。玉與金，皆聘紹氏，未娶。

是夜，兄弟四人，携家屬、馬匹、細軟，扮作販馬客商，偷出碣門。乘着淡月，夜行晝伏。將至鐵山，紹玉曰：『今鐵山强盛，恒懷异志，且與我家有恩，竟往投之，必得當。』紹經曰：『倘人心難測，求安反危矣。』紹金曰：『這丁推善，激昂之士。其弟讓能，又與我最相合。每念殺父之仇，恒對劍流涕。况其地，後迫凌溝，左鄰唐埗，爲晋人必争之地，故恒欲降晋（一五）。』紹緯曰：『金言是也。且投推善，再作良圖（一六）。』

因入鐵山見推善，哭訴前事。推善亦泣曰：『昔先鄉長潛龍，以誣謗遭戮。某收父骨，又收獄中。父既銜冤於泉路，某亦幾畢命於法場（一七）。感尊公高誼，救某餘息，得歸鐵山，久思銜報，今何忍坐視尊公遭難。諸昆如有所驅使，仗劍以從（一八）。』紹玉曰：『除刦法場，别無他計。不知鄉長能相助否？』紹經曰：『眉京旌旆森嚴之地，就令能刦，何以能出？倘盡葬於虎狼之腹，何補焉（一九）？』紹緯曰：『老父蒙難，爲子者忍惜餘生？就令相從地下，亦分耳（二〇）。』推善曰：『從長計議。當先爲諸昆安置眷口。』一面使精細鄉勇扮作小負販，往眉京探聽消息（二一），一面連結唐埗及凌溝外諸鄉起兵接應。密修降表，浼唐埗邑令署名，走達紫霞。五人計議已定，專待眉京消息。

【批語】

（一）〔旁批〕妙，從自己説起。（俊樺按：此旁批之上，有一段眉批，殘缺殊甚，不明其意，不辨其字，從略。）

（二）〔眉批〕可當面黑而女反白净，韓騰面白净而兒反黑，奇矣。可當女白而婿反黑，韓騰兒黑而媳反白，幾於黑白混淆矣。然正惟己黑而婿亦黑，己白而媳亦白，亦黑白各從其類已耳，未奇也。

（三）〔眉批〕可當去，前半回已完，下專叙後。

（四）〔眉批〕所以啓潛光之忌也。

（五）〔眉批〕此段文字，非爲曆書增色，實爲亡紹作綫索也。無父老紛鬧，則雖有曆書，而潛光可以不忌。潛光不忌，而坐茅可以不誅。坐茅不誅，而鐵山可以不畔。鐵山不畔，則晋師必不敢輕渡凌溝。以凌溝阻遏西北，遂得全力以制東南，笏山事未可知也。曆書成而紹多事矣。即謂亡紹者，一曆書之功可也。

（六）〔眉批〕語甚明切，而惜乎潛光之不悟也。

（七）〔眉批〕語深中病源。

（八）〔眉批〕塘外花香，從粉墻撲出，是極韵之事，誰知惹出一場無辜禍事。畢竟吹皺一池春水，干卿底事也。

（九）〔眉批〕惟不肯做官，埋名於此，而平章又新進，初爲京尹，故不知光禄是誰，非故爲不知而問也。

（一〇）〔眉批〕『大』『小』二字，奇横之極。

（一一）〔眉批〕獬豸猶不須識字，何况京尹？

（一二）〔眉批〕偏從旁人替平章擔憂，於文是逆蹴法。

（一三）〔眉批〕即所謂憑虚捏造也。然苟非潛光疑忌太深，捏造之言，亦安從中之哉。讒臣窺君之隱，故寸鐵亦足傷人。

（一四）〔眉批〕文於此處，忽夾叙坐茅妻女子媳者，蓋上文争篋媳婦，紹緯妻也；下文爲王子也妻者，紹緯女也。况父子五人，不仕本國而皆仕於晋，上下綫索，皆從此段文字生出，非無端鋪叙一家眷口也。

（一五）〔眉批〕鐵山爲西北重鎮，鐵山降，眉京亡矣。

（一六）〔眉批〕紹緯知金言爲是，其才略過紹經遠矣。

（一七）〔眉批〕潛光殺潛龍之事，前文未及明叙，只從推善口中補出。事繁文簡，是以可貴。

（一八）〔眉批〕其詞慷慨，其氣悲壯，所謂激昂之士也。（俊樺按：此條之後，尚有淡墨書寫兩行文字，漫漶難辨，不能録出。）

（一九）〔眉批〕從井救人，身死何補，紹經之意，在存後嗣。

（二〇）〔眉批〕知難而行，有天不共，紹緯之意，在復父仇。

（二一）〔眉批〕扮小負販，爲下回扮賣油挑木作引。

第四十九回　劫法場紹緯設謀救父　戰鐵山司馬失算喪師

原來，推善有个幼弟，名讓能，年十四歲，與本鄉一个异姓的孩子凌祖興善。兩人俱氣凌北斗，勇冠南軍。又同庚同學，十分相得。推善於無人處，喚讓能説知劫法場之事，讓能堅欲同去。又説知祖興，祖興亦要同去。推善懼孩子性不定，多言泄其謀，踟躇未決。讓能知其意，乃與祖興指天爲誓，不泄一字。

正商議間，忽報探消息的莊勇已回。推善喚入密詰之。鄉勇曰：『此事查得十分的確。那紹海深復搜時，在書架裏撿出一本年曆作證據。紹王雖震怒，然獄猶未定，及聞呼家寶大義滅親之説，乃決意抄戮，以警其餘(一)。丁勉之、尹百全苦諫，皆不省。今定於二月初九日午時，在外教場處決示衆。』

推善傳經、緯兄弟入府，告知其事，各哭了一回。紹緯拭泪曰：『若果在外教場，便有機會了。原來眉京只有內外兩教場。一在烏龍廟下，名內教場(二)。其外教場，即在阜財門外，碣門之內。教場左，山坳缺處，是紹倫把守(三)。這紹倫不中用的，倘越了這坳，即是鴉山。守鴉山的，不過百餘軍士，亦紹倫統核，一哄便散，更不足慮。從鴉山後面抄到石杵岩，即玉帶侯韓騰所輯掠的地方了，豈不是一个機會麼？』明日，心腹莊勇章韶亦訪得與前説合，遂決計往劫法場。

原來紹緯生平頗有膽略，善謀能決。紹經性遲緩，每事必倚仗之(四)。是日，緯問推善曰：『諸鄉勇中，精細有膽勇可用者，共得幾人？』推善曰：『丁陽、丁覲、章韶，及某弟讓能與他結義的兄弟凌祖興，年雖幼，俱不誤事。』緯曰：『兵可用者多少？』推善曰：『進退不違軍令者，可二千人。』緯曰：『得五百人足矣。』乃使祖興、讓能扮作樵童，每人挑乾柴一擔，柴內盡藏硫硝。使章韶扮作買油的，一頭藏着火藥。是日，巳牌時候，三人先後挑在阜財門歇着。但聽一聲炮，有人吹着竹筒，便將那油傾在柴裏，點着桶裏的火藥，拿出兵器，殺到法場裏救人。見衣束白帶的，便是我們軍士的記號，勿誤，亦勿緩。又令丁陽、丁覲挑選軍士五十名，扮作挑夫。現今紹王大造巢玉閣，可各人挑長木，或一株兩株，或兩人一人，參錯不等，俱於巳牌前後，纔入碣門，便放下，在這裏歇力。有人詰問時，便言此木是大王築甚麽巢玉閣用的，因便看了殺人纔進去的。若聽一聲炮，嗚嗚的竹筒聲，即將此木挑橫，塞在碣門路上，使碣門的營兵不得竟進。各人急束白帶，拿出兵器，殺上紹倫營裏。斫倒那營，即在山峽裏接應逃走。各人各準備去了。

又將紹經等兄弟四人陷上囚車，丁推善率精兵五百人押着，一路上揚言解往眉京獻功。剛入碣門，已交午時了。見攢攢簇簇的，鬧得人愈多了。問監斬官何人，人言京尹平章及通政司丁勉之。囚車到這裏，經、緯等從囚車中大叫曰：『死是死了，只要見父親一面，纔死得瞑目的。』丁推善下馬上前，將此意稟請兩官。兩官未及回言，只見囚車已打開了，四人打開了衆人，上前抱着父親而哭（五）。平章正指揮拿人，手起刀落，那平章已被推善斫翻。丁勉之弃了冠服，雜人叢中而走。

斫平章時，炮聲已發，有人吹着竹筒。監斬的軍士，早被五百白帶兵斫得净盡。烈焰焰城門火起。守碣門的營兵，又被長木縱横攔住了路。搬那木時，只見兩个小孩子，短髮赤足，在木縫裏斫那搬木的。京營聞變，點齊軍馬救滅了火時，已是尸骸堆積，静蕩蕩地無一个人。碣門裏的小孩子，尚揮着雙大刀，舞着千角椎，惡狠狠在這裏殺人、椎人。刀椎未到，人先躲避。後面的大兵趕來，擒那孩子。孩子已殺出碣門，不知何處去了。

此時，撿驗尸骸，合兵民約有二千餘人。那平章有尸無首，偏裨死的二十餘人。附近民房大半燒毁。一人從一間燒殘的小屋蹲將出來，正是丁勉之。雖然未死，已跌傷右臂。鐵山鄉長丁推善及紹坐茅父子，不知何處去了。

潛光大怒，使左府將軍司馬恭調兵一萬，務要踏平鐵山，生擒推善。僉事弗江、忽雷、奇子翼及香得功，咸隸麾下。忽雷謂得功曰：『將軍本草澤舊臣，巨功累績，人所共欽。彼司馬恭，一草茅新進耳，而位在將軍之上，聽其調度，某甚爲將軍不平也（六）。』得功泣曰：『身處危疑之地，恒懼不克自存。某忠某事，君恩之隆替，臣職之崇卑，有命存焉（七）。』忽雷爲嘆息久之。

是時（八），坐茅父子、推善兄弟等，已殺了紹倫，度過鴉山，來見玉帶侯韓騰，備陳巔末。韓騰即日奏王。王大喜，召諸人入都朝見，慰藉良殷。即封丁推善總兵之職，紹玉、紹金、丁讓能、凌祖興爲游擊，丁陽、丁覲、章韶、白英爲千總。那白英，本鐵山步兵，是役也，功最多，故進職與三鄉勇同。紹經、紹緯爲行軍參謀，悉隸推善麾下，令鎮守鐵山。紹坐茅留紫霞都，封通政司之職。又使擒虎伯可香香率兵三千，掠定上埗、小峒等十餘鄉，使悉隸唐埗，以逼十三紹鄉。以山維周爲唐埗太守，令練兵選將，據險要以拒紹軍。

時司馬恭軍至鐵山，與丁推善相持，互有勝敗。

一日，香香掠地將回，聞前面有一彪人馬斜刺裏去。登山一望，見旗幟紛紛，漸聚林谷裏。使人探聽，知是香得功的兵，設伏以擒推善的。香香大怒曰：『前者，香得功賣我黃石，至今鷄犬尚驚。諸軍爲咱奮勇擒之，以泄前忿。』軍士曰：『凡伏兵，多用弩箭，宜各帶禦箭牌，乃可前往。』香香從之。以槍易撥箭，乃弃斧用槍，一馬當先，直衝入那林谷裏來。香得功揮刀來戰香香。槍來刀往，纔十餘回合，香香以槍招軍士，如山的壓入谷裏來。谷中亂箭齊發，香香得雪槍娘的槍法，舞得如梨花團簇，箭不能傷。軍士偃着禦箭牌，壓得迫近，箭不能發了。香得功被十餘面牌圍着，不能得脱。香香從牌縫裏，一槍刺中得功的馬腹，將得功顛下馬來。衆牌叠壓，將得功縛得牢固（九）。谷裏的軍士，見不能得出，一齊降了。香香使人將降軍押往唐埗山維周處去了。

忽報司馬恭的軍，被丁推善趕着，正從這裏來。香香遂揮軍打點，從谷裏截殺。原來，司馬恭正欲引推善入林谷，與香得功塞住谷口，殺个片甲不回的。及見林谷裏一軍閃出，攔住去路，却不是得功，旗上大書『擒虎伯可』。司馬恭大驚，欲引軍退時，後面的追軍已近。推善追至這裏，見林木陰森，疑不敢進(一〇)。忽聽得山頂上有人呼曰：『前面有擒虎伯的軍，堵截路口。丁將軍速來，司馬恭可擒也。』推善仍使人探聽真僞，乃敢進。只見凌祖興舞着千角雙椎，東撞西撞，無人敢近，忽撞到忽雷馬下。忽雷用長柄大鐵椎，向祖興劈頭椎下，祖興閃身子避那長椎，趁勢已將右手的短椎椎着忽雷的馬足。馬負痛倒地，忽雷仍據馬腹，與祖興鬥椎。祖興亦躍下馬，盤旋兒將千角椎左上右落，右上左落，如流星。忽然將左手的椎，向忽雷心窩裏一晃，忽雷將長椎一格，正欲撲祖興的馬頭。誰知那長椎只宜於馬上步戰，却運掉不靈活，反被祖興右手的椎從下飛去，已中忽雷左腿，大叫倒地。祖興正欲再打一椎，忽斜刺裏一刀，從祖興肩上削下。纔閃了刀，一槍又從腦後搠來。槍正未到，祖興側搶身子，開个大十字，將拿刀拿槍的一齊椎倒。那邊，忽雷已有軍士救去了。又見讓能揮雙刀趕着人，如斫瓜似的，正斫得盡興。後面推善揮着軍士，擁將入來，前面香香的軍，攔住夾攻。司馬恭左衝右突，不能得出，紛紛攘攘爬山而走。十停人馬，只剩得一二停。

推善正在這裏指揮軍馬來捉司馬恭，忽後面喊殺連天，弗江、奇子翼率兵從後殺來。推善的軍不能回戈，放開條路，司馬恭隨着生力的兵殺出去了。推善與香香合兵，再趕一陣。司馬恭走至半途，聞大營已被紹緯奪了（一一），遂引殘兵投紹鄉而去。

【批語】

（一）〔眉批〕此事，前文未及明叙，却從鄉勇探聽中補出。然則潛光此舉，家寶教之矣。勸潛光稱王，是長君之惡，教潛光殺叔父，是逢君之惡也。見殺於飛虎，宜哉。

（二）〔眉批〕即當年玉公被捕處。

（三）〔眉批〕□□地利了，□□□□□□謀出没皆□。

（四）〔眉批〕又將經、緯生平較量數語，見設謀救父者，在緯不在經也，故題專曰『紹緯』也。

（五）〔眉批〕前文『使某某』『令某某』云云，是斫笋。至是，笋漸漸合。有前文，無後文，是有笋無合，無合則笋是廢笋；有後文，無前文，是有合無笋，無笋則合無從合。

（六）〔眉批〕爲得功降晋張本。然得功降晋在先，忽雷亦終於降晋，即謂爲忽雷降晋張本，亦無不可。

（七）〔眉批〕旁人亦爲不平，而得功能以命自安，不加人一等乎？『身處危疑之地』，即下文家寶譖之，海深、太康忌之，潛光屢欲殺之之時也。得功之降，有驅之使不得不降者也，故君子不苛責焉。

（八）〔眉批〕『是時』二字，方從劫法場後坐茅、推善一邊寫。

（九）〔眉批〕香香前擒飛虎，後擒得功。得功亦虎將也。與足足之力誅雙虎，可謂有是姊必有是妹矣，不愧爲擒虎伯矣。獨是得功雄名蓋世，一見虜於杏英，再被擒於香香，終不能逃於女子之手，雖他年名可配乎從龍，而此日辱猶甚於蹲胯，豈真武夫之糾糾，不如女手之纖纖乎？而況既爲女丞相之帳卒，復作女元帥之先鋒，半生事業，依傍婦人，雖曰遇使然耶而已，不得爲大丈夫矣。

（一〇）〔眉批〕推善見林木陰森，不敢竟進，可云持重。然司馬恭之不克擒獲，亦緣探聽真僞，致弗江之兵猶及援救也。雖然，恭之幸脱，有數存焉，豈在人謀之善不善哉？

（一一）〔眉批〕紹緯奪營，使之退無可歸，只用一句虚寫。

第五十回　降將權時留幕府　王師大舉伐眉山

捷書報至紫霞，王大喜。丁推善晋爵鐵山伯。紹經、紹緯加兵部主事銜，仍留參軍務。紹玉以下，各增一秩。

時，香香已將香得功解回紫都。王御午朝門受俘，指得功罵曰：『朕在黄石，待汝不薄，何故負恩造反，使我黄石廬井丘墟，子女離散。今日再擒，是天不欲使貳心臣完首領也。不知曾有悔心否？』得功曰：『臣少受知紹王，當時忍辱就降，原欲取黄石，以報主恩也。乃天心靳臣，使臣不獲完其志願，是負紹王，非負大王也。雖然，臣功未成，臣心不貳。大丈夫，卒於所事之死靡他，心行俱完，何悔之有？請速加刑，無相咒詈。』王大怒，令武士牽出外教場，挂樹頂，以亂箭射之。武士牽而去。

左丞相花容言於王曰：『此人義勇過人，不可殺也。』王曰：『昔十字坡被擒，老韓陵欲殺之，朕憐其勇，帶回黃石，賞賚豐隆，卒之潛引紹軍，禍我黃石，致爲韓陵所笑。是反覆小人也，不殺之，待如何？』花容曰：『竊聞得功從黃石歸後，呼家寶譖於潛光，故潛光惡遇之，時復愧以微詞。又爲海深、太康所忌，屢欲自頸。此正志士操心、危慮患深之日，與昔者异矣。王且緩其死，待臣以口舌折其心，俾前之忠於紹者，今忠於我。昔武鄉侯知魏延有反骨，而猶用之，豈不以才不易得乎？臣願收置帳下，必能使之不負臣。不負臣，即不負國也。』王許之，乃以香得功暫下丞相府獄。

餘餘就獄中見得功曰：『曩者言於王，欲釋將軍回國矣，將軍何以報我？』得功蹙然曰：『得功不歸矣。若相公加惠得功，使得功就刑西市，死且不朽。如必驅得功，而就戮於故國，則身名俱喪，何以報相公？』餘餘曰：『以將軍忠義薄雲漢，我君臣既不得與將軍同事，斷不忍加害於將軍，故去住一由將軍，非必驅將軍而就死地也。且聞紹王待將軍厚，故將軍往歲猶思取黃石以報紹王。况勝敗軍家恒事，豈紹王不念舊德，而必以怨毒加將軍乎？恨我國無將軍其人耳，有將軍其人，即割地以贖將軍，亦所不惜。惟將軍三思之。』得功沉吟了一會，不覺泫然流涕，曰：『俘虜之餘，本無心求活，相公知得功者也。若果不肯成得功名，願爲帳下小卒，出肝腦以報相公。』餘餘曰：『昔管仲奮起囚車之下，猶能一匡九合，以顯功名，談者至今藉藉。倘將軍果能感激義氣，弃暗投明，不負娭家，娭家亦因將軍而不負君國，善終善始，豈不美哉？所懼者，故君之義難釋，新主之泰未交，故不敢强將軍耳。』得功曰：『得功自黄石逃回，見殺於紹王者屢矣。君以草芥視臣，臣不得不以寇讎視君，委贄事人。從今日始，前事不足道也。』言已，拜於階下。餘餘使左右扶起之，去其縲紲，引至神武帳前，更衣與諸軍士相見。

先是，餘餘與無知俱居璇樞府，亦造有外相府，凡軍國大事，有不便於朝議者，則集相府議之。府中設有神武帳，選雄杰之士居之，名神武軍。時得功雖降，常懼朝中文武以反覆小人見誚，乃請於餘餘，且勿授職。餘餘使暫充神武軍，而給予獨厚，遂安焉。

却説司馬恭敗績，香得功被擒，事聞潛光，急聚文武相議。多以爲敵氛方盛，且據四旁以窺伺我，宜據險固守，以爲後圖。兵部侍郎繆方曰：『以三眉之衆，威不能加一鐵山小鄉，何以成王業？且山源乘鐵山之敗，越石表以掠紹右諸鄉，爲唐埗爪牙，又不可不急討者也。臣以爲我邦兵力正盛，不宜以小挫餒軍心，宜遣大將雄師，先克鐵山，而乘勢取唐埗、石棋。前據凌溝，後據雙角，然後徐圖東南。所謂進可戰而退可守者，豈區區灑鐵山之辱已哉？』潛光曰：『善。』

復以繆方之語語家寶。家寶曰：『西人狡險，未可與争。不如以大軍掠夷庚、苦竹，直至笏東，以斷紫霞、黄石之路，此爲上策。』潛光不聽（一）。

召大將軍尹百全，謂之曰：『孤以妖書之故，大義滅親，而鐵山丁推善，劫我法場，焚我廬井，敗司馬之師，降得功之衆。孤欲御駕親征，以國事暫委將軍。將軍豈無意乎？』即命左右賜御酒三杯，百全頓首曰：『量鐵山小寇，何煩聖駕。不以臣爲駑鈍，願率部下偏裨，斬推善之首，以釋王憂。』潛光曰：『以將軍忠義，代孤一行，不愁辱國矣。』乃使繆方、紹春華爲行軍參謀，弗江爲先鋒，馬步軍共五萬殺奔鐵山。

丁推善聞報大驚，即奏聞紫都。王集文武，議禦敵之策。花容曰：『本欲再養軍力一年，始圖大舉，今不可待矣。』王乃駕幸教場，大集諸將，各點驗所部軍馬，挑選壯健，除老弱及鎮守不能移動的，得十萬人。內教場女兵，能移動的，得二萬人。花容言於王曰：『鐵山一失，凌溝以內，非我有矣。此處須臣自行（二）。』無知曰：『相公出納絲綸，不可離王左右。如不以無知爲不肖，願代相公一行。』花容曰：『相公自行，國之福也。但此地在固守，不在輕進，蓋守即進也。慎無忘娭家言。』無知笑曰：『可守則守，可進則進。但求破敵而已，娭家以爲進亦守也（三）。』花容不悅而退。即日點女軍三千，男軍二萬。時解意侯白雪燕、嫵媚侯可足足、神棒將軍紹秋娥、神箭將軍樂更生屬焉。參游官山明、田麟、老虎變、紹士雄及偏裨以下六十人，俱分隸麾下。王餞於都門，賜御酒三杯、上方劍一佩。無知拜謝天恩，即日起行。

明日，又使人賫敕黃石，使多智侯可嬌鸞以鎮南將軍之職，率親義侯可當、忠義侯韓傑、集義侯可松齡，盡發竹山、黃石之兵，大舉伐紹。密令先奪韓二十鄉，據之以逼眉京，然後伺機會破鈎鐮，奪十字關，直搗碣門。又使人賫敕無力，使無力公趙公挪，以征東大將軍之職，率本莊莊勇，及白狼將軍范百花、橫窖將軍趙春桃，大舉伐紹。渡烏溝，從蓬婆、大寅橫搗碣門，遂乘間取十三紹鄉。又使伏魔伯白萬寶、神刀將軍竇小端，各率女兵一千、男兵一萬，出夷庚、苦竹之間，擇險隘屯之，爲黄石、無力兩路接應。一一分撥去了。

是夜，篤孝侯紹龍飛入見餘餘曰：『我軍大舉伐紹，豈以龍飛只堪取憐宫闈，疆場之事，非所長乎？何人皆攘臂去，我獨顧影憐也（四）？』餘餘曰：『無知、萬寶、公挪、嬌鸞，皆旁敲側擊之軍耳，五花八門，亂其耳目，使彼四旁不能相顧。然後以重兵聲罪致討，此破眉山之大局也（五）。但主是軍者，其人難得，故尚俟躊躕（六）。』龍飛曰：『何等樣人，纔勝此任？』餘餘曰：『但得持重之將，不以勝爲喜，不以敗爲羞，撼之而不動，嚇之而不驚。娭家以爲非娘娘，無以副其選。但欲得一熟諳敵情之將爲前鋒，二三智謀之士參帷幄，大事成矣（七）。』龍飛曰：『不用娭家則已，如用娭家，娭家以爲折衝尊俎，不如折衝於寸心（八）。但得一二能書之人草露布、記軍籍足矣。謀士紛紜，亂人心曲。至於熟諳敵情之將，惟相公自擇焉。』言罷辭去。餘餘使人謂香得功曰：『晋紹存亡，在此一舉，正大丈夫功名争奮之時。娭家欲以將軍屬篤孝侯，但其人軍令太嚴，威重情輕，違之莫可挽救。將軍其勉之，慎無自取殺身，負娭家期望之美意（九）。』

明日，旨下，以篤孝侯紹龍飛爲討逆大元帥。存存侯可炭團、擒虎伯可香香、馬前伯張銀銀、馬後伯張鐵鐵，皆屬焉。以降將香得功爲前部先鋒，以可大郎、可大紳爲行軍書記。即日，各率部下偏裨，及九雲諸司，下教場操演，點男女兵共七萬。擇凝命元年八月辛巳出師。

先一夜，王幸秘華宫，爲龍飛宴餞。越日，同輦出都門以寵之。復餞於伏虎之旁，賜上方劍、金連瑣嵌珠蝴蝶甲、珠纓攢鳳鏤金點翠盔、桃花御馬一匹，許便宜行事。炭團、香香、銀銀、鐵鐵，亦各賜御酒三杯、甲胄全副。午時三刻，放炮起行。餘餘、杏英，及韓騰、可介之、斗騰驤，再送里餘而返。王以女兵二千屬杏英，使屯雙角山。更以男兵三千助韓騰，令進屯石杵岩，如温平諸鄉有不服者，即滅之而取其地，而巡綽玉帶泉如故。

【批語】

（一）〔眉批〕家寶之言，潛光無不聽者，獨此爲家寶一生至勝之籌，而潛光不省。豈天心在晋，而故亂其心志耶？夫黄石之路斷，二十韓鄉，嬌鸞必不敢深入可知也。二十韓鄉可保，而晋人三面窺伺之謀多所阻礙，龍飛之師不敢直逼碣門又可知也。紹之亡，一在鐵山之畔，再在不用家寶之謀。豈天實爲之，有不能自主者耶？

（二）〔眉批〕潛光欲使百全伐鐵山，偏云『御駕親征』；餘餘欲使無知救鐵山，偏云『須臣自行』。純以智術馭人。

（三）〔眉批〕餘餘曰『守即進』，無知曰『進亦守』，語似相歧，理無二致。無知以餘餘視己太輕，故翻其詞以折之耳。花容難保無忌無知之心，故他日隨王巡省，必不聽無知往者，欲以全功歸己也。《記》中雖不明言，閱者當於言外得之。

（四）〔眉批〕馮婦下車，不無技癢。

〔五〕〔眉批〕布必勝之局，下必勝之子，通盤打算，成竹在胸，身居一室之中，氣吞千里之外，餘餘真不愧王佐才矣。

〔六〕〔眉批〕明明欲用龍飛，而故使龍飛自來求我；明明欲急用龍飛，而故云『尚俟躊躕』。純是一片智術。

〔七〕〔眉批〕四語，惟龍飛足以當之，而故作摇蕩之詞，點出『非娘娘無以副其選』。又以『但欲』一轉颺開，純是一片智術。心中早有一香得功，恐直言有迹，故亦作摇蕩之詞，純是一片智術。

〔八〕〔眉批〕名將名言，發人未發，即孫經黄略，亦見不到此。

〔九〕〔眉批〕爲下文龍飛欲殺得功張本。

卷十五

寶安吾廬居士戲編

第五十一回　議眉京呼相遣軍分守險　火林箐紹王賞雪大喪師

潛光自使尹百全再伐鐵山。不數日，忽報三眉山後諸鄉盡爲韓騰所掠，左據石杵岩，右據雙角峽，造浮屠於峰頂，以窺眉京。潛光大懼，欲使奇子翼率軍五千，出羊蹄徑以拒韓騰。令未下，又報白萬寶兵出夷庚，聲言欲取左眉，以還韓騰。潛光正集文武議禦敵之策，紛紜未決。

忽見弗江、紹真擐甲上殿，奏曰：『今無力趙公挪糾合鄉兵十萬，渡烏溝，出蓬婆，旌旗翳天，兵勢甚盛，何以當之？』紹鷹揚曰：『聞黃石可嬌鸞亦兵出寅丘，沙頭、東進諸鄉，望風降附，何以禦之？』潛光驚得臉色如土，眩亂不能言。

工部尚書老士矜曰：『顏少青布四面之羅以困我，分禦之，則力易疲，分守之，則勢不固。不如卑禮厚幣以求和，然後觀釁而動。』禮部侍郎勞譯曰：『敵氛方盛，和必難成。惟用吴越故事，購美女二人，教成歌舞以獻之。彼少青好色之徒，容易惑其心志，所謂枕席戈矛，絶勝疆場劍戟也。况少青將相皆用婦人，悍虎牝鷄，終釀内禍。夫木也，而内蠹生，不擊而自倒；國也，而内禍作，亦不擊而自亡已[一]。』翰林學士丁勉之曰：『臣聞少青雖用婦人，然以才選，非以色選也。故可足足赭顔方面，白雪燕緑臉青眉，張銀銀、竇小端臉俱黑色，然皆寵冠六宫，勢傾朝野。彼花容，一黄瘦村娃耳，非有飛燕之輕盈，玉環之豐艶也，一旦舉而置之相位，能製曆書，秉朝政，而和衷共濟，内外不聞詬誶之聲。縱覓得西子、夷光，只恐謀同畫餅耳。』潛光沉吟不能决。

太師呼家寶曰：『事急矣。鄭旦、夷光，非一二日所能覓；教歌學舞，非一二日所能工。今且遣兵分守險要，連和之事，且作後圖。』潛光曰：『孤近來氣餒多病，軍事一以委卿。』遂退。家寶乃令紹鷹揚率軍一萬，保守左眉。紹太康率兵五千，保守鈎鐮，爲犄角勢，深溝高壘，不許出戰。使司馬恭率軍一萬，保守大寅。陶豹率兵五千，保守小眉，爲犄角勢，深溝高壘，不許出戰。使奇子實率軍一萬，保守阪泥，以禦小端、萬寶之兵，亦守而不戰。

調遣已畢，忽趙子廉、可伯符、黄熊、黄鉞來見家寶曰：『今紹龍飛率十萬雄兵，渡魚腸阪，鋒不可當，人心震恐，相公豈高枕不聞耶？』家寶大驚，即奏聞潛光。潛光乃發左韓右紹之軍，率諸文武，御駕親征。軍於劍浦，正與晋軍前隊香得功相遇。

得功雖降晋，心不自安，每思立戰功以釋晋人之疑。乃以五千軍偃旗卧鼓，伏於劍浦之林木深處，乘紹軍栅寨未定，驟出擊之，大勝，獲前將軍戚昭。紹軍退數里下寨。

得功收軍，解戚昭來見龍飛。龍飛曰：『將軍豈不知本帥軍令乎？凡不奉將令出軍者，雖勝亦斬。將軍身爲先鋒，故違將令，何以爲諸軍式。』喝左右推出斬之。可炭團曰：『未鏖敵軍，先斬大將，於軍不利。宜將功準罪，待再犯，乃不赦。』龍飛謂諸軍曰：『本帥令出必行，雖尊親不赦。今香將軍以身在前鋒，須令未及，故待功折罪。諸軍無得效尤，妄希恩赦，以取罪戾。』衆肅然，汗流浹體。龍飛問得功曰：『戚昭何如人，將軍必知底細。可用則用之，否則殺之。』得功曰：『此無用人也，殺之何益，不如割其鼻，放回紹軍以辱之。』龍飛乃使人劓而縱之。得功亦叩謝不殺之恩，回營去了。

龍飛治軍，恩威并行，而將卒用命，栅固壘高，巡哨嚴密，雖劫不動。

十二月朔，刻期大戰，問香得功曰：『由程野至司馬諸鄉，皆平坦大路，好作戰場，不知曲徑支途，可伏兵者還有多少〔二〕？』得功曰：『自某至某，自某至某，皆逼仄小徑，可以設伏，但樹木不多，每徑只可容一二百人。過司馬鄉，則林木叢雜，多岡巒。越犀象二山，即逼近鐵山之背不遠矣。』龍飛乃使百工引兵三百人據魚腸阪，截十字關小路。使紹仲孝領軍一萬守舊營，立品字栅，巡邏交加，須防夜劫。仍使香得功爲前鋒。可炭團爲左翼，如左有伏兵，即張左翼禦之。以張鐵鐵爲右翼，如右有伏兵，即張右翼禦之。以司馬發爲合後，如伏兵從後來，即轉旗倒戈以禦之，不得大呼小怪，驚動中軍。

是日也，北風甚大。龍飛軍次程野，不欲戰。呼家寶用十面埋伏之計，連天號炮，四方八面殺來。龍飛駐軍不進，陣如鐵鑄。十面伏兵一齊衝突，皆不動，反爲矢石傷折〔三〕。午後，朔風始息。乃開軍門，張銀銀拿巨鋤，引軍一千從左旗門出。可香香拿巨斧，引軍一千從右旗門出。香得功揮四棱雙鞭，引本部軍從中進。時相持半日，十面伏兵皆散，紹軍正怠。忽然笳鼓震天，三彪軍馬乘其懈，一齊衝入陣中，紹軍大亂。龍飛揮兩翼兜出陣前，合攏卷殺，勢如江决山崩，不可禦。潛光落荒而走，心膽俱裂，幸龍飛軍不窮追。呼家寶會合紹真、伯符諸將，收合敗兵，奉潛光退保司馬鄉，密箐中下寨，以避其鋒。

忽軍士報大將軍尹百全引敗軍數千來投。君臣聞報大驚，急傳進詰問。百全投槍於地，頓首請罪。潛光曰：『行軍非勝則敗，何足爲將軍罪。』因備叩致敗之由。百全曰：『臣七月下旬，軍於小鐵山，凡二十三戰皆勝。昨與紹金戰於風雪中，軍士手足皸裂，不能操戈，兩軍鳴金，約日暖再戰。時鐵山旁有一小鄉，民皆逃難遠竄，只剩數百間草屋，我軍士争據之以避風雪。半夜裏，四面火起，草屋皆着。風助火勢，半作焦頭爛額之鬼。逃出的，盡被鐵山軍馬斫殺。舊營使繆方、紹春華守之，亦被焚劫，糧草軍器盡失。弗江諸將，死無孑遺，繆方亦爲亂軍所殺〔四〕。臣與紹春華退保小鐵山，收合殘軍，不滿萬人。知大王駐蹕於此，欲越嶺請罪，然攀緣磴絶，無翅可飛。昨夜三更，裹氈縋下，墮崖而死者，又數百人。幸臣與春華尚完筋骨，故得見王。聞敵謀皆出女丞相趙無知，即花狀元其人者〔五〕。』潛光以劍擊案曰：『無知不死，孤無葬地矣。』

言未已，紹春華入見，曰：『深林密箐，豈屯軍之所哉？倘敵用火攻，危矣（六）。』呼家寶曰：『足下豈不聞水隨地行，火隨風煽乎？今凝寒如此，量無東南風以煽火可知也。世無諸葛，誰解呼風？足下是驚弓之鳥，故多驚惶耳（七）。』

時刁斗正報三更，家寶使人携酒榼，拉春華同請潛光出營賞雪。但見天鋪粉水，地簇銀沙，一帶箐林，盡變作璇花玉葉（八）。君臣三人，正擁重裘，銜杯看雪。家寶指空中的雪花，曰：『這雪花婆娑，戲玉朵朵，皆從西北飄來，可知敵在東南，火不能逆風及我可知也。』潛光然之。酒半酣，雪花愈大，北風逾緊，潛光悵觸中懷，不禁憮然嘆息曰：『人生幾何，經一回雪，便白一回頭。短景頹陽，易增哀樂（九）。』因索壺自飲數杯，倚樹而歌曰：

雲兮雨兮，自我不見，今三月兮。胡爲乎雪兮，胡爲乎雪兮。

歌未已，春華指着一綫火光從西北角起，漸漸的，一天絳雪都釀着紅光（一〇）。潛光、家寶大驚。翹首看時，火光漸近，乘着朔風，拉雜雜地，林箐盡着。急傳令拔營。時四更將盡，軍士皆睡着，從夢中驚醒，寒顫肌膚，苦不欲動。軍資糧草，搬運不迭。但聞四面皆硝磺之味，火焰燭天。那璇花玉葉，又變作猩朵血葩了（一一）。諸營皆着了火，人不及甲，馬不及鞍，烟焰裏刮刮剌剌，雜着哭聲、喊聲、馬哀嘶聲，震摇天地。

尹百全揮槍撥開火路，引着潛光、家賓、春華，突烟而走。見有火處皆己兵，無火處皆敵兵〔一二〕。又聞四面皆大呼：『休教走了紹潛光。』呼家賓、百全大驚，引潛光等從雪花裏走。忽然一聲吶喊，有軍攔住。一將揮刀直斫百全，早被百全挑翻。殺散衆兵，已不知潛光等何處去了。

百全翻身殺轉，來尋潛光。火光裏，正遇神鐧將軍可炭團雙鐧打來。百全横槍急架，那槍柄已打做兩段了。左手拿槍柄，右手拿槍頭，來戰炭團。炭團使个烏龍出洞勢，從百全腋下插來。百全扭側了身，用槍柄向鐧梢一撲，右手的槍頭，用側翅掠風勢，向炭團心窩裏刺來。槍正未到，炭團右手的鐧早緣槍柄削下，已削着百全的手，大叫一聲，回馬便走。

炭團從後趕來，忽趙子廉率十餘騎殘軍，撥雪花來截炭團。炭團正被銀鎖梅花甲，舞動銀棱雙鐧，不知六花滚雪，或雪滚六花。趙子廉及十餘騎殘軍皆尸飛鐧下。炭團承着雪光來尋百全，恰遇香得功軍馬擒得紹春華，緣山徑來〔一三〕。炭團問：『百全何在？』得功言：『隨着可伯符的軍，不知逃往何處去了。』時天已明，但見焦骸焰血，積滿山谷，盡被雪綿封住。衆軍聞鳴金聲，咸收軍回大營繳令。

龍飛纔升帳，香香、銀銀、鐵鐵及諸男將，紛紜喧雜，各解首級及生擒的將士録功。下至偏裨步卒，皆有所獲。炭團亦拿趙子廉的首級，得功亦解紹春華的囚車，喧嚷着。龍飛使可大郎一一紀録明白。又使香得功令願降的軍士開報花名，是紹春華、紹真、紹鍾奇、謝吉昭、謝配乙、可進同、可約、韓魚、黄熊、黄鉞等，及降兵二萬餘，一一分插妥帖。

於是椎牛釃酒，大宴軍士。龍飛謂諸將曰：『行軍無他，能有所懼則勝，有所恃則敗。紹軍連營密箐中，自恃路口叢雜，敵不能劫，又恃營在上風，火不能燒。是有所恃而不懼也。本帥先使人扮作紹軍，暗布硝磺引火之物於密箐中，又使香得功抄道上風，在雪中放火，而四面皆布我軍，潛光固魚在釜中，無不被擒者。然卒能死裏逃生，是天不欲驟亡紹氏也（一四）。』衆軍皆拜手歡呼，無不悦服。

【批語】

（一）〔眉批〕正前夾寫，雙管齊下，筆意精，句法遒，深得班張秘鑰。

（二）〔眉批〕龍飛備問伏兵路徑，以爲下文必用埋伏制勝，而不知龍飛一□不好伏兵。其問也，爲避敵之伏兵計，不爲己之伏兵計也。聞每徑只可容一二百人，則雖有伏兵，不足深慮矣。

（三）〔眉批〕『撼泰山易，撼岳家軍難』，睹此益信。孰謂巾幗中無异人哉。

（四）〔眉批〕無知之火燒鐵山軍，必用虛寫者，有龍飛之燒司馬鄉軍，同在一回故也。然龍飛之火，功成於大勝之後，其事易；無知之火，功成於二十三敗之後，其事難。作者不以易引難而以難引易者，何也？《傳》曰：『不當王，非敵也。』龍飛之火，所以當潛光者也，雖易，主也，故實寫龍飛之火。而虛寫無知之火引之，以賓引主也。作者之匠心也。

（五）〔眉批〕痛述□□之慘，而歸縮於趙無知，爲文之前後根節，不獨爲虚寫之文點醒眉目已也。
（六）〔眉批〕折接巧捷。妙在春華知之而懼。
（七）〔眉批〕妙在家寶知之，而以爲不足懼。
（八）〔眉批〕爲雪景敷葩布藻，實全爲下文作反墊。
（九）〔眉批〕此時，何异曹瞞赤壁横槊賦詩之日哉。
（一〇）〔眉批〕語奇而趣。
（一一）〔眉批〕一帶篁林，變作璇花玉葉，奇妙極矣。而璇花玉葉，又變猩朵血葩，其奇妙遂至於不可思議。
（一二）〔眉批〕□□添毫，得未曾有。《記》中寫雪□□火，不止一處，然皆各極其妙。一以見作者力量之大，一以見才思之幻。
（一三）〔眉批〕此時，即下回放走潛光之時也，故以擒得春華合笋。
（一四）〔眉批〕此段文字，從功成後補出，純是古文格法，而庸手多向前面實叙，烏足以言文哉。

第五十二回　亂宗嗣瞋雲私育僞儲君　媚鄰邦潛光忍遣廢王后

是夜，潛光與家寶、春華等數十騎，隨着百全繞山陂而走，被可炭團截殺一陣，遁入山溪小徑，緣徑而走〔一〕。家寶曰：『倘此徑有人截殺，我輩休矣。』言未已，見火把驟明，一將揮雙銀鞭，截住出路，蓋香得功也。

潛光在馬上揖曰：『將軍別來無恙。』得功不語，努目視之。潛光曰：『孤與將軍，同興草澤，推食解衣，情同手足。將軍以孤不足有爲，弃孤事敵，是將軍之見幾早也，今夜詎不相容耶？』得功曰：『臣從大王平紹，難功最多，不幸爲韓人所擄，卒能引王師破黃石，以謝大王。』言着，以鞭指家寶，曰：『不期這匹夫，日譖臣於王前，使臣幾死者數數，是王以草芥視臣也。夫俘虜之餘，誠不足爲興朝人杰，但大丈夫激昂風雲，終有鬱而必發之日(二)。』因顧左右曰：『這綸巾鶴氅騎白馬的，可與我拿來，以泄吾忿。』言罷，退去。軍中閃出偏將張安、魯琦，揮刀直取家寶。家寶大驚，躲在潛光背後。潛光橫槍來戰張安，回顧春華，已被魯琦捉去了。正在驚惶，忽一軍如飛的斜刺殺來，正是紹將可伯符，殺退張安，引潛光、家寶下陂而走。得功也不追趕。

走至天明，遇尹百全身中數槍，從林子裏蹿出。是時，馬疲人瘁，同坐山陂，相對痛哭。又聽得人馬嘶喊，後面塵頭大起，衆軍心膽俱裂。潛光仰天嘆曰：『蒼天，蒼天，於我何極！』方掉槍上馬，後面的追兵已近，馬上一人大呼曰：『大王休慌，某是鷄叫鄉長平光紫也。大王速行，後面若有軍馬追來，臣自當之。』時十萬大軍，只剩得伯符部下三千騎，其餘皆帶重傷，隨着潛光，從大路而走。將至碣門，丁勉之、可衍鴻率兵迎回眉京，居玲瓏苑，終夜驚悸，遂得病。

先是，太康長女橫烟，嫁繆方，有孕。鐵山之役，繆方陣亡，兩妹接入宮中，令私侍潛光。潛光病漸愈，欲立爲宗妃，恐名不順，乃使瞋雲僞孕(三)。六月，産一男，名繼文，乃廢可后而立瞋雲，以繼文爲太子，舉朝嘩然。

時紹龍飛會合趙無知之軍，直逼碣門。尹百全戰瘡雖復，而右指骨爲炭團之鐧所碎，拿槍發矢，俱不良(四)。左眉二十鄉，已爲黄石軍所據。右眉十三鄉，亦爲趙公挪所得(五)。碣門雖有重兵固守，而人心摇摇，不可終日。

廢后可紅綃召飛虎入宫，私議曰：『王不念舊德而仇我兄妹，今晋軍圍急，我八紹鄉又爲無力所破，無家可歸。哥哥何不私以眉京降晋，以保富貴。』飛虎曰：『晋王雖與吾有舊，但事權不屬。尹百全又譏察完密，恐消息不能出得碣門。俟有同志的，可慢慢商量耳。』

時勞譯、老士矜輩，日倡降議，思得美人，以惑晋主，而驟不可得。飛虎言於勞譯，曰：『聞侍郎日求美人以獻晋，某妹紅綃已遭廢黜，量無福以配紹廟，侍郎何不言於大王，使某妹一行乎？』勞譯曰：『容商之。』乃私見潛光，曰：『臣遵旨選采美人，雖俗語云「可氏多佳麗」，然能傾人城國者，卒鮮。聞故侍郎繆方的夫人紹橫烟，笑生百媚，見者無不眩迷，王曷遣之。』潛光初聞怒甚，旋低頭嘆息了一回，温語答勞譯曰：『容商之。』

是夜，潛光至窈窕苑，以勞譯之語語橫烟。橫烟泣曰：『妾姊妹皆沐殊恩，何敢自愛以阻軍國大計乎？昔漢元以昭君和單于，王允以貂蟬惑董卓，前人自有故事。倘天祐眉京，妾當建奇功於床笫間乎。若再得一人爲副，大事成矣（六）。』㜧雨曰：『今廢后蓄怒已深，妾姊妹終爲所害，大王既不忍加誅，何不遣之與姐姐同行？』潛光蹙然曰：『后雖廢，猶然后也。以妻事人，何以立於光天化日之下乎？』㜧雨倒在潛光懷裏，哭曰：『大王不忘結髮之情，是將欲復后而弃妾姊妹也。妾請先死於大王之前。』言罷，嚶嚶的哭个不止。潛光摟抱着，軟慰了幾回。横烟曰：『此事妾當先見可后，以言餂之，若自願離宮，則令改换名姓，終身不許少露真情，亦不使朝臣一人知道，應不爲大王辱。』又使人請瞋雲酌議，瞋雲復慫恿之。横烟乃私見紅綃，備述其謀。紅綃大喜，誓改姓名，終身不泄。

是時，由不得潛光作主。瞋雲私召勞譯入宮，使以横烟、紅綃爲女，横烟改名勞奢奢，紅綃改名勞慶慶，出所藏奇珍异寶以飾二女。勞譯曰：『今碣門外盡是紹龍飛、趙無知的軍馬，左有可嬌鸞，右有趙公挪。女無妍醜，入宮見妒，况天仙似的兩个美人，怎能相容？惟眉京之後，皆屬韓騰，羊蹄徑雖塞，然猶可容一人一馬。不如重賂韓騰，因之以見晋主，憑着老臣三寸不爛之舌，倘得重圍頓解，大業會有重興。王不見吴越之事乎？』潛光低頭不語（七）。勞譯曰：『忍一時之辱，保萬代之基，在此舉矣。』潛光曰：『此事，須令呼家寶知之。』勞譯曰：『不可。家寶，大臣也。知而不諫，是失爲相之體；知而諫，事轉紛更。』乃修成降表，選宫婢十二人，羽林壯士三十人，錦車綉馬，從後苑門而去。

潛光餞之。紅綃曰：『妾待罪冷宫，苦雨凄風，已成弃物。今爲國家之故，何敢惜此無用之身，妾冀回心有院，不爲王一行乎？倘王念一日結髮之情，善視妾兒，妾之死日，即妾生年也。』言着，哀哀的哭个不了。潛光執其手，泪流滿面，不能聲。只見橫烟抱着繼文，哭曰：『我的兒，你他日成人，纘承大業，亦知爲娘的千磨百折如今日乎？』瞋雲、顰雨，亦相與抱頭大哭。

時日已落，月初升，露重星稀，一鶴唳空而過，其聲如哭，甚淒惻人（八）。勞譯曰：『天上河明，人間砧急。此時正好出宮，無戀戀也。』潛光捧酒一杯賜紅綃，曰：『朕與卿伉儷以來，本無瑕釁，但緣分淺薄，不能偕老終身，天爲之也。願卿善事新主，無仇舊君。』言着，大哭。紅綃跪在地下，嗚咽不能言。瞋雲亦捧酒一杯，跪着，曰：『妾不才，不能終事娘娘，致恩怨參差，妾之罪也。願娘娘滿飲此杯，以釋前過。』紅綃曰：『子留受榮，姎去受辱，命也。』言未已，顰雨亦捧杯跪下，曰：『娘娘倘肯展其狐媚之才，以蠱惑晋主，使之戮忠良，用宵小，則功高麟閣，不遠勝妾等乎？』紅綃曰：『汝姊妹邀寵深宮，而以辱身賤行之事派姎家，而猶以爲勝汝，不大可痛恨乎！』瞋雲曰：『渠年幼，出語不倫，娘娘恕之。』

時勞譯率軍校屢催，見橫烟與潛光摟做一團，哭得風酸月慘，露泣星啼（九）。潛光已魂魄搖蕩，不省人事了。瞋雲姊妹，扶歸苑中。隨行的宮女，遂扶橫烟、紅綃，登了錦車。勞譯亦拜辭君后，連夜向羊蹄徑進發。

【批語】

（一）〔眉批〕以『是夜』二字，追補前回之未及叙之事。蓋上文晋人邊文字，此文潛光邊文字，不能兩邊齊寫，行文之法，不得不爾也。然法亦本古人。

（二）〔眉批〕關公，曹操客也。已受操恩，故不得不釋操於華容。得功，潛光臣也，已受潛光恩，故不得不釋潛光於程野。古今英雄志概，不期合而自無不合。惟英雄，情□□□，乃知殺妻求將，直一無情惡漢耳，惡足以語英雄哉。

（三）〔眉批〕趙飛燕之僞孕，成帝不知；紹瞋雲之僞孕，潛光不獨知之，而且使之也。曰『六月產一男』者，横烟入宫剛六月也，而以爲太子，舉朝能不嘩然哉？帷簿如此，國欲不亡胡可得。

（四）〔眉批〕爲下文與飛虎戰於拱極門，病不能持槍作地。

（五）〔眉批〕嬌鸞之取二十韓，公挪之取十三紹，下文皆用虚寫。文先從此處提明，使下文虚寫之中，仍層叠縈拂，不枯寂也。

（六）〔眉批〕以一『副』字，逼出紅綃來。勞譯本欲言，而不敢竟言；犨雨不宜言，而反明言之。言發於犨雨之口，不由潛光之肯不肯矣，可嘆哉。

（七）〔眉批〕事已如此，更有何言。

（八）〔眉批〕便是一聲，魂欲離而復止；那禁再唤，腸未斷而先回。

（九）〔眉批〕兒女情長，英雄氣短，所謂前後若兩截人也。

第五十三回　勞大夫拙用美人計　可新婦巧點探花郎

自杏英屯軍雙角，韓騰屯石杵，眉後百鄉，皆爲晋有。是時，韓騰夫婦威名藉甚，恩錫日隆，并封司馬杏英爲綉旗伯。

一日，夫婦正聚宴於玉帶舊營，忽報眉山大夫勞譯求見。杏英謂韓騰曰：『這勞譯，必爲求降而來。君侯曾爲潛光所辱，須大肅軍容，以威臨之。若厚禮卑詞，可爲轉奏紫都，聽君相發落。若徒憑口舌作説客，可即斫殺，以奸細論。』韓騰曰：『願與夫人同見勞譯。』即發號炮，傳齊軍士，務要旌旗整肅，隊仗森嚴。諸將皆頂盔擐甲，自轅門至儀門，自儀門至虎帳，皆刀閃電光，氣争雷怒。使軍校傳令箭一枝，帶勞譯入見。

勞譯從旗縫刀林裏蹲入，驚得面如土色，伏於帳前(一)。韓騰大怒曰：『你是何處奸細，在這裏窺探軍情。拿去斬了！』左右齊聲吆喝。勞譯正欲分辯，只見右坐的，正是綉旗伯杏英，囀着嬌聲，問曰：『汝且從實招來，或可免死。』勞譯曰：『某本眉山大臣勞譯，奉寡君之命，來上降表，求將軍轉達朝廷的。誤冒虎威，期緩一死。』韓騰笑曰：『紹潛光滅我韓莊，戮我宗族，殘虐我士庶，攘奪我土地，自以爲一世之雄也，安肯降？』勞譯曰：『昔者韓仁兄弟賣國求榮，寡君即戮於將軍之前，所以謝將軍也。今者天不祐紹，以底喪亡，兵臨城下，窮蹙求降，此仁人君子所當哀而憐之者。夫勝則爲君，敗則爲臣，古今之通義也（二）。寡君使某奉黄金百斤，明珠千顆，以爲將軍犒士之費，冀將軍容某得至紫霞見大王，雖爲王戮，未敢加怨於將軍也。』杏英喝左右將那大夫的降表傳上來。

杏英看罷，大笑，又傳與韓騰過目。韓騰看猶未了，杏英曰：『大夫欲用美人計，學吴越故事乎？紹潛光雖欲爲勾踐，但我王不比夫差，大夫斷送了兩位令嫒了。大夫請起，帶二女來，待某一觀，以廣見識。』勞譯不得已，叩頭而出，即帶二女進營，跪在一旁。杏英叫抬起頭來，看了一回，贊曰：『好个美人兒！大王收録，定然寵冠後宫了。你兩个是同胞的姊妹麼？可報名來。』横烟曰：『婢子是勞奢奢。』紅綃曰：『婢子勞慶慶，是同胞的姊妹。』杏英乃使偏將張賓領勞大夫一行人，在温平鄉住着。『待某將那降表奉聞朝廷，待旨宣召。』勞譯没奈何，携二女與從人，隨着張賓，往温平鄉暫住。

明日，杏英自携降表回都，私見花丞相，備言其事。餘餘曰：『這幾日，是開科取士的日期。這降表，可擱在這裏。夫人先使人將勞譯父女監禁着，待娭家相个機會，因便奏聞，勿使中他這美人計。』杏英笑曰：『王的脾氣，惟相公知得深。至於勞氏父女，已監在温平鄉了。』言罷，遂拜辭出都而去。

凝命三年九月，初行開科盛典，以花容爲正總裁。時無知既破尹百全軍，乃以得勝之師移駐碣門，與龍飛合，多出奇計，碣門將破矣。花容乃諷王，召無知回（三）。無知没奈何，即日班師回都，以爲副總裁，俾取録之權，皆操之無知，花容總其成而已。

是時，錦屏山右，試院落成。各鄉，各邑，各莊，皆貢士至都，寧缺無濫，亦不限數，約得二千餘人。初十日，頭場，試策對。十四日，二場，試詩賦。十八日，三場，試雜文。十月初一日，榜發。甲榜進士五十名，乙榜進士二十名。初五日，殿試。一甲進士三名，二甲進士十七名，三甲進士三十名。初十日，王親御紫垣殿，欽點狀元。御階下跪着紅袍紗帽的三人，一人年紀四十以來，面瘦黑，有鬚，名玉和聲，是黄石莊人。王甚愛其策對，謂有經濟才，遂點狀元。一人臉白面方，年甫弱冠，名可芳蕤，是二紹鄉人，點作榜眼。一人年亦弱冠，桃腮杏眼，温婉如好女，名斗貫珠，是苦竹鄉人，隸紫都籍，點作探花。各賜御酒三杯，簪金花一對，命跨馬游街三日，以榮之。叩首謝恩而下。

獨探花斗貫珠躑躅遲回，袖中出本章上奏。王使女侍郎傳進，展閲已，大驚。顧花容、無知問曰：『卿知此探花來歷否(四)？』各對以不知。王曰：『此朕之國丈母也。』舉朝無不失色凝視貫珠。王乃賜坐於螭帳之旁，立宣國丈可介之朝見。

俄介之至，王喜爲之揖曰：『國丈恭喜。』因指貫珠曰：『此非國丈母乎？今點了探花，是天子門生，夫隨妻貴，國丈亦朕的門生了(五)。』言罷，君臣相顧大笑。介之俯伏謝恩，備言可當、韓騰媒合之事。『于歸一載，并不以臣老出怨言。臣家足足、香香兩娘娘，從軍日久，亦并不知，故未敢奏聞。今朝廷開科取士，渠定要改了男妝，向試場中争勝負。實不料竊得王一个探花，罪當萬死。』王笑曰：『國丈枯楊生華，晚福不淺。请國丈坐了，好説話。』介之謝了坐。王笑顧無知曰：『當年朕娶了這狀元，自以爲千秋奇遇。今探花又是這狀元取中的，誰知狀元的衣鉢，又傳了這探花，恰被國丈娶了。他年生个小探花，朕一定要吃喜酒的(六)。』言次，君臣又笑了一回。王謂無知曰：『卿可帶這探花入宫，朝見王后，博笑兒。』斗貫珠又謝了恩，隨無知入宫去了。

花容乘間奏曰：『近日，紹潛光使大夫勞譯求降，欲以王作夫差，其設心甚險，願王無爲所惑。』王曰：『何也？』花容因出袖中降表呈上(七)。王閲畢，怒曰：『潛光四旬不娶，嘗以朕爲好色之徒，反朕所爲。誰知剛納了可飛虎的妹子，既立爲后，又孌紹太康二女而廢前后，是矯詐人也。今國將亡，又欲以勞譯之女惑朕，是直欲夫差朕也。宜痛絶之，不許令二女見朕(八)。』花容曰：『臣愚以爲，見固不可見，絶且不必絶。今狀元玉和聲新喪偶，榜眼可芳蕤仍未有室，何不將二女分賜二人，然後召勞譯入朝，面諭之。如潛光真降，可去王號，親至紫都朝見，如臣禮。倘仍據故土，輸幣是欲養蓄精鋭，爲復仇地，僞降也。宜道破其謀，使之爽然失。』介之曰：『眉京不過一可莊之地耳，以我全師之力，圍之年餘而不能破，不如姑聽其降，以舒兵力。』花容曰：『受其僞降，受其欺耳，必有後禍。國丈不見吴越之事乎？圍之年餘，雖不曾破，而力將竭矣，能保其終不破乎？卧榻之側，豈容他人鼾睡乎(九)？』介之遂拜辭君相，下殿去了。

斗貫珠見了王后，賞賚甚隆。王使錦衣軍以錦車舁回可府。自是人始知探花是介之的夫人，介之遂請斗騰驤及諸文武飲了數日的喜酒。又使人往碣門，報知足足、香香。原來，足足、香香本從無知救鐵山，既破尹百全軍，遂移師碣門，與龍飛軍合。逮無知遵召班師，足足、香香等仍留龍飛軍調用。是時，聞這信息，相與詫异。欲回都一見貫珠，而未暇也。

明日旨下，以勞譯長女勞奢奢賜狀元玉和聲爲妻，次女勞慶慶賜榜眼可芳蕤爲妻。其時，新進士赴了紅綾宴，多住九如坊，聽候銓選。勞譯至紫都，王亦優禮相待，而所謀不遂，心志俱灰。二婿留之不住，竟回眉京復命（一〇）。被潛光罵了一場，自經而死。

【批語】

（一）〔眉批〕勞大夫未知悔此一來否？

（二）〔眉批〕勞大夫大抵亦能言之士，故能從容不迫，不至觸怒韓騰、杏英。

（三）〔眉批〕此一召也，與金牌之召何异？曰『多出奇計，碣門將破』，即黃龍痛飲之機也。餘餘之忌無知，豈待下回從王恩幸而始見哉？作者不忍明言，閱者應窺微旨。

（四）〔眉批〕陡然作此語，不特舉朝失色，即閱者至今無不失色。

（五）〔眉批〕事奇，而語更奇。

（六）〔眉批〕亦諧亦妙，惟能略九重之迹，乃可聯交□之歡。君臣若朋友，此謂推心置腹者，少青有□。

（七）〔眉批〕妙在先以言激之，而後出其降表。
（八）〔眉批〕已在餘餘算中。
（九）〔眉批〕語亦破的。
（一〇）〔眉批〕完了勞譯。

第五十四回　晉王恩幸諸營　可妃病邀殊眷

餘餘與無知謀：衆娘娘從軍日久，恐生怠心，不如勸王巡幸諸營，厚賞賚，軍力必振，可相機破眉京，以成混一基業。餘餘欲以王后臨朝聽政，留無知輔之，而自與王行。無知不悦，曰：『相公本中輔重臣，何可輕去。況娭家征戰日久，將卒性情、山川形勢，胸有爐錘。仍是娭家去而相公留，乃全國體。』餘餘曰：『娭家非争一將之功，亦非貪近王之寵也。娭家與公，本左右輔弼，勞逸宜均。往者鐵山之役，娭家本欲自行，公乃身冒鋒鏑，以建奇功。兩年中，娭家執簡於深宮，相公枕戈於戰壘，心何安焉。今日之行，所以均公之勞也，公請勿疑（一）。』無知不能答。既而曰：『公言直，争之不祥。』餘餘乃浼無知，同往奏王。是時，真妃山翠屏兼理欽天監事。王乃令擇日起程。

以凝命四年正月初五日，聖駕啓行。詔以探花斗貫珠守怒龍寨，而以斗騰驤、玉凌雲爲輔駕將軍。餘餘乃盡發神武帳下諸軍，及軍中備用諸色人等，厚載賞賚而行(二)。王后、無知及諸文武，送出都門，至伏虎而返。所過諸鄉，無不跪迎道左，以觀王師。鐵山伯丁推善率其屬犒王師。王慰勞之，乃以參將紹玉、紹金、丁讓能、凌祖興爲錦衣副使，隨駕南巡。

初十日，駕至右眉，幸征東大將軍趙公挪營。公挪大喜，抱王子福生朝見，備奏平十三紹之事(三)。先是，趙軍營於蓬婆，與司馬恭相拒，賴仁化言於公挪曰：『今司馬恭駐大寅，陶豹駐小眉，高壘不戰，謂我軍不能直逼眉京也。不如僞與相持，暗以軍抄古田，以襲十三紹。且聞十三紹之兵，潛光已發其精銳以禦龍飛，則十三紹必虛而無備。虛則易乘，無備則不能互相援救。我分四軍齊襲之，可不戰而定也。十三紹既定，軍威可直與碣門大軍通矣。』公挪從之。乃下密令，使石蛟引軍五千，襲一紹、二紹、三紹；山貴引軍五千，襲四紹、五紹、六紹；毛果引軍五千，襲七紹、八紹、九紹；毛敢引軍五千，襲十及十一、十二、十三紹。公挪終慮小眉之兵從東路往援，我軍深入重地爲所困。時，無知仍駐碣門，未班師。乃貽書無知，使牽掣之(四)。無知暗使樂更生、紹秋娥以輕騎薄之，陶豹遂不能救十三紹。而公挪四軍，於旬日間，已盡取之，功無有捷於此者。至是，公挪一一爲王言之。王大喜，賜幸三日。公挪部下諸將，皆授守備之職，賞賚有差。

十八日，駕至碣門，討逆大元帥紹龍飛率神槍將軍白雪燕、神鐗將軍可炭團、神鏟將軍可足足、神棒將軍紹秋娥、神箭將軍樂更生、神斧將軍可香香、神鋤將軍張銀銀、神耙將軍張鐵鐵，迎於駕前。王慰勞甚至，使丞相花容大犒軍士。龍飛奏先鋒香得功之功，求授官職，王乃封爲無貳將軍，仍任先鋒。賜鋼鱗鰲尾甲一副，名馬一匹，得功謝恩回營。自偏裨至於庶卒，皆有賞賜。諸營皀藻，無不抃舞呼萬歲。日則商議軍情，夜則與諸將宴樂。一元帥、八將軍，各賜幸二宵。乃留花容監軍，商破碣門之策。

二月八日，王使玉凌雲、丁讓能、凌祖興隨駕幸左眉。時嬌鸞病甚，圖中大將軍玉壽官及夫人韓吉姐亦在軍中。乃率韓傑、可當、可松齡、玉鯨飛、玉鵬飛、奇亮功、斗艮山迎駕。王慰勞畢，即使凌雲大犒諸軍。

嬌鸞雖病重，喬臥軍中，不肯回竹山養病。今聞駕至，使侍兒扶起，仍要戴冠擐甲，執槍朝王，而羸憊不能勝。乃使蝶紅執槍，數侍兒扶掖出營，望輿而拜（五）。王下輿，手掖之，曰：『妃子病體如此，無復多禮。』乃與侍兒扶回寢所，親爲解去冠帶，把其手曰：『妃子勞於王事，至於如此，朕甚痛心。』言着，泪下。嬌鸞躺在榻上，靠王膝，嘘嘘地曰：『恨儂没福，纔膺寵命，二竪子便來侮儂。』言着，亦嗚咽起來。王曰：『去年閲妃子奏章，言病已全愈，而不知仍羸且憊如是也。到底妃子的病，是怎起的（六）？』嬌鸞回過氣來，嘘嘘地曰：『儂與紹鷹揚戰於左眉，相持二十餘日，乘着夜雪，使斗艮山、玉鯨飛、奇亮功各率軍一千，三面殺入，劫其大營。韓傑、可當直搗鈎鐮，擒紹太康。儂單騎追鷹揚，至於東進，馬蹄濘雪坎中，躍不能起，儂以槍頭支石壁，躍下馬，雪花膠綉履，凍徹骨髓，寸步難移。幸有數十騎女兵尋至，扶掖回營，遂得寒疾（七）。』言到這裏，喘吁不接，又咳嗽了一回。王曰：『妃子且慢慢地談，疾恐傷氣。』

時侍兒捧藥茶一盞至，王乃扶嬌鸞，使靠己懷，手接茶盞，問侍兒甚麽茶。侍兒曰：『這是魯太醫的茶，云用月華子及人參泡製成的，每飲一盞，氣稍順些。』王點頭，以左手捧着嬌鸞的臉，右手拿盞，向櫻口中漸漸灌下。嬌鸞飲完了茶，垂泪曰：『自分久爲异物，不期今日，得邀异常恩寵。嬌鸞雖死，得瞑目了。』王又軟慰了一回。嬌鸞又曰：『儂自雪中得寒疾，調治了旬餘，已好了。去年十月，儂乘月色，率數十騎巡哨諸營，直至鴉山，正欲登山一望眉京虛實，不期有刺客伏黑林中，一槍刺來。幸儂不應死於渠手，刺碎儂掩心鏡。渠欲走時，已被我兵搠死。以此重獲驚恐，病復作。每夜必夢哥哥明禮辱罵，或毆儂的私處。故醫治不痊，恐終不獲事王，負王甚矣（八）。』言罷，又哭將起來。王曰：『朕今夜抱着妃子睡，看尚有此惡夢否？』嬌鸞曰：『病體惡臭，沾惹龍軀，恐折盡儂的福澤，願王別榻寢罷。』王曰：『朕與妃子，恩愛本深，只爲潜光未滅，累妃子卧甲抱桴，半生辛苦，何曾安享着一日尊榮。今妃子病到這个田地，服事得妃子一日便一日，何敢嫌弃妃子（九）。』言罷，又摟着灑一回泪。恰幾个宮女請王御膳，遂下榻而去。

明日，王使人往花容軍中召御醫梅虛谷來醫嬌鸞。虛谷診了脉息，察了神色，問了病源，跪而奏曰：『娘娘此症，緣驚恐過多，膽汁溢出少陽，致外淫乘間深據經絡，衝動浮游無根之火，肆虐於太陰、少陰之間。蓋少陽在氣爲火，在經爲木。木不能生，所生君火煽動，故舌焦涎苦，而不知味。木反侮所勝，土母無權，故肌膚灑淅如瘧，而日見羸瘠也。人之飲食，其精氣上輸於脾，脾輸肺，肺布諸腑，今胃無穀養，而氣不上升，故肺焦枯而乾咳也。夫治苗去莠，治國去賊。治此病者，不先驅逐外淫，不可也。前醫不明此理，悉用鎮心潤肺之品，其味厚重下壓，致淫伏愈深。猛驅之，則血驟脱，而不可救。驅之稍緩，則氣日消，而亦不可救。雖華、扁復生，難措手矣（一〇）。』

王曰：『然則娘娘必無生理矣乎？願大夫爲朕再思之。』虛谷沉吟了一會，忽然以手加額，復奏曰：『幸聖人出，草木效靈。天生一代奇人，必有一代奇藥，以供一代奇人之用。臣嘗登山，夜觀星象，見妖氣聚於南，而瑞氣正凝於北，有金光一綫從地亘天，其下必有靈芝（一一）。臣以道里測之，正在紫垣峰第三重。此芝名「陽静陰動芝」，可以驅深伏之淫邪，從毛孔出，而不傷血氣。願王賜臣手敕，得采靈芝以救娘娘，兼采紫垣金鳳參三枚，爲娘娘調護元氣。餘藥，臣囊中自有所儲，無勞聖慮。』王曰：『金鳳參，朕已封識，這裏隨帶有十餘枚，足供大夫使用。』乃降采芝手敕，限以快程。虛谷領敕，從緣木鄉後路走馬而去。其路由石杵岩穿洞心峽，通紫都甚捷，快程四日可往返。

其時，黃石公玉壽官私奏：『夫人韓吉姐，妒忌擅權，將娘子楊三弟監禁錮扃，不許與臣見面，恐終罹毒害，願王裁抑之。』王召吉姐，勉以螽斯之義。吉姐奏曰：『公自納那三弟，造樓以居之，署曰「忘返」。大耗莊財，奢淫放恣，口不忍言，恒月餘不下樓。忌奴家之諫，欲廢奴家而立三弟。奴家請於可娘娘、太夫人而黜之，念先鄉長艱難創業，不忍坐視敗忘，此則奴家之罪也。』王大怒，責壽官曰：『先鄉長以彈丸黄石，受淩於巨族，朝夕飲泣，毦衣芒屩。私携太夫人易服出山，遂成進士。歷任縣州府，食不兼味，坐不重席，回山時只有兩袖清風。因討明禮，壹鬱身亡。朕以天朝一生員，感托孤之重，義切同仇，繕征經營，身冒鋒鏑，遂大黄石，舉而還汝。以汝年幼，留可娘娘、三將軍輔汝。汝宜恐懼修省，克守丕基，而剥喪如此，本宜將汝斬首。汝夫人是朕主婚，又玉帶侯之小妹，綉旗伯之小姑，汝若廢之，禍不遠矣。姑將汝去大將軍之職，降爲黄石侯。如再不悛，定正國法〔二〕。』罵得壽官汗流浹背，叩首出血而退。

又數日，梅虚谷采藥已回。是夜，三更進藥一匕，五更復進一匕。明日，嬌鸞身出微汗，略覺輕鬆。王乃以醫事專委吉姐，辭别嬌鸞，命駕幸夷庚而去。

【批語】

（一）〔眉批〕斯言僞也。

（二）〔眉批〕餘餘帳下之神武軍，不發於龍飛挂帥之日，特留作□時而後發者，或曰餘餘之深意，而實餘餘之私心也。

（三）〔眉批〕取十三紹之事，只用虛寫。

（四）〔眉批〕此事在無知未班師之前，特追言之，以當補叙耳。

（五）〔眉批〕活畫出嬌鸞崛强神情。

（六）〔眉批〕《記》中有不暇叙及者，每借口中補出。

（七）〔眉批〕借口□補出不奇，妙仍是説病文字。『堅冰消盡還成水』『明月圓來則是珠』，情詞之妙，□□無白。□□□□□□紹，一何神速？嬌□□□□□韓，一何狼狽？（俊樺按：鈔本此處殘缺多字，第二字剩半邊，似『飛』字，如是，則據正文所屬兩句或爲『龍飛之取十三紹』『嬌鸞之襲二十韓』。）

（八）〔眉批〕襲韓之事，分兩截而言，是病憊聲也。

（九）〔眉批〕一字一泪。

（一〇）〔眉批〕茁靈素之精華，抒張劉之妙理，此道非三折肱，弗能習習而談如是。

（一一）〔眉批〕望氣而知靈藥，如此神醫，即盧、扁亦當讓斯人出一頭也。

（一二）〔眉批〕援先鄉長以訓遺孤，字字從血性中流出，少青可云不負玉公矣。

卷十六

東莞寶安吾盧居士戲編

第五十五回　竇將軍夷庚寨怒誅妖道　樂童子樊仙岩力斬邪神（一）

先是，夷庚鄉左，有小夷庚鄉，五百餘家，皆列姓。鄉長列選，有鄉主列小娟，許字夷庚鄉長樂進次子樂華貂。二鄉毗連，中隔一山，名樊仙岩。岩中一妖神，號樊仙，岩以是得名。岩中神甚靈顯，凡婦女從岩前經過者，必毀妝穢服，否則攝入岩中淫之。儻則放還，還則大病月餘，嘔盡惡汁始愈，或有死者。被淫者言，神朱唇粉面，如美書生，但下體粗鋭，當之者無不崩裂。小夷庚有女巫，號黄道姑，能與神通。凡神降禍於某家，賂道姑輒得解。

小娟將嫁，必由岩前經過，列選憂之，浼黄道姑爲地。道姑乃披髮跣足，卧壇中，三日不食。醒，語列選曰：『神自言與鄉主有緣，好事不宜錯過，教我先向鄉長處報个喜信。我浼之數回（俊樺按：「數回」，鈔本作「數四」，徑改），言鄉長只此鄉主，不敢以凡體辱仙人，冀仙人曲體下情，恕之。神初不肯，我争之兩日夜。神言，既鄉長不願，教選美童女十人，樂家選美童男十人，俱十二三年紀，先二日送入岩中，可代鄉主。既鄉長愛惜鄉主，樂鄉長亦宜愛惜新婦，求鄉長頒令箭一枚，待我選了童女，然後説樂鄉長令選童男，是不由他不允的。』列選没奈何，由道姑去選，選中的，賞銀十兩，酬乳抱之勞。

那道姑得了鄉長的令，便先向富家挑選，得厚賂，便言年命不合，又選别家。鬧得小夷庚母抱女哭，姊抱妹啼，都言生錯了你家貧的，無賂可遺，便選着了。選得十人，帶入鄉長府中，令列選美饌華衣供養着。又往夷庚鄉樂進處，教選童男。樂進初不肯，及接列選手書，不得已，亦下令使黄道姑如選童女的法選去。

其時，有个鄉勇名樂代辛，雙生兒子，一名段安，一名黎安，年俱十三，韶秀聰慧，讀書過目不忘，父母十分鍾愛，亦被選着。代辛大憂，情願賂銀二十兩，道姑不肯。又增至百兩，仍不肯。代辛辭退了鄉勇，抱着兩兒大哭。段安曰：『哭也無益，今竇娘娘屯兵鄉後，爹爹何不潛赴轅門，告他一狀？』代辛難之。黎安曰：『事不宜遲，如爹爹不願去時，兒兄弟乘夜逃出，自去叫冤，遲恐有人監守，去不得了。』言罷，辭了父母，兄弟扮作牧童，潛赴竇小端營裏來。

此時，約莫初更，明月如晝。但見星動旌旗，風悲鼓角，一帶營栅，盡據層巒，形勢鞏固[二]。從東頭斜繞至一竹林下，正遇巡哨軍士，兄弟遂叫起冤來。軍士見係兩个牧童，大喝曰：『你兩个孩子，不知死活，這是甚麼地方，容你叫冤呢。』便一把將二人揪住。段安曰：

『兒有奇冤，欲赴娘娘告狀，敢煩將軍引導。』軍士笑曰：『你兩孩子，敢是顛麽，你姓甚名誰呢？』段安曰：『兒姓欒，名段安。這是兒的兄弟，名黎安。是夷庚鄉勇欒代辛兒子，今有奇冤，性命呼吸，故來告狀。』言罷，一齊哭將起來。一軍士正欲問他甚麽冤，又一軍士曰：『看這童子，生得十分秀雅，必非顛狂。你隨我來。』

段安兄弟遂隨着這軍士，進了營盤大道。遇一隊燈籠，引着馬上一个將軍，那將軍問軍士，這兩个孩子何來，軍士將實情禀上，又道了姓名。那將軍曰：『渠父親，平時與我絶好，段安兄弟，是最乖巧的。』聞這話，不等説完，即上前拜於馬下，哭呼『伯父救命(三)』。那將軍問了備細，即帶二人進轅門，來見小端。小端正與幾个心腹女兵在營前看月，聞某裨將帶着兩个孩子，言有十分切急事情，故深夜來見。

小端乃進大營，唤集左右，傳裨將及孩子入見，問是何事。裨將曰：『這兩孩子，是夷庚鄉勇欒代辛兒子，有奇冤在身，求娘娘申理的。』小端大怒曰：『娭家以爲有緊急軍情，故深夜來報，這申理的事，各鄉有各鄉的鄉長，與娭家何干。深夜裏帶着這小幺兒，莫非奸細來這裏探察軍情麽？』本宜痛責，姑念初犯，喝左右亂棒打出轅門。左右正待動手，只見兩个孩子，叫起青天娘娘來，音甚哀而聲頗清越。小端止住左右，令帶孩子上帳，備問情由。段安遂將邪神怎樣淫辱婦女，兩鄉長怎樣信那黄道姑，怎樣挑選童男童女，詐人錢財，兒兄弟二人亦被選着，不肯留一个延宗嗣，故深夜來告，遲即有人監守，逃不出了。小端見這孩子，一五一十的，説得流亮清楚，遂以好語安慰着，教女兵帶在一旁，即傳令箭，令那裨將限三更三點，立傳兩鄉鄉長問話。

須臾傳至，小端拍案大罵：『你兩人既爲一鄉之長，鄉中人皆汝子女，爲何聽信妖巫，詐人錢鈔，害人性命？』謂列選曰：『汝懼女兒見辱於妖神，汝鄉十童女獨非汝宗親乎，且誰無父母乎？』謂樂進曰：『汝懼汝媳見辱於妖神，汝鄉十童男獨非汝子弟乎？何不忍於此，而竟忍於彼也(四)？』話得二人默默無一語，只是叩頭曰：『罪該萬死。』

小端曰：『二鄉長且回，限明日辰刻，拿那黄道姑來，遲恐相累。』列選大驚，復叩頭曰：『這黄道姑是拿不得的，他一戟指，百萬軍，皆反手自縛；一擊齒，千百家，皆相繼死亡。娘娘幸無撩撥他。』

小端擊案大怒，立刻傳令，點步兵一千，各備弓弩火把，自提了點星刀，令二鄉長引路，將黄道姑家圍得鐵桶一般。小端帶了數十人，打進屋中，將案上的神牌、桃印、木劍，用狗血潑污了。道姑夢中驚醒，正欲步罡作法，被小端一把揪翻，用鐵鏈縛得牢固。其妖徒婢嫗二十餘人，磔斬立盡。時天已明，將道姑押回大寨，請二鄉長赴轅看審。

此時，刀戟如林，重重密布。二鄉長分坐帳外，如坐針氈上，震慴不寧。小端鼓吹升帳，喝左右先將道姑打四十大棒纔審問。只見棒落處，如打敗革。左邊樂進叫將起來，翻在地下，叫曰：『莫打，莫打！』小端愈怒，喝且莫打，將道姑的衣服褪了，搜出木人二个，小玉印二枚。即將玉印捶碎，木人焚毀，然後以鐵片燒紅，烙之。但見道姑兩目緊閉，面青肌黑，烙至輒不復燃。於是罷烙，先割其兩乳，只見乳已落而無血，割下的，却是饅頭二枚，而乳實未傷。又截其十指，十指斷，而實非指，蓋樹枝也。小端怒的了不得，自揮點星刀，向着道姑的頸嗓斫去，那頭骨碌碌墜將下來，而頸亦無血。細視之，頭實未斷，其墜地的，土塊而已。小端正怒無着處，使人立請白萬寶。

時萬寶屯兵阪泥，相去數里，跨上耿純，加鞭即至。小端語其事，萬寶大怒。使人以兩木夾之，界以巨鋸。鋸過處，痕隨鋸合，而道姑體實未傷。正無如何，忽見段安兄弟上帳禀曰：『邪不勝正，娘娘以印壓之，術必破矣。』小端然之，乃出神刀將軍印壓其頂，以點星刀截其手足，血乃出，而聲乃嘶，道姑死矣。兩鄉長皆叩頭呼千歲。

小端正欲與萬寶合兵，擬破樊仙洞，驟聞駕至（五），乃率諸將出轅迎駕。王勞犒已畢，備言別後情事。小端又將兩鄉之事上奏，并陳拿捉妖神之意。王笑曰：『妃子們是去不得的。這妖神，既會淫攝婦女，倘鬥他不過，不吃他的虧麽？』萬寶曰：『臣等曾誅猿精，平神獸，諒這妖神，有何法力，致吃他虧。』王正欲開言，忽見兩孩子俯伏，奏曰：『臣兄弟不揣冒昧，願代娘娘入岩拿捉妖神。』王曰：『汝何人，有何道術，敢去拿妖？』孩子曰：『臣夷庚鄉勇樂代辛之子段安、黎安。自幼讀書，并無道術。緣鄉長選臣兄弟，備童男以獻妖神，故赴轅告狀。蒙娘娘誅了黃道姑，救臣性命。願仗天威，代娘娘一走。』王笑曰：『汝既畏作童男，是逃死也，如何又欲送死？』黎安曰：『神無黃道姑，如水母之無蝦也。道姑誅，神不靈矣(六)。懇王以開明御璽印臣兄弟之背，臣兄弟自有拿妖之術，非敢以兒童謾語誑王也。』王見其對答老成，不與凡兒比，乃出御璽，親解其衣，俱印之。

二安謝了恩寵，使軍士鳴金鼓於岩前以助威，俱披髮跣足，仗劍入岩。岩中空洞洞，絕無所見。尋至一處，有石穴縱橫尺許。方商量蹲入穴中，忽一陣黑砂從穴中噴出，但見背上暈出紅光，罩了身子，黑砂盡化青烟，觸紅光而滅(七)。二安仗着紅光，齊蹲入穴，紅光閃處，穴中廣隘曲折，朗如犀照。見裏面朱幃綉榻，鋪設的十分整齊。帳中躍出一怪，赤目紫鼻，長臉環口，甚猙獰可怖。二安正欲上前與鬥，驟聞怪呼：『神將拿人！』帳後已走出幾个道童打扮的，拿劍來斫二安。二安揮劍相抵，盡把道童斫翻。誰知是幾隻白狗，顫顫的死了。二安大笑：『原來這厮，不敢噛盾，不敢吠堯，只在這裏作狗盜(八)。』那怪大怒，揮刀直斫二安，紅光繞刀，斫不能入。那怪慌了，化一道黑光，逃出穴外。二安逾穴追來，但見一金甲神，拿金槍攔住黑光，黑光閃在左邊，二安的劍從左斫來，閃在右邊，從右斫來。於是段安在左，黎安在右，逼住了黑光，墮地亂滾，只是斫他不中。段安賦性明慧，料金甲神必是開明的護法，便大呼曰：『奉旨擒妖，金甲神何不相助(九)？』只見金槍一晃，黑光驟斂，現出一隻如牛的大白狗，洞胸而死。金甲神已不見了。二安大喜。段安喚軍士入岩，扛這大狗，先去繳旨。

黎安引軍士入穴中，將穴中所有，及先時斫翻的小狗，盡數搬出。黎安尋至僻處，見榻上卧着兩个女子，白身摟抱，不知羞澀。喝之不應，乃以劍拍其背，女子始驚起。黎安曰：『妖神已誅，兩女子的是何人？放爾回去。』女子始恍然如有所失。黎安乃搜撿衣裙兩套，令女子穿好。下榻泣拜，曰：『妾等皆小夷庚人，列姓，爲妖神所攝，望仙童拯救。』黎安令軍士各送回家。出岩繳旨。

王大喜，問曰：『汝二人，十幾歲了？』對曰：『臣兄弟，年俱十三，是黌生的。』王見二人眉目清秀，對答老成，曰：『汝能讀書，不知會屬文麼？』段安曰：『臣兄弟七歲便學文，但賦性魯鈍，不能工爾。』王乃給筆硯，令欒段安擬《平妖碑》文一篇，欒黎安擬《平妖雅》一什。二安領旨，揮毫立就。其《平妖碑》云：

唯大晋凝命四年丁亥，王幸神刀將軍竇妃之營，命小臣段安及臣弟黎安，披髮仗劍，誅犬妖於樊仙岩。功成，命臣擬《平妖碑》。臣兄弟年僅十三，雖冒昧不知文，然霆動霾消，巍巍鴻烈，不可不記也。

臣兄弟生讀儒書，不諳道術。王懼臣不更事，以開明御璽印臣，臣兄弟遂敢直擣妖巢。妖仗黑砂，臣仗紅光，一光一砂，一紅一黑，飛花滚絮，鬥於空中而紅光勝。夫黑砂，僞水也；紅光，真火也。僞水不能克真火，火烈而水反消，其理然也（一〇）。臣兄弟懼黄道姑之焰，逃死於王妃之營。王妃爲臣誅道姑，是臣死而王妃生之也。妃既生臣，臣命注於妃，猶注於天也，妖其如臣何！堯天之下，小醜難容，故臣敢奉密詔而討妖也。臣未奉詔，身是臣身，故懼道姑也；臣既奉詔，身是王身，故不懼妖也。黑砂既敗，臣遂得深入妖窟。臣弟黎安，先驅妖之爪牙而戮之。臣仗劍追妖，妖將虐臣，而瑶光所照，妖形畢顯。於戲！一狗而已，誅之固自易易。

夫五緯聯光，兔窟不能秘其狡也；百神效靈，熊旅不得争其能也。况王妃位應四星，匡參十亂；化已行於南國，德合配乎北辰。上膺天寵，下洽地行，尚猶有翳不消而氛不净者乎？小臣不過順其機，而收此奇效爾。猗歟盛哉！一人有慶，兆民不驚。十三齡童子臣樂段安，奉旨謹擬。

其《平妖雅》六章，一章四句，三章章八句，一章十句，一章六句。第一章云：

天既厭亂，篤生聖人。受天之祜，以爲笏山君。

第二章云：

王命賓妃，總我六師。敢有不庭，汝則正之。餘氛不殄，爲魅爲蝮，以耗斁我子弟，汝則屠戮之。

第三章云：

昭昭夷庚，乃有樊仙。瘨我辱我，穢焰滔天。曰黄道姑，實仙之緣。糜我肢體，奪我粥饘。衆命近止，哀恫漣漣。

第四章云：

王妃赫怒，嘽嘽振旅。不遑假息，誅此醜姥。爪牙既剪，樊仙氣沮。

第五章云：

乃命臣段，仗劍鳴環。乃命臣黎，滅猘除豻。小子蹻蹻，用闞於樊仙之岩。血濺衣殷，唱凱以還。

第六章云：

赫赫王威，賨妃承之。蕩蕩笏山，賨妃平之。妃拜稽首，天子之功。億萬斯年，景祚靡窮〔一一〕。

録畢呈覽，大稱旨。王曰：『何物濁漢，生此寧馨兒。一之不已也，兩株玉樹，照映笏山。朕不能無妒心矣。朕欲以汝兄弟爲王兒，汝願否〔一二〕？』二安俯伏謝恩。乃使段安拜萬寶爲母，黎安拜小端爲母。大設慶筵，同邀恩幸。偏裨小卒，賚賞有差。

【批語】

（一）〔眉批〕文於軍旅倥偬之會，忽插賨小端誅一妖神，收兩王子，一篇《西游》文字，何也？飛鳳諸臣，惟小端較諸人爲稍絀，而下文平紹之役，又弗能身與，不幾濫叨飛鳳閣中之一席乎？作者知文有好整以暇之法，於潛光將破未破之會，停正筆，用一變筆，繪出賨將軍一段英雄氣概，平妖保民，赫赫著人耳目。文心之苦，文心之巧，文心之幻，一時無兩。若從起兵討潛光，直叙至國亡主虜，縱用煞才思，亦史而已矣。安能顛倒造化，變易耳目，使人頭可得而點，口不可得而言如是哉？

（二）〔眉批〕按，黑小娘，幼號出地蛇，是女子中最强悍無賴者。及身依真主，福至心靈，便能軍旅。觀其旌旗鼓角，營栅層巒，生平本領已見。及其斬妖道，滅邪神，而卒來二安之頌禱，乃知身名標飛鳳，亦非易事。

（三）〔眉批〕活畫出兩跳脱童子來。

（四）〔眉批〕名言如話，入人心坎，不意小端能爲是言，倘所謂福至心自靈者耶？

（五）〔眉批〕鬥笋捷快。

（六）〔眉批〕妖之不足畏，一語洞徹。

（七）〔眉批〕叙此等事，最易拖泥帶水，苟非智珠在胸，法輪在手，安能如是。

（八）〔眉批〕嘻笑甚於怒駡，作者必有所指。

（九）〔眉批〕奇想。

（一〇）〔眉批〕闡發透闢，妙具至理，此是宋儒説理文字，不同老莊之學。

（一一）〔眉批〕圭璋其質，芳麗其華，一《碑》一《雅》，極一縱一横之能事。

（一二）〔眉批〕王可謂善用其妒矣。

第五十六回　布檄文一巧匠鴉飛鳶鬧　亂宫闈兩國舅殺相逼君

王留幸四日，使萬寶、小端俱拔營同集碣門。時紹龍飛攻碣門之左，花餘餘攻碣門之右。王率萬寶等至，軍威大振。

是夜，王幸花容營。容曰：『近有一絶奇的事，不可不爲王述之。前數日，接得新榜眼可芳蕤書，所賜美人勞慶慶，王猜是誰？』王曰：『是勞譯的小女，不用猜的。』容笑曰：『這頂綠巾兒，紹潛光戴得太不值了。這慶慶，原是可飛虎的妹子紅綃。潛光既立爲后，又寵太康二女，而廢紅綃。紅綃既廢，不無怨言。二女懼其謀己，又攛掇潛光，令認勞譯爲女，獻王。今紅綃與芳蕤十分恩愛，故燈前枕畔，每每漏泄真情。芳蕤恐事關軍國，不敢隱秘，以密函致臣。王道這事奇麽？』王聞這話，呆了半晌。忽的大笑起來，遂向空指着眉京曰：『潛光，潛光，你用着老婆勾引朕作野老兒，你的計大拙了。』

又問花容曰：『這新狀元娶的勞奢奢，可真勞譯的女兒麽？』容曰：『這个更奇。原來太康三个女兒，皆美。當年趙無知爲紹莊花狀元時，太康欲以三女招他爲婿。無知逃去，遂將長女橫烟嫁了繆方，次女瞋雲、幼女顰雨皆有寵於潛光，築玲瓏、窈窕院以居之。繆方亡於鐵山之役，兩妹知橫烟有孕，私招入宮，令侍潛光。今潛光的太子繼文，橫烟所出，實繆方之子也。瞋雲欲以繼文爲己子，久欲借他故出橫烟，故又令橫烟妝作勞譯長女，改名奢奢，今歸玉狀元，聞説又有孕了。』王更詫异曰：『有這等奇而又奇之事！』

又呆了半晌，忽然拍股曰：『破眉京的計，在是矣。朕欲將這事作一檄文，射入眉京以辱之。他將自羞不暇，而又臣羞其君，民羞其主。上下交羞，而人心亡矣。心亡於內，亂作於外，其能相與死守乎[一]？但此文須朕自製，與妃子參定之。』遂挑燈連夜製成。花容讀之，大笑曰：『此一篇文，勝甲兵十萬矣。』

明日，使人繕寫百餘條，召龍飛共議之。龍飛曰：『昔韓莊告示，用張小逾垣夜貼，所以啓其疑也。今何不復召張小，倘能如貼韓莊者貼眉京，潛光必疑内應有人。疑則亂生，我軍乘其疑亂之際，四面逾險齊登，必獲濟矣。』王曰：『善。』乃使人往黃石召張小。

張小至，龍飛語之故。張小登高一望，見旌旗森布，無縫可緣，不敢應召。花容乃使摩訶辛造木鴉一隻，擬以月黑之宵，使張小騎鴉飛入眉京行事。木鴉成，先教張小試習。張小大喜，屢試不爽。

三月初一日，三更時，張小着小黑衣，携檄文百餘張，并漿糊等物，跨上木鴉，扭動機竅，先飛下碣門，貼了十餘張，并無人知。黑暗中，又隨着巡哨的軍士背後，偷過尹百全大營，復撒十餘張於營盤要路。見碣山左右，盡是連珠的營柵，十分嚴密，亦各撒數張。尋至一僻處，復跨上木鴉，扭機竅騰空而上，窺眉京僻静處，復扭機而下，時已四更了。凡幽衢市衖，無不遍貼。餘的盡從空中抛下，飛出眉京，繳旨去了(二)。

是夜，呼家寶與夫人飲了數杯，瞢騰睡着。至五更，泡燥起來，呼從人提燈出廳事。正欲請諸幕友酌議軍情，忽見空中一片白紙，從檐前飄下。拾視之，乃《檄文》一通。其文曰：

牧牛兒紹潛光者，性原狡險，目不識丁，而矯爲磊磊落落之狀以欺世。窺紹莊之難，僞立紹公子紹平以收人心，旋逐平自立。朕欲聲罪討之，而未暇也。乘朕之未暇，盡驅孱弱小鄉，襲朕屬莊，而卒招天厭。十字關前，全軍覆没，朕甚憫之，聽其收骨而去。民亦何辜，草菅若此。朕趙貴妃之父蒯，爲潛光所惑，率其鄉勇以從，死於鈎鐮。貴妃新立，正宜撫恤遺孤，以大字小。乃不念舊德，欺妃弱稚，暴驅鄉兵，欲奪妃地。苟有人心，何忍出此。而又敗於烏溝，將亡弟擄，受盟而返。宜知天道之不爽矣。

四句不娶，儉樸類窮民，與莊勇同卧起，此三者，生平之技倆也。倘能矯此以終其身，亦可以欺愚而罔俗。乃悦可飛虎之妹紅綃美，乘兩可之亂，陰令互相吞噬，而竊紅綃於干戈擾攘間，據爲室而盡奪其地。磊磊落落者，固如是乎？是時，朕紫都新造，亦未暇聲罪致討也。又乘朕之未暇，襲朕黄石，竊朕韓莊，井蛙自大，僭稱僞王。而納紹太康二女，命之曰宗妃。起玲瓏、窈窕、巢玉諸院，窮極奢侈，放恣無狀。用酷臣，虐百姓，誅叔父，前後若兩截人。嗚呼，怪矣哉！

更有甚者，既立紅綃爲后，入宗妃之讒而廢之。納故臣繆方有孕之妻，生子繼文，而以爲太子，自斬宗祧，不孝孰大於是。前者四句不娶，今何淫亂至如是也；前者儉樸類窮民，今何縱所欲若是其無度也；前者與莊勇同卧起，今何戮故交、殺鄉長、誅叔父以爲快也[三]。自以爲據三莊之地，卧眉山而號令四隅，縱吾爲之所得爲誰敢不服。而不知履德則民歸，悖德則民畔，故紹坐茅以至親畔而歸朕矣，丁推善以鐵山重鎮畔而歸朕矣，香得功以同起草澤之臣畔而歸朕矣。不特此也，可紅綃爲潛光結髮之妻，紹橫烟爲潛光太子之母，則亦潛光之妻也，奈何帷簿不修，竟使勞譯飾二妻，携至紫都，獻朕求降。夫降，可也，以妻求降，不可也。豈真身請爲臣者，必妻請爲妾耶？朕心惻然，準其降而遣二妻歸國。而二妻晝夜號泣，以爲身可死不可歸。勞譯不得已，遂將紅綃私嫁朕臣可芳蕤，横烟私嫁朕臣玉和聲。夫二妻豈不念夫婦之愛、母子之恩哉？胡爲乎亦畔潛光而甘心再嫁也。吁！可怪已。

此其謀，大都皆出呼家寶。彼家寶以庸劣之才，持中外之事，喪師辱國，不能展一奇謀，計惟以君妻餌朕。就令朕中其謀，擁汝主之妻日夜行樂，君若臣，何面目立人世乎！昔西子、夷光，一浣紗女耳，非勾踐之妻也，而以女沼吴，千載猶有遺臭。家寶何不自以其妻餌朕，而必以君之妻、太子之母乎？吁！可怪已（四）。

朕圍眉京三載，非力不能破也。二十韓、十三紹之役，殺戮頗多，損朕陰德。故日望潛光悔禍，家寶見幾，知天命所歸，早降馬首，與爾民休息相安，則朕之心也。如必欲糜爛體肢而後快，眉京一破，玉石同災，朕亦無如諸將何也。

此檄，家寶看罷，氣得息粗手顫，眼白鬚張，倒在床中，半晌不語。時天漸亮，挑燈再看，看至『家寶何不自以其妻餌朕，而必以君之妻、太子之母乎』數語，不禁胸中一嗌，喉裏一甜，吐出一口鮮血來（五）。左右大驚，報知夫人。夫人剛出前軒，只聽得人聲喧嚷。

大將軍尹百全率諸武將鬧進相府來。有言：『勝敗軍家常事，奈何攛掇大王，幹這没臉的勾當，被敵人取笑。』有言：『只因幹這無恥之事，致被敵人輕薄，圍困三年，倉庫空虛，人心携貳。』有言：『未聞堂堂宰相，謀人家國，先賣了主母的。』正嚷得没法，又見國舅可飛虎帶着數十人鬧進相府，將家寶一把扯住，大呼曰：『還我妹子來！』時紹太康被擄，其子士隆亦嚷進來，口呼：『還我姐姐！』正鬧不已，只見一隊文官在這裏排解。原來此事全是勞譯與兩宗妃强潛光做的，家寶實不與聞。今這檄文，盡推在家寶身上，縱有千个蘇秦的口，亦不能分辯。於是你推我拉，鬧進潛光殿裏去了。

潛光正爲這檄文惱得半死半生，埋怨着兩宗妃。忽見内侍忙忙的走進來，言朝堂諸文武喧嚷不止，正待大王臨朝。潛光羞見朝臣，推病不出。復嚷了一回，各自散了。

是夜，家寶私見潛光，曰：『這事奇怪，我們碉門、眉京，守得十分完密，蒼蠅亦不能飛度的，苟非有奸人作内應，如何滿市滿衢貼幾遍（六）？』潛光曰：『卿可爲孤密密的查捕奸人，不然必敗。』言未已，忽内侍飛報後宫火起。潛光大驚，急召羽林軍士後宫救火。纔救滅了火，又報無數火鳶飛將下來，鳶墜處，延燒民房無算。丁勉之捉得幾隻火鳶，入見潛光，是木製成的，中藏火藥，觸處火起（七）。言未已，一鳶飛墮殿角，觸着楹柱，已燒了好些。使人救息了。又報呼相府亦燒了後堂。鬧得眉京百姓終夜救火，不得安寢。一連幾夜，無時刻皆有火鳶飛下，倉粟亦幾乎燒盡。潛光終夜驚悸，抱着宗妃痛哭。

明日，集文武酌議，决意投降。只見可飛虎率數百人殺入殿中。潛光逃入後宫。飛虎罵曰：『眉京本可家故物，以妹子嫁汝，權作妝奩。奈何寵庶廢嫡，將我妹子送與敵人。』呼家寶上前責以大義。飛虎怒曰：『橫竪是汝匹夫助主行虐，尚敢饒舌！』語未終，已將家寶斫死階下。

可憐家寶幼負异才，識潛光於牛口之下，許以馳驅，從草澤中據紹莊，取兩可，襲韓莊於談笑之中，宅中而圖，君臣魚水，言罔弗從，創業幾於過半，而天命不在紹，以底滅亡，致身死於飛虎之手，不重可嘆哉（八）！

是時，飛虎割了首級，拴腰際。正遇紹海深、紹鷹揚，相與戰於殿前。海深亦爲飛虎所殺，鷹揚逃脱。尹百全聞變，從阜財門率軍入援，紹太康之子紹士隆亦率數百人來助飛虎，與百全戰於拱極門。百全病不能持槍，軍敗，退回碣門。飛虎殺入巢玉院，尋潛光不見，乃使士隆搜玲瓏、窈窕諸處。

士隆將一宫人拿住，以刀脅之，逼問大王娘娘藏何處，宫人諕得不能出聲，以手指着苑後的小屋。士隆撇了宫人，打開小屋尋了一回，并無踪影。忽聞嚶嚶的哭聲（九）。尋聲而往，聲出屋後芭蕉叢裏。撥蕉而入，見潛光抱着瞋雲、鬒雨及太子繼文，一團兒坐蕉葉下哭（一〇）。

潛光見士隆拿着明晃晃的刀，大驚曰：『國舅何故造反？』士隆努目不語。瞋雲曰：『兄弟，不念同胞之情，來殺姐姐麽？』士隆曰：『橫烟姐姐、姐夫，盡忠於國，你們挑唆他做出不端之事，辱没家門，被人耻笑，今又不知弄往那裏去，你們幹的好事。』鬒雨曰：『兄弟，你今時拿着刀，到底想怎樣呢？』士隆曰：『父親被擄，九死一生，欲取兩位姐姐獻敵人，以保父親性命，此是絕孝的事，不勝似從那昏君（一一）。』潛光大哭曰：『孤待汝家不薄，自古君憂臣辱，就令死於敵人，也是留名萬載的。國舅，何苦相逼？』士隆不答，喚從人將瞋雲、鸋雨硬行搶去，太子繼文抛在地下。潛光向地下抱起繼文時，士隆已押着兩姐姐去了。

剛出了小屋，遇可伯符率兵入衛，遇士隆於窈窕院前。伯符僞招與語，士隆措手不及，被伯符的軍士從腦後搠死，殺散餘黨，救了瞋雲、鸋雨，來尋潛光。見潛光抱着繼文，坐井旁啼哭，似欲投井的一般（一二）。伯符曰：『使王狼狽至此，臣等之罪也。』潛光見宗妃仍在，復相抱大哭。伯符曰：『哭也没用，請王與兩娘娘回宮再議。』時天漸晚，乃隨着伯符回窈窕院去了。

【批語】

（一）〔眉批〕洞徹利害之言，一羞字，便可亡國。『上下交羞』，與孟子『上下交利』相對。然利屬身而羞屬心，心亡，而國不可爲矣。

（二）〔眉批〕因檄文中有『家寶何不以其妻餌朕』之□，故此處提出『夫人』二字來。一撇過張小，『是夜』以下，專向眉京一邊叙去。

（三）〔眉批〕竦峙回翔，軼態横出，清辨近袁枚，而沉鬱過之。

（四）〔眉批〕筆鋒犀利，入木何止三分。

（五）〔眉批〕此數語，已奪家寶之魄，縱不爲飛虎所殺，亦必嘔血而亡，故特提此數語也。

（六）〔眉批〕已在龍飛算中。

（七）〔眉批〕題曰『一巧匠鴉飛鳶鬧』，見火鳶、木鴉皆摩訶辛所造，然一則從造鴉者一邊明叙，一則不從造鳶一邊寫，只從眉京百姓被害邊寫其利害，并不明叙此鳶從何處起，何人所造，而能使閲者自然心目瞭瞭。文心之善變如此。

（八）〔眉批〕家寶爲紹氏第一謀臣，故從死後追叙出身。《記》中多此法，然他處多用『原來』等字，此處只用『可憐』二字，見家寶身負异才，死於非命，與鴻毛何异。雖曰『天不祐紹乎』，然取□□必無因爾。

（九）〔眉批〕英雄末路，殊類婦人，令閲者廢書一嘆。

（一〇）〔眉批〕潛光身坐蕉葉下，即顯出一幅絶妙戴緑頭巾行樂圖矣，殊堪絶倒。

（一一）〔眉批〕以此云『孝』，孝中之變體也。《孝經》中，應補此一條。

（一二）〔眉批〕昔陳後主與張麗華、孔貴嬪投井以避隋兵，人稱辱井。今潛光欲循故轍耶？英雄末路，可笑亦可憐。

第五十七回　破碣門紹主出降　迎王師晉軍奏凱

是夜，火鳶更多，仍鬧得家號户哭（一）。可飛虎招京營將可之毅、可廣蔭殺出阜財門，與尹百全夜戰於碣門之內。時香得功屯鴉山，於絶高處造个望樓，日夜窺眉京的動静。見碣門軍士吶喊自亂，互相戰鬥，即禀龍飛（二）。傳令大軍，四面一齊爬山而進。但見漫天火炬如星，炮鼓奔雷，地維俱震。百全驚惶失措，望見存存侯可炭團，疑從天上飛來，大懼，策馬向阜財門而走（三）。炭團追上，一鐧打翻，衆軍將百全縛了。時碣山四周的寨栅旗幟盡倒，軍無鬥志。飛虎打開碣門，迎龍飛軍，拜於馬前。諸將見百全已擄，大軍已入碣門，諒不可支，降者甚衆。龍飛既得碣門，將百全等四十餘人陷上囚車，連夜解往監軍營中，聽君相發落。

天剛明，阜財門大開，紹潜光率衆文武，囚服輿櫬出降。龍飛押往監軍營見王。王使人袪其囚服，焚其櫬，下座執其手曰：『朕與賢王，烏溝一會，久違眉宇矣。今以斯民之故，許朕常得相見，朕之幸也。』潜光俯伏流涕曰：『臣昧於天命，數抗王師，罪該萬死。若許自新，願携家屬，爲率土民，死無敢貳。』王笑曰：『聞瑱雲、鸎雨，一代美人，朕後宫雖衆，誰堪與比，願賢王分枕席之愛以及朕，朕必有以報賢王（四）。』潜光伏地嗚咽不能對。花容曰：『紹王既降，正深慚赧，願王自重，無出此無賴言以相謔。』王肅然曰：『丞相之言是也，朕言過矣。』遂封潜光爲多情侯，許瑱雲、鸎雨、繼文相從。使白萬寶、竇小端及段安、黎安兩王子，先率部下軍押潜光等回紫都而去。

三月十五日，王入眉京，查點府庫軍糧。見玲瓏、巢玉諸院十分華侈，毁之，改作民居。放出宫女數百人，聽其自嫁。諸文武有不願仕者，悉放歸農。於是大犒三日。龍飛以下賜幸有差。花容奏：『眉京之民，被困三年，衣食多不給。』乃發倉粟庫銀以賑之。使龍飛暫守眉京，擇日班師。

玉王后聞王師凱旋，偕無知、萬寶、翠屏及諸王子，出都門迎駕。紹坐茅、可芳蕤、玉和聲諸文官，韓騰、可介之、司馬發諸武官，及温平、九隴諸鄉長，共駐玉帶泉迎駕。王后又使小端於玉帶泉造浮橋一座，以渡王師。浮橋之左，造一吹臺。小端乃與司馬杏英、斗貫珠憑吹臺以觀之(五)。

但見凱歌動地，旌影連天，一對對柝羽飛竿，一行行霜戈電戟(六)。首一隊皆白袍銀鎧，一將軍玉面烏髯，威風凛凛，騎着拳毛銀花怒馬，擁着一面大白旗，上書『先鋒香』三枚大字。貫珠曰：『莫非香得功乎？』小端曰：『此正無貳將軍香得功也，摧鋒陷陣，功最多。』第二隊皆着紅軍衣，一大旗寫着『前將軍可』，旗下的將軍，碧眼赤髯，坐匹赤汗馬。貫珠曰：『此何人也？』小端曰：『降將可飛虎，即今榜眼可芳蕤之舅也。』言未已，一將首形如虎，戴雉尾卷檐纓頂帽，擐五獸銜環甲，坐烏雲馬，竪一大紅旗，寫着『前將軍忽』。小端指曰：『此亦降將忽雷也。』

言未已，一片笳聲引着一隊花旗軍馬，簇着兩个小將軍，年紀約十四五，并馬而行。左邊的旗寫着『錦衣使丁』，右邊的旗寫着『錦衣使凌』。杏英曰：『這兩个將軍，年雖幼，甚驍猛。端的是誰？』小端曰：『這姓丁的，是鐵山伯丁推善之弟，名讓能。這姓凌的，便是他結義兄弟，名祖興。』正談論間，又有兩个并馬而行的將軍，年紀約十八九，粉面朱唇，十分英武。小端曰：『這兩个是紹坐茅兒子，一名紹玉，一名紹金。破碣門時，全虧這四个少年將軍爬山越險，各執一旗，旗端燃火，爲士卒先（七）。』貫珠纔答了幾句，只見一串兒九个將軍，皆翹雉尾鰲甲獸盔，揮鞭魚貫而渡。杏英曰：『此九人，無一个認得的，大都俱是降將軍了。』小端點頭曰：『不錯，不錯。前五个是黄熊、黄鉞、可約、韓魚、紹真，後頭四个是紹鍾奇、謝吉昭、謝配乙、可進同，俱是龍飛元帥的舊降將，爲元帥出過死力的。尚有文降官紹春華、老士矜等，聞説偕可大郎、可大紳留在元帥幕下，守眉京了（八）。』

言未已，笳鼓之聲又作。一隊軍馬皆黑衣鐵帽，帽頂皆傘黑纓，一對對各擎小黑旗，後面大黑旗，有四个大白字，是『參將軍山』。貫珠曰：『此何人也？』小端曰：『是參將山明也。』又一隊緑旗的軍士，皆緑衣竹帽，頂傘緑纓，後面大緑旗，四个大金字，是『參將軍紹』。小端曰：『此參將紹士雄也。』又一隊黄衣藤帽，皆擎黄旗。小端指着大黄旗四个大黑字，是『副將軍老』。小端曰：『副將軍老虎變也。』又一隊藍衣氈帽，上傘藍纓，皆擎藍旗。小端又指着旗上的字曰：『此副將軍田麟也。』這田麟，生得獅臉虬髯，巨頭闊膀，擐鋼鱗攢花甲，坐烏雲蓋雪騅，揮鞭叱咤而渡。連接的這隊軍馬，皆擎青龍白虎之旗，戈戟隊嚴，熊羆氣肅，一面五色大牙旌，上書『揚威將軍斗』五个大金字。貫珠喜曰：『此兒叔父也。』即下吹臺，拜於馬首。騰驤笑慰數語，揚鞭遂去。

俄聞金鼓連天，一面大紅旗當先，綉着『王曰旋歸』四个大金字。一隊紅衣綉領的軍士，盡吹胡笳，一隊步軍，皆着短綉衣，横刀執幟；一隊羽林軍馬，皆猼鎧蛟盔，團龍馬褂，左弓右矢，手擎金龍御棒。後面一將軍，單眉細目，五綹長髯，騁鐵花馬而來者，玉凌雲也。旋見一面九色大牙旗，耀着『九雲軍』三个銷金大字，引着一部鼓吹，每一部間着一隊纏鬟綉幗的女軍，一連九隊。第一隊紅襖紅旗，紅雲都司張朝霞也；第二隊緑襖緑旗，緑雲都司朱芳蓮也；第三隊白襖白旗，白雲都司白楚娃也；第四隊黑襖黑旗，黑雲都司謝采菱也；第五隊紫襖紫旗，紫雲都司喬弄珠也；第六隊藍襖藍旗，藍雲都司范細腰也；第七隊黄襖黄旗，黄雲都司可紅葉也；第八隊青襖青旗，青雲都司花見羞也；第九隊碧襖碧旗，碧雲都司凌月娘也(九)。後面一隊鱗襖牙裙的女軍，簇擁着一面飛鳳大綉旗，上有八个銷金大字，是『九雲都督解意侯白』。杏英大喜曰：『此奴家結義妹妹也。』即與小端、貫珠下吹臺，同拜於馬前。雪燕下馬執杏英手，各道一聲喜，便上馬揚鞭而去。

後來的一隊隊，盡是霓旌鸞旆，雲罕星旄，五色相間。每一隊，即有一隊的笳鼓鉦鐃，兩面交龍大牙旗，引着鳳盔魚甲的女馬軍，左邊旗上綉着『執訊獲醜』四字，右邊綉着『歸馬放牛』四字。旋有一簇燕尾九斿，輔着重牙通幰的錦輿，輿中端坐一人，髻束芙蓉自在，翠冠羽裳龍帔，手揮玉柄麈尾，貫珠曰：『此吾師花相公也。』漸聞鳳簫鶴鼓，龍角鸞笙，朱旄九九，黄鉞雙雙，風裊爐烟，星繁劍佩，遥望四騎女將軍護着鑾輿而至。珠鎧星驃者，神箭將軍樂更生也；玳鎧青驄者，神棒將軍紹秋娥也；瑙鎧紫騟者，擒虎伯可香香也；金鎧黄騮者，存存侯可炭團也。三人下臺拜迎了鑾輿（一〇）。

復有女兵一隊押着數十輛囚車，風颺着一面大白旗，上有『嫵媚侯可』四个雜彩攢成的大字。小端拉着貫珠的手曰：『夫人的小女兒香香已過去了，今去見見大女兒罷。』貫珠紅暈了粉臉，低着頭不語。杏英從後面推着小端，將足足的馬頭勒住，大呼曰：『可娘娘，你的娘在此，還不下馬拜見麽？』足足曰：『黑娘娘鬧甚麽。』一面説着，一面下馬。小端遥指着貫珠，向足足耳畔説了。足足曰：『這小娃兒，唤娭家作母親，還嫌他小哩，你的話可是真麽，若哄娭家錯拜了人，明日與你黑貨兒計算。』遂整衣上前，朝着貫珠拜了兩拜，説：『孩兒參拜了。』羞得貫珠兩瓣臉兒赤了又白，回了禮，無話可説。足足笑曰：『待回府纔與母親叙話。』即上馬去了。又見韓騰、介之等都鬧嚷嚷，回鞭朝賀去了。

杏英曰：『爲何不見了這兩位張娘娘？』小端曰：『聞説留元帥處，鎮守眉京哩（一一）。俺們亦打點回都朝賀要緊。』各人上了馬，渡浮橋回去了（一二）。

【批語】

（一）〔眉批〕此『是夜』，非上文家寶見潛光之夜，是又一夜也。

（二）〔眉批〕『見』，是紹軍目中所見也。描寫望見。

（三）〔眉批〕□□（俊樺按：當指司馬鄉火燒箐林一役，或爲『司馬』二字）之役，曾爲炭團所傷，故□之而懼也。

（四）〔眉批〕王欲取瞋雲、韃雨，亦平日好色心，未必戲言也，特懼花容而不敢發耳。今當滿志之時，不覺將心中所蘊流露出來，所謂誠中形外也。花容偏以『相詎』二字硬派之，一以絶君之侈心，一以全朝廷之大體，以安潛光之心，一舉而數得焉。餘餘子不愧相臣矣。

（五）〔眉批〕紫都軍容之盛，不寫，則氣象不富；寫之，則機勢不靈。作者窮思極想，謂迎師必有吹臺，而以小端、杏英、貫珠憑吹臺以觀王師。借一『觀』字，生出下文無數石破天驚、五光十色之文，可謂精心抒理，淳意發文矣。而觀之必用杏英、貫珠者，何也？二女，女中之英杰也，而破紹之師，未曾身與，殊大冷落，此作者雪中添炭之意也。又必用小端者，何也？小端曾身與其事，知之特審，故借小端指點出無數波瀾，又作者熕上添毫之意也。

（六）〔眉批〕『但見』以下，先以四句爲總冒，然後逐隊寫去。

（七）〔眉批〕破碣門之事，隨手補出，最能眩人目睛。不□而足如是。

（八）〔眉批〕此九人，是火燒林箐時降將，故曰『舊降將』。曰『出過死力』，見與新降將不同。因九降將，即隨手將紹春華、老士矜、可大郎、可大紳留守眉京補出，固不費力，亦能眩人目睛。

（九）〔眉批〕九人中，惟朱芳蓮、謝采菱、凌月娘，下文有事可叙，餘俱無所見。

（一〇）〔眉批〕文凡十六隊，三十八人，每一隊作一段，而十三、十五兩段，又用大段包小段之法，或長或短，或偶或奇，或整或散，無弗參錯入妙，筆酣墨飽，眉舞色飛，又何止一縱一橫，再接再厲。

〔一一〕〔眉批〕又將銀銀、鐵鐵留守眉京隨手補出，眩人目睛。不□而足如是。

〔一二〕〔眉批〕如此作收，真無一閑字。

卷十七

寶安吾廬居士戲編

第五十八回　分十道花餘餘初定鴻圖　破三城可足足夜攻烏合

王回紫都，先行泮宫授馘之禮，然後臨朝受賀(一)。丞相花容，首奏香得功火林箐、擒春華、窺碣門諸大功(二)。王乃封爲維新伯。又奏樂更生以三百騎劫司馬恭之軍，晝伏夜出，布爲疑兵，恭西出則更生劫其東，恭東出則劫其西，前出劫後，後出劫前，相持十餘晝夜。故公挪大軍得直破十三紹鄉而無所牽制者，更生之力也(三)。王乃封更生爲自如伯，仍官六宫總管司。又奏紹秋娥持一棒奪小眉，擒陶豹，誅紹丙，冒險逾碣山，身先士卒，其功不小(四)。王乃封秋娥爲着翅伯。其餘封賚有差。花容又奏尹百全不肯降服，不如殺之以成其名。王躊躕未决。

忽黄門官奏無力公趙公挪、多智侯可嬌鸞各解囚車十餘輛，在紫垣門候旨。王大喜，立宣二妃上殿。王慰勞備至。公挪奏部下趙聯、賴仁化、毛果、毛敢、石蛟、山貴之功，嬌鸞亦奏三侯及斗艮山、奇亮功、玉鯨飛、玉鵬飛之功(五)。王乃升趙聯、鯨飛、鵬飛爲副總兵，餘俱升游擊之職。黄石三侯，各賜名馬一匹、玉帶一圍。連日賜宴諸文武。

王召多情侯紹潛光，宴於殿左，笑曰：『記得與卿盟於烏溝，朕言天命有歸，勸卿早求淑女，生子生孫，長保紹祚，卿忘之乎？口血未乾，襲朕黄石，今日悔乎否也？』只見潛光之側，立着一个白髯老者，對曰：『天命者，天未嘗諄諄命之，幸而勝，則曰「天命在是」；不幸而敗，則曰「天命不在是」耳。臣君臣待罪明廷，不幸而已，何悔之有？至於烏溝之役，與無力盟，非與黄石盟也。今日國破家亡，寄命左右，王當憐臣生臣，以葆聖德，不宜以往事愧臣也。』王聞語愕然，問潛光曰：『此老者，何人也？』潛光曰：『此臣陪臣丁勉之也。老而耄，出語多不倫，王諒之。雖然，疾風知草，今日惟此一人，生死隨臣，不忍相弃。』王曰：『忠臣也。』乃賜坐於潛光之旁而賚之酒。王又曰：『昔者韓騰降卿，卿使刺客刺之，今卿居私第，亦懼刺客否？』潛光驚得魂不附體，俯首不能答。勉之從容對曰：『臣主不能容一韓騰，所以亡也；王能容臣主，所以興也（六）。』王笑曰：『能言之士也。』乃賜潛光第於九如坊，與可芳蕤、玉和聲之第相鄰（七）。

一日，刑部侍郎可芳蕤奏曰：『紹囚四十餘人，尹百全昨夜自頸而死，其餘何以處置？』王曰：『擇其有才可任事者授以官，餘俱放歸田里。但尹百全有大將之才，不肯爲朕用，始終忠於紹氏，此笏山第一流人物，可令禮部臣備禮厚葬，朕親往祭之（八）。』芳蕤領旨而退。

時，無知奏曰：『今笏山中外一家，宜用中原法，分地築城，以垂久遠。』王乃使花容繪圖以進。

其法：改鄉爲邑，邑名仍鄉名之舊，如永定鄉改爲永定邑之類。每邑設一邑令。十邑爲關，關設關守。以五關爲道，道設太守。共分十道。凌溝以內，由黄婆至夷庚，共五十邑，爲白藤道；由苦竹至花塢，共五十三邑，爲黄石道；由端木至鐵山，共四十九邑，爲程野道；以十三紹連石表内，共五十一邑，爲右眉道；由唐埗至温平，共五十五邑，爲雙角道；中眉連碣門内外，至十字關，共五十邑，爲中眉道。二十韓至寅丘，四十八邑，爲左眉道。此爲内七道。凌溝以外，由丫叉至横窖，共五十一邑，爲無力道；由兩頭至新泉，共四十七邑，爲凌溝道；由長阪至綉旗，共四十五邑，爲槎槎道。此爲外三道。共四百九十九邑，十道，五十關。又設三大鎮，以碣門爲中大鎮，鐵山爲右大鎮，寅丘爲左大鎮，鎮以一大將守之。

王大喜，使餘餘率户工兩部官，照圖畫地，各築城池。乃召龍飛等還都，而以韓傑守中鎮，可當守右鎮。而調丁推善還都，韓騰、杏英守左鎮。而調可松齡還都，共守玉帶泉。以紹經爲凌溝太守，紹緯爲白藤太守，山維周爲雙角太守，丁勉之爲黄石太守。而全道糧税，盡歸黄石侯玉壽官。以進士端木參雲、許騈、楊然、梅占魁、花壽安、韓歸昌暫署程野、右眉、中眉、左眉、無力、槎槎六道太守。又使伏魔伯白萬寶於紫垣峰第二重造中垣殿交泰宫，以居玉后。左造七寶宫，以居嬌鸞。右造九華宫，以居公挪。

笏山既定，自是偃武修文，國家無事。

一日，署槎槎太守韓歸昌奏：槎槎徑外通蒙化，恐有外奸引山外人窺伺我邦，須得親信謹密之人守之(九)。王乃使横窖將軍趙春桃往守槎槎，以其婿蒙伯衡副之。

連日，又接白藤太守紹緯的本章，言韓水殺了黑齒邑令章梓，連結白榕、泠水兩邑作亂。署程野太守端木參雲亦奏韓火乘端木興之喪，據其邑作亂。王集文武酌議，一面調寅丘鎮韓騰討韓火，欲以揚威將軍斗騰驤討韓水。

只見嫵媚侯可足足離座奏曰：『臣居深宮久，這兩頭鏟生了銹了。願率九雲之兵，爲王討賊，活活筋絡(一〇)。』王笑曰：『妃子以戰爲樂事耶？妃子欲去，切勿草菅人命，以損天和。』乃以爲蕩寇元帥。足足領旨下殿。擒虎伯可香香奏曰：『姐姐率兵討賊，臣願爲先鋒。』王准奏。明日，足足、香香同至國丈府，拜辭介之。夫人斗貫珠，定要同行，乃奏爲隨軍參謀。王笑曰：『這一行，姐姐作元帥，妹妹作先鋒，母親作參謀，以討兄弟作亂的水火賊，大是奇事(一一)。』

是夜，王幸足足於南薰宮。酒酣，摩其腹，曰：『妃子姊妹皆有了身，幸自愛，無過勞，驚嚇着腹裏的王兒。』足足曰：『殺人的勾當，適足以舒筋活絡，將來生產是絕易的，不勝似悶坐深宮裏，悶壞腹裏的兒麽(一二)？』王大笑，既而曰：『妃子面方目秀，肌嫩腰圓，是最有福澤的。願保聖胎，切勿多殺人，減福澤。朕入山二十餘年，殺得人多，恒鬱鬱不樂。雖笏山劫數應爾，然究竟非盛德事。殺人莫甚於火。十字關之火，雪燕鏖軍萬餘；鐵山之火，無知鏖軍不下二三萬；然總不如司馬鄉林箐之火，龍飛燒潛光十萬之衆，逃脱的十無一二。朕常恨之(一三)。妃子討賊，但殲渠魁足矣，慎無用火。』言着，抱足足於懷，笑偎其臉曰：『朕愛妃子，妃子須愛朕，勿違朕言(一四)。』足足曰：『王言是也。臣當牢記在心，不妄殺人便了。』恰女侍郎捧金鳳參湯一盅進御，王歃其半，以半賜足足。足足謝了恩，共登龍榻而寢。

明日，足足偕貫珠、香香集内教場，點九雲兵一萬，陛辭出都，駐於白藤嶺。白藤道太守紹緯、金毛關守平大中、三叉關守紹文波拜迎道左。足足備問賊人消息，紹緯曰：『黑齒，乃月山關守所管之邑。韓水爲鄉勇時，即蓄异謀，陰結死士，與泠水邑令樊駒之子樊悦人爲刎頸交。樊悦人，又白榕邑令從雲之外甥也。韓水瞰鄉民程遂富贍，私招悦人率無賴劫其家財而殺程遂。黑齒令章楠捕得悦人而戮之，韓水遂糾衆作亂。章楠起兵討之，兵敗，爲韓水所殺，遂據黑齒城，自稱黑齒王。樊駒、從雲起兵助之。韓火亦乘端木興之喪，起兵接應。寅丘鎮韓將軍兵遏其衝，韓火逃入魚腸阪。程野太守端木參雲調關兵圍之。今元帥欲攻韓水，須分兵圍泠水、白榕，使彼不能相應，是爲上策。』足足然其言。

是夜，與貫珠酌議，貫珠曰：『不如分兵先襲泠水、白榕，使彼分軍往救，乃乘虛奪黑齒。然後徹白榕、泠水之兵，三面合圍，擒韓水必矣。』足足從之。

明日，下令先調關兵，四面接應。使緑雲都司朱芳蓮、黑雲都司謝采菱輔着斗貫珠，引兵三千，乘虛奪黑齒城。使香香引部下兵三千襲白榕，自率兵三千襲泠水，刻期攻城。足足、香香先自引兵去了。貫珠偃旗息鼓，離黑齒城五里埋伏。

却説韓水聞王師來討，乃率衆偎城下寨，準備迎敵。忽報泠水城被蕩寇元帥可足足兵攻打甚急。韓水大驚曰：『此彈丸之地，兵少勢孤，不往救則必破，破則我少一助。』乃自引兵一千救泠水。軍未行，又報先鋒可香香攻打白榕甚急。韓水曰：『白榕亦不可不救。』乃使僞官戚盛分軍一千救白榕，使成德、林觀堅守寨柵。

韓水軍至泠水，天已昏黑，正埋鍋造飯。忽見火炬如星，喊聲遍野。韓水大驚，方掉槍上馬，只見一騎女將，揮兩頭鏟當先，如山崩石壓的鏟來。衆軍隨着，一齊掩殺。韓水抵敵不住，引敗軍逃命去了。

那邊碧雲都司凌月娘，已將泠水城打破，捉了邑令樊駒。足足聞捷，急傳令，不許妄殺已降兵將。

時已三更，乃使月娘守住泠水，仍率軍抄道回攻黑齒，而不知貫珠已奪了黑齒城，毀了韓水的寨柵，於是合兵一處。貫珠曰：『娘娘連夜辛苦，且睡片時，待爲娘的守住寨柵，等香娘消息便了。』一面又使人往白榕打聽。

却説香香率軍往襲白榕，未至白榕，忽然腹痛的了不得，乃屯軍珠崗之下（一五）。戚盛兵至，天已黄昏，見香香屯軍不進，不知虛實，亦將軍馬遠遠地屯着，不敢相逼，使人報知白榕邑令從雲。待至天明，從雲亦引兵出，夾攻香香。

是時，香香腹痛稍止，揮兵混戰，互有殺傷。戚盛聞泠水、黑齒已失，韓水不知逃往何處，無心戀戰。正欲逃遁，被香香部下紅雲分司朱孝兒暗發一箭，貫喉而死。戚盛的軍，原是烏合，見盛已死，一哄走散。

從雲見勢頭不好，單騎落荒而走，欲從山僻小路，抄至城門。忽見磧坳樹叢裏有女子影，撥莽窺之，一女將支斧樹丫，攢眉按腹，正是香香〔一六〕。七八个女兵環繞之，一女兵曰：『衆軍何弗來，倘此處有人暗算，却怎了〔一七〕。』從雲密忖曰：『敵合休矣。』覷得親切，一槍正向香香背後刺來。香香聆後面風聲，知人暗算，即將身閃低，趁勢曳斧梢，倒戳過去〔一八〕。誰知回首看時，正戳斷從雲的馬足，從雲掀翻在地，衆女兵一齊拿住。

時，足足正使朱芳蓮率軍接應，香香本部軍亦至，遂相與同入白榕城。拿捉從雲家屬，共十八口。香香亦使芳蓮暫駐白榕，帶兵回黑齒繳令去了。

【批語】

（一）〔眉批〕破眉之役，四方八面，諸將皆有殊功，縱極剪裁，不暇從正面縷析齊寫可知也。故補寫之文，多於正面。

（二）〔眉批〕此補寫香得功之功。

（三）〔眉批〕此補寫樂更生之功。

（四）〔眉批〕此補寫紹秋娥之功。

（五）〔眉批〕花餘餘所奏諸將之功，功在諸將也。公挪、嬌鸞所奏諸將之功，功在公挪、嬌鸞也。故同一補寫中，而輕重詳略，各自不同。

（六）〔眉批〕絶妙詞令。《左傳》之詞工，《國策》之詞辨，此又工辨中之最得體文字。

（七）〔眉批〕此時可紅綃、紹横烟將何以爲情。此時瞋雲、颦雨不知尚有□心否？

（八）〔眉批〕如尹百全者，不獨笏山第一流人物，即天下古今，亦推第一人物。

（九）〔眉批〕上文叙破眉京事已畢，正欲接叙出韓水、韓火作亂之事來，但嫌用筆太突，故先以槎槎太守韓歸昌『恐□（俊樺按：據正文所叙，當爲「有」字）蒙化外奸窺伺我邦』數語引之，使無痕迹。所□觀古人文字，濃處□□易見，淡處之佳難□也。

（一〇）〔眉批〕奇語創語，非足足不能道，亦不肯道。

（一一）〔眉批〕姐姐、妹妹、母親、兄弟，串作一串，脱手生新，王言亦諧亦妙。

（一二）〔眉批〕奇而又奇，創而又創，非足足不肯道，然非足足，又斷不能道。

（一三）〔眉批〕十字鬬、司馬鄉之火，前文俱實叙。鐵山之火，前文用□□。□□□項齊點一回，□□□關鍵。嗟乎！雪燕、無知、龍飛，皆不能育子，未必非草菅人命累之也。讀『一將功成萬骨枯』之句，心亦不能爲之哀矣。

（一四）〔眉批〕以恩愛行其教誨，大抵□□（俊樺按：據正文，兩字似爲『少青』）慣用之技倆。

（一五）〔眉批〕爲下文難産作地。

（一六）〔眉批〕香香忽從此處出現，奇絶。蓋香香部下諸軍，從大路追殺，香香欲抄小路奪城，而不期腹痛復作，故暫駐磧坳樹叢裏，以待衆軍，而更不料從雲窺見之也。

（一七）〔眉批〕明明有人暗算，而先慮及有人暗算，是順蹴法。

（一八）〔眉批〕聆風聲而知暗算，武藝所以有通神之目也。

第五十九回　兩才人新詩强結百年緣　四奇媛狂歌醉鬧五仙廟

這朱芳蓮，原三叉邑人。父朱楨，能讀書，工詞翰，晚年無子，見芳蓮聰慧可裁，教之讀，遂無書不讀，教之吟，遂一吟便工。喟然嘆曰：『此吾家女學士也！膝前慰藉，聊勝於無。』年十一，朱楨去世，母亦繼亡。貧不自給，傭爲碧嵌邑故鄉勇林樞家爲婢。林樞女兒蕣英，好弓馬槍棒，芳蓮日從蕣英獵，故弓馬嫺熟，善用雙鐗。年十四，聞紫霞都出榜廣招女軍，言於蕣英曰：『婢子事姑娘三載，蒙姑娘教訓，武藝粗諳，今欲往紫霞投軍，博个出頭日子，報姑娘有日也。』蕣英嘆曰：『汝言是也。我們身爲女子，轉側仰丈夫鼻息，老死閨中，亦復無謂。汝去投軍，與汝同去(一)。』遂婉告父母。林樞大怒曰：『女子只宜謹守閨門，三從無忝，以閨閣之身，遠離父母而儕奴隸，將欲何爲？』又謂芳蓮曰：『汝非吾家券婢，去亦由汝，何必挑唆姑娘。』芳蓮遂獨去。芳蓮玉貌亭亭，温婉可愛，大爲解意侯白雪燕所喜。纔三月，即授青雲營副分司，旋升正分司，從征鐵山，以功授緑雲營都司。是役也，香香既拿從雲家屬，解回黑齒。芳蓮獨駐白榕。

是夜，宿邑衙中，翻覆睡不着。起視明月，圓鏡麗天。遂携雙鐧，隨月色，步至衙後。但見花影離離，柳痕裊裊，從粉墻上篩將過來（二）。墻下一門半開，推門入，一小園也。園後一假山，倚着一株大榆樹，攀榆步上假山，四面寒光，蟾華滿眼。但聞蛩吟蚓曲，哀楚動人。俄有微飔從東吹至，吹出一縷書聲，頓挫悠揚，十分可愛，旋變作吟哦之聲（三）。細聽之，其詞曰：

燕愛雙飛蝶有情，何堪孤影獨盈盈。畫眉我有張郎筆，不遇蛾眉誤此生。

芳蓮觸撥芳心，從英雄氣概中抽出一縷纏綿的幽恨來，不禁低鬟嘆息了一聲，囀着嚦嚦的鶯喉，和將起來（四）。念曰：

誰道人情遜物情，無端棖觸泪盈盈。蛾眉蹙損憑誰畫，不遇張郎誤此生。

吟了幾回，遂下假山，坐花下，顰眉不語。

恍惚聞假山上樹聲喇喇，遥睇之，見月光下一書生，立假山上，張目四顧。芳蓮叱問何人，其人曰：『是槐影風摇暮鴉，是玉人帽側烏紗（五）。』芳蓮曰：『你這書生，深夜逾墻，欲摟東家處子乎？』其人笑曰：『姑娘今夜得遇張郎，不須蹙損蛾眉了。』言着，遂跳下假山來。芳蓮曰：『小書生，好大膽！』即揮雙鐧，向那書生臉上一晃，罵曰：『好大膽的小書生！你道我是何人，我乃當朝蕩寇可元帥部下，朱芳蓮將軍便是。從雲既擒，奉將令暫守此城，汝不知麽？汝端的是鬼是賊，從實招來。一字糊塗，死於鐧下。』那書生諕得魂魄摇蕩，跪伏在地，只是顫顫的説不出話來。

芳蓮細睨之，年紀約十八九，神清骨秀，玉照中人也。不忍恐嚇着他，遂低聲曰：『你不要慌，慢慢的説來。』那書生依然顫顫的，説一句，顫一回，定了性兒，徐曰：『小生韓姓名春蓀，父母早亡，孤無兄弟，幼好吟咏。所寓書齋，貼近假山短垣，因邑令從雲之女從錦瑟常登假山，挑逗小生，小生以他有貌無才，拒而不應（六）。今日聞王師將他家屬拿去，故敢肆口吟詩。不期吟者無心，和者有意，觸撥小生一片憐香惜玉之情，以爲從雲家屬雖是被捉，或者錦瑟密藏小園中，也未見得。既能吟出這樣情韵雙絶之句，便非無才可知。翻悔前時錯過了，遂大着膽跳下假山（七）。誰知誤觸虎威，罪該萬死。望將軍憫小子無知，饒了性命。』

芳蓮曰：『汝可曾娶妻麽？』春蓀曰：『小生雖是孤貧，發願要娶个有才的女子，故至今未有家室。』芳蓮將雙鐧放下，微笑曰：『某雖是个女將軍，頗嫻吟咏，方纔和君子的絶句，君子中意麽？』春蓀曰：『將軍錦心綉口，能言心所欲言，小生没有不中意的道理。』芳蓮笑揎玉手，扶起春蓀，令同坐石磴上。春蓀不肯坐，只求釋放回去。芳蓮曰：『某是武人，不解推三掩四。君子苦苦要去，究竟某所吟，非君子心悅誠服的。如果悅服時，不妨與某駢坐，好說話。』言着，遂拉春蓀比肩兒坐下。

芳蓮曰：『某父母早亡，今年十九歲了。正要揀个才子纔嫁他。如君子不弃，願訂百年。』春蓀非不羨他的貌、愛他的才，只是方纔嚇怕了，仍有幾分懼心。乃低頭答曰：『如將軍不弃寒賤，願得身事將軍。但婚姻大事，雖無父母之命，也要媒妁之言。今夕須避嫌疑，他日洞房好相見也。』言着，起欲去。芳蓮一把拉住曰：『君子是去不得的。對面的，欲言便言，何用媒妁紛更，作盡醜態。今宵的明月，便是媒人了(八)。』言罷，遂將春蓀摟抱起來。

春蓀只是不肯，幾次推開欲走。芳蓮大怒，曰：『汝這腐儒，不中抬舉，須吃我一鐧。』一手將春蓀揪翻在地，一手拿鐧，提得高高的，撲將下來。誰知撲到近身處，便停住不撲，只是騎在春蓀身上，將鐧約了幾約，忽然拋了鐧，又將春蓀抱將起來。春蓀被他拖曳了幾回，方寸無主，只得任他恁地。芳蓮恐嚇壞了他，又笑淫淫與他親了幾个嘴，又按他的心曰：『妙人，不要慌。』春蓀被他調得橫不是，竪不是，轉懼爲歡，情興俱動，遂在石磴上，倒鳳顛鸞，成了眷屬。

恰有幾个女兵，拿燈籠尋將進來，芳蓮正摟着春蓀，在月下嬲戲。見女兵至，全不着忙，曰：『你們叩拜了這男夫人，鋪好枕席，我還要與夫人進去睡哩(九)。』女兵不敢不依。

明日，將招婿之事，行文稟知足足。足足因走了韓水，無心理他。下令五關諸邑，如有藏匿的，以謀反論。正欲拔營取路，往擒韓火，忽報綉旗伯司馬夫人解韓火至，在轅門候見。足足速令傳進，問擒賊備細。杏英曰：『韓火爲我兵所遏，逃入魚腸阪。端木參雲圍之阪中，三日不得食，餘黨皆掘地芊療飢。初十夜，有盜百餘人，乘大雷雨，從小路劫入阪中，救出韓火。時某兵恰屯端木，爲部下巡哨官田子方所獲。聞元帥駐軍於此，解來聽元帥發落。』足足大喜，曰：『本帥當以實情奏聞當寧，斷不敢攘賢伯之功以爲功也。』即將囚車嚴行監禁。

置酒後營，與杏英相叙。時貫珠、香香皆卸甲明妝，齊來接見。四人同席酣飲，説得十分投機，互相酬勸，各人都有醉意了。香香曰：『聞這山後，有座五仙廟，甚幽雅，久欲到此一逛，未得空。今趁着好一天月色，又得綉旗伯來，合作个「四明女狂客」，何不同走一遭，遣此良夜？五仙有知，應嘆從來無此嘉會也。』貫珠乘着酒興，拍掌而起，曰：『我的兒，甚合爲娘的意。去波，去波。』一面説，一面拉着三人，走出營後來。

女兵曰：『夜深了，元帥們往何處去？』足足曰：『咱們往五仙廟夜游，不用你們一个跟來的。』黑雲都司謝采菱曰：『不用他們也罷。只是各人醉了，况身子沉重，不比平時，須拿着軍器要緊(一〇)。』杏英曰：『這話不差，你們速將軍器扛來。』俄而扛至香香的斧，足足的鏟，杏英、貫珠的刀與槍。各人拿了，上馬加鞭。

走過營後的小平岡，却是一帶松樹，滿地針痕，隨月影動漾(一一)。四人酒興勃發，繞着松樹，唱起歌來。足足歌曰：

咱本田家女，嫁與晋天王。封侯兼挂帥，樂事正無疆。

香香曰：

力如虎兮貌如花，身爲王妃兮居紫霞，願得金丹兮注年華。

杏英曰：

夫爲侯，妻爲伯。臣顔紅，臣心赤。願千秋萬歲沐膏澤。

貫珠曰：

不惜紅顔女，嫁與白頭翁。誰言妾命薄，兒女本英雄。金門曾射策，身與瓊林席。王恩許作探花郎，鏡裏芙蓉照天碧。貴妃爲兒兮天子爲婿，我將聯姻天室兮世復世。

唱罷，咸鼓掌大笑（一二）。

香香指松林深處一門，曰：『此不是五仙的廟門麽？』下了馬，以鞭撾門，撾了一回，没有人應。香香怒，只一脚，打得那門粉碎。見兩个婦人，拿着燈，走將出來：『你們是何處强人，欺我丈夫外出，打破廟門，將欲何爲？』香香見兩婦人，一个是二十餘歲以來，一个是四十餘的。香香遂將那老的揪住頭髮，掀翻在地，罵曰：『你不認得擒虎伯可娘娘麽？咱們來這廟拈頭炷的早香，你閉着門不開，你要命麽？』言着，提起拳頭。足足曰：『香香，他是不知的，饒他罷。』香香喝他起來，指着各人曰：『此是蕩寇元帥可娘娘，此是女探花斗夫人，此是綉旗伯司馬夫人，你睁狗眼來認認。』先時，年紀少的婦人，已諕个死，伏地下不能動。今聞這些話，這老的遂攙着他，搗蒜也似的磕了一回頭。

貫珠問曰：『你兩个是廟司麽？』婦人曰：『小婦人是廟司章羨敖的妻。』又指着少年的，曰：『此是小婦人的媳婦兒。只因丈夫、兒子被一个相好的拉了去，吩咐閉着廟門，不許開的。廟中只有小婦人婆媳兩个，恐有强人窺伺，實不知衆娘娘微行到此，罪該萬死。』杏英曰：『你且點着燈燭，焚着香，待我們拈了香，游玩一番，便回營去。』於是兩人叩頭謝了恩，忙忙的打掃神龕，點着燈燭，焚起一爐香。叫媳婦兒烹茶，敲動鐘鼓，請娘娘們拈香。

四人拴好了馬，步上神殿，將軍器支在一旁。聽營中的刁斗，仍未交到子時。恰值那媳婦兒托出茶盤來，各人飲了茶，教拿交椅四張，暫在神殿旁坐一會，待籌點交到子時初刻，然後行禮。

【批語】

（一）〔眉批〕爲千古英雄女子，作一鼻孔出氣。

（二）〔眉批〕點綴夜景，詞少而姿多，是《西厢》曲中□□文字。

（三）〔眉批〕以書聲引出吟聲，又先以蛩吟蚓曲引出書聲，寫景文字，有意趣貫串其間，遂覺生氣遠出，浮烟盡飛。

（四）〔眉批〕文亦從剛健裏抽出婀娜，繭絲牛毛，不足爲其細也。

（五）〔眉批〕用《西厢記》中語，隨手拈來，都成妙諦。

（六）〔眉批〕能打入朱芳蓮心坎中者，全賴此兩語，不可輕心閲過。

（七）〔眉批〕前時錯過，逼出今宵不錯過來，妙，妙。

（八）〔眉批〕以明月作媒人，何等風雅，何等了利。

（九）〔眉批〕所謂欲如此便如此，不用學村娃醜態也。今之女子，遇心中之人，原欲一口吞下，而乃欲就反推，百般作態，人猶以爲知羞，豈不謬歟？惜未奉教於芳蓮也。

（一〇）〔眉批〕下文事，此處只用『身子沉重』四字一提，然亦在不離不即之間，絶無痕迹。

（一一）〔眉批〕絶妙夜景。

（一二）〔眉批〕四歌各切各人身分，而長短不齊，嶔奇磊落，古音古澤，全以音節擅長。

第六十回　倒神像仙子投胎　試凱歌才人揮管

四人剛坐下，見神龕裏的神像，是四男一女。塑得明妝采帶，如活的一般。貫珠指着中間一像頭戴束髮金冠，披百衲道袍，星眸月臉，五綹長髯，坐魚車的，問那媳婦兒。媳婦兒曰：『此蔡少霞大仙也。』又指左邊禿鬢童顏，騎赤鯉的，媳婦兒曰：『此黎黄野大仙也。左之左，這紅臉騎白龍的，竇子明也。右邊騎白黿，白髯綸巾，手拿寶劍的，衛叔卿也。』貫珠曰：『右邊這仙女，衣帔俱緑，垂雙髻，持白角扇，裙以下皆五色雲簇着的，誰也？』媳婦兒曰：『弋小能仙子也。』

足足曰：『這仙子，爲何與男仙同廟？』貫珠曰：『譬如娘娘行軍，或使偏裨服待；又如爲娘的改妝應試時，筆硯旁皆男子也。只要能忘男女相，何况仙人。聞這仙子，曾游唐昌觀，披碧痕衫，持白角扇，從以二女，皆黄襠丱髻，摘玉蕊花數株，乘雲而去，餘香經月未散。唐人不知仙子姓名，只呼爲「玉蕊仙子」，而不知昭昭然事載《金瓶秘史》，即弋小能也。』足足曰：『此廟因甚造的？這女仙爲何也塑在這裏？母親讀得書多，是必曉得詳細的。』貫珠曰：『這事無書可考，只聞得父老傳聞。當年笏山産了百餘火獸，噴火燒人，不知害了多少生靈。其時有个老鄉長，已閱二百餘歲了，日日齋戒焚香，叩請神仙下凡，滅此火獸，以活群生。一日，祥雲紛郁，果然有五个仙人下降，將火獸盡行收滅。』言到這裏，又用手指着曰：『想必是這五位神仙了。』

言未已，腹中大痛起來，翻在地下。足足扶着他時，自己腹中也痛的了得。那邊，杏英亦叫起腹痛來。香香曰：『想必娘娘們得罪了神仙，故此腹痛(一)。』忙喚媳婦兒快拿那驅邪的薑黃來。言未已，自己也痛將起來，諕得那媳婦兒，不知怎的，正喚『婆婆怎的好』，猛聽『哇』的一聲，足足已生下一个嬰兒來。婆媳們忙忙地煮着一鍋兒薑湯拿來，貫珠拔頭上試毒簪一攪，即扶足足吃了幾口。貫珠與杏英，誰知亦是含胎的豆蔻，到這裏一齊弄起璋來。惟有香香產不下，踞地亂滾。足足一手抱着孩子，爬去看他，忽然腹痛又作，又生出一个來(二)。扯幅下衣將孩子裹好，看是男女。原來先產的是男，後產的是女。杏英、貫珠產的亦俱是男孩子。裹好了孩子，重呷了薑湯，同看香香。一面教那老婦人走回營裏，喚幾个女兵來。却說香香滾來滾去，只是產不出來。正忙着，這廟司父子，正同着一个人走入來，見廟門打碎，正待發作。只見媳婦兒搖着手，向他說了備細。同來的這个人聞知，大喜曰：『今番出得這口鳥氣了。』

你道這人是誰？原來就是韓水。因與廟司章羨敖父子相好，藏在這廟裏。這廟雖與官營貼近，然荒僻甚，終歲香火寥寥，無人走動的。

是夜，三人出尋結交的死友，商量報仇。回來時，初交五更了。聞蕩寇元帥及司馬夫人等四个婦人在此生産，先使羡敖父子向壁裏盜去他的軍器。他父子見五色祥光罩住神殿，已驚得呆了。緣右壁暗摸而登，誰知那斧與鏟是扛不動的，只得將刀槍扛了下來，膽裂筋麻，已動不得了。韓水自恃膽力，亦緣壁角，避祥光，來扛那斧。

時足足、杏英、貫珠，俱一手抱着自己的孩子，一手去攙香香，捏腰摩腹，只是産不下來。忽見神龕裏的燈光斜射着壁裏的軍器，有三人在這裏扛香香的斧。原來祥光閃爍，外看裏不見，裏看外是最明白的（三）。貫珠看得親切，喝一聲：『有賊！賊盜香娘娘的斧了。』香香正腹痛得没出氣，大喝一聲，立起來，走上前飛一脚，將韓水踢下階去。誰知用得力猛，肌竅大開，『啞』的已生出个孩子來（四）。

那羡敖父子，在階下扶起韓水，滿身皆血，是半死半生的。起初時，韓水與二人酌議，以爲這幾个婦人，無軍卒擁護，縱有三頭六臂，安能鳥出籠中。何況又值生産，彼婦合休矣。誰知偷那軍器時，扛不動一些兒，已有幾分懼怕，今見韓水重傷，誰敢上前。韓水曰：『我被他踢得重了，筋骨碎折，多不能生。汝父子倘念平日結拜情義，可趁此將我扛往别處。汝夫妻子母，亦要速逃，將這廟一把火焚了。若焚死這幾个狼婦，替我報仇，來生亦銜結相報，只是事不宜遲。』羡敖遂負韓水往近地一个同黨的野醫家裏，將出幾兩銀子，托他調治。遂與兒子妻媳，忙忙的堆了草束，在廟門外放起火來。

時天漸亮，謝采菱帶兵尋至，望見幾个人在廟外放火，喝令女兵放箭，將羡敖的夫妻子婦盡射死了。救滅了火，尋至神殿，但聞『啞啞』的兒啼聲，足足等猶在拜墊兒上抱作一堆，外面的事，全不知道。采菱見个个抱着孩子，十分駭訝。惟足足抱的是兩个，是一男一女。又望見座上的神像，也是一女四男。足足教采菱等代抱着諸孩子，齊齊的跪在神前叩謝。猛『剨』的一聲，剨剨剥剥，五神像一齊倒了。各人大驚。明知新産婦穢觸神明，互相追悔。采菱使女兵攙扶着足足四人回營調養，并尋着各人的軍器馬匹，割了羨敖的四顆首級示衆。

足足等終以拜倒神像事，不滿於懷。采菱性乖巧，笑曰：『這五仙廟，一女四男，今娘娘夫人，共抱得四男一女，又是同時同地同在神殿中産的，此千古未聞之事，分明是五仙借胎降世了。子不受母拜，故剛跪下，神像便倒(五)。』足足等聞語大喜。明日，令貫珠修飾本章，將此事馳奏紫霞。又捐金千兩，將五仙廟重修。留謝采菱權駐黑齒，將韓火、樊駒及從雲家口釘了囚車。司馬杏英亦抱着小公子，率部下兵，辭回寅丘。

足足乃擇日班師，唱凱回都。只見朱芳蓮偕其婿韓春蓀，拜於道左。足足怒曰：『汝既作朝廷的武官，只知桑中之喜，并不知三軍之懼(六)，又不先行禀允本帥，擅招老公，知罪麽？』芳蓮叩頭曰：『末將爲着終身的事，一時情急，未奉聲咳，禀白略遲，懇元帥恕其初犯，遂其良緣。』足足曰：『汝這老公，氣宇亦頗不凡，精甚武藝呢？』芳蓮曰：『他是个書生，只解磨墨弄管，不會武藝的。』足足曰：『會吟詩麽？』芳蓮曰：『是會的。』足足曰：『前年開科取士，可曾應考麽？』春蓀叩頭曰：『只因邑令不薦，不得與考。』足足曰：『明年三月，是朝廷大比的盛典。今日本帥先出个題目，考汝一考，考得中時，明年本帥對主司説知，中汝頭名狀元。如考不中，今日便要將汝夫婦治个不告而娶之罪。』春蓀、芳蓮都叩頭求出題目。足足使人備了筆硯卷子，在草地上擺列。足足想了一會，想不出題目，私教貫珠代擬。貫珠將紅紙寫了，傳將下去，各人駐了馬待他。春蓀見這題目，是《白藤凱歌》五律二首。皺眉一想，題雖易作，然女人挂帥，與尋常的凱歌不同，況近日盛傳五仙降生事，亦宜寫入，切地切時，須令移易一字不得，方爲合作。遂據地吟成，謄好卷子，呈上。足足令貫珠念了一回，其詞曰：

馬到功成日，王師奏凱還。妖氛纏黑齒，大將出紅顔。風激三成箭，星騰百寶鐶。國恩嚴首惡，不忍戮從奸。

又曰：

戎幃環錦傘，談笑定風雷。三捷擒妖種，群仙降聖胎。游魂難假息，偏將亦憐才。鼉鼓鸞笙裏，歡聲動地來(七)。

足足曰：『念得淋漓慷慨，似是好詩。』貫珠曰：『按事立言，無一字不典切。氣蒼凉而詞警拔，與泛作凱歌者不同。人言笏山才鍾女子，不料這書生，也有這等奇才，芳蓮的眼力不錯了。』足足大喜，賞文鳳通心錦一匹，玉帶鈎一枚，屬曰：『明年是必來都會試的，狀元是你囊中物了。』又賞芳蓮鳳釵一枚，宮粉十盒，屬曰：『這白榕邑，仍着你夫婦守着，須要謹慎，勿貪私愛而負國恩。』春蓀、芳蓮拜謝回邑而去。

大軍即日起行，白藤太守及五關守，直送出界外而返。

【批語】

（一）〔眉批〕四个婦人，同時同地，一齊生産，虚寫易，實寫難，筆稍粘滯，即笨相矣。作者偏欲於難中見巧，似乎閑行順叙之筆，而躊躇滿志之文。仙□□胎，不可顯言也，而先曰『得罪了神仙』，是逆蹴波瀾法。

（二）〔眉批〕極苦心焦思，纔寫得出來，閱者幸無輕掉。

（三）〔眉批〕煞費苦心，煞費焦思，水窮山盡，纔能寫得出來，閱者幸無輕掉。

（四）〔眉批〕作者至此，亦用得筆力猛，六竅大開，纔能寫得出。

（五）〔眉批〕善於傅會，且甚確切，非漫作諛詞者可比。他年，兩國王，兩駙馬，一公主，皆貴極。五仙降世之説，雖發之乖巧之采菱，然安知非實有其事，借采菱之口以發之歟？

（六）〔眉批〕從《左傳》語翻進一層，趣甚脆甚。

（七）〔眉批〕裁對工穩，命意周浹，《笏山記》中各詩，當以此二律爲首選。

第六十一回　韓春蕃白衣中狀元　楊三弟赤身召仙子

蕩寇元帥可足足等自白藤班師，回至紫都。王御奇偶門受馘。命將韓火等斬於紫都門外。百官稱賀已畢，於是頒行十道，圖注年貌，捉拿韓水。

時左丞相花容已定禮闈之典，三年一試，以三月初三日爲頭場，初八日二場，十三日三場。準中原例，以先一年八月，每道舉士五十名，名秋闈。

凝命六年庚戌，大比之期，以趙無知爲正總裁，玉和聲爲副總裁。榜發日，足足查無韓春蕃姓名，大怒，嚷至無知府中，曰：『當今才子，只有這个韓春蕃，娭家已將狀元許他，今通榜無名，相公的眼珠兒應挖了。』遂向懷中出那《白藤凱歌》擲案上。無知看了，亦詫爲奇才。因笑向足足曰：『詩是好詩，只是文章之事，有一日所長，即有一日所短。應試之卷，或做得不佳，故取録不着。人生遇合，遲早有命。具此奇才，終久必發迹的，娘娘不須着惱。』足足曰：『娭家信之平日，不信應試的卷便不佳，只是你的盲試官，不識貨是真(一)。何不將他落卷撿出來，待娭家與母親看過。如果不佳，任你丢了，或是佳的，娭家奏聞主上，改過這榜，要中頭名纔休。不然，娭家便鬧將起來，另換過明眼試官，將從前取録的抹除不算，鬧得你這大總裁没臉(二)。』無知笑曰：『好娘娘，勿使性子。今依着娘娘的話，搜着遺卷。如果佳時，任娘娘參了娭家，不敢怨的。』足足忿忿地去了。

無知没奈何，使玉和聲遍搜遺卷。搜來搜去，并無其人。又閲白藤貢士的姓名，亦并無所謂韓春蓀者。和聲回明無知，無知使人邀足足至，曉之曰：『娘娘，你錯罵了娭家了。』足足曰：『這卷果然不好麽？』無知曰：『非也。只因這韓春蓀，去年不曾中得秋闈舉人，無從來都會試，教娭家何處中他？到底娭家的眼珠兒牢固些，不應挖的。』足足呆了半晌，向無知拜了幾拜，曰：『是娭家得罪了相公，相公無怪。敢問相公，取録白藤道舉人的，是誰？』無知曰：『自然是白藤太守紹緯取的。』

足足大怒，即携那兩首凱歌上奏，定要治那紹緯屈抑人才之罪。王閲罷那凱歌，十分稱贊，不禁慨然嘆曰：『朕作秀才時，應鄉試，每爲同考官所困，而弗獲見申於主考。蓋天朝主考，皆詞館中英特之選，去詩書未遠，雖藻鑒不同，而不至無狀如此其極。而房官，皆風塵俗吏，案牘塞其肝腸，勢利薰其志氣，珠中揀目，妍裏揀媸，薦於主考。主考曰：「如斯而已乎？」曰：「只此而已，捨此别無所謂珠，無所謂妍矣。」嗚呼！任汝抱文章而向秋風痛哭，彼且銜杯掩耳，得意自鳴。嗚呼！安得文章生兩翼，飛至主考眼前而邀其一盼也(三)。朕曾有句云：「但得相如聽一曲，綺琴長碎也甘心。」可以怨矣，故所薦之卷而至於被黜，文必不佳。其不薦者，反多泣鬼神、争日月之作。我笏山鄉、會試，皆不用同考官副，取而正中，以爲法之善者(四)。可惜人才未敷，鄉試權用地方官主之，致韓春蓀抱奇才而屈於鄉薦，則朕之過也。』言罷，不覺流下泪來（五）。足足正笏而頓首，曰：『才高命蹇，天下當不止一春蓀。幸無以臣妾狂言，傷陛下懷抱。』王遂降旨，將紹緯降爲關守，立召韓春蓀至都，附名榜末，一體殿試。

春蓀自秋闈失意，悒鬱無聊，惟與芳蓮痛飲，耳熱歌烏。驟聞召下，立束裝赴都。殿試一甲，遂點狀元。時謂之白衣狀元（六）。

狀元春蓀，原韓莊人。父母早亡，遭潛光之難，與姐姐芷香深夜逃出，竄荆棘中，中途相失（七）。春蓀流落白榕鄉。芷香爲人拐去，賣與黄石莊玉大用家爲婢。大用死於難，黄石侯壽官時恤其家，見芷香，愛而取之，酬以重價。會楊三弟有寵於壽官，使事三弟。

那三弟，本韓吉姐夫人媵婢，長得千嬌百媚，放誕風流。壽官惑之，請於吉姐，納爲娘子。初事吉姐甚謹，漸恃恩寵，無忌憚。壽官乃築忘返樓以居之，白日去梯，淫於樓上。吉姐怒，率諸婢備梯登樓，見屏圍四面，皆繪男女交合圖。壽官、三弟，赤體嬉其中，不顧吉姐。吉姐氣得説不出話來，乃使婢鞭三弟。壽官白身抱三弟，爲三弟擋鞭。吉姐看不過，長嘆一聲，下樓去了。三弟自是深恨吉姐，攛掇壽官廢之，而懼嬌鸞，乃私購毒藥，使芷香毒吉姐。芷香僞諾之，而密泄其謀於吉姐。吉姐乃禀嬌鸞及云太夫人。太夫人怒，使嬌鸞撲殺三弟。壽官跪而請曰：『若殺三弟，某與同死。』嬌鸞乃幽三弟於别室，鐵鑄其扉，永不許與壽官見面。壽官私使芷香潛進飲食，自乃鑿壁爲小穴，蛇行而入，與三弟淫於幽室中，而吉姐不知也。

及王正位紫都，凝命四年，召嬌鸞回宮（八），壽官益無所憚，乃發扃出三弟。太夫人責之，卒不悛，忿激成疾。而三弟又招女巫梁婆胡於府中，使行法於忘返樓以咒吉姐。婆胡又飾美男子三人爲弟子。這三人，皆牢闌邑人，許姓，一名小蠻，一名粉兒，一名朵兒，使潛居樓上，與三弟奸。壽官知之，三弟懼，乃使三許以後庭叠媚壽官。壽官大悦，使三許自相淫，扶三弟觀之，以爲樂。

時太夫人病甚，吉姐日侍湯藥。婆胡爲三弟畫策，僞往請太夫人安，而陰置毒於藥中，以毒太夫人而誣吉姐。芷香知其謀，走訴黄石太守丁勉之。勉之大驚，乃匿芷香於衙中，即擺道往竹山，候太夫人病。剛至侯府，府中鬧吵吵，已將吉姐捆縛。壽官言太夫人中毒身死，皆由吉姐，即將吉姐交丁勉之帶回衙中，審出真情，請旨定罪。勉之從之。襄理太夫人葬事粗畢，即將吉姐、芷香親解回都，以真情奏聞。王大怒，下旨，命着翅伯紹秋娥往拿壽官、三弟，及婆胡師徒等，回都對獄。秋娥帶兵一千，令丁勉之爲前隊，出都去了。

是時，芷香至都，聞新狀元姓名，與己之弟相符，大疑。又恐有同姓同名的，乃稟知吉姐。待其跨馬游街，薄觀之，骨格神情，有些仿佛。然多年隔别，容色自是不同。又浼人向禮部查其三代，確無可疑。於是改扮男妝，持名帖往狀元府，以同宗誼拜謁。

主賓坐定，春蓀先問曰：『敢問宗兄祖居何處，來都幾年？』芷香曰：『學生原韓莊人，父母早亡，兵燹之餘，與幼弟春蓀逃難，中途失散，學生羈身黄石，舉目無親。今黄石侯弑母誣妻，大興訟獄，學生本玉家門下客，赴都作證，聞狀元才識過人，願求指教。』春蓀聞語，沉吟了半晌，曰：『宗兄令弟的名，與某符合，敢問尊翁台諱。』芷香嘆曰：『學生故母田氏，故父伯貞，同年去世。時學生年纔十歲，弟年九歲，今梗迹萍踪，杳無消息，可嘆人也。』春蓀大疑，兩眼瞪瞪的看定芷香，潸然泪下。芷香曰：『學生狂言，得無冒觸狀元乎？』春蓀曰：『非也，緣先父母，與宗兄的先父母，名氏從同，某又與令弟同名。某有一姐姐，小名妥兒，亦逃難相失。聞宗兄語，棖觸中懷，是以下泪。』芷香泣曰：『妥兒，即我是也。』遂相對大哭，各訴各人的别後行踪。

時，芷香隨韓吉姐夫人居趙無知相府中。春蓀即親送芷香回相府，叩謁座主趙無知，備陳姐弟始末。芷香性聰慧，應對雅捷，無知以故，使過山真妃翠屏。翠屏愛之，爲侄山正求婚，遂聘之，待訟結後完婚。

時黄石侯壽官淫佚無度，遂羸憊不能起。三弟聞紹秋娥兵至，大懼。婆胡曰：『若與對獄，百輸無一贏理。今黄石、竹山，城池高深，可以固守。況有瞿谷、聖姥諸險可憑，何不憑險負固，自爲竹山王以拒來軍？不勝於屈膝桁楊，受獄吏侮乎？』三弟曰：『如玉侯何？』婆胡曰：『玉侯已成廢疾，一贅疣而已，一割即了了，餘何懼焉？』三弟曰：『四城子弟，玉氏尚多，倘弑了玉侯，難保無畔我的，何以濟大事？』婆胡躊思了一回，曰：『觀娘子骨相，貴不可言，倘得吾師藍眉仙子相助，大事必濟。』三弟曰：『藍眉仙子，可招而至否？』婆胡曰：『不可。雖然，以娘子絕代仙姿，或可身致（九）。』三弟問：『何謂身致？』婆胡乃附三弟耳，教以身致之術，三弟從之。

是夕，明月如水，三弟登忘返樓，屏去侍婢，陳酒果，焚异香。依婆胡之語，褪去衣裙，赤身露卧，閉目念『唵盧吽蘇耶』五字，漸覺凉風襲體，不覺瞢騰睡去。若醉若痴，似有人附體交媾。開目視之，其人深目鋭頭，兩眉藍若濃艶。三弟遵婆胡教，緊抱持之，曰：『仙人無去，幸留教儂。』藍眉笑曰：『以子大貴，故來相助（一〇）。』三弟大喜，綢繆已，穿好衣裙，下床拜謝。

婆胡亦携三許，拜謁藍眉。相與議禦敵之策。藍眉曰：『教娘子弑玉侯、拒王師者，妄也。宜與玉侯自縛待罪，任天使解回紫都，是爲上策（一一）。』婆胡曰：『若然，送吾等命耳。弟子們，命繫仙師，願仙師更熟慮焉。』藍眉笑曰：『汝勿憂，第行，吾自有術。收人心，王竹山，在此一舉，汝等勿疑。』三弟曰：『弟子們皆愚暗，不解仙師妙算，懇明示之。』藍眉乃略泄其謀。三弟、婆胡等大喜，遂依議而行。

會秋娥兵至，不等入城，乃縛玉侯，以草車載之而出。三弟及三許、婆胡，悉囚服隨玉侯車，投秋娥軍。秋娥乃使丁勉之仍返太守衙，安撫百姓。遂將玉侯、三弟等押解回都。

【批語】

（一）〔眉批〕探喉而出，罵盡一切。

（二）〔眉批〕快人快語。

（三）〔眉批〕主司頭腦，大半冬烘，安知主考必有异於房官乎？而未得邀主司一盼者，則以爲吾之文，恨主司之不見耳，見則無不録者也。其痴心之想望然也。嗚呼！亦大可哀也已。

（四）〔眉批〕今之薦而不佳者，翻以被薦被中等各色驕人。而□亦以被薦被中爲各分優絀，閲此，可以反矣。

（五）〔眉批〕此□眼泪，雖得志後，亦不能寤寐忘。

（六）〔眉批〕四字，新而創。

（七）〔眉批〕上文叙白衣狀元已畢，即復用春蓀與姐姐芷香逃難一接，遂暗蹴出作下數回驚天動地、雲詭波譎、無限奇文來。文字中合笋之佳，無有佳於此者，所謂結構天然也。

（八）〔眉批〕嬌鸞回歸紫都，從此處補出。

（九）〔眉批〕『身致』二字，奇而創。

（一〇）〔眉批〕相君下體，貴不可言。從此《蒯通論》中又得一轉語。

（一一）〔眉批〕故反作險語，使人不可解，此不特上策，亦文之上乘也。

卷十八

東莞冷道人守白氏戲編

第六十二回　劫妖囚黄石侯中途被弒　阻毒霧伏魔伯深夜罹灾

秋娥兵至黄石，未及入城，而囚車已投麾下。是時，城中父老見玉侯被拿，多有涕泣相送，拜於秋娥馬前，言侯雖不道，祖若父，皆有功德及人，願將軍存侯性命，延玉家一綫之傳〔一〕。秋娥曰：『父老是願〔二〕，娭家當保奏王前，必不使玉家無後。』言罷，即押諸囚，揮軍回馬而去。

是夕，駐軍沙頭邑界。綉旗伯司馬杏英從寅丘率衆犒師，與秋娥會於後營，列筵相款。時杏英長男墓生已八歲，次男名雲次，是去年在五仙廟産的，悉携來拜見秋娥。酒酣，秋娥將雲次抱在懷裏，弄了一回。笑曰：『這樣粉面明眸的一个少爺，一定是神仙下降無疑的〔三〕。我們可愛妃的公主，是與你少爺同時同地生的，唤做金相。明時奏王，招你少爺作个駙馬，却是一對兒。未知夫人豫意否？』杏英大喜，抱着雲次起拜曰：『若得如此，我兒的福，是娘娘所賜的了。』兩人又飲了一回酒，説及黄石諸囚，回憶當年，不禁互相嘆息。

正嘆息間，漸覺燈焰减光，隨陰風變作緑色〔三〕。忽然，衆軍嘩噪，幾个女兵慌張入禀，曰：『娘娘，不好了！營外砂飛石走，燈燭盡滅，行栅多被狂飆打倒了。』秋娥大驚，仗劍出營，呼衆兵遍燃火把。火照處，風沙驟息，燈燭復明。一輪皎月麗天，營栅無恙。正唤巡哨軍士小心嚴邏，又聞後營大噪，人報黄石諸囚盡失。秋娥驚得臉如土色，率軍士後營查點，營栅并無損壞，囚車如故，而囚人無一存者。將守營裨將嚴刑拷訊，亦并無口供。正忙着，忽空中墜下一尸一首，燭之，乃黄石侯玉壽官也〔四〕。

秋娥此一驚不小，不禁大叫曰：『天絶我也！』蹴地便倒。杏英偕衆女軍扶歸營中，以軍中定魂散灌下。漸醒，泣曰：『諸囚走脱不足道，惟黄石侯死得不明不白，妹家何以見王？左右思量，除一死，并無别法。』杏英勸曰：『娘娘一死，何補於事，諒囚逃不遠，速使軍士分頭尋覓。某亦承夜回寅丘，率兵堵截，倘得復獲諸囚，便可拷出殺黄石侯的究竟了〔五〕。』言已，即率從來的女兵，抱雲次跨馬而去。

秋娥使人遍地尋覓，并無消息，屢欲自盡。部下黄雲分司章素雲曰：『以末將愚見，不若將侯尸首私藏密箐中。回奏天子，只言三弟等劫營夜遁，并不言及侯尸。他日王知侯死，是死於三弟之手，與娘娘無與矣。』秋娥曰：『不可。玉侯，后之愛弟也。尸弃路旁，妹家弗忍，而况三軍衆矣，安能一一盡緘其口乎？倘王念先叔父手足之情，必不忍置妹家於死地。就令一死，亦罪所當（六）。』乃下令以輕車載侯尸，拔營回都，將前事據實奏聞，自縛待罪。

王聞奏，大慟。舉朝嘩然，將治秋娥之罪。芷香言於吉姐曰：『婆胡以左道惑三弟，弒侯而畔，其謀非一日也，畏玉氏子弟，不敢發耳。此事安知非婆胡播弄技倆，使歸罪於紹娘娘，而即以教玉氏子弟，使從之反也（七）。一殺紹娘娘，中其計矣。夫人須救之，無使嫁禍者得意，而受誣者含冤（八）。』吉姐言於玉后，后亦然之。遂相與號泣苦諫，保存秋娥，而以公禮暫葬玉侯於紫霞。葬之夜，吉姐夢孔雀投懷而生一男（九）。王喜，乃釋秋娥（一〇）。

日集文武，商討黃石之策。嬌鸞請行，趙無知力言不可。議未決，忽報黃石太守丁勉之自黃石逃回。王急宣入，勉之奏：『三弟等，用藍眉仙邪術殺玉侯，逃歸黃石，揚言秋娥奉密旨殺侯，欲絕玉氏後而利其土地。玉氏子弟多信之，願從三弟反（一一）。又召臣飲於閣中，意在脅從。臣非惜一死以勵玉氏，恐王不知虛實，歸罪於紹娘娘，中其詭謀。臣故陽慫恿以媚之，乘間逃脫。王若興師討罪，須得异人破其邪術。不然，無益（一二）。』

時嬌鸞密使自如伯樂更生、馬後伯張鐵鐵交章薦保，王不決，以問花容。花容曰：『三弟挾黃石奮激之師，加以妖人相助，急未易圖。倘王師撓敗，國體何存？願娘娘少安無躁，從長計議。』嬌鸞怒曰：『娭家佐王百戰，以興黃石。王后居竹山時，皆倚娭家若長城，當時那有相公。況娭家居黃石久，一險一隘，皆娭家之手所營；一動一止，惟娭家之命是聽。彼三弟雖久蓄禍心以危黃石，然見娭家，必戰慄變色，故娭家在而黃石安，娭家去而黃石亡。今欲討黃石，擒三弟，而不用娭家，是猶開鑰而捨其匙也。』花容曰：『娘娘只知其常，未知其變（一三）。彼三弟不足慮，玉氏子弟不足慮，惟妖人藍眉能驅遣猛獸，役使凶神，非智力可與爭者，願娘娘三思之。』嬌鸞曰：『邪不勝正，如不能誅藍眉，擒三弟，以頭顱送上。倘一戰功成，相公當無吝此蝤蠐以相報也（一四）。』花容乃與之賭掌於王前。王曰：『欲平黃石，需軍馬多少？』嬌鸞曰：『將在謀不在衆，得男將六員，男兵二萬，女將四員，女兵二千，足矣。』王許之。嬌鸞表存存侯可炭團、伏魔伯白萬寶、馬前伯張銀銀、自如伯樂更生爲前後左右軍；以誼父紹無憂、兵部侍郎老士矜爲參謀、游擊官，奇亮功、斗艮山、可進同、可約并隸部下。擇日祭旗，殺奔黃石。

其時，寅丘副鎮司馬杏英以兵來會，駐營紫藤，使紫藤令花淵雲探聽虛實。報稱瞿谷、聖姥諸處皆有黑霧迷漫，不能前進。嬌鸞大疑。杏英曰：『聞三弟自稱竹山天王，以梁婆胡爲平天聖母，藍眉仙爲翻天倒地大軍師（一五）。揚言晉王既殺玉侯，即有兵來，盡誅玉氏。今天王承天命，爲玉氏報仇，非有他也。故玉氏皆怨王而甘心從三弟。娘娘除非製一檄文（一六），明王侯之冤，數三弟之罪，以回玉氏子弟之心，黃石可不戰而定。若徒恃智勇，勝敗未可料也（一七）。』嬌鸞愕然變色。白萬寶曰：『今竹山、黃石，毒霧彌天，不辨南北，縱有檄文，何處張布？』嬌鸞愈疑（一八），使人請老士矜、紹無憂酌議。無憂曰：『此霧不過藍眉妖掩眼幻術，若揮軍殺入霧中，内必無霧。』嬌鸞然之，乃與杏英、萬寶、銀銀單騎看霧。

纔過紫藤界，悄無有人，轉過山坡，便有黑氣如團絮。杏英以鞭指曰：『此霧從地亘天，像千尋的鐵壁，誰敢衝突？』嬌鸞下令，軍中有敢衝入黑霧中探聽霧中虛實者，爲第一功。銀銀欲往，嬌鸞止之曰：『娘娘無輕試此千金軀，讓偏裨們去罷（一九）。』旋見斗艮山、可進同率健卒十餘人，各挾弓弩請令，嬌鸞許之。乃據山坡，令軍士大鳴金鼓以助其氣。

艮山、進同先發弩射入霧中，各執紅旗，隨弩而進，健卒從之。逾兩時許，但見艮山蹲霧而出，渾身是血。嬌鸞大驚，使人扶上山陂問之。艮山曰：『初入時，如行昏黑中，不辨去向，亦不見有進同等。漸有如急雨點者，着體若釘鋭，左轉右轉，不知出路，自分必死。念母老妻亡，菽水誰托，又轉一念身爲戰將，死於王事，亦分所應。此時釘下雖密，亦忘痛楚。忽見左邊一隙明亮，遂從明處行了里許，不期得見天日（二〇）。不知進同等，曾得出否？』嬌鸞使人扶回營中調治。眼見可進同與十餘健卒，見其入不見其出了，遂與杏英等嘆息回營。

日聚諸將謀畫，并無善策。老士矜曰：『駐軍二旬，敵人并無動静，是欲老我師也。何不分一軍，從白麻、端木逾綉旗，渡夾水，凌赤峰之背，越險以襲竹山乎？敵人忽略之區，或無毒霧阻礙，未可知。强於死守老營，束手待斃也。』嬌鸞不獲已，從其策（二一）。使張銀銀引兵二千爲前隊，白萬寶引兵二千爲後隊，人銜馬勒，暗渡夾水。

萬寶謂銀銀曰：『竹山後路，嶔險不能用武，倘有伏兵堵截，我輩無一人得脱矣。娘娘以爲如何？』銀銀曰：『憑仗娭家的巨鋤，不畏嶔險，不畏堵截，只畏藍眉妖術，及淫魔惡魅。

不如分遣細作，逾赤峰，尋得路徑，兼探聽竹山動静，纔可進兵。』萬寶然之（二二）。遂依赤峰之背下寨。

是夜，鑠火煎沙，暑氛甚酷。萬寶令白雲分司蕭二姐扛方天畫戟相隨。這畫戟，是平時所用禪杖改造的。踏着月色，偕銀銀登赤峰乘凉。銀銀亦令紫雲分司劉金桂扛鋤同往。這赤峰背後，甚巉巇難上。上至一凹，同坐石上，對月談些軍務，并各人貧賤時事。忽一陣腥風，從密林裏吹將出來，各人毛髮竦竪（二三）。二姐指着密林裏兩盞緑燈，甚怕人，催二人下山。萬寶看那緑燈時，漸漸的飛出來了，細辨是黑茸茸的一个妖怪。那緑燈，就是那妖怪的兩个眼睛。遂取畫戟刺那妖怪，鬥了幾合，銀銀正欲拿鋤相助，忽然沙濛月黑，一霎間妖與萬寶俱不見了。

銀銀大驚，拿鋤來尋萬寶。二姐掣出雙刀，金桂掣出雙鞭，緊緊隨着銀銀。尋入林子裏，最深處有个大穴，這畫戟丢在洞穴外。銀銀當先走入穴裏，空洞洞地，誰知那怪將萬寶脱去衣褲，擁抱着厮耨。銀銀大怒，盡力向那怪一鋤，鋤得黑烟迸射，妖怪已倒。再鋤幾鋤，已不活了。看萬寶時，氣息奄奄，不懂人事（二四）。銀銀使二姐負着萬寶，金桂拖着那怪，自己并肩拿畫戟（俊樺按：鈔本作『那畫戟』，據文意，『那』當作『拿』字），下山回營。但見萬寶臉青唇黑，恐不能活，遂連夜拔營而去（二五）。

【批語】

（一）〔眉批〕見玉家累世德澤之入人深處。

（二）〔眉批〕回繞上文，爲下文作地，是脉動筋摇文字，不徒爲此回作波瀾也。

（三）〔眉批〕不寫妖囚如何刦法，只從秋娥目中所見，忽然風燈變緑，忽然燈月復明，而諸囚盡失，只用『人報』二字點明，是文字之不落滯相處。

（四）〔眉批〕弑玉侯仍用虛寫，駭怖煞人。

（五）〔眉批〕是夜情事，杏英不去不得，竟去又不得，借堵截爲名而去，是杏英善於脱卸處，亦文字之善於脱卸處。

（六）〔眉批〕文凡四層。心之不忍，一層；事之必露，一層；王念手足情，而死或得免，一層；王不念手足情，而死亦罪當，一層。以鹵莽之秋娥，一受國恩，事到難處之際，而言之不容一毫苟且如是。

（七）〔眉批〕所見甚明。

（八）〔眉批〕不罪秋娥，無以慰玉侯，且無以解黄石人心，因吉姐保奏，然後允之，最爲得體。

（九）〔眉批〕善人之後嗣必昌，天理也。乃玉公不能有賢子而有賢孫，亦天道之不可解者也。孔雀投懷，衍侯封而罔替，豈不盛歟？

（一〇）〔眉批〕吉姐生男而秋娥得釋，事之凑合，亦文之凑合也。

（一一）〔眉批〕三弟所恃者，此術耳，此吉姐之檄文不得不布也。

〔一二〕〔眉批〕爲下文嬌鸞不能成功張本。

〔一三〕〔眉批〕妙喻。

〔一四〕〔眉批〕自是正論。

〔一五〕〔眉批〕丁勉之回都，只言其反，未言其稱天王，必想是勉之去後纔有此名色耳。

〔一六〕〔眉批〕爲下文吉姐檄三弟伏綫。

〔一七〕〔眉批〕四王子之平黄石，終不出此數語之外，惜乎嬌鸞之不能用也。

〔一八〕〔眉批〕曰『嬌鸞大疑』，曰『嬌鸞愕然變色』，曰『嬌鸞愈疑』，以膽識過人之嬌鸞，忽然神志俱奪，胸已無主，焉得不敗。

〔一九〕〔眉批〕止銀銀不令衝霧，是嬌鸞之小心也。然終不能料萬寶之喪於赤峰，天爲之也。

〔二〇〕〔眉批〕初念是孝，轉念是忠，孝與忠凝爲正氣，正氣凝而妖氛不敢近，故昏黑中有一隙明亮也。使二萬軍盡如艮山，何妖霧之足患哉？

〔二一〕〔眉批〕嬌鸞胸已無主，平日之智術，至此窮矣。

〔二二〕〔眉批〕萬寶之慮伏兵堵截，智也。銀銀并不畏伏兵堵截，勇也。然以銀銀之勇，猶畏妖術淫魔，則甚矣智與勇之不足恃也。卒之萬寶不死於妖術而死於淫魔，又閱者所不及料矣。

〔二三〕〔眉批〕風而腥也，胡爲來哉？不特諸人毛髮竦竪，閲者至今，毛髮亦覺竦竪。

〔二四〕〔眉批〕銀銀能誅怪，而萬寶反爲怪所欺，何也？銀銀一往無前之莽女子也，顢蒙之氣血未散，故能誅怪也；萬寶緑鎖紅消，曾抱摽梅之怨，是多情女也；至於降格事諸娘子，雄悍之氣全消，故邪魔之氣遂得中之。不足异也。

（二五）〔眉批〕萬寶名伏魔伯而反爲魔所伏，今之以大名嚇人者，觀此能不凛諸？

【校記】

〔一〕是願　原殘缺，據鉛印本補。

第六十三回　火獸無功遭急雨　嬌鸞轉念悟慈雲

銀銀軍回大營，備言萬寶之事。嬌鸞怒責銀銀，銀銀大言曰：『竹山後路，人迹不到，游梟飛遽，皆能殺人，不獨此怪也。况巉崒險惡，不惟不能容馬，并不能容足，若使有兵堵截，無一人得見娘娘矣〔一〕。娭家冒險誅妖，爲白娘娘報仇，全師而反，不可謂無功。况此怪安知非藍眉所使，以毒我師的。娘娘聽信老士矜之言，驅生人就死地，是不聰也，何責娭家爲〔二〕？』話得嬌鸞兩臉赤發，俯首無一言〔三〕。

没奈何，教將此怪扛入轅門，集衆觀之。見怪雖死，而睛緑如故，人足人手，毛卷黑，肌如敗鐵，比熊略小，不知何名〔四〕。營醫葉秀林剖其肝，和藥以飲萬寶，亦不見效。嬌鸞懼〔五〕，記當年醫自己的梅虚谷十分靈效，乃修一待罪本章，使樂更生輔軟車，載萬寶回都就醫。時斗艮山尚未全愈，亦令隨更生回都。

更生等去後，嬌鸞慘戚不樂，漸漸的病將起來。紹無憂勸令班師，嬌鸞不肯（六）。

一夜，正與炭團、銀銀坐營外，忍病看星。忽見滿天火光，四下裏鼓聲如雷，遍野漫山，盡是惡獸，每獸口中吐出烟火，齊奔己營（七）。幸是初更時候，衆軍未寢，急傳令弃營而走。銀銀、炭團自恃猛勇，回身鬥那火獸。銀銀揮鋤，鋤翻了幾隻。那獸愈鋤愈多，團團的將銀銀圍住（八）。奇亮功率敢死軍士，殺入獸圍裏，來救銀銀。亮功刀斫，銀銀鋤鋤，鋤翻、斫翻的不可勝計。怎奈那獸彌天塞地，非槍挑刀斫所得盡。没奈何，且鬥且走。正遇炭團坐地下，與諸獸鬥。緣所坐馬，爲獸口中烟火燒着，撞下馬來（九）。亮功在營後覓得一馬，炭團騎了，三人復殺入獸叢裏。忽聞雷聲響，下了一陣大白雨，獸與火光一齊不見。細辨那獸，是紙剪成的，經雨灑着，都變做滿地的濕紙。嬌鸞退五里下寨。

是夜，衆軍走不迭，爲烟火燒傷的，約千餘人。銀銀左腿亦着火傷，嬌鸞慰勞之。銀銀仰天嘆曰：『如天之福，幸有這場白雨，不然，全軍喪於火獸中矣，一銀銀何足道（一〇）。』衆軍齊勸嬌鸞班師，嬌鸞不肯，咸出怨言（一一）。嬌鸞聞之，只做不知，然病益憊。

又數日，聞報白貴嬪萬寶薨於中途，嬌鸞大噫一聲，吐出一口鮮血來。乃與幾个心腹女兵，往阪泥邑慈雲庵中養病，使炭團、銀銀帶罪表班師回都（一二）。

炭團言於銀銀曰：『嬌鸞娘娘，必死於此矣。』銀銀曰：『何也？』炭團曰：『渠生平以女韓信自詡，凡作事必强人一等，鎮黄石時，咸奉之如神聖，自大慣了，以爲今之黄石猶昔，實欲討黃石顯功名，以驕六宮也（一三）。往常以老成宿將自命，每輕花相公爲新進書生，今欲出師，爲花相公所阻，已甚怏怏。賭頭顱而出，莫展一籌。聽紹無憂之言，未交兵，先送了可進同等性命；聽老士矜之言，又陷了白娘娘。火傷軍校，多有死亡。從前，令望威風，一旦盡損，縱花相公不必真索頭顱，渠自思在軍無以對士卒，在國更無以對君相，將安歸乎（一四）？彼養病慈雲庵，言不能回都者，實不敢回都耳。』銀銀曰：『管他則甚，但咱們厮殺了半生，未有如今日之吃虧者。想起來可惱又可笑。敵人不煩一兵一矢，戲剪些紙條兒，累得咱們拼死與紙鬥，用盡氣力，鬥勝了紙條兒，亦大可笑；用盡氣力，反爲紙條兒所敗，不越發可惱乎（一五）？』時劉金桂在旁笑曰：『大抵娘娘們平日，是不怕硬，怕軟的了（一六）。』炭團亦笑起來。遂即日下令拔營，拜別了綉旗伯杏英，回都而去。

軍至石杵岩，遇更生賚詔，追嬌鸞班師。與炭團、銀銀厮見了，纔知嬌鸞留慈雲庵養病。更生曰：『君相悲萬寶之薨，恐嬌鸞逗留不返，終致全師盡覆，故使娭家追回。今雖折些兵將，二萬軍得保首領以歸，未必非國家之福，大都不必往尋嬌鸞了。』三人又談及萬寶創造紫霞之功，死於非命，各灑了一回泪（一七）。即催軍望都門進發，回都繳旨。

王既痛萬寶之死，又惱嬌鸞不回，想及平昔恩情，不覺下泪（一八）。又恐嬌鸞懼罪，欲以溫旨召回。花容曰：『其人負氣，召之急，必自戕。不如命御醫往慈雲庵就醫，并降敕慰勞之，不問其罪。臣這裏，亦附書一函，言賽賭本屬戲言，白貴嬪之死，實由自取，諷令病愈還朝，渠必返矣〔一九〕。』王依其言行〔一〕。

右丞相趙無知私見花容，曰：『聞相公欲致多智侯回都〔二〕，而必附一書言賽賭之事，是愧之，使必不返也〔二〇〕。』花容曰〔三〕：『然則〔四〕何如可致之返？』無知曰：『其爲人也忌，恒欲污人以文己。相公倘使人索千金之賄以贖頭顱，渠必喜。朝廷復革其侯封，使之回都待罪，并不提白貴嬪之死，渠必喜而返矣。』花容笑曰：『相公之言，深中渠病，然娭家不能從相公言也〔二一〕。』

言未已，忽王子段安白衣冠入見，哭訴曰：『先母嬪從征黄石，薨於非命，此仇不可不報。兒願提一旅之師，踏平黄石，斬妖人之首，以祭母嬪墓，願相公許兒。』花容曰：『王兒無躁急，妖氛猖獗，娭家豈忍坐視。但謀須萬全，躁嘗之，必敗。嬌鸞娘娘，不足鑒乎？』又顧無知曰：『今朝中名將如林，能平黄石者，相公以爲何人？』無知曰：『趙公挪，果敢勇鋭；紹龍飛，持重嚴密，皆其選也。』花容曰：『公挪，鏖勁敵，力有餘；龍飛，臨巨敵，略有餘，而平小小一黄石則不足〔二二〕。』無知曰：『然則何人而可？』花容曰：『説出來勿驚駭，惟四王子可平黄石耳〔二三〕。』無知曰：『軍國大事，相公無出戲言。』段安曰：『四王子，嫵媚侯可娘娘之子也，今纔兩歲，何以平寇？』花容曰：『這王子，日月爲眉〔五〕，山河作顴，他年大貴，行止必有鬼神呵護，况嫵媚侯爲顓和聖姥弟子〔六〕，彼幺麽邪神，孰敢犯之。若趙相公肯作軍師〔七〕，解意侯肯作前鋒，事無弗濟，何言戲也〔二四〕。但不知王意如何〔八〕耳？暇待娭家先以意探嫵媚娘娘及后娘娘，若后娘娘與嫵媚娘娘肯時，王無不肯。』言已，遂辭退。

明日，王使王子黎安賫温詔，并右御醫陶寶人往阪泥醫嬌鸞〔二五〕。花容附書一函，密教黎安對答言語。黎安帶從人，即日起行。阪泥邑令黃倫聞王子至，出城迎入衙署，行了參拜。黎安問母妃可娘娘病狀。黃倫曰：『娘娘駕幸敝邑，本宜迎入内署供養，但懿旨不准，無奈撥媳婦二人，在庵中服事。庵尼早溪，俗家原係卑職女弟，工文翰〔二六〕，娘娘甚愛他。早溪言娘娘無甚大病，初時肌膚灑淅不寧，近來亦覺安貼。』黎安言：『聖旨在身，不敢久停，煩賢令引某一行。』黃倫乃使人清道，引黎安及御醫至慈雲庵。

嬌鸞聞聖旨恩臨，使人擺列香案迎旨。黎安宣了旨意，乃跪下請母妃娘娘安。嬌鸞賜坐於旁。黎安極言王思母妃，冀即回輿以慰聖望。又使御醫陶寶人診了脉息。寶人曰：『症因鬱怒傷肝，不在藥調，而在意養〔二七〕。』因進逍遥飲一帖。嬌鸞使黃倫帶御醫及從人在賓館中安歇〔九〕，而留〔一〇〕黎安住庵中。

是夜，嬌鸞唤黎安入内室，問朝中近時的底細〔一一〕。黎安因出花丞相書呈嬌鸞。嬌鸞攬之，不悦，因曰〔一二〕：『此書〔一三〕，王知道麽？』黎安曰：『王何不知，兒來時，見花相公言於王〔一四〕曰：「知人，在知其平日，不在臨時。臣欲保存多智侯平昔女韓信名，故不欲教他去，無奈不聽良言，以頭顱賽賭。頭顱事小，傷國體事大，未聞堂堂天朝，以六軍臨彈丸黃石，并未交鋒，先折了一大勛勞之伯，其餘士卒，死傷不下千人，殊可痛恨。」又説「待母妃歸時，當面詰問，看母妃怎樣答應」等語。兒又見渠袖中出此書與王看。王閱畢，點點頭道：「卿可謂深體朕心矣。」遂將此書交兒，令封固。』又問：『汝出都時，花相公有言囑汝麽？』黎安曰：『兒出都時，囑兒道，汝見可娘娘，無多言，但哄得他回都，便是汝的功了。』又問：『他人有言麽？』黎安曰：『滿朝紛嘩，語難盡述。即如兒哥哥段安，痛母嬪之死，雖不敢歸怨母妃，每日哭訴兩丞相府，求出師復仇，又欲懷匕首往刺妖人，被兒寶母嬪罵了一頓，纔罷休(二八)。』嬌鸞聞這言語，氣得無天可訴，無地可蹲。

是夜，反覆睡不着，胸悶肌熱，哇的又吐出一口鮮血來(二九)。憊極假寐，朦朧間，見可明禮披髮立床頭，指着罵曰：『我與你生同父母，長共衾幬，常聞(一五)婦人從一，你不念香火情，改事仇人，滅我宗族，又陰唆(一六)炭團殺我，今且與你拚命。』言畢，向嬌鸞腿上擰了幾下。嬌鸞曰：『炭團殺你，你不敢尋他，偏來欺負我。』言着，大哭(三〇)。時，早溪與嬌鸞伴睡，被他夢中哭醒，詰問緣由，嬌鸞糊塗的應着。旋起披衣，跪在地下。早溪大驚，攙之不起。曰：『我嬌鸞，枕戈衽甲，佐晋王百戰定笏山，英雄冠世。由今視之，如雪裏凍螢，雨中病蝶，千紅萬紫，總屬鏡花。何似坐空五蘊，身與蒲團同朽乎(三一)？今趁天使在前，求師爲儂剃髮，敬謝我王，情根從此斷絶矣(三二)。』早溪攙起，勸阻了幾回。争奈嬌鸞主意已决，遂於三寶佛前，摩頂祝髮，拜早溪爲師。

是時，顧不得黎安泣諫，北面望闕，拜了四拜，將剃下的髮，用龍帕封好，浼早溪修一表文，遥謝聖恩。黎安無奈，携了表文、髮帕，拜別而去。

【批語】

（一）〔眉批〕所謂『足二分，垂在外』也。

（二）〔眉批〕□□□□。語語是歸罪嬌鸞（俊樺按：『鸞』字原缺，據正文補）。

（三）〔眉批〕嬌（俊樺按：『嬌』字原缺，據正文補）鸞至此，平日之毫光盡矣。

（四）〔眉批〕欲知此怪之名，除非請教神機娘子。

（五）〔眉批〕記嬌鸞之懼，□嬌鸞生來未嘗（俊樺按：『未嘗』，鈔本作『未常』，按文義改）有懼也。嬌鸞而懼，嬌鸞悟矣，不入空門得乎？

（六）〔眉批〕懼而□，戚而病，病猶不肯班師，不入空門得乎？

（七）〔眉批〕藍眉妖術，從嬌鸞邊寫出，故用『忽見』二字。

（八）〔眉批〕極寫銀銀之勇。

（九）〔眉批〕極寫炭團之勇。

（一〇）〔眉批〕字字刺入嬌鸞耳中。

（一一）〔眉批〕前曰『嬌鸞不肯』，因萬寶之亡而不肯班師也；此曰『嬌鸞不肯』，因遭火獸之禍而不肯班師也。非寫嬌鸞之崛强，寫嬌鸞之負氣也。

（一二）〔眉批〕欲叙下文封髮之表，先以待罪（俊樺按：『待罪』，鈔本作『帶罪』，按文義改）之表作引。

（一三）〔眉批〕此一篇言語，將嬌鸞之隱衷，一一傳出。人言『知子莫若父』，此可云『知姑莫若侄』矣。然嬌鸞曾爲明禮娘子，即謂『知母莫若女』，亦無不可。

（一四）〔眉批〕欲不入空門，得乎？

（一五）〔眉批〕銀銀□□，便將炭團一篇言語撇開，别構出一篇諧謔妙文。若得前語復申駁一回，便是糾纏文字，討人厭矣。

（一六）〔眉批〕妙謔。

（一七）〔眉批〕數語似閑文，而實前後縈繞之文也。

（一八）〔眉批〕爲下回三妃解憂張本。

（一九）〔眉批〕似是而非之論，舉朝莫不被他瞞過，惟無知知之，故下回曰『相公以一封書送嬌鸞入空門』也。然無知能知餘餘此舉致嬌鸞之不返，而不知餘餘之心實不欲嬌鸞之返而爲此也。下文餘餘曰，『娭家不能從相公言也』，是將心事畢露於無知之前矣。無知之智，終輸餘餘一着。

（二〇）〔眉批〕『愧之』兩字，已直探餘餘之隱衷矣。

（二一）〔眉批〕所謂言之『深中渠病』也，然觀一『笑』字，餘餘明以爲知之，而不待無知之贅言者也，故不曰『不從』，而曰『不能從』也。

（二二）〔眉批〕以『有餘』『不足』四字，從二人夾出無知可平黄石來，然偏不言無知，只言四王子，忌無知也。

（二三）〔眉批〕或曰：『此一役也，餘餘實欲專委無知，而又恐無知功太高，故欲歸功王子，隱以行其嫉忌之心。無知不知，舉朝不知也。』而余以爲不然。平黄石，雖籌畫仗無知，而必藉顓和以破妖術，然能致顓和者必足足，而足足位高氣盛，必不爲無知所用，以千金之貴，身試毒霧，雖無知一激之力，而究因王子之故，終能成此奇功也。此實餘餘之苦心非得已者。閲者慎無苛刻求之。

（二四）〔眉批〕曰『肯作軍師』，是專欲以大事委之也。而又以解意侯伴説作平提語，非不欲以全美歸無知而何。

（二五）〔眉批〕何以不遣梅虚谷？

（二六）〔眉批〕『工文翰』三字，爲下文代作表文張本。

（二七）〔眉批〕『意養』二字，發醫家千古未傳之秘。

（二八）〔眉批〕已上一篇言語，即前所云『密教黎安對答言語』也。措詞甚婉曲可聽，而實字字刺入嬌鸞隱病中。不知書中詞意如何，只此一番言語，已能使嬌鸞欲歸不得矣。毒哉餘餘。

（二九）〔眉批〕前吐鮮血，是血由外激；此吐鮮血，是血從内生。

（三〇）〔眉批〕前夢明禮，是自己説來；此夢明禮，是作者叙出。前是毆其私處，此是擰其腿上。蓋私與腿，皆身上物，身既失，則心有虧，真精不固，魔幻頻生，是累嬌鸞者，此身耳。非捨其身，烏乎可？然必於出家之前叙其病中見明禮者，非以見明禮爲出家作引，五十四回之見明禮又爲此回作引也。身未捨，則塵皆劫也，若以爲無時不見明禮也。身既捨，色亦空也，空則無身，明禮自明禮，嬌鸞自嬌鸞耳。然則他日『色空無界梵天自在聖智大法師』之封號，不居然蛇足哉？

〔三一〕〔眉批〕早溪一篇揚芬蟠采表文，皆從此數語衍出，即謂表文爲嬌鸞已出之文，無不可。

〔三二〕〔眉批〕乍看，則釘同鐵斬；再看，則聲與淚俱。

【校記】

〔一〕依其言行　『其言』二字原殘缺，據鉛印本補。

〔二〕回都　原殘缺，據鉛印本補。

〔三〕花容曰　『曰』字原殘缺，據鉛印本補。

〔四〕然則　『然』字原殘缺，據鉛印本補。

〔五〕爲眉　原殘缺，據鉛印本補。

〔六〕爲顓和聖姥弟子　『爲顓』二字原殘缺，據鉛印本補。

〔七〕軍師　原殘缺，據鉛印本補。

〔八〕如何　原殘缺，據鉛印本補。

〔九〕安歇　『歇』字原殘缺，據鉛印本補。

〔一〇〕而留　『而』字原殘缺，據鉛印本補。

〔一一〕近時的底細　『時的』二字原殘缺，據鉛印本補。

〔一二〕因曰　『曰』字原殘缺，據鉛印本補。

〔一三〕此書　『此』字原殘缺，據鉛印本補。

〔一四〕言於王 『於王』二字原殘缺，據鉛印本補。
〔一五〕常聞 『常』字原殘缺，據鉛印本補。
〔一六〕陰唆 原殘缺，據鉛印本補。

第六十四回 慈雲庵封髮酬君寵 延秋亭同心解主憂

黎安帶着御醫、從人，不一日，回至紫都。呈上表文、斷髮，將上項事奏聞。王大哭，減了御膳，欲降旨硬將嬌鸞拿回長髮〔一〕，后及衆妃苦諫乃已。

時花容欲攛掇（俊樺按：『攛掇』，鈔本作『攛綴』，據文義改）無知解王憂，無知曰：『解鈴的，還要繫鈴的人。相公以一封書送多智侯入空門，以致王憂。此憂非相公解，誰解〔二〕？』言未已，忽報山真妃翠屏至，無知延入樞密府，與花容相見，三人行了禮。無知列筵相款，酒間談及嬌鸞之事，翠屏曰：『王爲着可貴妃飲食不思，無心視政，倘成了个相思病，却怎了？』花容曰：『趁此良宵，我們何不入宮見王，解王的憂？』翠屏笑曰：『王的憂，除非再覓一个嬌鸞纔解得〔三〕。』花容曰：『娭家自有法兒，但肯同去，便有个可嬌鸞弄出來〔四〕。』三人再勸了一回酒，散了筵，各人有些醉意，喚宮女備彩輿宮燈，直奔南薰宮來。下了輿，同進宮裏。宮監曰：『王在宮後延秋亭，獨自一个看花，吩咐不許他人闌入的。

娘娘們欲見王，須待通報。』花容曰：『我們亦來看花的，不用通報了。』宮監那敢攔阻，三人遂入御園尋王。王正在月下對着桂花，思想嬌鸞。忽聞佩環笑語之聲，回顧月影裏，三人緣花徑而來（五）。認得前行的是山真妃，在後的是左右兩丞相。一俄延，三人已至欄外。王下階，挽花容的手，進亭子裏，三人俱賜了坐。

王曰：『妃子們不待宣召，深夜來此，得無欲釋朕憂乎（六）？』花容曰：『王的憂，非臣妾輩所能釋。前日可貴妃娘娘的謝表，臣等未得寓目，欲懇王賜臣一觀。聞王獨自一人在這裏看花，因聖恩寬大慣了，故冒罪來此（七）。』王曰：『這表文，朕方纔反覆復看了一回，置在袖裏，妃子們來得恰好。』因向袖中摸出與花容，三人向銀燭下聚觀之。其詞曰：

前鎮南將軍、多智侯、南貴妃、臣可嬌鸞，今法名無可上言：

臣聞功名不可高，高則招忌；富貴不可極，極則生災（八）。臣才本駑駘，姿輸蒲柳。六齡剃髮，曾依法炬之光；三略縈懷，翻博智囊之譽。影淹明鏡，髫年重傅丹鉛；足插軟塵，眷屬仍依兄嫂。只爲春風入幕，偶睹神儀；遂令暮雨迷山，誤污御服（九）。明知越禮，星偷鵲駕之期；何處銷魂，月滿鸞樓之夜。敢謂識英雄於未遇，豫思附鳳辭巢；居然冒患難以相從，卒使蟠龍離井（一〇）。

嗟乎！咤風雲而合陣，弃家室而從王。白玉肌明，常污戰血；紅羅袖窄，難護刀癥。王念臣苦辛，位臣娘子。由是竹山偃武，雲鬟許脱鷄翹；薙箒承恩，月夜得隨魚貫。然而區區黄石，難容七萃之旌；鬱鬱紫霞，終定萬年之鼎。臣也脱舞衣而擐瑣甲，綉鞋踏破三莊；親桴鼓而拓鐵山，錦帶銘飄八字。王則化家爲國，端拱深宫；臣猶衽革枕戈，遠羈异土。猥以枯條，遥渥膏雨。心邇身遐，勞微賞厚。敢道名高十亂，男兒增彼美之歌；何期寵冠六宫，女子博封侯之印（一一）。

當紹潛光之未破也，奉敕紫宫，起兵黄石。單騎摩壘，陰風黯慘之場；雙鬟壓兜，大雪溟濛之夜。桃花馬濕，漸顫芳心；蘆葉刀飛，幾遭毒手。只剩戰裙六幅，裹櫜鞬（俊樺按：『櫜鞬』，鈔本作『櫜鍵』，據文意改）之餘生；誰憐戎幕雙層，掩膏肓之病骨（一二）。女哥舒，半槍無恙；小賓滿，百難相磨。向君門而北望，三年泪斷寒冰；驟御輦之南巡，一夕春回枯木。當是時也，灼艾含辛，呴呴愉愉之愛；留釵合鈿，生生世世之情。自謂專房寵固，無憂掩鼻之讒；誓海恩深，難盡糜身之報者矣。既而敵巢盡覆，僞主生降。百戰乾坤，日月全銷兵氣；一家中外，旗常寵答臣庸。竹帛勛名，全歸兩相；河山密誓，難説三生。

臣雖貴爲上妃，位亞嫡后。然而羊車迹絶，鴛帳形單。銀鑰動黄昏之怨，玉階興白露之吟。院少回心，忍見風生長信；丹徒注面，難禁月落上陽。因而雄心未死，瑣闈復請長纓；雌口雖騰，錦傘終提孤旅。林間食黮，欲息鴞音；水底含沙，竟忘蜮射。天實爲之，命奪伏魔之伯；躬自悼矣，名慚多智之侯。胡爲乎，喪心失圖，至於此極（一三）。

嗟乎！曹孟德一世之雄，智猶窮於赤壁；楚項羽萬人之敵，力尚拙於烏江。臣何人斯，不念昔者。然而半生負氣，九死縈心。十年矛掠叙光，有勝無敗；一旦塵淹黛色，欲蓋彌彰。瑕雖可録，無顔重見君王；戚自伊貽，有舌終嘲姊妹。加以黃粱夢醒，邯鄲之事業原虚；紫蔻湯寒，宫闈之笑啼皆幻（一四）。屠刀一放，藥爐蓮鉢之旁；歌扇長抛，佩玉鳴環之地。懇王赦臣犬馬之餘年，成臣菩提之善果。從此臂間風月，膏桂紅銷；頂上醍醐，塵根緑洗。爲道宫花笑日，讓諸媛爭采局之憐；只應瓶柳縈風，向我佛祝皇圖之固。始禪室而終禪室，笑中間多一孽緣；入劫塵而出劫塵，喜首尾猶能相顧。

臣今者，封雲髮以酬寵誥，憑天使而獻御床。苟知生本無身，遑計爲塵爲野馬；莫謂緣非結髮，須知一縷一嬌鸞。言盡無言，泪盡無泪。謹附王子黎安，奉表以聞。

閲罷，翠屏曰：『這表文作得情詞悱惻，曲曲折折，將終身的勛勞離合，爲文之波瀾，諱言處，亦能傅會言之。玉藻瓊敷，軼態横出，所謂「慷慨有餘哀」者乎，是駢體文之最工的，不知倩何人代作耳（一五）。』花容曰：『聞黎安言，是渠的師父早溪禪師作的。』無知嘆曰：『這文儼如嬌鸞自作的一般，想禪家有因心法，大底將自己的心鑽入嬌鸞的心裏，然後將嬌鸞的心爲自己的心。言由心生，筆隨心轉，纔能成得這文。笏山偏又有這一个奇才，只可惜出了家，不肯爲國家鳴盛。』

言次，有宮女捧着御茗，分賜三人。一宮女將珠簾卷起，放進那月光上亭子來。王顧影而嘆曰：『如何臨皓魄，不見月中人？』翠屏笑曰：『王思月中人，月中人偏不思王，奈何？』花容曰：『昔漢武帝思李夫人而不得見，乃命術士齊少翁設帷隱燭，以致夫人。帝從帳中望之，仿佛見女子影，帝愈悲愴，乃爲歌曰：「是耶？非耶？立而望之，翩何珊珊而來遲。」臣以爲少翁果有异術，何不致夫人真形，談笑如生平，以慰岑寂？影胡爲者？』王曰：『朕今欲見可妃影且不可得，世無少翁，吾已矣乎。』花容曰：『臣今夕之來，專爲王致可貴妃，慰王岑寂也。王無意乎？』王曰：『卿亦有幻術，如少翁者乎？』花容曰：『臣之術與少翁不同，臣之可貴妃與少翁之李夫人又不同。』王曰：『何謂不同？』花容曰：『少翁致死者，臣致生者，術固不同矣。且臣之所致者，能笑能顰，可偎可抱，可薦王枕席，王以爲與少翁有影無形者同乎？否乎？』王曰：『然則速爲朕致之。如言不驗，當治卿欺罔之罪。』花容曰：『可貴妃，臣已携來矣，王自不見耳。昔者，王語臣曰：「趙無知美而不媚，山翠屏媚而不美，美媚兼者，惟可嬌鸞乎。」臣今者以無知之美、翠屏之媚，合作一个嬌鸞以奉王。往者，王以一嬌鸞權當無知、翠屏看，今臣以無知、翠屏權當一嬌鸞看。所謂兩美必合者也，所謂能顰能笑，可偎可抱，可薦枕席者，豈臣之謾語以欺王、罔王乎？』王聞言，不覺破顏大笑。無知、翠屏亦以袖掩口，笑不止。

少定，無知曰：『相公無少翁術，不能致嬌鸞，偏拿着娭家們，作笑話兒，何苦呢？要知娭家一个，難比嬌鸞一縷髮兒，怎能當得半个嬌鸞呢？』花容笑着，向王再拜曰：『夜深矣，今爲王致得合體嬌鸞，臣事畢矣。』遂起而去。

無知、翠屏，亦辭王欲出。王笑挽之，雙抱於懷，曰：『妃子既不願作嬌鸞，當年與妃子偶羈唐埗，洞房之夜，猶能記憶麽（一六）？』翠屏曰：『王謂無知美而不媚，妾謂渠作女子，或不解媚；若作男子，最善向女人心坎裏體貼，温柔繾綣，千態萬狀，媚得人死去又生，生去又死的。』王曰：『當年作汝假老公，大約領略過他的媚法了。』翠屏曰：『可是呢，當時被他媚得不生不死，只願熔作一團，永無離别。但礙着作大娘的眉眼，有些懼怕，不然，怎肯竟放他去（一七）？』言着，以臉偎王而笑。王曰：『不聞説媚外，只聞説媚内。媚老婆，是通病的，較之媚老公，猶甚些哩。但媚亦有間，媚大娘，斷不若媚姬妾之工。當時朕作大娘，任你受丈夫的媚，并不曾争鬧。今夕與你丈夫作个顛倒鴛鴦，你須要好好的在這裏服事大娘，無生妒忌。』言着，不覺哄堂的又笑起來。無知以綃帕掩着櫻唇，笑的氣没回轉，正欲擰翠屏一下，説些便宜的話，只見宫人擺上御筵，王親爲無知解去襆頭，脱去朱紱，露出銀泥透綉襦，與翠屏的鳳袿蝶裙相映射。時正新秋，金風薦爽。王與兩妃，屈巵醉月，秘枕行雲，果然當作嬌鸞看待。

【批語】

（一）〔眉批〕王此欲不可少。

（二）〔眉批〕餘餘此舉，惟無知知之，他人不知也，故以解鈴繫鈴爲詞。

（三）〔眉批〕餘餘欲解王憂，無知以爲惟相公解得，是乖極語。翠屏以爲惟嬌鸞纔解得，是呆極語。呆極語曰『再覓一个嬌鸞』云云者，於文實逼出下文來。

（四）〔眉批〕此時，餘餘胸中早有成算。以無知之乖，翻在餘餘算中，與翠屏乖，一乖勝似一乖，好看煞人。

（五）〔眉批〕按李玫《异文録》，明皇在月宫，見白鸞舞於桂樹下，是月中有鸞也。今在月下看桂花，安得不想嬌鸞。

（六）〔眉批〕三人來解王憂，反是王先説起，妙絶。

（七）〔眉批〕王曰『欲釋朕憂』，餘餘偏曰『非臣妾輩所能釋』，似乎專爲欲看謝表而來者。欲接合，反推開，是行文之秘鑰。

（八）〔眉批〕起法騰遝。

（九）〔眉批〕事見第六回。

（一〇）〔眉批〕此段事見十三、十四兩回。

（一一）〔眉批〕事見四十五回。

（一二）〔眉批〕事見五十四回。

（一三）〔眉批〕事見六十二回。

（一四）〔眉批〕『加以』已下，始叙出家之由。

（一五）〔眉批〕得翠屏語，所以著文之工；得無知語，所以著文之妙。得無謂古今工絶妙絶之文，他人評之，不若自己評之之能傳其苦心，能得其變態乎？早溪也，無知也，翠屏也，皆作者之化身也。自爲之，自評之，一何直捷。

（一六）〔眉批〕忽將前事一提，生出下文無數妙文來。

（一七）〔眉批〕餘餘口中，『美』『媚』平提。翠屏却側重『媚』字，衍出下文無數『媚』字。每一字，如一朵花，五色迷離，使人精奪。文每於絶難形容處，見巧思。

第六十五回　奔紫都玉兄弟説妖人　布檄文張指揮得美婦

無知自延秋亭留幸，已將花容四王子挂帥之議言於王。王哂之。無何，足足復奏曰：『丞相苦欲四王子出師，必有灼見。妾與白真妃同心夾輔王子，何憂戰不克，虜不擒？』王曰：『妃子何所恃以克敵？』足足曰：『安不忘危，進不忘退，勝不忘敗，朝夕恐懼，虚其心以采衆議，妾所恃者此而已矣（一）。』王喜曰：『嬌鸞惟不知恐懼，故無功。今妃子能爲此言，國之福也。往時，妃子鹵莽好殺人，自征韓火，産王子，便精細有謀略。妃子此言，軍國之福，亦妃子之福也，朕何憂（二）？』

會玉鯨飛、玉鵬飛兄弟從黃石逃至紫都，無知喚至相府。問之，言三弟散布流言，謂王師欲盡誅玉氏，故玉氏子弟人人自危，甘爲之用。自恃城池深固，又有藍眉妖術用毒霧籠罩諸險要，故可貴妃不能進兵，反爲紙獸所敗。三弟自立爲竹山天王，以婆胡弟子許小蠻爲后，許粉兒、許朵兒爲妃，皆傅脂粉，作女妝。凡竹山、黃石、瞿谷、聖姥諸處，擇男子壯健而美者入宮，悉與淫亂。藍眉仙又以妖術攝四城婦女。初猶以小惠籠絡百姓，自王師退後，益放恣。苛刑厚斂，日甚一日。今玉氏子弟，漸有知玉侯之冤而出怨言者。

無知録其言，與花容謀。相與奏王，擬於未出師之前，爲玉夫人、韓吉姐作一檄文，明玉侯之死，實爲藍眉妖術所弒，以釋玉氏子弟之疑(三)。王然之。乃召指揮使張小，微服私往黃石，將檄文遍貼四城。張小領旨，約結義兄弟張珍、張布、劉士剛同往。花容作就檄文，呈覽，王大喜。繕寫停當，張小等領了檄文，即日起行。

張小居黃石久，其地多産苧，居人咸織苧爲業，遂扮作販苧客人。至黃石時，正值仲春天氣，花天草地，街市繁華(四)。百雉高城，十分完固。乃私議曰：『當年王爲黃石侯造這城時，只防不堅，今日却嫌他太堅了(五)。』劉士剛曰：『妖焰不長，雖堅奚益(六)？』四人一面說，一面笑，正欲尋个客店安歇。

忽有人從張小背後拍其肩曰：『張小哥別來無恙？』張小吃了一驚，回顧那人，正是舊日的博徒玉振之(七)。振之曰：『聞小哥在紫霞做了高官，那得空到此。』張小曰：『雖曾做了不三不四的官兒，只是拘束得不耐煩，久矣，被人參了（八）。』又指着珍布等曰：『今與夥計們做些買賣，不知近來的苧價如何？』玉振之曰：『買賣的事我不懂得，我家裏有所空房子，可以安頓你四人。如你們舍館未定時，可搬行李來，權時住着，好早夜攀話。』張小曰：『這个不須。我們做買賣的人，或一兩月，或一兩日，不能拿得定的，不如客店裏行止自如較便。』振之曰：『恁地時，不强了。那西邊榆樹下這綠油招牌的客店，是有名的好客店。』張小點點頭曰：『我就在這裏安歇罷。明日得空，到店裏吃盞清茶，與足下慢慢的傾談。』振之遂拱拱手去了。

這振之，原是玉無敵侄兒。無敵自以爲先世舊臣，王居黄石時，甚禮重之。凝命元年，表求黄石太守，王不許，以爲黄石參將軍。及三弟稱王，又受僞將軍之職。然爲人，外撝謙而内蒙暗，不達事體，亦罷歸（九）。生一子一女。子名敬之，眉目端好。三弟召至竹山，逼淫之，旋放出。媳許氏，牢闌邑人。女名翩翩，美而黠。

時竹山、黄石凡有孕的，無貴賤，限三月内，在平天聖母衙門報名，滿八月，即將孕婦剖腹而取其胎，又剖胎而取胎之肝，以行邪術。如有隱匿不報，全家剥皮。玉敬之妻許氏，孕已五月，舉家憂懼。敬之謀之振之，振之謀之張小。張小曰：『此易耳。敬之若親來求我，必得當。』振之以張小之言復敬之。

敬之恐客店中謀事易泄，乃具酒密室，請張小至家，跪而求之。張小曰：『易易耳。何不令尊奶娘詐病，請醫請巫的鬧將起來，佯言不愈而死，將棺穴一竅，令閉目卧棺中，舉家假哭，送出西郊僻静處。先使人通知牢闌尊岳丈處，使精細人具軟輿豫伏在此，密將棺中人置輿中，承夜舁回牢闌，汝父子却將空棺葬了，假哭而回。神不知鬼不覺，你道此計妙麽？』敬之撲的拜在地下，曰：『此真妙計，難爲張大哥想得出。』振之曰：『此計雖一時瞞過，終久却怎樣呢？』張小曰：『悖天理的必亡，行妖術的必敗，竹山、黄石之滅，旦夕間耳（一〇）。那時夫妻父子完聚，須無忘小可今日。』敬之大喜，進内捧出紋銀五十兩謝張小，張小那裏肯受。

正推與間，忽聞嚶嚶的啼哭聲，一女郎闖入密室中，哭拜於地，曰：『兩哥哥爲嫂嫂謀，獨不爲妹子作地乎？』敬之曰：『翩翩，有客在前，無作鬧。』翩翩曰：『哥哥，既請此客謀嫂嫂的事，便不是外人，求貴客救兒一救（一一）。』張小驚曰：『汝處子，亦有孕麽？』翩翩起而唾曰：『呸！這客人，甚無賴，來謔兒（一二）。只爲黄眉好攝人家閨女，行采補術，若想到兒時，這就遲了。貴客善謀，當亦豫爲兒地。』張小搔着頭想了一回，笑曰：『這个更易，三十六界，走爲上界。』翩翩曰：『兒又如何走法？』張小曰：『汝有甚麽姑母、姨母、妗母麽？』翩翩曰：『問他怎的？』張小曰：『今時的風氣，凡偷漢的婦女，多在姑母、姨母、妗母處做出來。那姑母、姨母、妗母又百般的向他父母處彌縫。男子欲勾搭婦女，亦先用錢財買通那姑母、姨母、妗母，暗做牽頭，故有姑母、姨母、妗母的，便好做事（一三）。』翩翩曰：『呸，呸！這風話給誰聽，兒的姑母、姨母、妗母并亡故了。』張小曰：『既無姑母、姨母、妗母，你的老公呢？』翩翩曰：『呸，呸，呸！説甚麽鬼話（一四）？』以袖掩面，又烏烏的哭。

敬之見張小説這些話，又不敢惱，只得減着性子曰：『我這妹子，并未曾許親的，不知張大哥有妻室麽？如未娶妻時，可使渠跟着你走。』張小曰：『某雖無妻室，只是這小姐，某不要的（一五）。』振之笑曰：『張大哥想是發了些財，志氣高些。我且問你，我這妹子，千中不能選一的，論門户呵，却是一位千金的小姐，如何配你不過？』張小曰：『有兩件，配某不過（一六）。』振之曰：『那兩件呢？』張小曰：『第一件，是年歲。某今年四十有一，這小姐纔得十餘歲，如何配得某過（一七）？』振之曰：『第二件呢？』張小曰：『這一件更難，某這相貌，生得頭尖眼小，臉赭髮黃，頭腦兒、身手兒比他人的多不合。小姐的眼如秋水，螓首鳳鬢，與某的頭兒、眼兒、髮兒不對了；桃花的臉，楊柳的腰，粉揑就纖纖的十指，與某的臉兒、身手兒又不對了。如何配得某過（一八）？』言到這裏，引得那翩翩啞的笑將出來。

正笑不迭，忽聞拐兒響，一白髯老者踱進密室裏來（一九）。張小大驚，旋點頭作个揖，曰：『這位就是老將軍麽？違教了許時，養得白髮朱顔，阿小認不得了。』老者曰：『老夫就是玉無敵。你們的言語，老夫在屏後一一聽見了。至於婚姻的事，小女不嫌大哥，大哥反嫌小女，何也？』張小又作个揖曰：『老將軍前，不敢説謊，只因阿小年長貌陋，斷不中小姐意，故此這般説。』無敵向翩翩笑着曰：『我兒你中意他麽？』翩翩不答，紅着面走出去了。

時，日已黄昏，張小亦拜辭無敵父子，回寓而去，將此事言知珍、布等。劉士剛曰：『此段姻婚，不可推却。一來哥哥得了个慧美的嫂嫂，生个少爺，終身有靠。二來做了親戚，便好諷無敵父子投降，作个内應。倘平了黄石，哥哥的功勞不小，不是初出紫霞第一功麽？』張小然之。

明日，玉敬之、玉振之又來寓所，致無敵意，邀請小酌，并請珍、布、士剛。張小猜着了幾分兒，先佩了金玉獸環合歡寶爲聘物。四人换了新鮮的衣服，隨着敬之兄弟到景泰坊。只見無敵已扶着拐，在門前拱候了（二〇）。四人進了玉府，坐定。張小曰：『屢次踵府，未曾請老夫人的安，今番不得無禮了。』言着，便欲起身。無敵曰：『山妻已物故了。』張小曰：『未聆訓誨，那裏曉得。』少間，延入内廳，已擺下極豐美的酒筵。遜了一回坐位，各人坐定。

酒三巡，無敵舉杯，先飲珍、布、士剛，曰：『老夫年邁，尚有一幼女未婚，今見張大哥能慷慨急人難，願以小女奉箕帚，煩三位大哥代老夫做个冰人。』張珍曰：『老將軍的命，那敢不遵。只恐我哥哥貧賤無門閥，有辱門楣。如老將軍果不見嫌，敢不從命。』無敵笑曰：『這主意出在老夫，不必太謙遜。』張小曰：『老將軍雖不見嫌，恐小姐不豫意。與其他年琴瑟不調，不如此日葛藤先斷（二一）。』張布曰：『兒女子允與不允，多羞澀不肯明言。如肯當筵奉酒，便願俯就了。』無敵曰：『這是我笏山的古禮，即大哥等不言，老夫已排當定了。』乃目敬之，曰：『可喚汝妹子出來。』敬之帶笑的進内去了。

又飲了兩巡酒，漸聞玎玎璫璫環佩響。敬之掀簾先出，即有幾个丫頭、老媪捧着翩翩出來。花花翠翠，好一个妙人兒，比初見時又不同了（二二）。翩翩奉了酒，張小向身上解下金玉獸環合歡寶，交與敬之，敬之交與老媪。一時麝蘭香散，步玎璫，進内去了。頃之，老媪捧出琥珀八棱杯一雙答聘。男女席間交聘，是笏山的故事，不足怪的。筵散後，四人辭回寓所，便擇定三月初十日，招張小在玉府成了婚。

明日，許氏即裝（俊樺按：『裝』，鈔本作『妝』，徑改之）出病來，果然嚷嚷地請醫請巫的鬧着。（二三）敬之修一書，密令張小往牢闌邑尋着丈人許宗照，言知此事。宗照看了書函，知張小係女兒的姑婿，遂令與兒子許鈞備快輿往接女兒。兩家訂了時刻，依計而行。果然作得周密，無一人知覺（二四）。

無敵益信女婿作事可靠，自是翁婿十分相得。張小遂承間將實情説知無敵，諷無敵降。無敵嘆曰：『今王，老夫故主之婿也。倘録前過，敢不爲率土之臣。』於是修一待罪表文，使張小奏王，願作内應，將功折罪。

三月末旬，趁着月黑，張小吩咐張布帶檄文二十張，潛入聖姥城；張珍帶檄文二十張，潛入瞿谷城；自己帶檄文五十張，潛往竹山城；留五十張與劉士剛，貼黄石。約定某時某刻，一齊張貼。各人换了黑衣，携了漿糊行事。又吩咐玉振之帶書一封往寅丘，投玉帶侯韓騰，令人接應。玉敬之豫備行李馬匹，先送妹子玉翩翩在紫藤城外白衣廟中相待。

是夜，甚寒凍，四城的居民，閉户甚早。這四城，惟竹山爲三弟所居，巡邏嚴密。張小先於是日扮作黄石的公差，混進城中。天已晚了，見宣化街前有所酒店，甚幽雅。踱進店中，先有一个公人打扮的，據住東邊的坐位，見張小來，便拱拱手曰：『老兄何來？』張小曰：『某是黃石大軍師的公差，姓平名貴，有緊急文書投戚平章府裏的。只是這雨如膏的濘着，街巷難走，天又寒，聞這店裏好酒，借幾杯暖暖手脚，纔去投文哩。敢問足下何人？』其人曰：『我姓端木，名敦。正在戚平章府裏專管文書的。』張小吃了一驚，曰：『足下偏得空在這裏飲酒？』其人笑曰：『我正奉本官的公文，往黃石投大軍師的，大都都爲着此事。』言着，呼酒保：『不用另備平大哥的酒菜，有上好的酒肴，多搬些來。是我請這位平大哥的。』張小曰：『攪擾老兄，怎好意思呢？』端木敦曰：『大家俱是吃官飯的人，况且兩衙門甚耽干繫，有甚麽事，須照應些。這小意兒，説甚攪擾。』

張小懼他窮詰大軍師衙裏的事，對答不來，用甜話兒，拿酒向端木敦亂灌，看看的已有八九分醉意了。張小曰：『适纔老兄言兩處投文，都爲此事，到底甚麽事呢？』端木敦曰：『你在大軍師衙裏做个公差，韓水的事，你不知麽？』張小聞『韓水』二字，又吃一驚，只得笑着曰：『韓水的事，那裏不知，只不信我們袋裏的公文，專爲此事。』端木敦曰：『只爲這韓水，晋王畫影圖形，捕拿甚急。前數日，帶幾个結義的兄弟，投你家大軍師處，軍師已奏聞天王。今天王要將他解回竹山，故我們戚相公行文催取。難道軍師回覆的公文，别有事麽？』張小曰：『這事盡知，但韓水好意來投，天王何苦定要害他？』端木敦曰：『你真个不懂此中機關？因天王聞韓水生得美貌，欲取回宫中受用的。又忌着大軍師，不敢明言，故假説。』説到此處，噯的吐將起來。張小趁勢將壺中的餘酒灌他一回，已倒在桌上，不省人事了。

時天已昏黑，酒保掌起燈來。張小曰：『我的結義哥哥飲醉了，天氣寒冷，防冒着風。你這裏可有鋪蓋，讓我們睡一夜。明早，好幹辦公事。』這店主人，原認得端木敦係平章府裏的公人，遂與張小攙入客房裏，放倒床上。店主人泡着一壺濃茶，亮着燈。張小曰：『自便罷。』即關上房門，搜他的身上，搜出那文書袋來。浸濕封口，用口呵了十餘下，慢慢的用竹刀解開封口，并不缺爛，取出那公文，向燈下細看，果然是催解韓水的事。翻來覆去，看至『將韓水首從，即日解回竹山』數字，不覺計上心來。

原來，笏山的紙有冷水、新泉兩種。冷水造的，薄而韌；新泉造的，厚而鬆。凡官衙多用新泉紙。張小向身上取出小薄刀，將『首從』這『從』字輕輕的刮將起來，紙惟厚而鬆，是以好刮。張小身上有自具的筆墨，取出筆墨來，將刮去『從』字的字位，照原文筆法改作『級』字（二五），改得甚是妥帖。照改的讀去，是『將韓水首級，即日解回竹山』了。大喜，又取出些漿糊將原封的封口封固，回顧端木敦，尚呼呼的强卧不醒，遂照舊放回端木敦身上。

是時，已打三更了。開房門出看，見店主人猶掤擋東西未寢。張小曰：『求大哥看顧某的兄弟，呼茶呼水時，好好的給他。某趁這雨已息，乘夜投這公文，免誤大事。』言着，跑出門去了。

張小原有飛檐走壁之術，這五十張繳文，不一時貼完了。剛貼至末一張，不提防這墻角有个燈籠閃將過來，正照着張小。又有兩个拿朴刀的，隨着提燈的，先喝曰：『你這廝，深夜裏貼甚麽？拿去見巡城官(二六)。』張小曰：『大哥，勿聲張。只因我的妹子，被人勾引逃去，不知下落，今出了這張謝帖，或者有人報信，未可知。』那人曰：『爲何深夜纔貼呢？』張小曰：『這是没臉的事，白晝裹，防人嘲笑(二七)。』那拿朴刀的哈哈的笑起來，曰：『有這等希奇的事。』將朴刀支在墻角，奪那燈籠，向壁上晃着。張小欲逃，又被前時拿燈籠的揪着。無計可脱，情急了，乃向懷中拔出七寸長的小刀兒，暗向揪他這个人的腹裹，只一戳，那人大叫一聲便倒(二八)。原來，張小這刀是用毒藥浸煉，刺人見血立死的。那个拿朴刀的昏鄧鄧，倦眼麻茶，聞這一聲叫，剛欲動手，張小手快，已將那拿燈看檄文的戳倒(二九)。燈已滅了，張小眼明，提墻角支着的朴刀，向那拿朴刀的腦後盡力削了半个天靈蓋，又向嗓裹一刀(三〇)。所謂説時遲那時快，其實只一齊事，俱嗚呼了。張小殺死三人，即尋至僻静處，爬城而出。時四更將盡，走至白衣廟，天已明亮。張珍、張布、劉士剛及敬之、翩翩等，已在這裹等候。張小辭别敬之，携了行李馬匹及翩翩等，取路從寅丘回都復旨去了(三一)。

【批語】

（一）〔眉批〕理萃（俊樺按：『萃』，鈔本作『窣』，據文義改）詞卓，武子經中之精髓也。足足能爲是言，所謂國家之福者，非耶？

（二）〔眉批〕知臣莫若君，知婦莫若夫，少青以君道兼夫道，故能作入木三分之語。

（三）〔眉批〕終不出司馬杏英之謀。

（四）〔眉批〕鋪叙街市繁華，恐累牘不能盡，文只『花天草地』四字，可抵初唐人《帝京》《長安》等篇。

（五）〔眉批〕築城衛玉氏，而實以固吾宇也，而不圖適以危吾宇，時移事异，天下事可堪長太息者，豈獨此一城哉？

（六）〔眉批〕二語，盲左中最凝煉文字。

（七）〔眉批〕此段又類《水滸》文字，想見此公之筆，無所不有。

（八）〔眉批〕説做官不妙，説不做官愈不妙，張小妙人，故作者以妙筆傳其妙舌。

（九）〔眉批〕補叙之文，剪裁易，遒卓難。

（一〇）〔眉批〕據理審勢，自能前知，非逆億之□可比。

（一一）〔眉批〕張小妙，翩翩尤妙，形容惟□（俊樺按：據文意，或爲『肖』字）易，形容惟妙難。

（一二）〔眉批〕寫生。

（一三）〔眉批〕借張小口中，痛詆澆風淫俗而不嫌唐突者，何也？翩翩以唐突求生客，張小以唐突得美妻，本一篇唐突文字，故不嫌也。

（一四）〔眉批〕寫生。

（一五）〔眉批〕奇。

（一六）〔眉批〕更奇。

（一七）〔眉批〕奇，奇，得未曾有。

（一八）〔眉批〕奇，奇，得未曾有。

（一九）〔眉批〕接厲諔詭。

（二〇）〔眉批〕活畫。

（二一）〔眉批〕記張小□□，悉用顛倒宫商文字，至此忽作正論，而實深閱世故之言。世固有老於張小，醜於張小，而不自悟，而必千方百計，恃財神以求佳麗者，而卒來駿馬馱痴之怨、觀音伴鬼之譏。閨房秘密之地，有不堪言者矣，惜不肯奉教於張小也。閲『他年』『此日』之論，其亦可以返矣。

（二二）〔眉批〕鏡裏生描，紙中活現。

（二三）〔眉批〕加『果然』二字，便與上文不覆，且與上文相應。

（二四）〔眉批〕前『果然』，指行事之初言；此『果然』，指事成之後言。

（二五）〔眉批〕張小乖，作者能以一枝乖筆傳張小之乖，是玉尺在心，巧由中發。

（二六）〔眉批〕一篇《水滸》中至精巧文字。傳張小之奇，非此不稱也。

（二七）〔眉批〕口乖。

（二八）〔眉批〕手乖。

（二九）〔眉批〕所謂不中時不刺，刺時必中也。

（三〇）〔眉批〕眼乖。

（三一）〔眉批〕前文使振之致書韓騰，專爲取路寅丘作地也。

卷十九

寶安吾廬居士戲編

第六十六回　改公文一字誅韓水　净妖霧兩妃遇顓和

三弟自從以黃眉妖術中途弒了玉侯，逃回竹山，稱竹山天王，以父親楊吉守瞿谷，號兵馬大元帥。時婆胡守聖姥，藍眉居黃石，自據竹山爲巢穴。所居之室，號如意宮。選美男子，傅脂粉，去衣褲，環立四面，號情娘子(一)。與一情娘子交，衆情娘子下體皆躍舉，如不能躍舉的便是無情，貶出宮去。玉無敵之子敬之，曾充情娘子而被貶者也。惟不樂與藍眉交，又不敢明拒，遂與藍眉約一月一度。然藍眉每攝閨女淫之，亦不必定交三弟也。

一日，三弟聞韓水來投，問左右韓水何如人，或言韓水爲韓卓莊公之子，美而偉，下體雄健异人。三弟大喜，使平章戚成貴促藍眉將韓水解回竹山，親自訊鞫，而實欲與之淫亂。藍眉爲張小所改之文書所誤，乃殺韓水，以韓水之頭寄竹山(二)。三弟大怒，欲殺藍眉，然懼其術而不敢發，終日皺眉不悅。小鑾等百般獻媚，解三弟愁。

是日，正裸體酣嬉，樂未已，忽報戚成貴入宮，言有緊急軍情求見。三弟不肯出，成貴怒，以劍擊宮門而去。

明日，藍眉亦至，三弟正左抱朵兒，右抱粉兒，疊股而嬉。見藍眉仗劍入内宮，不覺失色而起。藍眉怒曰：『禍在眼前，猶不思商議國事，是何心肝？』三弟曰：『外事有軍師，内事有平章，儂何知焉。』藍眉喝左右請平章相公來。成貴至，拔劍欲誅三許，藍眉止之。成貴仰天嘆曰：『某無識，爲軍師所誤，誤事穢主，難免身爲俘虜，貽笏山人笑。』言罷大哭。三弟曰：『平章無動氣，且問何事惱着平章？』成貴曰：『今玉侯韓夫人，將檄文遍貼四城，人心摇動，咸有畔志。王猶抱着這幾个猴子，刻不離身，何所恃而不恐？』言罷，將檄文擲案頭，三弟展閲之。其詞曰：

故玉黄石侯夫人韓布告竹山、黄石、瞿谷、聖姥四城子弟百姓曰：

楊三弟，本小童賤媵，隨嫁黄石，以淫佚逢主，立爲娘子。固已出污土而上雲霄矣，乃不思菲葑下體，包藏禍心。知侯懦弱，工讒布蠱，欲廢小童而自立爲夫人，幸可貴妃及先姑云太夫人持正，事遂寢。

逮貴妃回宮，三弟放恣益甚，思以淫欲殺侯。憑女巫梁婆胡，私招孌男許阿蠻等，以斷袖之愛惑侯，而實與三弟奸。淫嬲裸逐，穢臭薰天，皆爾子弟百姓所已悉者。乃狼心未已，窺小童身妊少主，思爲一網打盡之計。使侍婢芷香以毒藥害小童，而實欲害少主也(三)。芷香不忍，反泄其謀。三弟懼與小童無兩立之勢，又進毒弑太夫人，而誣小童。令太守丁勉之解小童赴都，而自揣情虚，不肯赴質。

天子震怒，乃使着翅伯擒三弟、婆胡等入都對獄。而三弟用婆胡策，招妖人藍眉，陰行妖術，僞以囚車載侯同行。至半途，即以妖術弑之，而揚言曰『晋王實殺之也』，而夜攝三弟等仍回黄石，自稱天王，據四城以畔。

幸天不絶玉氏，小童於凝命六年葬侯之日，即誕少主。天子喜玉氏有後，思除蛇虺，靖我室家，乃命可貴妃率師討三弟，而三弟使藍眉布妖霧以塞道路，致貴妃師出無功。

嗚呼！毒淫凶梗，四惡俱全，罄千江之水不足洗其污，煤萬嶺之松不足書其罪。今天子復命四王子星生率六師，誅四惡，掃妖孽，復舊邦，先使小童布告爾等。

嗚呼！先侯雖薨，少主猶在。倘念先公累世仁澤，漿食迎師，擁少主而立之，是氛翳重開，復見天日也。小童死且不朽，慎無助淫從逆，以干罪戾(四)。

三弟看罷，并不瞋怒，既而笑曰：『儂以爲甚麽大事，這紙上的言語，理他則甚。縱有王師，我大軍師的法術，自能破之。平章且回府，無爲紙上的空言所惑(五)。』藍眉曰：『天道惡淫，逆天何以自免哉！』長嘆而出。成貴亦嘆曰：『吾其爲虜乎！』

初，四城之人，憤王殺玉侯，咸願從三弟反。逮三弟淫恣日甚，多有疑者。及見檄文，咸躍而起，曰：『我侯有子，不患無君矣。』多有聚黨聯盟，以仇三弟者〔六〕。平章戚成貴性急刑峻，民多竄逃。

凝命十年五月，王命四王子星生挂帥討賊。時星生年已六歲，以足足、雪燕輔之。以故玉侯之子玉重華爲先鋒，年亦五歲，以吉姐、朱芳蓮輔之。大將，則可松齡、香得功。戰將，則田麟、忽雷、黄熊、紹武、紹玉、紹金、山貴、趙聯、斗艮山、奇亮功、玉鯨飛、玉鵬飛、丁讓能、凌祖興。以可大郎、可大紳爲行軍記室。以斗貫珠爲女記室。丁勉之、玉世安、顔段安、顔黎安爲行軍參謀。右丞相趙無知爲軍師。王使花容餞軍於玉帶泉，無知與花容密議了一回。花容以錦囊一个付無知，曰：『破妖之策在此矣，然他人不能悟也，相公幸留意焉。』無知佩好錦囊，辭别花容，與足足等率大軍渡過浮橋，從石杵岩進發。

楊吉聞報，盡點四城軍馬，不滿三千，半皆老弱。大懼，謀之婆胡曰：『以三千之疲卒，當數萬之雄師，何以戰爲？』婆胡曰：『汝痴矣。曩可嬌鸞亦數萬之衆，我們何曾用着一兵一矢。我仙家自有天兵神將，攻破紫霞，擄晋王且不難，何况區區小寇。』乃相與往見藍眉。藍眉正聚諸徒演習妖術，見二人至，曰：『正欲請元帥酌議，今來大好。』楊吉終嫌兵少，不放心。藍眉曰：『并不用元帥出軍，可分軍馬鎮壓四城，防百姓作亂。軍中事，不敢相煩〔七〕。』又使梁婆胡厚布毒霧，籠罩四界，須較前番更濃密。二人遵令辭去。

是時，寅丘鎮韓騰夫婦聞王師至，率兵迎勞。王師據紫藤之左山坡下寨。足足召紫藤令花淵雲問曰：『妖人的毒霧，平時恒有，還有臨時布的？只布這一面，還是面面有的？』淵雲曰：『這霧是臨時布的，然面面皆有，與當年只布一面以阻可娘娘軍者大不同。』足足大憂，集衆謀士擬破妖霧之策。顏段安曰：『昔年兒兄弟平樊仙岩，亦有黑砂噴出，兒仗着王的開明御璽，以紅光衝散黑砂，故能成功。兒兄弟來時，密求父王以御璽各印兒背，或能衝這妖霧（八）。』無知曰：『樊仙一犬妖耳，爲禍未烈。今藍眉居奄烏洞修煉千年，將登寶録，其術正未易破。兒欲去，須待明日正午陽氣盛時。切勿深入，須記出路。』段安曰：『出路，可得辨乎？』無知曰：『過午則日漸西，汝可從西方衝入。但見黑霧中有些黄氣，便是出路。』段安兄弟領了令箭。

明日，披髮赤足，以黄金絡索束小黄衣，仗劍從西殺入。行數十步，忽一陣鐵雨四面飄來，離身一尺而散。段安走來走去，已不知黎安在何處。雖近身處無霧，然一尺之外，黑陰陰不辨南北。漸漸的足力疲乏不能支，記無知言，細辨，果有微微的黄氣在黑影中，乃趁黄氣，揮劍而走。似前面黄氣中有喘吁聲，心疑之。呼曰：『汝黎安麽？』只聞應曰：『諾，哥哥隨我來。』再走幾步，欲追上黎安，忽兩眼芒生，却是夕陽射着，不知身已出霧了（九）。兄弟各説了一回，大約所遇略同。乃一齊上帳繳令。

段安曰：『兒有一言，可破妖霧。兒兄弟以御璽印背，霧不能傷，何不班師回都，求王以璽遍印諸軍之背，一齊攻入，何患妖霧之不破乎？』足足以問無知，無知曰：『孩提之見，無足聽信。』

是夜，衆軍大嘩，言營寨之東，一火人從地亘天，不知幾千萬丈，將奔我營。無知笑曰：『此幻術欲眩我軍耳目耳。』乃下令，言火人不能爲害，諸軍無得嘩駭。密使朱芳蓮以穢物繫箭頭以射火人，但見火人隨射而没。頃之，西邊復有一火人，狀如前。芳蓮復射倒之。

又一夜，足足與無知等正酌議間，忽聞軍又嘩，無知與雪燕出營觀之，見月光下一巨人，遍體緑毛，騎惡獸奔來，頭長倍身，十分獰惡。無知使芳蓮射之，應弦而倒。使人往視之，一草人耳。由是連夕多見怪异，軍士亦多儲穢物射之。足足被他鬧得不進不退，從前的性子不覺復使出來，定要單騎殺開惡霧，踏平四城，屢被諸人勸止（一〇）。

無知亦憂悶無策，乃密開餘餘的錦囊視之。初甚悶悶，忽然拍案大喜（一一）。私與雪燕謀，雪燕初難之，既而頓悟。無知戒之曰：『今日之事，可以意取，而不可以聲色求。』雪燕點頭，乃相與往見足足。

足足見二人至，仍戚戚不展眉。無知曰：『昔多智侯師出無功，致逃禪而去。今我軍亦爲妖霧所阻，不能前進，况連夜妖物叠出，亂我軍心，倘再罹火獸之禍，奈何？不如趁此鋭氣未挫之際，全師而還。』足足怒曰：『娭家生平有進無退，况王子初次出師，不得利，誓不回都。量這妖霧，何足道哉！』乃下令軍中，誰敢破此妖霧。軍中面面相覷，無應令者。

無知嘆曰：『娘娘昔日拳打雙虎，威震笏山，何懼妖邪。但近來嬌養深宮，氣力較從前量減些了。况抱着王子，安富尊榮，不可以千金之貴試險阻。不然，這妖術何足道哉（一二）！』足足大怒，拍案而起，曰：『相公視娭家今不如前麽？』乃顧雪燕曰：『爲將之道，當親冒矢石，身爲士卒先。娭家的兩頭鏟何在？』雪燕曰：『妹與姊姊皆顓和聖姥弟子，尚有難香一枚，留妹處，言非有軍國大事不可焚。今夕當與姊姊虔心拜祝，明日便隨姊姊殺入霧中，直抵黄石擒妖人，這霧何足道哉！』足足大喜。

是夕，無知相地，使人築一三層高臺，四面用青、赤、白、黑之旗，及四隅間色之旌圍繞之。使顔段安、顔黎安披髮佩劍，持香爐，在臺第二層左右立。使紹金、紹玉、凌祖興、丁讓能亦披髮跣足，執長矛分立下一層。使朱芳蓮及紅雲都司凌月娘皆扮道妝，持弓矢，在臺第二層前後立。至三更時候，足足、雪燕皆扮道妝。足足佩漏景刀，雪燕佩十光劍，携難香，登臺燃着，各人拜了一回。見香烟蟠結空中，化作彩鸞，從東飛去。足足正佇望間，聞有聲出腰際，驚而顧，乃所佩之漏景刀自鳴，雪燕之十光劍亦鳴，蓋劍與刀皆聖姥所賜者。雪燕大喜，携足足下臺，準備明日同破妖霧。足足將王子交與吉姐，吉姐諸人皆受無知意，不敢諫。

足足佩刀提鏟，雪燕亦横槍佩劍相隨。兩人皆五色戰裙，杏黄攢金星的小襖，不騎戰馬，一齊衝入霧中。但見黑陰蓋目，腥氣襲人。足足在霧中呼雪燕曰：『這霧雖惡，咱們既來，須奮力穿過這霧，勿半道而回，被人笑話。』雪燕諾之。兩人舞着槍、鏟，果然向前直進，如行黑夜中，不辨高下。忽大叫一聲：『呵呀，不好了！』足足連鏟和人，撲的墮落野塘中，不覺失聲大呼曰：『師父救我！』呼未已，一轉盼，只見黑霧全收，天日清朗（一三）。

雪燕立野塘邊，以槍柄授足足。足足從野塘中緣槍柄躍起，下半截淋淋漓漓的，都是野塘水。幸塘水不深，天氣尚暖，雪燕爲他解去拖泥帶水的五色裙，分身上衣，爲足足換去濕的，教他快見師父。足足曰：『師父何在？』雪燕指曰：『這石上坐的，不是麽？』足足見石上坐一女子，羽帔蓉裳，十分美艷。足足大疑，向雪燕耳畔説曰：『我師，是病瘦似的一个老尼姑，豈是這个？』雪燕曰：『神仙不肯示人真相，要變怎地便怎地。』足足曰：『你莫非弄个假的來哄我。』雪燕曰：『這毒霧百般的不能破，師父一到，便見青天。你説假的，有這樣靈應麽？』足足大喜，乃整衣上前，向這女子拜去。

女子曰：『娘娘的兩頭鏟無恙麽？』足足指着鏟曰：『師父賜的，如何有恙？』女子笑曰：『夷庚草陂上一别，十數年矣，娘娘猶認得麽？』足足曰：『師父有的是還少丹，今比初見時，俊俏了許多，弟子肉眼，如何認得？』女子曰：『娘娘猜我是多少年紀？』足足再瞅一眼，屈着指曰：『左不過十七八歲。』女子曰：『我纔十七八歲，娘娘呼我作師，心裏有些不服麽？』足足曰：『怎見得不服？』女子曰：『娘娘的母親斗貫珠，年紀小些，娘娘喚他作母親，心裏猶未輸服，何況我？如不服我時，我便去了。』足足叩頭不迭。雪燕曰：『師父既肯降臨，爲天子净掃妖氛，今日决不放師父去的。』女子笑曰：『我見這可娘娘的言語趣甚，與他取笑兒，那便真去。』

言未已，望見一彪軍馬從北邊追將上來。女子指着笑曰：『娘娘的母親來了。』正驚顧間，那彪軍馬已到。一騎女將，橫槍躍馬當先，正是女探花斗貫珠。見三人在此説話，大喜，曰：『妖霧果然消了。』遂下馬厮見。雪燕指謂貫珠曰：『此我師顓和聖姥也。』玉指一豎，毒霧驟平。』貫珠跪地，叩見了聖姥。足足曰：『母親來此何幹？』貫珠曰：『趙軍師恐我兒有失，故帶兵追來接應。今已日暮，請聖姥同回營中議平妖之策。』四人遂并馬回營。

【批語】

（一）〔眉批〕稱謂絶奇。

（二）〔眉批〕張小之誅韓水，只用一字，所謂筆中有刀也，勝百萬甲兵矣。

（三）〔眉批〕詞則明淺，意則纏綿，易入人心，正惟此種。

（四）〔眉批〕觸槐如志，最易動人，惟笏山不尚文，文亦侃見，既見侃，故取效奇也。《記》中以告示檄文制勝者，莫不捷如響應。

（五）〔眉批〕不怒而笑，奇絶。

（六）〔眉批〕所謂捷如響應也，文可少乎哉？

（七）〔眉批〕不用出軍，而仍呼之曰元帥，甚可嘆也。夫三軍中有元帥，文壇中亦有元帥，有名無實，古今一轍，而豈獨楊吉。

（八）〔眉批〕段安兄弟未出都時，先求御璽印背，是有心人也。然事可一不可再，視藍眉如犬妖，是印□文字矣，烏能成功。
（九）〔眉批〕此處最難摹寫，偏寫得形聲俱活，筆之無難不易也如是。
（一〇）〔眉批〕俱在餘餘算中。
（一一）〔眉批〕所謂他人不能悟也。
（一二）〔眉批〕純用激將法，此錦囊中意旨也。
（一三）〔眉批〕節豎山連，文横水蹙。

第六十七回　鬥分身白髮小兒喪命　破妖陣藍眉仙子伏誅

足足等破了妖霧回營，三軍大悦。命諸營將校，皆來參拜聖姥。明日，無知欲分遣軍士，齊圍四城。忽諜報聖姥城外環列八營，旗幟悉用八卦式樣，不知何意。足足遂拔營，進逼聖姥城下寨。藍眉使人下戰書，約日大戰（一）。

是日，無知使香得功點兵三千，率田麟、忽雷輔着顓和會陣。見對陣的門旗開處，羽葆之下，一人鋭頭深目，兩眉拖臉，藍如濃靛，頭上以金龍束髮，髮紅色，身披五色百衲，騎一异獸，類獅子而無尾，腰佩兩个胡蘆，手握七星雙劍。得功謂左右曰：『此藍眉也。』田麟曰：『非有三頭六臂，吾何畏彼。』横鐵蘸，策馬大呼，直取藍眉。未至陣門，一道者打扮，手揮雙刀，迎住田麟厮殺。那道者，那是田麟對手，正欲向袋中取妖器來傷田麟，取不迭，已被田麟蘸爲兩段。

藍眉怒曰：『傷我徒弟，怎肯干休，白髮兒何在？』只見旗角裏蹲出一个十一二歲的小兒來。那小兒，生得唇紅眼緑，髮白如銀絲，綰作五枚葡萄髻，髻上插五朵紅花，身上擐着透綉紅暖肚，下面沉緑褲，赤着足，騎隻小虎，手中并無兵器，拿个布袋，笑嘻嘻的走出陣來。

田麟大怒，只一蘸，蘸做了兩个小兒，一樣的騎着小虎，一樣的打扮。田麟左一蘸，右一蘸，兩个又分作四个。再蘸了幾回，又分作十餘个，圍着田麟嘻嘻的笑。田麟懼，虚揮一蘸，欲走回陣。只見衆小兒的布袋一齊抛在空中，紛紛的粘着，霎時合做一个，連人帶馬，將田麟攝在袋裏。十餘个小兒已合做一个了，笑嘻嘻，提着袋，欲回陣(二)。

忽雷大怒，飛馬來奪小兒的袋。小兒正欲將袋來攝忽雷，乍見紅光閃處，一小赤蛇從忽雷馬後飛出，化爲小箭，貫小兒喉，小兒倒地而死。忽雷見小兒已倒，欲將布袋提回。誰想那袋沉重的了不得。忽一片白光，從空飛下，袋裂一縫，田麟依舊騎着馬，似從縫裏蹲出來的一般，同走回陣。

衆軍士正看得呆呆地。俄一陣熱風吹將過來，吹出一天的火鴉來啄軍士。衆軍驚皇欲走，忽背後飛出一天黑豆，旋舞空中。衆軍望見一豆打一鴉，頃之，火鴉盡被黑豆打落。

藍眉大喝曰：『汝軍中何處妖人，敢出陣前賭鬥麽？』言未已，顒和騎一大蝴蝶，飛出陣門。藍眉見是个十餘歲的美人兒，樂與賽賭取笑。遂舞動雙劍，迎風一晃，變作个書生，十分美貌，亦騎着蝴蝶，來調顓和。顓和把袖一翻，袖中飛出千百个蜂兒，向書生粉臉上釘着，釘得書生面龐腫爛，如瘋疾人一般。書生大怒，望空一聳，高十餘丈，數十隻手各拿兵器，齊刺顓和。顓和和蝶墮地，變作十餘个矮人，各拿斧鑿，鑿他甕大的毛腿。那長人翻身倒地，現出原形，走回陣中。

顓和意欲揮軍掩殺，只見一道童走出旗門，稽首曰：『敢請仙師仙號。』顓和曰：『我顓和聖姥也。汝師獨不知乎？汝師欲逆天行道，輔虐助淫，可惜千年修煉之功，一旦盡成灰燼。』道童曰：『我師言，非我逆天道而行，實天逆我道而行耳。聖姥如果有能，今已日暮，不必相逼。明日，我師擺一陣圖，聖姥能破此圖，便帖耳聽聖姥指示。如不能破，請回洞府，免結冤仇。』顓和笑曰：『汝善言語，讓汝師再演習一夜，作汝的人情。』遂回陣，鳴金而退。

香得功謂諸將曰：『我等戰鬥多年，并不曾見此奇戰。若非我們有聖姥相助，盡喪於火鴉隊中矣。』正嘆息間，忽報指揮官張小解糧至。張小見得功，備問勝敗之事。得功一一言之。是夜，無知傳張小進帳，吩咐曰：『汝丈人玉無敵，既上降表，願作內應，我明日絆住藍眉鬥陣，欲潛以一軍抄道取黃石。汝可連夜逾城，與無敵父子謀，明日午時，賺開城門，納我軍。切勿誤事。』張小領令，連夜去了。

天未明，足足携王子升帳，無知旁坐，密傳香得功、可松齡、丁勉之、玉鯨飛、玉鵬飛五人進帳。使香得功率部下兵二千，人銜馬勒，潛師往襲竹山擒三弟。使可松齡率部下兵二千，人銜馬勒，潛襲瞿谷擒楊吉。丁勉之率鯨飛、鵬飛部下兵二千襲黄石。俱午時三刻，奮力攻城，務在必破，無誤大事。又使紹金、紹玉各率軍一千，爲三路接應，俱不許豫説軍士知道。

是日，得藍眉戰書。即令白雪燕率軍三千，點田麟、忽雷、黄熊、紹武、山貴、趙聯，輔顓和鬥陣。軍至聖姥營，藍眉陣已擺成了。顓和登高望之，但見陰磷慘慘，妖霧重重。皆惡煞凶神，分布陣内。右邊風攪腥氛，騰作黄黑氣，知地下盡布地雷。前面三个陣門，以納敵軍，陣後一門，爲自己退步。顓和復騎蝴蝶，在陣前蹀躞了一回。見三个陣門，每門皆有藍眉坐着，皆以拂招顓和。顓和慧眼中，知中一个是真藍眉，左右兩个是假藍眉。乃謂雪燕曰：『此陣軍卒不滿三百人，皆用神煞布滿，若用軍士攻之，必爲所傷。』乃選弓弩手五百人，使人取清水一盤，出葫蘆中紅砂一枚攪水中，水盡赤。使軍士以水染弩鏃，鏃皆紅色。令弓弩手逼陣門射之。一聲炮響，衆弩齊發。弩鏃化作火蛇，飛入陣中，地雷盡發。右邊守陣軍卒，一齊燒死，神煞皆逃。左邊守陣軍卒百餘人，爲火弩所驅，盡落坎中，陣不攻而自破。雪燕以槍向後一招，田麟六將率兵從之，奪了營寨，將聖姥城圍得水泄不通。

藍眉駕雲欲遁，顓和以手中扇招之，墮地化爲巨獸，舞兩爪欲撲顓和。顓和墮地化爲小兒，那獸張巨口，齒粲粲然，吃這小兒。小兒却蹲入巨獸口中。衆大驚，咸以爲顓和被吃。忽聞空中有人鼓掌大笑，蓋顓和也。仰見顓和立雲際，手中拿一黑絲，其端直透巨獸口中，笑謂衆軍曰：『這獸所吃的小兒，乃黑絲端之金鈎耳，非真小兒也。今已鈎其心，可任你們擺布矣。』即以黑絲繫雪燕槍頭，令牽回營中，與足足看。

婆胡在聖姥城，聞藍眉被擒，驚得魂不附體。平時所習妖術，至此皆不靈。城中百姓縛之，開門出降。雪燕屯兵聖姥，使山貴將婆胡解回大營。是日，黃石子弟開門迎丁勉之軍。可松齡攻破瞿谷，楊吉投井而死。惟竹山未破。

明日，足足大軍進屯黃石，張小帶玉無敵父子見足足，足足慰勞之。吉姐抱玉重華策馬入城，家家焚香酹酒，願見少主。足足令可松齡、紹金、紹玉之兵助香得功，并力攻竹山。戚成貴涕泣勉軍士，登陴死守，急切不能下。圍之越月，無知使張小穴地道攻之，遂殺成貴。三弟聞變，與小鑾、朵兒、粉兒，以大帶連身，欲投井，爲宮奴寵兒所獲，以獻得功，竹山遂平。

足足問顓和曰：『藍眉變爲巨獸，此何獸也？』顓和曰：『此即藍眉獸也。修煉於奄烏山，將成大道。但淫心未絶，在黃石造孽過多，罪宜誅滅。』乃令繫黑絲於黃石之西門，凡受其淫毒者，許臠割之，不終日而盡。藍眉既誅，是夕，遂失顓和聖姥所在。

【批語】

（一）〔眉批〕忽然頓（俊樺按：『頓』，鈔本作『遁』，據文義改）作《封神》《西游》文字，何也？作者胸中，原不屑作此等文字，而不妨偶一爲之者，非自詡《記》中無所不有也。夫既降格而作稗官演義之文，則稗官演義之所有者，何必鄙夷而不屑寫，故於笏山王既定之後，《笏山記》將終之時，聊作數篇，以亂閲者眼光，亦謂偶然游戲，不足累吾筆墨云爾。

（二）〔眉批〕絶好耍子。

第六十八回　復故土玉重華五歲封侯　泣深宫可炭團一朝會母

足足謂雪燕曰：『我的師父狠無情，既爲我們平了妖，當相與朝王，封个官兒，爲甚麽來無端去無迹的，不可測度呢？』雪燕曰：『神仙舉止，是這麽樣的。』語次，王子星生扯着足的衣帶，曰：『我們擒那三弟，已擒得了麽？』足足笑曰：『是擒得的，你欲怎麽？』星生曰：『兒欲看那三弟是怎樣的一个人，要這麽多人擒他呢。』正説間，人報楊三弟及三許已解到了。即傳刀斧手，排班伺候，并傳玉重華、韓吉姐、丁勉之上帳同審三弟。左一案，吉姐携重華坐着，右一案，丁勉之坐着，足足與雪燕擐着戎妝，夾王子星生同坐中案。

三通鼓，一聲炮，旌旗肅穆，鴉鵲無嘩。足足把響木一敲，『將犯人帶上』一聲吆喝，只見忽雷以索牽三弟、婆胡、三許上堂，分跪左右。可大郎在帳外唱着名，星生問足足曰：『三弟是那个？』足足指曰：『那旁蓬髻青衣的便是。』星生點點頭。足足喝曰：『那个是甚麽許小蠻、粉兒、朵兒呢？』只見左邊三个潘安似的美男子，一齊應曰：『小人便是。』足足曰：

『你三个，爲何幫着三弟作惡？』小鑾曰：『小人們那敢？』足足曰：『你既是个男子，爲何全没廉耻，傅粉挽髻，稱甚麽王后貴妃呢？』三許叩頭泣曰：『此是犯人没奈何的事，欲逃不脱，不是犯人情願的。』足足敲着響木：『拿去斬了！』忽雷正欲動手，只見星生扯着足足曰：『這三个，不殺他也罷。』足足笑曰：『你三人好造化，王子恩免了你。帶你回都服事王子，你願麽？』三人叩頭曰：『但免死刑，活一日，便是一日的恩典，敢説願不願。』足足曰：『據你説，只免死刑，大底活刑是免不得了。况且你們是慣妝女人的，何妨真个改做女人。』喝左右：『將三人牽去閹了罷。』忽雷遂牽三人去，使劊手行了宫刑(一)。

足足又敲響木，曰：『梁婆胡跪上來。』婆胡爬前些。足足曰：『你這老貨，挑唆三弟進毒弑云太夫人，以誣韓夫人，該得何罪？』婆胡曰：『犯人并無此事。』足足曰：『私招三許與三弟奸，亦無此事麽？』婆胡曰：『此是犯人誤做的。』足足曰：『招藍眉，中道以妖術弑玉侯，據四城作亂，難道亦不干你事麽？』婆胡叩頭曰：『犯人該死，倘邀恩赦，十指燃香，爲娘娘祝。』足足曰：『你這十指，既能祝人，大都戟起指來，復能咒人。拿去斬了罷！』忽雷將次牽去行刑。

足足又呼三弟，顧雪燕笑曰：『聞三弟行坐不穿衣褌，這个是假三弟麽(二)？』雪燕曰：『大都見娘娘，便有起禮來，未可知。不是假的。』三弟只是戰兢兢，不言語。足足敲起響木來，指着曰：『你快把弑太夫人、弑玉侯、誣夫人的事供上來！』三弟曰：『犯婢本媵妾賤姿，那有這麽膽量，因太夫人死得不明，不得不得罪夫人。至於紹娘娘將玉侯、犯婢等拿至中途，玉侯無故被殺，犯婢恐不免，故私自逃回，避難竹山，豈料藍眉據黄石造反，挾制犯婢，犯婢怎奈他何。今藍眉伏誅，黄石之福。懇娘娘恕犯婢無知，情願削髮爲尼，以贖前過。』吉姐亂敲響木，大罵曰：『當年我哥哥買你從嫁先侯，你以淫蕩惑侯，竟欲廢我。你不思何等樣出身，膽敢覬覦「夫人」兩字。你只可做竹山天王，夫人是不容你做的（三）。你平日好赤體淫奸，自言畏暑。今正炎天，獨不畏麽？』喝左右與他剥去衣褲。左右揪着三弟頭髮，按在地下，剥得赤條條地。吉姐曰：『渠自喜肌肉白皙，可將他肢體用刀界作龜宿紋，俾渠白肉變作花紋的紅肉。』刀斧手吆喝着，以足踏着三弟，從胸至股，慢慢的用刀界將起來。三弟哀嘶得聲都破了。

吉姐令將諸犯監禁着，不許容他自盡，還要請旨正法。若是死了，監者同罪。可大郎宣命退班，丁勉之打恭辭出。足足携着王子，吉姐携着重華，雪燕并隨從的侍婢，一哄進内去了。

又數日，足足下令班師，暫令丁勉之留輔重華。又使玉無敵、鯨飛、鵬飛領兵一千，并四城降兵，留鎮黄石，奏聞朝廷定奪。

自五月出師，十月班師，只五个月，韓水誅，黄石平。王大喜。嘉張小之功，封爲百黠將軍。使賚敕往黄石，册封玉重華爲黄石侯（四）。以丁勉之爲黄石侯太傅，兼領黄石道太守事。楊三弟、梁婆胡，任韓夫人極刑處决。足足又吩咐張小，如三許未死，可帶回都做个内竪。又封王子星生爲定侯。晉足足、雪燕爲貴妃。香得功以下，賞賚有差。

花容、趙無知奏：『黄石既平，笏山無事，臣等願罷相印，居深宫，就貴妃之職，以邀王寵。』王準奏。乃使花左貴妃爲太子玉生、二王子寄生太傅。使趙右貴妃爲三王子福生、四王子星生太傅。使紹中貴妃爲五王子連生太傅。

那連生〔五〕，乃可貴嬪香香所出，即五仙廟與星生同時産的。性慧敏，年六歲，能誦《江海賦》。一日，王戲紹貴妃龍飛，曰：『龍君象也，妃子名龍飛，龍飛在天，妃子其爲女王乎？』龍飛面赤不能對。連生在旁，對曰：『父王，天也。母妃爲天所籠蓋，或飛或躍，仍在天之下。故天子馭龍，以君馭臣之道也〔六〕。』王大喜。龍飛無子，由是愛連生如己出，故王使之傅連生。

凝命十一年正月，賓彩嬪小端奏誼王子段安、黎安曾聘定月山關守紹緯孿生之女小麗、小施，今年已冠，乞賜完婚。王喜，命工部臣爲兩王子造府，擇三月望日成婚。

王思録故人子弟，及諸妃眷屬。使人訪得紹其英之子紹平，其傑之子紹安，俱流落爲傭，乃召至都，封平爲安嗣男，安爲安世男。以花貴妃之弟花枝爲安慶男，以段安、黎安之父樂代辛爲安平男，以樂真妃之父樂生光爲安明男。以張貴嬪銀銀、鐵鐵之母張姥姥爲安義夫人，迎入宫中供養。是時，山真妃翠屏之父已故，以維周之子周正補錦衣使，旨賜與韓春蓀之姊（俊樺按：『姊』，鈔本作『妹』，據上文稱芷香爲韓春蓀之姊改）芷香完婚。以趙貴妃公挪之兄公則爲安勉男，母趙夫人爲安順夫人，迎入宮中供養。以紹貴妃龍飛之父紹崇文爲安謙男，以趙貴妃無知之母賣漿嫗爲安遇夫人，迎入宮中供養。又晋可介之爲定威侯。宮中諸妃嬪，有親屬受封供養者，皆踴躍謝恩，歡呼動地（七）。

可真妃炭團哭於王前，曰：『人皆有親，妾獨無乎？』王曰：『可莊自熊虎構兵，潜光竊據，妃子的母親，未必尚存，只安於命罷了。』炭團拭泪曰：『聞妾母親，流落悉利，久欲爲王言之，但未知的確，不敢妄陳。妾姑嬌鸞又出了家，妾身又不能爲王育王子，一身之外，俯仰無親。人皆歡躍，妾獨悲號，亦固其所。』王亦爲之太息。

明日，王召歸誠將軍可飛虎，問曰：『聞可真妃之母流落悉利，卿能悉其約略否？』飛虎曰：『當年明禮被殺，王出可莊，内外不能相顧，逮臣進府問安，已聞逃出府門去了。干戈擾攘之際，何暇理他。自後絶無消息，悉利之説，臣未之聞。』王曰：『卿能爲朕訪求之，以慰真妃之念否？』飛虎曰：『容臣慢慢訪求，若果尚存，終不能逃出笏山之外。』王頷之。

又使百黠將軍張小賚敕往阪泥慈雲庵，册封前貴妃無可禪師爲色空無界梵天自在聖智大法師，賜銀萬兩，爲大法師焚修之費。

張小偕張珍、張布同往，至徘徊邑。張小謂珍、布曰：『王懸千金之賞，購尋可真妃娘娘的母親。飯盂、悉利諸邑，雖道路僻遠，汝二人曾走過的，何不走一遭，取此一套富貴？』張珍曰：『弟等與這可夫人并未謀面，覿面相逢，亦認不得的。男子且難，何况婦人？』張小大笑曰：『兄弟痴矣，宇宙雖大，無行不得之道，無尋不着之人，何況區區笏山(八)？』

張布正欲回答，忽一小女子，年可十三四，攔住馬頭，叫起冤來。張小大怒，曰：『我是過路的官員，不理民情的。你有冤情，該向本邑父母官處申訴。』喝從人：『與我逐去！』那女子生死的跪在馬前，只是哀哀的叫屈，從人鞭之，亦不肯去。張布曰：『哥哥不要固執，大底是爲父母官所屈，無路申訴的，且問他甚麼的冤情。』

張小乃停住了馬，問曰：『你是何姓何名，多少年紀，甚麼冤情，容你訴來。』女哭訴曰：『兒姓石，名蘿花，徘徊城裏居住，今年一十四歲。父親石堅，是曾舉過進士的秀才，原配的母親胡氏，生个哥哥，名中玉。不兩年，母親死了，後娶凌氏，生兒。哥哥在無力道教讀，不料嫂嫂平氏，與邑中無賴石貴奸，將兒父親殺死，被鄰人拿獲解官。他到官前，不説與嫂嫂奸，偏認與兒母親奸。邑令石公明，拿兒母親到案，嚴刑拷打，問成謀殺親夫的罪。可憐覆盆黑冤，無人昭雪，兒故拚死攔住將軍馬首，懇將軍爲兒母親雪這冤屈，亡父在九泉，亦感戴大恩。』張小見他年紀小小，一五一十的説得這麼清楚，疑有人唆擺他，因嚇之曰：『石蘿花，你母謀殺親夫，你須要與父親鳴冤，不應誣攀嫂嫂。你是受誰教令，來這裏叫冤？你若不實説，究出真情，更要將你活活的處死。』蘿花叩頭曰：『兒舉目無親，誰肯教兒，只是情急不擇言，冀將軍饒恕。如果詞虛，甘心反坐。』張小没奈何，帶着蘿花，轉道進城。邑令石公明聞報，忙忙的出城迎接進署。張小曰：『某本武官，不與民事。又有聖旨在身，羈留不得的。因有女子石蘿花，攔住馬頭，爲母親石凌氏叫冤。凡爲民父母，須要小心曲體下情，然後民無冤獄。恐賢令一時輕率，致冤上加冤，朝廷聞之，賢令恐有些不便。故不得已輕造尊署，冒進一言。』石公明曰：『石凌氏之案，已經招認難翻的，將軍勿聽這小孩子一面之辭。如必見疑，求將軍爲下官再訊一堂，便分曉。』張小笑允之。即日，在邑署傳齊集訊。先向公明索文案閲了，心中已有疑竇。

是時，張小升堂。令公明旁坐，贊起堂來。張小吩咐張珍、張布，將犯人各置一處，不許相聚説話。乃敲響木，先將石凌氏帶上來。張小問曰：『汝是石凌氏麽？今年多少年紀？』凌氏曰：『犯婦今年五十三歲了。』『汝幾時纔嫁石堅呢？』凌氏曰：『三十五歲纔嫁的。』張小曰：『你的原嫁丈夫是誰？』凌氏吃了一驚，一時説不出來。張小敲着響木要打。凌氏慌了，曰：『犯婦心亂，待想出來。』戰兢兢的説着曰：『犯婦原嫁丈夫張姓。』張小又敲着案曰：『何名呢？』凌氏吃吃而言曰：『張……張……』張小曰：『張甚麽？』凌氏曰：『張昭。』張小曰：『汝父親何名呢？』凌氏曰：『犯婦的父親早亡故了。』張小曰：『名字你倒不記得麽？』凌氏曰：『犯婦心慌，一時想不起。』

張小曰：『你與誰通奸？』凌氏望了公明一望，低了頭，忽兩旁吆喝着，遂低言曰：『與石貴通奸[九]。』張小曰：『你怎樣殺你丈夫呢？』凌氏哭着，未答。張小曰：『你想真些，慢慢的説來。』凌氏曰：『只因丈夫捉奸，犯婦一時性起，遂將他殺死。』張小曰：『你丈夫捉奸，是在你床上捉的麽？』凌氏曰：『是。』張小曰：『此時石貴呢？』凌氏曰：『逃去了。』張小曰：『你丈夫是在何處被殺的？』凌氏曰：『在媳婦房門外。』張小曰：『是誰幫你殺的？』凌氏曰：『是石貴幫着的。』張小敲着響木曰：『胡説！你前説石貴已經逃去，如何又説石貴幫着？』凌氏叩頭哭着曰：『犯婦一時記不清，是犯婦獨自一个殺的。』張小曰：『這刀，誰給你呢？』凌氏曰：『這刀，是丈夫拿來殺犯婦的，被犯婦奪了，因刺他小腹，誰知竟自死了。』張小曰：『如何不在自己房中刺殺，偏在媳婦房門外。看你孱弱老嫗，獨自一个，安能趕至媳婦房門外刺殺丈夫？須知謀殺親夫，是極刑的，無得妄招。今你女兒攔着本官的馬頭叫冤，本官是爲你申冤的，你勿懼怕，從實供來（一〇）。』

凌氏舉頭，望了公明一眼，復望張小一眼，便大哭起來，曰：『從前的話，果是妄供。因犯婦打得怕了，不敢不如此説。若大老爺不打犯婦時，犯婦便敢直説（一一）。』張小曰：『我不打你，你且慢慢地將真情説上來。』凌氏曰：『只因大兒子出門教讀，在家日少，媳婦平氏與鄰居石貴通奸，犯婦不合説知丈夫，丈夫不能忍，嘗欲喚集鄰里捉奸。平氏先知道，私與石貴謀，時時帶刀防備。三月初二夜，我丈夫半夜起身，欲向媳婦房中窺瞷，犯婦苦勸不從，因持燈隨着丈夫去。石貴忽從媳婦房中閃出，將我丈夫刺死。犯婦叫喊起來，石貴又持刀趕着犯婦。幸鄰人逾墻來救，遂將石貴拿住。不期石貴恨着犯婦，口口咬實與犯婦通奸。邑令大老爺曲打犯婦，犯婦不得不招的。』公明聞語大怒，纔喝一聲，張小使人帶過一旁（一二）。

又傳那石平氏上堂。張小問曰：『汝是石平氏麽？』平氏曰：『是。』張小曰：『你今年幾多歲？出嫁了幾年？』平氏曰：『小婦人十八歲嫁歸石家，今年二十六歲了。』張小曰：『是你與石貴通奸麽？』平氏曰：『小婦人是絶貞潔的，生平最惱這些淫婦。誰學這老賤貨，與人通奸，殺死親夫呢！』張小見他眼斜唇薄，指手畫脚的亂説，心裏已經惱着。仍帶笑的問曰：『汝説老賤貨，到底説誰？』平氏曰：『就是這凌氏。』張小曰：『凌氏是你的婆婆，就是有些不端的行止，你不該罵他作老賤貨。』平氏曰：『木主上的胡氏，纔是小婦人的婆婆。這老賤貨，是天朝的逸犯，誰肯喚他作婆婆？』

張小吃了一驚，又細細的問他逸犯的原委。平氏曰：『你説他真个是姓凌麽，他原是與今王作對的這个可明禮老婆，本身亦是姓可。逃往悉利邑爲娼，爲悉利人所逐，流落高翔，改姓凌氏。我公公娶他，亦是先奸後娶的。不料淫心未死，又與石貴通奸，殺死我的公公（一三）。』

張小聞這些話，越發吃驚不小，只得忍着曰：『這石貴與他通奸幾年了？』平氏曰：『已有三四年的了。』張小曰：『殺死你公公，大約不關老賤貨事，是石貴殺的。』平氏曰：『此時石貴并不在旁。』張小曰：『這石貴，平日大都是好人麽？』平氏曰：『這石貴年纔二十一二，平日是最守分的，因凌氏見他生的俊俏，逼着他，雖則通奸，其實不願的。』張小曰：『殺你公公的，既是那老賤貨一人，如何不在他房裏，偏在你的房門首呢？』平氏曰：『只因他拿刀趕着公公，公公走至小婦人門首，喚媳婦救命，因此殺在這裏。』張小大怒，喚左右掌嘴。那平氏叫天叫地的叫起冤枉來。

張小曰：『你且勿叫，你句句話憐惜着那石貴，不是與你通奸，與誰？既説你公公被殺時石貴不在旁，爲何半夜裏被人在你家中拿獲呢（一四）？你公公夜夜在家，怎能容得你婆婆這三四年的奸，至今日纔發作呢？你恃着丈夫外出，與石貴通奸是真，殺死你的公公，或不干你事未可知（一五）。拿去掌嘴！』差役吆喝着，將平氏打得桃花薄的面皮，變作紅瓜大的面皮了。張小曰：『你願招麼？不招便夾將起來。』平氏哭曰：『果然不合與石貴通奸。』張小曰：『你既認與石貴通奸，誰殺死你的公公？不招時再打（一六）。』平氏曰：『通奸是小婦人，殺公公是凌氏。』張小喝將平氏，夾起十指來，夾得屎尿一齊滚出，叫得漸無氣力了。張小教鬆了夾，罵曰：『你這賤人，分明你與奸夫同謀殺翁誣姑，還敢在本官跟前指指畫畫的亂説，你不招，再抽你的筋。』平氏遂一一招了。張小將他的口供録了，帶在一旁。

又着人帶石貴上堂，不由分説，先撒簽打了四十大板，纔問曰：『石貴你知罪麼？』石貴曰：『只不合與凌氏同奸，致傷人命。』張小曰：『你的天良喪盡了，你倚着年登貌對，與平氏通奸，謀殺石堅，却來誣陷這老人家，敗人名節，那有千萬刀來剮汝。』言着，遂將平氏口供與他看了，石貴嘆曰：『死是死作一堆罷了，何必誣人？』亦招了。各人畫了結，將石貴、石平氏下了獄，詳部處決。

是夜，張小在石公明的衙中住着，使公明密傳那石凌氏進内。問出真情，果然是可真妃之母可夫人，大喜。明日，修表文一道，細叙緣由（一七）。使張珍、張布用密轎將可夫人及所生的女兒石蘿花送回紫都。又令徘徊令石公明率邑兵護送，將功準罪（一八）。張小乃賫敕，自往阪泥去了。

【批語】

（一）〔眉批〕足足妙人，故作事俱妙，以三許慣扮女子，即命閹之以改作女人，然仍許其服事王子，是欲玩蟛蟹而徒去其箝耳。我知嫵媚侯未免有情，誰能遣此□，一笑。

（二）〔眉批〕見貫珠年少，認作母親，疑是假的；見顓和年少，認作師父，疑是假的；今見三弟，穿着衣褌，又疑假的。是足足妙於戲謔處，非傻也。

（三）〔眉批〕語奇而趣。

（四）〔眉批〕昔王仲寶六歲拜受茅土，爵享元侯，今玉重華五歲封侯，方之古人，殆不多讓。

（五）〔眉批〕他日連生繼星生爲王，故於此處，略表其异人處。

（六）〔眉批〕總角論天，垂髫對日，也應遜此神聰。

（七）〔眉批〕此段爲篇中轉捩文字，必以炭團之母作全部之餘波者，《記》以明禮始，不得不以明禮之□（俊樺按：據正文，或爲『妻』字）終也。明禮之妻，炭團之母□，□天而得惡報，復因女而得令終，不可謂非不幸中之幸也。作者以造物爲心，其稱物平施，銖兩不苟如是。

（八）〔眉批〕是悟道語，不徒作諧妙觀。

(九)〔眉批〕形容絶肖，如目親睹。
(一〇)〔眉批〕張小有心出脱凌氏，故作此等語挑之。
(一一)〔眉批〕形容極肖。初望公明一眼，幾乎不敢説出真情。復望張小一眼，心中打算將真情説出，或不妨事。酸從心生，不禁大哭。當時之情景然也。
(一二)〔眉批〕公明自公明，張小自張小。
(一三)〔眉批〕此段原委，妙從平氏口中説出。然則悉利之説，非盡無因。可明禮弑父弑公而身即□女弑，復以其妻流落爲娼，以□□妹嬌鸞之罪。果報凛然，令人猛省。
(一四)〔眉批〕一折便倒，所謂善訊者無遁情也。
(一五)〔眉批〕放鬆『殺』字，使他專認『奸』字，而不知殺即在奸中也。
(一六)〔眉批〕既認『奸』字，即逼他認『殺』字，必然之勢也。
(一七)〔眉批〕張小細密可愛。
(一八)〔眉批〕獨可惜便宜了石公明耳。然可夫人原委已追究出，其餘即可隨手撇開，此行文家因便法也。

第六十九回　從龍飛鳳繪功臣　玉牒珠囊貽後嗣(一)

却説張珍、張布將可夫人母女送至紫都，王覽張小的表文，大喜。即傳可夫人上殿，封爲安瀾夫人，許母女後宮供養。炭團厮見了，不覺大哭一場，各訴别後的遭際。炭團深感張小，請於王，欲拜張小爲誼父，以報母夫人再造之恩。王許之，又封張小爲安便男。

是時，左丞相玉和聲奏曰：『昔漢唐定鼎，有麒麟、凌烟等閣繪功臣像以昭示後賢，今笏山既定，十道承平，和豐安阜，萬古一時，懇敕工部臣仿漢唐故事，擇地建閣，以垂不朽。』王從之。乃令工部尚書韓春蓀繪左右功臣閣圖以獻。王令於左錦屏之内，依圖造左功臣閣，以繪男臣像，名從龍閣；於右錦屏之内，依圖造右功臣閣，以繪女臣像，名飛鳳閣。於御馬園之北建太廟，以祀顔氏祖先。追尊父顔伯書爲作聖王，祖顔光之爲開聖王，曾祖顔清臣爲啓聖王。

凝命十五年，廟與閣俱落成。乃敕畫苑卿韓媚兹繪從龍閣像十三人，飛鳳閣像十六人。七越月而成，極英姿颯爽之妙。八月辛丑，王與后幸從龍、飛鳳二閣（二）。

先閲從龍閣功臣：第一位，右鎮將軍、親義侯可當。第二位，中鎮將軍、忠義侯韓傑。第三位，玉帶左營將軍、集義侯可松齡。第四位，定威將軍、定威侯可介之。第五位，揚威將軍斗騰驤。第六位，追贈愍義侯紹鐵牛。第七位，鎮威將軍、兼左鎮將軍、玉帶侯韓騰。第八位，無貳將軍、維新伯香得功。第九位，玉帶右營將軍、鐵山伯丁推善。第十位，追贈從事將軍玉吉人。第十一位，從義將軍玉凌雲。第十二位，歸誠將軍可飛虎。第十三位，百黠將軍、安便男張小。

又閲飛鳳閣功臣：第一位，左丞相、兼吏兵二部尚書、寅亮侯、左貴妃花容。第二位，右丞相、兼禮部尚書、神機侯、右貴妃趙無知。第三位，都督、神都大元帥、篤孝侯、中貴妃紹龍飛。第四位，神鏟將軍、兼蕩寇元帥、嫵媚侯、貴妃可足足。第五位，征東大將軍、無力公、西貴妃趙公挪。第六位，鎮南將軍、多智侯、南貴妃可嬌鸞。第七位，神槍將軍、解意侯、貴妃白雪燕。第八位，鎮中將軍、兼户工二部尚書、伏魔伯、貴嬪白萬寶。第九位，神鐧將軍、存存侯、真妃可炭團。第十位，神棒將軍、着翅伯、真妃紹秋娥。第十一位，神箭將軍、六宫總管司、自如伯、真妃樂更生。第十二位，神斧將軍、擒虎伯、貴嬪可香香。第十三位，神耙將軍、馬後伯、貴嬪張鐵鐵。第十四位，神鋤將軍、馬前伯、貴嬪張銀銀。第十五位，神刀將軍、行人司、彩嬪竇小端。第十六位，左鎮副將軍、綉旂伯夫人司馬杏英。

王與后一一閲畢。后曰：『猗歟盛哉！昔周之十亂，只一婦人。今雖兩閣并峙，而豐功偉業，翻在鳳閣諸臣（三）。笏山雖中國一隅乎，然創造之奇，千古無兩。後之錦綉才人，必有傳其事以補正史所未及者（四）。』王亦嘉嘆不已〔一〕，乃召〔二〕花容以下，宴於飛鳳閣。諸臣畢至，王念及萬寶、嬌鸞，不禁悄然不樂（五）。后知之，笑曰：『天傾西北，地缺東南，宇宙之大，猶有所憾，而况人乎？君子論其大者、遠者，些些兒女私情〔三〕，何足以累盛德？』

時司馬夫人後至，襝衽拜手，爲幼男雲次上《珠囊頌》〔六〕。先是，杏英長男墓生，生得鐵臉銀眉，熊腰猿臂，最多力，娶可當之女爲妻，後爲佐命功臣。幼男雲次，貌如好女，聰穎，喜讀書，時纔十歲。王覽頌，大嘉賞。命紹秋娥爲媒，令尚金相公主。公主爲可貴妃足足所出，與四王子孿生的。

明日，可介之之子瑶章，亦十齡，上《玉牒文》，中寓箴戒。王命并書之御屏，以示後嗣。亦尚金心公主，公主爲樂真妃更生所出。

由是年豐刑措，致太平者二十餘年。

凝命三十九年，王崩〔七〕。太子玉生立，是爲愍王。昏淫不道，權歸丞相紹繼文。繼文本降王紹潛光養子，由進士起家，以權術取相位，勢傾中外，弑愍王，而立山太妃之子寄生。

時玉太后已薨，山太妃及花容、無知等，亦相繼薨。寄生懼繼文之勢，恐復被弑，乃與福生奉趙太妃公揶逃往無力，起兵討亂，不克而還。星生、連生，亦奉可太妃足足逃黄石。繼文乃立張貴嬪銀銀之子武生。貴嬪亦薨，武生纔七歲。政從繼文出〔四〕，自稱攝王。

黄石侯玉重華，英武有雄略，亦奉星生、連生起兵討賊。韓墓生首倡義旗，與弟雲次謀，乃招駙馬都尉可瑶章起兵助重華。三人皆智勇之士，乃擒紹繼文而戮之〔五〕，誅其党五十餘人。

衆以爲擾亂之餘，非幼主克負荷，乃廢武生爲保壽侯，迎福生於無力，將立之。福生曰：『世治則論長幼，世亂則論賢愚。今四王子賢，天不欲定笏山，必不虛生四王子。今諸文武捨四王子而不立，是欲再亂笏山也。（八）』乃立星生，是爲造王。追謚顔少青爲神武王，玉太后爲恭静王后。尊母可太妃足足爲王太后，趙公挪、紹龍飛爲王太妃。笏山復平。

造王崩，傳位連生，是爲守王。守王復十二傳，而滅於趙氏（九）。

顔氏之後，逃出笏山，隸蒙化籍者百餘人。固和尚，其裔也（一〇）。始終元要，和尚猶能歷歷言之。予養疴兩樹園，短榻長晝，無以破寂，記和尚之言，交心鬥角，用小説家演義體飾而記之，共得六十九回（一一）。

【批語】

（一）〔眉批〕一部《笏山記》，不終於五十八回鴻圖初定之日，而必終於凝命十五年兩閣慶成之日者，蓋黑齒、黄石餘亂未凈，即笏山之事未完也。笏山之事未完，縱欲造閣以繪功臣，而弗暇也。題雖從龍、飛鳳平提，而文則側重飛鳳，何也？嬌鸞之表曰：『竹帛勛名，全歸兩相。』兩相者何？皆女子也。餘餘曰：『多生奇女，爲公佐命。』造物喜新而厭故，文章安得不捨故而求新？故六十餘回驚人泣鬼之文，悉歸縮於龍鳳兩閣，而仍從龍□□飛鳳，而以鳳爲主也。

（二）〔眉批〕兩閣功臣，共二十九人，縱一位、二位，呆叙某某，有何意□？□王與后心目中點出，無朽不活矣。

（三）〔眉批〕從『先閲』折落『又閲』，則又閲爲重矣。觀『猗歟』一嘆，所謂造物亦翻花樣者，非耶？

〔四〕〔眉批〕又料及作《記》之人，此作者自占身分法。

〔五〕〔眉批〕二十九人中，紹鐵牛、玉吉人、白萬寶皆陣亡，可嬌鸞又出家，而王獨注念萬寶、嬌鸞者，非必輕從龍而重飛鳳也。玉后以兒女之私諷之，得其旨矣。鴻識鴻議，何愧陰儀。

〔六〕〔眉批〕王召宴飛鳳閣，而曰『司馬夫人後至』者，爲下文《珠囊頌》《玉牒文》作樞紐也。

〔七〕〔眉批〕從『王崩』之後，仍叙至『滅於趙氏』者，爲固和尚之言作地也。何也？顔氏不亡，則和尚固儼然金枝玉葉之王冑也，安能逃出笏山哉？不能逃出笏山，則笏山之事，誰見之，誰知之？縱有錦綉才人，欲補正史所未及，無從補也。六十九回之文字，皆固和尚口中之文字也，故曰『爲和尚之言作地』也。

〔八〕〔眉批〕《記》至終篇，紀事述言，猶欲比良遷董，知作者臻擅一長，始終不懈。

〔九〕〔眉批〕此趙氏，大約是無力鄉人，因紫霞爲趙氏資財締造，而即終歸趙氏，可見彼蒼報施微意。

〔一〇〕〔眉批〕固和尚何以爲笏山王之裔，點叙明白。

〔一一〕〔眉批〕以固和尚作收，與第一回起筆照應，一定之法。然人驚其首尾回環，鑄局緊；我服其體格省净，去俗遠。

【校記】

〔一〕嘉嘆不已　『已』字原殘缺，據鉛印本補。

〔二〕乃召 『乃』字原殘缺，據鉛印本補。

〔三〕兒女私情 『私情』二字原殘缺，據鉛印本補。

〔四〕政從繼文出 『從繼』二字原殘缺，據鉛印本補。

〔五〕而戮之 『戮之』二字原殘缺，據鉛印本補。